Belinda Rodik
Jack London
Wilkie Collins
u.v.a.

DAS GROSSE
HALLOWEEN-LESEBUCH

Herausgegeben von
Stefan Bauer und Marco Schneiders

BASTEI LÜBBE TASCHENBUCH
Band 25675

Bastei Lübbe Taschenbücher ist ein Imprint
der Verlagsgruppe Lübbe

© 2001 by Verlagsgruppe Lübbe GmbH & Co. KG,
Bergisch Gladbach
(Einzelcopyrights finden sich in den
Quellen- und Übersetzernachweisen am Ende des Bandes.)
Lektorat: Stefan Bauer/Marco Schneiders
Umschlaggestaltung: Tanja Diekmann
Titelfoto: Repro Rózsa
Satz: KCS GmbH, Buchholz/Hamburg
Druck und Verarbeitung: Elsnerdruck, Berlin
Printed in Germany

ISBN: 3-404-25675-1

Sie finden uns im Internet unter
http://www.luebbe.de

Der Preis dieses Bandes versteht sich einschließlich
der gesetzlichen Mehrwertsteuer.

INHALT

STEFAN BAUER

Halloween im Verlag
oder: Der Halloween-Teufel

Von: ellen@aillen.com   Datum: 31.10.2000
Betr.: Halloween-Anthologie 2000, Band 14 438

Sehr geehrter Verlag,
ich habe mir obiges Buch aus Ihrem Programm gekauft und bin verwundert über einen offensichtlichen
Druckfehler auf Seite 1. Wer bitte ist Wolfgangon Poe?
Ich habe nie von einem solchen Schriftsteller gehört,
und er ist auch nicht mit einer Geschichte in Ihrer Anthologie vertreten. Können Sie mir das erklären?

Ellen Trechend

Na prima!

Es war die erste E-Mail, die ich an diesem Tag öffnete.
Noch eine Katastrophe mehr. Die Welt eines Lektors, müssen Sie wissen, steckt voller Katastrophen: Das fängt bei A
wie Agenten und Autoren an, geht über alle Buchstaben des
Alphabets – über Buchhändler zum Beispiel, Grafiker, Journalisten, Leser, Neue Deutsche Rechtschreibung – bis hin
zu Z wie Zwischenbilanz. Wer immer einen Sündenbock
braucht, findet ihn im Lektor, und falls Sie bisher nicht

wussten, was sich hinter diesem Traumjob verbirgt, jetzt ahnen Sie es.

Wie gesagt, es war nicht die erste Katastrophe des Tages. Ich war mit schmerzendem Kniegelenk aufgewacht – an sich nichts Tragisches (Wie heißt es so treffend: Wenn man ab einem gewissen Alter morgens aufwacht, und es tut einem nichts weh, ist man tot.) –, aber das schmerzende Knie hatte mich veranlasst, im Verlag den Fahrstuhl in den 3. Stock zu nehmen, etwas, das ich sonst nie tat. Mit dem Ergebnis: Der Fahrstuhl blieb stecken.

Es kostete die einzelnen Abteilungen des Hauses mehrere Stunden, bis sie entschieden hatten, wer für die Pannenbehebung zuständig sei. Als das geklärt war, kostete es die Hausmeisterei nur wenige Minuten, mich zu befreien. Der Vormittag war aber schon so gut wie gelaufen.

Und dann diese Mail – beziehungsweise dieser Fehler! Ich griff mir das besagte Buch aus dem Regal und schlug es auf: Tatsächlich, Wolfgangon Poe stand da innen auf der Titelseite, ein dicker Fehler, ein Fleck in dem ansonsten makellosen Buch (das Sie sich übrigens unbedingt zulegen sollten!), eine Peinlichkeit, die mir die Zornesröte ins Gesicht trieb, ist doch jeder Lektor mit einem angeborenen Drang nach Perfektion ausgestattet.

Nachdem ich mich ein wenig beruhigt hatte – dazu greife ich immer gerne zu den Reports unserer amerikanischen Scouts; die Auflistung von Büchern hat in der Tat etwas Meditatives, Mantraähnliches – , fing ich an zu grübeln: Wie konnte dieser Fehler in das Buch gelangt sein? Zugegeben, manchmal (eher selten) übersehe ich ein fehlendes Komma – aber ein solch kapitaler Schnitzer? Sollte ich beim Durchsehen der Korrekturfahnen geschlafen haben? Unvorstellbar!

Ich kramte in dem hohen Ablagestapel nach den Korrekturabzügen des Halloween-Bandes. Natürlich waren es die untersten, und mein Büro sah danach aus wie das Taschenbuchprogramm nach einer Vertretertagung: also das reinste Chaos. Aber die Mühe hatte sich gelohnt – auch wenn meine Verwirrung jetzt noch größer war. Auf dem Korrekturabzug stand nämlich eindeutig richtig: WOLFGANG HOHLBEIN, ANDREAS ESCHBACH und EDGAR ALLAN POE, ganz so, wie es sein sollte. Erst nach der Kontrolle musste jemand die drei Namen zu jenem mysteriösen Wolfgangon Poe verkürzt haben.

Aber wie war das möglich? Die Daten waren elektronisch per Internet an die Herstellung und von dort weiter zur Druckerei geleitet worden. Jemand musste an den Daten herumgepfuscht haben. In der Tat eine Katastrophe übelster Sorte.

Konnte es noch schlimmer kommen?

Mein Blick fiel auf meinen Terminplaner: 11:30 Uhr Konferenz im großen Konferenzsaal.

Es konnte.

Ich sag's ja, alles schien sich an diesem Tag gegen mich verschworen zu haben. Gott sei Dank gab es noch die netten Kollegen.

Im gleichen Augenblick wurde die Tür zu meinem Luxusbüro aufgerissen, und jemand brüllte, dass mir vor Schreck das Buch aus der Hand fiel:

»TRICK OR TREAT!«

Nicht auch das noch!

Es war ›Ungeheuer-Ulf‹, wie wir den netten Kollegen aus der rätselhaften Rätselredaktion liebevoll nannten, und er erinnerte mich daran, welcher Tag uns bevorstand: Halloween. Ich hatte es völlig vergessen.

»Hi, Ulf. Nette Maske.«

»Wie, Maske?«

Die Konferenz am Nachmittag hielt tatsächlich, was ihr Thema versprochen hatte: 16 hoch qualifizierte Leute diskutierten angeregt, ob die neue Verlagsadresse oben links oder oben rechts auf dem Briefkopf stehen sollte. Ich ertappte mich immer wieder dabei, wie meine Gedanken abschweiften – gefolgt von meinem Blick, der mal hierhin, mal dorthin glitt und schließlich seinen Weg durch das prachtvolle Panoramafenster fand. Der Konferenzsaal des Verlages liegt im obersten Stock und bietet eine atemberaubende Aussicht auf das mondäne Industriegebiet der Stadt. Heute war allerdings wenig davon zu sehen, denn feuchte Nebelschwaden verschleierten den Blick. Es war ein trüber Herbsttag mit grauen Wolken und grauem Dunst vor grauen Betonwänden, kurz: Alles war so farbenprächtig und abwechslungsreich wie unser Thema.

Doch was war das?

Aus den Augenwinkeln glaubte ich, im kleinen Garten des Verlages, drei Stock unter uns, eine Bewegung wahrzunehmen. Augenblicklich war ich hellwach. Der Garten war ein kleines Refugium, von dem man von hier oben allerdings nur eine kleine Ecke einsehen konnte. Hatte sich dort ein Gartenzwerg bewegt? Ein kleiner, braun-gelber Wicht mit grünem Mantel und breitkrempigem Hut?

Ich sah genau hin, aber da war nichts mehr. So viel stand jedenfalls fest: Gartenzwerge können sich nicht bewegen! Irgendjemand Kleines, Hutzliges, Verwachsenes, ja, Gnomenhaftes trieb sich dort unten herum. Ich kramte in meinem Gedächtnis – nein, jemand aus der netten Hausmeisterei konnte es nicht sein. Und unser Bestsellerautor der fantastischen Literatur war erst letzte Woche zu Besuch gewesen und hielt sich längst wieder zu Hause auf.

Wen – oder was – hatte ich also gesehen? Hatte ich mich

durch die Perspektive täuschen lassen? Oder war ich einfach nur eingeschlafen und hatte geträumt?

Von links drang eine Stimme an mein Ohr: »Und wenn wir statt der Hausadresse die Postfachadresse in 12 Punkt Courier New drucken?«

Ja, ich musste wohl eingeschlafen sein.

Ellen Trechends E-Mail ließ mir keine Ruhe – nicht nur wegen des unerklärlichen Fehlers, über den sie sich beschwerte. Irgendetwas anderes nagte an mir. Konnte es sein, dass ich den Namen der Schreiberin schon einmal gehört hatte? Sie müssen wissen: Wer als Lektor erfolgreich sein will, muss nicht nur aussehen wie Robert Redford in seinen besten Tagen, sondern auch mit dem Gedächtnis eines Elefanten gesegnet sein. Wozu man Ersteres braucht, können Sie sich denken (schließlich gibt es mehr Autorinnen, Buchhändlerinnen und Leserinnen als Autoren, Buchhändler und Leser), und Letzteres braucht man, um am Ende eines 1000-seitigen Manuskripts noch zu wissen, ob die 37. Nebenfigur, die im ganzen Roman nur zweimal erwähnt wurde – einmal auf Seite 15, einmal auf 987 – braune oder blaue Augen hatte. Die Autorinnen wissen es nämlich nicht mehr.

Und ich war mir sicher, den Namen Ellen Trechend schon einmal gelesen zu haben.

Ich saß inzwischen wieder an meinem Schreibtisch in meinem großzügigen Luxus-Büro, als die nächste Katastrophe hereinbrach: Mein Computer, ein Macintosh und ansonsten die Zuverlässigkeit in künstlicher Intelligenz, stürzte ab. Das Timing solcher Vorfälle ist unausweichlich so perfekt wie das der Marx-Brothers. Ich hatte gerade die hochkomplizierte Umstellung eines Bandwurmsatzes vorgenommen, wie ihn ein bekannter Bonner Übersetzer gerne verwendet, war stolz auf das Ergebnis und wollte eben die berühmte ›Speichern!-Speichern!-Speichern!-Taste‹ drücken, als der verfluchte Computer seinen virtuellen Geist aufgab. Es war wie in einer Kurklinik für Beinamputierte: Nichts ging mehr.

Ein weiterer Vorteil, wenn man Lektor ist: Man verfügt über einen ungeheuren Wortschatz an Flüchen, die man im Laufe der Zeit von den verschiedenen Autoren (vor allem von denen, die man ablehnt) zu lesen bekommt. Und ich machte ausgiebig Gebrauch davon …

Es kostete die einzelnen Abteilungen des Hauses mehrere Stunden, bis sie entschieden hatten, wer für die Pannenbehebung zuständig sei. Als das geklärt war, versprach mir die EDV-Abteilung (Pardon: die IT-Abteilung!) sobald wie möglich jemanden vorbeizuschicken.

Das konnte dauern!

Ich hatte jedoch so etwas Ähnliches wie Glück, denn kurz darauf klopfte es an meiner Bürotür, und Ungeheuer-Ulf (in seiner Freizeit passionierter Computerfreak) kam herein.

»TRICK OR TREAT!«

»Hi, Ulf. Kennst du einen Trick oder Tritt, wie man das Ding hier wieder in Gang bringt?«

»Rutsch mal rüber!«

Mit einem unverständlichen Sermon an Fachchinesisch machte er sich über meinen Mac her – und tatsächlich lief der Computer wieder, kurz bevor der Mann aus der IT unerwartet frühzeitig mein Büro betrat. Er schaute mich fragend an. Ich hob die Schultern, und dann fiel sein Blick auf Ulf.

»Hi, Ulf. Nette Halloween-Maske!«

»Was?«

Fachchinesisch. Fachchinesisch. Fachchinesisch ... Ich erspare Ihnen all die Erklärungen, die mir die beiden Fachleute anboten, in der Annahme, dass Sie zum größten Teil keine Fachchinesen sind.

Irgendwann war ich auf jeden Fall wieder alleine in meinem Büro. Und ich wollte mich gerade wieder an die Arbeit machen, da geschah es.

Ich bin mir ganz sicher, dass ich es mir nicht eingebildet habe. Nach dem Neustart des Computers war ich aus dem Intranet des Hauses geflogen und musste mich erneut anmelden (so viel hatte ich zumindest verstanden). Ich ging mit dem Cursor in der Menüleiste auf das bekannte bunte Mac-Äpfelchen, und es traf mich wie ein Schlag – denn der Apfel war weg! An seiner Stelle blinkte ein kleiner gelboranger Kürbis. Und während ich hinsah, schälte sich eine höhnisch grinsende Halloween-Fratze daraus hervor und zwinkerte mir zu.

Ich saß da und starrte mit offenem Mund. Plötzlich nahm ich erneut eine Bewegung aus den Augenwinkeln wahr, wie vorhin, als ich im Konferenzsaal aus dem Fenster blickte, diesmal rechts unten auf dem Bildschirm. Ich sah rasch hin ... und konnte eben noch ein kleines braun-gelbes Männchen mit grünem Mantel und breitkrempigen Hut aus dem Bild laufen sehen.

Ich ließ den Mund einfach offen und die Augen zurück auf den Kürbiskopf wandern – aber dort war nur noch der kleine bunte Apple-Apfel. Vor mir leuchtete ein ganz normaler Bildschirm.

Ich setzte mich in meinem Stuhl zurück und trank erst einmal einen Schluck Tee. War es so weit? Litt ich schon an Wahnvorstellungen, hervorgerufen durch das übermäßige Ausfüllen irgendwelcher Vertragsvorformulare? Hatten zu viele Konferenzen meinen Geist umnebelt? Oder war ich einfach nur überarbeitet und urlaubsreif? War es wieder einmal Zeit für meine übliche dreiwöchige Auszeit in Irland?

Irland!

Und in diesem Moment fiel es mir wie Schuppen von den Augen. Irland, Halloween, der Kürbiskopf, das kleine Männlein, Ellen Trechend, der verteufelte Druckfehler – jeder einzelne Puzzlestein rückte an seinen Platz, und es ergab sich ein erschreckendes Bild.

Ich sprang auf, warf dabei den Stuhl mit lautem Poltern um, doch es war mir egal. Hastig eilte ich zum Regal, griff mir das Lexikon über keltische Mythologie und schlug es unter Ellen Trechend auf:

In t'Ellén trechend, die ›dreiköpfige Ellén‹, ist ein Ungeheuer, das jeweils am Vorabend von Samhain der Höhle von Cruachan entstieg, um Irland zu verwüsten, bis es von Amergin besiegt wurde. Wird manchmal auch mit Aillen mac Midhna gleichgesetzt.

Und heute war der 31. Oktober 2000, der Vorabend zu Samhain, an dem die Grenzen zwischen den Welten dünner wurden. Ich erinnerte mich jetzt genau: Vor ein paar Jahren war unserem Verlag eine Halloween-Geschichte angeboten worden, eine Art Horror-Roman, in dem es um irgendein mystisches Wesen ging, das Unheil über die Erde brachte, verfasst von einer Ellen Trechend. Ich hatte den Stoff abgelehnt, wenn ich auch nicht mehr genau wusste, warum. Auf jeden Fall musste ich meinen Verdacht unbedingt überprüfen. Nur wie?

Das Archiv!

Kopien der Absageschreiben wurden irgendwo im Archiv verwahrt. Zum ersten Mal war ich für den zunehmenden Bürokratismus in unserem Verlag wirklich dankbar.

Ich musste ins Archiv und den entsprechenden Vorgang finden.

Ich stellte das Buch über keltische Mythologie zurück ins Regal und hastete aus dem Büro. Draußen stolperte ich beinahe über Ungeheuer-Ulf, der vor einem Spiegel stand und sein Gesicht kritisch betrachtete. Ich beachtete ihn nicht.

Das Archiv des Verlages liegt in düsteren Katakomben, die wahrscheinlich schon zu Zeiten der Inquisition benutzt worden waren. Tatsächlich hatten wir selbst (wie jedermann weiß, der die sehr empfehlenswerten Romane von Robert Rankin gelesen hat) viele der kleinen, dunklen, zellenartigen Räume bis vor kurzem noch als Folterkammern für Autoren und Übersetzer genutzt, die mit der Abgabe ihrer Manuskripte in Verzug waren. Seit irgendeiner Menschenrechtskonvention waren den Verlagen solche Praktiken allerdings strengstens untersagt worden. Schade eigentlich. Das Leben der Künstler war damit sicherer geworden, die Erscheinungstermine der Bücher nicht.

Man hatte die meisten Trennwände zwischen den Zellen herausgerissen und dort das Bucharchiv untergebracht. Einige düstere kleine Kammern waren jedoch unverändert geblieben, mit dicken, nummerierten Türen, durch die kein Laut nach draußen drang. In einer solchen Kammer, mit der Nummer 3, wurde der Schriftverkehr des Verlages zwischengelagert (das Wort ist bewusst gewählt; eine gewisse Ähnlichkeit mit Atommüll lässt sich nicht verleugnen), bevor er dann nach 5 Jahren zum größten Teil vernichtet wurde. Ich suchte die Ordner mit den Kopien der Absageschreiben des vergangenen Jahres 1999, wurde fündig und griff mir den Ordner S–T.

Ellen Trechend …

Ich blätterte durch die zahllosen Standardabsagen, bis ich auf den entsprechenden Brief stieß. Nein, ich hatte mich nicht geirrt: Vor einem Jahr hatte mir eine Ellen Trechend das Manuskript eines Halloween-Horror-Romans zugesandt, mit der Bitte um Prüfung und Veröffentlichung. Ersteres hatte ich getan, Letzteres nicht. Meine Ablehnung hatte ich mit dem Argument begründet, dass Halloween vielleicht in den USA, nicht aber hierzulande ein Thema sei.

Langsam kamen mir Details der Geschichte wieder in Erinnerung. Es ging um einen bösen Leprechaun, der an Halloween die halbe Anderswelt und halb Irland gleichermaßen verwüstete – also so offensichtlich die Abwandlung der alten Legende von *in t'Ellén trechend*, dass ich mich jetzt fragte, wieso mir nicht schon damals aufgefallen war, dass es sich bei dem Namen der Autorin offensichtlich um ein Pseudonym handelte. Oder ...?

Ich spürte, wie sich mir der Magen zusammenkrampfte. Die Beschreibung des Leprechauns in der Geschichte fiel mir wieder ein: ein braun-gelbes Männchen mit grünem Mantel und breitkrempigen Hut, klein, hutzlig und verwachsen.

Mir wurde schwindlig. Ich hatte dieses Männlein heute, ein Jahr nach der Ablehnung des Romans, schon zweimal mit eigenen Augen gesehen: im Garten und auf meinem Computerschirm ...

»Und jetzt siehst du mich ein drittes Mal!«

Die Stimme riss mich aus meinen Gedanken und versetzte mir einen derartigen Schreck, dass mir der Aktenordner aus der Hand fiel. Er knallte mit lautem Gepolter auf den Boden. Ich wirbelte herum – und wollte schon erleichtert aufseufzen, glaubte ich mich doch im ersten Augenblick nur Ungeheuer-Ulf gegenüber. Doch die Erleichterung verflog rasch. Dieses rätselhafte Wesen hier war viel kleiner als der Kollege aus der Rätselredaktion. Ungläubig starrte ich auf den Gnom, der keine zwei Schritte von mir entfernt vor der

Tür stand und mir jeden Fluchtweg versperrte. Es war ein braun-gelbes Männchen mit grünem Mantel und breitkrempigen Hut, klein, hutzlig und verwachsen – kurz: Es war der Leprechaun aus der Geschichte von Ellen Trechend.

Ich versuchte etwas zu sagen, aber die Stimme versagte mir. Der Leprechaun grinste.

»Ich wusste, dass du mich aufstöbern würdest. Lektoren sind schlaue Kerle. Aber ich wollte ja auch, dass du mich findest. Ich habe dich hierher gelockt, und du bist tatsächlich in die Falle getappt.«

Ein hässliches Lachen folgte, das mir einen kalten Schauder den Rücken hinunter jagte.

»Wer ... wer bist du?«, fragte ich und wich so weit zurück, wie es mir möglich war. Als ich mit dem Rücken gegen das Regal stieß, blieb ich notgedrungen stehen. Mit der Hand versuchte ich unauffällig nach etwas zu tasten, das mir als Waffe dienen konnte, aber da standen nur die alten Ordner, und obwohl deren Inhalt todlangweilig war, bezweifelte ich, dass ich damit etwas gegen diesen Vertreter des magischen Kleinen Volkes würde ausrichten können (es sei denn, ich hätte ihm daraus vorlesen können, aber das würde er sicher zu verhindern wissen!).

»Ich bin Ellen Trechend«, antwortete der Gnom, »zumindest habe ich mich so genannt, als ich dir meinen Roman angeboten habe, mit mir als Helden. Ellén wird es mir verzeihen – ich hab ihr ein Paar tolle Schuhe gemacht. Sie war 'ne gute Kundin – wie alle Frauen – bevor dieser Amergin sie drei Köpfe kürzer gemacht hat. Und so mal eben halb Irland verwüsten, strapaziert ganz schön das Schuhwerk, he he he, das kannst du mir glauben. Aber ich schweife ab ... Du hast mein Meisterwerk mit der fadenscheinigen Begründung abgelehnt, dass Halloween kein Thema sei – und nur wenig später schon eine Halloween-Anthologie veröffentlicht.«

»Augenblick mal!« Jetzt fühlte ich mich bei meiner Lektorenehre gepackt, und das kann gefährlich werden! »1999 war Halloween tatsächlich noch kein Thema für den Buchmarkt. Der Markt hat sich allerdings schnell geändert. Das tut er heutzutage ... der Markt ... also die Gesetze des Marktes ...« Ich brach ab. Der stechende Blick des Leprechauns brachte mich zum Verstummen.

»Papperlapapp! Alles Ausreden. Wie auch immer, ein Leprachán lässt sich nicht so ohne weiteres ins Abseits drängen. Ich habe damals beschlossen, mich zu rächen, und bin aus dem Manuskript in euer – wie nennt ihr Menschen es? – ›Intranet‹ gesprungen. Dort habe ich mich versteckt und geduldig verharrt. Nur an Halloween ist meine Macht groß genug, um in Erscheinung zu treten und euch richtigen Schaden zuzufügen. Ich habe heute deinen Computer abstürzen lassen, und ich habe heute Morgen den Fahrstuhl blockiert, in dem du festgesessen hast. Während des vergangenen Jahres blieben mir allerdings nur ein paar kleine Fingerübungen. Als Erstes habe ich euch natürlich einen Fehler in eure Halloween-Anthologie geschmuggelt – Wolfgangon Poe – ja, das war ich! Als du die Daten übertragen hast, habe ich ein klein wenig damit herumgespielt.« Erneut das hässliche Lachen. Das Blut gefror mir in den Adern. »Aber das war nur der Anfang!«

Seine Augen blitzten derart böse und gemein, dass ich weiter zurückwich und dabei das Regal gefährlich ins Wanken brachte. »Was ... was soll das heißen? Was hast du vor?«

»Wie gesagt, Wolfgangon Poe war nur eine Fingerübung, irgendwann im Frühjahr, zu einem Zeitpunkt, als Halloween noch weit entfernt und meine Macht gering war. Ihr habt ja so schrecklich lange Produktions- und Vorlaufzeiten! Aber heute Nacht, an Halloween, bin ich mächtig. Niemand kann mich aufhalten, und ich werde als Fehlerteufel mein Unwesen im Verlag treiben, dass euch die Augen übergehen!«

Die meinen taten es jetzt schon, und der fiese Gnom lachte amüsiert, als er meinen Gesichtsausdruck bemerkte.

»Das ist noch nicht alles. Sicher fragst du dich, warum ich dir das alles erzähle. Du könntest ja eine Hausmitteilung schreiben, mit einer Warnung, dass niemand Daten über das Intranet versenden soll. Aber wie willst du die Hausmitteilung im Haus verteilen? Über das Intranet? Hahahah!«

»NOCH gibt es Papier und Bleistift, und ich werde ...«

»Gar nichts wirst du, denn du wirst diese Kammer nicht mehr verlassen – auf jeden Fall nicht lebend.«

Der Leprechaun kam einen Schritt näher. In der Hand hielt er plötzlich ein klobiges Werkzeug ... irgend so ein Schuhmacherwerkzeug eben, mit dem er mich erschlagen und dessen verdammter Name mir in diesem Augenblick einfach nicht einfallen wollte. Aber ist das verwunderlich? Selbst einem Lektor dürfen in solch einer Situation einmal die Worte fehlen.

Weitfixleisten! Das war's – na, klappt ja doch noch. Sie sehen, selbst im Anblick höchster Gefahr ist auf den Wortschatz eines Lektors Verlass!

Ich sah also mein Ende gekommen. Das war's, dachte ich, man wird mich irgendwann hier unten finden, erschlagen von einem irischen Gnom mit einem Weitfixleisten, zwischen den verstaubten Akten der gesammelten Absageschreiben – was für ein Tod für einen Lektor! Bildete ich es mir nur ein, oder war an diesem Tag der Magie alles möglich? Hörte ich aus den Aktenordnern ein Kichern? Das zufriedene, rachsüchtige Kichern all der Autoren, deren Werke nie »einen Platz in unserem Programm gefunden hatten«?

Die Knie gaben mir nach, ich sank zu Boden und befand mich plötzlich auf Augenhöhe mit dem giftbösen Leprechaun. Der Gnom hob die Hand mit dem Weitfixleisten. Er lächelte jetzt nicht mehr. Aus seinen Augen sprach blutigster Ernst.

»Und nun, mickriger Lektor: **STIRB!**«

Und das tat ich dann auch.

ENDE

Nein, doch nicht. Ich gebe zu, ich wollte einfach schon immer mal eine Geschichte so wie eben enden lassen – aber die Autoren hören ja in den seltensten Fällen auf ihren Lektor. Also bleibt wieder einmal alles an einem selber hängen.

Die Geschichte ist natürlich nicht zu Ende, und tot bin ich auch nicht. Wie hätte ich sonst diese Seiten schreiben können? Na?

Der Leprechaun hatte den Fehler begangen, mich ›mickrigen Lektor‹ zu nennen – und mich damit erneut bei meiner Berufsehre gepackt. Neben all den anderen phänomenalen Eigenschaften, die in dieser kurzen – und im Übrigen vollkommen wahren – Geschichte dezent angedeutet wurden, muss ein Lektor nämlich auch ein Verhandlungsgenie sein. Und diese Eigenschaft rettete mir in den muffigen Katakomben des Verlags das Leben.

Moment, so dachte ich mir nämlich, wer es schafft, geldgierigen amerikanischen Literaturagenten wie Larry Barrow (Name von der Red. geändert!) von ihren horrenden Lizenzforderungen abzubringen, der würde doch wohl noch mit einem kleinen, hutzligen und verwachsenen braun-gelben Männchen mit grünem Mantel und breitkrempigen Hut aus dem irischen Feenreich fertig werden!

Also hob ich die Hand und sprach wie so oft auf zahllosen Buchmessen zuvor: »Augenblick mal . . . «

Und tatsächlich gelang es mir mit viel Verhandlungsgeschick, den Leprechaun davon zu überzeugen, dass er mich nicht töten und nicht als Halloween-Fehlerteufelchen durch unseren Verlag geistern sollte. Ich versprach ihm dafür, dass wir nächstes Jahr, also zu Halloween 2001, eine weitere Halloween-Anthologie veröffentlichen würden. Darin würde mindestens eine Geschichte einen Kollegen von ihm, einen cleveren Leprechaun als Helden haben, und auch sonst sollten die Vertreter der Anderswelt des Öfteren über die dummen Menschen triumphieren. Und in der Tat ist es so gekommen. Lesen Sie selbst . . . .

PS: ›Wolfgangon Poe‹ haben wir übrigens in der zweiten Auflage der ersten Halloween-Anthologie zu Grabe getragen. Wer also noch eine Erstauflage besitzt, der hüte sie gut, denn sie ist ein wertvolles Sammlerstück! Und er passe auf, dass das kleine Teufelchen nicht eines Tages bei ihm zu Hause sein Unwesen treibt. Ich für meinen Teil kann nur hoffen, dass der Leprechaun sich an die Abmachung hält und uns nicht wieder dazwischenfunkt. Aber bei kleinen irischen Zauberwesen weiß man ja nie . . .

Dietmar Schmidt

Der Blick hinter die Maske

Wie ihr wisst, habe ich zeit meines Lebens teils aus Veranlagung, teils aus beruflicher Prägung die Existenz des Unbegreifbaren bestritten. Vor nicht allzu langer Zeit aber blickte ich ganz unerwartet ins Herz eines Albtraums. Seitdem verstehe ich die Welt anders als zuvor, und diese neu gewonnene Perspektive erfüllt mich mit einer tiefen Angst, die mich nun treibt, in fliegender Hast einen Abriss des Geschehens in die Tasten zu hämmern – von der Hoffnung beseelt, am Ende doch noch etwas zu ändern.

Beginnen will ich, wo alles so harmlos angefangen hat: vor dem Imbisswagen, an dem ich mit Janowski stand, als er seinem Unmut Luft machte.

»Wenn du mich fragst, ist der ganze Halloweenkram doch nichts als Geldschneiderei – genau wie der Valentinstag«, sagte er. »Verschenkt hab ich da noch nie was – du etwa? Das wäre ja noch schöner – die Geschäftsleute denken sich 'nen neuen Feiertag aus, wo man anderen was kaufen soll, und wir fallen drauf rein! Von wegen!«

Gefragt hatte ich ihn nicht. Nach dem Mittagessen, einer Currywurst mit Pommes frites, tranken Janowski und ich noch ein Bier und waren, ich weiß nicht mehr wie, auf ein Thema gekommen, über das er sich ereifern konnte.

Er zog an seiner Zigarette und schüttelte sich. Wir hatten erst Ende September, aber es war schon ziemlich kalt.

»Halloween ist nur die neuste Masche. Erst begeistern sie die Ulligen dafür, indem sie einfach so tun, als hätten wir es schon immer gefeiert, und jetzt greift es schon auf die Erwachsenen über. Tolles Geschäft: Die Privatsender können den ganzen billigen Gruselmüll zeigen, davon quellen in Amiland die Archive über – Geschäfte verkaufen Kostüme, alle möglichen Verlage bringen Sammelbände mit Geschichten zu Halloween raus . . . «

»Aber den Kindern scheint es doch Spaß zu machen«, warf ich ein. Noch während ich sprach, erkannte ich, dass ich einen Fehler beging: Hatte Janowski erst einmal angefangen, konnte man sagen, was man wollte – jedes Wort war ihm Ermutigung, fortzufahren, und Schweigen stoppte ihn selten.

»Sicher, das stimmt schon. Aber ärgern tut's mich trotzdem. Mir geht's ja nicht darum, dass es gefeiert wird, sondern wie man es uns unterjubelt. Du hast doch studiert und so. Macht es dich denn gar nicht sauer, wenn einer frech behauptet, da ist ein Feiertag und man muss ihn begehen? Ich meine, sucht ihr Akademiker denn nicht irgendwie immer nach der Wahrheit, ist es denn nicht schlimm für euch, wenn die Werbefritzen sich 'n Feiertag herbeireden, wo's gar nichts zu feiern gibt?«

Seit meinem Abschluss arbeitete ich als Architekt bei einer Düsseldorfer Baufirma; mit Fragen der Wahrheitsfindung war ich während des Studiums nicht in Berührung gekommen.

»Halloween ist doch ein keltisches Fest, wenn ich mich nicht irre«, sagte ich.

»So, und was hab ich mit Kelten zu tun?«

Janowski hegte und pflegte seine Marotte; ähnliche Vorträge hatte er mir schon zum falschen Jahrtausendwechsel und zur wahren Bedeutung des Wortes Millennium gehalten. Nichts aber brachte ihn so sehr auf die Palme wie die Versuche der Werbeindustrie, die Sprache zu beeinflussen, sie zu verunstalten, wie er es nannte. Wie gut, dass ich ihn noch nicht kannte, als Fernsehspots den Zuschauer mit Attributen wie ›minzig‹, ›buttig‹ und ›unkaputtbar‹ überschwemmten. Bei Unworten wie ›Cerealien‹ konnte er fuchsteufelswild werden.

Ich war von meinen Gedanken abgelenkt gewesen. Immerhin vernahm ich noch sein Fazit, das ich allerdings nicht zum ersten Mal hörte:

»In meinem Lexikon steht nichts von Halloween.«

Und weil ich es schon kannte, hatte ich mir bereits eine Entgegnung zurechtgelegt, die ich nun abschoss:

»Janne, dein Lexikon ist von 1960. Klar steht da nichts von Halloween drin, aber auch nichts von der Mondlandung, vom Punkrock, von Nierentransplantationen und Handys.«

»Mann, hau mir bloß ab mit Händis ...!«

»Ich meine ja nur, dass dein Lexikon nicht mehr ganz auf dem neusten Stand ist.« Wie konnte ich nur so dumm sein, ein weiteres Reizwort aufs Tapet zu bringen?

»Da könntest du Recht haben«, räumte Janowski zu meiner Überraschung ein. »Jetzt, wo du's sagst – neulich hab ich mir so eine alte Schwarte gekauft, und ich glaub, da steht was über Halloween drin. Das ist doch interessant, oder – 'n wirklich altes Buch, aber es steht was drüber drin ...«

Janowski war irgendwie ein Original. Stolz auf seine Herkunft und die Arbeit, die er mit den Händen leistete, entsprach er dem gängigen Klischee weit weniger, als man glauben wollte, wenn man ihn nur kannte, wie er Bier trinkend an Anton's Imbiss stand. (Anton's schrieb sich tatsächlich mit Genitiv-Apostroph, doch darüber ließ Janowski sich nie aus; nur einmal hatte er angemerkt, in einem Kaff irgendwo bei Bonn die ›Krönung‹ gesehen zu haben, einen ›Siebengebirg's Grill‹). Janowski kaufte zwar die BILD-Zeitung, aber nur, um mitreden zu können, wenn die Herrschaften, die ›beide‹ Zeitungen lasen, nämlich BILD *und* EXPRESS, in der Pause zum Schwadronieren beisammensaßen. Seine zweite Zeitung war die ›Süddeutsche‹, und abends guckte er nicht RTL II und SAT.1, sondern 3SAT, Phoenix oder arte. Ein wenig erinnerte er mich an meinen Großonkel, der seinen Lebensunterhalt ebenfalls mit seiner Hände Arbeit verdient hatte und zugleich ein literarisch versierter Mann gewesen war, der mich schon als Kind ans Lesen heranführte. Janowski kaufte sich obskure alte Bücher; auf einem Flohmarkt waren wir uns zum ersten Mal begegnet und ins Gespräch gekommen. Ein Sammler im eigentlichen Sinne war er genauso wenig wie ich; er hielt niemals nach etwas Bestimmtem Ausschau, und ganz gewiss stand er bei keinem Antiquariat im Kundenverzeichnis.

Angefreundet hatten wir uns kurz nach meiner Trennung, als es mir ziemlich elend ging. Nun, wirklich wohl fühlte ich mich noch immer nicht, aber allmählich kam ich über den Berg. Als Wochenendbeziehung hatte es mit Elsa wunderbar geklappt, doch als ich mit dem Studium fertig war, wollte sie, dass ich zu ihr nach Düsseldorf ziehe. Mit viel Glück fand ich dort eine befristete Stelle, ich zog bei ihr ein – und drei Monate später kam das Aus. Nun hing ich mit meinem Zeitvertrag in Düsseldorf fest.

»Schon 'ne ulkige Geschichte mit dem Buch«, sagte Janowski, als ihm mein Schweigen zu lang wurde. »Hab ich sie dir eigentlich schon erzählt? Nein? Also, auf einem kleinen Flohmarkt in Unterrath hab ich es gekauft, der stattfand, obwohl es wie aus Eimern schüttete. Flohmarkt unter Plastikplanen, also mal was anderes. Ganz in der Ecke war ein kleiner Stand, und der Besitzer, ein steinalter Zausel, kam mir ein bisschen seltsam vor. Hatte hauptsächlich alte Baustellenlampen zu verkaufen, aber auch eine Kiste Bücher, in die es die ganze Zeit hineinregnete. Obenauf lagen ein paar Konsalik-Taschenbücher, die waren schon kaum mehr als Brei, und darunter ein Packen Perry-Rhodan-Hefte, die sahen auch nicht besser aus. Darunter fand ich diesen ledergebundenen alten Schinken, und das Wasser, das so weit hineingesickert war, perlte von dem Einband ab. Ich zog das Buch heraus und guckte kurz rein. Gedruckt worden war es 1839, und ich denk noch, das kannst du dir nicht leisten. Aber wenn er's so verkommen lässt, überlege ich, dann weiß er vielleicht gar nicht, was er da hat. Ich frage ihn also, was es kosten soll, und er will bloß zwanzig Mark dafür. Da hab ich ihm einmal Annette in die Hand gedrückt und gemacht, dass ich wegkam. Als ich den Rest des Flohmarkts abgegangen war, kam ich mir doch was schäbig vor, und ich wollte mit dem Alten noch mal sprechen, ihm vielleicht noch ein paar Mark dafür geben, dass er mir sagt, wo er das Buch herhatte. Aber als ich an die Stelle kam, wo der Stand gewesen war, gähnte dort eine Lücke. Der Alte muss zwischendurch abgebaut haben und gegangen sein. Na ja, 'n bisschen Geld hat er ja doch gemacht, dachte ich und bin ebenfalls aufgebrochen.«

»Nette Geschichte. Dann schlag mal in deinem Buch von 1839 nach, ob darin etwas über Halloween steht, und ich gucke in *mein* Nachschlagewerk.«

»Ach, dein Internet ... Na, wenn du meinst.«

Als ich abends nach Hause kam, setzte ich mich an den Computer und recherchierte Halloween. Im Internet fanden sich etliche Seiten zum Thema, einige sogar in deutscher Sprache. Demnach handelte es sich bei Halloween um eine korrumpierte Form (das hätte Janowski gefallen!) des englischen Wortes für Allerheiligen. Ich war überrascht, mit welcher Gefühlsbeteiligung über den Halloweenbrauch geschrieben wurde, doch andererseits ist eben diese Distanzlosigkeit die große Gefahr, wenn man das Internet als Informationsquelle nutzt: Alle Tatsachen sind durch persönliche Anschauungen, Überzeugungen und Vorurteile gefärbt, ohne dass – wie beim gedruckten Buch – ein Lektor bleichend eingegriffen hätte.

Die einen stellten Halloween als harmlosen Volksbrauch dar, die anderen als Mittel der Teufelsanbetung. Zurückgeführt wurde das Fest auf Samhain, den Neujahrstag der Kelten; forschte man intensiver nach, so bemerkte man bald, dass die meisten der keltischen Ursprünge, die man diesen Bräuchen zuschrieb, zumindest fragwürdig waren. Die zeitgenössischen schriftlichen Quellen über das Druidentum sind römischen Ursprungs und daher sehr zweifelhaft, waren Römer und Kelten doch Todfeinde; Berichte über die keltisch-druidischen Gräueltaten dienten Caesar als Rechtfertigung seiner Feldzüge. Inwieweit man antike Propaganda zum Grundstein von Annahmen machen sollte, sei dahingestellt, doch die Ursprünge des Festes lagen tiefer im Dunkeln, als ich geglaubt hätte. Vieles war in späteren Jahrhunderten hinzuerfunden worden; auf diesem Wege hatten sich zahlreiche Anachronismen eingeschlichen. Zum Beispiel sollten an Samhain die Geister der Toten Gestalt annehmen, und die bösesten Geister wurden zu schwarzen Katzen. In Europa und auch Britannien und Irland gab es zwar Wildkatzen, aber als Haustiere wurden Katzen erst in

der zweiten Hälfte des 1. Jahrtausends aus Ägypten einge-
führt. Das Halloweenfest, wie wir es kennen, entstand letzt-
endlich im 18. Jahrhundert in Irland und gelangte durch
die irische Massenauswanderung in den 40er Jahren des
19. Jahrhunderts nach Amerika, wo sich der makabre Hal-
loweenspaß von Neuengland ausgehend rasch in übrigen
Staaten verbreitete.

Ich fasste meine Recherchen in einer Datei zusammen,
druckte sie aus und schob die Seiten in einen Briefumschlag
mit Janowskis Adresse. Jemand, dessen Lexikon 1960 gedruckt wurde, besitzt natürlich auch keinen Internet-An-
schluss und damit eine Adresse, an die man ihm eine E-Mail
mit angehängter Textdatei hätte schicken können, so selbstverständlich diese Art der Nachrichtenübermittlung dem
modernen Menschen auch erscheint; Janowski war kein
Mensch der Moderne.

In den nächsten Wochen bekam ich ihn überhaupt nicht
mehr zu Gesicht. Auch wenn ich nach einem Rüffel meines
Vorgesetzten mittags kein Bier mehr trank, verbrachte ich
meine Pause noch immer häufig an der Würstchenbude,
doch Janowski tauchte nicht auf. Auf meine Nachfrage sagte Anton, seit unserem letzten Treffen sei er nur einmal aufgetaucht und habe nicht gerade gut ausgesehen. Deshalb beschloss ich, am Abend bei Janowski vorbeizuschauen, um
zu sehen, wie es ihm ging. Seine Telefonnummer kannte ich
nicht; als ich ihn einmal danach fragte, hatte er erwidert, er
lasse sich nicht gerne anrufen – Telefonklingeln habe für ihn
immer den Beiklang schlechter Nachrichten. Also musste
ich ihn unangekündigt aufsuchen. Gegen 19:00 Uhr machte ich mich auf den Weg und kam etwa eine halbe Stunde
später bei seiner Wohnung in Derendorf an.

Janowski wohnte unweit der Schlösser-Brauerei und des Schlachthofs in einer Nebenstraße der Yorckstraße. Als ich an der Tür des dunklen Backsteinhauses klingelte, kam gerade ein Nachbar Janowskis heraus. Ich hatte Janowski schon häufiger besucht, sodass der Mann mich erkannte und ins Haus ließ. Ich stieg gleich in den zweiten Stock hinauf, wo Janowski lebte. Eigentlich hatte ich damit gerechnet, dass er in der geöffneten Wohnungstür wartete, doch sie war geschlossen und blieb es auch, obwohl ich mehrmals klingelte.

So, dann ist er also nicht zu Hause, dachte ich und wollte gerade gehen, als ich etwas hörte: Es waren laute, rasche Atemgeräusche, und sie kamen durch die Tür.

»He, Janne, mach doch auf, ich bin's, Lutz«, rief ich gedämpft und klopfte dreimal. Nichts rührte sich, doch mich befiel unversehens das Gefühl, beobachtet zu werden. Ich blickte mich um, aber ich stand allein im Hausflur; es schloss nicht einmal jemand fernsehreif rasch die Türe. Nein, wenn meine Ahnung stimmte, dann wurde ich durch Janowskis Türspion beobachtet – aber wenn er zu Hause war, warum machte er mir dann nicht auf?

Kam ich ungelegen? Hatte er eine Frau bei sich? Janowski war Witwer und keineswegs zu alt für Sex. Wollte er mit der Frau nicht gesehen werden? Aber warum? Oder wollte sie geheim halten, dass sie ein Verhältnis mit Janowski hatte? Wie auch immer, das erklärte wenigstens das schwere Atmen … Beobachteten sie mich jetzt durch den Türspion und warteten, dass ich endlich wieder ging? Plötzlich war ich verlegen, zuckte mit den Achseln und ging zur Treppe.

Kaum trat ich auf die erste Stufe, hörte ich einen Stock unter mir ein leises Trappeln, dann schlichen eilig Schritte die Treppe hinunter. Als ich ins Erdgeschoss kam, sah ich zwei kleine Gestalten hinunter in den Keller flitzen. Kinder, die im Treppenhaus Versteck spielten. Grinsend ging ich zum Ausgang, während die beiden mich aus dem Halbdunkel beobachteten, bis ich die Türe hinter mir zugezogen hatte. Vor dem Haus blieb ich stehen und blickte mich befremdet um; mir erschien es plötzlich, als sei mit der einen oder sogar mit beiden kleinen Gestalten etwas nicht in Ordnung gewesen; dabei hatte ich sie gar nicht genau gesehen und konnte daher auch nicht sagen, wie ich auf die Idee kam. Lag es an ihrer Art, sich zu bewegen? Ich hatte sie allerdings nur schemenhaft erblickt. Sie hatten leise gekichert; hatten sie irgendwie seltsam geklungen?

Ich schüttelte den Kopf und sagte mir, das eigentümliche Verhalten Janowskis habe mich verwirrt, und nun spiele mir meine Fantasie einen Streich. Hier auf der Straße bot der kalte Wind des Spätoktobers ganz anderen Anlass zum Erschauern; ich vertrieb die merkwürdigen Gedanken und beklemmenden Bilder und machte mich auf den Rückweg zum S-Bahnhof.

Drei Tage später rief mich Janowski zu Hause an.

»Weißt du, welcher Tag heut ist?«, fragte er gehetzt.

»Na klar, Sonntag. Deshalb bin ich um die Zeit überhaupt da. – Ach, fröhliches Halloween wünsche ich dir«, versuchte ich zu scherzen, doch ganz wohl war mir dabei nicht. *Die peinliche Situation vor seiner Wohnungstür steckt dir wahrscheinlich noch immer in den Knochen*, dachte ich.

»Hör mal, wenn ich euch neulich gestört habe, dann tut es mir echt Leid –«

»Vergieß mal keine Krokodilstränen«, entgegnete er, und obwohl dieser Ausdruck ganz nach Janowski klang, passte der Tonfall überhaupt nicht zu ihm: Ich hatte ihn noch nie verkrampft erlebt, und nun klang er, als müsse er sich jedes Wort einzeln abringen.

»Weshalb ich anrufe ... Ich hab dir doch von diesem alten Buch erzählt?«, fragte er heiser.

»Ja, klar.«

»Deine Abhandlung über Halloween war ja ganz lehrreich, aber in meinem Buch steht was anderes drin.«

»Tatsächlich? Kommt das Buch denn aus England? Oder Amerika?«

»Nein, aus Deutschland. Wurde sogar von einem Düsseldorfer geschrieben und ist hier in der Stadt gedruckt worden. Dieser Schreiber wusste jede Menge über alte Kulte, und darum geht es in dem Buch. Nur eins von vielen Kapiteln befasst sich mit Halloween, aber er hatte herausgefunden, dass was ganz anderes dahinter steckt, als man uns weismachen will. Aber ich kann am Telefon nur schlecht darüber reden. Hast du heute Zeit? Kannst du vorbeikommen?«

»Na ja, an sich nicht ... «

»Es ist wirklich wichtig, Lutz.«

»Also gut, dann komme ich gleich. In einer Stunde oder so. Lange habe ich aber nicht Zeit. Ich muss heute Abend auf eine Party.«

Als ich vom S-Bahn-Steig die Treppe hochging, knurrte mir der Magen. Es war sehr kühl, und schon auf der Brücke, die über die Gleise führt, begann ich zu bibbern. An der anderen Seite angekommen, bemerkte ich, wie ungünstig der Wind stand: Die Ausdünstungen von Brauerei und Schlachthof erstickten den Stadtteil. Die Kombination aus Kälte, Hunger und Gestank machte mich sehr ungehalten. Als ich in die Straße einbog, jagten Kinder vor mir davon und versteckten sich in einer Garageneinfahrt. Wieder glaubte ich etwas Ungewöhnliches, Befremdendes an ihren Bewegungen zu bemerken, und wieder war es zu schnell gegangen, um etwas Konkretes festzustellen. In den Monaten, die ich Janowski nun schon kannte, hatte ich ihn gut ein Dutzend Mal besucht, und bis zu meinem letzten Besuch war mir an den zahlreichen Kindern, die hier auf der Straße spielten, nie etwas aufgefallen. *Was machst du dir deswegen Gedanken?*, fragte ich mich, ging zur Haustür und klingelte. Dabei spürte ich, wie die Kinder mich vom Garagenhof beobachteten, und hörte sie miteinander wispern.

Nichts rührte sich an der Tür. Allmählich wurde es mir zu bunt. Ich klingelte noch einmal und rechnete schon halb damit, dass er wieder nicht antworten würde. Dann knisterte die Gegensprechanlage, aber ich hörte kein Wort.

»Hör zu, Janne«, sagte ich. »Ich steh hier unten und bin durchgefroren bis auf die Knochen. Wenn du nicht gleich aufmachst, geh ich in die Schlosserstraße und esse was. Danach fahr ich nach Hause. Wenn du bis dahin nicht aufgetaucht bist, kannst du mich echt mal gerne haben.«

Ich erhielt keine Antwort, aber die Tür brummte, und im ersten Moment begriff ich nicht. Dann drückte ich sie hastig auf und trat in den Hausflur, der natürlich nicht geheizt war. Wie um meinen Verdruss komplett zu machen, war Janowskis Wohnungstür geschlossen. Ich stellte mich direkt vor den Spion, damit er mich auch bestimmt sehen konnte. Und ich brauchte nur eine Minute zu warten, schon hatte er mich lange genug beäugt und öffnete die Tür.

Bei meinen bisherigen Besuchen hatte in der Wohnung immer warme, gemütliche Beleuchtung geherrscht, aber damit war es offenbar vorbei. Grelles Licht strahlte mir entgegen. Mit großem Erstaunen bemerkte ich, als meine Augen sich an die veränderten Lichtverhältnisse gewöhnt hatten, dass Janowski offenbar überall, wo es irgend ging, Halogenspots angebracht hatte, die in alle Ecken und Winkel des Wohnungsflurs strahlten und nirgendwo Schatten zuließen.

»Hast du Ikea ausgeraubt?«, fragte ich ihn verdutzt.

»Das hat schon seinen Sinn, Lutz, das hat alles seinen Sinn.«

Nun erst blickte ich ihn richtig an, vorher war ich vom Flutlicht abgelenkt gewesen. Anton hatte nicht übertrieben, als er sagte, Janowski habe nicht gut ausgesehen. Seine Wangen waren eingefallen, und offenbar wollte er sich einen Bart stehen lassen; im Moment befand er sich dabei in der unangenehmen Phase, wo der Bart noch nicht dicht wächst und irgendwie an einen mottenbefallenen Pelz denken lässt. Außerdem war sein Haar grauer geworden, aber das konnte auch an dem grellen Licht liegen – gewaschen hatte er es anscheinend schon länger nicht mehr. Er wirkte verwahrlost. Unstet zuckten seine Augen hin und her, und sein Blick huschte immer wieder in die ausgeleuchteten Ecken.

Er führte mich ins Wohnzimmer, aus dem mir eine starke Hitze entgegenschlug; der altmodische Kohlenofen, mit dem Janowski heizte, musste kurz vor dem Aufglühen stehen. Unglücklich war ich über die Wärme nicht, doch der Zustand des Zimmers entsetzte mich. Ich kannte es nur tadellos ordentlich aufgeräumt, jetzt aber herrschte darin ein heilloses Tohuwabohu. Aufgeschlagene Bücher lagen herum, Papierstapel türmten sich, Fotokopien waren wirr über den Boden ausgebreitet, und hier und da fand sich ein schmutziges Kleidungsstück. Im Zimmer roch es abgestanden, als habe Janowski lange nicht gelüftet, ja, es stank sogar ein wenig nach Schimmel. Jetzt erst begriff ich, wie mies es ihm gehen musste.

Mit zitternden Händen räumte er mir einen Sessel frei

und bot ihn mir an. »Du musst dich wundern, dass ich 'n bisschen verschlampt aussehe«, sagte er, »aber ich bin auf etwas gestoßen, das hat mir keine Ruhe mehr gelassen. Tag und Nacht hab ich mich damit beschäftigt, kaum mal geschlafen, und das jetzt seit fast vier Wochen.«

»Und deine Arbeit?«, fragte ich, während ich mich setzte.

»Die werd ich wohl nicht mehr haben.«

»Was soll das heißen?«

»Na, ich bin nicht mehr hingegangen. Ich glaub nicht, dass sie da noch auf mich warten.«

»Sag mal, spinnst du, Janne? In deinem Alter? Mann, du hattest den Job doch bis zur Rente sicher. Was soll denn jetzt aus dir werden?«

»Gerade wenn man gar nicht damit rechnet, passiert manchmal etwas und stellt einem das ganze Leben auf den Kopf. Dann zählt plötzlich gar nichts mehr, was einem vorher wichtig gewesen ist. Na, und mir ist eben dieses Buch unter die Finger gekommen. Unfassbar, was man daraus erfährt. Ich hab's erst für frühe Fantastik gehalten, aber wenn man die Augen aufmacht, dann sieht man, dass jedes einzelne Kapitel fundiert ist. Nachdem ich das begriffen hatte, hab ich alles stehen und liegen lassen und mich nur noch damit beschäftigt. Diese Dinge müssen unbedingt an die Öffentlichkeit, Lutz. Wenn wir damit herauskommen, dann können sie alle, aber auch wirklich alle Geschichtsbücher neu schreiben. Die Welt ist nicht, was sie zu sein scheint. Was wir über die Welt und den Kosmos zu wissen glauben, ist nur das, von dem sie wollen, dass wir es glauben!« Atemlos verstummte er und sah mir lauernd ins Gesicht. »Du verstehst doch, was ich meine?«

»Wer sind denn ›sie‹?«, fragte ich. »Die Marsmenschen? Die Männer in Schwarz? Die Illuminaten?«

»Das ist zu ernst, um dumme Witze darüber zu machen, Lutz!«, raunzte er mich an, und ich hob erstaunt den Kopf. »Bevor die Menschen kamen, ist die Welt von den Großen Alten beherrscht worden, und die warten nur darauf, dass die Sterne wieder richtig stehen, damit sie zurückkehren können. Aber sie haben Helfer, die in ihrem Auftrag handeln – wahnsinnige oder machtgierige Menschen und unmenschliche Rassen. Sie alle agieren im Verborgenen, als Kulte, von denen man nicht einmal sprechen darf. So heißt auch das Buch, das ich gekauft habe: ›Von Unaussprechlichen Kulten‹, und geschrieben hat es hier in Düsseldorf ein Friedrich Wilhelm von Junzt. Ich habe nachgeforscht, es hat ihn wirklich gegeben. Weißt du, was aus ihm wurde? 1840 ist er ermordet worden – in einem von innen verschlossenen Zimmer hat man ihn mit aufgerissener Kehle gefunden ... rings um ihn verstreut das Manuskript, an dem er am arbeiten war. Und weißt du, wann genau er umgebracht worden ist? Das weiß kaum jemand, das war wirklich schwer herauszufinden.« Ein Ausdruck wilden Triumphs trat auf sein Gesicht. Bei diesem Mienenspiel – dieser *Fratze* – schnürte es mir die Kehle zu; mir kam es vor, als säße ich einem wildfremden Menschen gegenüber – einem Fremden, der den Verstand verloren hatte. »Jemand hat sorgfältig die Kirchenbücher vernichtet, aber zum Glück ein Detail übersehen. In Junzts Todesjahr gehörte das Rheinland schon zu Preußen. Jeder Gemeindevorsteher musste ein Geburten- und Sterberegister führen, eine Art Vorläufer des Standesamtes. Auch diese Dokumente hat man zu beseitigen versucht, aber eine Kopie ist erhalten geblieben und liegt nun im Bundeszentralarchiv. Kein Jahr nach der Veröffentlichung der *Unaussprechlichen Kulte* ist von Junzt ermordet worden – am Morgen von Allerheiligen 1840 hat man ihn gefunden, und da war er schon etliche Stunden lang tot. Verstehst du, was das bedeutet, Lutz? *Von Junzt ist an Halloween ermordet worden!*«

Er blickte mich eindringlich an, seine Augen flackerten. Was sollte ich tun? Ich probierte es mit Vernunft.

»Also, der Autor eines obskuren Buchs wird ermordet. Das Buch handelt von Kulten. Dann war es doch wohl ein Racheakt. Ein okkulter Verein, der zu einem Mord fähig ist, legt die Tat vielleicht absichtlich auf ein solches Datum und sorgt für geheimnisvolle Tatumstände. Sicher ist das aufregend, aber ....«

»Ich bin zu der Überzeugung gelangt, dass von Junzt nur an Halloween ermordet werden *konnte* – von Tätern, die er bloßgestellt hat.«

»Weil Halloween ein unheiliger Tag ist? Also hör mal, Janne, mir klingt das alles ganz nach Räuberpistole. Bist du sicher, dass man dir keinen Bären aufgebunden hat?«

»Meinst du, jemand fälscht meinetwegen altes preußisches Archivmaterial?«

»Na, nicht direkt deinetwegen, aber vielleicht, um eine Art geheimnisvollen Schleier um diesen Junzt zu schaffen? Vielleicht wollten seine Erben noch richtig Kapital aus dem Buch schlagen, als er tot war?«

»Da denkst du zu modern, Lutz. Im Gegenteil, die Erben taten alles, um das Werk zu unterdrücken. Sie versuchten, alle Exemplare zurückzukaufen, und alle, die sie in die Hände bekamen, haben sie vernichtet. Das ›Schwarze Buch‹, wie man es wegen seines Inhalts auch nannte, ist nie wieder aufgelegt worden, jedenfalls nicht in Deutschland. In okkulten Kreisen wird er ziemlich hoch gehandelt, weißt du. Aber keine Angst, ich hab das Buch gut versteckt. Wo es ist, da kommt so leicht keiner drauf. Ich arbeite nur aus Kopien.« Er wies auf die verstreuten Blätter.

»Was ich in diesem Buch gelesen habe, das hält mich pausenlos gepackt, Lutz. Seit Wochen habe ich nicht mehr ohne Albträume geschlafen.«

»Das sieht man«, murmelte ich, aber er beachtete mich gar nicht.

Ich überlegte, wie ich reagieren sollte. Offenbar war Janowski ein wenig durchgedreht, aber was konnte ich unternehmen? Ihm vorschlagen, mal zum Arzt zu gehen? Das hätte er weit von sich gewiesen. Halten sich Verrückte nicht immer für normal und behaupten, mit der übrigen Welt stimme etwas nicht? Vielleicht konnte ich ihn beruhigen, indem ich ihm zuhörte, aber womöglich bestärkte ich ihn damit sogar in seinem Wahnsinn? Wenn ich mich weigerte und ging, richtete ich jedenfalls gar nichts aus. Ließ er sich durch Argumente wieder zur Vernunft bringen? Das war wohl das Einzige, was ich versuchen konnte.

»Okay, ich hör dir zu. Hast du ein Bier für mich? Und vielleicht eine Stulle?«

»Alkohol trinke ich keinen mehr, das lullt nur den Geist ein. Ich lebe jetzt gesund. Aber ich hole dir etwas zu essen.«

Er ging in die Küche und kam mit einer Tüte Chips zurück.

»Das ist deine Vorstellung von gesundem Leben?«, fragte ich.

»Geistig gesund«, sagte er. »Der Körper ... muss mal zurückstehen.«

Ich nickte. »Ja, das sieht man.« Der Eindruck, mit einem – über alle Maßen sonderbaren – Fremden zu sprechen, vertiefte sich mehr und mehr. Er benahm sich nicht nur absonderlich, er sprach meist nicht einmal mehr wie Janowski – manchmal kam es mir vor, als lese er die Worte von einem Blatt ab oder habe sie auswendig gelernt. Allmählich bekam ich es mit der Angst zu tun. Ich wollte gehen, aber würde er mich weglassen oder mir an die Kehre fahren?

»Die Großen Alten, von denen ich sprach – sie kamen von den Sternen und herrschten lange über die Erde; bis eines Tages etwas dazu führte, dass sie nicht mehr existieren konnten. Trotzdem bestehen sie fort –«

»Wie sollen sie fortbestehen, wenn sie nicht existieren können?«, hakte ich ein – ein Ansatzpunkt für ein vernünftiges Gegenargument. »Das ist doch paradox.«

»Nein, das ist es nicht, weil das eine nicht mit dem anderen vergleichbar ist. Von Junzt zitiert einen Reim, der sehr alt sein soll: ›Das ist nicht tot, was ewig liegt, bis dass die Zeit den Tod besiegt.‹ Darauf warten sie, die Großen Alten, und dann erheben sie sich und beherrschen wieder die Erde. Obwohl sie nicht existieren können, bestehen sie fort«, wiederholte er nachdrücklich und blickte mir dabei warnend in die Augen. »Schon als es noch keine Menschen gab, rekrutierten sie sich Anhänger. Obwohl auch Menschen den Großen Alten dienen, sind ihre treusten Helfer die nichtmenschlichen Rassen, die den Menschen und seine Technik fürchten und sich in abgelegenste Gegenden zurückgezogen haben.«

Ich sah ihn nur noch groß an; mir fehlten die Worte. Hätte jemand anders als Janowski vor mir gesessen und in völligem Ernst diesen – solch ungereimten Humbug erzählt, ich wäre aufgestanden und gegangen. Nur Janne konnte ich das nicht antun.

»Diese nichtmenschlichen Völker sind uns völlig fremd, und sie unterliegen Regeln und Gesetzen, die sich unserem Verständnis entziehen. Ein Mensch, der Vertreter dieser Rassen erblickt, könnte vor Furcht sterben.

Und hier kommt Halloween ins Spiel.

Das mit dem keltischen Brauch kann stimmen oder nicht, das ist unerheblich. Von Junzt offenbart, dass es seit grauer Vorzeit einen Kult gab, der die Großen Alten verehrte und mit einer Dienerrasse im Bunde stand, die man verbrämend das Kleine Volk nannte. Daraus ergibt sich aber nur, dass sie kleinwüchsig waren; von Niedlichkeit kann wohl keine Rede sein. Von Junzt schreibt, dass sie überaus abstoßend, ja furchterregend hässlich anzuschauen gewesen seien. Von jeher bewohnten sie nicht die ganze Welt, und wie der Mensch sich ausbreitete, zogen sie sich tiefer zurück, denn er ist stärker und erfindungsreicher als sie. Ein Tag des Jahres aber gehört ihnen, wenigstens dann sollen sie ungestört auf Erden wandeln, und sei es auch nur für diesen einen Tag – genauer gesagt, für eine Nacht.«

Er blickte mich bedeutungsvoll an; ich ahnte, was kommen würde, und konnte ein leichtes Beben meiner Hände nicht verhindern. Der Mensch, der hier zu mir sprach, war nicht Janowski.

»Diese Kultisten riefen den Brauch ins Leben, sich zu Samhain oder auch zu anderen Festen zu verkleiden. Wie maskierte Kinder geht das Kleine Volk dann ungehindert umher; es sind nur wenige, sie fallen nicht auf. In allen Gebieten, wo früher Kelten lebten, gibt es solche Bräuche; zu bestimmten Feiertagen kostümieren sich dort die Menschen mit dämonischen Fratzen. In den angelsächsischen Ländern ist es Halloween, in Bayern und Österreich gibt es die Perchtenläufe. In Mexiko, wo du eigentlich keine Kelten suchst, gibt es den Tag der Toten, den *Día de los Muertos*; hängt er mit dem keltischen Volk der Iberer zusammen, die früher einmal das heutige Spanien bewohnten? In anderen Teilen der Erde gibt es Nächte, in denen man nicht auf die Straße gehen darf. Bei uns fehlt so etwas. An Karneval verkleidet man sich zwar auch, aber trotzdem sind die Kinder nachts nicht auf der Straße. Nutzlos für das Kleine Volk. Ich meine, dass deshalb gezielt versucht wird, das Halloweenfest bei uns zu etablieren. Der Tag des alten Samhain liegt ihnen wahrscheinlich sowieso mehr.«

Er schwieg und sah mir in die Augen.

»Verstehst du, was ich sage, Lutz? Unsere Kinder verkleiden sich als Schreckensgestalten, die Kleinen Leute als Menschen – *und damit treffen wir uns in der Mitte!*«

Ich war baff. Ich wartete, ob noch etwas kommen würde. »War's das jetzt?«, fragte ich schließlich.

»Ja, reicht dir das nicht?«

»Als Gruselgeschichte am nächtlichen Lagerfeuer nicht übel. Vielleicht hättest du die Halogenspots ein bisschen abdimmen und Kerzen anzünden sollen. Deine Story wäre dann sicher wirksamer gewesen. Heute Abend bin ich auf eine Halloweenparty eingeladen. Wenn du Lust hast, kannst du ja mitkommen und deine Geschichte dort zum Besten geben. Die Frauen stehen auf so was. Aber was mich betrifft, so habe ich wirklich die Schnauze voll, Alter«, sagte ich und stand auf. »Wenn's dir wieder besser geht, können wir gern ein Bier zusammen trinken gehen. Aber vorher lass mich bitte in Ruhe, okay?«

Ich nahm meine Jacke und zog sie mir auf dem Weg zur Wohnungstür über.

»Warte«, rief er mir hinterher, »ich muss dir noch was sagen!«

Ich drehte mich um. »Was denn?«

»Die Kinder«, sagte er atemlos. »Die du hörst, aber nie richtig siehst … das sind keine Kinder … es ist Kleines Volk.«

Ich winkte ab, riss die Wohnungstür auf und warf sie hinter mir ins Schloss. Gleich darauf wurde sie wieder aufgezogen.

»Nimm ein Taxi, Lutz«, bat Janowski inständig. »Nimm nicht die Bahn. In der Bahn können sie dir folgen …«

»Mann, lass doch den Quatsch, Janne …«

»Das Schlimmste habe ich dir noch gar nicht gesagt …«

Ich stöhnte auf und rannte die Treppe hinunter.

»Du darfst nicht daran glauben!«

»Kein Problem!«

»Wenn du das Buch willst, kannst du es dir holen!«, hörte ich ihn noch.

Draußen war es kalt, und ich zog den Jackenkragen hoch, dann begann ich, zum S-Bahnhof zu joggen.

Weit war es nicht bis dahin, ich brauchte nur der Yorckstraße zu folgen, vor der Brauerei nach rechts abzubiegen und die Eisenbahnbrücke zu überqueren. Während ich lief, hörte ich es hinter mir immer wieder scharren, und als ich mich einmal umdrehte, sah ich Gestalten, die sich hinter die Büsche vor dem Versicherungsgebäude duckten; wieder die Kinder? Janowskis Kleines Volk? Ich ging weiter. Kaum dass ich mich abwandte, wurden die Geräusche wieder laut – ich ging ein paar Schritte und wirbelte plötzlich herum. Die meisten schafften es, davonzuhuschen, bevor ich sie sah, nur einen, der als Gevatter Tod verkleidet war, erwischte ich noch, er blickte mich erschrocken an und schwenkte drohend die Sense. Mit drei raschen Schritten war ich bei ihm und wollte ihn packen, doch er wand sich flink wie ein Aal, und ich berührte ihn nicht einmal; behände huschte er davon. Ich zwinkerte ungläubig und bemerkte plötzlich, dass die Hand, mit der ich nach dem Kleinen gegriffen hatte, kalt wie Eis war und von den Fingern ein pochender Schmerz ausstrahlte. Ich ballte die Faust und schob sie tief in die Manteltasche, dann drehte ich mich wieder um und beeilte mich, die Brücke zu überqueren. Sie folgten mir immer noch; als ich vor dem Bahnhof ein Taxi stehen sah, stieg ich kurz entschlossen ein. Wegen der Kälte. Die ganze Zeit aber stand mir das Bild vor Augen, das mich mit so großem Unglauben erfüllt hatte: Mir war, als hätte meine Hand den Arm des Kleinen *durchdrungen*.

Mein Wiedersehen mit Janowski fand an Allerheiligen im Leichenschauhaus statt. Nachdem mich gegen Mittag zwei Polizisten aus dem Bett geklingelt hatten, fuhren sie mich dorthin. Dank der Halloweenparty in der Nacht davor dröhnte mir der Schädel, und ich konnte einfach nicht fassen, was die beiden Beamten mir gesagt hatten: dass Janowski tot sei. Ermordet wurde – bestialisch ermordet. Während der Fahrt stellten sie mir die üblichen Fragen. Ob er Feinde gehabt habe? Wo ich gestern Abend gewesen sei? Ob mich auf der Halloweenparty jemand gesehen habe? Ob ich Zeugen benennen könne? Das Übliche, das jeder kennt, der einmal einen Fernsehkrimi gesehen hat, ob Derrick oder Schimanski, das spielt keine Rolle.

Ein Kriminalbeamter nahm mich in Empfang und stellte mir die gleichen Fragen noch einmal. Ich selbst erfuhr nichts von ihm und las erst später in der Zeitung, dass kurz vor Mitternacht Nachbarn die Polizei benachrichtigt hatten, weil eine Reihe entsetzlicher Schreie und wie irr klingender Laute aus Janowskis Wohnung gedrungen waren.

Der Kripobeamte erwähnte allerdings, die Wohnung sei völlig verwüstet worden, und der Täter hätte versucht, die Dielen aufzureißen, sei dabei jedoch von der Polizei gestört worden. Eine Vielzahl von Papieren seien in Janowskis altmodischem Kohleofen verbrannt worden.

Er hielt mir ein angesengtes Stück Papier hin, das in einer durchsichtigen Schutzhülle aus Plastik steckte. »Sagt Ihnen das etwas?«

Ich sah es mir genauer an. Es handelte sich um etwa das Drittel einer DIN-A4-Seite, auf die aus einem anscheinend alten, in Frakturschrift gedruckten Buch kopiert worden war. Mitten im Satz begann eine Passage aus einem längeren Abschnitt:

> sind fremd und schrecklich. Verflucht der Boden, wo tote Gedanken im falschen Leibe zu neuem Leben erwachen, und böse der Geist, den kein Kopf umfängt. Weise sagte Ibn Schacabao, dass glücklich das Grab sei, darin kein Zauberer gelegen, und glücklich bei Nacht die Stadt, deren Zauberer alle Asche sind. Denn schon von alters her ward geraunt, dass die Seele der vom Teufel Erworbenen nicht eilig der fleischlichen Hülle entfliehet, sondern gerade den Wurm, der nagt, nähret und lehret, bis entsetzliches Leben dem Verfall entspringt und finstere Aasfresser der

»Was soll das sein?«, fragte ich. Ich versuchte, mich nach außen hin ruhig zu geben, doch innerlich war ich entsetzt. Wenn sich Janowski in solch verworrenes Zeug hineingesteigert hatte, dann erstaunte es nicht, dass er ein wenig wunderlich geworden war. Andererseits wird man nicht getötet, nur weil man sich mit abstrusen Schriften beschäftigt, und solange die Nazis nicht wieder das Sagen haben, wird für Wunderlichkeit niemand umgebracht.

»Sie haben ihn gestern Nachmittag besucht?«, fragte der Kriminalbeamte.

»Stimmt. Ich bin gegen sechs wieder gegangen.«

»Die Nachbarn sagen, Sie hätten sich auf dem Flur gestritten.«

»Er hat versucht, mich vom Okkultismus zu überzeugen. Das war mir zu dumm, deshalb bin ich nach Hause gefahren. Es war sowieso höchste Zeit, ich musste mich für eine Party umziehen, auf die ich eingeladen war.«

»Halloweenparty?«

»Ja, genau.«

Er nickte. »Gibt's mittlerweile überall. Schießen wie Pilze aus dem Boden. Wie groß war die Party, und wo fand sie statt?«

»Etwa zwanzig Leute. Bei einem Arbeitskollegen.«

»Man hat Sie dort gesehen? Kann jemand bezeugen, dass Sie die ganze Zeit dort gewesen sind?«

Jetzt erst begriff ich, worauf er hinauswollte. »Ich denke schon. Ich habe mit allen möglichen Leuten geredet und hin und wieder auch getanzt ...«

Er nickte. »Als was waren Sie denn verkleidet, Herr Gehring?«

»Äh ... als Gorilla.«

»Na, den dicken Kopf haben Sie wohl immer noch. Das wäre so weit alles. Wenn wir noch Fragen haben, wenden wir uns an Sie. Geben Sie meinem Assistenten Namen und Adresse des Gastgebers von gestern Abend. Und nun müssen wir leider zum unangenehmen Teil kommen.« Er wies auf die Treppe, die in den Keller führte. »Wir konnten nämlich keine Verwandten ausfindig machen, und deshalb muss ich Sie bitten, ihn zu identifizieren.«

Als ich wieder zu Hause war, leerte ich in Gedenken an Janowski erst einmal eine Flasche Bier. Dann setzte ich mich vor den Computer und begann zu recherchieren. Den Namen des Autors hatte ich behalten: von Junzt. Zunächst war ich überrascht, wie viel Material ich zu ihm fand, doch rasch stellte sich heraus, dass es fiktiven Charakter besaß. Offenbar spielten Janowskis ›Unaussprechliche Kulte‹ in einer Serie von Horrorgeschichten eine Rolle – genau wie weitere Bücher: das ›Necronomicon‹, das ›Liber Ivonis‹, die ›Pnakoti-

schen Manuskripte‹ und andere mit gleichermaßen fantasievollen Namen. Sie standen mit einem Rollenspiel in Zusammenhang, und zahlreiche Fans stellten eigene Werke ins Netz. Auch in diesen Erzählungen ging es um Ältere Götter und die Großen Alten, von denen Janowski geredet hatte. Von Junzt war demnach ein Gelehrter, der die ganze Erde bereist und in allen Winkeln der Welt Kulte gefunden hatte, von denen diese Großen Alten angebetet wurden. Obwohl ich das Ganze haarsträubend fand, konnte ich es nicht mehr mit einem Schulterzucken abtun. Hätte ich die gleiche Recherche am Vortag angestellt, hätte ich vermutlich amüsiert den Computer ausgeschaltet, an diesem Nachmittag aber überfiel mich ein sehr fremdartiges Gefühl. Janowski hatte das Buch wirklich besessen. Das war nicht gelogen gewesen. Ich hatte eine Fotokopie daraus gesehen. Sogar das Zitat auf dem angesengten Papier fand ich bald, als ich nach Ibn Schacabao und den Wurm, der nagt, suchte; angeblich stammte es aus der Kurzgeschichte ›*Das Fest*‹ eines Autors namens H. P. Lovecraft, die auf Deutsch erst 1973 in der Sammlung ›*Stadt ohne Namen*‹ erschien, obwohl sie da schon fünfzig Jahre alt war. 1973 setzte man Bücher jedenfalls nicht mehr in Fraktur, auch wenn sie zu einer Reihe gehören, die sich ›Bibliothek des Hauses Usher‹ nennt, und somit musste die Druckseite, die ich gesehen hatte, entweder eine Fälschung gewesen sei, oder es steckte mehr dahinter. Ich ging auf die Seite eines Online-Buchladens und bestellte mir eine Taschenbuchausgabe von ›*Stadt ohne Namen*‹ und das ›*Lovecraft-Lesebuch*‹. Dann suchte ich weiter nach den ›Kulten‹ und den anderen Büchern, eine Tätigkeit, die rasch ausuferte. Vom ›*Necronomicon*‹ und einem ›*R'lyeh-Text*‹ gab es angeblich Nachdrucke, vom ›*Necronomicon*‹ sogar mehrere. Ich fand ausführliche Inhaltsangaben, die jedoch jede Erwähnung eines Halloweenkultes vermissen ließen. Auch zu von Junzts Sterbedatum fand sich keine Angabe; das Jahr 1840 und die Geschichte des von innen verschlossenen Raumes fanden zwar wiederholt Erwähnung, nicht aber, dass er am Morgen von Allerheiligen tot aufgefunden wurde.

Und in einer Sache herrschte Einigkeit: dass es sich bei den Erzählungen, den Großen Alten und den Büchern mit den geheimnisvollen Namen durchweg um Erfindungen handele.

Müde verknüpfte ich von Junzt mit Halloween, doch es fanden sich keine Bezüge. Ich musste sein Buch in die Hände bekommen, ich musste herausfinden, was Janowski so erschüttert hatte. Weshalb war er ermordet worden? Diese Frage erschien mir plötzlich wichtiger als alles andere; er hatte gesagt, ich dürfe nicht ›daran‹ glauben, und das Schlimmste habe er mir noch gar nicht erzählt. Mit der Polizei konnte ich darüber nicht sprechen, dort hätte man mich nur ausgelacht. Ich hatte nicht vor, wie in einem alten Schwarzweiß-Horrorfilm die Rolle des Zweiflers zu übernehmen, der Entsetzliches entdeckt und dafür nichts als Spott erntet.

Was hatte Janowski noch gesagt? Er habe das Buch gut versteckt und arbeite nur aus Kopien, doch wenn ich es wollte, könnte ich es mir holen. Aber wo? Wenn er ein Bankschließfach gehabt hätte, würde ich nur dann Zugriff darauf erhalten, wenn er mich testamentarisch zu seinem Erben machte. Eingedenk dessen, dass die Polizei mich bereits in Verdacht hatte, hoffte ich sehr, dass er mir wenigstens das erspart hatte. Ich könnte mir das Buch holen ... Aber wo?

In der Nacht träumte ich von Janowski. Er stand über mir auf der Treppe des Mietshauses und zeigte in die Ferne, doch wenn ich in die Richtung schaute, die er mir wies, sah ich nur Schwärze.

Am nächsten Morgen musste ich wieder zur Arbeit, und nach Feierabend begann ich damit, sämtliche Antiquariate nach den ›Unaussprechlichen Kulten‹ abzuklappern. Die Reaktionen der Antiquare schieden sich in zwei Kategorien: Die einen sahen in ihren Katalogen nach und sagten mir, das Buch existiere nicht; bei anderen schien ich nicht der Erste zu sein, der danach fragte, und man erklärte mir, es handele sich um ein Werk der Erfindung. Manche verwiesen mich sogar auf Geschichten von H. P. Lovecraft und einem Robert E. Howard, der sich von Junzt und sein Buch ausgedacht haben sollte. Einige der Antiquare vermochten mit ihrer Verachtung für meine Ignoranz kaum hinter dem Berg zu halten.

Zwei Tage nach der Bestellung wurden das ›Lovecraft-Lesebuch‹ und ›Stadt ohne Namen‹ geliefert, beides Sammlungen von Kurzgeschichten und Erzählungen, die ich gebannt las. Sie handelten von den Wesen aus alter Zeit, von denen Janowski gefaselt hatte, doch fand ich keine Informationen, die ich suchte; am Ende von ›Das Fest‹ stieß ich auf die Textpassage von dem verbrannten Seitenrand, wenngleich in einer anderen Fassung, wohl eine Frage der Übersetzung. Oder des Hintergrundwissens?, fragte ich mich kurz. Die ›Unaussprechlichen Kulte‹ wurden nur erwähnt. Unter dem Eindruck von Janowskis Tod, der bizarren Verfolgungsjagd kurz davor und meinem Wissen, dass es von Junzts Buch gab und sein Verfasser gelebt hatte und keine Ausgeburt der Fantasie gewesen war, versetzte die Prosa mich in eine Stimmung, wie ich sie noch nie erlebt hatte.

Bei den Suchaktionen im Internet, die ich parallel dazu betrieb, stieß ich auf das Werk vieler anderer Schriftsteller, die (einer ausdrücklichen Aufforderung Lovecrafts folgend) den Zyklus an Geschichten weiter ausgebaut hatten, den man oft als ›Cthulhu-Mythos‹ bezeichnet findet, benannt nach dem schrecklichsten der nicht gerade anrührenden Großen Alten. Ein Engländer namens Lumley hatte in der heutigen Zeit angesiedelte Romane um einen Titus Crow verfasst, und der recht bekannte Deutsche Hohlbein eine Serie um einen ›Hexer von Salem‹, die im viktorianischen Zeitalter spielt und in der Lovecraft selbst als Handlungsträger vorkommt. Auch hier fand das Buch, nach dem ich suchte, Erwähnung, doch stets nur als Versatzstück eines locker zusammenhängenden Zyklus frei erfundener Erzählungen.

Je häufiger mir die ›Unaussprechlichen Kulte‹ als Fiktion begegneten, desto mehr Zweifel regten sich in mir, und immer häufiger fragte ich mich, ob nicht doch jemand einen grausamen Scherz mit Janowski getrieben haben könnte. Vielleicht gab es ein ganz anderes Motiv für den Mord? Doch wenn es so war – warum hatte der Täter dann sämtliche Fotokopien verbrannt? Und versucht, die Dielen aufzureißen? Mitten in der Nacht nach einem Mord solchen Lärm zu wagen, das wollte doch schon etwas heißen! Er musste nach dem Buch gesucht haben!

Gleichzeitig hoffte ich, mit der Post etwas zu erhalten, was mir weiterhalf – hatte Janowski das Buch vielleicht noch vor seinem Tod als Päckchen aufgegeben, das mir nun zugestellt wurde? Oder vielleicht erhielt ich einen Brief mit einem Abholschein? Doch nichts dergleichen geschah, und sosehr ich mir den Kopf darüber zermarterte, wo ich es mir ›holen‹ sollte, wenn ich wollte, mir fiel keine Antwort ein. In seinem Nachlass, der an entfernte Verwandte ging, die in Schleswig-Holstein lebten, fand sich das ›Schwarze Buch‹ jedenfalls nicht.

So verging fast die ganze Woche, bis ich am Samstag kurz vor Ladenschluss in ein Antiquariat der Vorstadt kam, das diesen Namen kaum verdiente; es nannte sich denn auch Flohmarkt. Auf meine mittlerweile wohl in recht entnervtem Ton vorgebrachte Frage nach dem Buch, sah mich der Inhaber sehr merkwürdig an. Es war ein alter Mann mit kalkigem Gesicht und einem Glasauge; auf dem Scheitel saß eine speckige Baskenmütze, die ihn zusammen mit dem grauen Schal und einer beigebraunen Strickjacke selbst in seinem überheizten Laden noch vor Kälte schützen sollte.

»Das gibt's doch gar nicht, das Buch«, sagte er. »Das ist erfunden.« Wie er mich dabei ansah, machte mich frösteln; selbst der tote Blick des Glasauges fuhr mir in die Glieder. Das Atmen fiel mir schwer, und mein Herz pochte; ich spürte, dass ich diesmal an die richtige Adresse geraten war. Dieser Mann wusste etwas.

»Ich habe Fotokopien daraus gesehen«, entgegnete ich, holte Luft und fügte hinzu: »Darin stand etwas über den Wurm, der nagt.« Sollte er mich doch auslachen, wenn er wollte.

»Das ist auch aus einer Geschichte. Ein Zitat aus dem ›Necronomicon‹ soll es sein. Warum glauben Sie nicht, dass es nur Geschichten sind, mein Herr?«

»Weil wegen dieser *Geschichten* ein Freund von mir ermordet worden ist.«

»Und da suchen Sie weiter? Was, wenn man Sie auch ermordet?«

»Da müsste aber erstmal jemand kommen ... ich warte jedenfalls nicht schreckensstarr auf meinen Tod.«

»Sie sind noch jung, Sie wissen nicht, wie es ist, wenn der Tod näher kommt ... Sie tun sich keinen Gefallen, wenn Sie sich mit derlei Dingen befassen, ohne sie für erfunden zu halten, glauben Sie mir.«

»Versuchen Sie ehrlich, mich davon abzubringen, oder wollen Sie mich nur neugierig machen?«

»Die meisten Leute, die von solchen Dingen wussten, sind tot, mein Herr. Wie Ihr Freund.«

»Wie kommt es dann, dass Sie noch leben, denn Sie scheinen sich ja ganz gut damit auszukennen?«, fragte ich.

»Weil der Schein trügt. Eigentlich weiß ich gar nichts, nur, dass es was zu wissen gibt. Und ich strebe nicht nach mehr. Ich versuche auch nicht, die Menschheit zu warnen, indem ich das wenige, was mir bekannt ist, in Geschichten fasse, die dann doch keiner für Ernst nimmt. Außer denen, die das Wissen hüten. Die bringen einen dafür um.«

Mir verschlug es die Sprache. Dieser Mensch sah mir kalt lächelnd ins Auge und redete von Janowski, als hätte der sich seinen Tod wegen eigener Dummheit selbst zuzuschreiben – und als stünde ich als Nächster in der Warteschlange. Plötzlich befiel mich eine entsetzliche Wut auf den feixenden Alten, und ich hätte ihm am liebsten den faltigen Hals umgedreht. Doch weitergebracht hätte es mich kaum. Ich wollte etwas von ihm erfahren und nicht meine Trauer und Frustration an ihm abreagieren!

Er musterte mich forschend, und seine Zunge, von der Farbe eines Fischbauchs, sondierte seine Lippen. An eine uralte Echse, die schon vor Jahrhunderten zum letzten Mal Mitleid empfunden hatte, ließ er mich denken, und fast kehrte sich mir der Magen um.

»Was ich damit anfange, können Sie getrost mir überlassen«, sagte ich und legte ihm zweihundert Mark auf die Ladentheke. Mit der flachen Hand hielt ich die beiden Banknoten fest.

»Wenn es dieses Buch gäbe, wäre Ihre Chance, es zu finden, sehr gering«, sagte der Alte. »Fast alle Exemplare wären vernichtet. Die meisten Überlebenden stünden bei gewissen Instituten in der geschlossenen Sammlung und wären der Öffentlichkeit nicht zugänglich. Einige private Sammler würden vielleicht Exemplare besitzen, aber die wären noch weniger bereit, Sie hineinblicken zu lassen, als die Institute. Ich rate Ihnen noch einmal, lassen Sie die Finger davon. Ihre Suche ist mit fast völliger Sicherheit zum Scheitern verurteilt, und wenn Sie gegen alle Chancen doch Erfolg hätten, wäre es Ihr Ende. Entweder würde Ihnen das, was Sie darin lesen, den Verstand rauben, oder man tötet Sie für Ihr Wissen. Vielleicht geschieht sogar beides.« Er glotzte mich an mit seinem einen Auge, und mir wurde schwindlig. Ich raffte die Geldscheine an mich und floh aus dem Laden. Beim Verlassen des Geschäfts fiel mir ein Karton voll Baustellenlampen samt Batterien auf, der unter dem anderen Plunder wie ein Fremdkörper wirkte.

Mit erfolglosen Internetrecherchen, Antiquariatsbesuchen und einer Reise nach Stuttgart zu einer Börse, auf der seltene alte Bücher verkauft wurden, verging der Rest des Jahres, und als das Weihnachtsgeschäft richtig einsetzte – nicht das vorweihnachtliche Weihnachtsgeschäft, bei dem einen in allen Supermärkten die Schokoladennikoläuse schon im September angrinsen – die Zeit, in der man Weihnachtsgeschenke noch kaufen *will* –, nein, das richtige Weihnachtsgeschäft, wo man unbedingt zusehen *muss*, wie man den leeren Gabentisch füllt und hohläugige Familienväter, unter Schenk-Druck zerbrechende Mütter und verzweifelte Kinder Zombies gleichend durch die Kaufhäuser taumeln –, als dieses echte Weihnachtsgeschäft einsetzte, erlahmte mein Antrieb, und am Tag vor Heiligabend stellte ich die Suche nach dem Schwarzen Buch von Junzts ein. Die Feiertage verbrachte ich bei meinen Eltern – dabei dachte ich immer daran, dass ich beim letzten Weihnachtsfest noch mit Elsa zusammen gewesen war, doch in der Woche vor Neujahr verschwand sie endgültig aus meinen Gedanken.

Ein Kollege lud mich zu seiner ›Millenniums-Sylvesterfeier‹ ein, und während die Sektgläser klingelten und am Himmel die Raketen detonierten, dachte ich seit über einer Woche wieder an Janowski. Wie abschätzig er den Rummel betrachtet, wie spöttisch er sich über einen Jahrtausendwechsel geäußert hätte, den man aus Gewinnsucht um ein Jahr vorverlegte.

In dieser Nacht war es, dass ich Katrin kennen lernte und wir uns ineinander verliebten. Unsterblich, wie es anfangs schien, doch leider endete mit dem Frühjahr auch der Rausch, der Sommer verlief eher drückend als heiter, und Anfang Herbst trennten wir uns wieder.

In den Tagen nach dem Bruch war ich, wie sollte es anders sein, recht deprimiert, aber zugleich auch sehr erleichtert. Es wurde mir zur Gewohnheit, nach dem Büro lange Spaziergänge zu unternehmen, und ich lernte die Altstadt und viele andere schöne Stellen erst richtig kennen. Oft streifte ich dabei ziellos umher, und eines Abends stellte ich fest, dass ich einen großen Bogen beschrieben hatte und unweit des Büros ans Rheinufer gelangt war. Da stand er vor mir, Antons – nein, *Anton's* Imbisswagen. Zu meinem großen Erstaunen überfiel mich bei diesem Anblick eine starke Gefühlswelle, die Tränen schossen mir aus den Augen, und die Geschichte um Halloween, Janowski und sein schreckliches Ende trat in mein Gedächtnis zurück. Mir schauderte. Auf mir lastete die Schuld, ihn am Abend seines Todes im Stich gelassen zu haben, und ich setzte mich zusammengekrümmt auf eine Bank und wischte mir die Augen trocken.

Knapp ein Jahr her, dass wir uns hier das letzte Mal getroffen haben, dachte ich.

Das Buch, nach dem ich anfangs so verbissen suchte, hatte ich nicht gefunden und daher die Geschichte nicht aufklären können. Und niemals hatte ich herausgefunden, was Janowski gemeint hatte, als er sagte …

Ich hob den Kopf und blickte mit offenem Mund auf den Würstchenwagen, unsere einzige Gemeinsamkeit. Plötzlich war mir kalt. Ich schlug den Jackenkragen hoch, stand von der Bank auf und ging zum Wagen. Dort ließ ich mir eine Currywurst mit Pommes frites geben.

»Kennen wir uns nicht?«, fragte mich Anton.

»Doch, doch, ich war letztes Jahr oft hier, mit Janowski.«

»Ja, genau, hätt dich fast nicht wiedererkannt, du warst ja lange nicht mehr hier. Wohl wegen Janowski, dem armen Schwein?«

»Ja, wegen ihm«, sagte ich. Als er mir das Pappschälchen reichte, sah ich ihn an und fragte:

»Sag mal, hat Janowski dir eigentlich etwas zur Aufbewahrung übergeben, bevor er starb?«

Anton nickte. »'n paar Wochen vorher. Eine alte Aktentasche. Er sagte, dass entweder er selbst oder du das Ding wieder abholen würde. Er hat mir eingeschärft, nicht reinzugucken, und das hab ich auch sein gelassen. Willst du Sie gleich haben? Ich hab sie hier noch liegen.«

Ich stimmte zu, und er reichte mir eine dicke Aktentasche aus braunem, abgewetztem Leder, die nach Fritierfett roch. »Hier ist sie. Meine Güte, ich wusste gar nicht mehr, wie schwer das Ding war! Was hat er denn da drin? 'n Buch oder was?«

Heute ist der Tag, an dem ich sterben muss, so wie jeder gestorben ist, der das Geheimnis kennt. Einen Kult gibt es schon lange nicht mehr – das Kleine Volk hat ihn ausgelöscht, nachdem er seinen Zweck erfüllt hatte. Und trotzdem hat sich das Wissen über die Jahrhunderte erhalten.

Vor drei Tagen – ich kaufte gerade das Nötigste ein – hörte ich sie hinter mir trippeln, doch als ich mich umdrehte, war niemand zu sehen. Ich weiß aber trotzdem, dass sie da sind. Ich wusste an dem Tag auch, dass ich sie nicht zu fassen bekommen konnte – nicht vor heute, denn erst an Halloween treten sie in unsere materielle Welt über. Janowski hat mir nicht alles gesagt, was er erfahren hatte, oder vielleicht hatte er nicht alles wirklich verstanden. Womöglich war er auch zu aufgeregt gewesen, zu sehr damit beschäftigt, mich zu überzeugen. Er sagte, das kleine Volk wäre aus den Teilen der Welt geflohen, in denen Menschen leben – in Wahrheit aber haben sie sich auf eine andere Ebene der Existenz zurückgezogen. Nur einmal im Jahr wollen oder müssen sie auf die stoffliche Welt ihres Ursprungs zurück. Janowski sagte, an diesem Tag im Jahr wollten sie sich frei bewegen können, und der Kult habe es ihnen ermöglicht. Das hat er falsch verstanden. An jenem einen Tag im Jahr gehört dem Kleinen Volk die Welt, und der Kult wollte die Menschheit vor diesem Wissen bewahren. In den Wochen vor diesem schrecklichen Tag manifestieren die Kleinen Leute sich immer intensiver, können beobachten und erfahren durch Methoden, die ich mangels eines besseren Begriffs als Schwarze Magie bezeichnen muss, welcher unglückselige Mensch sich mit ihnen befasst hat. Und der ist an dem Tag, an dem sie stofflich werden, des Todes.

Kann ich mich retten? Heute ist Montag, der 31. Oktober. Wie soll ich mich noch retten? Ich sitze im grellsten Lampenschein vor dem Computer und versuche, in letzter Sekunde etwas zu bewirken – nicht für mich, denn ich bin verloren, aber für die Welt. Hatte Janowski das Gleiche vor? Wollte er mich deswegen einweihen? Damit ich sein Schicksal teile? Fürchtete er sich davor, einsam zu sterben? Den Tod vor Augen, zeigt der Mensch sein wahres Gesicht. Doch bin ich mit dem, was ich plane, besser als er? Hätte er mir doch wenigstens alles gesagt. Aber wahrscheinlich hätte ich ihn nicht ausreden lassen …

Als ich aus dem Fenster sehe, entdecke ich sie: Kostümiert drücken sie sich in Ecken und Winkeln, starren zu mir hoch … Wenn die Nacht ganz hereingebrochen ist, dann kommen sie. Hoffentlich lassen sie Anton in Frieden.

Jede Hoffnung auf Rettung ist mir verloren. Wie schützt man sich dagegen, wegen eines Geheimnisses ermordet zu werden? Indem man konsequent zu Ende denkt, was Janowski zu tun versuchte? Indem man das Geheimnis publik macht wie Robert Redford in ›Die drei Tage des Condor‹?

Nun habe ich alles getippt, und draußen ist es stockduster. Die Straßenlaternen sind vor unserem Haus und den beiden Nachbargebäuden erloschen. Gleich wird im Haus, vielleicht sogar nur in meiner Wohnung, der Strom ausfallen. Vor meiner Wohnungstür höre ich Getrappel, etwas scharrt über das Schlossblech. Die Datei abspeichern!

Die Türe ächzt … Sie kommen … Sie wollen verhindern, dass die Menschheit etwas erfährt, was ihr keine Ruhe ließe. Und wer weiß, wozu der Mensch fähig ist, wenn er keine Ruhe mehr findet. Die Welt hat ihm nicht immer gehört, und es gibt einen Tag im Jahr, in dem ein anderes, nichtmenschliches Volk die Erde seiner Gewalt entreißt.

Sie sind da …

Von: Lutz.Gehring@xxx.de
Gesendet am: 31.10.2000
Re: Dringend – sofort lesen

An: FREUNDE DE <Verteilerliste>, VER-
WANDTE <Verteilerliste>,
hfhffhaheg@gmx.com, troirksjf@net-colo-
gne.de, Dietmar-Schmidt-@t-online.dekd-
fjaskfjkjs@freenet.de,
stefan.bauer@luebbe.de,
usx385@dpo.uvr.edu … … …
Anlagen: Halloween.DOC

Hallo Leute,
ich weiß, ich habe lange nichts mehr
von mir hören lassen. Tut mir auch
leid. Trotzdem, lest *bitte* das ange-
hängte Manuskript. Es ist von *höchster* Wichtigkeit, dass ihr es lest!
Verbreitet es über eure Adresslisten
und alle Möglichkeiten, die ihr findet!
Je mehr wir sind, desto sicherer sind
wir auch. Sie können uns schließlich
nicht alle finden.

Euer Lutz

Der Spuk von Chapelizod

Vor ungefähr fünfzehn Jahren lebte in einem kleinen und
verfallenen Haus, das kaum besser als eine Hütte war, eine
alte Frau, von der berichtet wurde, dass sie ihr achtzigstes
Lebensjahr schon beträchtlich überschritten hatte. Sie hieß
Alice Moran mit Namen, war aber allgemein als Ally bekannt. Sie hatte nur wenig Gesellschaft, denn sie war weder
reich, noch, wie der Leser sich schon denken mag, schön.
Neben einem mageren Köter und einer Katze hatte sie nur
einen einzigen menschlichen Geführten: ihren Enkelsohn
Peter Brien, für den sie vom Tod seiner Eltern an bis zu dem
Zeitpunkt, wo meine Erzählung einsetzt, und er im zwanzigsten Lebensjahr stand, mit lobenswerter Gutmütigkeit
sorgte. Peter war ein gutmütiger Bursche, dem aber der
Ringkampf, das Tanzen und die Liebe viel mehr zusagten als
harte Arbeit, und der Whiskypunch guten Ratschlägen vor-
zog. Seine Großmutter hatte eine hohe Meinung von seinen
Fähigkeiten, was ganz natürlich war, und auch von seinem
Geist, denn Peter hatte in den letzten Jahren angefangen,
sich mit Politik zu befassen; und als es offensichtlich wurde, dass er eine tiefe Abneigung gegen ehrliche Arbeit hatte, prophezeite seine Großmutter ihm, wie eine richtige
Wahrsagerin, dass er dazu geboren sei, eine reiche Erbin zu
heiraten. Peter dagegen (der seine Freiheit selbst um diesen

Preis nicht aufgeben wollte) glaubte, dass er dazu bestimmt war, einen Topf voll Gold zu finden. In einem Punkt waren sich beide einig: Da er wegen seiner besonderen geistigen Neigungen nicht zur Arbeit taugte, musste er die großartige Zukunft, die ihm wegen seiner Qualitäten vorbestimmt war, anstreben, indem er sich ganz einfach auf sein Glück verließ. Die Entscheidung, sein zukünftiges Leben so zu gestalten, bewirkte zweierlei. Einmal versöhnte sie ihn selbst und seine Großmutter mit seiner nichtsnutzigen Lebensweise; zum andern blieb dadurch sein fröhliches Gemüt erhalten, dass ihn überall zum gern gesehenen Gast machte, und in Wahrheit das natürliche Resultat seiner Überzeugung war, bald großen Reichtum zu erlangen.

Eines Nachts geschah es, dass Peter sich zu sehr später Stunde mit zwei oder drei Gleichgesinnten in der Nähe von Palmerstown vergnügt hatte. Sie hatten über Politik und Liebe geredet, Lieder gesungen, Geschichten erzählt und vor allem hatte jeder Einzelne von ihnen wenigstens einen halben Liter guten, in Punch gelösten Whiskys geschluckt.

Es war schon lange nach ein Uhr, als Peter seinen Kumpanen Lebewohl sagte, seufzend und mit einem Kloß in der Kehle, sich seine Pfeife anzündete und allein den Heimweg antrat.

Die Brücke von Chapelizod befand sich ungefähr auf der Mitte seines nächtlichen Heimmarsches, und da er aus diesem oder jenen Grund nur langsam vorwärts kam, war es nach zwei Uhr, als er sich über ihre alte Mauerbrüstung lehnte. Er blickte den Fluss hinauf, über dessen Windungen und bewaldeten Ufern das sanfte Mondlicht schimmerte.

Der schwache, kalte Lufthauch, der den Fluss hinabwehte, tat ihm gut. Er kühlte seine schmerzende, pochende Stirn, und Peter trank die frische Luft mit seinen heißen Lippen. Auch übte die Szenerie, ohne dass er sich dessen recht bewusst wurde, eine geheimnisvolle Faszination aus. Das Dorf lag im tiefsten Schlummer, vollkommen still und regungslos. Alles war von Dunstschleiern bedeckt, und das silbrige Mondlicht schwebte über der Landschaft.

Verzaubert und entzückt verharrte Peter, über die Brüstung der alten Brücke gebeugt. Und während er dort stand, sah er, oder bildete sich zu sehen ein, wie entlang des Flussufers in den kleinen Gärten und Einfriedungen im Hintergrund der Straße von Chapelizod, eins nach dem anderen die wunderlichsten kleinen, weiß getünchten Häuschen und Hütten auftauchten, die er dort jemals gesehen hatte. Sie waren noch nicht da gewesen, als er am vergangenen Abend auf dem Weg zu seinem fröhlichen Stelldichein über die Brücke gekommen war. Doch das Bemerkenswerteste bei der ganzen Sache war, auf welch befremdliche Weise diese kuriosen kleinen Hütten sich ihm zeigten. Zuerst sah er aus dem Augenwinkel heraus gerade noch ein oder zwei von ihnen, und als er voll in ihre Richtung blickte, lösten sie sich auf, so seltsam das auch klingen mag, und verschwanden. Dann wurden mehr und mehr sichtbar, doch alle in der gleichen, unbeständigen Weise: Sie tauchten einfach auf und waren wieder verschwunden, ehe er sie richtig betrachten konnte. Nach einer kleinen Weile jedoch hielten sie auch einem etwas längeren Blick stand, und es schien ihm nun, dass er die Vision zusehends länger festhalten konnte, wenn er etwas Konzentration aufwandte. Wenn die Hütten verblassten und fast verschwanden, schien er jetzt die Macht zu haben, sie zurück in die Wirklichkeit und ins Licht zu rufen, bis das Schwanken und Verschwimmen ihrer Erscheinung schließlich mehr und mehr nachließ, und sie einen festen Platz in der mondbeschienenen Landschaft einnahmen.

»Das ist Zauberei«, sagte Peter, starr vor Verblüffung. Die

Pfeife fiel ihm in den Fluss, ohne dass er es merkte. »Das sind ja wohl die verrücktesten Hütten, die man je gesehen hat. Schießen plötzlich aus dem Boden wie Pilze im Abendtau, tauchen hier auf und dann dort hinten, und dann wieder woanders, wie weiße Kaninchen in einem Wildgatter; und jetzt stehen sie da, so starr und fest, als seien sie schon vor der Sintflut da gewesen; wahrhaftig, das könnte einen erwachsenen Mann beinahe dazu bringen, an die Feen zu glauben.«

Diese Worte waren ein großes Zugeständnis von Peter, der ein bisschen Freidenker war, und sich normalerweise verächtlich über Zauberei und Ähnliches zu äußern pflegte.

Nachdem er den mysteriösen Gebäuden noch einen letzten langen Blick gegönnt hatte, machte Peter sich daran, seinen Heimweg fortzusetzen. Er überquerte die Brücke und gelangte, an der Mühle vorbei, schließlich an die Biegung der Hauptstraße der kleinen Stadt, und als er unbekümmert die Dublin Road hinabsah, bot sich ihm ein völlig unerwarteter Anblick.

Er erblickte nämlich nichts anderes als einen Trupp Fußsoldaten, die im perfekten Gleichschritt auf das Dorf zumarschierten, angeführt von einem berittenen Offizier. Der Schlagbaum, der vor ihnen lag, war geschlossen; doch zu seiner größten Verwirrung beobachtete Peter, wie sie durch den Schlagbaum hindurchmarschierten, ohne von diesem Hindernis auch nur die geringste Notiz zu nehmen.

Sie bewegten sich nur langsam voran; und besonders bemerkenswert war, dass sie mehrere Kanonen mit sich führten; einige zogen sie mit Stricken, andere schoben an den Rädern, und die Übrigen marschierten mit geschulterten Musketen vor und hinter den Kanonen, und gaben dieser, wie es Peter schien, unmilitärischen Prozedur so den feierlichen, Ordnung ausstrahlenden Charakter einer Parade.

Es mochte an einer vorübergehenden Schwäche von Peters Sehkraft oder an einer Täuschung, die durch das Zusammenwirken von Nebel und Mondlicht hervorgerufen wurde, vielleicht aber auch an etwas ganz anderem liegen: Jedenfalls hatte die ganze Prozession etwas Schwankendes, Schemenhaftes, das die Augen nicht wenig verwirrte und anstrengte. Es war, als spiegele sich das Gaukelbild eines Festzuges auf Rauch. Jeder Lufthauch schien es zu beeinträchtigen; manchmal war es verschwommen, manchmal verwischt; einmal an dieser Stelle, dann an einer anderen. Manchmal waren die oberen Teile deutlich zu erkennen, während die Beine der Soldaten beinahe völlig verblassten und verschwanden; dann wurden diese wieder klar sichtbar, wie sie im Gleichschritt marschierten, während nun die gesenkten Köpfe und die Schultern durchscheinend wurden und, wie zuvor die Beine, fast völlig verschwanden.

Ungeachtet dieser seltsamen optischen Schwankungen, bewegte sich der Trupp aber stetig vorwärts. Peter duckte sich, um nicht gesehen zu werden, und lief auf Zehenspitzen von der Straßenbiegung bei der alten Brücke hinüber zu einem etwas höher gelegenen Fußweg. Dort stellte er sich in die Schatten der Häuser und hoffte, die Soldaten so aus der Nähe sehen zu können, wenn sie vorbeimarschierten, ohne dabei seinerseits entdeckt zu werden.

»Was, um alles in der Welt«, murmelte er, und sein Herz klopfte trotz der ermutigenden Wirkung des Whiskys wild, denn die Sache wollte ihm nicht recht geheuer erscheinen, »hat dies alles zu bedeuten? Sind das am Ende die Franzosen, die uns Iren endlich ein Bataillon gegen den Engländer schicken? Sind es sie nicht, so frage ich, wer um alles in der Welt ist es dann, denn solche Soldaten hab ich mein Lebtag noch nicht gesehen?«

Mittlerweile waren die Ersten von ihnen schon ziemlich nah, und es ließ sich wahrhaftig sagen, dass es wohl die wunderlichsten Soldaten waren, die er jemals gesehen hatte. Sie trugen lange Gamaschen und lederne Kniebundhosen, dreieckige Hüte, mit silbernen Spitzen besetzt, lange blaue Mäntel mit scharlachroten Aufschlägen und Ausfütterungen; diese Ausfütterungen traten an dem Band hervor, das die beiden Hälften des Rocks hielt; die Mäntel waren vor der Brust nur an einer einzigen Stelle geknöpft, oberhalb und unterhalb dieser Stelle war der Blick auf lose herunterhängende, schneeweiße Wämse freigegeben; sie hatten sehr breite, lange Koppelgurte an und trugen gewaltige Patronentaschen aus weißem Leder, die ungewöhnlich tief herabhingen, und von denen jede einen glitzernden kleinen Silberstern hatte. Was Peter an ihrem Äußeren jedoch am meisten grotesk und fremdländisch anmutete, war der außerordentlich reiche Rüschenbesatz an ihren Hemden auf der Brust und an den Handgelenken, und die merkwürdige Art, in der das Haar unter ihren Hüten eingedreht und gepudert, und hinten zu großen Rollen geflochten war. Ein Reiter jedoch war unter ihnen. Er ritt auf einem großen, weißen Pferd mit edlem Schritt und geschwungenem Hals; er hatte eine schneeweiße Feder in seinem dreieckigen Hut, und sein Mantel glänzte mit einer verschwenderischen Pracht von silbernen Spitzen.

Daraus schloss Peter, dass es sich um den Hauptmann der Abteilung handelte, und er betrachtete ihn aufmerksam, als er vorbeiritt. Es war ein dünner, großer Mann, dessen Beine nicht auch nur annähernd seine Kniebundhosen ausfüllten, und er schien weit über die Sechzig zu sein. Er hatte ein faltiges, wettergegerbtes, maulbeerfarbenes Gesicht, und über einem Auge trug er eine große, schwarze Augenklappe. Er sah weder nach links noch nach rechts, sondern

ritt mit einer grimmigen, militärisch-steifen Unbeweglich-
keit an der Spitze seiner Männer.

Die Mienen all dieser Männer, ob Offiziere oder einfache Soldaten, wirkten sorgenvoll, und zugleich furchteinflößend und wild. Er suchte vergeblich nach auch nur einem
einzigen zufriedenen oder freundlichen Gesicht. Sie boten,
einer wie der andere, einen düsteren und armseligen Anblick; und während sie vorbeizogen, glaubte Peter zu spüren, wie die Luft kalt und seltsam beunruhigend wurde.

Er hatte sich auf eine Steinbank gesetzt, von wo aus er
mit größter Aufmerksamkeit zusah, wie die groteske und
lautlose Prozession an ihm vorüberzog. Lautlos, das war sie;
er konnte weder das Klappern der Ausrüstung noch Fußtrit-
te, noch das Knarren der Räder hören; und als der alte Hauptmann sein Pferd etwas drehte, und seine Lippen sich bewegten, als erteile er einen Befehl, und ein Trompeter mit einer
geschwollenen, blauen Nase und weißen Federrüschen um
seinen Hut das Horn an die Lippen setzte, ja selbst da hörte Peter nichts. Obgleich es offensichtlich war, dass der Ton
die Soldaten erreicht hatte, denn sie änderten sofort ihre
Marschordnung und nahmen in Dreierreihen Aufstellung.

»So was!«, murmelte Peter. »Ja bin ich denn taub geworden?« Doch das konnte nicht sein, denn er hörte ja seine
Atemzüge und das Rauschen des Flusses klar und deutlich.

»Nun gut«, sagte er genauso leise, »beim heiligen Dudel-
sack! Entweder ist's das Heer der Franzosen, gekommen,
um Chapelizod im Sturm zu nehmen, das keinen Lärm
macht, weil's fürchtet, die Bewohner könnten aufwachen;
oder aber s'ist – ist – was andres halt. Doch, Donnerschlag,
was ist denn gegenüber mit Fitzpatricks Laden geschehen?«

Das braune, schäbige Gebäude auf der anderen Seite der
Straße sah neuer und sauberer aus, als er es zu sehen gewohnt war; die Vordertür stand offen, ein Wachposten in

der gleichen kuriosen Uniform schritt mit geschulterter Muskete davor auf und ab. Neben diesem Gebäude befand sich ein großes Tor (an das Peter sich überhaupt nicht erinnern konnte), das gleichfalls offen stand; auch davor patrouillierte ein ebensolcher Wächter, und in diesen Torweg marschierte nach und nach der ganze Trupp Soldaten, sodass Peter sie schließlich aus den Augen verlor.

»Ja schlaf ich denn; träum ich denn?«, sagte er, rieb sich die Augen und stampfte mit dem Fuß auf, um sicherzugehen, dass er richtig wach war. »Das ist schon eine komische Angelegenheit, was immer es sein mag; und nicht nur das, denn alles im Dorf kommt mir sonderbar vor. Treshams Haus dort, neu angestrichen, und, wahrhaftig, Blumen sind in den Fenstern! Und mit Delanys Haus ist's genau dasselbe, obgleich es doch heut Morgen noch keine heile Fensterscheibe hatte, und kaum einen Ziegel auf dem Dach! Das ist einfach nicht möglich; betrunken bin ich, das wird's sein. Der große Baum dort ist noch derselbe, keins seiner Blätter hat sich verändert, seit ich zuletzt vorbeikam; auch die Sterne über mir sind ganz die alten. Ich sehe das alles gar nicht wirklich, jawohl.«

Und so ging er über den Bürgersteig, nach oben blickend, und dabei ständig weitere wundersame Dinge entdeckend; entschlossen, ohne weiteren Verzug nach Hause zu gehen.

Doch seine Abenteuer in dieser Nacht waren noch nicht abgeschlossen. Er hatte beinahe die Abzweigung des kurzen Fußwegs, der hinauf zur Kirche führte, erreicht, als er zum ersten Mal bemerkte, dass in nur wenigen Yards Abstand vor ihm ein Offizier in der gleichen, ihm schon bekannten Uniform, ging. Der Offizier bewegte sich mit leichten, federnden Schatten. Er hatte seinen Säbel unter den Arm geklemmt und sein Blick war gedankenverloren auf den Bürgersteig gesenkt.

Die Tatsache, dass er sich Peters Gegenwart nicht bewusst zu sein schien, und offenbar geneigt war, seine Gedanken für sich zu behalten, hatte etwas Beruhigendes. An dieser Stelle muss noch einmal daran erinnert werden, dass unser Held ein *beträchtliches Quantum* guten Punchs intus hatte, als sein Abenteuer begann; dadurch war er gegen Furcht und Schrecken gefeit, während ihm, in nüchternem Zustand, sicher längst vor Angst die Knie geschlottert hätten.

Der Gedanke an eine französische Invasion reifte in Peters angesäuseltem Hirn zu voller Größe, als er sah, wie der Offizier nonchalant vor ihm herstolzierte.

»Beim Namen von Kelly, der Hure, ich frag ihn, wie die Dinge stehen«, sagte Peter in einem plötzlichen Anflug von Tollkühnheit. »Er wird es mir sagen oder nicht, ganz wie's ihm beliebt, aber jedenfalls kann er nicht beleidigt sein deswegen.«

Inspiriert durch diese Überlegung, räusperte Peter sich und hob an –

»Hauptmann!«, sagte er. »Ich bitte um Verzeihung, Hauptmann, doch vielleicht habt Ihr die Güte, mir zu verraten, wenn's Euer Ehren beliebt, ob Euer Ehren nicht vielleicht ein Franzos' sind, wenn's Euch beliebt.«

Das fragte er; ohne darüber nachzudenken, dass, wenn es so war, wie er vermutete, der Angesprochene, aller Wahrscheinlichkeit nach, nicht ein Wort verstehen konnte. Wie auch immer, er wurde verstanden, denn der Offizier antwortete ihm in Englisch; und er verlangsamte seinen Schritt und trat etwas bei Seite, ganz so, als lade er den Fragesteller ein, den Platz neben ihm einzunehmen.

»Nein; ich bin ein Ire«, antwortete er.

»Ich danke Euer Ehren untertänigst«, sagte Peter und kam etwas näher heran – denn die Freundlichkeit und die

Herkunft des Offiziers ermutigten ihn – »doch vielleicht stehen Euer Ehren in den *Diensten* des Königs von Frankreich?«

»Ich diene demselben König wie du«, antwortete er, mit einem bekümmerten Unterton in der Stimme, den Peter gar nicht bemerkte; seinerseits fragte er nun: »Doch warum fragst du, zu dieser Stunde des Tages?«

»Des *Tages*, Euer Ehren! – Der Nacht meint Ihr wohl.«

»Es war schon immer unsere Art, die Nacht zum Tage zu machen, und so halten wir es auch heute noch«, bemerkte der Soldat. »Aber, was soll's, komm mit zu meinem Haus; ich habe Arbeit für dich, wenn du dir schnell etwas Geld verdienen willst. Ich wohne hier.«

Als er dieses gesagt hatte, winkte er Peter gebieterisch, und der folgte ihm beinahe mechanisch. Sie gingen einen schmalen Fußweg bei der alten römisch-katholischen Kapelle hinauf, an dessen Ende, zu Peters Zeit, die verfallenen Reste eines großen Steinhauses standen.

Wie alles andere in der Stadt hatte auch dieses Gebäude eine Verwandlung erfahren. Die zuvor schmutzigen und verwitterten Wände waren nun gerade, makellos und mit Kieselputz bedeckt, Glasscheiben glitzerten kalt in allen Fensteröffnungen; an der grünen Haustür war ein Türklopfer aus poliertem Messing. Peter wusste nicht mehr, ob er seinen früheren Beobachtungen glauben schenken sollte, oder dem, was er jetzt sah; etwas sehen heißt, es zu glauben, und die Realität dieses Anblicks ließ sich nicht leugnen. Alle seine bisherigen Erinnerungen schienen nur Bilder aus einem Traum zu sein. Durch Verwunderung und Verwirrung wie in Trance überließ er sich daher ganz seinem Schicksal.

Die Tür öffnete sich, der Offizier winkte Peter, wobei eine schwermütige Autorität von ihm ausging, und trat ein. Unser Held folgte ihm in eine Art Diele, wo es sehr dunkel war;

doch die Schritte des Soldaten wiesen Peter den Weg, und schweigend stiegen sie die Treppe hinauf. Im Mondlicht, das durch die Fenster fiel, sah er alte, dunkle Wandtäfelungen und ein schweres Treppengeländer aus Eichenholz. Auf mehreren Treppenabsätzen kamen sie an geschlossenen Türen vorbei, und alles war dunkel und still, was ja auch zu dieser späten Nachtstunde nicht ungewöhnlich war.

Nun hatten sie das oberste Stockwerk erreicht. Der Hauptmann hielt einen Moment vor der ersten Tür inne, dann stieß er sie, mit einem tiefen Seufzer auf, und betrat das Zimmer. Peter blieb auf der Schwelle stehen. Eine schlanke weibliche Gestalt in einem weiten, weißen Gewand und mit einer großen Fülle lose herabhängenden, dunklen Haares stand, mit dem Rücken zur Tür, in der Mitte des Raumes.

Der Soldat blieb, kurz bevor er sie erreichte, stehen, und sagte voller Seelenqual: »Immer das Gleiche, mein Schatz – mein süßer Schatz! Immer das Gleiche.« Daraufhin wandte sie sich plötzlich um und schlang die Arme um den Hals des Offiziers, in einer Geste voller Zärtlichkeit und Verzweiflung; und ihr Körper schien von heftigem Schluchzen geschüttelt zu werden. Schweigend drückte er sie an seine Brust; und der gute Peter spürte, wie ein merkwürdiges Gefühl des Schreckens sich seiner bemächtigte, während er Zeuge dieser geheimnisvollen Klagen und Zärtlichkeiten wurde.

»Heut Nacht, heut Nacht – und dann zehn weitere Jahre – zehn lange Jahre.«

Der Offizier und die Dame schienen diese Worte gleichzeitig zu sprechen; ihre Stimme mischte sich mit der seinen zu einem melodischen und fruchtbaren Wehklagen, wie Sommerwind, der tief in der Nacht durch verfallene Gemäuer heult. Dann hörte er den Offizier allein, mit Qual in der Stimme, sagen:

»Auf mir lastet die ganze Schuld, auf ewig, mein geliebter Schatz, auf mir allein.«

Und wieder schienen sie gemeinsam jenes leise, traurige Wehklagen anzustimmen, das aus weiter Ferne zu kommen schien.

Peter wurde von Entsetzen gepackt, doch zugleich übte das Geschehen eine eigenartige Faszination auf ihn aus; eine starke und verhängnisvolle Neugierde hielt ihn fest.

Der Mond schien schräg ins Zimmer, und durch das Fenster konnte Peter das vertraute Gelände des Parks im Nebel schlafen sehen. Auch konnte er die Möbel des Zimmers einigermaßen deutlich erkennen – die alten Ohrensessel, ein Himmelbett in einer Art Nische und ein Kleiderständer an der Wand, von dem einige militärische Kleidungsstücke und Ausrüstungsgegenstände herabhingen; der Anblick all dieser vertrauten Dinge beruhigte ihn etwas, und er empfand eine unaussprechliche Neugierde darauf, das Gesicht des Mädchens zu sehen, dessen langes Haar über die Epauletten des Offiziers flutete.

Peter hustete also, zuerst leicht, dann etwas lauter, um sie aus ihrer gramvollen Träumerei zu wecken; und offenbar hatte er Erfolg; denn sie wandte sich um, ebenso wie ihr Gefährte; beide standen dort Hand in Hand und blickten ihn unverwandt an. Noch niemals in seinem Leben hatte er so große, seltsame Augen gesehen; die Luft um ihn herum schien unter ihrem Blick zu gefrieren, und sein Herz schien still stehen zu wollen. Unendliches Leid und unendliche Reue spiegelten sich in den schattenhaften Gesichtern, die ihn da ansahen.

Wäre Peter nicht randvoll mit Whisky gewesen, er hätte angesichts dieser Gestalten, deren Äußeres sich auf eine immer deutlichere und furchterregendere, wenn auch kaum zu beschreibende Weise von gewöhnlichen Menschen unterschied, längst allen Mut sinken lassen.

»Was wollt Ihr von mir?«, stammelte er.

»Du sollst meinen verlorenen Schatz auf den Kirchhof bringen«, antwortete die Lady mit einer Stimme von unirdischer Traurigkeit.

Das Wort »Schatz« ließ Peters Entschlossenheit wieder aufleben, obwohl der Angstschweiß ihm aus allen Poren rann und sein Haar sich vor Entsetzen sträubte; trotz alledem glaubte er, dass ihm hier vielleicht das Glück winkte, wenn er nur die Nerven behielt und dieses Gespräch bis zum Ende durchstand.

»Und wo«, keuchte er, »ist er verborgen – wo werde ich ihn finden?«

Beide deuteten sie auf den Sims des Fensters, durch das das Mondlicht ins Zimmer fiel, und der Soldat sagte:

»Unter diesem Stein.«

Peter holte tief Luft und wischte sich den kalten Schweiß von der Stirn; er war bereit, hinüber zum Fenster zu gehen, wo er den Lohn für die erduldeten Schrecken vorzufinden hoffte. Doch als er standhaft zum Fenster blickte, sah er das fahle Abbild eines neugeborenen Kindes auf dem Fenstersims sitzen; es streckte ihm seine kleinen Arme entgegen und zeigte ihm ein so strahlendes Lächeln, wie er es noch niemals zuvor erblickt hatte.

Ausgerechnet bei diesem Anblick rutschte ihm das Herz vollends in die Hose; er sah hinüber zu den beiden Gestalten in seiner Nähe und gewahrte, wie diese den Säugling anstarrten; dabei lächelten sie so verzerrt und böse, dass er das Gefühl bekam, er durchschreite als Lebender die Tore der Hölle; und schaudernd schrie er, von unbändigem Entsetzen gepeinigt:

»Ich habe nichts mit Euch zu besprechen und will nichts

mit Euch zu tun haben; ich weiß nicht, wer Ihr seid, oder was Ihr von mir wollt, aber lasst mich auf der Stelle gehen, Ihr alle, in Gottes Namen.«

Bei diesen Worten drang ein seltsames Poltern und Seufzen an Peters Ohren; es wurde ihm schwarz vor Augen, und er verspürte jenes eigentümliche und nicht unangenehme Gefühl des Fallens, das einen mitunter im Schlaf überfällt, und mit einem dumpfen Aufprall endet. Danach schlief er traumlos und ohne Bewusstsein, bis er schließlich kalt, und steif gefroren aufwachte, ausgestreckt zwischen zwei Schutthaufen in den schwarzen und dachlosen Mauern des verfallenen Hauses liegend.

Es bedarf eigentlich keiner Erwähnung, dass das Dorf wieder das gewohnte vernachlässigte, heruntergekommene Aussehen hatte, und dass Peter vergeblich nach Spuren jener Merkwürdigkeiten suchte, die ihn in der vergangenen Nacht so verwirrt und geängstigt hatten.

»Ja, ja«, sagte seine Großmutter, als er berichtet hatte, was ihm auf der Brücke widerfahren war; sie legte ihre Pfeife beiseite. »Ich kann mich genau erinnern, dass diese kleinen, weißen Hütten in den Gärten am Fluss standen, als ich noch ein kleines Mädchen war. Die Artillerie-Soldaten, die verheiratet waren oder in den Baracken keinen Platz mehr fanden, lebten darin, aber sie sind schon lange Zeit nicht mehr.«

»Der Herr erbarme sich unser!«, fuhr sie fort, als er den Einzug der Soldaten beschrieben hatte. »Es geschah oft, dass ich das Regiment in die Stadt marschieren sah, so, wie du letzte Nacht, Enkel. Oh, wehe, es stimmt mich traurig, wenn ich an jene Tage zurückdenke; das waren schöne Zeiten, ja, das waren sie; aber ist es nicht gar furchtbar, dass es die Geister des Regiments waren, die du sahst? Der Himmel steh uns bei, denn nichts anderes war's, so wahr ich hier sitze.«

Als er das Gesicht und die Gestalt des alten Offiziers, der an der Spitze des Regiments ritt, beschrieb, sagte das alte Weib mit Nachdruck: »*Das* war der alte Oberst Grimshaw, Gott bewahre! Er liegt begraben auf dem Kirchhof von Chapelizod, und gut erinnere ich mich an ihn, denn einst als ich noch ein junges Ding war, war er der größte Raufbold und Schürzenjäger weit und breit – Friede seiner Seele!«

»Amen!«, sagte Peter. »Ich selbst habe schon oft seine Grabinschrift gelesen; aber er ist schon lange tot.«

»Gewiss, ich sage dir, er starb, als ich noch ein ganz junges Ding war – Der Himmel steh uns bei!«

»Ich fürchte, dass ich selbst nicht mehr zu dieser Welt gehöre, jetzt wo ich solche Dinge gesehen habe«, sagte Peter voller Furcht.

»Unsinn, Enkel«, entgegnete seine Großmutter entrüstet, obgleich sie selbst böse Vorahnungen in dieser Sache hatte. »Nimm zum Beispiel Phil Doolan, den Fährmann, der die schwarze Ann Scanlan in seinem eigenen Boot sah; ist ihm vielleicht jemals etwas zugestoßen?«

Peter fuhr mit seiner Erzählung fort, doch als er zur Beschreibung des Hauses kam, in dem sein Abenteuer einen so unheimlichen Schluss gefunden hatte, konnte ihm die alte Frau nicht weiterhelfen.

»Ich kenne das Haus und die alten Mauern gut, und ich kann mich noch an die Zeit erinnern, da es noch ein Dach, Türen und Fenster hatte; aber es war ein verrufener Ort und es ging das Gerücht, dass es dort spukte; doch was es damit auf sich hatte, habe ich völlig vergessen.«

»Hast du jemals gehört, dass dort Gold oder Silber liegen soll?«, forschte er.

»Nein, nein, Enkel, darauf solltest du nicht hoffen; nimm einen guten Rat an, und halte dich von jetzt an von diesen hässlichen, schwarzen Mauern fern, so lange du lebst. Und ich schwöre dir, genau das Gleiche wird dir auch der Pfarrer sagen, fragst du ihn um Rat. Denn es ist klar, dass es etwas Böses war, was du dort gesehen hast, und es war weder Glück noch göttliche Vorsehung, was dich dorthin führte.«

Wie der Leser sich denken kann, erregte Peters Abenteuer nicht wenig Aufsehen in der Nachbarschaft; und ein paar Abende später, als er einen Botengang zum alten Major Vandeleur erledigte, der in einem behaglichen alten Haus unten am Fluss lebte, wurde er in den Salon gebeten und musste die ganze Geschichte erzählen.

Wie ich schon sagte, war der Major alt. Er war klein, dürr und aufrecht, mit mahagonifarbener Haut und einem starren, hölzernen Gesicht; kurz gesagt, er war eine Persönlichkeit, und wenn *er* alt war, folgte daraus, dass seine Mutter noch viel älter sein musste. Es gab niemanden, der sagen konnte, *wie* alt, aber man wusste, dass ihre eigene Generation längst dahingeschieden war, und dass sie keinen Altersgenossen mehr hatte. Sie hatte Franzosenblut in den Adern, und wenn sie ihre Reize auch nicht so gut bewahrt hatte wie Ninon de l'Enclos, so war sie doch noch im vollen Besitz ihrer geistigen Kräfte, und konnte noch gut für sich und den Major sprechen. »Soso, Peter«, sagte sie, »du hast also das gute alte irische Regiment in den Straßen von Chapelizod gesehen. Mach ihm ein Glas Punch, Frank, und Peter, du setzt dich zu uns, und während du den Punch trinkst, lass uns deine Geschichte hören.«

Also saß Peter bei der Tür, einen dampfenden Becher des anregenden Getränks neben sich, und erzählte, – angesichts der Tatsache, dass es außer dem Flackern des Kaminfeuers kein Licht im Zimmer gab, mit bemerkenswerten Mut –, sein schreckliches Abenteuer. Die alte Dame lauschte ihm zunächst mit einem gutmütigen, ungläubigen Lächeln; ihr Kreuzverhör über das Trinkgelage in Palmerstown war ärgerlich, doch als die Erzählung fortschritt, wurde sie aufmerksam, manchmal sogar wissbegierig, und ein- oder zweimal seufzte sie erschreckt oder mitfühlend. Als Peter geendet hatte, starrte die alte Dame ernst und ein wenig traurig auf den Tisch, während sie ihre Katze streichelte. Dann blickte sie plötzlich ihren Sohn, den Major an, und sagte:

»Frank, bei meiner Seele, er hat den verruchten Hauptmann Devereaux gesehen.«

Der Major stieß einen Seufzer der Verwunderung aus.

»Es war genau das Haus, das er beschrieben hat. Ich habe dir die Geschichte oft erzählt, so wie ich sie von deiner guten Großmutter gehört habe: über die arme junge Lady, die er ins Verderben stürzte, und den furchtbaren Verdacht mit dem kleinen Baby. *Sie*, das arme Ding, starb mit gebrochenem Herzen in jenem Haus; und du weißt, dass er kurz danach bei einem Duell erschossen wurde.«

Das war das Einzige, was Peter je über sein Abenteuer in Erfahrung bringen konnte. Man vermutete aber, dass er weiterhin die Hoffnung hegte, bei dem alten Haus sei irgendein Schatz verborgen. Denn man sah ihn oft bei dem Gemäuer herumschleichen, und schließlich ereilte den armen Kerl bei der Suche sein Schicksal; als er eines Tages eine der Mauern hinaufkletterte, gaben die Steine, an denen er sich festhielt, nach; er fiel auf den harten, unebenen Boden, brach sich ein Bein und eine Rippe und starb kurze Zeit später. Und wie die anderen Helden dieser wahren Erzählung liegt er begraben auf dem kleinen Kirchhof von Chapelizod.

NATHANIEL HAWTHORNE

Doktor Heideggers Experiment

Jener sehr ungewöhnliche Mann, der alte Doktor Heidegger,
lud einst vier ehrwürdige Freunde zu sich in seine Studierstube ein. Es waren drei weißbärtige Herren, Mister Medbourne, Colonel Killigrew und Mister Gascoigne und eine
welke Dame, deren Name Witwe Wycherly lautete. Es waren alle vier melancholische Wesen, die im Leben unglücklich gewesen waren und deren größtes Unglück darin bestand, dass sie nicht schon lange in ihren Gräbern lagen.
Mister Medbourne war in der Blüte seiner Jahre ein wohl-
habender Kaufmann gewesen, hatte aber alles in einer wilden Spekulation verloren und war nun nur wenig mehr als
ein Bettler.

Colonel Killigrew hatte seine besten Jahre, seine Gesundheit und Substanz in der Verfolgung sündiger Vergnügen
vergeudet, die eine Brut an Schmerzen hervorgebracht hatten, wie Gicht und verschiedene andere Plagen der Seele
und des Körpers. Mister Gascoigne war ein ruinierter Poli-
tiker, ein Mann mit schlimmem Ruf; das war zumindest so
gewesen, bis die Zeit ihn vor dem Wissen der gegenwärtigen Generation vergrub und ihn vergessen machte, anstatt
berüchtigt. Was die Witwe Wycherly angeht, so erzählt uns
die Geschichte, dass sie zu ihrer Zeit eine große Schönheit
gewesen sei, aber seit langer Zeit wegen gewisser Skandale,

die die Vornehmen der Stadt gegen sie einnahmen, in Abge-schiedenheit lebte.

Es ist vielleicht ein erwähnenswerter Umstand, dass ein jeder der drei Herren, Mister Medbourne, Colonel Killigrew und Mister Gascoigne einst Liebhaber der Witwe Wycherly gewesen waren und einmal an einem Punkt standen, wo sie sich um ihretwillen einander die Kehlen durchschneiden wollten. Und ehe wir mit der Geschichte fortfahren, möchte ich andeuten, dass Doktor Heidegger und seine vier Gäste zuweilen für etwas verrückt gehalten wurden, was nicht selten bei alten Leuten eintritt, wenn sie entweder durch gegenwärtige Sorgen oder durch schmerzhafte Erinnerungen gequält werden.

»Meine lieben alten Freunde«, sagte Doktor Heidegger und wies ihnen mit einer Handbewegung die Plätze an. »Ich wünsche mir Ihre Hilfe bei einem jener kleinen Experimente, mit denen ich mich hier in meinem Arbeitszimmer belustige.«

Wenn alle Geschichten stimmten, dann muss Doktor Heideggers Studierstube ein sehr sonderbarer Ort gewesen sein. Es war ein düsteres, altmodisches Zimmer, verhangen von Spinnweben und von antikem Staub überzogen. An den Wänden standen mehrere eichene Bücherregale, von denen die unteren Borde mit Reihen gigantischer Folianten und Quartos bestückt waren, die oberen mit kleinen pergamentgebundenen Duodecimos. Über dem mittleren Regal stand eine Bronzebüste von Hippokrates, mit dem sich, entsprechend einiger Zeugen, Doktor Heidegger in allen schwierigen Fällen seiner Praxis beriet. In der dunkelsten Ecke des Raumes befand sich ein schmaler hoher Eichen-schrank, dessen Tür offen stand, hinter der misstrauisch ein Skelett erschien. Zwischen zweien der Regale hing ein Spiegel und bot seine hohe und verstaubte Fläche in einem angelaufenen Goldrahmen dar. Unter all den wunderbaren Geschichten über diesen Spiegel hieß es in einer, dass die Geister aller verstorbenen Patienten des Doktors in seinem Rahmen weilten und ihm ins Gesicht starrten, wann er immer einen Blick hineinwarf. Die andere Seite des Zimmers war mit dem lebensgroßen Porträt einer jungen Dame geschmückt, angetan mit der verblichenen Pracht von Seide, Satin und Brokat und mit einem ebenso ausgeblichenen Gesicht wie ihre Kleider. Vor mehr als einem halben Jahrhundert war Doktor Heidegger drauf und dran gewesen, diese junge Dame zu heiraten, aber da sie ein leichtes Unwohlsein überkommen hatte, schluckte sie eine vom Liebsten verordnete Medizin und starb am Abend vor der Hochzeit. Man muss noch die größte Besonderheit dieser Studierstube erwähnen, und das war ein riesiger Foliant, in schwarzes Leder gebunden und mit massiven Silberschnallen. Auf dem Rücken standen keine Buchstaben, und niemand wusste den Titel des Buches, aber es war allgemein als Zauberbuch bekannt, und einmal, als das Dienstmädchen es aufhob, nur um es abzustauben, da hatte das Skelett im Schrank gerasselt, das Bildnis der jungen Dame hatte einen Schritt auf den Boden getan, und mehrere schauderhafte Gesichter spähten aus dem Spiegel hervor, während der Bronzekopf von Hippokrates die Stirn runzelte und sagte:

»Halt ein!«

Das war Doktor Heideggers Studierstube. An dem Sommernachmittag unserer Geschichte stand ein kleiner runder Tisch, schwarz wie Ebenholz, in der Mitte des Raumes und trug ein Kristallgefäß von wunderschöner Form und auserlesener Arbeit. Die Sonne schien durch das Fenster zwischen den Falten eines verblichenen Damastvorhangs hindurch und fiel direkt auf dieses Gefäß, sodass ein milder Glanz von den aschfarbenen Gesichtern der fünf alten Leutchen widerstrahlte, die um den Tisch saßen. Außerdem standen vier Champagnergläser auf dem Tisch.

»Meine lieben alten Freunde«, wiederholte Doktor Heidegger, »darf ich auf Eure Hilfe bei einem äußerst merkwürdigen Experiment rechnen?«

Doktor Heidegger war nun ein sehr sonderbarer alter Herr, dessen Exzentrizität schon Ausgangspunkt für tausend fantastische Geschichten gewesen war. Einige dieser Fabeln kann man, ich muss es zu meiner Schande gestehen, möglicherweise auf mein eigenes mitteilungsfreudiges Selbst zurückführen, und wenn einige Passagen dieser Geschichte den Glauben des Lesers erschüttern, muss ich mich zufrieden geben, das Stigma des Fabulierers zu tragen.

Als die Gäste den Doktor von seinem vorgeschlagenen Experiment sprechen hörten, erwarteten sie nichts Wunderbarereres, als den Mord einer Maus in einer Luftpumpe oder die Untersuchung eines Spinnennetzes unter dem Mikroskop oder ähnlichen Unsinn, mit dem er beständig seine Freunde zu belästigen pflegte. Aber ohne auf eine Antwort zu warten, humpelte Doktor Heidegger durch das Zimmer und kehrte mit dem nämlichen dickleibigen Folianten in schwarzem Ledereinband zurück, der nach dem allgemeinen Urteil das Zauberbuch war. Er öffnete die Silberschnallen, schlug den Band auf und nahm zwischen den Seiten eine Rose hervor, oder besser, was einst eine Rose gewesen war, wenn auch nun das grüne Laub und die roten Blütenblätter einen einheitlichen Braunton angenommen hatten, und die alte Blume schien sich jeden Augenblick in der Hand des Doktors zu Staub auflösen zu wollen.

»Diese Rose«, sagte der Doktor mit einem Seufzen, »diese nämliche verwelkte und zerfallende Blume, erblühte vor fünfundfünfzig Jahren. Sie wurde mir von Sylvia Ward geschenkt, deren Porträt dort hängt, und ich wollte sie bei unserer Hochzeit am Busen tragen. Seit fünfundfünfzig Jahren wird sie zwischen den Seiten dieses alten Bandes gehütet. Würden Sie es für möglich halten, dass diese ein halbes Jahrhundert alte Rose jemals wieder blühen kann?«

»Unsinn!«, sagte Witwe Wycherly und warf rechthaberisch den Kopf zurück. »Sie könnten ebenso gut fragen, ob das runzlige Gesicht einer alten Frau jemals wieder jung sein kann.«

»Seht!«, rief Doktor Heidegger.

Er nahm den Deckel von dem Gefäß und warf die Rose in das Wasser. Zuerst schwebte sie leicht auf der Oberfläche der Flüssigkeit und schien keine Feuchtigkeit aufzunehmen. Bald jedoch war eine einzigartige Veränderung zu beobachten. Die gepressten und getrockneten Blätter regten sich und nahmen einen tieferen Rotton an, als erhole sich die Blume aus totenähnlichem Schlummer; der schlanke Stängel und die Laubblätter wurden grün, und dort war die Rose, ein halbes Jahrhundert alt, und sah ebenso frisch aus, wie, als sie Sylvia Ward ihrem Liebsten gegeben hatte. Sie war kaum aufgeblüht, und einige der feinen roten Blütenblätter schlangen sich noch keusch um den feuchten Kern, in dem ein oder zwei Tautropfen funkelten.

»Das ist sicherlich ein sehr hübscher Trick«, sagten die Freunde des Doktors, jedoch achtlos, denn sie hatten bei der Vorstellung, eines Zauberers größere Wunder erlebt. »Wie bewirkt man das?«

»Haben Sie nie von der Quelle, der ewigen Jugend gehört«, fragte Doktor Heidegger, »die Ponce de Leon, der spanische Abenteurer, vor zwei oder drei Jahrhunderten suchen ging?«

»Aber hat sie Ponce de Leon jemals gefunden?«, fragte Witwe Wycherly.

»Nein«, antwortete Doktor Heidegger, »denn er hat nicht an der richtigen Stelle gesucht. Die berühmte Quelle der ewigen Jugend liegt, wenn ich richtig informiert bin, auf dem südlichen Teil der Halbinsel von Florida, nicht weit vom Macaco-See entfernt. Seine Quelle wird von ein paar gigantischen Magnolien überschattet, die zwar mehrere Jahrhunderte alt sind, aber sich frisch wie Veilchen gehalten haben, wegen der Kraft dieses wunderbaren Wassers. Ein Bekannter, der meine Neugier in solchen Dingen kennt, hat mir das geschickt, was Sie dort in dem Gefäß sehen.«

»Ahem!«, meinte Colonel Killigrew, der kein Wort von der Geschichte des Doktors glaubte. »Und wie ist wohl die Wirkung dieser Flüssigkeit auf den menschlichen Körper?«

»Das sollen Sie für sich selbst beurteilen, lieber Colonel«, antwortete Doktor Heideggers »und Sie auch, meine teuren Freunde, seid willkommen, so viel dieser bewundernswerten Flüssigkeit zu euch zu nehmen, wie nötig ist, Ihre Jugend wiederzubringen. Ich hingegen, der ich viele Schwierigkeiten hatte, alt zu werden, bin in keiner Eile, wieder jung zu werden. Ich werde daher mit Ihrer Erlaubnis nur dem Experiment zusehen.«

Beim Reden hatte Doktor Heidegger die vier Champagnergläser mit dem Wasser aus der Quelle der ewigen Jugend gefüllt. Es war offensichtlich mit einem flüchtigen Gas versetzt, denn ständig stiegen kleine Perlen aus den Tiefen des Glases an die Oberfläche und brachen sich in silbernem Schaum. Da die Flüssigkeit einen angenehmen Duft ausstrahlte, zweifelten die alten Leutchen nicht, dass es anregende und angenehme Eigenschaften besaß, und wenn sie auch seiner verjüngenden Kraft äußerst skeptisch gegenüberstanden, waren sie doch geneigt, es sofort zu probieren

Aber Doktor Heidegger beschwor sie, noch einen Moment zu warten.

»Ehe Sie trinken, meine alten, lieben Freunde«, sagte er, »wäre es gut, wenn Sie sich mit der Erfahrung eines ganzen Lebens als Leitlinie ein paar allgemeine Regeln aufstellten, ehe Sie das zweite Mal durch die Gefahren der Jugend stürmen. Bedenken Sie, was für eine Sünde und Schande es wäre, wenn Sie mit diesen besonderen Vorteilen nicht zu Mustern an Tugend und Weisheit für alle jungen Leute des Zeitalters würden.«

Die vier ehrwürdigen Freunde des Doktors gaben keine andere Antwort, als ein schwaches, zittriges Lachen, so albern war der Gedanke, dass sie, wissend, wie dicht die Reue den Schritten des Irrtums folgte, jemals wieder abwichen.

»Dann trinken Sie«, sagte der Doktor und verbeugte sich. »Ich freue mich, die Objekte meines Experiments so gut ausgesucht zu haben.«

Mit zittrigen Händen hoben sie die Gläser an die Lippen. Die Flüssigkeit, wenn sie wirklich die Eigenschaft besaß, die Doktor Heidegger ihr zuschrieb, hätte kaum vier anderen menschlichen Wesen verabreicht werden können, die es dringender brauchten. Sie sahen aus, als hätten sie nie gewusst, wie die Vergnügen der Jugend waren, sondern als seien sie der Auswuchs an Altersschwäche der Natur selbst und immer die grauen, hinfälligen, saftlosen, elenden Kreaturen gewesen, die nun gebückt um den Tisch des Doktors saßen, ohne ausreichendes Leben in Körper und Seele, um selbst durch die Vorstellung belebt zu werden, wieder jung zu sein. Sie tranken das Wasser und setzten die Gläser wieder auf dem Tisch ab.

Gewiss war eine fast unmittelbare Verbesserung im Aussehen der Gesellschaft zu bemerken, nicht unähnlich dem

Effekt eines guten Glases Wein, zusammen mit einem plötzlichem Aufglühen frohen Sonnenlichts, das sich auf ihren Gesichtern ausbreitete. Ihre Wangen nahmen eine gesunde Farbe an, anstatt des aschenen Hauchs, der sie so totenähnlich hatte aussehen lassen. Sie starrten einander an und stellten sich vor, eine Zauberkraft habe wirklich begonnen, die tiefen, traurigen Inschriften zu glätten, die Mutter Zeit schon so lange auf ihre Stirnen schrieb. Witwe Wycherly rückte ihre Haube zurecht, denn sie fühlte sich fast schon wieder wie eine Frau.

»Geben Sie uns mehr von diesem Wunderwasser!«, riefen sie aufgeregt. »Wir sind jünger, aber wir sind immer noch so alt. Schnell – geben Sie uns mehr davon!«

»Geduld, Geduld!«, antwortete Doktor Heidegger, der das Experiment mit philosophischer Kühle betrachtete. »Sie haben lange Zeit gebraucht alt zu werden. Sicher sind Sie damit zufrieden, in einer halben Stunde wieder jung zu werden. Aber das Wasser steht Ihnen zur Verfügung.«

Wieder füllte er ihre Gläser mit dem Wasser der Jugend, aber es blieb noch genug in dem Gefäß, um die Hälfte aller alten Leute der Stadt ins Alter ihrer eigenen Enkelkinder zurückzuverwandeln. Während die Bläschen noch am Rand sprudelten, rissen die vier Gäste des Doktors bereits die Gläser an die Lippen und schluckten den Inhalt mit einem einzigen Zug. War es eine Täuschung? Schon als ihnen der Schluck die Kehle hinabrann, schien er eine Veränderung in ihren Körpern zu bewirken. Ihre Augen wurden hell und strahlend; ein dunkler Schatten zeigte sich in ihren silbernen Locken; sie saßen um den Tisch herum: Drei Herren mittleren Alters und eine Frau kaum über ihre Blütezeit hinaus.

»Meine liebe Witwe, Sie sind charmant«, rief Colonel Killigrew, dessen Augen auf ihr Gesicht gerichtet blieben, während die Schatten des Alters von ihm forthuschten wie Dunkelheit vor einem scharlachroten Tagesanbruch.

Die schöne Witwe wusste von Alters her, dass die Komplimente von Colonel Killigrew nicht immer der nüchternen Wahrheit standhielten; daher stand sie hastig auf und rannte zum Spiegel, immer noch in der Furcht, das hässliche Gesicht einer alten Frau würde ihr entgegenstarren. Inzwischen verhielten sich die drei alten Herren in einer Weise, die belegte, dass das Wasser der Jugend wirklich berauschende Eigenschaften hatte; es sei denn, ihre aufgeregten Geister unterlagen einem leichten Schwindel, hervorgerufen durch die plötzliche Entfernung der Jahre. Mister Gascoignes Gedanken schienen sich mit politischen Themen zu beschäftigen, aber ob sie sich mit der Vergangenheit, der Gegenwart oder der Zukunft befassten, war nicht leicht festzustellen, da die gleichen Ideen und Phrasen schon vor fünfzig Jahren in Mode waren. Jetzt rasselte er volltönende Sätze über Patriotismus, nationalen Ruhm und das Recht des Volkes, dann murmelte er gefährliche Dinge in hinterhältigem, zweifelhaftem Flüstern, so vorsichtig, dass selbst sein eigenes Gewissen kaum das Geheimnis mitbekam, und jetzt wieder redete er mit gemessenem Tonfall und tief ehrfürchtiger Stimme, als lausche ein königliches Ohr seinen wohl gedrechselten Sätzen. Colonel Killigrew hatte derweil ein fröhliches Trinklied zum Besten gegeben und klingelte im Einklang mit dem Chor sein Glas, während sein Blick zu der frischen Gestalt von Witwe Wycherly wanderte. Auf der anderen Seite des Tisches war Mister Medbourne in eine Berechnung mit Dollar und Cent vertieft, aufgrund derer er sonderbarerweise ein Projekt für die Versorgung Ostindiens mit Eis plante, bei dem ein Eisberg polaren Ursprungs von einem Walgespann dorthin befördert würde.

Was die Witwe Wycherly anbetraf, so stand sie knicksend

vor dem Spiegel, himmelte ihr eigenes Bild an und begrüßte es wie einen alten Freund, den sie mehr liebte als den
Rest der Welt. Sie schob das Gesicht dicht vor das Glas, um
zu sehen, ob gut erinnerte Runzeln und Krähenfüße wirklich verschwunden waren. Sie überprüfte, ob der Schnee
wirklich vollständig aus dem Haar geschmolzen war, damit
sie die ehrwürdige Haube sicher beiseite werfen konnte.
Schließlich drehte sie sich forsch um und trat mit einer Art
Tanzschritt an den Tisch.

»Mein lieber alter Doktor!«, rief sie. »Bitte, beehren Sie
mich mit einem weiteren Glas.«

»Aber gewiss doch, meine liebe Madame, aber gewiss
doch«, erwiderte der freundliche Doktor. »Sehen Sie, ich habe die Gläser bereits nachgeschenkt.«

Dort standen in der Tat die vier Gläser, bis zum Rand mit
dem wunderbaren Wasser gefügt, und der feine Schaum,
der an die Oberfläche stieg, ähnelte dem zitternden Glanz
von Diamanten. Es war nun fast Sonnenuntergang, und das
Zimmer war düsterer als je zuvor, aber ein müder, mondar-
tiger Schimmer glühte in dem Gefäß und breitete sich über
die vier Gäste und die ehrwürdige Gestalt des Doktors. Er
saß in einem hochlehnigen, reich geschnitzten, eichenen
Lehnsessel mit einer so ergrauten Würde, dass er selbst Vä-
terchen Zeit hätte sein können, dessen Macht niemals an-
gegriffen wurde, außer durch diese fröhliche Gesellschaft.
Auch als sie den dritten Schluck Lebenswasser herabspül-
ten, hegten sie fast Ehrfurcht vor seiner geheimnisvollen
Miene.

Aber im nächsten Augenblick schoss ein belebender Stoß
frischer Jugend durch ihre Adern. Sie standen nun in der
glücklichen Blüte des Lebens. Das Alter mit seiner elenden
Kette von Sorgen und Kummer und Leiden wurde nur als
unangenehmer Traum erinnert, aus dem sie fröhlich aufge-

wacht waren. Der neue Glanz der Seele, so früh verloren, und ohne den die folgenden Szenen der Welt nur eine Galerie verblichener Bilder gewesen war, warf wieder seinen Zauber über all ihre Eindrücke. Sie fühlten sich wie neu geschaffene Wesen in einem neu geschaffenen Universum.

»Wir sind jung! Wir sind jung!«, riefen sie überglücklich.

Die Jugend hatte, wie das hohe Alter, alle stark ausgeprägten Züge des mittleren Lebensalters ausgelöscht und sie alle einander angeglichen. Sie waren nun eine Gruppe fröhlicher junger Leute, fast verrückt in der überschwänglichen Fröhlichkeit ihrer Jahre. Der bemerkenswerteste Effekt ihres Frohsinns war ein Impuls, sich über ihre Gebrechlichkeit lustig zu machen, deren Opfer sie vor kurzem noch gewesen waren. Sie lachten laut über ihre altmodische Gewandung, die weiten Röcke und schlabbrigen Westen an den jungen Männern und die uralte Haube und das Gewand an dem blühenden Mädchen. Einer humpelte durch das Zimmer wie ein gichtiger Großvater. Einer setzte sich eine Brille auf die Nase und tat so, als sei er in die Frakturbuchstaben des Zauberbuches vertieft. Ein Dritter setzte sich in einen Lehnstuhl und versuchte, die vornehme Würde von Doktor Heidegger nachzuahmen. Dann schrien sie alle fröhlich auf und sprangen durch das Zimmer. Die Witwe Wycherly – wenn man eine so frische Maid noch Witwe nennen konnte – trat mit kecker Fröhlichkeit in dem rosigen Gesicht zu dem Sessel des Doktors.

»Doktor, gute alte Seele«, rief sie, »stehen Sie auf und tanzen Sie mit mir!« Und dann lachten die vier jungen Leutchen lauter als zuvor über den Gedanken, was für eine komische Figur der arme alte Doktor wohl abgeben würde.

»Bitte verzeiht mir«, erwiderte der Doktor ruhig. »Ich bin alt und habe Rheuma, und die Jahre, in denen ich noch tanzte, sind schon lange vorbei. Aber einer von diesen frohgemuten jungen Herren wird sich über eine so hübsche Partnerin freuen.«

»Tanz mit mir, Clara!«, rief Colonel Killigrew.

»Nein, nein, ich werde ihr Partner sein!«, schrie Mister Gascoigne.

»Sie hat mir schon vor fünfzig Jahren die Hand versprochen«, kreischte Mister Medbourne.

Sie umringten sie. Einer umfasste ihre beiden Hände in leidenschaftlicher Umklammerung – ein anderer warf ihr den Arm um die Taille – der Dritte vergrub seine Hände in den glänzenden Locken, die unter der Witwenkappe hervorquollen. Errötend, keuchend, ringend, scheltend und lachend, wobei ihr warmer Atem ein jedes Gesicht der Reihe nach behauchte, versuchte sie sich loszureißen, blieb aber in der dreifachen Umarmung gefangen. Es gab niemals ein lebhafteres Bild jugendlicher Rivalität, bei der der Preis eine bezauberndere Schönheit war. Doch durch eine sonderbare Illusion, die ihren Grund vielleicht im Dämmerlicht des Zimmers und den alten Kleidern hatte, die sie immer noch trugen, heißt es, dass der hohe Spiegel die Gestalten von drei alten, grauen, welken Großvätern wiedergab, die sich lächerlicherweise um eine hagere, hässliche, runzlige Madame stritten.

Aber sie waren jung; ihre brennende Leidenschaft bewies es ihnen. Durch die Koketterie der Mädchenwitwe, die ihre Gunst weder verschenkte noch sie zurückbehielt, zu Wahnsinn aufgestachelt, begannen die drei Rivalen, sich drohende Blicke zuzuwerfen. Sie hielten ihren schönen Preis immer noch fest und griffen dabei heftig nach der Kehle der anderen. Während sie so hin und her taumelten, kippte der Tisch um, und das Gefäß zersprang in tausend Scherben. Das kostbare Wasser der Jugend ergoss sich in einem hellen Rinnsal über den Boden und befeuchtete die Flügel eines

Schmetterlings, der, gegen Ende des Sommers schwach geworden, sich dort zum Sterben niedergelassen hatte. Das Insekt flatterte leicht durch das Zimmer und setzte sich auf den schneeigen Kopf von Doktor Heidegger.

»Bitte, bitte, meine Herren – bitte, Madame Wycherly«, rief der Doktor aus. »Ich muss doch wirklich gegen einen solchen Lärm protestieren.«

Sie blieben stehen und zitterten, denn es schien, als riefe die Zeit sie aus ihrer sonnigen Jugend zurück, weit fort in die dunklen, fröstelnden Täler des Alters. Sie blickten auf den alten Doktor Heidegger, der in seinem geschnitzten Lehnstuhl saß und die Rose von vor einem halben Jahrhundert hielt, die er aus den Scherben der zerbrochenen Vase gerettet hatte. Auf seine Handbewegung hin nahmen die vier Tobenden ihre Plätze wieder ein, und zwar umso bereiter, als die heftige Anstrengung sie erschöpft hatte, so jugendlich sie auch waren.

»Die Rose meiner armen Sylvia!«, rief Doktor Heidegger und hielt sie vor den Sonnenuntergangswolken ans Licht. »Sie scheint wieder zu verblühen.«

Und genau so war es auch. Noch während die Gesellschaft sie anblickte, welkte die Blume, bis sie wieder so trocken und zerbrechlich war wie zuvor, als der Doktor sie in das Gefäß gelegt hatte. Er schüttelte ein paar Tropfen von den Blütenblättern.

»Ich liebe sie aber genauso wie in ihrer taubenetzten Frische«, sagte er und drückte die welke Rose an die welken Lippen. Beim Reden flatterte der Schmetterling vom schneeigen Haupt des Doktors und fiel auf den Boden.

Wieder erzitterten seine Gäste. Eine sonderbare Kühle, ob vom Körper oder vom Geist her, das vermochten sie nicht zu sagen, überschlich sie allmählich alle. Sie starrten einander an und vermeinten, jeder fliehende Augenblick risse etwas fort und hinterließ eine tiefer werdende Falte, wo zuvor keine gewesen war. War es eine Illusion? Waren die Veränderungen eines ganzen Lebens in einen so kurzem Zeitraum gedrängt worden und sie nun wieder vier alte Leutchen, die bei ihrem Freund, Doktor Heidegger saßen?

»Sind wir so bald wieder alt geworden?«, riefen sie schmerzerfüllt. In der Tat, das waren sie. Das Wasser der Jugend besaß eine ebenso flüchtige Wirkung wie Wein. Das Delirium, welches es hervorrief, hatte sich verflüchtigt. Ja, sie waren wieder alt! Schaudernd schlug die Witwe mit einem Impuls, der verriet, dass sie immer noch eine Frau war, die mageren Hände vor dem Gesicht zusammen und wünschte sich, der Sargdeckel möge sich darüber schließen, da es nun nicht mehr schön war.

»Ja, Freunde, Ihr seid wieder alt«, sagte Doktor Heidegger. »Und ach, das Wasser der Jugend ist auf dem Boden verschüttet. Nun – ich trauere nicht darum – nein, auch wenn das Delirium Jahre dauerte, anstatt nur Augenblicke, weil Ihr mir eine solche Lektion erteilt habt.«

Aber die vier Freude des Doktors hatten keine derartige Lektion gelernt. Sie beschlossen, sofort eine Pilgerfahrt nach Florida zu unternehmen, und morgens, mittags und abends von der Quelle der ewigen Jugend zu trinken.

ALEXANDER A. HUISKES

Alle Jahre wieder

Mullen war ein Feenwesen, genauer gesagt: ein Leprechán. Einer vom Kleinen Volk. Er lebte in einem Wurzelhaus in der Anderswelt, saß gerne mit seinen Brüdern Clurr und Lury beim Whiskey, rauchte zusammen mit Onkel Kerrykeen ein Pfeifchen (mit qualmendem, stinkendem Tabak – der besten Sorte, die er bekommen konnte) und nagelte ansonsten, so oft er nur konnte. Natürlich Schuhe, denn Leprechán bedeutet Schuhmacher. Und manchmal besuchte er die Welt der Sterblichen, die weiten grünen Hügel Irlands. Ja, man konnte beinahe sagen, Mullen war ein glücklicher Leprechán. Beinahe.

Er besaß reichlich Gold, hatte dank seines (nach Leprechán-Maßstäben) ansehnlichen Äußeren gute und regelmäßige Kontakte zu allerlei Feen und war auch sonst bei den meisten Feenwesen wohlgelitten. Geschäftlich konnte er erst recht nicht klagen: Die Anderswelt war voller Geschöpfe, die rastlos umherstreiften, und wer so etwas tat, der benötigte in regelmäßigen Abständen neues Schuhwerk. Mullen lieferte es. Niemand war so töricht, es sich mit jemandem zu verscherzen, auf den er angewiesen war; sogar die Morrigan verhielt sich, selbstverständlich auf eine höhnische, boshafte Weise, ihm gegenüber höflich (wenn sie neue Schuhe brauchte).

»Mullen wird böse. Es ist wieder so weit.« Lury stieß Clurr an. Die beiden saßen gemeinsam mit Mullen beim selbst gebrauten Heidekrautbier, auch wenn Lury bereits nach der Whiskeyflaschensammlung im Regal schielte. Mullen starrte verdrossen in seinen Becher, die Augen blickten finster. »Ich weiß.«

»Ja«, nickte Clurr und feixte dabei unverhohlen. Die beiden liebten es, Dinge auszusprechen, die bislang klugerweise unausgesprochenen geblieben waren, um Mullen damit zu quälen. »Du hast tatsächlich Recht. Es ist wieder so weit.«

»Ich w-e-i-ß.« Mullen griff nach seinem Dreispitz, der über dem Stuhl hing, als wolle er gehen.

»Bleib doch noch ein Momentchen, Bruderherz«, versuchte Lury ihn zu besänftigen, während er sich gleichzeitig Bier nachschenkte, »schließlich wohnst du hier. Jeder von uns ist doch mal dran mit Samhain. Kein Grund, nervös zu werden.«

»Du meinst, Mullen sei einfach nur nervös?« Clurr gackerte vor Lachen. Es war ein Lachen wie das einer übergewichtigen Legehenne, die plötzlich feststellt, dass der Hahn hinter ihr her ist.

»Ich bin nicht nervös«, stellte Mullen fest und wischte sich hastig die schweißnasse Hand an der Weste ab. »Und ich bin nicht böse. Ich möchte das ein für alle Mal klarstellen. Aber es ist jedes Jahr das Gleiche. Alle Jahre wieder.« Er warf seinen Brüdern finstere Blicke zu und schob seinen halb vollen Becher in die Tischmitte.

»Tradition«, stellte Lury fest, griff sich Mullens Becher und gurgelte den Inhalt magenwärts.

»Jeder Sommer geht einmal zu Ende«, kommentierte Clurr altklug, da, wie jede gebildete Fee weiß, Samhain eigentlich *sam-fuin* heißt und so viel bedeutet wie ›Sommers Ende‹; es markierte den Jahresbeginn in der Zeitrechnung der Anderswelt. Clurr, der sich viel mit dem Hohen Volk unterhielt, wenn er den Elbendamen die Glaspantoffeln anpasste, nutzte jede Gelegenheit, seinen beiden älteren Brüdern zu beweisen, wie viel er wusste. Leider stieß er, wie so oft, auch diesmal wieder auf blankes Unverständnis.

»Hm?« Lury griff sich den Krug und füllte den Becher nach.

»Oh, halt die Klappe, Clurr. Darum geht es doch gar nicht«, schalt Mullen ihn. »Es geht … um Samhain.«

»Worin genau besteht dein Problem?«, fragte Clurr scheinheilig.

Mullens normalerweise graues Gesicht lief pfefferminzgrün an. Die beiden wussten genau, worin das Problem bestand! Sie waren als Mitglieder einer Familie schließlich abwechselnd an der Reihe mit dem Samhain-PORTAL-Dienst. Allerdings durften seine Brüder immer in Irland bleiben. Nur er …

»Ich habe nicht die geringste Lust, nach draußen zu gehen und PORTAL-Wache zu schieben, um zu verhindern, dass ein hohlköpfiger Mensch in unsere Welt hineinstolpert. Warum muss in der Samhain-Nacht die Trennschicht zwischen den Welten auch so dünn werden, dass jeder sie an einem PORTAL zufällig durchschreiten könnte?«

»Draditzjon«, nuschelte Lury, der mittlerweile an der Whiskeyflasche nuckelte. Mullen hatte den Verdacht, dass es für heute nicht die erste war.

»Und außerdem ist es doch nur gerecht, wenn die Menschen auch einmal zu uns kommen können; wir können schließlich das ganze Jahr über auf ihre Ebene wechseln, zumindest in Irland«, beeilte sich Clurr altklug zu ergänzen. »Irland ist wie geschaffen für kleine Spritztouren – man erzählt sich sogar Geschichten darüber. Wie die von Felix O'Driscoll … «

»Jaja, schon gut, aber wenn du eben nicht an einem Portal in Irland stehst, ist es langweilig, ganz besonders, wenn
man genau weiß, wo man landet. Seit die Hohen auf den
Gedanken gekommen sind, wir sollten die Welt kennen lernen, schiebe ich jedes Mal Wache in der Wüste von Katar.
Da ist nichts los. Niemand, der in unser Reich eindringen
will, und niemand, den man piesacken könnte. Da ist wirklich gar nichts los. Null mal nichts.«

Clurr seufzte. Samhain war eine lästige Pflicht, mehr aber
auch nicht. Nur Mullen zelebrierte die Stunden davor immer so, als wolle ihm jemand seinen Kessel voller Gold steh-
len. »Bruderherz, jetzt nimm's doch nicht so schwer. Es
könnte immer schlimmer kommen. Darüber hinaus gibt es
in der sterblichen Welt kein Land namens Katarrh. Allerdings habe ich neulich jemanden getroffen, der einen hatte . . . «

»Was weißt denn du schon? Musst du da immer hin
oder ich? Ich war bestimmt schon hundert Mal dort und
ich . . . «

»Herzlichen Glückwunsch zum Jubiläum – hundertmal
Katar und zurück, das kann nicht jeder von sich behaupten.«

Mullen stöhnte genervt. Seit er immer und immer wieder
nach Katar musste, besuchte er sogar Irland nicht mehr freiwillig, ja, er mied das Thema Sterblichenwelt wie die Krähe
den Habicht. »Ein Gutes hat es: Es kann nicht mehr viel
schlimmer werden, außer . . . «

In diesem Moment klopfte es, und die Tür wurde aufgestoßen.

»Dradisssjooooohn!«, krakeelte Lury und warf die – mit-
lerweile geleerte – Whiskeyflasche dem Besucher entgegen.
Das grüne Glasgefäß sauste haarscharf am zottigen Kopf des
buckligen Wesens vorbei, das nun hereintrat. Der Bepelzte

vom Volk der Korred wandte den schwarzen Kopf in einer langsamen Bewegung, die glühenden roten Augen folgten dem Flaschenflug. Dann drehte er sich wieder den drei Leprecháns zu, nickte und begann in der schleppenden, abgehackten Weise seines Volkes zu sprechen. »Ja. Man. hat. mir. schonge. sagt. dass. in. diesemHaus. auf. Tra. di. tion. geachtet. wird. Be. sonders. aufdie. eigene. – Whiskey. flaschen. weitwurf.« Mit einer Katzentatze griff er in den Lederbeutel an seinem Gürtel und holte eine Schriftrolle heraus. »Post. vonLadyMorrigan«, verkündete der Korr dumpf. »Dein. Marsch. be. fehl.« Er sah ganz unverkennbar Mullen an.

Dieser verdrehte schicksalsergeben die Augen, griff nach der Rolle und öffnete sie. Ein kleines braunes Päckchen fiel heraus. Mullen hob es auf und las das Begleitschreiben. Ein erleichtertes Lächeln stahl sich auf seine Züge, kaum dass er die Schrift entziffert hatte: »Nicht Katar.« Und dann fiel er vor lauter Erleichterung in Ohnmacht, während der Korr ein lautstarkes Gelächter anstimmte, als habe er den besten Witz gehört, den die Anderswelt je gekannt hatte.

Er lachte allerdings nur so lange, bis ihn die nächste – frisch geleerte – Whiskeyflasche am Kopf traf und ebenfalls niederstreckte.

»Drasisjhhhn«, grunzte Lury befriedigt und schlief auf der Stelle ein.

Mullen vermisste das gemütliche Wurzelhaus bereits jetzt. Nervös überprüfte er, ob er an alles gedacht hatte, was ihm nützlich erschien: In der Ledertasche fand er Tabak, Pfeifenstopfer, Feuerstein und Zunder (die Pfeife, kalt momentan, trug er im Mundwinkel), das allernotwendigste Handwerkszeug wie Schusternägel, Hämmerchen und das Wachsleder

der Roten Kühe (was für einen Schuster sehr praktisch war, da es immer, wenn man etwas davon abschnitt, nachwuchs), und schließlich noch ein wenig Feenpollen (nun, natürlich waren es keine echten Pollen, da Feen über nicht mehr Pollen verfügen als Menschen, aber das glitzernde Puder hieß eben so), der Marschbefehl ... Ja. Alles da.

Zumindest ging es diesmal nicht nach Katar. Er hatte diesmal einen besonders verantwortungsvollen Auftrag von der Morrigan erhalten: In dem kleinen braunen Päckchen hatte sich eine Phiole mit einer glasklaren Flüssigkeit befunden; sie war der Schlüssel zu allem. Die Morrigan hatte ihm ausdrücklich geschrieben, dass selbst sie Jahrhunderte gebraucht habe, um die Flüssigkeit zu brauen. Mullen nahm an, dass sie mit dieser Angabe übertrieb – in Jahrhunderten wäre wohl alles zerkocht und verdunstet, was einmal im Kessel gewesen war – und die Suche nach den richtigen Zutaten und das Ausprobieren der Mischung das eigentliche Problem darstellte. Nun ja, das sollte ihm eigentlich egal sein. Die Flüssigkeit jedenfalls würde ihm ein PORTAL an einen Ort der Menschenwelt öffnen, der ›geeignet‹ war. Dort sollte er sich ›etwas‹ (sie war eine Meisterin der schwammigen Formulierungen, o ja!) besorgen, das in der Menschenwelt typisch für Samhain war (so wie Raben für die Morrigan, der Goldtopf für einen Leprechán, Körpergeruch für einen Kelpie und so fort), es mit der Flüssigkeit beträufeln und auf dem schnellsten Wege wieder in die Anderswelt und zur Morrigan bringen. Egal, was dieser Befehl auch bedeutete, eines war sicher: kein PORTAL-Dienst in diesem Jahr ...! Und wenn er den Zusatz richtig deutete, den die Morrigan unter den Marschbefehl gekritzelt hatte, nie mehr wieder: PORTAL-Dienst. Nach Erfüllung des Auftrages werden wir nie wieder Probleme mit Menschen und PORTALEN haben – und du nie wieder PORTAL-Dienst. Niemals wieder Katar!

Mullen grinste, ehe ihm einfiel, dass er zuvor ja noch einen Auftrag zu erledigen hatte. Aber er zwang sich dazu, optimistisch zu sein. Wenn es jemand schaffte, dann er. Clurr war zu jung und Lury zu untrocken. Er verdrängte den Gedanken an die zahllosen leeren Whiskeyflaschen, von denen er kaum noch wusste, wohin damit, als er ein energisches Kribbeln in der Nase spürte. Mullen nieste heftig, und zwischen dem crescendohaft anschwellenden »Haaaa-AAAAA – – –« und dem explosiven »– – –TSCHIII!!!!!«, verschwand er für einen Wimpernschlag und tauchte erst einige Schritte entfernt wieder mitten in der Luft auf.

»Verflixte Samhain-Allergie«, schimpfte er, nachdem er aus einem Fuß Höhe zu Boden geplumpst war. Immer, wenn ein Leprechán niesen musste, setzte er ein wenig magische Kraft frei, und diese versetzte ihn ein kleines bisschen im Raum (leider konnte man diesen Vorgang nicht steuern). Vetter Toklemi hatte erzählt, dass ihn ein besonders heftiger Nieser einmal nicht bloß im Raum, sondern zugleich auch in der Zeit versetzt hatte, und es hatte eines tüchtigen Schnupfens bedurft, ihn wieder in die Gegenwart zurück zu katapultieren (seine Frau freilich schwor Stein und Bein, er sei noch immer ›von vorgestern‹). Mullen schniefte und wischte sich die Nase mit einem Ärmel ab.

Nun warf er einen letzten kritischen Blick auf die silberne, spiegelnde Fläche vor ihm in der Luft; sie war kreisrund und zweimal so groß wie ein Leprechán – und man konnte sie nur zu Samhain und Beltene erzeugen und benutzen, den beiden Jahreswendfesten: Diese Fläche war nichts anderes als ein PORTAL. Als irisches Feenwesen konnte Mullen zwar durchaus auch außerhalb dieser Zeiten die Welten wechseln, aber nur auf Irland beschränkt, und das Durchdringen der Trennschicht zwischen seiner und der Welt der Menschen war wesentlich unangenehmer als die Benutzung eines PORTALS.

Was Mullen im Silber des PORTALS sah, gefiel ihm: Das graue, faltenzerfurchte Gesicht mit den feinen Gesichtszügen, in dem eine große, knollenförmige, scharlachrote Nase prangte, saß nahe zu halslos auf dem birnenförmigen Rumpf (»Meine Figur hat mich mehr Gold und Essdisziplin gekostet, als du in deinem ganzen Leben aufbringen könntest!«, pflegte Mullen zu verkünden, wenn ihn jemand auf die unvorteilhaften Hüftwülste ansprach) und wurde oben durch einen schönen, tief schwarzen Dreispitz aus bestem Feenfilz abgeschlossen; seine spitz zulaufenden Ohren waren gewaschen und poliert, damit sie wie Spinnwebtau schimmerten. Seine Kleidung folgte den besten Traditionen der Leprecháns: Sie bestand im oberen Körperbereich aus einem senfgelben Rüschenhemd; darüber eine wunderbar moosgrüne Weste (die zwar leicht abgewetzt war, aber sie war Tradition!), und als äußerste Hülle eine blaue Jacke mit gewaltigen Silberknöpfen, die auch einem größeren Lebewesen sicherlich noch gepasst hätte, dem Bauch aber zumindest genug Spielraum ließ. Von der Hüfte an abwärts reihten sich eine ackerbraune halblange Hose (die an allen passenden Stellen mit goldenen Kugelknöpfen versehen war), winterhimmelblaue Kniestrümpfe und schließlich schwarze Schuhe mit Silberschnallen, wobei die Schuhe etwas länger als die Füße waren (»Man muss es bequem haben und andere sollen ruhig sehen, welchem Handwerk man nachgeht!«, hatte sein Vater immer gesagt) und die silbernen Schnallen ein wenig über die Schuhbreite hinausragten. Kurzum: Er sah aus, wie ein Leprechán auszusehen hatte.

Mullen räusperte sich, streckte sich energisch und widerstand tapfer dem Drang, sich noch ein Pfeifchen anzuzünden. Ohne weiteres Zögern hielt er die Phiole vor sich und schritt durch das PORTAL, diesen senkrecht stehenden Quecksilbersee, hinüber in die Welt der Sterblichen.

Die Abenddämmerung war gerade vorüber, als Mullen ankam und durch das PORTAL zu Boden sprang. Wo dies war, konnte er nicht sagen, aber er vermutete, dass das Land europäisch war; zumindest handelte es sich nicht um Katar. Leider war es auch nicht irisch, denn als irische Geister fühlten Leprecháns sich nur in Irland heimisch. Deswegen war es für Mullen auch so schlimm, wenn er nicht nur Samhain-Dienst schieben durfte, sondern regelmäßig auch noch in ausgesprochen unirischen Gefilden. Allen Protesten der Handwerkervereinigung zum Trotz (Mullen hatte sie in den letzten 150 Jahren immer wieder darauf aufmerksam gemacht, und Gildenmeister Canny hatte brav immer wieder bei der Morrigan vorgesprochen), mussten Leprecháns damit rechnen, dass sie auch anderswo Samhain-Wacht zu halten hatten. Schließlich, so die offizielle Begründung, lebten die Iren mittlerweile überall auf der Sterblichenwelt, also müsse auch Irland überall sein. Zudem könne es sich in dieser Zeit (keiner wusste, was an dieser Zeit so besonders sein sollte, im Vergleich zu all den Jahrtausenden zuvor, aber es klang jedes Mal wieder so ehrfurchtgebietend, dass niemand im richtigen Moment nachfragte) keine fortschrittliche Fee leisten, den multikulturellen Anforderungen nicht zu entsprechen. Mullen hasste es, pauschal als ›Fee‹ bezeichnet zu werden, und was ›multikulturelle Anforderungen‹ waren, interessierte ihn schon gar nicht – für ihn war sowieso jeder gleich, wenn es um die Schuhe ging; allerdings sah er keinen Grund darin, Ausländern oder gar Menschen Schuhe zu machen, denn die hatten doch sicherlich eigene Schuster.

Mit derlei Gedanken vollauf beschäftigt, ließ sich Mullen unweit des PORTALS, das sich hinter ihm geschlossen hatte, auf einem Stein nieder und steckte die Phiole wieder weg. Die Menschenwelt war merkwürdig – nicht, dass er das nicht bereits gewusst hätte, aber es kam ihm immer wieder klar zu Bewusstsein, wenn er sich in ihr aufhielt. Er befand sich auf einem gepflasterten Platz und hörte summende, brummende Geräusche wie von übergroßen Hummeln. Paarweise sausten so etwas wie Irrlichter um das Geviert, verschwanden und tauchten wieder auf, als ob es sich um Wächter auf hektischem Patrouillengang handelte. Keines der Irrlichter betrat oder überflog den eigentlichen Platz. Hinter den Irrlichtern konnte Mullen große steinerne Blöcke ausmachen, wahrscheinlich Häuser, wenn auch keine, wie man sie in der guten alten Zeit gebaut hätte. Nun ja, schließlich war dies hier, wie die Morrigan es ausgedrückt hätte, eine neue Zeit.

Da er noch nicht genau wusste, wie er vorgehen sollte, konnte er zumindest damit anfangen, eine Tätigkeit vorzutäuschen. Vielleicht ließ ihn die Morrigan überwachen – zuzutrauen wäre es ihr. Langsam begann Mullen den Platz abzuschreiten. Hin und wieder wuchsen dreifachleprechán-hohe Kästen aus glattem, durchsichtigem Material empor (Glahs nannten es die Menschen, seiner Erinnerung nach war es ziemlich teuer und selten, aber hier gab es Glahs im Übermaß), die wie kleine Häuser wirkten (jedes hatte sogar eine Tür), doch innen war alles leer bis auf ein schmales kastenförmiges Gebilde mit Schlitzen und farbigen Knöpfen in der einen Seite. Parkautomat stand darauf. Mullen hatte keine Ahnung, was das bedeuten sollte, aber er warf einen neugierigen Blick in das Glahs-Haus und konnte sehen, dass eine Treppe nach unten führte. Möglicherweise lebten die Menschen ja auch teilweise unterirdisch – wie die Leprecháns. Und wenn sie wissen wollten, wie das Wetter war, brauchten sie nur hinauszuschauen, ohne hinauszugehen – sehr praktisch, fand Mullen. Rings um die Glahs-Häuser wuchsen sogar Pflanzen, immergrüne Schlingpflanzen zumeist, deren Fallstricken der Leprechán geschickt auszuweichen verstand.

Mullen stellte fest, dass die Glahs-Häuser in einem bestimmten Muster standen; vielleicht entsprachen sie darin den Menhiren vergangener Zeiten, womöglich würden sich hier heute Nacht die Druiden dieses Landes versammeln. Vielleicht kamen die Druiden sogar irgendwann aus den tiefen Kavernen unterhalb der Häuser ... und die Irrlichter waren wohl tatsächlich so etwas wie Wächter des Kultplatzes.

Noch aber war alles ruhig, der Abend war nicht allzu kalt und der Himmel sternenklar. Mullen zündete den Tabak seines Pfeifchens an. Genussvoll schmauchte er und ließ seinen Blick schweifen; vielleicht fand er hier bereits, was er suchte. Ein Stückchen weiter war so etwas wie eine breite Rampe auszumachen, die unter die Erde führte, und in seinem Rücken ragte, wie er jetzt erst feststellte, ein Gebäude empor, das über zwei hohe spitze Türme verfügte. Darauf sollte man unbedingt achten, so viel wusste er noch von früher – Gebäude mit Turm waren immer Festungen oder Kirchen, und beides konnte für Wesen der Anderswelt zu bizarren Situationen führen. Wirklich gefährden konnte sie selbstverständlich nichts, das von Menschen geschaffen worden war – mit der Ausnahme geschmiedeten Eisens oder Stahls. Beides war verheerend für Wesen der Feenwelt, allerdings ›arbeiten wir mit Hochdruck an der Lösung dieses Problems‹. So hieß es zumindest in der Propaganda der Lady Morrigan. Mullen tat indessen das, was jeder tat: Er hielt sich von spitzen, scharfen oder schweren Gegenständen aus geschmiedetem Eisen und Stahl fern. Vor geraumer Zeit war eine Reihe von Feen … abgängig … geworden, als sie mit Eisenwaffen konfrontiert worden war; freilich hatte es sich um keine sonderlich netten Feenwesen gehandelt, und sie hatten die Menschen dazu noch provoziert, sodass ihr Verlust keinesfalls schmerzlich war, aber dennoch …

Bevor er weitere Überlegungen anstellen oder sich auf seine Samhain-Aufgabe konzentrieren konnte, öffnete sich eine der Glahs-Türen und entließ zwei Menschen auf den Platz, der eine schwarzhaarig, der andere blond. Wahrscheinlich waren es Druiden, denn wie ein Krieger sah keiner der beiden aus. Allerdings war einer der beiden Menschen weiblich, und weibliche Druiden waren nie üblich gewesen. Vielleicht war die blonde Frau die Gehilfin des schwarzhaarigen Druiden? Neugierig huschte Mullen im Schutz der Dunkelheit und der Schlingpflanzen näher an die beiden Menschen heran. Er sog scharf die Luft ein, als er sah, wie die Hand des Druiden lüstern auf der Hüfte der Frau lag. So etwas tat ein Druide doch nicht! Schon gar nicht mit der Hand, mit der er eigentlich Misteln schneiden sollte!

»Zum Italiener?«, fragte der Druide gerade.

»Du weißt doch, dass ich mich immer so schlecht entscheiden kann. Entscheide du für mich.«

»Oder zum Griechen?«

Die Blonde nickte.

»Gut, also der Grieche.«

»Hattest du nicht etwas von einem Mexikaner gesagt, der …?«

»Ich dachte, du isst nicht gerne scharf?«

»Aber du hattest es erwähnt.«

»Na schön, wenn du gerne zum Mexikaner möchtest.« Mullen sah dem Mann seinen hungrigen Blick an. Wenn er nur gewusst hätte, was diese kryptischen Begriffe umschrieben, die die beiden gerade austauschten. Ob das zum neuen Druiden-Kult gehörte?

»Wie kommst du darauf? Du weißt doch ganz genau ...«

Der Druide seufzte, als ergäbe er sich in sein Schicksal. »Der Chinese?«

»Eine gute Idee«, nickte die Frau. »Aber am liebsten wäre mir der Irish Pub. Gerade an Halloween.«

Mullen durchfuhr es blitzschlaggleich. Endlich ein Begriff, mit dem er etwas anfangen konnte! Irish Pub! Aber was war Halloween?

Der Mann stimmte rasch zu. Mullens Augen glänzten. Er würde die beiden zunächst einmal nicht aus den Augen lassen und gleichzeitig ein wenig Heimatluft schnuppern! Und ein irisches Bier trinken.

In diesem Moment segelte ein weißer Vogel leise durch das PORTAL über den Platz und landete neben ihm. Er entfaltete sich zu einer schlanken weißen Frau, die knapp einen Kopf größer als Mullen war. Sie war tatsächlich weiß. Weiß war das Gesicht, weiß das Haar, weiß die Kleidung, sogar die Augen waren ganz und gar weiß, die Lippen, der Rachen (Letzteres vermutete Mullen nur) und weiß natürlich auch die Füße ... sie wirkte ätherisch, vergänglich und enorm kalt. Außerdem war sie barfuß. Eines der wenigen weiblichen Feenwesen, die dem Zauber eines Schuhmachers widerstanden. Mullen fröstelte. Die Morrigan liebte es, in Vogelgestalt aufzutauchen und alle zu überwachen ... und manchmal schickte sie andere Feenwesen. Wie dieses hier. Eine Banshee.

»Du wirst doch deinen Auftrag nicht vergessen, geschätzter Bruder?«, fragte die Banshee, ohne die Lippen zu bewegen. Mullen hörte ihre leicht spöttische Stimme ›hinter seiner Stirn‹, wie man so sagt, obwohl kein Wesen so dumm ist, sich Ohren im Innern des Schädels wachsen zu lassen.

»Lass den Quatsch. Mein Vater hat dich nie erwähnt«, fauchte Mullen, »komm mir also nicht mit Verwandtschaftstratsch. Ich bin hier, weil ich eine Arbeit zu erledigen habe, und du bist hier, um mich zu überwachen, richtig?«

»Ts-ts-ts«, tadelte die Banshee und gestattete sich ein Grinsen. »Überwachen ist so ein hässliches Wort, findest du nicht? Es klingt so, als sei ich unerwünscht. Betrachte mich doch einfach als deine Partnerin.«

»Danke, ich habe keinen Bedarf an einer festen Freundin. Erst recht nicht an einer, die ich nicht einmal anfassen kann.« Er griff zu. Seine Hand durchdrang den Körper der Banshee und erschien auf der anderen Seite ihres Leibes. Langsam zog er den Arm quer durch den Körper und machte obszöne Gesten. Jetzt war es die Banshee, die verärgert wirkte. Ihre weißen Augen funkelten in Ermangelung anderer Farben weiß, und wenn sie gekonnt hätte, wäre sie sicherlich noch eine Nuance bleicher geworden. Der Leprechán erwartete halb, dass sie nun singen würde – was die Menschen fälschlicherweise als Todesschrei bezeichneten (und weswegen sie Banshees auch ›Todesfeen‹ nannten). Banshees konnten vieles, aber Singen gehörte nicht dazu. Immer, wenn sie es versuchten, kam ein Kreischen heraus, das nur die stabilsten Geister und Gegenstände überlebten. Trotzdem ›sangen‹ sie, überzeugt von ihrer Gabe, immer wieder.

Diese Banshee aber überraschte ihn. »Du bist so schrecklich ordinär«, seufzte sie lediglich, »aber ich bin fest entschlossen, dir das nicht nachzutragen. Lepras sind eben so.«

»Lepras?«, Mullen baute sich drohend auf, seine Wangen leuchteten tannengrün. »Noch so 'n Spruch, und du kannst die Arbeit alleine erledigen.«

»Oh, habe ich Lepra gesagt? Entschuldige, dass ich dich Lepra genannt habe. Natürlich wollte ich dich nicht Lepra nennen, ich weiß doch, dass ihr Schuhmacher den Begriff Lepras nicht leiden könnt ...«

Er stellte sich ihre eiskalte Stimme hinter seiner Stirn vor wie einen mit einem dünnen Honigfilm überzogenen Eiszapfen. »Vergiss es einfach«, unterbrach er sie.

»Du weißt doch, dass wir Banshees in dieser Welt nicht fassbar sind und nichts anfassen können. Die meisten Sterblichen können uns nicht einmal sehen oder hören. Ich dachte, du freust dich, wenn du Gesellschaft aus der Heimat hast. Ich bin ein ebenso irisches Feenwesen wie du.«

»Niemand ist so irisch wie ich«, grummelte Mullen, hatte sich jedoch eigentlich schon längst wieder beruhigt. »Aber wir wollen uns nicht streiten. Komm, lass uns einfach losmarschieren.«

Die Banshee nickte. Sie schwebte neben ihm her. »Das klingt vernünftig. Für einen Lepra ... Leprechán zumindest. Hast du schon einen Plan?«

»Natürlich habe ich keinen Plan.« Mullen musterte sie verächtlich. »Nur unirische Feigschwächlinge machen Pläne.«

Seine Begleiterin schwieg, allerdings nicht allzu lange. »Vielleicht solltest du das PORTAL sichern, wenn wir uns schon davon entfernen?«

Leider hatte sie Recht. Mullen ging rasch zurück, streute Feenpollen um das PORTAL und wob zwei Zauber hinein: einen Unaufmerksamkeitszauber, um zufällige Blicke abzulenken, und einen Alarmzauber, der ihn alarmieren würde, sollte ein Mensch hindurchzuschreiten versuchen – was allerdings eher unwahrscheinlich war, da das PORTAL fünf Fuß über dem Erdboden lag.

»Zufrieden?«

Die Banshee feixte triumphierend. Aber zumindest sang sie nicht.

Mullen stiefelte missmutig und mit sich selbst unzufrieden in Richtung der Irrlichter. Kein Irish Pub. Wegen der Banshee. Und, schlimmer noch: Er hatte nicht die geringste Ahnung, wo er hier einen ›typischen‹ Gegenstand finden sollte; fest stand lediglich, dass er nicht einfach einen Pflanzentrieb abbrechen oder ein Stück aus dem Pflaster heraus nehmen konnte. Das war wohl kaum Samhain-typisch. Dass die Banshee mit einem Gesichtsausdruck neben ihm her schwebte, als könne sie jeden seiner Gedanken lesen, machte die Angelegenheit auch nicht gerade besser.

»Wo willst du eigentlich hin?«

»Brmbl.«

»Ich nehme an, du meinst die Autos?« Mullen hätte schwören können, dass sich die lautlose Stimme der Fee momentan nicht recht zwischen Entsetzen und Belustigung entscheiden konnte.

»Was sonst?«, gab er forsch zurück, während sich ein Fetzen seines Bewusstseins fragte, was, bei der Morrigan, wohl Autos waren. Nun, er würde einfach die Irrlichter fragen.

»Oh«, sagte die Banshee spitz, verharrte schwebend auf der Stelle, enthielt sich aber jedes weiteren Kommentars. Beherzt trat Mullen vom Pflaster des Platzes auf einen glatten dunklen Bodenstreifen, der hier entlangführte, und hielt den nächsten Irrlichtern grüßend seine Handflächen entgegen. Die Irrlichter rasten auf ihn zu, wurden immer größer, begleitet von einem bedrohlichen, anschwellenden Brummen, und Mullen ließ sich, erschrocken, wie er war, vornüberkippen. Ein Augenzwinkern später brauste das, was er für Irrlichter gehalten hatte, über ihn hinweg. Es hinterließ einen unangenehmen, scharf-bitteren Geruch und einen bläulichen Qualm, der furchtbar kitzelte.

»HaaaAAAAAA ... «

»Siehst du denn die Autos nicht, du Dumm – – – –«, sagte die Banshee.

»TSCHIIII!!!!!!!« Mullen verschwand und stürzte einige Meter weiter entfernt und nach schräg oben versetzt aus der Luft zurück auf den dunklen Streifen, und ein neues Auto raste an ihm vorbei, sodass er herumkreiselte wie jemand, der entschieden zu viel Heidekrautbier intus hatte.

» – – – – kopf«, beendete die Banshee ihren Satz. »Du weißt wirklich nicht viel über die Welt, Bruder.«

»Ich bin nicht ... haaaAAAAA-TSCHIIII!!! ... dein Bruder«, lallte Mullen noch halb benommen, der von dem neuerlichen Nieser wieder einige Meter weitergetragen worden war und nun bäuchlings auf dem Pflaster des Platzes lag. Die Autos rauschten an ihm vorbei. Mühsam rappelte er sich auf. »Was ist passiert?«

»Du bist auf die Straße vor die Autos gelaufen. Das ist passiert.« Die Banshee klang so gouvernantenhaft, dass Mullen unwillkürlich mit den Zähnen knirschte. Langsam setzte sie ihm nun auseinander, welchem Irrtum er erlegen gewesen war – dass es sich bei den Hummeln und den Irrlichtern jeweils um Autos gehandelt hatte. Beiläufig wies sie ihn noch auf einige weitere Details seiner Umgebung hin, wobei er mindestens ebenso erstaunt über die Autos war wie über die Tatsache, dass sie sich unter seinen Füßen zum Schlafen – ›Parken‹ nannte es die Banshee – begaben und sie angeblich, wenn sie ausgeruht waren, Menschen transportierten. Andererseits hatte Mullen schon nicht recht verstehen können, weshalb die Menschen Pferde, Ochsen oder Esel vor Karren spannten oder weshalb überhaupt Karren notwendig waren. Er trug das, was er benötigte, schließlich ebenfalls mit sich herum. Von Geschichten wie diesen bekam er Heimweh – in erster Linie nach der Anderswelt und in zweiter Linie nach Irland. Was waren das noch für Zeiten, als die halbwüchsigen Iren zu Samhain verkleidet durch die Wälder zogen und sich regelrechte Schabernack-wettkämpfe mit den Feen lieferten. Er wünschte sich, einen Nieser wie Toklemi tun und im alten Irland wieder auftauchen zu können. Die Banshee setzte gerade zu einem weiteren Vortrag über ›das Leben in der modernen Großstadt‹ an, als die beiden recht rabiat unterbrochen wurden.

»Hey, Moritz!«, rief eine helle Stimme.

Er spürte, wie ihm ein harter Gegenstand in den Rücken gebohrt wurde, wirbelte herum – und stellte fest, dass der ›Gegenstand‹ ein Finger war.

Der Finger gehörte – wie das bei Fingern üblich ist – zu einer Person: Mullen blickte an ihm, der Hand, dem Arm, der Schulter und dem Hals hinauf in das verschrumpelte Gesicht einer Hexe (er kannte diese schrecklichen Furien nur zu gut, die harmlose kleine Leprecháns fingen und sich ihr Gold aneignen wollten!). Hinter ihr konnte er die bleichen, blutleeren Züge eines aristokratisch wirkenden Mannes mit überlangen Eckzähnen ausmachen. Als er den Blick abwandte und etwas senkte, begegnete er dem eines jungen Menschen: Er war rund, bebrillt und wurde von einem schwarzen spitzen Hut gekrönt. Auf der Stirn des Kindes sah Mullen eine gezackte Linie, die ihn an einen stark verein-fachten Blitz erinnerte, und auf der Schulter trug es ein aus-gestopftes weißbraunes Säckchen, das mit Federn beklebt war und ein Namensschild trug, auf dem ›Hedwig‹ stand.

Er verbeugte sich artig, wie man es unter Feenwesen gewohnt ist, und lupfte seinen Hut. »Reicht die Banshee als Aufpasserin nicht? Na, egal. Entzückt, euch zu sehen, Fae-rie. Warum hat die Morrigan auch euch geschickt?«

»Trick or Treat!«, forderte die Hexe mit hoher Stimme.

»Naschwerk oder Neckerei!«, forderte der Mann und schlürfte begehrlich.

»Zucker oder Zoff!«, ergänzte das Kind. Die Hexe fuhr fort, indem sie »Zahlen oder Malen!« forderte. Sie schwang ein großes rotes Kreidestück, und der bleiche Mann trumpfte mit »Süßes oder es gibt Saures!« auf. Das Kind – ein Knabe, der kieksigen Stimme nach zu urteilen – überlegte einen Augenblick und versuchte es ebenfalls noch einmal: Seine Forderung nach »Kamelle oder Kamille!« brachte ihm aber lediglich irritierte Blicke seiner beiden Begleiter ein. »Äh«, sagte der Junge, »ich meinte … er soll sein Zeug mit uns teilen oder verschwinden.«

Mullen war konsterniert. Irgendetwas war hier ganz eindeutig nicht in Ordnung. Was sollte er teilen. »Wie bitte?«, erkundigte er sich. Seine Hand tastete rasch nach der Phiole; er würde sie nicht hergeben, sie war seine einzige Hoffnung, nie wieder Samhain-Dienst schieben zu müssen. Die Banshee zuckte hilflos die Schultern. Offensichtlich wusste auch sie nicht so recht, was hier vor sich ging. Die drei Neuankömmlinge beachteten sie nicht.

»Komm schon, stell dich nicht dumm, Moritz.« Der bebrillte Junge streckte fordernd die Hand aus. »Das ist unsere Straße, und das weißt du.«

»Eure … Straße? Und … wer ist Moritz?«

»Flo, jetzt mach mal halblang, es gibt doch bestimmt genug für alle«, stupste die Hexe den Bebrillten an. »Kannst du nicht teilen?« Sie griff sich an die Nase und zog sich das erste Gesicht von einem anderen Gesicht, und dieses zweite Gesicht gehörte offenbar einem Menschen. Eine Maske! Mullen pfiff anerkennend. Wie auch immer sie es angestellt hatte, die Maske wirkte erstaunlich echt. Die Hexe, die jetzt jung statt alt und blond statt grauhaarig, stups- statt hakennasig, sommersprossig statt warzenhäutig und insgesamt einfach hübsch war, lächelte Mullen an. »Nimm's Flo nicht übel. Ihr könnt gerne bei uns mitmachen, wenn ihr wollt, es ist bestimmt ein viel größerer Spaß zu fünft. Wir teilen alles ganz gerecht.«

»Ja«, nickte er und versuchte Zeit zu gewinnen, um sich auf die neue Situation einzustellen, »natürlich, klar.« Er versuchte, dabei möglichst lässig zu klingen. »Genau wie ihr anderen. Klar. Aber ich bin nicht Moritz.«

»Wenn du darauf bestehst ...« Der Mann hatte gesprochen. Seine Stimme klang düster, aber jugendlich. »Wieso eigentlich fünf?«

»Wir drei und die beiden«, erklärte die Hexe und machte eine vage Bewegung in Richtung der Banshee und des Leprecháns. Die beiden anderen sahen einander an und nickten langsam. Es war offensichtlich, dass sie die Banshee nicht sahen, ihrer Begleiterin aber nicht widersprechen wollten.

»Ja-a-a-a-a«, dehnte Mullen und vergewisserte sich: »Ihr seid also alle verkleidet?«

»Ich bin die böse Hexe«, erklärte die junge Frau mit der Hexenmaske in der Hand überflüssigerweise. »Steffi. – Das hier ist mein Freund ...«

»Ich bin heute Abend Vlad Dracul, aber du kannst mich auch Dracula nennen«, hustete der Angesprochene, »und an anderen Tagen bin ich ganz einfach Niels. Das hier ist mein kleiner Bruder, Florian ...«

»Mich kennst du natürlich«, näselte der bebrillte Knabe dazwischen. »Harry, Zauberlehrling in Hogwarts. Oder Flo, ganz wie du willst, Moritz.«

Mullen nickte verwirrt. Steh-Vieh? Flattrakul? Harry? Floh? »Klar, Harryfloh.«

Die anderen kicherten, nur Harryfloh schien verärgert.

Mullen beschloss, die Situation rasch zu überspielen. »In Ordnung. Steh-vieh, Harryfloh und Flattrakul, angenehm. Ich bin Mullen. Und das neben mir ist eine Banshee.«

»Du bist wirklich nicht Moritz ... Aber dafür ein Spaßvogel, wie?« Harryfloh nahm seine Brille ab und versuchte, möglichst wichtig zu wirken. »Du bist alleine, und wir wollten nicht deinen Nachnamen hören, Müller. Was du darstellst, wollen wir wissen.«

»Ich bin ein Leprechán.«

»Richtig, ein Leprechaun, so was hast du ... hat Moritz ja heute in der Schule gesagt. Sieht aber komisch aus; du hättest doch besser auf mich gehört und wärst als Skelett gegangen, es sieht doch jeder, dass deine Wampe nicht echt ist. Und die Farben erst ... uncool«, sagte Harryfloh. Alles, was er sagte, verriet Mullen, dass er nicht die geringste Ahnung hatte, was ein Leprechán war. Mullen verdrehte verzweifelt die Augen ob der Verstümmelung seines Namens. Flattrakul blickte ihn forschend an. »Leprechán? Diese Aussprache ist selten ... ich habe mal davon gehört, im volkskundlichen Seminar des Instituts für Anglistik an der Uni. So eine Art Naturgeist, folkloristisch, in Irland.«

»Also du bestehst darauf, ein Leprechaun zu sein, Müller? Dann hast du ja sicher nichts dagegen, wenn ich dich Lepra nenne«, meinte Harryfloh.

»Doch. Aber Flattrakul hat Recht, beinahe jedenfalls. Leprechán sind Naturgeister und Feenschuster aus Irland«, erklärte Mullen in einem Tonfall, der vorzüglich zu einem irischen Dorfschulmeister gepasst hätte. »Und selbstverständlich können wir zaubern.«

Er hatte mit erschrockenem Zurückweichen oder zumindest weit aufgerissenen Augen gerechnet. Die Reaktionen waren jedoch vollkommen anders.

»Nimm dir mal ein Beispiel an ihm, Flo«, sagte Flattrakul. »Er ist bestimmt nicht älter als du, aber er hat in der Schule sicherlich aufgepasst.«

»Streber!«, zischte Harryfloh verächtlich. »Logo weiß ich Bescheid.«

»Welche Zauber kann denn so ein Leprechaun? Feuerzauber?«, fragte Steh-Vieh die Banshee interessiert. Sie schien die Einzige unter den drei Menschen zu sein, die die Banshee sehen und hören konnte.

»Keine Feuerzauber«, musste Mullen zugeben. »Die zerstörerische Macht nutze ich nur, wenn man mich wirklich mächtig ärgert.«

»Du kannst also nichts«, stichelte Harryfloh.

»Das würde ich nicht gerade sagen. Pass mal auf, du … Wicht: Einmal spucken, viermal schlucken, fünfmal kratzen, zweimal platzen, dreimal schielen – du kriegst Schwielen!« Mit diesen Worten streute er Harryfloh ein wenig Feenpollen über. »Und? Spürst du schon etwas?«

»Nö. Das war ja krass, Lepra«, lachte Harryfloh. »Das ist ja ultrageil gelaufen.«

Mullen räusperte sich unbehaglich. Zu versagen, das war schon peinlich genug – und dann noch vor den Augen von Menschen und einer Banshee! Das würde schneller im Feenreich die Runde machen, als er brauchte, um zu niesen. »Na ja, Zauber brauchen eben ihre Zeit. Manchmal. Und manchmal wirken sie nicht. Besonders in eurer Welt und auf Menschen.«

»Kleiner dicker Möchtegern«, kommentierte Harryfloh, ehe sein Bruder dazu kam, ihn mit sanftem Druck im Genick zu packen, woraufhin er verstummte. Was immer er noch hatte sagen wollen – Mullen war sich sicher, dass es ungezogen gewesen wäre. Was brachten diese Menschen ihren Kindern nur bei?

»Ich bevorzuge den Ausdruck kurz. Ihr seid ja auch nicht

größer, nur länger als ich. Und ich bin wirklich ein Leprechán. Und das da ist eine Banshee.« Er deutete auf die Banshee.

Harryfloh und Flattrakul blickten in einer Art und Weise auf die Banshee, die ihm klar machte, dass sie absolut nichts sahen.

»Okay, aber selbst wenn: Zaubern kannst du nicht – hast du überhaupt einen praktischen Nutzen?«, erkundigte sich Harryfloh boshaft und zuckte mit schmerzverzerrtem Gesicht zusammen, als sein Bruder den Druck im Nacken um eine Nuance erhöhte.

Mullen verzog den Mund. Ein besonders hässlicher Schabernack kam ihm in den Sinn. »Dafür ...« Leider beschwichtigte die Banshee ihn rasch, indem sie darauf hinwies, hier keine Zeit zu vertrödeln. Er verstummte und holte tief Luft. Na schön. Er wollte es einmal auf ihre Art versuchen. »Du legst dafür nicht sehr viel Wert auf dein Schuhwerk«, meinte er nun. »Komm mal her. Streck deinen Fuß aus. Ja. So. Jetzt bitte still halten.«

Mit ein paar geschickten Schlägen des kleinen silbernen Hämmerchens nagelte er die Absätze von Harryflohs Stiefeln fest, danach vernähte er sauber eine kleine Ungenauigkeit an der Schuhspitze. »Fertig. Lauf mal ein paar Schritte.«

Harryfloh tat, wie ihm geheißen. Erst wirkte er belustigt, nach dem zweiten Schritt misstrauisch und beim dritten Schritt grinste er sogar begeistert. Steh-Vieh besah sich die Arbeit mit Kennerblick. Offenbar waren Menschenfrauen ebenso schuhversessen wie die Faeries, abgesehen von der Banshee. Es gab eben Dinge, die änderten sich nicht mit Größe, Hautfarbe, Ohrenform oder magischen Fähigkeiten.

»Prima! Er versteht wirklich was vom Schustern.« Steh-Vieh warf Flattrakul einen bedeutungsvollen Blick zu, der so viel zu bedeuten schien wie: ›Nimm dir ruhig mal ein Beispiel an ihm.‹

Mullen nickte zufrieden. Seine Feenmagie, die den Träger leichtfüßig machte, würde in der Menschenwelt zwar nach Samhain wieder verfliegen, aber das Handwerkliche würde halten, selbst wenn der Rest des Schuhs längst verfallen war. Er stopfte sich vergnügt sein Pfeifchen. Die anerkennenden Blicke der drei Menschen bemerkte er nicht. So langsam schienen sie zu akzeptieren, dass er sehr wohl ein magisches Wesen war. Die Banshee raunte ihm etwas zu, und er griff den Hinweis sofort auf.

»Vielleicht könnt ihr uns ... mir helfen«, meinte er. »Ich suche etwas ganz Typisches für Samhain.«

»Samhain?«, echoten die Menschen verständnislos.

»Na, für diesen Abend.«

»Oh, verstehe«, sagte Flattrakul. »Halloween.« Er dehnte das Wort so, als sei es ein Name. Er nahm Blickkontakt zu den anderen auf. »Samhain muss der alte keltische Name für Halloween sein oder Allerheiligen. Das weiß ich aus dem anglistischen volkskundlichen ...«

Steh-Vieh schüttelte den Kopf. »Schon gut, aber hast du auf der Uni auch herausbekommen, wie man etwas kauft, wenn die Geschäfte schon alle geschlossen haben? Mittlerweile haben die meisten Geschäfte nämlich zu. Tja, Müller, da wirst du wohl nichts mehr finden. Es fällt dir auch ein bisschen spät ein, oder?«

Mullen trat unbehaglich von einem Fuß auf den anderen. »Jaja, schon. Aber gibt es nicht ...?«

Harryfloh stupste die Hexe und seinen Bruder an. »Wenn Lepra sich beeilt, kann er vielleicht noch einen Kürbis kriegen.«

»Kürbis?«, fragte Mullen verständnislos. »Wozu das denn?«

Flattrakul schien ihn gar nicht zu beachten. »Richtig! Wenn's etwas Typisches für Halloween gibt, dann doch wohl einen Kürbis. Jack O'Lantern. So was lernt man im anglistischen volkskundlichen Institut ...« Er begegnete Steh-Viehs Blick und verstummte abrupt. Dann räusperte er sich. »Weiter unten die Straße lang gibt's einen Kürbisstand. Wenn du Glück hast, ist der Typ noch da, der die Dinger verkauft. Eben war er's noch. Er wartet, glaube ich, auf den Laster, der die restlichen Kürbisse in die Fabrik bringt.«

»Kürbisstand?« Mullen war verwirrt, ein Zustand, an den er sich allmählich zu gewöhnen begann.

Flattrakul erklärte es ihm.

»Diese drei Menschen waren eigentlich ganz nett. Und der junge Niels kannte sich ganz gut mit den alten Bräuchen aus.« Banshees Nicht-Stimme klang nachdenklich.

»Flattrakul, meinst du?«, fragte Mullen. »Nett oder nicht nett ist gar nicht die Frage. Halte lieber nach dem Kürbisstand Ausschau.«

Just in diesem Moment konnten die beiden ungleichen Feenwesen in der diesigen Dunkelheit an der nächsten Straßenecke einen wackligen Tisch ausmachen, auf, neben und unter dem sich Kürbisse aller Größen stapelten. Mullen beschleunigte seine Schritte, wobei er diesmal darauf achtete, den Gehsteig nicht zu verlassen. Die Banshee schwebte neben ihm her, so eisweiß wie immer.

Vor dem Stand war ein großer, muskulöser Mann damit beschäftigt, Kürbisse in strohgepolsterte Kisten zu packen. »Schaut's euch um«, brummte er, ohne den Leprechán weiter zu beachten. Dieser stellte sich auf die Schuhspitzen und begutachtete die Kürbisse auf dem Tisch. Ja, das war eine für Menschen durchaus brauchbare Idee gewesen: Auf dem

Weg hierher waren die beiden Feenwesen einer Menge Leute begegnet, die Kürbislaternen getragen hatten, in den Schaufenstern der Geschäfte glommen Kürbisfratzen aller Größen und Farben (»Hast du jemals einen violetten Kürbis gesehen?«, hatte die Banshee ihn gefragt und nur ein verächtliches Schnauben geerntet), und mittlerweile erinnerte sich Mullen auch wieder an Jack O'Lantern, ein merkwürdiges Zwischengeschöpf mit einer Kürbislaterne, das nicht mehr ganz zur Menschenwelt und noch nicht ganz in die Anderswelt gehörte. Es war merkwürdig, dass die Menschen seiner scheinbar noch immer gedachten, die eigentlichen Feenwesen ihn aber so gut wie aus der Erinnerung gestrichen hatten. Nun ja, das hier war schließlich auch nicht Irland, tröstete er sich. Er packte die Phiole wieder aus und las rasch noch einmal die feine Silbergravur (Morrigan hatte an alles gedacht, auch daran, dass er den Marschbefehl mit der Anleitung vielleicht verlegen würde): »Ob etwas Gefundenes auch etwas Gesuchtes ist, stellt die Mixtur selbsttätig fest: Die Flüssigkeit färbt sich golden, wenn sie in die Nähe eines möglichen Verbindungspartners kommt.« Bei seinem Glück würde es sowieso nicht funktionieren, wahrscheinlich sprach die Flüssigkeit nur auf sehr spezielle Dinge an; aber einen Versuch war es wohl wert.

Vorsichtig betastete Mullen einige Kürbisse und versuchte abzuschätzen, wie gut er sie jeweils würde tragen können. Schon nach kurzer Zeit hatte er sich einen Kürbis ausgesucht, der eine intensive orangerote Farbe besaß (und demzufolge die anderen Farben von Mullens Kleidung wunderbar um einen neuen Ton ergänzen würde), einen noch saftig wirkenden Strunk mit zwei Blättern aufwies und zudem noch so groß war, dass Mullen ihn bequem unter einem Arm tragen konnte. Er hielt die Phiole an den Kürbis. Die Flüssigkeit verfärbte sich umgehend golden.

»Prachtvoll, nicht wahr?«, versicherte er sich bei der Banshee, die gleichmütig nickte.

Der große Mann fühlte sich angesprochen und drehte sich zu Mullen um. Er hatte weißes Haar und im Gesicht das, was Menschen einen Vollbart nennen. Das Haar war fast so dicht wie bei einem Korred, aber der Mann war zweifellos ein Mensch.

»So, bist du also fertig«, nickte der Mann freundlich. »Schönes Kostüm. Ja, das ist ein prächtiger Kürbis. Brauchst ihn wohl noch für Halloween?«

»Den nehmen wir«, stellte Mullen fest, der das Ende seines Auftrags in greifbare Nähe gerückt sah und keine Zeit mehr vergeuden wollte. Der Mann zeigte mit keiner Geste, dass er die Unhöflichkeit übel nahm, im Gegenteil: Sein Lächeln wurde noch breiter. Mullen lächelte automatisch zurück, nahm den Stöpsel von der Phiole und goss ihren Inhalt über den Kürbis.

»Oha«, stellte die Banshee tonlos fest. Mullen fand es sehr schwierig, ihrer Geist-Stimme so etwas wie Begeisterung anzumerken.

»Kannst du mir bitte verraten, was du da gerade gemacht hast?«, wollte der Mann jetzt wissen; es klang nicht mehr besonders freundlich. Er packte Mullen am Arm und schüttelte ihn derb. Sein Tonfall verriet, dass es sich nicht um eine Bitte im eigentlichen Sinne des Wortes gehandelt hatte.

»Wie … wieso?«, stammelte Mullen überrascht. »Das ist doch mein Kürbis.«

»Du machst mir Spaß, Bürschlein. Du musst ihn erst bezahlen.«

»Ups.«

»O ja«, kommentierte die Banshee, als hätte sie alles schon vorher gewusst. Mullen wünschte sich, sie könnte Sarkasmus ebenso gut verbergen wie ihre Freude. Mullen versuchte noch ein wenig freundlicher zu grinsen. Der Charme der irischen Leprechán ist schließlich legendär – wenn auch nur unter ihresgleichen. »Ein Versehen«, grinste er breit und fühlte sich, als wüchsen ihm die Mundwinkel allmählich bis zu den Schläfen empor. »Natürlich sollt Ihr entlohnt werden, guter Mann.«

Er nestelte mit der freien Hand an seinem Gürtel, öffnete ein kleines Lederbeutelchen, zog in Spendierlaune eine große Silbermünze heraus (von der er wusste, dass sie am nächsten Morgen wieder in seinen Beutel zurückkehren würde, egal woher) und drückte sie dem Mann strahlend in die Hand. »Ich nehme doch an, das reicht?«

Der Mann ließ Mullen los. Er betrachtete die Münze kurz. Dann länger. Seine Augenbrauen zogen sich finster zusammen, und er grunzte etwas, das wie Oiro klang. Mullen wurde ein kleines bisschen bläulich vor Schreck. Der Mann schnipste die Münze fort, die klimpernd in einem Gully verschwand. »Nerv nicht, Junge. Demark will ich sehen, kein Alu-Spielgeld. Keine Ahnung, was das für eine Münze war, aber fünf Mark waren es zumindest nicht. Dachtest wohl, im Dunkeln merkt's keiner? Schäm dich!«

»Ich wusste nicht . . .«, wollte Mullen zu einer Entschuldigung ansetzen, aber der Mann unterbrach ihn.

»Du kannst doch schließlich lesen, oder?« Er deutete kurz auf ein großes weißes Schild mit roten Schriftzeichen. »Je.der. Kür.bis. füüüüüünf. Mark«, las er so langsam vor, als sei er ein Korred und Mullen halb schwachsinnig.

»Aber . . .«, begann Mullen.

»Fünf Mark«, forderte der Mann kategorisch, »und du kannst froh sein, dass es nicht mehr sind, weil du da Pferdepisse draufgekippt hast.«

»Das war keine . . .«, sagte Mullen.

»Was ist jetzt?«, fragte der Mann ungeduldig.

»Während ich hier warte, könntest du die netten Menschen von vorhin um Geld bitten. Vielleicht helfen sie dir«, empfahl die Banshee.

»Wenn Ihr einen klitzekleinen Moment warten könnt?«, bat Mullen. »Ich hole das Geld, versprochen.«

Der Mann runzelte die Augenbrauen. Es sah aus, als kröchen weiße Würmer über sein Gesicht. »Schön. Solange der Laster nicht da ist, habe ich sowieso nichts zu tun. Lauf schon.«

Mullen machte eine kleine Verbeugung, drehte sich um und rannte los.

Flattrakul, Steh-Vieh und Harryfloh waren überrascht, den Leprechán so schnell wiederzusehen – Mullen wiederum war die Zeit recht lang erschienen, schließlich hatte er beinahe eine halbe Stunde suchen müssen, ehe er die drei wiederfand. Zuerst lächelten sie über seine Bitte und wechselten viel sagende Blicke, aber als Mullen plötzlich einen Niesanfall bekam und auf Steh-Viehs Kopf wieder auftauchte, glaubten sie ihm. Flattrakul staunte mit sperrangelweit aufgerissenem Mund.

»Du ... kannst wirklich zaubern, Lepra«, ächzte Harryfloh.

»Geil. Du bist echt echt. Ich hatte schon gedacht, deine weiße Frau wäre ein Hologramm oder etwas Ähnliches gewesen«, meinte Steh-Vieh. »Verrätst du mir den Beam-Trick?«

Mullen erklärte, dass es sich um keinen Trick handele. »Glaubt mir doch endlich, ich bin wirklich ein Leprechán, und ich bin wirklich im Auftrag der Morrigan hier. Es geht um eine ganz große Sache, die uns Feenwesen betrifft – und wenn ich sie erledige, muss ich nie wieder PORTAL-Dienst schieben!«, sprudelte es aus ihm hervor.

»Krass«, meinte Harryfloh. Sein Gesichtsausdruck wurde gierig. »Wenn ich dich also fange, schenkst du mir einen Topf Gold.«

Mullen warf ihm einen finsteren Blick zu. »Und wovon träumst du nachts? Ehe du imstande bist, mich zu fangen ...«

Flattrakul trat zwischen die beiden. »Ich denke, wir sollten uns auf deinen Auftrag konzentrieren. Komm schon, lass uns loslaufen. – Hast du was dagegen, wenn ich dich beim Laufen ein bisschen was frage? Das könnte für meine Volkskundearbeit total wichtig sein ...«

Aufgeschoben ist nicht aufgehoben, dachten Flo und Mullen gleichzeitig. Der Leprechán nickte. Er führte die drei Menschen zielsicher zurück zu der Straßenecke, an der die Banshee und der Kürbisstand auf ihn hätten warten sollen. Doch als sie ankamen, war weder von der Banshee noch von den Kürbissen, dem Mann oder dem Stand etwas zu sehen.

»Ich bin sicher, dass es hier war«, wunderte sich Mullen.

»Das hier war die Ecke«, stimmte ihm Harryfloh zu, »aber der Stand ist nicht mehr da.«

»Schade, wir sind wohl zu spät. Wahrscheinlich haben sie die Reste abgeholt«, versuchte Flattrakul zu erklären. »Na, dann musst du eben einen anderen Kürbis suchen. Komm, wenn wir uns beeilen ...«

»Sie? Wer sind sie?« Mullens Stimme kippte über. »Sag schon, schnell.«

»Oh, erwähnte ich das nicht? Die Konservenfabrik«, meinte Flattrakul. »Der Stand war ja auch von ihnen; die machen das jedes Jahr – noch mal schnell ein bisschen Reibach mit frischen Kürbissen zu Halloween, und dann in die Fabrik.«

»Wo ist diese Fabrik?«, fragte Mullen drängend.

Flattrakul wechselte einen Blick mit den beiden anderen Menschen. Dann zuckte er die Schultern.

»Du scherzest«, meinte Mullen und drohte ihm mit dem Finger. »Mach mich nicht wütend.« Ein Kratzen im Hals ließ seine Stimme schrill klingen, und ein gewaltiger Nieser ließ ihn gegen eine Hauswand prallen – oder, richtiger, in der Hauswand auftauchen und sofort nach außen taumeln. Diese Materialisation in fester Materie tat verdammt weh!

»Hey, reg dich nicht auf.« Steh-Vieh versuchte ihn zu beruhigen. Dabei ahnten die Menschen gar nicht, wie unangenehm die Morrigan werden konnte. Mullen sah sich bereits die nächsten Jahrhunderte in Katar PORTAL-Dienst schieben, bis ihm die Wüstenfliegen aus den Ohren heraus kamen.

»Ich-will-mich-aber-auf-RE-GEN!«, kreischte Mullen, musste niesen, erschien mitten auf der Straße wieder und konnte sich durch einen verzweifelten Sprung gerade noch vor einem besonders großen Auto in Sicherheit bringen. Leider stolperte er dabei über seine Schuhschnallen, schlug der Länge nach auf den Gehsteig und rutschte mit dem Kopf voran gegen den metallenen Pfahl einer Straßenlaterne. Und dabei gingen – zumindest für ihn – die Lichter aus, wie ein Mensch es wahrscheinlich ausdrücken würde.

Er hörte seinen Namen. Mehrfach-vielfach-wirr. Vier Stimmen umschwirrten ihn. Er kannte sie. Glaubte er. Weshalb tat sein Kopf bloß so entsetzlich weh? Mullen wollte die Augen öffnen, aber mehr als ein schwaches Flattern der Augenlider kam nicht zustande. Er stöhnte leise. Als Nächstes spürte er ein kaltes Tuch auf seiner Stirn. Er versuchte sich auf die Erzeuger der Stimmen zu konzentrieren. Steh-Vieh. Flattrakul. Harryfloh …

»Mullen ...!« Mullen sprang hoch und riss die Augen
weit auf.

»Banshee!«, kreischte er. »Wo ...?«

»Ich bin hier«, sagte die Banshee, aber da die Stimme wie
stets in Mullens Kopf entstand, war dies kaum eine sonderlich hilfreiche Angabe. Mullen drehte sich um, in der
Hoffnung, die Banshee zu sehen, aber stattdessen sah er nur
Flattrakul, der sich das Kinn rieb und murmelte: »Banshee – die Todesfee. Ich habe davon in einem volkskundlichen Seminar des Instituts für Anglistik an der Uni gehört.
Es heißt, wer die Banshee rufen hört, sei dem Tode ge-
weiht ...«

»Quatsch!«, schnappte Mullen. »Wer sie singen hört,
wünscht sich, dass er tot wäre. Ihr Menschen habt auch
wirklich überhaupt keine Ahnung. – Also los, Banshee, sag
schon, wo und warum hast du dich herumgetrieben?«

Die Banshee schwebte durch Flattrakul hindurch, bis sie
direkt vor dem Leprechán stand. Sie schaffte es, in ihrer
Nicht-Stimme deutlich Sarkasmus mitklingen zu lassen:
»Oh, schön, dass du wieder da bist, Banshee, ich hoffe, dir
ist nichts passiert? Ich habe mir Sorgen gemacht, als du
nicht da warst. – Nein, danke der Nachfrage, lieber Leprechán, mir geht es gut, und dir?«

Mullen winkte ab. »Jaja, denk dir einfach, wir hätten das
alles schon hinter uns. Bist vielleicht ein bisschen bleich,
aber was soll's? Wer hat denn jetzt noch Zeit für Förmlich-
keiten? Hast du den Kürbis?«

»Du weißt genau, dass ich hier nichts berühren,
geschweige denn tragen kann«, seufzte sie, »aber nachdem
das große Auto kam und alle Kürbisse hineingeladen wurden, bin ich ihm gefolgt. Ich weiß, wo die Kürbisse hinge-
bracht wurden und kann dich führen, allerdings ist es sehr
weit. Vor Morgengrauen schaffst du es sicherlich nicht.«

Mullen schniefte. »Dann werden wir es nicht rechtzeitig schaffen, und die Morrigan wird sicherlich sauer sein und ...« Sein gesundes Hautgrau spielte mit einem Male leicht ins Moosgrüne.

Steh-Vieh grinste leicht. »Kein Problem«, meinte sie leichthin, »wir brauchen nur das Zauberwort.« Aber ehe sie Mullen erklärte, was sie meinte, setzte sie den beiden anderen auseinander, was die Banshee gesagt hatte; noch immer war sie die Einzige außer Mullen, die die Banshee sehen und hören konnte. Harryfloh und Flattrakul nickten; sie schienen zu wissen, worauf Steh-Vieh hinauswollte.

Das ›Zauberwort‹ lautete ›Taxi‹ und stellte sich in der Praxis als großräumiges, beigefarbenes Auto heraus, dessen Inneres von kratzenden Geräuschen sowie Wort- und Musikfetzen ohne erkennbaren Erzeuger erfüllt wurde. Eine Frau saß auf dem linken Vordersitz. »Wohin?«, fragte sie kurz angebunden, das Wort an Flattrakul gerichtet. »Halloweenparty?«

Flattrakul schielte zu Mullen, der auf Banshee deutete, die sich auf der Schnauze des Autos niedergelassen hatte. Flattrakul konnte sie natürlich nicht sehen. »Das wissen wir nicht so genau«, mischte sich Steh-Vieh ein, und als sie den misstrauischen Blick der Frau bemerkte, fügte sie schnell hinzu: »Ich meine natürlich, wir wissen es schon, irgendwie, aber wir kennen die Adresse nicht. Aber den Weg, den kennen wir, und wir können Sie hinlotsen.«

Die Frau auf dem Sitz verzog keine Miene. »Okay. Ist ja euer Geld.« Und dann fuhr sie los. Die Banshee ließ das Taxi den Spuren des Lasters folgen, der die Kürbisse aufgenommen hatte. Sie hatte ein gutes Gedächtnis, sodass es hierbei keine Schwierigkeiten gab, allerdings führte sie der Weg kreuz und quer durch die Stadt (offensichtlich hatte der Wagen noch an mehreren Kürbisständen angehalten) und endete nach einer geraumen Weile vor einem großen Tor, eingefasst von einem drei Meter hohen Zaun. Das Gelände lag ein kleines Stück außerhalb der Stadt. Hinter der Einzäunung konnte man einen lang gestreckten Gebäudekomplex mit hohen, erleuchteten Fenstern erkennen.

»Ihr seid euch sicher, dass es hier ist?«, fragte die Frau. Auf Banshees entschiedenes Kopfnicken hin bejahten der Leprechán und die Menschen nacheinander, sie stiegen alle aus, und »fuffzich« – die sich eigentlich nur als ein einzelner Papierfetzen herausstellten – wechselten den Besitzer. Dann fuhr das Taxi wieder ab.

Das Eindringen in die Fabrik vollzog sich erstaunlicherweise vollkommen problemlos. Der Pförtner winkte die ›Kinder‹ lächelnd durch, die ›nur mal Papa besuchen‹ wollten. Er schenkte jedem von ihnen ein paar Süßigkeiten und meinte abschließend: »Euer Papa wird sich aber freuen, euch zu sehen. Bald ist sowieso Schluss, die letzte Fuhre Kürbisse ist gerade gekommen; dann könnt ihr ihn mit nach Hause nehmen.«

Die Banshee flog ihnen voran und führte sie in eine große Halle, voll gestopft mit dröhnenden, wummernden Maschinen. Menschen waren keine zu sehen, die Fertigung schien vollautomatisch abzulaufen. Mullen und die Banshee grinsten schief, allerdings eher vor Schmerz als Freude: Die Ausstrahlung von Stahl und Eisen verursachte ihnen Kopfschmerzen. Zumindest konnte der Leprechán sehen, wie eine nahe zu unendliche Reihe Kürbisse auf einem Laufband transportiert wurde … und er konnte seinen Kürbis ausmachen. Zumindest nahm er an, dass es sich um den magisch behandelten Kürbis handelte: Er sah nicht nur genau so aus, Mullen konnte auch regelrecht spüren, dass es sein Kürbis war, der da gerade aus einem Wasserbad auftauchte und durch eine Phalanx von Bürsten glitt, vor und hinter ihm weitere Kürbisse.

»Ich sehe ihn«, flüsterte Mullen. »Da!«

»Und ich sehe zumindest einen Aufpasser«, sagte die Banshee und wies zur Decke. In die gegenüberliegende Wand war eine gläserne Wand eingelassen, dahinter konnte man die Silhouetten von Menschen und das Leuchten von Anzeigetafeln erkennen. Steh-Vieh zischte den anderen eine Warnung zu, für die sich aber keiner recht zu interessieren schien.

»Bist du dir sicher, dass es dieser ist?«, wollte Harryfloh wissen. »Die sehen doch alle gleich aus.«

»Aber sicher bin ich sicher«, schnappte Mullen. »Vertrau mir. Ich bin ein Leprechán.«

»Und dieser Kürbis da wird bald nur noch in Stückchen vorhanden sein, wenn du weiter so viel herumquatschst«, gab Harryfloh zurück. »Er ist gerade auf dem Weg zu diesem Ding da. Jede Wette, es ist eine Art Häckselmaschine.«

»Flo hat Recht. Wir müssen uns beeilen«, nickte Flattrakul, als Mullen scharf die Luft einsog. Sie liefen einige Schritte weiter, halb geduckt hinter dem Förderband. Plötzlich blieb Mullen stehen. Ein eisiger Schauer durchlief ihn, seine Beine waren wie gelähmt. Deutlich konnte er spüren, dass sich in der Nähe eine Menge kalten Metalls befinden musste – bearbeitetes kaltes Metall und demzufolge gefährlich. Und es dürfte, so dachte er sich, genau dort sein, worauf die Kürbisse zubewegt wurden.

»Ich … ich kann nicht. Dort ist zu viel Metall.« Er wies nach vorne.

»Der Häcksler!«, schnaufte Flattrakul. »Klar, er muss voller Messer, Zahnräder und Getriebestangen sein, die volle Packung eben. Okay, warte hier, wir versuchen es ohne dich; fertig, Kleiner?«

Florian warf seinem großen Bruder einen zweifelnden Blick zu, aber er folgte ihm. Die beiden eilten gebückt längs des Laufbandes auf den von Mullen bezeichneten Kürbis zu, den noch vier weitere Früchte von den Zähnen der Maschine trennten. Jedes Mal, wenn ein Kürbis in die Öffnung des Kastens rollte, gab es ein lautes Zischen und danach ein Gemisch aus Klingeln, Schaben und Hacken (»Krass! Fast wie in Sleepy Hollow! – Nur mit Kürbissen«, sagte Florian), und seitlich von der Maschine wurde die zerfetzte, klein gehäckselte Kürbisschale ausgespien.

Im Laufen bemerkte Niels, dass der Höhenunterschied zwischen Boden und Laufband langsam zunahm. Dort, wo der von Mullen gesuchte Kürbis sich gleich befinden würde, direkt vor der Maschine, würde er, Niels, nicht mehr hinaufspringen können. Zum ersten Mal wünschte er sich, tatsächlich die Fähigkeit eines Vampirs zu haben. Für eine Fledermaus oder einen Wolf wäre das hier kein Problem. Aber er war nun mal ein Mensch und noch dazu nicht besonders sportlich. Er musste es jetzt tun, oder es war zu spät. »Bleib du da unten und halt dich bereit!«, rief er seinem Bruder zu, auf dessen Schulter die Stoffeule bei jedem Schritt hin- und herwankte.

»Was?«, schrie Florian, aber er begriff, als er das schwarze Cape seines Bruders flattern sah, der in diesem Moment auf das Band sprang. Der Schwung war ein bisschen viel gewesen, dazu kam noch die Kürbisreihe – auf jeden Fall prallte Niels gegen einen besonders großen Kürbis mit grünen Streifen. Der Aufprall beförderte den Kürbis mit Schwung vom Band. Mit einem satten Geräusch platzte er einige Meter entfernt auf dem Boden auf. Fruchtfleisch und Kerne spritzten über den Boden. Florian stand wie erstarrt – ob der Typ hinter der Glasscheibe etwas bemerkt hatte? Nein, alles blieb ruhig.

In der Zwischenzeit hatte Niels sich von dem Zusammenprall wieder erholt. Unsicher, mit dem rüttelnden Laufband unter seinen Füßen, stand er auf und versuchte nach vorne zu laufen.

»Schneller!«, schrie Mullen aufgeregt. Seine ohnehin schon schrille Stimme klang dabei noch durchdringender.

Kein weiterer Kürbis befand sich mehr zwischen dem gesuchten Exemplar und der Maschine, deren dumpfes Dröhnen bedrohlich klang. Niels schätzte seine Chancen ab und hechtete nach vorne, kleinere Kürbisse mit den Armen wegstoßend. Er packte den gesuchten Kürbis, stieß einen Triumphschrei aus – und erschrak. Denn das Förderband dachte nicht daran, seinen Triumph zu honorieren, und lief stetig weiter. Ehe Niels sich herumgeworfen haben würde, um vom Band zu springen, würden die Zähne der Maschine sich bereits an ihm gütlich tun.

Im nächsten Augenblick – hielt das Band jedoch plötzlich mit einem letzten protestierenden Schütteln an.

»Wir haben uns gedacht, dass der große rote Schalter hier für irgendetwas gut sein muss«, sagte Steh-Vieh. Sie und die Banshee lächelten zufrieden, besonders, als sie die schreckensbleichen Gesichter der beiden Menschen und das limettengrüne Gesicht des Leprechán sahen. »Männer«, fügte die unhörbare Banshee noch spöttisch hinzu, »keine Ahnung von Technik.«

Zitternd zog Flattrakul seine Hände, die den Kürbis fest umklammert hielten, aus der Maschine. »So … so knapp«, stammelte er und ließ sich vom Band auf den Boden gleiten. Die anderen liefen lachend auf ihn zu.

»Da ist der Kürbis also!«, sagte Mullen und betrachtete

ihn fast andächtig. Die Gefahr schien vergessen. »Jetzt müssen wir nur noch hier raus.«

»Ich kann nichts Besonderes an ihm feststellen«, nörgelte Harryfloh, der das Gefühl hatte, etwas sagen zu müssen, um seine Erleichterung zu überspielen.

»Ich habe eigentlich eine ganz gute Figur gemacht«, meinte Flattrakul kühl – aus dem gleichen Grund.

»Also, ich würde es vorziehen, zu verschwinden – der Aufseher kommt«, sagte Steh-Vieh plötzlich. Sie duckte sich mit der Banshee unter dem Laufband hindurch und verschwand hinter der Maschine. Die drei anderen warfen einander fragende Blicke zu. Und dann war es zu spät zum Weglaufen.

»He – ihr da!«, rief eine Männerstimme. »Was tut ihr hier?« Ein Mann in einem blauen Overall, auf den ein grinsendes Kürbisgesicht genäht war, kam näher. Der Ausfall des Förderbandes und der Stopp aller Anlagen hatte ihn aus seiner bequemen Kabine gelockt. »Habt ihr den Notschalter umgelegt?«

»Wir haben niemanden umgelegt«, verkündete Mullen, der vor lauter Glück über die Rettung des Kürbisses überhaupt nicht begriff, worum es eigentlich ging. Flattrakul und Harryfloh blickten sich gehetzt um – aber der Steg, auf dem sie standen, war eine Sackgasse: Vorne endete er an der Maschine, links an der Wand, rechts war nur das Förderband. Der Mann würde keine Schwierigkeiten haben, sie zu verfolgen.

Der Mann baute sich breitbeinig vor ihnen auf. »Ich denke, ihr kommt mal mit zum Abteilungsleiter. Das hier ist kein Kinderspielplatz.«

Ein anderer Mann kam herbeigelaufen. »Was ist los?«, rief er. Als er keine Antwort erhielt und die drei Übeltäter sah, blickte er griesgrämig drein. Er war groß und dünn, mit

dunkler Hautfarbe und einem langen schwarzen Schnauz-
bart, den er mit Plastikfolie abgedeckt und an den Kopf
geklebt hatte. Auf selbigem trug er eine Plastikhaube, wie
die meisten hier.

»Weg hier!«, kreischte Mullen, warf sich mitsamt dem
Kürbis auf den Boden und versuchte, zwischen den Beinen
des ersten Mannes hindurchzurollen. Das gelang ihm zwar,
aber der lange Dünne hielt ihn auf. Er packte ihn am Kragen, nahm ihm den Kürbis weg und warf diesen wieder auf
das Fließband.

»Nicht!«, stöhnte Mullen.

»Wenn's meine wären, ich würde ihnen etwas erzählen.
Jetzt dauert's wieder länger, bis wir Schluss machen können.« Er schubste Mullen zurück zu den anderen.

»Der Große hätte zumindest genug Grips haben müssen,
nachts nicht in eine Fabrik zu gehen. Was wolltet ihr überhaupt hier?« Der Mann im Overall wirkte nachdenklich.

»Ich wette, sie wollten etwas klauen. Typisch Jugendbanden. Wir sollten die Polizei holen.«

»Ach was, Polizei, Jugendbanden. Meinst du etwa, die
würden sich zu Halloween verkleiden?«

»Das tun Bankräuber auch.«

»Komm schon, hier gibt's doch nichts außer Kürbissen.
Das ist bestimmt eine Mutprobe gewesen.«

»Hm.«

Die beiden Männer blickten einander unschlüssig an.

»Wir sollten abhauen«, flüsterte Flattrakul.

»Ohne den Kürbis? Ich werde sie verzaubern«, raunte
Mullen. Er griff nach seinem Beutel mit Feenpollen.

»Stopp! Das funktioniert ja doch wieder nicht. Dabei
geht's viel einfacher. Lass mich mal machen«, sagte
Harryfloh. Er griff nach dem Beutel und schüttete sich rasch
Feenpollen in die Handfläche.

»Was …«, begann Mullen, da warf Harryfloh ihm das Pulver auch schon von unten her ins Gesicht. Eine Menge Feenpollen gerieten in die Nase des Leprecháns, der sofort das vertraute Kribbeln spürte. Die beiden Männer hatten die schnelle Bewegung wahrgenommen und wandten sich wieder den drei Eindringlingen zu. »Heee!«, sagte einer.

»Haaaaaaa …«, machte Mullen.

»Jetzt!«, schrie Harryfloh, und er und Flattrakul packten Mullen gleichzeitig, um sich an ihm festzuhalten.

» …tschIIIIIIIIIHHHHH!«, nieste Mullen – und verschwand. Gemeinsam mit den beiden Menschen.

Die Männer starrten ratlos auf den leeren Platz. Einige vereinzelte Feenpollen sanken glitzernd auf den Boden und vergingen. Nachdem die beiden die nähere Umgebung untersucht und nichts gefunden hatten, warfen sie die Maschine wieder an, indem sie den Notschalter erneut betätigten. Sie beobachteten aus nächster Nähe, wie die letzten Kürbisse verarbeitet wurden. Diesmal gab es keine Probleme. Und auch die drei Kinder tauchten nicht wieder auf. Sie einigten sich darauf, Halloween und den strapazierten Nerven die Schuld an allem zu geben, schalteten schließlich alle Maschinen ab, verschlossen die Türen und gingen nach Hause. Mittlerweile war Mitternacht längst vorüber, und sie würden sich den Feierabend sicherlich nicht von den Fragen des Sicherheitsdienstes oder der Polizei verderben und weiter hinausschieben lassen. Schließlich war ja nichts passiert.

Es war dunkel.

»Krass. Ich hab mir doch gleich gedacht, dass dieses Zeug wie Pfeffer wirkt, wenn man's in die Nase bekommt. Wir sind entkommen. Allerdings bleibt eine Frage: Wo sind wir?«, erkundigte sich Harryfloh.

Mullen putzte sich die laufende Nase an einem Ärmel ab. »Sehe ich wie ein Hellseher aus?«

»Besonders helle bist du wirklich nicht«, gab Harryfloh zurück.

»Die Banshee mag ein bisschen heller sein als ich, aber ich bin mit meiner Hautfarbe durchaus zufrieden; viel heller bist du auch nicht, nur eben nicht so grau. Und bedenke bitte: Ohne mich wären wir immer noch bei diesen Kerlen. Aber lenk nicht ab – ich will meinen Kürbis«, erwiderte Mullen verschnupft. Seine Nase schmerzte von dem gewaltigsten Nieser, den er je getan hatte. Er hasste dieses (und eigentlich jedes) Samhain und würde froh sein, wenn die Angelegenheit hier erledigt war.

»Vielleicht sollten wir trotzdem klären, wo ›hier‹ eigentlich ist«, gab Flattrakul heiser zu bedenken, dessen Gesichtsfarbe mittlerweile nicht mehr von der weißen Schminke zu unterscheiden gewesen wäre, die ihm den anämischen Vampir-Look verlieh. Da es dunkel war, hätte das aber ohnehin niemand bemerkt.

»Augenblick«, sagte Mullen. Er pulte in der Nase und zog einige zu einem Kügelchen verklebte Feenpollen heraus. »Die sind doch zu schade zum Wegwerfen«, murmelte er und improvisierte einen Zauber: »Schnick und Schnack, Licht geh an, Zack!«

Er hörte Harryfloh angesichts des erbärmlichen Reims spöttisch kichern, aber das war ihm egal, da das Pollenkügelchen gehorsam in die Luft stieg und grünlich gelb zu leuchten begann (die Farbe hatte er wohl dem Kittmaterial zu verdanken, das die Pollen zusammenhielt). Der Schein riss ein riesengroßes Lager aus der Dunkelheit – ein Lager, das säuberlich geteilt war: Auf der einen Seite stapelten sich Gläser mit der Aufschrift ›Kürbissuppe‹, auf der anderen waren in langen Regalreihen Gläser mit Etiketten aufgereiht, die ›Saure Kürbisstückchen‹ anpriesen. Genau dazwischen verlief ein drei Meter breiter Gang. Und in irgendeinem (oder mehreren) der Gläser würde sich womöglich bald *der* Kürbis befinden, wenn sie nicht schnell handelten.

»Wir dürften im Lager der Fabrik sein«, meinte Flattrakul überflüssigerweise, »sieht jemand einen Ausgang?«

»Vielleicht sollten wir danach suchen?«, fragte Mullen spitz. »Wir brauchen … ich meine: Ich brauche meinen Kürbis.«

»Macht euch locker«, beruhigte Harryfloh die beiden, »und dreht euch lieber mal um: Die Tür ist genau hinter euch.«

Tatsächlich: Eine drei mal drei Meter große Schiebetür mit gewaltigen Griffen war genau dort, wo Harryfloh hinwies. »Aber lasst uns erst mal horchen, damit wir den Arbeitern nicht sofort wieder in die Hände laufen, sonst war die Flucht umsonst.«

»Prächtige Idee«, sagte Mullen, »und in der Zwischenzeit wird mein Kürbis zerhäckselt. Kommt nicht infrage! Los geht's!« Mit diesen Worten zog er die Tür auf – beziehungsweise: Er wollte die Tür aufziehen. Erst als Flattrakul ihm half, glitt sie zur Seite.

»Manchmal ist es doch ganz praktisch, wenn man groß ist«, grinste Flattrakul, wodurch sein bleiches Gesicht im gelbgrünen Licht eher furchteinflößend denn freundlich wirkte.

»Lang«, verbesserte Mullen automatisch, dann betrat er die große Fertigungshalle. Sie war dunkel und leer. Mullen erschrak. Diese plötzliche Veränderung konnte nur eines bedeuten … »Erinnerst du dich an deine Frage von gerade eben, Flattrakul? Ich glaube, wir sollten uns nicht fragen, *wo* wir sind, sondern *wann* wir sind.«

»Hä?« Die beiden Menschen schauten einander verwirrt an.

»Ich habe es vielleicht noch nicht erwähnt, aber es ist ja eigentlich auch ganz unwichtig und geschieht nur so selten, dass ich erst von einem einzigen anderen Fall gehört habe, aber . . . «

»Schwafel nicht rum, Lepra, sondern komm zur Sache«, verlangte Harryfloh.

»Na ja, die Sache ist die: Manchmal schleudert einen so ein Nieser nicht nur durch den Raum, sondern auch durch die Zeit. Wir könnten irgendwann sein – gestern oder morgen, vor hundert Jahren oder in tausend Tagen, mitten in der Nacht, im Sommer, an einem Frühlingstag . . . «

»Ich glaube, wir haben verstanden«, warf Harryfloh ein.

». . . während es regnet oder Schnee fällt, in genau dem Moment, in dem es irgendwo Krieg gibt, ein Schmetterling mit den Flügeln schlägt, im Herbst, wenn irgendwo ein Sack Reis umfällt . . . «

»ES REICHT!«, brüllte Flattrakul, der selbst am meisten von seiner impulsiven Reaktion überrascht zu sein schien. Mullen verstummte. Tränen schossen ihm in die Augen. »Du . . . bist gemein«, schluchzte er, »wahrscheinlich muss ich jetzt unendlich lange Jahre hinweg PORTAL-Dienst in Katar schieben und . . . «

»Nein, das glaube ich nicht«, sagte Flattrakul und legte dem Leprechán eine Hand auf die Schulter. »Wenn die lokaltemporale Versetzung in stringentem Modus erfolgt, sind wir, bedingt durch die hohe Massekonzentration sogar trotz der magisch verstärkten Niesplosion um eine verhältnismäßig kurze Zeitspanne . . . «

»Wenn er nicht gerade in der Volkskunde-Bibliothek der Anglisten ist, guckt er zu viel Enterprise«, erklärte Harryfloh säuerlich und stieß seinen Bruder an. »Kein Technobabbel, Klartext, okay?«

»Oh! Ja, gut. Ich denke, wir sind nur ein paar Minuten oder Stunden in die Zukunft versetzt worden. Als du genossen hast, standen wir ungefähr dort«, Flattrakul wies nach vorne, »und schauten auf dieses Tor«, er wies nach hinten, »und wenn du uns dieses kurze Stück nach vorne in den Raum genossen hast, dann hast du uns wahrscheinlich auch nur ein kurzes Stück nach vorne in die Zeit genossen. Mit anderen Worten: Es müsste eigentlich immer noch Samhain sein.«

Mullens Stimmung besserte sich schlagartig. »Wundervoll. Das heißt, es ist noch nicht alles verloren …!«

»Da seid ihr ja endlich«, hörten sie in diesem Moment Steh-Viehs Stimme. Gefolgt von der Banshee, kam die junge Menschenfrau herbeigeeilt. »Wir haben uns Sorgen gemacht!«

»Ja«, sagte die Banshee und schwebte zu Mullen. Der weiße Blick schien Sorge wiederzuspiegeln. »Ist dir auch nichts geschehen?«

»Natürlich nicht. Ich bin ein Leprechán«, wehrte Mullen rau ab, als sei damit alles erklärt, und tat, als gehöre das Durch-die-Zeit-Niesen zum Selbstverständlichsten diesseits und jenseits der PORTALE. Dann fuhr er mit etwas weicherer Stimme fort: »Unsere Sorge galt viel mehr eurem Wohlbefinden. Aber vielleicht könnt ihr uns sagen, was mittlerweile alles geschehen ist. Wieso ist es hier so leer?«

»So weit ich die Arbeiter verstehen konnte, ist jetzt Feierabend bis nach dem Wochenende«, sagte Steh-Vieh. »Unser Lastwagen war die letzte Ladung Kürbisse bis zum nächsten Montag. Sie haben die Maschinen abgestellt, alles sauber gemacht und sind nach Hause gegangen. Die Fabrik ist jetzt menschenleer. Bis auf uns.«

»Haben sie uns nicht gesucht? Und wieso haben sie dich ... euch nicht gefunden?«, wollte Flattrakul wissen, der Steh-Vieh in den Arm genommen hatte. Man konnte sehen, dass die beiden sich umeinander gesorgt hatten.

»Oh, kein Problem. Auf der Frauentoilette«, meinte Steh-Vieh leichthin. Mullen hätte schwören können, dass die Banshee lächelte, als ihr Steh-Vieh zuzwinkerte. »Übrigens: Wollen wir nicht mal ein paar Gläser öffnen? Ich denke, wir sollten uns auf die Suche nach Mullens Kürbis machen.«

»Aber wie sollen wir ihn oder die richtigen Gläser finden?«, fragte Mullen und betrachtete die hohen Fabrikfenster. Das sterngetupfte Dunkel der Nacht, das dahinter lauerte, wurde eine Spur farbiger; bald würde Samhain vorüber sein. »Wir schaffen es nicht mehr«, sagte er leise und traurig.

Die Banshee-Stimme erklang in seinen Gedanken. »Bei all der Arbeit, die wir in dieser Nacht hatten? Nein. Los. Wir schaffen es.«

In diesem Augenblick zersprang eines der großen Fenster. Etwas war von draußen dagegen geflogen. Fünf gewaltige schwarze Vögel, fast wie Krähen, aber mehr als dreimal so groß, segelten herein und geradewegs auf Mullen zu. Hastig und ein wenig ungelenk landeten sie vor dem Leprechán.

Dann waren es plötzlich Geschöpfe der Anderswelt. Groß und hager, fast zwei Meter groß, mit knochigen Armen, am ganzen Leib von schwarzem Federflaum bedeckt, der metallisch glitzerte, und mit Augen, die in schwarzer Kälte wie aus einem Albtraum auf sie starrten. Mullen erkannte die Kreaturen sofort als Rabenkrieger. Sie dienten der Morrigan häufig als Leibwache.

»Was willst du mit Menschen?«, fragte eine der Kreaturen mit böser Stimme. »Wir übernehmen sie.«

In einem lächerlichen Versuch, die drei Menschen vor den Augen der Rabenkrieger zu verbergen, spreizte Mullen die Arme und versuchte, die Tür zu blockieren. Flattrakul, Steh-Vieh und Harryfloh wichen in den Lagerraum zurück.

»He, die Banshee und ich haben hier alles unter Kontrolle. Macht, dass ihr fortkommt!«, sagte Mullen betont forsch. »Ihr habt hier nichts zu suchen. Das ... das ist meine Straße!«

»Hä?«, wandte eines der Geschöpfe den Kopf zu dem Leprechán um.

»Das heißt: ›Wie bitte?‹«, fauchte Mullen, »und ihr habt sehr wohl verstanden, was ich gesagt habe. Ich bin der Sonderspezialgeheimundercoverbeauftragte der Morrigan und soll dafür sorgen, dass kein Streit zwischen den beiden Welten entsteht.«

»Irrtum«, korrigierte ein Rabenkrieger, aus dessen Federkleid laufend schleimige Tentakel hervorwedelten und wieder verschwanden. »Du sollst der Morrigan einen Gegenstand besorgen, sonst nichts.«

»Genau«, bestätigte ein anderer, der den Kopf einer roten Kuh hatte. »Lies deinen Marschbefehl einfach einmal genauer.«

Mullen versuchte es noch einmal: »Egal. Das ist Auslegungssache. Die Morrigan wird euch bestrafen, wenn ihr hier für Aufruhr sorgt. Sie will ganz sicher nicht, dass wieder Krieg zwischen unseren beiden Welten herrscht.«

»Darauf würde ich nicht wetten«, hechelte der hundeköpfige Rabenkrieger.

»Genau«, meinte die Kuh.

Nun meldete sich auch das Geschöpf zu Worte, das drei Geierköpfe trug. Zum Erstaunen Mullens maunzte es. »Wir haben unsere Befehle von der Königin höchstpersönlich«, sagte der erste Kopf. »Miau!«, kommentierte der zweite, und der dritte Geierschädel erklärte mit gewichtiger Miene: »Wir führen einen Präservativschlag.«

»Davon wüsste ich doch … einen was?«, fragte Mullen.

»Irrtum«, ignorierte ihn der Tentakelträger, ebenso wie der Hündische, der ein »Genau!« nachlegte. Nur die drei Geierköpfe griffen Mullens Frage auf und gerieten in Streit über die korrekte Bezeichnung. Nach kurzem, aber heftigem Disput entschied man sich für »Präsentationsschlag« (die vom ersten Kopf vorgeschlagene Alternative »Präventivschlag« landete knapp abgeschlagen auf Rang zwei).

» … einen Präsentationsschlag führen wir«, fasste der zweite Geierkopf zusammen. »Ehe die Menschen uns angreifen, zerschlagen wir ihre kultischen Stätten und töten ihre Priester: Wir marschieren ein!«

»Mit Trank und Gegenftand«, sagte die gefiederte Schlange, die keineswegs der irischen Mythologie entsprang, sich aber dennoch der Morrigan angeschlossen hatte; bisher hatte sie sich nicht zu Wort gemeldet und achtete nun peinlich genau darauf, keine (oder so wenig wie möglich) Zischlaute zu verwenden, »werden wir auch immun gegen Metalle – keine Gefahr mehr.«

»Augenblick, bitte«, protestierte Mullen. »Was soll das heißen? Präsentationsschlag – Metall – Einmarsch? – Diese Welt ahnt nichts von uns.«

»Irrtum! Das muss nicht so bleiben. Sagt die Morrigan.«

»Genau! Wer garantiert unf, daf ef fo bleibt? Da find fum Beifpiel diefe drei hier … «

»Daher ja auch der Präsentationsschlag«, maunzte der dritte Geierkopf, dem der zweite beipflichtete: »Verhüten ist besser, als ein Leben lang draufzuzahlen. Wenn du jetzt also zur Seite treten würdest … « Der erste Kopf nickte lediglich;

er war noch immer eingeschnappt, dass sein Vorschlag nicht angenommen worden war.

Mullen schob sich rasch vor die gefiederte Schlange, die an ihm vorbei zu den Menschen schweben wollte; die Mordlust in ihren Augen war kaum zu übersehen.

»Da kann ja jeder kommen und behaupten, die Morrigan habe ihn beauftragt«, meinte er.

»Glaub es oder nicht«, brummte der Kuhkrieger unwirsch und schlug mit den Schwingen, als die Banshee neben Mullen auftauchte. »Sag du es ihr, Banshee.«

»Was sollst du mir sagen?«, wollte Mullen wissen, der sich zu ihr umdrehte.

»Also«, begann die Banshee zögernd, ihre Nicht-Stimme war noch leiser als sonst, nur ein Raunen im Hinterkopf. Mullens Haut verfärbte sich lindgrün vor Ungeduld. Der Hundsköpfige betrachtete Mullen und die Banshee lauernd.

»Ich führe nur meine Befehle aus«, stellte die Banshee mit etwas kräftigerer Stimme klar, »ich diskutiere oder interpretiere sie nicht. Mein Befehl war es, Mullen zu unterstützen.« Sie warf Mullen einen weißen, undeutbaren Blick zu und leckte sich über die Lippen. Mullen begriff.

Im Gegensatz zu den Rabenkriegern. »Na also«, lachten sie und gingen geschlossen einen Schritt vor, auf das Tor zu.

»Und genau das tue ich. Von einer zeitlichen Begrenzung war nie die Rede.« Die lautlose Stimme hatte einen spöttischen Unterton. Die Banshee öffnete den bleichen Mund – und sang. Mullen hatte die Hände bereits erhoben und presste sie jetzt mit aller Kraft gegen die Ohren. Nur sehr gedämpft nahm er wahr, wie ein viergestrichenes C allmählich in ein Des überging, zu einem fünfgestrichenen Fis wurde und sich in heftigen Tonsprüngen crescendohaft in ein zweigestrichenes B verwandelte. Die Rabenkrieger traf der Gesang hingegen mit voller Wucht. Sie taumelten gegeneinander, wichen zurück, strauchelten, fielen und schlugen zu Boden. Die Schallwellen, die Mullen wie unscharfe, grellfarbene konzentrische Kreise aus dem Mund der Banshee dringen sah, ließen sie sogar noch weiter zurückschlittern, unter Förderbändern hindurch bis an die Wand der Halle, wo die Fenster mit gewaltigem Knall zersprangen, sobald die Töne der Banshee sie trafen.

Irgendwann war es vorbei. Mullen bemerkte es daran, dass die Banshee ihren Mund schloss und kleine weißgraue Grübchen auf ihren Wangen erschienen. Sie lächelte. »Das war notwendig, schätze ich«, sagte ihre sanfte, lautlose Stimme.

Hinter ihnen ertönte ein Stöhnen. Zwei der drei Menschen waren zusammengebrochen und versuchten sich wieder aufzurichten.

»Jetzt ... jetzt weiß ich, was du gemeint hast«, stammelte Flattrakul, der als Erster die Sprache wiederfand.

»Und dabei haben wir nicht einmal alles abbekommen«, ächzte Steh-Vieh, deren Haar, ebenso wie das der anderen, nach allen Seiten abstand.

»Das ist fast so wie in eine Steckdose fassen. Nicht, dass ich's jemals probiert hätte ...!«, sagte Harryfloh, der als Einziger noch aufrecht stand und ein verzücktes Gesicht machte. »Krass. Das war eine Mörder-Mucke. Gibt's die auch auf CD?«

Mullen starrte ihn an. Dieser Knabe würde ihm wohl immer ein Rätsel bleiben.

»Es ist eine Gabe«, stellte die Banshee fest. Sie klang eindeutig selbstzufrieden. »Aber jetzt lasst uns weitermachen. Ich bin sicher, dass die Morrigan nur unser Bestes will.«

Steh-Vieh übersetzte die Aussage für die anderen.

»Sie mag mein Bestes wollen, aber das kriegt sie nicht«, knurrte Flattrakul, der sich in die Hände gespuckt hatte und nun versuchte, sein Haar wieder glatt zu streichen. »Kommt euch die Angelegenheit nicht ein bisschen merkwürdig vor? Immerhin ist die Morrigan auch die Kriegsgöttin der Kelten gewesen, das habe ich zumindest …«

» …in einem volkskundlichen Seminar des Instituts für Anglistik an der Uni gehört«, vollendeten die anderen im Chor den Satz.

Flattrakul zwinkerte verblüfft. »Ja, genau. Woher wusstet ihr …?«

Die anderen lachten los, sogar die Banshee (wenn auch lautlos).

»Aber denkt doch mal nach«, beharrte Flattrakul, »was diese Typen gesagt haben: Immunität gegen Metall … Feenwesen sind doch sehr empfindlich gegenüber bearbeitetem Metall, nicht wahr?«

»Lass mich raten, woher du das weißt …«, grinste Harryfloh, schwieg aber, als er den Blick seines Bruders bemerkte.

»Na ja, fast. Gegen Gold, Silber und Kupfer haben wir nichts – geprägte Münzen beispielsweise oder unsere hübschen Kupferkessel. Oder mein Schuhmacherwerkzeug. Vor dem Rest halten wir uns fern, besonders vor kaltem Eisen. Was glaubst du, weshalb wir uns hier so selten blicken lassen? Abgesehen davon, dass die PORTALE nicht immer geöffnet sind, meine ich?«

Flattrakul nickte. »Genau. Siehst du die Verbindung zu dem Präventivschlag …«

»Dem was?«, wollte Mullen wissen, der sich gerade erst an den Präsentationsschlag gewöhnt hatte; Flattrakul ignorierte die Frage allerdings und sagte nachdrücklich: » … die Verbindung zu dem Präventivschlag nicht, von dem die Rabenkrieger gesprochen haben? Ich habe zwar keine Ahnung, wie eure Magie funktioniert, aber wäre es nicht möglich, dass die Verbindung dieses Zaubertranks aus eurer Welt mit einem Gegenstand, der in unserer Welt typisch für Samhain – oder Halloween oder Allerheiligen – ist, eine bestimmte Wirkung hat?«

»Immunität gegen Metall«, verkündete die Banshee. »Das hat mir die Morrigan auch gesagt. Ist das nicht herrlich? Selbst wenn die Menschen in unsere Welt eindringen, werden ihre Schwerter uns nicht mehr durch die leiseste Berührung töten können. Und wir können sie so zurückdrängen.«

»Wir benutzen doch keine Schwerter«, wandte Steh-Vieh ein, »aber ich glaube nicht einmal, dass die Immunität gegen Metall schon alles ist, was dahinter steckt. Denkt doch mal nach, was diese Typen vorhin gesagt haben.«

»Vielleicht öffnet dieser Gegenstand zusätzlich noch die PORTALE außerhalb der dafür vorgesehenen Zeiten?«, überlegte Mullen laut. Als er die betretenen Gesichter der anderen sah, kam ihm ein furchtbarer Gedanke. »Ja, das muss es sein. Wenn er es ermöglicht, die PORTALE unbegrenzt zu öffnen und uns immun gegenüber Metallen macht – dann stünde einem Krieg nichts mehr im Wege.«

»Ein entsetzlicher Gedanke«, stellte die Banshee fest.

»Das würde zum Wesen der Morrigan passen«, meinte Flattrakul.

Harryfloh schnaubte. »Aber wozu? Ihr habt doch sicherlich keine Überbevölkerung und braucht keine zusätzliche Welt mehr. Und wir auch nicht.«

Mullen nickte müde. »Mag sein, aber eine Kriegsgöttin braucht sicherlich keinen Grund für einen Krieg. Ein Anlass würde schon reichen, und den kann man auch selbst schaffen. Beispielsweise …« Ein Flattern ertönte. Mullen wurde giftgrün, als ihm ein entsetzlicher Gedanke kam. Steh-Vieh, die in Richtung der Fenster blickte, stieß einen erstickten

Schrei aus. Mullen versuchte sich zu ducken, aber es war zu spät.

» . . . indem ein treuer kleiner Lepra von einer diplomatischen Mission zu den Königen der Menschen nicht mehr zurückkehrt«, sagte eine Stimme, und ein glitschiger Tentakel legte sich um Mullens Hals. Unbemerkt waren die wiedererstandenen Rabenkrieger wieder herangekommen.

»Wir werden der Königin nur noch seine Leiche bringen können«, lachte der Hundeköpfige.

»Und die Leichen seiner Mörder«, kicherte die Kuh.

»Davon war nie die Rede«, protestierte die Banshee.

»Egal. Niemand wollte euf den Plan mitteilen«, belehrte ihn die gefiederte Schlange. »Ein Lepra und eine Banfee haben kein Vertrauen verdient. Man braucht beide kaum.« Sie zischte etwas und machte eine obszöne Geste mit dem Schwanz – ein Zauber, der die Banshee daran hinderte, den Mund zu öffnen, wie die gelbgrünen Bänder um ihren Mund verrieten. Der Trumpf des Todesschreis stach also nicht mehr. Mullen erblaute vor Wut über die Behandlung und zerrte an den Tentakeln, die ihm die Luft abzuschnüren begannen.

»Ist euch denn nicht klar, dass ihr uns alle in Gefahr bringt? Die Menschen werden sich nicht einfach überfallen lassen! Und sie werden keinen Unterschied zwischen den einzelnen Feenwesen machen! Das muss die Morrigan doch wissen!«, protestierte Flattrakul.

»Es ist aber netter, wenn die Beute sich wehrt«, sagte der erste Geierkopf. Seine Augen schimmerten fröhlich. »Kriege sollen doch Spaß machen«, lächelte der dritte Geierkopf verbindlich. »Wenn ich nur an die Felder voller Leichen denke . . .«, schmatzte der mittlere Kopf genüsslich. Alle drei lachten laut und hämisch.

Steh-Vieh und Harryfloh stürzten sich auf die gefiederte

Schlange und versuchten sie zu Fall zu bringen. Die Banshee konnte nur hilflos zuschauen, der Schweigezauber wirkte noch immer.

Mullen stellte seine vergeblichen Versuche, die Tentakel um seinen Hals zu lösen, ein. Der Rabenkrieger kicherte und schnürte sie noch enger zu. Der Leprechán griff in seine Jackentasche, holte eine Hand voll Feenpollen aus der Tasche und schleuderte diese schwungvoll in die Luft.

»Krokosblüte, Schwarze Pocken, bei Hagelkorn und Haferflocken, verschwindet jetzt bis an den Zaun, befiehlt euch Mullen, der Leprechaun!«, hustete er, dem Ersticken nahe, nieste heftig und tauchte zusammen mit dem Rabenkrieger, der ihn festhielt, zwischen Flattrakuls Beinen wieder auf. Krächzend ließ dieser ihn los, schoss mit dem Kopf nach oben und sorgte dafür, dass Flattrakul taumelte und über Mullen stürzte, der gerade versucht hatte, sich nach hinten aus der Gefahrenzone zu begeben.

Ein heftiger Schlag schien nun die Rabenkrieger zu treffen, auf deren Gefieder die Feenpollen herabrieselten und ihre magische Kraft entfalteten. Schrittweise wurden die Rabenkrieger fortgedrängt, quer durch die Halle, durch die zerstörten Fensterscheiben und bis zum Zaun, der das Fabrikgelände umgab. Hinter ihnen sah man bereits das erste rötliche Schimmern der Sonnenscheibe am Horizont.

»Mannomann, da konnte selbst Tom Bombadil besser reimen«, flüsterte Steh-Vieh. Sie hörte sich erleichtert an.

»Tom wer?«, fragte Mullen zurück.

»Ach, vergiss es. Sie liest zu viel. Hauptsache, es wirkt«, winkte Harryfloh ab. Der Kleine war bleich und zitterte. In einer Hand hielt er eine metallisch blaue Feder seines Gegners.

»Du hast es tatsächlich geschafft. Das war ein cooles

Hartreim-Projekt«, zollte Flattrakul dem Leprechán Anerkennung.

»Danke schön, aber das war doch nichts Besonderes ...«

»Stimmt. Und jetzt tritt zur Seite, Leprechán.«

Mullen erstarrte. Er kannte die Stimme. Der Leprechán und die Banshee fuhren synchron herum und fielen auf die Knie. Ein silbernes Leuchten stand in der Luft, direkt dort, wo das zerbrochene Fenster war; ein ›freies‹ PORTAL. Ein solches PORTAL zu schaffen, vermochten nur wenige, sehr mächtige Feenwesen, und das auch nur an ›dünnen Tagen‹ wie Samhain. Dieses freie PORTAL hier war gerade eben geöffnet worden. Von ihr.

»Ich glaube, ich bin keinen Augenblick zu früh gekommen. Als du so lange ausbliebst, habe ich mir doch tatsächlich Sorgen gemacht ...«

Eisig kroch die Furcht vor der Wahrheit aus den Silberschnallen von Mullens Schuhen in seine blauen Strümpfe und höher bis zum Herzen, das sich schlagartig verkrampfte.

»Mor... Morrigan«, brachte Mullen heraus, um sich sogleich zu verbessern: »Lady Morrigan, Große Königin.« Er drehte sich langsam um.

Hoch und schwarz und grausam stand die Morrigan hinter ihm. Langsam verwandelten sich Rabenfedern in gazeähnlichen Stoff, wehend und fließend, die gesamte Gestalt umschmeichelnd, in einem Wind, den sonst niemand spürte. Lang und weiß waren die Gliedmaßen, elegant nach Art des Hohen Volkes, bleich und schmal das Antlitz, in dem die Obsidianaugen grausam glänzten.

»Kleiner Schuster, du hast deinen Dienst beinahe erfüllt. Und braver sogar, als ich vermutet hatte. Wenn diese Welt hier erst unser ist, werde ich dich dafür belohnen.«

Mullen lachte gekünstelt. »Das ... meint Ihr doch nicht tatsächlich so, wie Ihr es sagt, Lady Morrigan?«

»Wieso meinst du, ich sollte dich nicht belohnen?«,

»Ah – ha-ha, Ihr scherzt, Lady Morrigan, sehr lustig, wirklich – ha-ha. Nein, ich meinte Eure Worte von Eroberungen und dergleichen ...«

»Habe ich dir jemals den Eindruck vermittelt, dass ich gerne scherze? Nein, kleiner Schuhmacher, unser Plan steht schon seit langem fest. Diese Tir Aill, diese Welt der Menschen, ist eine latente Gefahr für uns, und wir werden uns ihrer entledigen.«

Die Banshee flackerte nervös wie ein Irrlicht. »Majestät ... Ihr kennt nicht alle Fakten ... die Menschen ...«

»Sind böse«, zischte die Morrigan und bedeutete der weißen Feengestalt zu schweigen. »Ich habe alle Informationen, die wir benötigen.«

»Ich werde nicht mitkämpfen«, sagte Mullen steif.

»Natürlich nicht. Du bist nur ein schwaches, harmloses Feenwesen. Was könntest du schon ausrichten? Überlass es mir. Ich tue das alles hier für all jene, die wie du sind, für alle, die ich beschützen muss. Vor denen.« Schwarze Flammen brannten in ihren Augen, als die Morrigan die drei Menschen betrachtete.

»Nein, Lady Morrigan, ich meinte ...«

»Ich weiß, was du meintest. Es interessiert niemanden. Sei froh, wenn ich vergesse, dass durch deine Ungeschicklichkeit beinahe der ganze Plan gescheitert wäre – nur einmal in tausend Jahren kann eine Mixtur wie diese entstehen. Du möchtest doch, dass ich deine ... Ungeschicklichkeit vergesse, oder? Dann geh nun – und nimm die kleine Banshee mit.«

Sie bemerkte sein Zögern. Ihr Gesicht nahm einen noch verschlageneren Ausdruck an. Hinter ihr krochen weitere Sonnenstrahlen wie Würmer nach einem sanften Regen über die Erde, zu schwer und zu schwach noch, sich bereits in die Luft zu erheben. Mullen atmete tief durch. Die Sonne … Er zuckte unbehaglich mit den Schultern.

»Denkst du noch an die langweiligen, ereignislosen Samhain-Wachen in der Wüste? Dorthin möchtest du doch sicherlich nicht zurück?« Die Morrigan legte fragend den Kopf schief, wartete aber keine Antwort ab. »In diesem Fall kann ich dir nur eines raten: Halte dich aus den weiteren Plänen heraus; wenn die Mächtigen spielen, ist für die Bauern kein Platz. Kehre mit der Banshee in Frieden zurück, und lasst mich hier die Arbeit zu Ende bringen. Ich kann das, was du für mich geschaffen hast, auch zu mir rufen. Ich brauche es nicht zu suchen wie du. – Übrigens, Kompliment: ein Kürbis, wie nett.« Die violetten Lippen verzogen sich zu einem spöttischen Lächeln, sodass Mullen die zugespitzten weißen Zähne blitzen sehen konnte. Die Banshee und er verständigten sich durch einen raschen Blick. Was auch immer sie taten – es würde besser funktionieren, wenn sie wussten, auf welches Glas es ankam. Die Zeit war ihr wertvollster Verbündeter. Sie nickten devot, und die Morrigan wandte sich zufrieden der Lagerhalle zu. Sie war ihre Königin. Die Königin, der sich niemand widersetzte.

Die Morrigan machte eine gebieterische Geste, und die Gläser in der Lagerhalle barsten unter einem gewaltigen Druck – alle, bis auf eines, das aufleuchtete, sich in die Luft erhob und langsam auf die Morrigan zuschwebte.

Mullen und die Banshee nickten den drei Menschen heftig zu; sie wagten es nicht, eine Hand zu heben, aus Angst, die Morrigan könnte sie durchschauen. Steh-Vieh und Flattrakul nickten langsam zurück. Sie begriffen, was die Feenwesen ihnen mitteilen wollten.

»Und … diese Menschen hier?«, Mullen hatte all seinen Mut zusammengenommen. Es war gefährlich, die Morrigan zu reizen. Nur der Umstand, dass er ihr Schuster war und ganz offensichtlich zu schwach, um ihr gefährlich zu werden, machte ihm Mut. Sie würde ihn schon nicht umbringen. Jedenfalls nicht sofort.

Das Glas senkte sich zu Boden, als die Konzentration der Morrigan für einen Moment nachließ. Sie wandte sich zu Mullen um, und Flattrakul hechtete auf das Glas zu.

»Es sind doch nur zwei Halbwüchsige und ein Kind. Mach dir ihretwegen keine Sorgen.«

Die Morrigan wollte sich wieder umdrehen, mit Blick direkt in die große Halle, aber die Banshee schwebte zur Seite und begann zu sprechen, wodurch die Königin erneut abgelenkt wurde. Mullen unterdrückte ein erleichtertes Aufatmen. Das weiße Gesicht der Banshee verriet nichts von ihren Gedanken. »Dann könntet Ihr die Menschen hier doch gehen lassen, meine Königin?«

Flattrakul schraubte den Deckel auf, während Steh-Vieh und Harryfloh zu ihm schlichen. Wenn die Morrigan jetzt hinsah …

Mullen grinste und nickte heftig. »Ja, genau!«

Die Morrigan zuckte zu ihm herum. Sie wirkte leicht irritiert und musterte die beiden Feenwesen. Nach einem Augenblick des Nachdenkens machte sie eine umfassende Handbewegung. »Nicht nötig. Ich … kümmere mich schon um sie.«

»Ach so«, murmelte Mullen und tat so, als ob er sich umdrehen und weggehen wolle; er konnte das orangerote Leuchten am Horizont sehen. Nur noch kurze Zeit … Die Morrigan hob ihre Hand, Magie knisterte in den Fingerspitzen. Gleich würde sie sich umdrehen und – der Leprechán wandte sich ihr wieder zu, als sei ihm gerade noch etwas Wichtiges eingefallen.

»Was genau meinst du mit kümmern?«, fragte Mullen. Die Morrigan seufzte und krümmte ihre wundervollen Finger mit den langen, schwarzen Nägeln. Sie wirkte enttäuscht und erbost.

»Es geht dich nichts an. Wir haben nicht mehr viel Zeit, bis die Anderswelt aus der Reich weite dieses Landes gerät. Geht schon vor durch das PORTAL, ich komme später nach, und dann erkläre ich euch alles.«

»Oh.« Mullen trat einen Schritt zurück. Die Menschen waren beinahe fertig – erstaunlich geräuschlos, wie er feststellte, und die Banshee zeigte ihm zehn Finger. Neun Finger … »Klar. Logisch. Ich verstehe.« Er tat so, als ob er nachdenke und sagte: »Ach, Lady Morrigan, nur zur Information …« Acht Finger …

Die Morrigan knurrte verärgert. »Ja? Was ist denn noch?«

»Das PORTAL schließt sich also nach Samhain wieder, richtig?« Sieben Finger …

»Natürlich.«

»Und dann kann fast niemand mehr hin- und herwechseln bis zum nächsten Beltene oder Samhain, richtig? Ohne den verzauberten Kürbis, meine ich.« Sechs Finger …

»Das weißt du doch.«

»Du nicht und ich nicht?«

»Ja«, zischte die Morrigan. »Allerdings habe *ich* den Kürbis, du nicht. Und jetzt GEH!«

»Ach so, der Kürbis … wer, sagtest du, hätte ihn? Wenn du dich vielleicht einmal umdrehen …?« Fünf Finger …

»Kleiner Leprechán, du treibst es ein bisschen zu weit …«, zischte die Morrigan, aber sie wandte sich um. Hinter ihr standen die drei Menschen und leckten sich die Lippen. Eine orangefarbene Flüssigkeit rann dem kleinsten von ihnen aus den Mundwinkeln. Neben ihnen lag ein leeres Glas auf dem Boden, auf dem zu lesen stand: ›Saure Kürbisstückchen.‹ Vier Finger …

»Hätte ruhig etwas länger eingelegt sein dürfen«, feixte

Harryfloh, »aber ich will nicht meckern. Meint ihr, wir sind jetzt auch immun gegen Metalle?«

»Nein«, flüsterte die Morrigan. Ihre Gesichtsfarbe ähnelte jetzt der der Banshee. Die Gesichtszüge entgleisten ihr, rohe, unbeherrschte Wut flammte in den Trümmern des überheblichen Lächelns auf, das sie bisher gezeigt hatte. »Das werdet ihr mir büßen. Aber zuerst ist dieser Lepra dran.« Sie wirbelte herum, die Hände gespreizt, blaues Feuer auf den Fingerspitzen zuckend.

»Eines noch«, sagte die Banshee, die sich wie zufällig vor Mullen gestellt hatte, mit zitternder Nicht-Stimme. »Wann genau schließt sich das PORTAL?«

Alle konnten sehen, dass sich die Morrigan nur mühsam beherrschte. »Sobald die Sonne vollständig sichtbar ist.« Drei Finger …

»So wie jetzt zum Beispiel?«, hörten sie die Banshee, die auf das PORTAL zuschwebte und Mullen zuwinkte, es ihr gleichzutun. Mullen stand wie erstarrt.

Die Morrigan kniff die Augen zusammen, als sie zum ersten Mal das immer strahlendere Morgenrot bewusst wahrnahm. Nur noch ein kleines Stückchen hielt sich die Sonne jenseits des Horizonts verborgen. Die Königin und Kriegsgöttin stieß einen heiseren Laut aus, der Überraschung, Wut und Erheiterung beinhaltete. »Ihr habt mich aufgehalten und hereingelegt, kleiner Schuster!« Ihr Kleid zerfloss und kristallisierte zu klirrenden schwarzen Kristallfedern, Körper und Glieder geronnen zu nachtschwarzem Leib, Schwingen und Krallen. Sie lachte. Zwei Finger … Dann glitt die Banshee auch schon durch das PORTAL und war fort.

»Aber mir bleibt gerade noch genug Zeit, im Gegensatz zu dir, Lepra. Genieß deinen Triumph, ich trag ihn dir nicht nach, denn es ist nur ein Sieg auf Zeit.« Mit kraftvollen

Schlägen der gewaltigen Flügel schwang sie sich in die Luft. »Deine kleine Freundin mag unsere Heimat erreicht haben, aber du, kleiner Schuster, erreichst das PORTAL nicht mehr rechtzeitig und kannst in den nächsten Monden nicht mehr zurückkehren in die Anderswelt – freu dich darauf zu erleben, wie deine Kräfte schwinden und wie du schließlich vergehst!«, rief sie ihm höhnisch zu, während sie taumelnd, aber geisterhaft schnell gerade in dem Moment durch das PORTAL tauchte, als die Sonne sich endlich frei im Himmel bewegte. Nachdem die letzte Feder mit ärgerlichem Singen hindurchgeglitten war, glühte das PORTAL im frühen Morgensonnenlicht quecksilbergleich auf und zerfloss. Dann war die Morrigan fort. Sie und das PORTAL. Die Sonne stand endgültig frei über dem Horizont. Samhain war vorüber.

Mullen war in der Welt der Sterblichen gestrandet.

»Krass. Das war also deine Königin«, bemerkte Harryfloh altklug, der zwar gut zugehört, aber wenig verstanden hatte.

»Morrigan«, ergänzte Niels, »sie sah ein bisschen aus wie die Tussi aus der Addam's Family.«

»Lass sie das bloß nicht hören«, grinste Mullen müde. Das rote Morgenlicht wärmte und schwächte ihn gleichermaßen. »Die Lady Morrigan lässt sich nicht gerne mit jemand anderem vergleichen, erst recht nicht mit einer ... Tussi.«

»Dann ist es ja gut, dass sie abgezwitschert ist«, erwiderte Steh-Vieh. »Aber du ...«

Mullen lächelte. »Das war wohl eine ganz schön anstrengende Nacht für euch?«

»Ein bisschen vielleicht.« Harryfloh grinste verlegen. »Eigentlich ganz schön. Ich glaube, ich bleib lieber bei der Disco.«

»Du hast doch noch nie eine von innen gesehen«, spöttelte sein Bruder.

»Hört auf, ihr zwei. Begreift ihr denn nicht, was mit ihm los ist?«, fuhr Steh-Vieh dazwischen. »Er muss jetzt hier bei uns bleiben – zumindest eine Weile, wenn ich das richtig verstanden habe.«

»Echt? Stimmt das? Krass«, kommentierte Harryfloh. »Solange ich keinen Kürbis mehr essen muss ...«

»Sie hat Recht«, gab Mullen traurig zu. »Dass ich bleibe, bedeutet aber wohl auch, dass ich sterben werde.«

»Kann ich dann dein Gold haben?«

»NEIN!«, riefen die anderen alle gleichzeitig, und Harryfloh zuckte zurück. »Einen Versuch war's wert. – Aber weshalb willst du sterben?«

Mullen ließ sich zu Boden sinken. »Ich will nicht sterben, aber jeder Tag in eurer Welt kostet mich ein bisschen Kraft. Im Feenreich könnte ich sie regenerieren, aber hier ... keine Chance. Wenn meine Kraft aufgebraucht ist, werde ich vergehen und vergessen werden. Größere und stärkere Feenwesen können das vielleicht durchhalten, aber ein armer kleiner Schuster wie ich ... und fast ohne Feenpollen ...« Er zerdrückte eine Träne und seufzte mitleiderregend. »Zumindest hat die Banshee es geschafft. Sie war eigentlich eine Klasse-Fee.« Noch immer erbarmte sich niemand. Bevor Mullen es noch weiter treiben konnte, meldete sich Flattrakul zu Wort:

»An deiner Geschichte kann etwas nicht stimmen. Leprecháns gibt's in Irland schon ziemlich lange, und man hat sie dort nicht nur zu Hallowe... Samhain gesehen. Also kannst du jederzeit wieder hinüberwechseln und versuchst jetzt nur, uns zu verkohlen.«

»Seh ich aus wie ein Bergarbeiter?«, machte der Leprechán einen müden Scherz. »Du hast Recht, aber das hier ist nicht Irland. Ein Leprechán kann nur in seiner Heimat auch außerhalb der ›dünnen Tage‹ von der einen in die andere Welt wechseln.«

»Wir könnten dich in ein Paket stecken und nach Irland schicken«, schlug Harryfloh vor.

»Vielleicht würde schon ein einzelner Ire reichen – sagt zumindest die Morrigan«, meinte Mullen.

»Wieso?«

»Die Morrigan hat einmal gesagt, überall, wo Iren seien, sei auch Irland. Mit diesem Argument hat sie uns irische Feen zu Samhain in alle Himmelsrichtungen ausgeschickt.«

»Ah, du könntest also auch in Gegenwart eines Iren in deine Heimat wechseln, richtig?«, wollte Steh-Vieh wissen.

»Wenn die Morrigan die Wahrheit gesagt hat«, versuchte Mullen ein Lächeln. »Aber selbst wenn ... wie soll ich denn hier auf die Schnelle einen Iren finden?«

Steh-Vieh lachte. »Ich bin Irin. Zumindest ein bisschen.«

»Er meinte: Jemanden mit irischem Blut, keine arme Irre. Du musst besser zuhören.« Die anderen überhörten Harryflohs Kommentar.

Mullen starrte Steh-Vieh misstrauisch an. »Du hast weder rote Haare noch blaue Augen, deine Hautfarbe ist nicht irisch, du kleidest dich nicht wie eine Irin, du sprichst kein Irisch, du hast nicht einmal eine Kleeblattbrosche irgendwo anstecken. – Du kannst keine Irin sein.«

»Vielleicht schmiert sie sich irische Butter aufs Brötchen«, kommentierte Harryfloh in einem erneuten Versuch, sarkastisch zu sein. Wieder wurde er ignoriert.

»Sagt mal, habt ihr euch nicht gewundert, dass ich die Banshee sehen konnte, Niels und Flo aber nicht? Mein Vater ist zwar Deutscher, aber die Familie meiner Mutter kam aus Irland, wir haben heute noch Verwandte auf der Insel. Sie sind wegen der IRA geflohen, aber vorher lebten sie jahrhundertelang in Dublin.«

»Pfff«, machte Mullen. »Dublin. Menschendorf.«

»Stadt«, verbesserte Flattrakul, der seiner Freundin beistehen wollte, »Dublin ist eine Stadt.«

»Das ist doch jetzt nebensächlich«, meinte diese. »Aber es kann niemand bestreiten, dass Dublin voller Iren ist.«

»Abgesehen von den Touristen«, warf Harryfloh altklug ein (irgendwie erinnerte er Mullen damit an seinen kleinen Bruder), ohne jedoch die rechte Aufmerksamkeit zu finden.

»Also – versuch's doch einfach mal.«

»In Ordnung. Bitte zurücktreten, ich starte«, sagte Mullen mit flüchtigem Lächeln, um sich selbst Mut zu machen und der Situation ein wenig von ihrer Spannung zu nehmen. *Wenn es nicht funktioniert, hast du's wenigstens der Morrigan heimgezahlt, dass sie dich jahrzehntelang immer wieder in die Wüste geschickt hat. Und wenn es klappt, wird sie dich sicherlich auch beim nächsten Mal wieder dorthin schicken, damit du ihr nicht mehr dazwischenfunkst,* lästerte eine boshafte kleine Stimme in seinem Hinterkopf. Mullen versuchte tapfer, sie zu ignorieren, warf den kläglichen Rest Feenpollen in die Luft und malte mit der Pfeife einige verschnörkelte Zeichen hinein – Steh-Vieh dachte zuerst, er würde sinnlos herumwedeln, aber dann erkannte sie ein System in den Bewegungen.

Alle hielten den Atem an, verfolgten gespannt, was sich hier tat.

Zuerst geschah nichts.

Und dann platzte die Luft scheinbar auf, genau dort, wo Mullen mit der Pfeife herumgewedelt hatte; sie platzte in einer silbernen Lichtflut auf, aus der eine Art Luftwirbel auf Mullen zuschoss und diesen mit einem entsetzlich schlürfenden Geräusch ansaugte. Der kleine Leprechán verschwand kopfüber in dem Wirbel, der sofort wieder zurückzuckte und mit dem Silberleuchten verschmolz. Mit einem vernehmlichen Rülpslaut schloss sich der Übergang zwischen den beiden Welten wieder. Der ganze Spuk hatte nur wenige Sekunden gedauert.

Und Mullen war verschwunden. Nach Hause. Und Niels, Steffi und Florian konnten sich eine Ausrede einfallen lassen, weshalb sie so spät (oder, richtiger: früh) nach Hause kamen.

Mullen öffnete die Tür und trat ein. Clurr lag halb über dem Tisch und schnarchte, aber Lury war noch wach (er war immer wach, solange noch Bier im Hause war) und begrüßte ihn mit einem bierseligen Feixen. »Und? Wie war's?«

»Krass.«

Lury fiel fast vom Stuhl. »Wie bitte? Krass?«

»Krass«, stimmte die Banshee zu, die hinter Mullen in der Türöffnung auftauchte.

»Oh, übrigens«, sagte Mullen betont beiläufig, »darf ich euch meine neue Freundin vorstellen?«

Und diesmal fiel Lury tatsächlich.

ERNST THEODOR AMADEUS HOFFMANN

Der Elementargeist

Gerade am zwanzigsten November des Jahres 1815 befand sich Albert von B., Obristlieutnant in preußischen Diensten, auf dem Wege von Lüttich nach Aachen. Das Hauptquartier des Armeekorps, dem er beigegeben, sollte auf dem Rückmarsch aus Frankreich an demselben Tage in Lüttich eintreffen und dort zwei oder drei Tage rasten. Albert war schon abends vorher angekommen; am andern Morgen fühlte er sich aber von einer sonderbaren Unruhe ergriffen, und er mochte es sich selbst nicht gestehen, dass nur dunkle Träume, die ihn die ganze Nacht hindurch nicht verlassen und ihm ein sehr frohes Ereignis verkündet hatten, das seiner in Aachen warte, den raschen Entschluss erzeugten, auf der Stelle dorthin aufzubrechen. Indem er sich noch selbst über sein Beginnen höchlich verwunderte, saß er schon auf dem schnellen Pferde, von dem getragen er die Stadt noch vor einbrechender Nacht zu erreichen hoffte.

Ein rauer schneidender Herbstwind brauste über die kahlen Felder hin und weckte die Stimmen des fernen entlaubten Gehölzes, die hineinächzten in sein dumpfes Geheul. Raubvögel stiegen kreischend auf und zogen in Scharen den dicken Wolken nach, die immer mehr zusammentrieben, bis der letzte Sonnenblick dahinschwand und ein mattes düstres Grau den ganzen Himmel überzog.

Albert wickelte sich fester in seinen Mantel ein, und indem er auf der breiten Straße so vor sich hintrabte, entfaltete sich seinem innern Sinn das Bild der letzten verhängnisvollen Zeit. – Er gedachte, wie er vor wenigen Monden denselben Weg gemacht in umgekehrter Richtung zur schönsten Jahreszeit. In üppiger Blüte stand damals Feld und Flur; bunt gewirkten Teppichen glichen die duftenden Wiesen, und im lieblichen Schein der goldnen Sonnenstrahlen glänzten die Büsche, in denen die Vögel fröhlich zwitscherten und sangen. Festlich geschmückt hatte sich die Erde wie eine sehnsüchtige Braut, um die dem Tode geweihten Opfer, die im blutigen Kampf gefallenen Helden, zu empfangen in ihrem dunklen Brautgemach. –

Albert war bei dem Armeekorps, dem er zugewiesen, angekommen, als schon die Kanonen an der Sambre donnerten; doch zeitig genug, um noch teilzunehmen an den blutigen Gefechten bei Charleroi, Gilly, Gosselins. – Der Zufall wollte, dass Albert gerade da immer zugegen war, wo sich Entscheidendes begab. So befand er sich bei der letzten Erstürmung des Dorfes Planchenoit, die den Sieg in der denkwürdigsten aller Schlachten (Belle-Alliance) vollends herbeiführte. Ebenso kämpfte er den letzten Kampf des Feldzuges mit, als die letzte Anstrengung der Wut, der grimmen Verzweiflung des Feindes sich an dem unerschütterlichen Kampfesmute der Heldenschar brach, die in dem Dorfe Issy festgefußt, den Feind, der unter dem furchtbarsten Kartätschenfeuer stürmend, Tod und Verderben in die Reihen zu schleudern gedachte, zurücktrieb, sodass Scharfschützen ihn bis ganz unfern der Barrieren von Paris verfolgten. In der Nacht darauf (vom 3. bis zum 4. Julius) wurde bekanntlich die die Übergabe der Hauptstadt betreffende Militärkonvention zu St. Cloud abgeschlossen.

Diese Gefahr bei Issy ging nun besonders hell auf vor Alberts Seele. Er besann sich auf Dinge, die, wie es ihm bedünken musste, er während des Kampfs nicht bemerkt hatte, ja nicht bemerkt haben konnte. So trat ihm nun manches Gesicht einzelner Offiziere, einzelner Bursche in den lebendigsten Zügen vor Augen, und tief traf sein Gemüt der unnennbare Ausdruck nicht stolzer oder gefühlloser Todesverachtung, sondern wahrhaft göttlicher Begeisterung, der aus manchem Auge strahlte. So hörte er Worte, bald zum Kampf ermutigend, bald mit dem letzten Todesseufzer ausgestoßen, die der Nachwelt hätten aufbewahrt werden müssen wie die begeisternden Sprüche der Helden aus der antiken Heroenzeit.

»Geht es mir«, dachte Albert, »nicht beinahe so wie dem, der beim Erwachen zwar seines Traumes gedenkt, sich aber erst mehrere Tage darauf aller einzelnen Züge desselben erinnert? – Ja, ein Traum – nur ein Traum, sollte man meinen, könne, mit mächtigen Schwingen Zeit und Raum überfliegend, das Gigantische, Ungeheure, Unerhörte geschehen lassen, was sich begab während der verhängnisvollen achtzehn Tage dieses die kühnsten Gedanken, die gewagtesten Kombinationen des spekulierenden Geistes verspottenden Feldzuges. – Nein! – der menschliche Geist erkennt seine eigne Größe nicht; die Tat überflügelt den Gedanken! – Denn nicht die rohe physische Gewalt, nein, der Geist schafft Taten, wie sie geschehen sind, und es ist die psychische Kraft jedes einzelnen wahrhaft Begeisterten, die der Weisheit, dem Genius des Feldherrn zuwächst und das Ungeheure, nicht Geahnte vollbringen hilft! –«

In diesen Betrachtungen wurde Albert durch seinen Reitknecht gestört, der ungefähr zwanzig Schritte hinter ihm zurückgeblieben und den er überlaut rufen hörte: »Ei der Tausend, Paul Talkebarth! wo kommst du daher des Weges?«

Albert wandte sein Pferd und gewahrte, wie der Reiter,

der, von ihm nicht sonderlich beachtet, soeben vorbeige-
trabt war, bei seinem Reitknecht stillhielt und die Backen
der ansehnlichen Fuchsmütze, womit sein Haupt bedeckt,
auseinander schlug, sodass alsbald das ganze wohl bekannte, im schönsten Zinnober gleißende Antlitz Paul Talkebarths, des alten Reitknechts des Obristen Viktor von S.,
zum Vorschein kam.

Nun wusste Albert auf einmal, was ihn so unwidersteh-
lich von Lüttich fortgetrieben nach Aachen, und er konnte
es nur gar nicht begreifen, wie der Gedanke an Viktor, an
seinen innigsten geliebtesten Freund, den er wohl in
Aachen vermuten musste, nur dunkel in seiner Seele gelegen und zu keinem klaren Bewusstsein gekommen war. –

Auch Albert rief jetzt: »Sieh da! Paul Talkebarth, wo
kommst du her? – wo ist dein Herr?«

Paul Talkebarth kurbettierte aber sehr zierlich heran und
sprach, die flache Hand vor der viel zu großen Kokarde der
Fuchsmütze, militärisch grüßend. »Alle Donnerwetter,
Paul Talkebarth, ja das bin ich, mein gnädigster Herr
Obristlieutnant. – Böses Wetter hierzulande, Zermannöre!
(sur mon honneur). Aber das macht die Kreuzwurzel. Die
alte Liese pflegte das immer zu sagen – ich weiß nicht, ob
Sie die Liese Pfefferkorn kennen, Herr Obristlieutnant; sie
wohnt in Genthin, wenn man aber in Paris gewesen ist
und den Muffel im Schartinpland (jardin des plantes) gesehen hat – Nun, was man weit sucht, findet man nah,
und ich halte hier vor dem gnädigen Herrn Obristlieutnant, den ich suchen sollte in Lüttich. Meinem Herrn hat's
der Spirus familus (spiritus familiaris) gestern abend ins
Ohr geraunt, dass der gnädige Herr Obristlieutnant in Lüttich angekommen. Zackemamthö (sacre nom de Dieu),
das war eine Freude! – Nun, es mag sein, wie es will; aber
getraut habe ich dem Falben niemals. Ein schönes Tier,

Zermannöre, aber pur kindisches Wesen, und die Frau Baronesse tat ihr Möglichstes, das ist wahr – Liebe Leute hierzulande, aber der Wein taugt nichts, und wenn man in Paris gewesen ist! – Nun, der Herr Obrist hätte ebenso gut einziehen können wie einer durch den Argen Trumph (Arc de triomphe), und ich hätte dem Schimmel die neue Schabracke aufgelegt – Zacker, der hätte die Ohren gespitzt! – Aber die alte Liese (es war meine Muhme in Genthin), ja, die pflegte immer zu sagen – Ich weiß nicht, Herr Obristlieutnant, ob Sie –«

»Dass die Zunge dir erlahme«, unterbrach Albert den heillosen Schwätzer, »dein Herr ist in Aachen, so lass uns schnell vorwärts, wir haben noch über fünf Stunden Weges!«

»Halt«, schrie Paul Talkebarth aus Leibeskräften, »halt, halt, gnädigster Herr Obristlieutnant, das Wetter ist schlecht hierzulande; aber Futter! wer solche Augen hat wie wir, die blitzen im Nebel –«

»Paul«, rief Albert, »mache mich nicht ungeduldig, wo ist dein Herr? – nicht in Aachen?«

Paul Talkebarth lächelte dermaßen freudig, dass sein ganzes Antlitz zusammenfuhr in tausend Falten wie ein nasser Handschuh, streckte dann den Arm weit aus, zeigte nach den Gebäuden hin, die hinter einem Gehölz auf seiner sanft emporsteigenden Anhöhe sichtbar wurden, und sprach: »Dort in jenem Schloss –« Ohne abzuwarten, was Paul Talkebarth noch Weiteres zu schwatzen geneigt, bog Albert ein in den Weg, der seitwärts von der Heerstraße ab nach dem Gehölz führte, und eilte fort im schärfsten Trab. – Nach dem wenigen, was er gesprochen, muss der ehrliche Paul Talkebarth dem geneigten Leser als ein etwas wunderlicher Kauz erscheinen. Es ist nur zu sagen, dass er, Erbstück des Vaters, dem Obristen Viktor von S., nachdem er Generalintendant und Maitre des Plaisirs aller Spiele und tollen Streiche seiner Kinderjahre und des ersten Jünglingsalters gewesen, von dem Augenblick an gedient hatte, als dieser zum ersten Mal den Offizierdegen umgeschnallt. Ein alter sehr absonderlicher Magister, der Hofmeister des Hauses zwei Generationen hindurch, vollendete durch alles, was er dem ehrlichen Paul Talkebarth an Unterricht und Erziehung zufließen ließ, die glücklichen Anlagen zu außerordentlicher Konfusion und seltner Eulenspiegelei, womit diesen die Natur gar nicht karg ausgestattet. Dabei war Letzterer die treueste Seele, die es auf der Welt geben kann. Bereit, für seinen Herrn jeden Augenblick in den Tod zu gehen, konnte weder hohes Alter, noch sonst irgendeine Betrachtung den guten Paul abhalten, mit seinem Herrn im Jahre 1813 ins Feld zu ziehen. Seine eisenfeste Natur ließ ihn alles Ungemach überstehen, aber weniger stark als sein körperliches bewies sich sein geistiges Naturell, das einen merklichen Stoß oder wenigstens einen besondern Schwung erhielt während seines Aufenthalts in Frankreich, vorzüglich in Paris. Paul Talkebarth fühlte nämlich nun erst, dass Herr Magister Sprengepilcus vollkommen Recht gehabt, als er ihn ein großes Licht genannt, das einst noch gar hell leuchten werde. Dies Leuchten bemerkte Paul Talkebarth an der Gefügigkeit, mit der er in die Sitten eines fremden Volks eingegangen war und ihre Sprache erlernt hatte. Damit brüstete er sich nicht wenig und schrieb es nur seiner herrlichen Geistesfähigkeit zu, dass er oft, was Quartier und Nahrung betrifft, das erlangte, was zu erlangen unmöglich schien. – Paul Talkebarths herrliche französische Redensarten (einige angenehme Flüche hat der geneigte Leser bereits kennen gelernt) gingen, wo nicht durch die ganze Armee, doch wenigstens durch das Korps, bei dem sein Herr stand. Jeder Reiter, der auf einem Dorfe ins Quartier kam, rief dem Bauer mit Paul Talkebarths Worten entgegen: »Pisang! – de Lavendel pur di Schewals!« (paysan, de l'avoine pour les chevaux!)

So wie es exzentrischen Naturen überhaupt eigen, so mochte Paul Talkebarth nicht gern, dass irgendetwas auf die gewöhnliche einfache Weise geschehe. Er liebte vorzüglich Überraschungen und suchte diese seinem Herrn auf alle nur mögliche Weise zu bereiten, der denn auch wirklich sehr oft überrascht wurde, wiewohl auf ganz andere Art, als es der ehrliche Talkebarth gewollt, dessen glücklichste Pläne meistenteils in der Ausführung scheiterten. So bat er auch jetzt den Obristlieutnant von B., als dieser geradezu auf das Hauptportal des Landhauses losritt, flehentlichst, doch einen Umweg zu machen und von hinten in den Hof hineinzureiten, damit sein Herr ihn nicht eher gewahre, als bis er in die Stube getreten. – Albert musste es sich gefallen lassen, über eine morastige Wiese zu reiten und vom emporspritzenden Schlamm gar übel zugerichtet zu werden, dann ging es über die gebrechliche Brücke eines Grabens. Paul Talkebarth wollte, seine Reiterkünste zeigend, geschickt herübersetzen, fiel aber mit dem Pferde bis an den Bauch hinein und wurde mit Mühe von Alberts Reitknecht wieder auf festen Boden gerettet. Nun gab er aber voll fröhlichen Mutes laut jauchzend dem Pferde die Sporen und sprengte mit wildem Hussa hinein in den Hof des Landhauses. Da aber gerade alle Gänse, Enten, Puter, Hähne und Hühner der Wirtschaft versammelt waren, um zur Ruhe gebracht zu werden, da ferner von der einen Seite eine Herde Schafe, von der andern eine Herde jener Tiere, in die unser Herr einst den Teufel bannte, hereingetrieben wurde, so kann man denken, dass Paul Talkebarth, der, des Pferdes nicht recht mächtig, willkürlos in großen Kreisen auf dem Hofe umhergaloppierte, nicht geringe Verwüstungen in dem Hausstande anrichtete. Unter dem grässlichen Lärm des quiekenden, schnatternden, blökenden, grunzenden Viehes, der bellenden Hofhunde, der keifenden Mägde hielt Albert seinen glorreichen Einzug, indem er den ehrlichen Paul Talkebarth mitsamt seinem Überraschungsprojekt zu allen Teufeln wünschte.

Schnell schwang sich Albert vom Pferde und trat hinein in das Haus, das, ohne allen Anspruch auf Schönheit und Eleganz, doch ganz wirtlich sich ausnahm und bequem und geräumig genug schien. Auf der Treppe trat ihm ein nicht zu großer, wohlgenährter Mann mit braunrotem Gesicht in einem kurzen grauen Jagdrock entgegen, der mit süßsaurem Lächeln fragte: »Einquartiert?« An dem Tone, mit dem der Mann dies Wort aussprach, erkannte Albert sogleich, dass er den Herrn des Hauses, mithin, wie er es von Paul Talkebarth wusste, den Baron von E. vor sich habe. Er versicherte, dass er keineswegs einquartiert, dass es viel mehr nur seine Absicht sei, seinen innigsten Freund, den Obristen Viktor von S., der sich hier befinden solle, zu besuchen, dass er die Gastfreundschaft des Herrn Barons nur für diesen Abend und die Nacht in Anspruch nehme, da er des andern Morgens in aller Frühe wieder aufzubrechen gedenke. –

Des Barons Gesicht heiterte sich merklich auf, und der volle Sonnenschein, der gewöhnlich auf diesem gutmütigen, aber etwas zu breiten Antlitz zu liegen schien, kehrte ganz wieder, als, die Treppe mit dem Baron hinaufsteigend, Albert fallen ließ, dass wahrscheinlich gar keine Truppenabteilung des Armeekorps, welches gerade auf dem Marsche befindlich, diese Gegend berühren werde. –

Der Baron öffnete eine Türe; Albert trat in einen freundlichen Saal und erblickte Viktor, der den Rücken ihm zugewendet saß. Viktor drehte sich auf das Geräusch um, sprang auf und fiel mit einem lauten Ausruf der Freude dem Obristlieutnant in die Arme. »Nicht wahr, Albert, du gedachtest meiner in der vorigen Nacht? – Ich wusste es, mein innerer Sinn sagte es mir, dass du dich in Lüttich befändest, in demselben Augenblick, als du hineinrittest! – Alle meine Gedanken figierte ich auf dich, meine geistigen Arme umfassten dich; du konntest mir nicht entrinnen! –«

Albert gestand, dass ihn wirklich, wie es der geneigte Leser bereits weiß, dunkle Träume, die nur zu keiner deutlichen Gestaltung kommen konnten, von Lüttich fortgetrieben.

»Ja«, rief Viktor ganz begeistert, »Ja, es ist kein Wahn, keine leere Einbildung; sie ist uns gegeben, die göttliche Kraft, die, über Zeit und Raum gebietend, das übersinnliche kundtut in der Sinnenwelt!« –

Albert wusste nicht recht, was Viktor meinte, sowie ihm überhaupt das Betragen des Freundes, das ganz außer seiner gewöhnlichen Weise lag, auf einen gespannten, überreizten Zustand zu deuten schien. – Indessen war die Frau, die neben Viktor vor dem Kamin gesessen, aufgestanden und hatte sich den Freunden genähert. Albert verbeugte sich gegen sie, indem er Viktor mit fragendem Blick anschaute. »Die Frau Baronesse Aurora von E.«, sprach dieser, »meine liebe gastfreundliche Wirtin, meine treue sorgsame Pflegerin in Krankheit und Ungemach!« –

Albert überzeugte sich, indem er die Baronesse anschaute, dass die kleine rundliche Frau noch nicht das vierzigste Jahr erreicht haben könne, dass sie sonst wohl sehr fein gebaut gewesen sein müsse, dass aber die nährende Landkost, und viel Sonnenschein dazu, die Formen des Körpers ein wenig zu sehr über die Schönheitslinie hinausgetrieben, welches sogar dem niedlichen, noch frisch genug blühenden Antlitz Eintrag tue, dessen dunkelblaue Augen sonst wohl manchem gefährlich genug ins Herz gestrahlt haben mochten. Den Anzug der gnädigen Frau fand Albert beinahe zu wirtlich, indem der Zeug des Kleides, blendend weiß, zwar die Vortrefflichkeit des Waschhauses und der Bleiche, zugleich aber auch die niedrige Stufe der Industrie bewies, auf der die eigne Spinnstube und Weberei noch stehen musste. Ein grell buntes baumwollnes Tuch, nachlässig um den Nacken geschlagen, sodass der weiße Hals sichtbar genug, erhöhte eben nicht den Glanz des Anzugs. Was aber sehr verwunderlich sich ausnahm, war, dass die Baronesse an den kleinen Füßchen die zierlichsten seidenen Schuhe, auf dem Kopfe aber ein allerliebstes Spitzenhäubchen nach dem neuesten Pariser Zuschnitt trug. Erinnerte dieses Häubchen nun zwar den Obristlieutnant an eine niedliche Grisette, die ihm einst der Zufall in Paris zuführte, so glitten ihm doch eben deshalb eine Menge ungemein artiger Redensarten über die Lippen, in denen er seine plötzliche Erscheinung entschuldigte. Die Baronesse unterließ nicht, diese Artigkeiten gehörig zu erwidern. Unaufhaltsam floss, nachdem sie den Mund geöffnet, der Strom ihrer Rede, bis sie endlich darauf kam, dass man einen so lieben Gast, den Freund des dem Hause so teuren Obristen, gar nicht sorglich genug bewirten könne. Auf die hastig gezogene Klingel und den gellenden Ruf: »Mariane! Mariane!«, erschien ein altes grämliches Weib, dem großen Schlüsselbunde nach zu urteilen, der ihr am Gürtel hing, die Haushälterin. Mit dieser und dem Herrn Gemahl wurde nun überlegt, was Schönes und Schmackhaftes bereitet werden könne; es fand sich aber, dass alles Leckere, z. B. Wildbret u. dgl. entweder schon verzehrt oder erst morgen anzuschaffen möglich sei.

Mühsam seinen Unmut unterdrückend, versicherte Albert, dass man ihn nötigen werde, augenblicklich in der Nacht wieder aufzubrechen, wenn man seinethalben nur im Mindesten die Ordnung des Hauses störe. Ein wenig kalte

Küche, ein Butterbrot genüge ihm zum Nachtessen. Es sei unmöglich, erwiderte die Baronesse, dass der Obristlieutnant sich nach dem scharfen Ritt in dem rauen, unfreundlichen Wetter behelfen solle, ohne irgendetwas Warmes zu genießen; und nach langen Beratungen mit Marianen wurde die Bereifung eines Glühweins als ausführbar anerkannt und beschlossen. Mariane entwich klirrend und klappernd durch die Türe; doch in dem Augenblick, als man Platz nehmen wollte, wurde die Baronesse herausgerufen von einer bestürzten Hausmagd. Albert vernahm, dass vor der Türe der Baronesse vollständiger Bericht erstattet wurde von der entsetzlichen Verheerung, die Paul Talkebarth angerichtet hatte; dann folgte die nicht unansehnliche Liste sämtlicher Toten, Verwundeten und Vermissten. Der Baron lief der Baronesse hinterher, und während draußen die Baronesse schalt und schmälte, der Baron den ehrlichen Paul Talkebarth dorthin wünschte, wo der Pfeffer wächst, und die Dienerschaft in ein allgemeines Lamento ausbrach, erzählte Albert kürzlich seinem Freunde, was sich mit Paul Talkebarth auf dem Hofe begeben. »Solche Streiche«, rief Viktor ganz unmutig, »solche Streiche macht nun der alte Eulenspiegel, und dabei meint es der Schlingel so aus Herzensgrunde gut, dass man ihm nie etwas anhaben kann.« –

In dem Augenblick wurde es draußen ruhiger; die Großmagd hatte die glückselige Nachricht gebracht, dass Hans Gucklick bloß sehr erschrocken gewesen, dass er aber sonst ganz ohne allen Schaden abgekommen und gegenwärtig mit Appetit fresse.

Der Baron kehrte zurück mit heitrer Miene, wiederholte zufrieden, dass Hans Gucklick verschont worden von dem wilden, Menschenleben nicht achtenden Paul Talkebarth, und nahm Gelegenheit, sich sehr weitläufig über den landwirtschaftlichen Nutzen der Hühnerzucht zu verbreiten.

Hans Gucklick, der bloß sehr erschrocken und weiter nicht beschädigt, war nämlich der alte allgemein geschätzte Haushahn, schon seit Jahren der Stolz und Schmuck des ganzen Hühnerhofes.

Auch die Baronesse trat wieder herein, jedoch nur, um sich mit einem großen Schlüsselbunde zu bewaffnen, das sie aus einem Wandschrank nahm. Schnell eilte sie wieder von dannen, und nun hörte Albert, wie beide, Hausfrau und Haushälterin, treppauf, treppab klapperten und klirrten, dabei erschallten die gellenden Stimmen gerufener Mägde, und aus der Küche herauf erklang die angenehme Musik von Mörser und Reibeisen. – »Gott im Himmel«, dachte Albert, »wäre der General eingezogen mit dem ganzen Hauptquartier, mehr Lärm könnt es nicht geben, als meine unglückliche Tasse Glühwein zu verursachen scheint!« –

Der Baron, der von der Hühnerzucht übergegangen zur Jagd, war mit der verwickelten Erzählung von einem sehr schönen Hirsch, der sich blicken lassen und den er *nicht* geschossen, noch nicht völlig zu Ende, als die Baronesse wieder in den Saal trat, hinter ihr aber niemand anders als Paul Talkebarth, der in zierlichem Porzellangeschirr den Glühwein herbeitrug. »Nur alles hierher gestellt, mein guter Paul«, sprach die Baronesse sehr freundlich, welches Paul Talkebarth mit einem unbeschreiblich süßen: »A fu zerpire, Madame!«, erwiderte. – Die Manen der auf dem Hofe Erschlagenen schienen versöhnt und alles verziehen.

Man setzte sich nun erst wieder ruhig zueinander. Die Baronesse begann, nachdem sie das Getränk den Freunden kredenzt, an einem ungeheuern wollnen Strumpf zu stricken, und der Baron nahm Gelegenheit, sich weitläufig über die Art des Gestricks, das bestimmt sei, auf der Jagd getragen zu werden, auszulassen. Währenddessen ergriff er die Kanne, um sich auch eine Tasse Glühwein einzuschenken.

»Ernst!«, rief ihm die Baronesse mit strafendem Tone zu; augenblicklich stand er von seinem Vorhaben ab und schlich an den Wandschrank, wo er ganz im Stillen ein Schnäpschen genoss. – Albert nutzte diesen Augenblick, um endlich den langweiligen Gesprächen des Barons ein Ziel zu setzen, indem er angelegentlich nach seines Freundes Tun und Treiben forschte. Viktor meinte dagegen, dass es noch Zeit genug geben werde, mit zwei Worten zu sagen, was sich während der Zeit, als sie getrennt, mit ihm begeben, dass er es aber gar nicht erwarten könne, aus Alberts Munde alles Denkwürdige von den gewaltigen Ereignissen der letzten verhängnisvollen Zeit zu vernehmen. Die Baronesse versicherte lächelnd, dass sich nichts hübscher anhören lasse als Geschichten von Krieg, Mord und Totschlag. Auch der Baron, der sich wieder zur Gesellschaft gesetzt, meinte, dass er gar zu gern von Schlachten erzählen höre, wo es recht blutig hergegangen, da ihn dies immer an seine Jagdpartien erinnere. Er stand im Begriff, wieder einzubiegen in die Geschichte von dem nicht geschossenen Hirsch. Doch Albert unterbrach ihn, indem er, vor innerm Unmut laut auflachend, versicherte, dass zwar auf der Jagd auch scharf geschossen werde; übrigens aber die Einrichtung nicht übel sei, dass die Hirsche, Rehe, Hasen usw., deren Blut es koste, nicht wiederschössen.

Albert fühlte sich von dem Getränk, das er genossen und das er von edlem Wein ganz vortrefflich bereitet gefunden, durch und durch erwärmt, und dies körperliche Wohlbehagen wirkte wohltätig auf sein geistiges und schlug den Missmut völlig nieder, der ihn in der unheimischen Umgebung ergriffen. – Vor Viktors Augen entfaltete er nun das ganze schauerlich erhabene Gemälde jener furchtbaren Schlacht, die auf einmal alle Hoffnungen des geträumten Weltherrschers vernichtete. Mit der glühendsten Begeisterung schilderte Albert den unbezwingbaren Löwenmut jener Bataillone, die zuletzt das Dorf Planchenoit erstürmten, und schloss endlich mit den Worten: »O Viktor! – Viktor! wärst du dabei gewesen, hättest du mit mir gefochten!« –

Viktor war dicht an den Stuhl der Baronesse gerückt, hatte den ansehnlichen Knäuel Wolle, als er von dem Schoß der Baronesse herabgekugelt, ergriffen und spielte damit in den Händen, sodass die emsige Strickerin genötigt war, den Faden zwischen Viktors Fingern durchzuziehen, und es nicht wohl vermeiden konnte, öfters mit den überlangen Stricknadeln seinen Arm zu treffen.

Bei jenen mit erhöhter Stimme ausgesprochnen Worten Alberts schien Viktor plötzlich wie aus einem Traum zu erwachen. Er blickte seinen Freund an mit seltsamem Lächeln und sprach halbleise: »Ja, mein teurer Albert, es ist nur zu wahr, was du sagst! Der Mensch fängt sich oft selbst ganz früh in Schlingen, deren gordischen Knoten erst der Tod gewaltsam zerreißt! – Was aber die Teufelsbeschwörungen überhaupt betrifft, so ist das kecke Rufen des eignen furchtbaren Geistes wohl die Bedrohlichste, die es geben mag. – Doch hier schläft schon alles!«

Viktors unverständliche, geheimnisvolle Worte bewiesen hinlänglich, dass er nicht eine Silbe von dem vernommen, was Albert gesprochen, sondern sich vielmehr die ganze Zeit über Träumen überlassen, die noch dazu von gar seltsamer Natur sein mussten.

Man kann denken, dass Albert vor Befremden verstummte. Nun bemerkte er auch um sich blickend erst, dass dem Hausherrn, der mit vor dem Bauch gefalteten Händen in die Lehne des Sessels zurückgesunken, das müde Haupt auf der Brust lag, und dass die Baronesse mit fest geschlossenen Augen nur wie ein aufgezogenes Uhrwerk mechanisch fortstrickte.

Albert sprang schnell und mit Geräusch auf; doch in demselben Augenblick erhob sich auch die Baronesse und näherte sich ihm mit einem Anstande, der so frei, edel und anmutig zugleich war, dass Albert nichts mehr von der kleinen, genährten, beinahe drolligen Figur sah, sondern die Baronesse in ein anderes Wesen verwandelt glaubte. »Verzeihen Sie«, sprach sie dann mit süßem Wohllaut, indem sie Alberts Hand fasste, »verzeihen Sie es, Herr Obristlieutnant, der vom Anbruch des Tages an beschäftigten Hausfrau, wenn sie am Abend der Ermüdung nicht zu widerstehen vermag, und wird auch zu ihr auf das herrlichste von den herrlichsten Dingen gesprochen; dasselbe mögen Sie dem rüstigen Jäger verzeihen. Es ist unmöglich, dass Sie sich nicht danach sehnen sollten, mit Ihrem Freunde allein zu sein und sich recht aus dem Herzen auszusprechen, und da ist jeder Zeuge lästig. Gewiss wird es Ihnen gemütlich scheinen, mit Ihrem Freunde allein das Nachtessen einzunehmen, das ich in seinen Zimmern bereiten lasse.«

Gelegener konnte Albert kein Vorschlag sein. Auf der Stelle beurlaubte er sich in den höflichsten Ausdrücken bei der freundlichen Wirtin, der er jetzt das Schlüsselbund, den Jammer über den erschrockenen Hans Gucklick sowie den Strickstrumpf nebst dem Einnicken von Herzen verzieh!

»Lieber Ernst!«, rief die Baronesse, als die Freunde sich bei dem Baron empfehlen wollten; da dieser aber statt aller Antwort sehr vernehmlich rief: »Huss – Huss – Tyras – Waldmann – Allons!«, und das Haupt auf die andere Seite hängen ließ, so mochte man ihn in seinen süßen Träumen nicht weiter stören. –

»Sage«, rief Albert, als er sich mit Viktor allein befand, »sage, was ist mit dir vorgegangen? – Doch – erst lass uns essen, denn mich hungert, und in der Tat, es scheint hier mehr vorhanden als das bescheiden gewünschte Butterbrot.«

Der Obristlieutnant hatte Recht; denn er fand einen gar zierlich gedeckten, mit den leckersten kalten Speisen besetzten Tisch, dessen vorzüglichste Zierde ein Bayonner Schinken und eine Pastete von roten Rebhühnern schien. Paul Talkebarth meinte, als Albert sein Wohlbehagen äußerte, schalkisch lächelnd, dass wenn er nicht gewesen wäre und der Jungfer Mariane alles gesteckt hätte, was der Herr Obristlieutnant gern genieße, als Suppenfink (souper fin) – aber noch könne er es der Muhme Liese nicht vergessen, dass sie an seinem Hochzeitstage den Reisbrei verbrannt, und er sei nun Witwer seit dreißig Jahren, und man könne nicht wissen, denn Ehen würden im Himmel geschlossen, und Jungfer Mariane – doch die gnädige Baronesse habe ihm das Beste selbst zugestellt, nämlich einen ganzen Korb mit Sellerie für die Herrn. – Albert wusste nicht recht, wozu ihm die unbillige Menge Gemüse aufgetischt werden sollte, war dann aber sehr zufrieden, als Paul Talkebarth den Korb, der nichts anders enthielt als sechs Flaschen des schönsten Vin de Sillery, herbeitrug.

Während Albert es sich nun recht wohl schmecken ließ, erzählte Viktor, wie er auf das Gut des Barons von E. gekommen.

Die der stärksten Natur öfters unverwindlichen Strapazen des ersten Feldzuges (1813) hatten Viktors Gesundheit zerrüttet. Die Bäder in Aachen sollten ihn herstellen, und er befand sich gerade dort, als Buonapartes Flucht von Elba die Losung gab zum neuen blutigen Kampf. Als man sich zum Feldzuge rüstete, erhielt Viktor von der Residenz aus die Weisung, sich, sollte es sein Gesundheitszustand erlauben, zu der Armee an den Niederrhein zu begeben; das waltende Schicksal erlaubte ihm aber stattdessen nur einen Ritt von vier bis fünf Stunden. Gerade vor dem Tor des Landhauses, in dem sich jetzt die Freunde befanden, wurde Viktors

Pferd, sonst das sicherste, furchtloseste Tier von der Welt, geprüft in dem wildesten Getöse der Schlacht, plötzlich scheu, bäumte sich, und Viktor stürzte herab, wie er selbst sagte, gleich einem Schulknaben, der zum ersten Mal ein Ross bestiegen. Besinnungslos lag er da, indem das Blut einer bedeutenden Kopfwunde entströmte, die er sich an einem scharfen Stein geschlagen. Man brachte ihn in das Haus, und hier musste er, da jeder Transport gefährlich schien, seine Genesung abwarten, die noch jetzt nicht ganz vollendet schien, da ihn, unerachtet die Wunde längst geheilt war, noch Fieberanfälle ermatteten. Viktor ergoss sich in den wärmsten Lobeserhebungen rücksichts der sorglichsten Wartung und Pflege, welche ihm die Baronesse angedeihen lasse.

»Nun«, rief Albert laut auflachend, »nun, in der Tat, darauf war ich nicht gefasst. Wunder denk ich, was du mir Außerordentliches erzählen wirst, und am Ende läuft es auf eine, nimm mir's nicht übel, etwas einfältige Geschichte hinaus, wie sie in hundert abgedroschenen Romanen zu finden, sodass sie kein Mensch mehr selbst mit Anstand erleben kann. – Der wunde Ritter wird ins Schloss getragen, die Herrin des Hauses pflegt ihn – und der Ritter wird zum zärtlichen Amoroso! – Denn Viktor, dass du deinem bisherigen Geschmack, ja deiner ganzen Lebensweise zum Trotz dich plötzlich in eine ältliche dicke Frau verliebt hast, die so häuslich und wirtschaftlich ist, dass man darüber des Teufels werden möchte, dass du noch dazu den sehnsüchtigen, schmachtenden Jüngling spielst, der, wie es irgendwo heißt, seufzet wie ein Ofen und Lieder macht auf seiner Liebe Brauen – nun, das alles will ich am Ende auch noch für Krankheit halten! – Das Einzige, was dich einigermaßen entschuldigen könnte und dich poetisch darstellen, wäre der spanische Infant im ›Arzt seiner Ehre‹, der, gleiches

171

Schicksal mit dir teilend, an dem Tor des Landhauses der Donna Menzia auf die Nase fiel und am Ende die Geliebte fand, die ihm unbewusst –« »Halt«, rief Viktor, »halt! – glaubst du denn nicht, dass ich es vollkommen einsehe, begreife, wenn ich dir als ein ganz alberner Geck vorkommen muss? – Doch! es ist hier noch etwas andres, Geheimnisvolles im Spiel. – Nun lass uns trinken!« –

Der Wein und Alberts lebendiges Gespräch hatte Viktor wohltätig angeregt; er schien erwacht aus düstrer Träumerei. Als nun aber endlich Albert, das volle Glas erhebend, sprach: »Nun, Viktor, teurer Infant, Donna Menzia soll leben und aussehen wie unsre kleine dicke Hausfrau!«, da rief Viktor lachend: »Nein, ich kann es doch nicht ertragen, dass du mich für einen Gecken halten musst! – Ich fühle mich im Innersten heiter und aufgelegt, dir alles zu sagen, alles zu beichten! – Du musst es dir aber gefallen lassen, von einer ganz eignen Periode meines Lebens, die in meine Jünglingsjahre fällt, zu hören, und es ist möglich, dass die halbe Nacht darüber vergeht.«

»Erzähle«, erwiderte Albert, »denn ich gewahre, dass noch hinlänglicher Wein vorhanden, um die etwa sinkenden Lebensgeister aufzufrischen. – Wär es nur nicht so entsetzlich kalt im Saal und ein Verbrechen, jetzt noch jemanden von den Hausleuten aufzustören.«

»Sollte«, sprach Viktor, »sollte Paul Talkebarth nicht dafür gesorgt haben?« – Wirklich versicherte dieser in seiner bekannten französischen Mundart höflich fluchend, dass er das vortrefflichste Holz selbst klein zugeschnitten und bewahrt habe zum köstlichsten Kaminfeuer, welches er so leicht anfachen werde. – »Es ist nur gut«, sagte Viktor, »dass es mir hier nicht so gehen kann wie einst bei einem Drogereihändler in Meaux, wo der ehrliche Paul Talkebarth mir ein Kaminfeuer angemacht, das wenigstens zwölfhundert

Franken kostete. Der Gute hatte Sandel-Brasilienholz ergriffen, zerhackt und in den Kamin gesteckt, sodass ich mir beinahe vorkam wie Andalosia, des bekannten Herrn Fortunatus berühmter Sohn, dessen Koch das Feuer von Spezereien anschüren musste, als der König verboten, ihm Holz, zu verkaufen.

Du weißt«, fuhr Viktor fort, als das Feuer lustig knisterte und flammte und Paul Talkebarth sich aus dem Zimmer entfernt hatte, »du weißt, mein teurer Freund Albert, dass ich meine militärische Laufahn bei der Garde in P. begann, sonst aber von meiner Jünglingszeit wohl wenig mehr als das, da es nie besondere Gelegenheit gab, davon zu reden; mehr aber noch, weil das Bild jener Jahre nur in halb verwischten Zügen vor meiner Seele stand und erst hier wieder in hellen Farben aufleuchtete. – Meine erste Erziehung in meines Vaters Hause kann ich nicht eben schlecht nennen. Ich hatte eigentlich gar keine; man überließ mich meinen Neigungen, und gerade diese schienen nichts weniger darzutun als meinen Beruf zu den Waffen. Offenbar fühlte ich mich zu wissenschaftlicher Bildung hingezogen, die mir der alte Magister, der mein Hofmeister sein sollte und der froh war, wenn man ihn nur in Ruhe ließ, nicht geben konnte. Erst in P. gewann ich mit Leichtigkeit Kenntnis neuerer Sprachen, so wie ich die dem Offizier nötigen Studien mit Eifer trieb und Erfolg. Außerdem las ich, mit einer Art von Wut alles, was mir in die Hände kam, ohne Auswahl, ohne Rücksicht auf Nützlichkeit; indessen erhielt ich doch, da mein Gedächtnis vortrefflich, eine Menge historischer Kenntnisse, selbst wusste ich nicht, wie. – Man hat mir später die Ehre angetan zu behaupten, es säße ein poetischer Geist in mir, den ich nur selbst nicht recht anerkennen wolle; gewiss ist es aber, dass mich die Meisterwerke der großen Dichter jener Periode in einen Zustand der Begeisterung versetzten, von dem ich keine Ahnung gehabt; ich erschien mir selbst als ein anderes Wesen, das nur erst sich entwickelt zum regen Leben. – Ich will nur ›Werthers Leiden‹, vorzüglich aber Schillers ›Räuber‹ nennen. Einen ganz andern Schwung aber gab meiner Fantasie ein Buch, das gerade deshalb, weil es nicht vollendet ist, dem Geist einen Stoß gibt, sodass er rastlos fortarbeiten muss in ewigen Pendulschwingungen. – Ich meine Schillers ›Geisterseher‹. Mag es sein, dass der Hang zum Mystischen, zum Wunderbaren, der überhaupt tief in der menschlichen Natur begründet ist, stärker bei mir vorwaltete; genug, als ich jenes Buch gelesen, das die Beschwörungsformeln der mächtigsten Schwarzen Kunst selbst zu enthalten scheint, hatte sich mir ein magisches Reich voll überirdischer, oder besser unterirdischer Wunder erschlossen, in dem ich wandelte und mich verirrte wie ein Träumer. Einmal in diese Stimmung geraten, verschlang ich mit Begierde alles, was nur zu jener Stimmung sich hinneigte, und selbst Werke von weit geringerem Gehalt verfehlten keineswegs ihre Wirkung. So machte auch der ›Genius‹ von *Große* auf mich einen tiefen Eindruck, und ich darf mich auch jetzt dessen keineswegs schämen, da wenigstens der erste Teil, dessen größere Hälfte in den Schillerschen ›Horen‹ abgedruckt stand, der Lebendigkeit der Darstellung und auch wohl der geschickten Behandlung des Stoffs halber, die ganze literarische Welt in Bewegung setzte. Manchen Arrest musste ich dulden, wenn ich auf der Wache, in solch ein Buch oder auch nur in meine mystischen Träume vertieft, das Herausrufen überhört hatte und erst vom Unteroffizier geholt werden musste. Gerade in dieser Zeit brachte mich der Zufall einem sehr seltsamen Manne näher. – Es begab sich nämlich, dass ich an einem schönen Sommerabend, als die Sonne schon gesunken und die Dämmerung eingebrochen, in der Gegend eines Lustorts vor P., einsam, wie es meine Gewohnheit war,

lustwandelte. Da schien es mir, als vernähme ich aus dem
Dickicht eines kleinen Wäldchens, das seitwärts ab vom Wege lag, dumpfe Klagetöne und dazwischen in einer mir unbekannten Sprache heftig ausgestoßene Reden. Ich glaubte
jemanden hülfsbedürftig, eilte hin nach der Stelle, von woher die Laute zu kommen schienen, und gewahrte bald in
dem Schimmer des Abendrots eine große breitschultrige Figur, die, in einen gemeinen Soldatenmantel gehüllt, auf dem
Boden ausgestreckt lag. Ganz nahe hinzugetreten, erkannte
ich zu meinem nicht geringen Erstaunen den Major O'Malley von den Grenadieren. ›Mein Gott‹, rief ich aus, ›sind Sie
es, Herr Major? – in diesem Zustande? – Sind Sie krank –
kann ich helfen?‹ Der Major betrachtete mich mit starrem,
wilden Blick und sprach dann in barschem Ton: ›Welcher
Teufel führt Euch her, Lieutnant? Was kümmert es Euch, ob
ich hier liege oder nicht, schert Euch nach der Stadt!‹ – Die
Leichenblässe, die auf O'Malleys Gesicht lag, die ganze Art,
wie ich ihn fand, ließ mich indessen Unheimliches ahnen,
und ich erklärte, dass ich ihn durchaus nicht verlassen, sondern nur mit ihm zusammen nach der Stadt zurückkehren
würde. ›So?‹, sprach der Major ganz gelassen und kalt, nachdem er einige Augenblicke geschwiegen, und versuchte sich
aufzuraffen, worin ich ihm, da es ihm schwer zu werden
schien, beistand. Ich bemerkte nun, dass er, wie er es oft tat,
wenn er noch des Abends sich hinaus ins Freie machte, bloß
über das Hemde, ohne weiter angekleidet zu sein, einen gemeinen so genannten Kommissmantel geworfen, dazu aber
Stiefel angezogen und den Offizierhut mit breiter goldner
Tresse auf das kahle Haupt gedrückt hatte. Eine Pistole, die
auf der Erde neben ihm gelegen, ergriff er schnell und steckte sie, um sie meinen Blicken zu entziehen, in die Tasche
des Mantels. Auf dem ganzen Wege nach der Stadt sprach
er keine Silbe mit mir, sondern stieß nur dann und wann ab-

gebrochene Reden aus in seiner Muttersprache (er war Ir-
länder von Geburt), die ich nicht verstand. Vor seinem Quartier angekommen, drückte er mir die Hand und sprach mit
einem Ton, der in der Tat etwas Unbeschreibliches, nie Ge-
hörtes hatte, sodass er noch in meiner Seele widerklingt:
›Gute Nacht, Lieutnant! – Der Himmel beschütze Euch und
gebe Euch gute Träume!‹ – Dieser Major O'Malley war wohl
einer der allerverwunderlichsten Menschen, die es geben
kann, und rechne ich vielleicht ein paar etwas exzentrische
Engländer ab, die mir vorgekommen, so wüsste ich keinen
Offizier in der ganzen großen Armee, der in der äußern Erscheinung mit O'Malley zu vergleichen. Ist es wahr, was viele Reisende behaupten, dass die Natur sich eben nirgends
solch ganz besonderer Prägstöcke bedient als in Irland, weshalb denn jede Familie die artigsten Kabinettsstückchen
aufzuweisen hat, so konnte der Major O'Malley billigerwei-
se für einen Prototypus seiner ganzen Nation gelten. Denke
dir einen baumstarken Mann von sechs Fuß Höhe, dessen
Bau man gerade nicht ungeschickt nennen kann, aber kein
Glied passt zum andern, und die ganze Figur scheint zusam-
mengewürfelt wie in jenem Spiel, in dem Figuren aus einzelnen Teilen, deren Nummer die Würfel bestimmen, zu-
sammengefügt werden. Die Adlernase, die fein geschlitzten
Lippen würden das Antlitz zum Edlen erheben; aber sind
die hervorstehenden Glasaugen beinahe widrig, so tragen
die hohen schwarzen buschigen Augenbrauen den Charakter der komischen Maske. – Sehr seltsam hatte des Majors
Antlitz etwas Weinerliches, wenn er lachte, wiewohl das selten geschah; dagegen war es, als ob er lache, wenn ihn die
Wut des wildesten Zorns übermannte; aber dieses Lachen
hatte so etwas Grauenhaftes, dass die ältesten, im Gemüt
handfestesten Burschen sich davor entsetzten. Ebenso selten als O'Malley lachte, ebenso selten ließ er sich aber auch

hinreißen vom Zorn. Ganz unmöglich schien es, dass dem Major jemals hätte eine Uniform passen sollen. Die Kunst des geschicktesten Regimentsschneiders scheiterte an des Majors unförmlicher Gestalt; der nach dem genauesten Maß zugeschnittene Rock schlug schnöde Falten, hing ihm am Leibe, als sei er aufgehängt zum Ausbürsten, während der Degen an den Beinen schlotterte und der Hut in so seltsamer Richtung auf dem Kopfe saß, dass man schon auf hundert Schritte den militärischen Schismatiker erkannte. Was aber bei der pedantischen Formkrämerei jener Zeit ganz unerhört scheinen musste: O'Malley trug – keinen Zopf. Freilich möchte auch dieser an den wenigen grauen Löckchen, die sich am Hinterhaupte kräuselten, schwer gehaftet haben, da sonst der Kopf völlig haarlos war. Ritt der Major, so glaubte man, er müsse jeden Augenblick vom Pferde fallen, focht er, jeden Augenblick vom Gegner getroffen werden, und doch war er der beste Reiter, Fechter, überhaupt der geübteste, gewandteste Gymnastiker, den es nur geben konnte. – So viel, um dir das Bild eines Mannes zu geben, dessen ganzes Treiben geheimnisvoll zu nennen, da er bald bedeutende Summen wegwarf, bald hülfsbedürftig erschien und, jeder Controle seiner Obern, jedem Dienstzwange entzogen, durchaus tat, was er wollte. Eben das, was er wollte, war aber meistenteils so exzentrisch, oder viel mehr so spleenisch toll, dass man um seinen Verstand besorgt werden konnte. – Man sprach davon, dass der Major zu einer gewissen Zeit, in welcher P. mit seinen Umgebungen der Schauplatz seltsamer, in die Geschichte des Tages eingreifender Mystifikationen war, eine wichtige Rolle gespielt habe und noch in Verbindungen stehe, die das Unbegreifliche seiner Stellung erzeugten. – Ein sehr verrufenes Buch, das damals (irr ich nicht, unter dem Titel: ›Exkorporationen‹) erschien, und in welchem man das Bild eines Mannes fand, das dem

Major ähnlich, nährte jenen Glauben; und auch ich, von dem mystischen Inhalt jenes Buchs angeregt, fühlte mich desto mehr geneigt, O'Malley für eine Art Armenier zu halten, je länger und näher ich sein wunderliches, wohl könnt ich sagen, spukhaftes Treiben beobachtete. Dazu gab er mir nämlich selbst Gelegenheit, indem er seit jenem Abende, als ich ihn krank, oder auf andere Weise erschüttert, im Walde antraf, eine ganz besondere Zuneigung zu mir gewonnen hatte, sodass es ihm Bedürfnis schien, mich täglich zu sehen. – Dir die ganz absonderliche Art dieses Umgangs zu beschreiben, dir manches zu erzählen, was das Urteil der Burschen, welche keck behaupteten, der Major sei ein Doppelgänger und stehe überhaupt mit dem Teufel im Bunde, vollkommen zu rechtfertigen schien, alles dessen bedarf es nicht, da du bald den unheimlichen Geist, der bestimmt war, auf verstörende Weise einzugreifen in mein Leben, hinlänglich kennen lernen wirst.

Ich hatte die Schlosswache, und dort besuchte mich mein Vetter, der Hauptmann von T., der noch mit einem jungen Offizier aus B. nach P. gekommen. Im traulichen Gespräch saßen wir beim Glase Wein, als, beinahe war es schon Mitternacht der Major O'Malley eintrat. ›Ich glaubte Euch allein, Lieutnant‹, sprach er, indem er meine Gäste verdrießlich anblickte, und wollte sich wieder entfernen. Der Hauptmann erinnerte ihn daran, dass sie ja alte Bekannte wären, und auf mein Bitten ließ O'Malley es sich gefallen, bei uns zu bleiben.

›Euer Wein‹, rief O'Malley, als er ein Glas nach seiner Weise schnell hinunter gestürzt, ›Euer Wein, Lieutnant, ist der schnödeste Krätzer, der je eines ehrlichen Kerls Gedärme zerrissen; lasst sehen, ob dieser hier von einer bessern Sorte!‹

Damit holte er aus der Tasche des Kommissmantels, den

er über das Hemde gezogen, eine Flasche und schenkte ein. Wir fanden den Wein vortrefflich und hielten ihn für einen vorzüglich feurigen Ungar.

Selbst weiß ich nicht, wie sich das Gespräch auf magische Operationen und zuletzt auf jenes verrufene Buch wandte, dessen ich zuvor gedachte. Dem Hauptmann war, vorzüglich wenn er Wein getrunken, ein gewisser spöttelnder Ton eigen, den nicht jeder gut vertragen mag. In diesem Tone begann er von militärischen Geisterbannern und Hexenmeistern zu sprechen, die zu jener Zeit ganz allerliebste Dinge zustande gebracht, wofür man ihrer Macht noch jetzt huldigen und Opfer bringen müsse. ›Wen meint‹, rief O'Malley mit dröhnender Stimme, ›wen meint Ihr, Hauptmann? – Meint Ihr etwa mich, so wollen wir das Geisterbanner beiseite stellen; dass ich mich aber auf das *Ent*geistern verstehe, könnt ich Euch beweisen, und dazu bedarf ich statt eines sonstigen Talismans nur meines Degens oder eines guten Pistolenlaufs.‹

Zu nichts weniger war der Hauptmann aufgelegt, als mit O'Malley Händel anzufangen; er versicherte daher, artig einlenkend, dass er zwar allerdings den Major gemeint, indessen nur Scherz im Sinne gehabt, der vielleicht unzeitig gewesen. Im Ernst wolle er aber jetzt den Major fragen, ob er nicht gut tun würde, das alberne Gerücht, dass er wirklich über unheimliche Mächte gebiete, zu widerlegen und so auch seinerseits dem dummen Aberglauben zu steuern, der nicht mehr in das aufgeklärte Zeitalter passe. – Der Major lehnte sich über den ganzen Tisch, stützte den Kopf auf beide Fäuste, sodass seine Nase kaum eine Spanne weit von des Hauptmanns Antlitz entfernt war, und sprach dann, ihn mit seinen hervorglotzenden Augen starr anblickend, sehr gelassen: ›Hat Euch, mein Gönner, der Herr auch nicht etwa mit einem sehr durchdringenden Geist erleuchtet, so werdet Ihr, hoff ich, doch einzusehen vermögen, dass es die törichtste, einbildischste, ja, ich möchte sagen, verruchteste Anmaßung wäre, wenn wir glauben wollten, mit unserm geistigen Prinzip sei alles abgeschlossen, und es gebe keine geistige Naturen, die, anders begabt als wir, oft nur sich selbst aus jener Natur allein die momentane Form bildend, sich uns offenbaren in Raum und Zeit, ja, die, nach irgendeiner Wechselwirkung strebend, hineinflüchten könnten in das Tongebäcke, was wir Körper nennen. Ich will es Euch nicht zum Vorwurf machen, Hauptmann, dass Ihr in allen Dingen, die man weder bei der Revue noch auf der Parade lernt, sehr unwissend seid und nichts gelesen habt. Hättet Ihr aber nur etwas weniges in tüchtige Bücher geguckt, kenntet Ihr den Cardanus, den Justinus Martyr, den Lactanz, den Cyprian, den Clemens von Alexandrien, den Macrobius, den Trismegistus, den Nollius, den Dorneus, den Theophrastus, den Fludd, den Wilhelm Postel, den Mirandola, ja nur die kabbalistischen Juden, Joseph und Philo, Euch wäre vielleicht eine Ahnung aufgegangen von Dingen, die jetzt Euren Horizont übersteigen, und von denen Ihr daher auch gar nicht reden solltet.‹

Damit sprang O'Malley auf und ging mit starken gewaltigen Schritten auf und ab, sodass die Fenster und die Gläser zitterten.

Unerachtet, versicherte der Hauptmann etwas betreten, unerachtet er des Majors Gelehrsamkeit hoch in Ehren halte, unerachtet er gar nicht in Abrede stellen wolle, dass es höhere geistige Naturen gebe und geben müsse; so sei er doch fest überzeugt, dass irgendeine Verbindung mit einer unbekannten Geisterwelt durchaus gegen die Bedingung der menschlichen Natur, mithin unmöglich sei und alles, was als Beweis des Gegenteils gelten solle, auf Selbsttäuschung oder Betrug beruhe.

O'Malley blieb, als der Hauptmann schon einige Sekunden geschwiegen, plötzlich stehen und begann: ›Hauptmann, oder‹ (sich zu mir wendend) ›Ihr, Lieutnant, tut mir den Gefallen und setzt Euch hin und schreibt ein Heldengedicht, ebenso herrlich, so übermenschlich groß wie die Ilias!‹

Wir erwiderten beide, dass uns das wohl nicht gelingen werde, da keinem der homerische Geist inwohne. ›Ha, ha‹, rief der Major, ›seht Ihr wohl, Hauptmann! Weil Euer Geist unfähig ist, Göttliches zu empfangen und zu gebären, ja, weil Eure Natur nicht einmal von der Beschaffenheit sein mag, sich auch nur zur Erkenntnis zu entzünden, deshalb müsstet Ihr eigentlich leugnen, dass aus irgendeinem Menschen sich dergleichen gestalten könne. – Ich sage Euch, jener Umgang mit höheren geistigen Naturen ist bedingt durch einen besondern psychischen Organism; und wie die dichterische Schöpfungskraft, so ist auch jener Organism eine Gabe, mit der die Gunst des Weltgeistes seinen Liebling ausstattet.‹

Ich las in des Hauptmanns Gesicht, dass er im Begriff stand, irgendetwas Spöttisches dem Major zu entgegnen. Um es nicht dazu kommen zu lassen, nahm ich das Wort und machte dem Major bemerklich, dass, soviel ich wüsste, doch die Kabbalisten gewisse Formen und Regeln aufstellten, um zu jenem Umgange mit unbekannten geistigen Wesen zu gelangen. Noch ehe der Major aber antworten konnte, sprang der Hauptmann, von Wein erhitzt, auf und sprach im bittern Ton: ›Nun, was hilft hier alles Schwatzen; Ihr gebt Euch für eine höhere Natur aus, Major; Ihr wollt uns glauben machen, dass Ihr, aus besseren Stoffe geschaffen als unsereins, den Geistern gebietet! – Erlaubt, dass ich Euch so lange für einen betörten Schwärmer halte, bis Ihr uns Eure psychische Kraft zutage gelegt.«

Der Major lachte wild auf und sprach dann: ›Ihr haltet mich für einen gemeinen Geisterbanner, für einen kläglichen Taschenspieler, Hauptmann? – Das steht Eurem kurzsichtigen Sinne wohl an! – Doch! – Es soll Euch vergönnt sein, einen Blick in ein dunkles Reich zu tun, das Ihr nicht ahnet und das Euch verderblich erfassen kann! – Ich warne Euch indessen vorher und gebe Euch zu bedenken, dass Euer Gemüt nicht stark genug sein könnte, manches zu ertragen, das mir ein ergötzliches Spiel dünkt.

Der Hauptmann versicherte, dass er bereit sei, es mit allen Geistern und Teufeln aufzunehmen, die O'Malley zu beschwören imstande wäre, und nun mussten wir dem Major auf unser Ehrenwort versprechen, uns in der Nacht des Herbstäquinoktiums, und zwar Schlag zehn Uhr in dem dicht vor dem Tor gelegenen Wirtshause einzufinden, wo wir das Weitere erfahren würden.

Es war indessen heller Tag geworden; die Sonne schien durch die Fenster. Da stellte sich der Major mitten ins Zimmer und rief mit donnernder Stimme: ›Incubus! – Incubus! Nehmahmihah Scedim!‹ – warf den Mantel ab, den er bis jetzt nicht abgelegt, und stand da in voller Uniform. In demselben Augenblick musste ich heraus, da die Wache ins Gewehr trat. Als ich zurückkam, waren beide, der Major und der Hauptmann, verschwunden.

›Ich blieb‹ – sprach der junge Offizier, ein liebenswürdiger frommer Jüngling, den ich allein fand, – ›ich blieb nur zurück, um Sie vor diesem Major, diesem entsetzlichen Menschen, zu warnen! – Fern von mir sollen seine fürchterlichen Geheimnisse bleiben, und mich gereut es, dass ich mein Wort gab, bei einem Akt zu sein, der vielleicht uns allen, gewiss aber dem Hauptmann verderblich sein kann. Sie werden mir zutrauen, dass ich nicht geneigt bin, jetzt mehr daran zu glauben, was die alte Wärterin dem Kinde vorerzählte; aber! – Haben Sie wohl bemerkt, dass der Major nach und nach acht Flaschen aus der Tasche zog, die kaum groß genug schien, eine einzige zu fassen? – dass er zuletzt, unerachtet er unter dem Mantel nur das Hemde trug, plötzlich von unsichtbaren Händen angekleidet dastand?‹ – Es war dem so, wie der Lieutnant sagte, und ich muss gestehen, dass eiskalte Schauer mich durchbebten. –

An dem bestimmten Tage fand sich der Hauptmann mit meinem jungen Freunde bei mir ein, und auf den Schlag zehn Uhr nachts waren wir, so wie wir es dem Major zugesagt, in dem Wirtshause. Der Lieutnant war still und in sich gekehrt, desto lauter und lustiger aber der Hauptmann.

›In der Tat‹, rief dieser, als es schon halb elf Uhr worden und O'Malley sich nicht blicken ließ, ›in der Tat, ich glaube, der Herr Geisterbanner lässt uns im Stich mitsamt seinen Geistern und Teufeln!‹ ›Das tut er nicht‹, sprach es dicht hinter dem Hauptmann, und O'Malley stand unter uns, ohne dass jemand bemerkt, wie er hereingekommen. – Dem Hauptmann erstarb die Lache, die er aufschlagen wollte. –

Der Major, wie gewöhnlich in seinen Soldatenmantel gekleidet, meinte, dass es, ehe er uns an den Ort führe, wo er gedenke, sein Versprechen zu erfüllen, noch Zeit sei, ein paar Gläser Punsch zu trinken; es würde uns gut tun, da die Nacht rau und kalt sei und wir einen ziemlichen Weg zu machen hätten. Wir setzten uns an einen Tisch, auf den der Major einige zusammengebundene Fackeln und ein Buch legte.

›Hoho‹, rief der Hauptmann, ›das ist wohl Euer Beschwörungsbuch, Major?‹ – ›Allerdings‹, erwiderte O'Malley trocken.

Der Hauptmann ergriff das Buch, schlug es auf und lachte in demselben Augenblick so unmäßig, dass wir nicht wussten, was ihm denn so ganz toll lächerlich bedünken könne.

›Nein‹, sprach dann der Hauptmann, sich mit Mühe erholend, ›nein, das ist zu arg! – Major, was zum Teufel, wollt Ihr denn Euern Scherz mit uns treiben, oder habt Ihr Euch vergriffen? – Freunde, Kameraden, schaut doch nur her!‹

Du kannst dir, Freund Albert, unser tiefes Erstaunen denken, als wir gewahrten, dass das Buch, das uns der Hauptmann vor die Augen hielt, kein anderes war, als – Pepliers französische Grammaire! – O'Malley nahm dem Hauptmann das Buch aus der Hand, steckte es in die Manteltasche und sprach dann sehr ruhig, wie er denn überhaupt in seinem ganzen Wesen ruhiger und milder erschien als sonst jemals: ›Sehr gleichgültig kann es Euch sein, Hauptmann, welcher Mittel ich mich bedienen will, um mein Versprechen zu erfüllen, welches in nichts anderen besteht, als Euch sinnlich meine Gemeinschaft mit der Geisterwelt darzutun, die uns umgibt, ja in der unser höheres Sein bedingt ist. Glaubt Ihr denn, dass meine Kraft solcher armseliger Krücken bedarf, als da sind: besondere mystische Formeln, Wahl einer besondern Zeit, eines abgelegenen schauerlichen Orts, deren sich armselige kabbalistische Schüler in nutzlosen Experimenten zu bedienen pflegen? – Auf offnem Markt, zu jeder Stunde könnt ich Euch beweisen, was ich vermag; und dass ich damals, als Ihr mich verwegen genug in die Schranken fordertet, eine besondere Zeit und, wie Ihr gleich sehen werdet, einen Ort wählte, der Euch vielleicht schauerlich bedünken möchte, war nur eine Artigkeit, die ich Eurethalben dem erzeigen wollte, der in gewisser Art diesmal Euer Gast sein soll. – Gäste empfängt man gern im Putzzimmer zur gelegensten Stunde.‹

Es schlug elf Uhr; der Major nahm die Fackeln und gebot uns zu folgen.

Er schritt so schnell, dass wir Mühe hatten, ihm nachzukommen, voran auf dem großen Wege fort und bog, als wir das Zollhäuschen erreicht, rechts ein in den Fußsteig, der durch den dort gelegenen dichten Tannenwald führt. Nachdem wir beinahe eine Stunde gelaufen, stand der Major still und mahnte uns, dicht hinter ihm zu bleiben, da wir uns sonst leicht im Dickicht des Waldes, in das wir nun hineinmüssten, verlieren könnten. Nun ging es quer durch im dicksten Gestrippe, sodass bald dieser, bald jener mit der Uniform oder mit dem Degen hängen blieb und sich mit Mühe losmachen musste, bis wir endlich einen freien Platz erreichten. Mondesstrahlen brachen durch das finstre Gewölk, und ich gewahrte die Ruinen eines ansehnlichen Gebäudes, in welche der Major hineinschritt. Es wurde finstrer und finstrer; der Major rief uns zu, stillzustehen, weil er jeden Einzeln hinabführen wolle. Mit dem Hauptmann machte er den Anfang; dann traf mich die Reihe. Der Major hatte mich umfasst und trug mich mehr, als dass ich ging, hinunter in die Tiefe. ›Bleibt‹, flüsterte O'Malley mir zu, ›bleibt hier ruhig stehen, bis ich den Lieutnant gebracht, dann beginnt mein Werk.‹

Ich vernahm in der undurchdringlichen Finsternis die Atemzüge eines dicht neben mir Stehenden. ›Bist du es, Hauptmann?‹, rief ich. ›Allerdings‹, erwiderte der Hauptmann; ›gib Acht, Vetter, es läuft alles auf dumme Taschenspielerei hinaus; aber es ist ein ganz verdammter Ort, wo uns der Major hingeführt, und ich wollte, ich säße wieder beim Punschnapf; denn mir beben alle Glieder vor Frost und, wenn du willst, auch vor einer gewissen kindischen Bangigkeit.‹ –

Mir ging's nicht besser als dem Hauptmann. Der raue Herbstwind pfiff und heulte durch die Mauern, und ein seltsames Flüstern und Ächzen antwortete ihm aus der Tiefe. Aufgescheuchtes Nachtgeflügel rauschte und flatterte um uns her, während ein leises Winseln dicht über den Boden weg zu schleichen schien. – Wahrlich, wir beide, der Hauptmann und ich, konnten von den Schauern unseres Aufenthalts wohl dasselbe sagen, was Cervantes vom Don Quixote sagt, als er die verhängnisvolle Nacht vor dem Abenteuer mit den Walkmühlen übersteht: ›Ein minder Beherzter hätte alle Fassung verloren.‹ – An dem Wellengeplätscher eines nahen Wassers und an dem Heulen der Hunde gewahrten wir übrigens, dass wir uns nicht ferne von der Lederfabrik befinden mussten, die bei P. dicht an dem Strom gelegen ist. Endlich vernahmen wir dumpfe Tritte, die sich immer mehr näherten, bis dicht bei uns der Major laut rief: ›Nun sind wir beisammen, und es kann vollbracht werden, was begonnen!‹ – Mittelst eines chemischen Feuerzeuges zündete er die Fackeln an, die er mitgebracht, und steckte sie in den Boden. Es waren sieben an der Zahl. Wir befanden uns in einem verfallenen Kellergewölbe. O'Malley stellte uns in einen Halbkreis, warf Mantel und Hemde ab, sodass er bis an den Gürtel nackt dastand, schlug das Buch auf und begann mit einer Stimme, die mehr dem dumpfen Brüllen eines fernen Raubtiers als dem Ton eines Menschen glich, zu lesen: ›Monsieur, prêtez moi un peu, s'il vous plait, votre canif, – Oui, Monsieur, d'abord – le voilà – je vous le rendrai –‹« »Nein«, unterbrach Albert hier den Freund, »nein, das ist zu arg! – Das Gespräch: ›vom Schreiben‹ aus Pepliers Grammaire als Beschwörungsformel! – Und ihr lachtet nicht laut auf, und das ganze Spiel hatte nicht auf einmal ein Ende?« –

»Ich«, fuhr Viktor fort, »ich komme nun zu einem Moment, von dem ich in der Tat nicht weiß, ob es mir gelingen wird, ihn dir darzustellen. Mag deine Fantasie meine Worte beleben! – Immer entsetzlicher wurde die Stimme des Majors, während der Sturm stärker brauste und der flackernde Schein der Fackeln die Wände mit seltsamen, im Fluge wechselnden Gebilden belebte. – Ich fühlte, wie kalter Schweiß auf meiner Stirne tropfte; mit Gewalt errang ich Fassung – da pfiff ein schneidender Ton durch das Gewölbe, und dicht vor meinen Augen stand ein Etwas –«

»Wie«, rief Albert, »ein Etwas, was meinst du, Viktor? – eine entsetzliche Gestalt?«

»Es scheint«, sprach Viktor weiter, »es scheint heilloser Unsinn, wenn ich von einer gestaltlosen Gestalt sprechen wollte, und doch kann ich kein anderes Wort finden, um das grässliche Etwas zu bezeichnen, das ich gewahrte. – Genug, in demselben Moment stieß das Grausen der Hölle seine spitzen Eisdolche mir in die Brust, und ich verlor die Besinnung. – Am hellen Mittag fand ich mich wieder entkleidet auf mein Lager ausgestreckt. Alle Schauder der Nacht waren verschwunden, ich fühlte mich völlig wohl und leicht. Mein junger Freund schlief in dem Lehnstuhl. Sowie ich mich nur regte, erwachte der Lieutnant und bezeugte die lebhafteste Freude, als er mich ganz gesund fand. Von ihm erfuhr ich, dass er, sowie der Major sein düstres Werk begonnen, die Augen zugedrückt und sich bemüht, dem Gespräch aus Pepliers Grammaire fest zu folgen und durchaus sich an nichts weiter zu kehren. Dessen ungeachtet hatte ihn eine furchtbare, nie gekannte Angst erfasst, er indessen die Besinnung nicht verloren. Dem grässlichen Pfeifen (so erzählte der Lieutnant) folgte ein wildes wüstes Gelächter. Nun schlug der Lieutnant unwillkürlich die Augen auf und gewahrte den Major, der den Mantel wieder umgeworfen und im Begriff stand, den Hauptmann, der entseelt am Boden lag, auf die Schultern zu laden.

›Nehmt Euch Eures Freundes an‹, rief O'Malley dem Lieutnant zu, gab ihm eine Fackel und stieg mit dem Hauptmann herauf. Jetzt redete der Lieutnant mich, der ich regungslos dastand, an, indes vergeblich. Ich schien vom

Starrkampfe ergriffen, und nur mit der äußersten Anstrengung brachte mich der Lieutnant herauf ins Freie. Plötzlich kehrte nun der Major zurück, packte mich auf die Schultern und trug mich fort wie erst den Hauptmann. Tiefes Entsetzen fasste aber den Lieutnant, als er, aus dem Walde herausgekommen, auf dem breiten Wege einen zweiten O'Malley gewahrte, der den Hauptmann trug. Still für sich betend besiegte er aber jenes Entsetzen und folgte mir, fest entschlossen, mich, möge sich begeben, was da wolle, nicht zu verlassen, bis vor mein Quartier, wo O'Malley mich absetzte und sich davonmachte, ohne ein Wort zu reden. Mithilfe meines Bedienten (das war damals schon mein ehrlicher Eulenspiegel, Paul Talkebarth) brachte mich nun der Leutnant auf mein Zimmer und ins Bette. Mein junger Freund schloss seine Erzählung damit, dass er mich auf das rührendste beschwor, jede Gemeinschaft mit dem furchtbaren O'Malley zu vermeiden. Den Hauptmann hatte der herbeigerufene Arzt in jenem Wirtshause vor dem Tore, wo wir uns versammelt, sprachlos, vom Schlage getroffen gefunden. Er genas zwar, blieb aber untauglich für den Dienst und musste seinen Abschied nehmen. Der Major war verschwunden; die Offiziere sagten, er sei auf Urlaub. Mir war es lieb, dass ich ihn nicht wiedersah, da mit dem Entsetzen, das sein finstres Treiben mir verursacht, eine tiefe Erbitterung in meine Seele gekommen war. Meines Verwandten Unglück war O'Malleys Werk, und blutige Rache zu nehmen schien eigentlich meine Pflicht. –

Geraume Zeit war vergangen; das Bild jener verhängnisvollen Nacht verblasst. Die Beschäftigungen, die der Dienst erfordert, unterdrückten meinen Hang zu mystischer Schwärmerei. Da fiel mir ein Buch in die Hände, dessen Wirkung auf mein ganzes Wesen mir selbst ganz unerklärlich dünkte. Ich meine jene wunderbare Erzählung Cazottes, die in einer deutschen Übersetzung ›Teufel Amor‹ benannt ist. – Die mir natürliche Blödigkeit, ja ein gewisses kindisches, scheues Wesen in der Gesellschaft hatte mich entfernt gehalten von dem Frauenzimmer, so wie die besondere Richtung meines Geistes jedem Aufwallen roher Begierde widerstand. Ich kann mit Recht behaupten, dass ich ganz unschuldig war, da weder mein Verstand noch meine Fantasie sich bis jetzt mit dem Verhältnis des Mannes zum Weibe beschäftigt hatte. Jetzt erst wurde das Mysterium einer Sinnlichkeit in mir wach, die ich nicht geahnet. Meine Pulse schlugen, ein verzehrendes Feuer durchströmte Nerven und Adern bei jenen Szenen der gefährlichsten, ja grauenvollsten Liebe, die der Dichter mit glühenden Lebensfarben darstellte. Ich sah, ich hörte, ich empfand nichts als die reizende Biondetta, ich unterlag der wollüstigen Qual wie Alvarez.« –

»Halt«, unterbrach Albert hier den Freund, »halt – nicht ganz lebhaft erinnere ich mich des ›Diable amoureux‹ von Cazotte; aber soviel ich weiß, dreht sich die Geschichte darum, dass ein junger Offizier in der Garde des Königs von Neapel von einem mystischen Kameraden verführt wird, in den Ruinen von Portici den Teufel heraufzubeschwören. Als er die Bannformel gesprochen, streckt ein scheußlicher Kamelskopf mit langem Halse aus einem Fenster sich ihm entgegen und ruft mit grässlicher Stimme: ›Che vuoi!‹ – Alvarez, so ist der junge Gardeoffizier geheißen, befiehlt dem Gespenst in der Gestalt eines Wachtelhündchens und dann eines Pagen zu erscheinen. Es geschieht; bald aber wird aus diesem Pagen das reizendste und zugleich verliebteste Mädchen, das den Beschwören ganz und gar bestrickt. Doch wie Cazottes gar hübsches Märlein endigt, das ist mir entfallen.« –

»Das«, fuhr Viktor fort, »das tut vorderhand gar nichts

zur Sache, du wirst wohl daran erinnert werden bei dem Schlusse meiner Geschichte, – halt es meinem Hange zum Wunderbaren, wohl aber auch dem Geheimnisvollen zugute, das ich erfahren, wenn Cazottes Märchen mir bald ein Zauberspiegel dünkte, in dem ich mein eignes Schicksal erblickte. – War nicht O'Malley für mich jener mystische Niederländer, jener Soberano, der den Alvarez mit seinen Künsten verlockte? –

Die Sehnsucht, die in meiner Brust glühte, das furchtbare Abenteuer des Alvarez zu bestehen, erfüllte mich mit Grausen; aber selbst die Schauer dieses Grausens ließen mich erbeben vor unbeschreiblicher Wollust, die ich nie gekannt. Oft regte es sich in meinem Innern wie eine Hoffnung, dass O'Malley wiederkehren und die Geburt der Hölle, der mein ganzes Ich hingegeben, in meine Arme liefern würde, und nicht töten konnte diese sündhafte Hoffnung der tiefe Abscheu, der dann wieder wie ein Dolch meine Brust durchfuhr. Die seltsame Stimmung, die mein aufgeregter Zustand erzeugte, blieb allen ein Rätsel; man hielt mich für gemütskrank, man wollte mich aufheitern, zerstreuen; unter dem Vorwand eines Dienstgeschäfts schickte man mich nach der Residenz, wo die glänzendsten Zirkel mir offen standen. War ich aber jemals scheu und blöde gewesen, so verursachte mir jetzt Gesellschaft, vorzüglich aber jede Annäherung von Frauenzimmern, einen entschiedenen Widerwillen; da die Reizendste mir nur Biondettas Bild, das ich im Innern trug, zu verhöhnen schien. Als ich nach P. zurückgekommen, floh ich alle Gemeinschaft meiner Kameraden, und mein liebster Aufenthalt war jener Wald, der Schauplatz der grauenvollen Begebenheiten, die meinem armen Vetter beinahe das Leben gekostet. Dicht bei den Ruinen stand ich und war, von einer dunklen Begierde getrieben, im Begriff, mich durch das dicke Gestrüpp hineinzuarbeiten, als ich plötzlich O'Malley erblickte, der langsam herausschritt und mich gar nicht zu gewahren schien. Der lange verhaltene Zorn wallte auf; ich stürzte los auf den Major und erklärte ihm mit kurzen Worten, dass er sich meines Vetters halber mit mir schlagen müsse. ›Das kann sogleich geschehen‹, sprach der Major kalt und ernst, warf den Mantel ab, zog den Degen und schlug mir den meinigen beim ersten Gange mit unwiderstehlicher Gewandtheit und Stärke aus der Hand. ›Wir schießen uns‹, schrie ich in wilder Wut und wollte meinen Degen aufraffen, da hielt mich O'Malley fest und sprach mit mildem, ruhigen Ton, wie ich ihn beinahe noch niemals reden gehört: ›Sei kein Tor, mein Sohn! du siehst, dass ich dir im Kampfe überlegen bin; eher könntest du die Luft verwunden als mich, und niemals werd ich es über mich gewinnen, dir feindlich gegenüberzustehen, da ich dir mein Leben verdanke und wohl noch etwas mehr.‹ – Der Major fasste mich jetzt unter den Arm, und indem er mich mit sanfter Gewalt fortzog, bewies er mir, dass an des Hauptmanns Unfall niemand anders schuld sei als er, der Hauptmann selbst, da er sich, alles Warnens unerachtet, Dinge zugetraut, denen er nicht gewachsen, und ihn, den Major, zu dem, was er getan, genötigt durch unzeitigen verhöhnenden Spott. – Selbst weiß ich nicht, was für eine seltsame Zauberkraft in O'Malleys Worten, in seinem ganzen Benehmen lag; es gelang ihm nicht allein, mich zu beruhigen, sondern mich auch so anzuregen, dass ich ihm willkürlos das Geheimnis meines innern Zustandes, des zerrüttenden Kampfs meiner Seele aufschloss. ›Die besondere‹, sprach O'Malley, als er alles erfahren, ›die besondere Konstellation, die über dich, mein guter Sohn, waltet, hat es nun einmal gefügt, dass ein albernes Buch dich auf dein eigentliches inneres Wesen aufmerksam machen sollte. Albern nenne ich jenes Buch, weil darin von einem Popanz die

Rede ist, der sich widerlich zeigt und charakterlos. Das, was du der Wirkung jener lüsternen Bilder des Dichters zuschreibst, ist nichts als der Drang zur Vereinigung mit einem geistigen Wesen aus einer andern Region, die durch deinen glücklich gemischten Organismus bedingt ist. Hättest du mir größeres Vertrauen bewiesen, du stündest längst auf einer höheren Stufe; doch nehme ich dich noch jetzt zu meinem Schüler an.‹ – O'Malley fing nun an, mich mit der Natur der Elementargeister bekannt zu machen. Ich verstand wenig von dem, was er sprach, indessen lief alles so ziemlich auf die Lehre von Sylphen, Undinen, Salamandern und Gnomen hinaus, wie du sie in den Unterredungen des ›Comte de Gabalis‹ finden kannst. Er schloss damit, dass er mir eine besondere Lebensweise vorschrieb, und meinte, dass ich wohl in Jahresfrist zu meiner Biondetta gelangen könne, die mir gewiss nicht die Schmach antun werde, sich in meinen Armen zum leidigen Satan umzugestalten. Mit derselben Hitze wie Alvarez versetzte ich, dass ich in so langer Zeit sterben würde vor Sehnsucht und Ungeduld und alles wagen wolle, früher mein Ziel zu erreichen. Der Major schwieg einige Augenblicke nachdenklich vor sich hin starrend, dann erwiderte er: ›Es ist gewiss, dass ein Elementargeist um Eure Gunst buhlt; das kann Euch fähig machen, in kurzer Zeit das zu erlangen, wonach andere jahrelang streben. Ich will Euer Horoskop stellen; vielleicht gibt sich Eure Buhle mir zu erkennen. In neun Tagen sollt Ihr mehr erfahren.‹ – Ich zählte die Stunden. Bald fühlte ich mich von geheimnisvoll seliger Hoffnung durchdrungen, bald war es mir, als habe ich mich in gefährliche Dinge eingelassen. Endlich am späten Abend des neunten Tages trat der Major in mein Gemach und forderte mich auf, ihm zu folgen. ›Es geht nach den Ruinen?‹, so fragte ich. ›Mitnichten‹, erwiderte O'Malley lächelnd; ›zu dem Werk, das wir vorhaben, bedarf es weder eines abgelegenen, schauerlichen Orts noch einer fürchterlichen Beschwörung aus Pepliers Grammaire. Überdem darf auch mein Incubus keinen Teil haben an dem heutigen Experiment, das *Ihr* eigentlich unternehmt, nicht ich.‹ Der Major führte mich in sein Quartier und erklärte, dass es darauf ankomme, mir das Etwas zu verschaffen, mittelst dessen mein Ich dem Elementargeist erschlossen werde und dieser die Macht erhalte, sich mir in der sichtbaren Welt kundzutun und mit mir Umgang zu pflegen. Es sei das Etwas, das die jüdischen Kabbalisten Teraphim nennten. Nun schob O'Malley einen Bücherschrank zur Seite, öffnete die dahinter verborgene Tür, und wir traten in ein kleines gewölbtes Kabinett, in dem ich, außer allerlei seltsamem unbekannten Gerät, einen vollständigen Apparat zu chemischen oder, wie ich beinahe glauben mochte, zu alchimistischen Experimenten gewahrte. Auf einem kleinen Herde schlugen aus den glühenden Kohlen bläuliche Flämmchen. Vor diesem Herde musste ich mich, dem Major gegenüber, hinsetzen und meine Brust entblößen. Kaum hatte ich dies getan, als der Major schnell, ehe ich's mir versah, mich mit einer Lanzette unter der linken Brust ritzte und die wenigen Tropfen Bluts, die der leichten, kaum fühlbaren Wunde entquollen, in einer kleinen Phiole auffing. Dann nahm er eine hell, spiegelartig polierte Metallplatte, goss eine andere Phiole, die eine rote blutähnliche Feuchtigkeit enthielt, dann aber die mit meinem Blut gefüllte Phiole darauf aus und brachte mittelst einer Zange die Platte dicht über das Kohlenfeuer. Mich wandelte ein tiefes Grausen an, als ich zu gewähren glaubte, dass auf den Kohlen sich eine lange spitze, glühende Zunge emporschlängelte und begierig das Blut von dem Metallspiegel wegleckte. Der Major befahl mir nun, mit fest fixiertem Sinn in das Feuer zu schauen. Ich tat es, und bald wurd es mir zumute, als säh ich, wie im Traum, verworrene Gestalten aus dem Metall, das der Major noch immer über den Kohlen festhielt, durcheinander blitzen. Doch plötzlich fühlte ich in der Brust, da wo der Major meine Haut durchritzt, einen solchen stechenden, gewaltigen Schmerz, dass ich unwillkürlich laut aufschrie. ›Gewonnen, gewonnen‹, rief in demselben Augenblick O'Malley, erhob sich von seinem Sitze und stellte ein kleines, etwa zwei Zoll hohes Püppchen, zu dem sich der Metallspiegel geformt zu haben schien, vor mir hin auf den Herd. ›Das‹, sprach der Major, ›ist Euer Teraphim! Die Gunst des Elementargeistes gegen Euch scheint ungewöhnlich zu sein; Ihr dürfet nun das Äußerste wagen.‹ Auf des Majors Geheiß nahm ich das Püppchen, dem, ungeachtet es zu glühen schien, nur eine wohltuende elektrische Wärme entströmte, drückte es an die Wunde und stellte mich vor einen runden Spiegel, von dem der Major die verhüllende Decke herabgezogen. ›Spannt‹, sprach O'Malley mir nun leise ins Ohr, ›spannt Euer Inneres nun zum inbrünstigen Verlangen, welches Euch, da der Teraphim wirkt, nicht schwer werden kann, und sprecht mit dem süßesten Ton, dessen Ihr mächtig, das Wort!‹ – In der Tat, ich habe das seltsam klingende Wort, das mir O'Malley vorsprach, vergessen. Kaum war aber die Hälfte der Silben über die Lippen, als ein hässliches, toll verzerrtes Gesicht aus dem Spiegel mich hämisch anlachte. ›Alle Teufel der Hölle, wo kommst du her, verfluchter Hund!‹, so schrie O'Malley hinter mir. Ich wandte mich um und erblickte meinen Paul Talkebarth, der in der Türe stand und dessen schönes Antlitz sich in dem magischen Spiegel reflektiert hatte. Der Major wütend los auf den ehrlichen Paul; doch ehe ich mich dazwischenwerfen konnte, blieb O'Malley dicht vor ihm regungslos stehen, und Paul nützte den Augenblick, sich weitläufig zu entschuldigen, wie er mich gesucht, wie er die Tür offen gefunden, wie er hereingetreten, usw. ›Hebe dich hinweg, Schlingel‹, sprach endlich O'Malley gelassen genug, und da ich hinzufügte: ›Geh nur, guter Paul, gleich komme ich nach Hause‹; so machte sich der Eulenspiegel ganz erschrocken und verblüfft von dannen.

Ich hatte das Püppchen fest in der Hand behalten, und O'Malley versicherte, wie nur dieser Umstand es bewirkt, dass nicht alle Mühe umsonst geblieben. Talkebarths unzeitiges Dazwischentreten habe indessen die Vollendung des Werks auf lange Zeit verschoben. Er riet mir, den treuen Diener fortzujagen; das konnte ich nicht übers Herz bringen. Übrigens belehrte mich der Major, dass der Elementargeist, der mir seine Gunst geschenkt, nichts Geringeres sei als ein Salamander, wie er es schon vermutet, als er mein Horoskop gestellt, da Mars im ersten Hause gestanden. – Ich komme wiederum zu Momenten, die du, da sie keines Ausdrucks fähig, nur ahnen kannst. Vergessen war Teufel Amor, war Biondetta; ich dachte nur – an meinen Teraphim. Stundenlang konnte ich das Püppchen, vor mir auf den Tisch gestellt, anschauen, und die Liebesglut, die in meinen Adern strömte, schien dann, gleich dem himmlischen Feuer des Prometheus, das Bildlein zu beleben, und in lüsterner Begier wuchs es empor. Doch ebenso schnell zerrann die Gestaltung, als ich sie dachte, und zu der unnennbaren Qual, die mein Herz durchschnitt, gesellte sich ein seltsamer Zorn, der mich antrieb, das Püpplein, ein lächerliches, armseliges Spielwerk, von mir zu werfen. Aber indem ich es fasste, fuhr es durch alle meine Glieder wie ein elektrischer Schlag, und es war mir, als müsste mich die Trennung von dem Talisman der Liebe selbst vernichten. Gestehen will ich offen, dass meine Sehnsucht, unerachtet sie einem Elementargeiste galt, sich vorzüglich in allerlei zweideutigen Träumen auf Gegenstände der Sinnenwelt, die mich umgab, richtete, sodass meine erregte Fantasie bald dieses, bald jenes Frauenzimmer dem spröden Salamander unterschob, der sich meiner Umarmung entzog. – Ich erkannte zwar mein Unrecht und beschwor mein kleines Geheimnis, mir die begangene Untreue zu verzeihen; allein an der abnehmenden Kraft jener seltsamen Krise, die sonst meine tiefste Seele in glühender Liebe bewegte, ja an einer gewissen unbehaglichen Leere fühlte ich es wohl, dass ich mich immer mehr von meinem Ziel entfernte, statt mich ihm zu nähern. Und doch spotteten die Triebe des in voller Kraft blühenden Jünglings meines Geheimnisses, meines Widerstrebens. Ich erbebte bei der leisesten Berührung irgendeines reizenden Weibes, indem ich mich zugleich in glühender Scham erröten fühlte. – Der Zufall führte mich aufs Neue nach der Residenz. Ich sah die Gräfin von I., das anmutigste, reizendste und zugleich eroberungssüchtigste Weib, das damals in den ersten Zirkeln B–s prangte; sie warf ihre Blicke auf mich, und die Stimmung, in der ich mich damals befand, musste es ihr sehr leicht machen, mich ganz und gar in ihre Netze zu verlocken, ja, sie brachte mich endlich dahin, ihr mein Inneres ohne allen Rückhalt zu erschließen, ihr mein Geheimnis zu entdecken, ja ihr das geheimnisvolle Bildlein, das ich auf der Brust trug, zu zeigen.«

»Und«, unterbrach Albert den Freund, »und sie lachte dich nicht wacker aus, schalt dich nicht einen betörten Jüngling?«

»Nichts«, fuhr Viktor fort, »nichts von allem dem. Sie hörte mich mit einem Ernst an, der ihr sonst gar nicht eigen, und als ich geendet, beschwor sie mich, Tränen in den Augen, den Teufelskünsten des berüchtigten O'Malley zu entsagen. Meine beiden Hände fassend, mich mit dem Ausdruck der süßesten Liebe anblickend, sprach sie von dem dunklen Treiben der kabbalistischen Adepten so gelehrt, so gründlich, dass ich mich nicht wenig darüber verwunderte. Bis zum höchsten Grad stieg aber mein Erstaunen, als sie den Major den ruchlosesten, abscheulichsten Verräter schalt, da ich ihm das Leben gerettet und er mich dafür durch seine Schwarze Kunst ins Verderben locken wolle. Zerfallen mit dem Leben, in Gefahr, zu Boden gedrückt zu werden von tiefer Schmach, sei nämlich O'Malley im Begriff gewesen, sich zu erschießen, als ich dazwischengetreten und den Selbstmord gehindert, der ihm dann leid geworden, da das Unheil von ihm abgewandt. Habe mich, so schloss die Gräfin, der Major gestürzt in psychische Krankheit, so wolle sie mich daraus erretten, und der erste Schritt dazu sei, dass ich das Bildlein in ihre Hände liefere. Ich tat das gern und willig, weil ich mich dadurch auf die schönste Art von einer unnützen Qual zu befreien glaubte. Die Gräfin müsste das nicht gewesen sein, was sie wirklich war, hätte sie nicht den Liebhaber lange Zeit schmachten lassen, ohne den brennenden Durst der Liebe zu stillen. So war es mir auch gegangen. Endlich sollte ich glücklich sein. Um Mitternacht harrte eine vertraute Dienerin meiner an einer Hinterpforte des Palastes und führte mich durch entlegene Gänge in ein Gemach, das der Gott der Liebe selbst ausgeschmückt zu haben schien. Hier sollte ich die Gräfin erwarten. Halb betäubt von dem süßen Dufte des feinen Räucherwerks, der im Zimmer wallte, bebend vor Liebe und Verlangen, stand ich in des Zimmers Mitte; da traf, durchfuhr wie ein Blitzstrahl mein innerstes Wesen ein Blick –«

»Wie«, rief Albert, »ein Blick und keine Augen dazu? und du sahst nichts? – wohl wieder eine gestaltlose Gestalt!«

»Magst«, sprach Viktor weiter, »magst du das unbegreiflich finden, genug – keine Gestalt, nichts gewahrte ich, und doch fühlte ich den Blick tief in meiner Brust, und ein jäher Schmerz zuckte an der Stelle, die O'Malley verwundet. In demselben Augenblick gewahrte ich auf dem Simse des Kamins mein Bildlein, fasste es schnell, stürzte heraus, gebot mit drohender Gebärde der erschrockenen Dienerin, mich herabzuführen, rannte nach Hause, weckte meinen Paul und ließ packen. Der früheste Morgen traf mich schon auf dem Rückwege nach P. – Mehrere Monate hatte ich in der Residenz zugebracht; die Kameraden freuten sich meines unverhofften Wiedersehens und hielten mich den ganzen Tag über fest, sodass ich erst am späten Abend heimkehrte in mein Quartier. Ich stellte mein liebes, wiedergewonnenes Bildlein auf den Tisch und warf mich, da ich der Ermüdung nicht länger zu widerstehen vermochte, angekleidet auf mein Lager. Bald kam mir aber das träumerische Gefühl, als umflösse mich ein strahlender Glanz! – Ich erwachte, ich schlug die Augen auf: Wirklich glänzte das Gemach in magischem Schimmer. – Aber – o Herr des Himmels! – An demselben Tische, auf den ich das Püppchen gestellt, gewahrte ich ein weibliches Wesen, die, den Kopf in die Hand gestützt, zu schlummern schien. Ich kann dir nur sagen, dass ich nie eine zartere, anmutigere Gestalt, nie ein lieblicheres Antlitz träumte; dich den wunderbaren, geheimnisvollen Zauber, der dem holden Bilde entstrahlte, in Worten auch nur ahnen zu lassen, das vermag ich nicht. Sie trug ein seidnes feuerfarbnes Gewand, das, knapp an Brust und Leib anschließend, nur bis an die Knöchel reichte, sodass die zierlichen Füßchen sichtbar wurden. Die schönsten, bis an die Schultern entblößten Arme, in Farbe und Form wie hingehaucht von Tizian, schmückten goldne Spangen; in dem braunen, ins Rötliche spielenden Haar funkelte ein Diamant.« –

»Ei«, sprach Albert lachend, »deine Salamandrin hat keinen sonderlichen Geschmack – rötlich braunes Haar, und dazu sich in feuerfarbne Seide zu kleiden –«

»Spotte nicht«, fuhr Viktor fort, »spotte nicht, ich wiederhol es dir, dass, von geheimnisvollem Zauber befangen, mir der Atem stockte. Endlich entfloh ein tiefer Seufzer der beängsteten Brust. Da schlug sie die Augen auf, erhob sich, näherte sich mir, fasste meine Hand! – Alle Glut der Liebe, des brünstigsten Verlangens, zuckte wie ein Blitzstrahl durch mein Inneres, als sie meine Hand leise drückte, als sie mir mit der süßesten Stimme zulispelte: ›Ja! – du hast gesiegt, du bist mein Herrscher, mein Gebieter, ich bin dein!‹ ›O du Götterkind – himmlisches Wesen!‹, so rief ich laut, umschlang sie und drückte sie an meine Brust. Doch in demselben Augenblicke zerschmolz das Wesen in meinen Armen.«

»Wie«, unterbrach Albert den Freund, »wie um tausend Himmels willen – zerschmolz?« – »Zerschmolz«, sprach Viktor weiter, »in meinen Armen; anders kann ich dir mein Gefühl des unbegreiflichen Verschwindens jener Holden nicht beschreiben. Zugleich erlosch der Schimmer, und ich fiel, selbst weiß ich nicht wie, in tiefen Schlaf. Als ich erwachte, hielt ich das Püppchen in der Hand. Es würde dich ermüden, wenn ich von dem seltsamen Verhältnisse mit dem geheimnisvollen Wesen, das nun begann und mehrere Wochen fortdauerte, mehr sagen sollte, als dass in jeder Nacht der Besuch sich auf dieselbe Weise wiederholte. Sosehr ich mich dagegen sträubte, ich konnte dem träumerischen Zustande nicht widerstehen, der mich befiel und aus dem mich das holde Wesen mit einem Kusse weckte. Doch immer länger und länger weilte sie bei mir. Sie sprach manches von geheimnisvollen Dingen, mehr horchte ich aber auf die süße Melodie ihrer Rede als auf die Worte selbst. Sie litt und erwiderte die süßesten Liebkosungen. Glaubte ich indessen im Wahnsinn des glühendsten Entzückens den Gipfel des Glücks zu erreichen, so entschwand sie mir, indem ich in tiefen Schlaf versank. – Selbst bei Tage aber war es mir oft, als fühle ich den warmen Hauch eines mir nahen Wesens; ja, ein Flüstern, ein Seufzen vernahm ich manchmal dicht bei mir in der Gesellschaft, vorzüglich wenn ich mit einem Frauenzimmer sprach, sodass alle meine Gedanken sich auf meine holde geheimnisvolle Liebe richten und ich stumm und starr blieb für das, was mich umgab. Es geschah, dass einst ein Fräulein in einer Gesellschaft sich mir verschämt nahte, um mir den im Pfänderspiel gewonnenen Kuss zu reichen. Indem ich mich aber zu ihr hinbeugte, fühlte ich, noch ehe meine Lippen die ihrigen berührten, einen heißen, schallenden Kuss auf meinem Munde glühen, und zugleich lispelte eine Stimme: ›Nur mir gehören deine Küsse.‹ Ich und das Fräulein, beide waren wir erschrocken, die Übrigen glaubten, *wir* hätten uns wirklich geküsst. Dieser Kuss galt mir indessen für ein Zeichen, dass Aurora (so nannte ich die geheimnisvolle Geliebte) sich nun bald ganz und gar in Leben gestalten und mich nicht mehr verlassen werde. Als die Holde in der folgenden Nacht mir wieder erschien auf die gewöhnliche Weise, beschwor ich sie in den rührendsten Worten, wie die hell lodernde Glut der Liebe und des Verlangens sie mir eingab, mein Glück zu vollenden, ganz mein zu sein für immer in sichtbarer Gestalt. Sie wand sich sanft aus meinen Armen und sprach dann mit mildem Ernst: ›Du weißt, auf welche Weise du mein Gebieter wurdest. Dir ganz anzugehören war mein seligster Wunsch; aber nur halb sind die Ketten gesprengt, die mich an den Thron fesseln, dem das Volk, dem ich angehöre, unterwürfig ist. Doch je stärker, je mächtiger deine Herrschaft wird, desto freier fühle ich mich von der qualvollen Sklaverei. Immer inniger wird unser Verhältnis, und wir gelangen zum Ziel, ehe vielleicht ein Jahr vorüber ist. Wolltest du, Geliebter, voraneilen dem wartenden

Schicksal, manches Opfer, mancher dir bedenklich scheinende Schritt wäre vielleicht noch nötig.‹ – ›Nein‹, rief ich, ›nein, kein Opfer, keinen bedenklichen Schritt gibt es für mich, um dich zu gewinnen ganz und gar! – Nicht länger leben kann ich ohne dich, ich sterbe vor Ungeduld, vor namenloser Pein!‹ Da umschlang mich Aurora und lispelte mit kaum hörbarer Stimme: ›Bist du selig in meinen Armen?‹ ›Es gibt keine andere Seligkeit‹, rief ich und drückte, ganz Glut der Liebe, ganz Wahnsinn des Verlangens, das holde Weib an meine Brust. Brennende Küsse fühlte ich auf meinen Lippen, und diese Küsse selbst waren melodischer Wohllaut des Himmels, in dem ich die Worte vernahm: ›Könntest du wohl um den Preis meines Besitzes der Seligkeit eines unbekannten Jenseits entsagen?‹ – Eiskalte Schauer durchbebten mich, aber in diesen Schauern raste stärker die Begier, und ich rief in willkürloser Liebeswut: ›Außer dir keine Seligkeit – ich entsage –‹

Ich glaube noch jetzt, dass ich hier stockte. ›Morgen nachts wird unser Bund geschlossen‹, lispelte Aurora, und ich fühlte, wie sie verschwinden wollte aus meinen Armen. Ich drückte sie stärker an mich, vergebens schien sie zu ringen, und indem ich bange Todesseufzer vernahm, wähnte ich mich auf der höchsten Stufe des Liebesglücks. – Mit dem Gedanken an jenen Teufel Amor, an jene verführerische Biondetta, erwachte ich aus tiefem Schlaf. Schwer fiel es auf meine Seele, was ich getan in der verhängnisvollen Nacht. Ich gedachte jener heillosen Beschwörung des entsetzlichen O'Malley, der Warnungen meines frommen, jungen Freundes – ich glaubte mich in den Schlingen des Teufels, ich glaubte mich verloren. – Im Innern zerrissen, sprang ich auf und rannte ins Freie. Auf der Straße kam mir der Major entgegen und hielt mich fest, indem er sprach: ›Nun, Lieutnant, ich wünsche Euch Glück. In der Tat, für so keck und entschlossen hätt ich Euch kaum gehalten; Ihr überflügelt den Meister!‹ – Von Wut und Scham durchglüht, nicht fähig, ein einziges Wort zu erwidern, machte ich mich los und verfolgte meinen Weg. Der Major lachte hinter mir her. Ich vernahm das Hohnlachen des Satans. – In dem Walde, unfern von jenen verhängnisvollen Ruinen, erblickte ich eine verhüllte weibliche Gestalt, die, unter einem Baume gelagert, sich einem Selbstgespräche zu überlassen schien. Ich schlich behutsam näher und vernahm die Worte: ›Er ist mein, er ist mein – o Seligkeit des Himmels! – auch die letzte Prüfung überstand er! – Sind die Menschen denn solcher Liebe fähig, was ist dann ohne sie unser armseliges Sein!‹ – Du errätst, dass es Aurora war, die ich fand. Sie schlug die Schleier zurück; die Liebe selbst kann nicht schöner, nicht anmutiger sein. Die sanfte Blässe der Wangen, der in süßer Schwermut verklärte Blick ließ mich erbeben in namenloser Lust. Ich schämte mich meiner dunklen Gedanken; – doch in dem Augenblicke, als ich hinstürzen wollte zu ihren Füßen, war sie verschwunden wie ein Nebelbild. Zu gleicher Zeit vernahm ich ein wohl bekanntes Räuspern im Gebüsche, aus dem denn auch alsbald mein ehrlicher Eulenspiegel, Paul Talkebarth, hervortrat. ›Kerl, wo führt dich der Teufel her?‹, fuhr ich ihn an. ›Ei nun‹, versetzte er, indem er das lächelnde Fratzengesicht zog, das du kennst, ›ei nun, gerade *hergeführt* hat mich der Teufel nicht, aber *begegnet* mag er mir wohl sein. Der gnädige Herr Lieutnant war so früh ausgegangen und hatte die Pfeife vergessen und den Tabak – da dacht ich, so am frühen Morgen in der feuchten Luft – Denn meine Muhme in Genthin pflegte zu sagen –‹ ›Halt's Maul, Schwätzer, und gib her!‹ – so rief ich und ließ mir die angezündete Pfeife reichen. Doch kaum waren wir ein paar Schritte weitergegangen, als Paul aufs Neue ganz leise begann: ›Denn meine Muhme in Genthin pflegte immer zu sagen, dem Wurzelmännlein sei gar nicht zu trauen, so ein Kerlchen sei doch am Ende nichts weiter als ein Incubus, oder Chezim, und stieße einem zuletzt das Herz ab. – Nun, die alte Kaffeeliese hier in der Vorstadt – ach, gnädiger Herr Lieutnant, Sie sollten nur sehen, was die für schöne Blumen und Tiere und Menschen zu gießen weiß. – Der Mensch helfe sich, wie er kann, pflegte meine Muhme in Genthin zu sagen – ich war gestern auch bei der Liese und brachte ihr ein Viertelchen feinen Mokka – Unsereins hat auch ein Herz – Beckers Dörtchen ist ein schmuckes Ding; aber sie hat so was Besonderes in den Augen, so was Salamandrisches.‹ –

›Kerl, was sprichst du?‹, rief ich heftig. Paul schwieg, begann aber wieder nach einigen Augenblicken: ›Ja – die Liese ist dabei eine fromme Frau – sie sagte, nachdem sie den Kaffeesatz beschaut: Mit der Dörte habe es nichts auf sich, denn das Salamandrische in den Augen komme vom Präzelbacken oder dem Tanzboden, doch solle ich lieber ledig bleiben; aber ein gewisser junger gnädiger Herr sei in großer Gefahr. Die Salamander seien die schlimmsten Dinge, deren sich der Teufel bediene, um eine arme Menschenseele ins Verderben zu locken, weil sie gewisse Begierden – nun! man müsse nur standhaft bleiben und Gott fest im Herzen behalten – da erblickte ich denn auch selbst in dem Kaffeesatz ganz natürlich, ganz ähnlich den Herrn Major O'Malley.‹ –

Ich hieß den Kerl schweigen, aber du kannst dir's denken, welche Gefühle in mir aufgingen bei diesen seltsamen Reden Pauls, den ich plötzlich eingeweiht fand in mein dunkles Geheimnis und der ebenso unerwartet Kenntnisse von kabbalistischen Dingen kundtat, die er wahrscheinlich der Kaffeewahrsagerin zu verdanken hatte. – Ich brachte den unruhigsten Tag meines Lebens zu. Paul war abends nicht aus der Stube zu bringen, immer kehrte er wieder und machte sich etwas zu schaffen. Als er endlich, da es beinahe Mitternacht worden, weichen musste, sprach er leise, wie für sich, betend: ›Trage Gott im Herzen, gedenke des Heils deiner Seele, und du wirst den Lockungen des Satans widerstehen!‹ – Nicht beschreiben kann ich, wie diese einfachen Worte meines Dieners, ich möchte sagen auf furchtbare Weise, mein Inneres erschütterten. Vergebens war mein Streben, mich wach zu erhalten; ich versank in jenen Zustand des wirren Träumens, den ich für unnatürlich, für die Wirkung irgendeines fremden Prinzips erkennen musste. Wie gewöhnlich weckte mich der magische Schimmer. Aurora, in vollem Glanze überirdischer Schönheit, stand vor mir und streckte sehnsuchtsvoll die Arme nach mir aus. Doch wie Flammenschrift leuchteten in meiner Seele Pauls fromme Worte. ›Lass ab von mir, verführerische Ausgeburt der Hölle!‹, so rief ich; da ragte aber plötzlich riesengroß der entsetzliche O'Malley empor, und mich mit Augen, aus denen das Feuer der Hölle sprühte, durchbohrend, heulte er: ›Sträube dich nicht, armes Menschlein, du bist uns verfallen!‹ – Dem fürchterlichsten Anblicke des scheußlichsten Gespenstes hätte mein Mut widerstanden – O'Malley brachte mich um die Sinne, ich stürzte ohnmächtig zu Boden.

Ein starker Knall weckte mich aus der Betäubung, ich fühlte mich von Mannesarmen umschlungen und versuchte mich, mit der Gewalt der Verzweiflung, loszuwinden. ›Gnädiger Herr Lieutnant, ich bin es ja!‹ So sprach es mir in die Ohren. Es war mein ehrlicher Paul, der sich bemühte, mich vom Boden aufzuheben. – Ich ließ ihn gewähren. Paul wollte erst nicht recht mit der Sprache heraus, wie sich alles begeben, endlich versicherte er geheimnisvoll lächelnd, dass er wohl besser gewusst, zu welcher gottlosen Bekanntschaft mich der Major verlockt, als ich ahnen könne; die alte fromme Liese habe ihm alles entdeckt. Nicht schlafen gegangen sei er in voriger Nacht, sondern habe seine Büchse scharf geladen und an der Türe gelauscht. Als er nun mich laut aufschreien und zu Boden stürzen gehört, habe er, unerachtet ihm gar grausig zumute gewesen, die verschlossene Türe gesprengt und sei eingedrungen. ›Da‹, so erzählte Paul ungefähr in seiner närrischen Manier, ›da standen der Herr Major O'Malley vor mir, grässlich und scheußlich anzusehen wie in der Kaffeetasse, und grinseten mich schrecklich an, aber ich ließ mich gar nicht irre machen und sprach: ›Wenn du, gnädiger Herr Major, der Teufel bist, so halte zu Gnaden, wenn ich dir keck entgegentrete als ein frommer Christ und also spreche: Hebe dich weg, du verfluchter Satan Major, ich beschwöre dich im Namen des Herrn, hebe dich weg, sonst knalle ich los.‹ Aber der Herr Major wollte nicht weichen, sondern grinsete mich immerfort an und wollte sogar hässlich schimpfen. Da rief ich: ›Soll ich losknallen? soll ich losknallen?‹ Und als der Herr Major immer noch nicht weichen wollte, knallte ich wirklich los. Aber da war alles verstoben – beide eilfertig abgegangen durch die Wand, der Herr Major Satan und die Mamsell Beelzebub! –‹

Die Spannung der verflossenen Zeit, die letzten, entsetzlichen Augenblicke warfen mich auf ein langwieriges Krankenlager. Als ich genas, verließ ich P., ohne O'Malley weiter zu sehen, dessen weiteres Schicksal mir auch unbekannt geblieben. Das Bild jener verhängnisvollen Tage trat in den Hintergrund zurück und verlosch endlich ganz, sodass ich die volle Freiheit meines Gemüts wiedergewann, bis hier –«

»Nun«, fragte Albert, gespannt von Neugierde und Erstaunen, »und hier hast du diese Freiheit wieder verloren? Ich begreife in aller Welt nicht, wie hier –«

»Oh«, unterbrach Viktor den Freund, indem sein Ton etwas Feierliches annahm, »oh, mit zwei Worten ist dir alles erklärt. – In den schlaflosen Nächten des Krankenlagers, das ich hier überstand, erwachten alle Liebesträume jener herrlichsten und schrecklichsten Zeit meines Lebens. Es war meine glühende Sehnsucht selbst, die sich gestaltete – Aurora – sie erschien mir wieder verklärt, geläutert in dem Feuer des Himmels; kein teuflischer O'Malley hat mehr Macht über sie – Aurora ist – die Baronesse!« – – »Wie? – was?« – rief Albert, indem er ganz erschrocken zurückfuhr. – »Die kleine, rundliche Hausfrau, mit dem großen Schlüsselbunde, ein Elementargeist – ein Salamander!«, murmelte er dann vor sich hin und verbiss mit Mühe das Lachen. –

»In der Gestalt«, fuhr Viktor fort, »ist keine Spur der Ähnlichkeit mehr zu finden, d. h. im gewöhnlichen Leben; aber das geheimnisvolle Feuer, das aus ihren Augen blitzt, der Druck ihrer Hand –« »Du bist«, sprach Albert sehr ernst, »du bist recht krank gewesen, denn die Kopfwunde, die du erhieltest, war bedeutend genug, um dein Leben in Gefahr zu setzen; doch jetzt finde ich dich so weit hergestellt, dass du mit mir fortkannst. Recht aus innigem Herzen bitt ich dich, mein teurer, innig geliebter Freund, diesen Ort zu verlassen und mich morgen nach Aachen zu begleiten.« »Meines Bleibens«, erwiderte Viktor, »ist hier freilich länger nicht. – Es sei darum, ich gehe mit dir – doch Aufklärung – erst Aufklärung – «

Am andern Morgen, sowie Albert erwachte, verkündete ihm Viktor, dass er in einem seltsamen, gespenstischen Traum jenes Beschwörungswort gefunden, das ihm O'Malley vorgesprochen, als der Teraphim bereitet worden. Er gedenke zum letzten Male davon Gebrauch zu machen. Albert schüttelte bedenklich den Kopf und ließ alles vorbereiten zur schnellen Abreise, wobei Paul Talkebarth unter allerlei närrischen Redensarten die freudigste Tätigkeit bewies.

»Zackernamthö«, hörte ihn Albert für sich murmeln, »es ist gut, dass den irländischen Diafel Fus der Diafel Bär längst geholt hat, der hätte hier noch gefehlt! –«

Viktor fand, so wie er es gewünscht hatte, die Baronesse allein auf ihrem Zimmer mit irgendeiner häuslichen Arbeit beschäftigt. Er sagte ihr, dass er nun endlich das Haus verlassen wolle, wo er so lange die edelste Gastfreundschaft genossen. Die Baronesse versicherte, dass sie nie einen Freund bewirtet, der ihr teurer gewesen. Da fasste Viktor ihre Hand und fragte: »Waren Sie jemals in P.? – Kannten Sie einen gewissen irländischen Major –« »Viktor«, fiel ihm die Baronesse schnell und heftig ins Wort, »wir trennen uns heute, wir werden uns niemals wiedersehen, wir dürfen das nicht! – Ein dunkler Schleier liegt über meinem Leben! – Lassen Sie es genug sein, wenn ich Ihnen sage, dass ein düstres Schicksal mich dazu verdammt, beständig ein anderes Wesen zu scheinen, als ich wirklich bin. In dem verhassten Verhältnisse, worin Sie mich gefunden, und das mich geistige Qualen erdulden lässt, deren mein körperliches Wohlsein spottet, büße ich eine schwere Schuld – doch nun nichts mehr – leben Sie wohl!« – Da rief Viktor mit starker Stimme: »Nehelmiahmiheal!«, und mit einem Schrei des Entsetzens stürzte die Baronesse bewusstlos zu Boden. – Viktor, von den seltsamsten Gefühlen erfasst, ganz außer sich, gewann kaum Fassung, die Dienerschaft herbeizuklingeln; dann verließ er schnell das Zimmer. »Fort, auf der Stelle fort«, rief er dem Freunde Albert entgegen und sagte ihm mit wenigen Worten, was geschehen. Beide schwangen sich auf die vorgeführten Pferde und ritten von dannen, ohne die Rückkunft des Barons abzuwarten, der auf die Jagd gegangen.

Alberts Betrachtungen auf dem Ritt von Lüttich nach Aachen haben gezeigt, mit welchem tiefen Ernst, mit welchem herrlichen Sinn er die Ereignisse der verhängnisvollen Zeit aufgefasst hatte. Es gelang ihm, auf der Reise nach der Residenz, wohin beide Freunde nun zurückkehrten, seinen Freund Viktor ganz aus dem träumerischen Zustande zu reißen, worin er versunken, und indem Albert alles Ungeheure, welches die Tage des letzten Feldzuges geboren, nochmals vor Viktors Blicken in den lebendigsten Farben aufgehen ließ, fühlte sich dieser von demselben Geiste beseelt, der Alberten einwohnte. Ohne dass Albert sich jemals auf lange Widerlegungen oder Zweifel eingelassen, schien Viktor selbst sein mystisches Abenteuer bald für nichts Höheres zu achten, als für einen *langen, bösen Traum.* – –

Es konnte nicht fehlen, dass in der Residenz die Weiber dem Obristen, der reich, von herrlicher Gestalt, für den hohen Rang, den er bekleidete, noch jung und dabei die Liebenswürdigkeit selbst war, gar freundlich entgegenkamen. Albert meinte, dass er ein glücklicher Mensch sei, der sich die Schönste zur Gattin wählen könne; da erwiderte Viktor aber sehr ernst: »Mag es sein, dass ich, mystifiziert, auf heillose Weise unbekannten Zwecken dienen sollte, oder dass wirklich eine unheimliche Macht mich verlocken wollte; die Seligkeit hat es mich nicht gekostet, wohl aber das Paradies der Liebe. Nie kann jene Zeit wiederkehren, da ich die höchste irdische Lust empfand, da das Ideal meiner süßesten, entzückendsten Träume, die Liebe selbst, in meinen Armen lag. Dahin ist die Liebe und Lust, seitdem ein entsetzliches Geheimnis mir die geraubt, die meinem innigsten Gemüte wirklich ein höheres Wesen war, wie ich es auf Erden nicht wiederfinde!« – Der Obrist blieb unvermählt.

JACK LONDON

Das zweite Ich des Mr Ward

I.

Der Mann war sehr ruhig, ganz selbstbeherrscht. Er verharrte einen Augenblick auf der Mauer und horchte in die Dunkelheit nach Anzeichen verborgener Gefahren. Doch was er erlauschen konnte, kam nur vom Wind, der in unsichtbaren Bäumen heulte, und vom Rascheln der Blätter an schwingenden Ästen. Der Wind trieb schwere Nebel vor sich her, die er nicht sehen konnte, deren Feuchtigkeit er auf seinem Gesicht und an der Mauer, auf der er saß, fühlte.

Geräuschlos, wie er die Mauer von außen erklommen hatte, sprang er auf der Innenseite hinunter. Er zog eine elektrische Stablampe aus der Tasche, benutzte sie aber nicht. Auf dem Weg, den er vor sich hatte, konnte er kein Licht gebrauchen. Den Finger auf dem Schalter der Taschenlampe ging er weiter in die Finsternis. Der Boden unter seinen Füßen federte samtig und war bedeckt von einem Teppich aus herabgefallenen Tannennadeln, Laub und Moder, den offenbar seit Jahren niemand mehr betreten hatte. Blätter und Zweige kratzten auf seiner Haut. In der Dunkelheit konnte er ihnen nicht ausweichen. Bald lief er mit vor sich ausgestreckten Armen und tastenden Händen, die mehr als einmal auf massive Baumstämme stießen. Alles, was er um sich herum wahrnahm, waren diese Bäume; überall spürte er ihr verzweigtes Geäst. Er fühlte sich seltsam, eigenartig, klein und bedroht von mächtigen Brocken, die sich zu ihm herunterbeugten, um ihn zu zerschmettern. Hinter dem Gehölz, so wusste er, war das Haus, und er rechnete damit, irgendeinen Weg oder Pfad zu finden, der ihn schließlich schnell dahin führen würde.

Plötzlich saß er in der Falle. Ringsum stieß er gegen Bäume oder undurchdringliches Unterholz, es schien weder vor noch zurückzugehen. Nun schaltete er seine Lampe an, sah sich um und richtete das Licht auf den Boden zu seinen Füßen. Langsam und vorsichtig leuchtete er nun seine Umgebung ab. Im weißen Lichtkegel kamen die Hindernisse, die ihm im Weg standen, in allen Details zum Vorschein. Zwischen hochstämmigen Bäumen entdeckte er eine Lücke. So schaltete er die Lampe ab und ging trockenen Fußes wie bisher weiter. Das dichte Laub über ihm schützte ihn vor der Feuchtigkeit, die im Nebel herabsank. Sein Orientierungssinn war gut, er wusste, dass er sich dem Haus näherte.

Und dann passierte es – das Undenkbare, das Unvorhersehbare. Sein Fuß stieß an etwas Weiches, Lebendiges, das sich unter seinem Gewicht grunzend erhob. Er sprang zur Seite und duckte sich schon voller Spannung und in Erwartung eines Angriffs des Unbekannten zu einem zweiten Satz. Er wartete einen Augenblick und fragte sich, was für ein Tier sich da unter seinem Fuß geregt haben könnte, das jetzt genauso gespannt und bewegungslos wie er auf irgendein Geräusch warten musste. Die Spannung wurde unerträglich. Er drückte den Taschenlampenknopf, sah auf und schrie laut vor Schreck. Er war auf alles vorbereitet, von einem erschrockenen Kalb oder Rehkitz bis zu einem wütenden Löwen, doch nicht auf das, was er sah. In diesem Augenblick zeichnete der Lichtkegel scharf und weiß ein Bild, das er in tausend Jahren nicht vergessen würde – ein großer, blonder Mann, gelbe Haare, gelber Bart, bekleidet nur mit Mokassins und einem Lendenschurz, wahrscheinlich aus Ziegenhaut. Arme und Beine, Schultern und Brust waren nackt. Seine von Sonne und Wind gebräunte Haut war zart und unbehaart. Darunter schlängelte sich ein Gewirr aus schweren Muskelsträngen.

Das alles, wenn auch unerwartet konnte aber nicht genügen, einen Mann zum Schreien zu bringen. Was ihn so erschreckt hatte, war die unbeschreibliche Wildheit des Gesichts, der tierische, im Licht flackernde Blick der blauen Augen. Tannennadeln hingen in seinem Haar und Bart. Und der ganze fantastische Körper war geduckt und im Begriff, ihn anzuspringen. Dies alles sah er praktisch in einem Augenblick, und während sein Schrei noch hallte, und das Etwas aufsprang, schleuderte er ihm mit voller Kraft die Taschenlampe entgegen und warf sich zu Boden. Er fühlte, wie Füße und Schienbeine gegen seine Rippe stießen, dann lief er auf und davon, während das Etwas weiterstob und mit lautem Krachen ins Unterholz stürzte.

Als kein Krachen mehr zu hören war, blieb der Mann stehen und wartete auf Händen und Knien kauernd. Er hörte es noch herumlaufen und nach ihm suchen. Keinesfalls wollte er durch weitere Flucht verraten, wo er zu finden war. Er wusste, dass er unmöglich ohne Geräusch durchs Unterholz kommen konnte und bestimmt verfolgt würde. Er zog seinen Revolver, doch dann entschied er sich anders. Er hatte seine Fassung wiedergewonnen und hoffte, fliehen zu können, ohne dass das Ungeheuer ihn hörte. Er hörte mehrmals, wie es das Dickicht nach ihm durchwühlte, dann gab es wieder Momente, wo es still war und lauschte.

Das brachte den Mann auf eine Idee. Eine seiner Hände ruhte auf einem Knüppel aus totem Holz. Vorsichtig tastete er zuerst die Dunkelheit über sich ab, um sicherzustellen, dass er frei ausholen konnte, dann nahm er den Knüppel und warf ihn fort. Das Holzstück war nicht zu groß, sodass es erst nach längerem Flug geräuschvoll in einem Busch landete. Im selben Augenblick, als er das hörte, setzte er sich in Bewegung und kroch langsam und vorsichtig auf Händen und Knien aus dem Dickicht bis seine Knie ganz nass waren vom feuchten Moder. Wenn er innehielt und lauschte, hörte er nichts als das Stöhnen des Windes und trip-trip den Tau von den Blättern. Ohne in seiner Aufmerksamkeit nachzulassen, richtete er sich auf und ging weiter zu der Steinmauer, kletterte hinüber und stand wieder draußen auf der Straße.

In einem Gestrüpp tastete er sich zu seinem Fahrrad vor, zog es heraus und bereitete sich auf die Fahrt vor. Er war gerade dabei, die Pedale in die richtige Stellung zum Losfahren zu bringen, als er den dumpfen Knall hörte, den ein schwerer Körper verursachte, der leichtfüßig vor ihm landete. Nun verlor er keine Zeit mehr; er rannte und schob sein Fahrrad neben sich her, bis die Gelegenheit kam, in den Sattel zu springen, die Pedale zu treten und einen Spurt einzulegen. Hinter sich hörte er noch das schnelle Poch-Poch von Füßen im Straßenstaub, doch er entfernte sich schnell, bis es verstummte.

Unglücklicherweise war er nicht in Richtung zur Stadt geflohen, sondern weiter hinauf in die Berge. Er wusste genau, dass es die einzige Straße in der ganzen Gegend war. Der einzige Weg zurück führte an dem Ungeheuer vorbei, mit dem er sich beim besten Willen nicht anlegen konnte. Nach einer halben Stunde, als die Straße immer steiler und steiler wurde, stieg er ab. Nun wollte er ganz sicher gehen, ließ

212

das Rad an der Straße zurück und kroch durch einen Zaun auf etwas, das er für eine Bergwiese hielt. Dort breitete er eine Zeitung auf dem Boden aus und setzte sich.

»Puh!«, sagte er laut und schüttelte sich dabei, dass die Schweißtropfen spritzten.

»Puh!«, schnaufte er noch einmal, während er eine Zigarette drehte und über die Frage nachdachte, wie er zurückkommen konnte.

Doch er machte erst gar keinen Versuch, zurückzugehen. Er war entschlossen, nie mehr im Dunkeln über diese Straße zu gehen. Mit dem Kopf auf den Knien wartete er dösend auf die Dämmerung.

Er wusste nicht, wie viel Zeit vergangen war, als er vom Kläffen eines jungen Kojoten geweckt wurde. Als er sich umsah und ihn auf einem Kamm hinter ihm entdeckte, stellte er fest, dass sich das Gesicht der Nacht sehr verändert hatte. Der Nebel war verweht; Mond und Sterne waren zu sehen; sogar der Wind hatte sich gelegt. Er versuchte, wieder einzuschlafen, doch das Bellen des Kojoten hinderte ihn daran. Im Halbschlaf hörte er einen wilden, unheimlichen Schrei. Er blickte auf und sah, wie der Kojote sich einen Hang hinuntertrollte. Er hatte aufgehört zu bellen, denn dicht auf seinen Fersen, jetzt auch nicht mehr schreiend, war die nackte Kreatur, die dem müden Mann schon im Park begegnet war. Der Kojote war noch jung, er wurde gerade eingeholt, als die wilde Jagd hinter einem Hügel verschwand. Der Mann zitterte wie im Schüttelfrost, als er aufstand. Wacklig stolperte er über den Zaun und stieg auf sein Fahrrad. Dies war seine Chance, und er wusste es. Nicht länger stand das Ungeheuer zwischen ihm und Mill Valley.

In Höllentempo jagte er den Berg hinunter, doch in der Kurve am Fuß des Hügels fuhr er in ein Schlagloch und flog kopfüber den Lenker in den Graben.

»So viel steht fest: Dies ist nicht meine Nacht«, muffelte er, als er die gebrochene Gabel seiner Maschine inspizierte.

Er schulterte das nutzlose Fahrrad und trottete weiter. Nach einiger Zeit kam er zu der Mauer zurück. Er konnte kaum glauben, was ihm passiert war, und suchte auf der Straße nach Spuren. Er fand sie – Mokassin-Spuren, große, tief in den Staub der Straße geprägte Fußabdrücke. Gerade, als er sich prüfend hinunterbeugte, hörte er wieder den unheimlichen Schrei. Er hatte gesehen, wie das Ding hinter dem Kojoten hergelaufen war, und er wusste, dass er im Wettlauf keine Chance gegen das Etwas hatte. So begnügte er sich damit, ein schattiges Versteck im Straßengraben aufzusuchen.

Wieder sah er das, was wie ein nackter Mann aussah; leichtfüßig, geradezu schwebend huschte es mit einem Lied auf den Lippen durch die Landschaft. Genau vor ihm blieb es stehen, sein Herz stand still. Doch statt auf sein Versteck zuzugehen, sprang es in die Luft, erreichte den Trieb eines Straßenbaumes und hangelte sich schnell von Ast zu Ast nach oben. Wie ein Affe. Es schwang sich in fünf Meter Höhe über die Mauer in das Geäst eines anderen Baumes, von dort auf den Boden. Der Mann wunderte sich noch ein paar Minuten lang, dann machte er sich auf den Weg.

II.

Dave Slotter lehnte unmutig über der Schranke, die ihm den Weg ins Büro von James Ward, dem Präsidenten der Firma Ward, Knowles & Co. versperrte. Dave war wütend. Jeder im Vorzimmer hatte ihn misstrauisch von oben bis unten gemustert. Und der Mann, der vor ihm stand, war ganz besonders argwöhnisch.

»Sagen Sie Mr Ward nur, dass es wichtig ist«, drängte er.

»Er ist im Diktat und darf nicht gestört werden«, war die Antwort. »Kommen Sie morgen wieder.«

»Morgen wird es zu spät sein. Gehen Sie nur und sagen Sie Mr Ward, dass es um Leben und Tod geht.«

Der Sekretär zögerte, Dave nutzte die Chance.

»Sagen Sie ihm nur, dass ich letzte Nacht drüben in Mill Valley war und dass ich ihm etwas zur Kenntnis bringen möchte«.

»Wie war noch der Name?«, wollte er wissen.

»Mein Name tut nichts zur Sache. Er kennt mich nicht.«

Dave war immer noch wütend, als er in das Büro geführt wurde, doch als er den großen, feinen Mann in seinem Drehstuhl sah, der sich von seiner Stenografin zu ihm wandte, änderte sich sein Benehmen schlagartig. Er wusste nicht warum und im Stillen ärgerte er sich über sich selbst.

»Sie sind Mr Ward?«, fragte Dave in einer einfältigen Art, die ihn immer mehr irritierte, denn sie war keineswegs beabsichtigt.

»Ja«, kam die Antwort. »Und wer sind Sie?«

»Harry Bancroft«, log Dave. »Sie kennen mich nicht, und mein Name spielt keine Rolle.«

»Sie lassen mir sagen, dass Sie letzte Nacht in Mill Valley waren?«

»Sie wohnen dort, nicht wahr?«, konterte Dave und sah argwöhnisch die Stenografin an.

»Ja. Weswegen wollen Sie mit mir sprechen? Ich habe sehr viel zu tun.«

»Ich möchte sie unter vier Augen sprechen, Sir.«

Mr Ward bedachte ihn mit einem schnellen, bohrenden Blick, zögerte und traf dann seine Entscheidung.

»Das war für den Augenblick alles, Miss Potter.«

Das Mädchen stand auf, ordnete seine Notizen und verließ des Raum. Dave sah Mr Ward gespannt an, bis der gnädige Herr seinen Gedankenfluss vorläufig unterbrach.

»Bitte!«

»Vorige Nacht war ich drüben in Mill Valley«, begann Dave konfus.

»Das weiß ich inzwischen. Was wollen Sie?«

»Ich war an Ihrem Haus, auf Ihrem Grundstück, mein ich.«

»Was haben Sie da gemacht?«

»Ich wollte bei Ihnen einbrechen«, antwortete Dave frei heraus. »Ich hörte, dass Sie ganz allein mit einem chinesischen Koch leben, sehr günstig für einen Einbruch. Nur, ich habe es nicht getan. Etwas kam mir in die Quere. Deswegen bin ich hier. Ich will Sie warnen. Ich habe einen wilden Mann gesehen, der frei in Ihrem Park herumläuft – ein regelrechter Teufel. Einen Mann wie mich könnte der in Stücke reißen. Ich bin um mein Leben gerannt. Er ist so gut wie nackt, klettert auf Bäume wie ein Affe und rennt wie eine Gazelle. Ich habe gesehen, wie er einen Kojoten gejagt hat und, bei Gott, er hat ihn eingeholt.«

Dave hielt inne und wartete auf die Wirkung seiner Worte. Mr Ward schien neugierig zu sein, das war alles.

»Sehr bemerkenswert, sehr bemerkenswert«, murmelte er. »Ein wilder Mann, sagen Sie. Warum erzählen Sie mir das?«

»Um Sie vor der Gefahr zu warnen. Ich bin kein Weichling, aber ich glaube nicht an das Töten von Menschen. Es ist … unnötig. Ich dachte, Sie sind in Gefahr. Ich dachte, ich müsste Sie warnen. Ich will Ihnen einen Gefallen tun. Wenn Sie mir für meine Unannehmlichkeiten etwas geben wollten, würde ich es natürlich annehmen. Daran habe ich auch gedacht. Aber es ist egal, ob Sie mir etwas geben oder nicht. Jedenfalls habe ich Sie gewarnt und damit meine Pflicht getan.«

216

Mr Ward dachte nach und trommelte auf seinem Schreibtisch. Dave bemerkte die großen, kräftigen Hände, die trotz der Sonnenbräune sehr gepflegt aussahen. Er bemerkte auch, was schon früher seine Blicke auf sich gezogen hatte – ein kleines, fleischfarbenes Pflaster auf der Stirn über einem Auge. Und trotzdem war der Gedanke, der ihn befiel, unglaublich.

Mr Ward zog eine Börse aus einer Innentasche seiner Jacke, zog eine Banknote heraus und überreichte sie Dave, der beim Wegstecken sah, dass es zwanzig Dollar waren.

»Ich danke Ihnen«, sagte Mr Ward zum Zeichen, dass das Gespräch beendet war. »Ich werde die Angelegenheit untersuchen lassen. Ein wilder Mann, der frei herumläuft, *ist* gefährlich.«

Mr Ward war so ruhig, dass Daves Mut zurückkehrte. Außerdem hatte sich eine neue Theorie angeboten. Der wilde Mann war offenbar Mr Wards Bruder, ein Wahnsinniger, den er in seinem Haus versteckte. Dave hatte von solchen Dingen gehört. Vielleicht wollte Mr Ward nicht, dass die Sache bekannt wurde. Aus diesem Grund hatte er ihm auch die zwanzig Dollar gegeben.

»Was halten Sie davon«, fing Dave an, »ich meine jetzt, dass der wilde Mann Ihnen sehr ähnlich sieht –«

So weit kam Dave, denn in diesem Moment bemerkte er die Verwandlung. Er sah wieder in dieselben unbeschreiblich wilden blauen Augen wie in der Nacht zuvor, dieselben krallenartigen Hände, denselben riesigen Fleischklotz, der wieder im Begriff war, ihn anzuspringen. Doch diesmal hatte Dave keine Taschenlampe, die er ihm an den Kopf werfen konnte. Das Monstrum nahm seine beiden Arme in einen so furchtbaren Griff, dass er vor Schmerz stöhnte. Das Ungeheuer hatte seine großen weißen Zähne gebleckt wie ein verdammter Hund kurz vor dem Biss. Doch er fasste nicht zu. Stattdessen fühlte Dave, wie der Körper des anderen erstarrte, als hätte er eine Eisenstange verschluckt. Dann wurde er ohne Anstrengung, aber mit solcher Gewalt fortgeschleudert, dass erst die Wand seinen Flug bremste und er japsend zu Boden rutschte.

»Was soll das? Warum kommst du her und versuchst mich zu erpressen?«, knurrte Mr Ward ihn an. »Gib mir das Geld zurück.«

Ohne ein Wort gab ihm Dave die Banknote.

»Ich dachte, du wärst in guter Absicht gekommen. Doch jetzt kenne ich dich. Ich will von dir nichts mehr sehen noch hören, oder ich bringe dich ins Gefängnis, wo du hingehörst Verstehst du?«

»Ja, Sir«, flüsterte Dave.

»Dann geh jetzt.«

Ohne ein weiteres Wort verließ Dave das Büro. Seine beiden Bizeps schmerzten unerträglich von der stahlharten Umklammerung. Als seine Hand auf dem Türknopf lag, wurde er zurückgehalten.

»Du hast Glück gehabt«, sagte Mr Ward, und Dave bemerkte die hämische Grausamkeit und den Stolz in Gesicht und Augen seines Gegenübers. »Du hast Glück gehabt. Wenn ich gewollt hätte, hätte ich die Muskeln aus deinen Armen ziehen und in den Papierkorb werfen können.«

»Ja, Sir«, sagte Dave; in seiner Stimme schwang wirkliche Überzeugung.

Er öffnete die Tür und ging hinaus. Der Sekretär sah ihn fragend an.

»Puh!«, war alles, was Dave noch herausbrachte, und mit dieser Äußerung verschwand er aus dem Vorzimmer und aus der Geschichte.

III.

James G. Ward war ein vierzig Jahre alter Geschäftsmann, sehr erfolgreich und sehr unglücklich. Seit vierzig Jahren versuchte er vergeblich, ein Problem zu lösen. Das Problem war er selbst, und mit den Jahren wurde ihm dieses Problem immer mehr zu einem traurigen Missgeschick. In seinem Körper wohnten zwei Männer, die, zeitlich gesehen, mehrere tausend Jahre trennten. Er hatte die Frage der Persönlichkeitsspaltung vielleicht gründlicher studiert als jede noch so kleine Elite von Spezialisten auf diesem verzwickten und mysteriösen Gebiet der Psychologie. Sein Fall war ganz verschieden von allen anderen, über die man geschrieben hatte. Nicht einmal der fantasievollste aller Schriftsteller wäre darauf gekommen. Er war kein Dr. Jekyll und Mr Hyde. Er war auch nicht wie der unglückliche junge Mann in Kiplings ›Greatest Story in the World‹. Seine beiden Persönlichkeiten waren so eng verknüpft, dass sie sich praktisch jederzeit gegenseitig und selbst beobachteten.

Seine erste Identität war die eines Mannes von moderner Herkunft und Erziehung, der das Ende des neunzehnten und das erste Jahrzehnt des zwanzigsten Jahrhunderts erlebt hatte. Die andere Persönlichkeit hatte er selbst als eine wilde und barbarische Lebensform identifiziert, die einer Zeit angepasst war, die seit Jahrtausenden versunken war. Doch welche Identität er war, konnte er nie sagen. Er selbst war beide zur gleichen Zeit. Manchmal, sehr selten, passierte es jedoch auch, dass die eine Persönlichkeit tat, was die andere nicht wusste. Andererseits hatte er keine Bilder oder Erinnerungen an die Welt, in der sein frühes Selbst gelebt hatte. Dieses frühe Selbst lebte nur in der Gegenwart, doch während es in der Gegenwart lebte, fühlte es den Zwang, sich zu verhalten wie in jener fernen Vergangenheit.

In seiner Kindheit war er ein Problem für seine Eltern und die Hausärzte, die aber nie auch nur auf tausend Meilen an das Geheimnis seines exzentrischen Verhaltens herangekommen waren. So konnten sie nicht verstehen, warum er vormittags übermüde war und erst abends zu übermäßiger Aktivität erwachte. Sie sahen ihn nachts durch die Gänge wandern, in schwindelnder Höhe auf Dächern herumklettern oder durch die Berge streunen und stellten die Diagnose: Schlafwandler. In Wirklichkeit war er aber hellwach und wurde von seiner vorgeschichtlichen Identität durch die Nacht getrieben. Einmal erzählte er einem dummen Medikus die Wahrheit, nur um die Schmach zu erleiden, dass seine Erfahrungen geringschätzig als Träume etikettiert und abgetan wurden.

Tatsächlich aber erwachte er erst, sobald das Tageslicht zu schwinden begann. Dann wurden ihm die vier Wände seines Zimmers zur Qual und zum Gefängnis. In der Dunkelheit hörte er tausend Stimmen. Die Nacht rief ihn, denn dieser Teil des Tages gehörte dem Nachtschwärmer, der er war. Doch niemand verstand ihn, und nie wieder versuchte er, sich zu erklären. Sie hatten ihn als Schlafwandler klassifiziert und trafen entsprechende Maßnahmen – sehr oft vergebliche Maßnahmen. Er wurde älter und geschickter, sodass er in seiner Jugend die meisten Nächte im Freien damit verbrachte, sein anderes Ich zu erfahren. Folglich schlief er am Vormittag. Arbeit am Morgen oder Schulbesuch war unmöglich. Man stellte fest, dass er nur nachmittags bei Privatlehrern etwas lernen konnte. So wurde sein modernes Ich erzogen und ausgebildet.

Doch immer blieb er ein Problemkind. Er galt als kleiner Dämon voller gefühlloser Grausamkeit und Bösartigkeit. Hinter vorgehaltener Hand bescheinigte ihm der Hausarzt, er sei geistig entartet und irgendwie schwachsinnig. Die wenigen Spielkameraden, die er hatte, verehrten ihn als Wunder, obwohl sie alle Angst vor ihm hatten. Er übertraf alle im Klettern, Schwimmen, Laufen und Streicheaushecken; und keiner wagte, gegen ihn zu kämpfen. Er war einfach zu stark, sein Zorn zu rasend.

Als er neun Jahre alt war, lief er fort in die Berge, wo er sieben Wochen lang glücklich umherzog, bevor er gefunden und zurückgebracht wurde. Alle wunderten sich, dass er es geschafft hatte, diese Zeit zu überleben und noch aufzublühen, statt zu verhungern. Sie wussten nichts, und er erzählte es auch nie, von den Hasen, die er getötet hatte, von den kleinen und großen Wachteln, die er gefangen und verzehrt hatte, nichts von dem Hühnerstall, den er ausgeräumt hatte. Sie erfuhren auch nie etwas von der Höhlenwohnung, die er gebaut und mit trockenen Blättern und Gräsern ausstaffiert hatte, um dort warm und bequem viele Vormittage durchzuschlafen.

Im Kolleg war er bekannt für seine Schläfrigkeit und Dummheit während des morgendlichen Unterrichts und für seine Brillanz am Nachmittag. Mit Nachlesen und Abschreiben von Schulkollegen quälte er sich durch die verhassten Morgenlektionen, doch am Nachmittag feierte er Triumphe. Er wurde ein Gigant und ein Schrecken des Fußballfeldes und in fast allen athletischen Disziplinen. Außer dem infantristischen Mumpitz, der manchmal veranstaltet wurde, konnte man sich darauf verlassen, dass er als Sieger hervorging. Seine Kameraden trauten sich nicht, gegen ihn zu boxen, und in seinem letzten Ringkampf schlug er seine Zähne in die Schulter des Gegners.

Nach dem Kolleg schickte ihn sein Vater in seiner Verzweiflung zu den Viehtreibern auf eine Ranch in Wyoming. Drei Monate später gestanden die tapferen Cowboys, dass er zu viel für sie sei und telegrafierten seinem Vater, er mö-

ge doch kommen und den wilden Mann wieder mitnehmen. Als der Vater dort ankam, fügten sie noch hinzu, dass
sie sich viel lieber mit heulenden Kannibalen, kichernden
Wahnsinnigen, tobenden Gorillas, Grizzlybären und Menschen fressenden Tigern herumschlagen würden als mit diesem seltsamen Kolleg-Absolventen mit Mittelscheitel.

An eine Sache im Leben seines frühen Selbst konnte er
sich noch erinnern, das war die Sprache. Einige Brocken
dieser Sprache der Urzeit hatten sich ihm über irgendeinen genetischen Umweg eingeprägt. In Augenblicken des
Glücks, der Aufregung oder des Kampfes neigte er dazu, in
wilde barbarische Gesänge oder Schreie auszubrechen. Dieser Umstand hatte ihn darauf gebracht, dass jener verirrte
Teil seiner Persönlichkeit eigentlich schon seit Jahrtausenden tot und vergessen war. Einmal sang er mehrere dieser
antiken Gesänge Professor Wertz vor, der als leidenschaftlicher und anerkannter Altphilologe Vorlesungen in Altsäch-
sisch hielt. Beim ersten Lied spitzte der Professor die Ohren
und wollte wissen, welche Mischsprache oder welches Ur-
germanisch das war. Nach dem zweiten Lied zitterte der
Professor vor Aufregung. James Ward beendete dann die
Vorstellung mit einem Lied, das ihm unwillkürlich immer
auf die Lippen kam, wenn er in einem Kampf verwickelt
war. Jetzt war Professor Wertz sicher, dass es sich um einen
frühen germanischen oder teutonischen Dialekt handelte,
eine Sprache, die älter war als jede, die man bis dahin entdeckt und überliefert hatte. Sie war so alt, dass sogar er sie
nicht kannte, ihm spukten nur vage Erinnerungen an Wort-
stämme durch den Kopf, die er mit sicherer Intuition in den
Liedern wiedererkannte. Er wollte wissen, wo die Lieder
herkamen, und bat darum, das wertvolle Buch, das sie enthielt ausleihen zu dürfen. Außerdem stellte er den jungen
Ward zur Rede, warum er immer so getan hätte, als wüsste

er überhaupt nichts über die Sprache der alten Germanen. Doch Ward konnte ihm weder das Buch leihen noch konnte er ihm seine Unwissenheit erklären. Schließlich, nach Wochen voller Anfragen und Bitten, wandte sich Professor Wertz von dem jungen Mann ab. Er hielt ihn nun für einen Lügner und furchtbaren Egoisten, der ihm nicht einmal einen Blick auf diese wunderbaren Papiere gönnte, die älter waren als alles, wovon Philologen wussten oder zu träumen wagten.

Doch es half dem hin und her gerissenen jungen Mann wenig zu wissen, dass er zur einen Hälfte ein später Amerikaner und zur anderen ein früher Teutone war. Doch der späte Amerikaner in ihm war kein Weichling; so erzwang er (als hätte er ein Über-Ich außerhalb dieser beiden Persönlichkeiten) einen Kompromiss zwischen dem streunenden Nachtjäger in ihm, der es dem Kolleg-Absolventen immer so schwer machte, morgens wach zu werden, und seiner kultivierten, modernen Identität, die normal leben, lieben und Geschäften nachgehen wollte wie andere Leute. Die Nachmittage und frühen Abendstunden widmete er dem einen, die Nächte dem anderen; die Vormittage und Teile der Nächte waren dem Schlaf vorbehalten. Vormittags schlief er im Bett wie ein zivilisierter Mensch. Doch nachts schlief er wie ein wildes Tier; so war Dave Slotter im Wald über ihn gestolpert.

Er überredete seinen Vater, ihm sein Kapital zu übertragen, und stieg ins Geschäft ein, dem er sich an den Nachmittagen mit Leib und Seele widmete. Für die Vormittage war sein Partner zuständig. So wurde aus dem Geschäft eine ordentliche und erfolgreiche Firma. Die Feierabende verbrachte er in Gesellschaft, doch sobald es neun oder zehn wurde, überkam ihn eine unwiderstehliche Ruhelosigkeit, und er hielt sich bis zum Morgen von allen Menschen fern.

Freunde und Bekannte dachten, er triebe viel Sport. Und sie hatten Recht, obwohl sie nie darauf gekommen wären, welche Art Sport das war, selbst wenn sie ihn bei der nächtlichen Kojotenjagd in den Bergen von Mill Valley gesehen hätten. Man glaubte auch den Seeleuten nicht, wenn sie erzählten, sie hätten an kalten Wintermorgen einen Mann in den Gezeitenströmen der Raccoon-Meerenge oder im Mahlstrom zwischen Goat Island und Angel Island Meilen vor der Küste schwimmen gesehen.

In dem Bungalow bei Mill Valley lebte er allein, abgesehen von Lee Sing, seinem chinesischen Koch und Faktotum, der viel über seinen Herrn wusste, fürs Schweigen gut bezahlt wurde und auch tatsächlich nie etwas sagte. Nach den Freuden der Nacht, einem kurzen Morgenschlaf und dem von Lee Sing bereiteten Frühstück bestieg James Ward die Mittagsfähre nach San Franzisko, ging dort in den Club und dann ins Büro, so normal und konventionell, wie ein Geschäftsmann nur sein konnte. Doch am späten Abend hörte er stets den Ruf der Nacht. Seine Sinne schärften sich und er wurde unruhig. Tausend Stimmen der Nacht erzählten ihm eine lockende und wohlbekannte Geschichte, und wenn er allein war, begann er im Zimmer auf und ab zu laufen wie ein Raubtier im Käfig.

Eines Tages verliebte er sich. Diesen Fehler erlaubte er sich danach nie mehr. Er hatte Angst. Und die junge Dame, die wenigstens vor Schreck fast ihre Jungfräulichkeit verlor, trug wochenlang an Schultern, Armen und Handgelenken diverse schwarzblaue Flecke, Male von Liebkosungen, die er ihr in aller Zärtlichkeit geschenkt hatte – nur leider zu spät am Abend. Das war der Fehler. Hätte er sich am Nachmittag in der Liebe versucht, wäre alles in Ordnung gewesen, denn nachmittags wäre er ein ruhiger Gentleman der Liebhaber gewesen – doch nachts war es der ungehobelte, wilde Frauenräuber aus den dunklen Wäldern Germaniens. Nach dieser Erfahrung beschloss er, dass gegen Liebe am Nachmittag nichts einzuwenden war. Doch ebenso überzeugt war er, dass eine Heirat sich als furchtbarer Fehler erweisen würde. Er fand die Vorstellung schrecklich, verheiratet zu sein und sich seiner Frau nach Einbruch der Dämmerung nähern zu müssen

Er hatte also der Liebe ganz abgeschworen, führte seine zwei Leben in geregelten Bahnen, machte eine Million, ging ehestiftenden Müttern und den erwartungsvollen Blicken junger Damen verschiedenen Alters aus dem Weg, lernte Lilian Gersdale kennen und achtete peinlich genau darauf, nie nach acht Uhr abends mit ihr zusammen zu sein. Nachts jagte er seine Kojoten und schlief in Waldhöhlen – und keiner kannte sein Geheimnis außer Lee Sing und jetzt: Dave Slotter. Ihn beängstigte, dass Slotter seine beiden Identitäten kannte. Obwohl auch Slotter Angst hatte, könnte er irgendwann reden. Auch wenn er es nicht tat, würde früher oder später jemand auf seine Spur kommen.

Also machte James Ward einen neuen heroischen Versuch, den teutonischen Barbaren, der er zur Hälfte war, unter Kontrolle zu bekommen. Die Treffen mit Lilian wurden ihm so wichtig, dass sie ihn schließlich akzeptierte, wie er war. Und im Stillen betete er inbrünstig, dass er sie nicht enttäuschte. Zu jener Zeit trainierte kein Preisboxer härter und ausdauernder für einen Kampf als er, um den Wilden in ihm zu besiegen. Unter anderem bemühte er sich, nach jedem Tag so erschöpft zu sein, dass der Schlaf ihn taub machte für den Ruf der Nacht. Er nahm Urlaub und ging auf lange Jagdausflüge, auf denen er das Wild durch schwierigstes Gelände verfolgte – jedoch immer nur am Tage. Nachts blieb er im Haus und war müde. Zu Hause richtete er einen Raum mit Übungsgeräten ein, und Hanteln, die andere viel-

leicht zehnmal hintereinander stemmten, hob er hundertmal. Im zweiten Stock baute er als Übergangslösung eine
Schlafkammer, in der er wenigstens die frische Nachtluft atmen konnte. Doppelgitter hielten ihn davon ab, in die Wälder zu entkommen und jeden Abend schloss ihn Lee Sing
ein, um ihn erst am nächsten Morgen wieder herauszulas-
sen.

Eines Tages im August engagierte er weitere Diener, die
Lee Sing helfen sollten, denn er wollte eine Gesellschaft in
seinem Haus in Mill Valley geben. Lilian, ihre Mutter und
ihr Bruder sowie ein halbes Dutzend enge Freunde waren
die Gäste. Zwei Tage und Nächte lang ging alles gut. Am
dritten Abend, sie spielten Bridge bis elf Uhr, hatte er allen
Grund, stolz auf sich zu sein. Seine Unruhe konnte er erfolgreich verbergen, doch, wie es der Zufall wollte, war
Lilian Gersdale seine Gegnerin zur Rechten. Sie war eine
zarte, süße Blume von einer Frau, und in seiner Nachtlau-
ne war es gerade diese Zartheit, die ihn erzürnte. Nicht
dass er sie weniger liebte, doch er fühlte einen fast unwiderstehlichen Drang, hinüberzulangen und sie zu kratzen
und zu zausen. Besonders wenn sie ein gutes Blatt gegen
ihn hatte.

Er hatte einen der Jagdhunde im Haus. Als er vor Spannung zu explodieren drohte, streichelte er das Tier: Die
Berührung des Fells brachte ihm sofort Erleichterung und
befähigte ihn, die Partie zu Ende zu spielen. Keiner der
Gäste bemerkte den inneren Kampf, der im Hausherrn
tobte. Er lachte so unbeschwert und spielte sauber und
überlegen.

Als sie zu Bett gingen, achtete er darauf, dass er sich in
Gegenwart der anderen von Lilian trennte. Als er in seiner
Schlafkammer angekommen und die Tür hinter ihm si-
cher verschlossen war, verdoppel-dreifach-vierfachte er sein

Übungspensum, bis er erschöpft aufs Bett fiel, um den Schlaf zu suchen und zwei Probleme zu bedenken, die ihn besonders beschäftigten. Das eine war dieses Training. Es war paradox. Je mehr er auf diese Weise trainierte, desto stärker wurde er. Wenn es auch stimmte, dass er so seinen inneren Teutonen müde machte, schien doch irgendwann der schicksalhafte Tag kommen zu müssen, an dem die Kraft des Wilden übermächtig und er von ihm überwältigt würde, und diese Kraft würde dann schrecklicher sein als je zuvor. Das zweite Problem waren seine Hochzeit und die Kriegslisten, die er anwenden musste, um sich nachts seine Frau vom Leibe zu halten. Mit solcherlei fruchtlosen Überlegungen schlief er ein.

Woher in jener Nacht der Grizzlybär kam, war lange ein Geheimnis. Unterdessen suchten die Leute vom Zirkus Spring, der gerade in Sausalito gastierte, lang und vergeblich nach ›Big Ben, dem größten Grizzly in Gefangenschaft‹. Big Ben entkam, und aus dem Labyrinth von fünfhundert Bungalows und Landsitzen wählte er das Grundstück von James J. Ward für einen Besuch. Das Erste, was Mr Ward fühlte, als er aufwachte, war die Kampflust in seiner Brust und der alte Kriegsschrei auf den Lippen. Von draußen hörte er das wilde Gekläff der Hunde. Und scharf wie ein Messerstich kam durch den Höllenlärm der Todesschrei eines geschlagenen Hundes – seines Hundes, das wusste er.

Über Pantoffeln und Pyjama hinweg brach er durch die Tür, die Lee Sing so sorgfältig versiegelt hatte, schoss die Treppe hinunter und hinaus in die Nacht. Als seine nackten Füße den Kies des Weges berührten, blieb er abrupt stehen, griff unter die Stufen in ein Versteck, das er genau kannte, und zog einen langen knorrigen Knüppel heraus – seinen Begleiter bei vielen verrückten Abenteuern nachts in den Bergen. Das frenetische Gebell der Hunde kam näher, und mit kreisendem Knüppel sprang er mitten ins Dickicht, um den Kampf aufzunehmen.

Die ganze Gesellschaft war aufgewacht und versammelte sich auf der großen Veranda. Jemand schaltete das elektrische Licht an, doch niemand konnte mehr sehen als die erschrockenen Gesichter der anderen. Jenseits der hell erleuchteten Einfahrt bildeten die Bäume eine undurchdringliche schwarze Mauer. Trotzdem tobte irgendwo in dieser Finsternis ein furchtbarer Kampf. Sie hörten infernalische Schreie von Tieren, Knurren und Brüllen und ständig unter schweren Körpern krachendes Unterholz.

Die kämpfende Meute ergoss sich aus dem Wald auf den Weg direkt vor die Zuschauer. Nun sahen sie es. Mrs Gersdale schrie auf und fiel ohnmächtig in die Arme ihres Sohnes. Lilian umklammerte das Geländer so krampfhaft, dass man die Quetschwunden noch nach Tagen sehen konnte. Wie vom Donner gerührt starrte sie auf einen gelbhaarigen, wildäugigen Riesen, in dem sie den Mann erkannte, der ihr Gatte werden sollte. Er schwang einen großen Knüppel und kämpfte wild, aber in aller Ruhe gegen ein struppiges Monster, das größer war als jeder Bär, den sie jemals gesehen hatte. Ein Streicheln von der Kralle des Ungeheuers würde Ward den Nachtmantel vom Leib reißen und eine Blutspur über seinen Körper ziehen.

Wenn auch Lilian Gersdale größte Angst um den geliebten Mann fühlte, so war sie doch auch vor dem Mann selbst nicht wenig erschrocken. In ihren kühnsten Träumen hätte sie nicht daran gedacht, dass sich unter dem gestärkten Hemd und dem konventionellen Anzug ihres Verlobten ein so wunderbarer, großartiger Wilder verbergen könnte. Sie hatte keine Ahnung, wie ein Mann kämpfte. Ein solcher Kampf war bestimmt nicht modern; es war auch kein moderner Mann, den sie beobachtete, obwohl sie das nicht wusste. Dies war nicht Mr James J. Ward, der Geschäftsmann aus San Franzisko, sondern ein namenloser Unbekannter, ein grob tobend wildes Geschöpf, das durch eine Laune der Natur nach dreitausend Jahren wiederauferstanden war.

Die Hunde, die immer noch wie verrückt kläfften, umkreisten den Kampfplatz und lenkten den Bären ab, indem sie ihn an- und wieder fortsprangen. Sobald das Tier sich einem solchen Flankenangriff zuwandte, holte der Mann aus und ließ seinen Knüppel auf den Bären niedersausen. Von jedem Hieb aufs Neue gereizt, eilte er dann auf den Mann zu, der sich springend und zwischen den Hunden hakenschlagend zurückzog oder die Seite wechselte. Im selben Augenblick sprangen ihn wieder die Hunde an und lenkten die Wut des Tieres auf sich.

Das Ende kam plötzlich. Der Grizzly wirbelte herum und erwischte einen Hund mit einem weit ausgeholten Schlag, der das unglückliche Tier mit eingedrücktem Brustkorb und gebrochenem Rückgrat sechs Meter weit fortschleuderte. Da wurde das Menschtier verrückt. Mit Schaum vor dem Mund, aus dem ein wilder, unartikulierter Schrei kam, stürzte es den Bären an und schwang mit beiden Armen mächtig die Keule, die schwer auf den Kopf des aufbrüllenden Untiers donnerte. Nicht einmal ein Grizzly konnte der vernichtenden Kraft eines solchen Hiebes widerstehen. Das Tier fiel zwischen den ängstlichen Hunden zu Boden. Der Mann sprang durch das Gewimmel der Meute mitten auf den Kadaver, wo er im strahlenden Scheinwerferlicht seinen Knüppel aufstützte und in einer unbekannten Sprache einen Triumphschrei erschallen ließ – ein uraltes Lied, für das Professor Wertz zehn Jahre seines Lebens gegeben hätte.

Die Gäste eilten herbei, um ihn zu umarmen und zu bejubeln. Doch plötzlich sah Mr Ward durch die Augen des frühen Teutonen die Schönheit des zwanzigsten Jahrhunderts, das Mädchen, das er liebte, und er fühlte in seinem Gehirn irgendetwas ausrasten. Er stolperte wacklig auf sie zu, ließ seinen Knüppel sinken und fiel beinahe hin. Etwas stimmte nicht mit ihm. In seinem Gehirn brannte ein unerträglicher Schmerz, als ginge seine Seele in Stücke. Er folgte den aufgeregten Blicken der anderen und sah den Kadaver des Bären. Der Anblick erfüllte ihn mit Schrecken. Er schrie auf und wäre geflohen, hätten sie ihn nicht zurückgehalten und in den Bungalow geführt.

James J. Ward steht immer noch an der Spitze der Firma Ward, Knowles & Co. Aber er lebt nicht mehr auf dem Land; er läuft auch nicht mehr in mondbeschienenen Nächten den Kojoten hinterher. Der alte Teutone in ihm starb in der Nacht des Kampfes mit dem Grizzly. James J. Ward ist jetzt nur noch James J. Ward. Er teilt sein Dasein nicht mehr mit irgendeinem vagabundierenden Anachronismus aus den Tagen, als die Welt noch jung war. Der identische Mr Ward ist so ausschließlich modern, dass er die ganze bittere Fülle der zivilisierten Ängste kennt. Er fürchtet sich jetzt vor der Dunkelheit, eine Nacht im Wald stellt für ihn den Abgrund des Schreckens dar. Sein Stadthaus ist von der Marke Sauber & Eckig und er hat großes Interesse für Diebstahlsicherungsanlagen entwickelt. Sein Haus hängt in einem Netz elektrischer Leitungen, und nachdem der Hausherr zu Bett gegangen ist, kann ein Gast kaum noch atmen, ohne einen Alarm auszulösen. Er hat auch ein schlüsselloses Steck-Kombinationstürschloss erfunden, das jeder Reisende in der Westentasche tragen kann und sich unter allen Umständen sofort besorgen sollte. Doch seine Gattin hält ihn nicht für einen Feigling. Sie weiß es besser. Und wie jeder Held begnügt er sich damit, sich auf seinem Lorbeer auszuruhen. Von seinen Freunden, die die Mill-Valley-Geschichte miterlebt haben, bezweifelt ebenfalls keiner seine Tapferkeit.

BELINDA RODIK

Trick or Treat

Ich hatte mich verlaufen. Schon wieder. Vor meinem hilflosen Blick breiteten sich endlose Reihen sauberer, mittelgroßer Häuser mit sauberen, mittelgroßen Gärten davor aus. Schnurgerade Straßen kreuzten einander in penibler Gleichförmigkeit und machten mir die Orientierung auch nicht leichter. Ich irrte weiter – in der Hoffnung, durch Zufall zum richtigen Haus zurückzufinden. Mein schlimmster Feind, mein ärgster Gegner waren in diesem Augenblick die Halloween-Dekorationen, die alle Häuser ohne Ausnahme zierten und sie nicht mehr voneinander unterscheidbar machten.

Irrlichtern gleich, leuchteten und blinkten mir grinsende Fratzen entgegen, zwinkerten mir höhnisch zu, während ich mit hochgeschlagenem Kragen durch die Dämmerung stapfte. Leichter Wind war aufgekommen und wirbelte bunte Blätter um meine Füße. Kleine Hexen und Kobolde, Supermänner und Prinzessinnen liefen mit glühenden Wangen und vor Aufregung leuchtenden Augen an mir vorbei. Die Laternen in ihren Händen baumelten wild und machten die kleinen Scharen scheinbar zu Glühwürmern, die kichernd in den Abend tanzten. Sie sprangen lachend um mich herum und gaben mir dennoch keine Gelegenheit, nach dem Weg zu fragen.

Zweifelsohne war dies besser so. Sie hätten mich in ihrer Begeisterung nur noch mehr in die Irre geschickt. Ich wanderte also weiter zwischen amerikanischen Vorgärten, auf der Suche nach dem richtigen Haus und einem roten Briefkasten, der mir als markantes Merkmal, als einzige Hoffnung und vorstellbarer Wegweiser wieder eingefallen war. Aber so musste es wohl sein, wenn ein deutscher Autor, in Gedanken nur auf der Suche nach einer neuen, zündenden Idee für einen Roman, in den Abend hinausspazierte, um frische Luft zu schnappen – ohne nach rechts oder links zu sehen, wohl wissend, dass er sich schon mehr als einmal zwischen grünen Quadraten und weißen Häusern verlaufen hatte.

Seit meiner Ankunft irrte ich mehr oder weniger ziellos umher, auf der Suche nach einem Konzept, und verlief mich dabei heillos in der Wirklichkeit.

Dabei war Sinn und Zweck meiner Reise gewesen, dem tristen deutschen Herbst zu entfliehen, mich in die Arme der leuchtenden Farben Neuenglands und vor allem der liebevollen Fürsorge meiner amerikanischen Freunde zu begeben, deren lautes Haus voller Kinder und Freunde, Haustiere und Gäste eine willkommene Abwechslung zu meinem zurückgezogenen Schriftstellerleben bilden würde und mir das rechte Ambiente schien, um meine Schreibblockade zu lösen. Stets trug ich Block und Bleistift mit mir, in der Hoffnung, die noch jungfräulichen Seiten endlich füllen zu können, etwas aufzuschreiben, was den Weg zu einem neuen Buch weisen würde. Aber Papier und Stift blieben sicher in meinem Hemd verstaut, ohne jemals gebraucht zu werden.

Stattdessen verirrte ich mich immer wieder aufs Neue. Sowohl auf dem Papier als auch in den Straßen dieser possierlichen kleinen Stadt, diesem Mikrokosmos amerikanischen Mittelstandes.

Es wurde dunkler. Gespenstische Stille legte sich über den Vorort. Fahle Lichter säumten meinen Weg. Romantischere Gemüter hätten in diesem Augenblick durchaus einen Grund gesehen, mit bangem Herzen an Geister und Gespenster zu denken. Ich wollte nur zurück ins Haus und mich aufwärmen. Mit Geistern hatte ich es noch nie, auch nicht mit Vampiren und anderem Gelichter. Der Teufel hatte mir bereits als Kind nur ein müdes Lächeln entlockt – kurz, ich gruselte mich nie – außer vielleicht, wenn ich meinen Steuerbescheid bekam oder die Bestenliste des Spiegels kontrollierte. Möglich, dass nie geschehen wäre, was geschehen ist, hätte ich meine Seele, meinen Sinn ein wenig für diese Nacht geöffnet, für das Besondere an dieser Nacht. Aber so ging ich weiter, den Kopf zwischen die Schultern gezogen, den Sinn nur darauf gerichtet, endlich wieder in meinem derzeitigen Zuhause anzukommen.

Ich glaubte schon nicht mehr daran, je wieder zurückzufinden, da leuchtete mir der rote Briefkasten in der Dämmerung entgegen. Beinahe hatte ich das Gefühl, er lächelte mir zu, würde mir den Weg aus der Dunkelheit zurück ins Licht weisen. Ich schüttelte diesen lächerlichen Gedanken ab und ging auf das Haus zu.

Meine Gastgeber hatten mittlerweile ebenfalls ihre Festtagsbeleuchtung eingeschaltet, die den Garten in schummriges, fahlgelbes Licht tauchte. ›Luminaries‹ hatte ich mir sagen lassen, wurden diese Lampen genannt, die nur an Halloween zu Ehren kamen und sowohl Geistern als auch Menschen in diesen dunklen Nächten den Weg weisen sollten.

Beschwingt ging ich die Auffahrt hoch, vergewisserte mich noch einmal am Klingelschild, ob ich auch tatsächlich dem richtigen roten Briefkasten mit den richtigen Halloweenleuchten gefolgt war, bemerkte glückselig, dass ich endlich wieder zu Hause angekommen war, und trat ein.

Wohlige Wärme, Kinderlachen und eine hektische Gastgeberin empfingen mich. Die Vorbereitungen für die Halloweenparty liefen auf Hochtouren, und ich stand fortan nur im Weg herum. Dante, so der kreative Name meines Freundes und Hausherrn, kämpfte mit einer Leiter und unzähligen Glühbirnen in Kürbisform, die noch über dem Buffet anzubringen waren, sich aber hartnäckig und wie mit eigenem Willen versehen, gegen seine Bemühungen sträubten und in alle Richtungen strebten, nur nicht an der Halterung befestigt werden wollten. Seine Kostümierung als Präsidentschaftskandidat erwies sich dabei als äußerst hinderlich, denn die Perücke wollte sich partout mit der Lichterkette verbinden. Dante erinnerte fatal an eine Fliege im Spinnennetz, während er Herr über die Lage zu werden versuchte.

Seine Frau Jerry balancierte mit Schüsseln und Töpfen über den Köpfen kreischender Kinder und versicherte mir bei jedem Gang zwischen Küche und Wohnzimmer, dass sie wirklich keine Hilfe gebrauchen könne.

Etwas deplatziert stand ich am Buffet, umzingelt von kleinen Geistern und Gespenstern in geradezu pompöser Verkleidung, die mit gierigen Händen nach den Speisen grabschten.

»Nicht. Das ist nicht für euch! Das ist für die Gäste«, verteidigte Jerry das Buffet, warf den Dieben einen eindringlichen Blick zu, platzierte zwei neue Schüsseln und eilte wieder fort. Die Gespenster kicherten und griffen nach Spinnweben aus Zuckerwatte, Würmertoast und Monsteraugen. Der Anblick des Buffets war sagenhaft. Kaum zu glauben, dass auch nur ein Bissen davon genießbar war. Aber eine nähere Betrachtung machte mir klar, dass die Monsteraugen nichts anderes als Lychees mit Weintrauben

waren, das wabernde Gehirn mit roten Äderchen aus kleb-
rigen Spaghetti und Tomatensoße bestand und die Würmer,
die aus der Torte krochen, harmlose Lakritzstangen waren.
Jerrys Fantasie als Köchin begeisterte mich. Ich weiß noch
genau, dass ich die Maden-Eier einer genauen Begutach-
tung unterzog und mit Erleichterung feststellte, dass es Ka-
viar war. Und ich erinnere mich daran, dass die Geister um
mich herum immer lauter und quengeliger wurden, in kin-
discher Hektik zu kreischen und schreien begannen und
einer Horde Dämonen aus der Unterwelt in puncto Lärm
wahre Konkurrenz machten.

Als Jerry einen Ameisenstamm (halbierte Selleriestangen,
mit Erdnussbutter bestrichen und mit Rosinen bestreut) auf
das Buffet stellte, war ihre Geduld beinahe am Ende, und
als die Bowle mit den eiskalten Händchen aus Eis drum herum fast vom Buffet schwappte, sah sie mich schließlich ent-
nervt an.

»Tom – wäre es möglich, ich meine, könntest du mir vielleicht doch helfen?«

»Aber natürlich«, antwortete ich prompt. Das war meine
Gelegenheit, nicht mehr, einer lebenden Dekoration gleich,
im Raum stehen zu müssen.

»Die Kinder wollen endlich auf ihren Rundgang. Deshalb
sind sie so nervös. Na ja, fast schon hysterisch.«

Sie lachte verlegen und strich sich mit dem Handrücken
eine widerspenstige Locke aus der Stirn.

»Es ist eine Zumutung, ich weiß, aber könntest du vielleicht ...?«

»Mit ihnen Süßigkeiten sammeln? Aber sicher!«

Meine Begeisterung hatte etwas von kindlicher Naivität
an sich, doch schien mir die Aussicht auf einen echten amerikanischen Trick-or-Treat-Rundgang mehr als verlockend,
brachte es mir doch amerikanisches Brauchtum näher und

mich vielleicht einen Schritt weiter in meinen verirrten Gedanken um meinen Roman. Vielleicht würde eine Nacht der Kindereien meine Fantasie beflügeln? Man konnte nie wissen.

»Du weißt nicht, worauf du dich einlässt, Tom. Wenn sie keine Süßigkeiten bekommen, werden diese Kinder zu wahren Monstern.«

»Es ist doch Halloween.«

»Eben darum habe ich ja so meine Bedenken … «

Ich lachte, nahm Jerry in den Arm und drückte sie. Sie sollte wissen, dass die Kinder bei mir gut aufgehoben waren. Oder ich bei ihnen. Je nach Standpunkt und Sichtweise der Dinge.

Schließlich nickte sie zaghaft.

»Aber zieh dich vorher noch um, ja? Wenn ihr zurückkommt, ist die Party bestimmt schon auf Hochtouren.«

Ich hatte keine Ahnung, worauf ich mich hier eingelassen hatte. Während ich den Reißverschluss an meinem Werwolfkostüm festzurrte, gab mir Jerry letzte Anweisungen. Machte mich auf bestimmte Häuser aufmerksam, an denen man nicht klingeln sollte, da die Nachbarn als *geizig* (sie senkte dabei die Stimme) verrufen waren und ebenjener Geiz den heiligen und vor allem gerechten Zorn der Kleinen heraufbeschworen hätte, und verwies mich stattdessen an nette Nachbarn und Bekannte, die großzügig geben würden, was wiederum die Kleinen in Schach halten würde. Die Kinder zogen ungeduldig an meinem Fell, Jerry drückte ihnen die obligatorischen ›Booh-Bags‹ in die Hand – schwarze Plastiktüten mit aufgedruckten, orangeleuchtenden Kürbissen, in denen die erbeuteten Süßigkeiten sicher verstaut werden sollten, gab uns allen einen Kuss auf die Wange und schickte uns – mit einer gewissen Erleichterung in den Augen – in die Nacht der Toten und Geister hinaus.

Meine Vorfreude hatte mich nicht getrogen. Es war, als befände ich mich in einem amerikanischen Spielfilm oder einer Sitcom mit all den ›Trick-or-Treat‹-Rufen der Kinder, mit Straßen voller Lärm, Gelächter und Kostümen und kleinen Laternen, die durch die Nacht getragen wurden, ihr gespenstisches Licht verbreiteten und allem einen gruseligen, geheimnisvollen Hauch verliehen – für den, der einen Blick dafür hatte.

Ich lief neben den Kindern her, die wie kleine Regisseure meinen Weg dirigierten, bestimmt und unnachgiebig zu den geschmückten Häusern strebten und mit grimmigen kleinen Gesichtern nach den Süßigkeiten verlangten, die ihnen ihrer Meinung nach zustanden. Und die Erwachsenen gaben gerne. Viele von ihnen öffneten in voller Kostümierung die Türen zu Gruselschlössern oder Spukhäusern. Die Fantasie dieser Menschen kannte offenbar keine Grenzen. Jedes Haus, jeder Weg, beinahe jeder Baum leuchtete, blinkte oder schimmerte in die Nacht. Kürbisse zierten diese Nacht, Gespenster, Vampire und Fledermäuse, manche beleuchtet, manche beweglich, sodass sie dem unvorsichtigen Besucher einen gehörigen Schreck einjagten, indem sie ihm gegen Beine oder Arme schlugen. Aus allen Richtungen war Gekicher und Gewisper zu hören. Chöre kindlicher Stimmen ließen den Ruf ›Trick-or-Treat‹ – Süßigkeiten oder Streich – von Haustür zu Haustür erschallen.

Jerrys Anweisungen hatte ich längst in den Wind geschlagen – ich hätte mich ohnehin nur verirrt und ließ mich stattdessen vom Treiben der Kleinen in eine Nacht der Fantasie mitreißen. An diesem Abend hoffte ich zu finden, wofür ich überhaupt hierher gekommen war – eine neue Geschichte. Der Schreibblock war sicher an meinem Herzen verstaut und wartete nur darauf, gezückt und beschriftet zu werden. Ich beobachtete die Kleinen – waren es fünf oder sechs an der Zahl? Ich konnte es nicht mit Sicherheit sagen, denn immer wieder blieben sie stehen, um sich mit Freunden zu unterhalten, die dann ein Stück Weg mit uns teilten, um anschließend wieder eine andere Richtung einzuschlagen. Erwachsene, die die kleinen Horden begleiteten, lächelten mir aus Ritterrüstungen und Cowboykostümen etwas zaghaft zu, in den Augen bereits die Vorfreude auf das Ende des Spektakels. Jerry hatte mir erzählt, dass die Rundgänge mit den Jahren immer nervenaufreibender geworden waren. Jugendliche frönten einem gewissen Vandalismus, versteckt hinter Trick-or-Treat-Rufen, und die Kleinen wurden immer gieriger.

Die Booh-Bags beulten sich immer mehr aus, und an jeder Straßenecke schielten die Kleinen hinein, um zu kontrollieren, ob all ihr erbeutetes Candy-Corn, weiß-gelborange Bonbons in Form eines winzigen Zuckerhutes, ihre Marshmellows und Jelly Beans noch sicher verstaut waren.

Ich weiß nicht mehr, wie lange wir so durch die orangeschwarze Nacht liefen, von Haus zu Haus, von Tür zu Tür. Irgendwann schien mir, als hätte ich jegliches Gefühl für Zeit und Raum verloren – ich schob es guten Gewissens auf meinen mangelnden Orientierungssinn, der des Nachts noch schwächer war als tagsüber. Zudem drückte mein Block mittlerweile wie ein Ziegelstein auf meine Brust, rief nach dem geschriebenen Wort und machte mich etwas nervös. Aber ich konnte mich auf meine Nase und Ohren verlassen, und diese schienen mittlerweile gefroren zu sein. Erst jetzt fiel mir auf, wie kalt die Nacht war. Die Feuchtigkeit drang selbst durch meinen dichten Werwolfpelz und legte sich langsam um meine nicht mehr jungen Knochen. Ich schielte auf die Booh-Bags der Kinder. Sie waren prall gefüllt und konnten ohnehin demnächst keine neue Beute mehr aufnehmen. Dies schien mir der geeignete Ansatzpunkt, die Kinder zur Umkehr zu bewegen. Die Kleinen stapften mir lachend und gackernd voraus, in eine angeregte Fachsimpelei über Candy-Corn vertieft. Mit großen Schritten holte ich zu der kleinen Gruppe auf.

»Wie lange habt ihr noch vor, die Nacht unsicher zu machen?«

»Nicht mehr lange.«

»Aber ein bisschen schon noch.«

»Ja, zu ein paar Häusern müssen wir noch.«

»Es wird kalt«, warf ich etwas zaghaft ein.

»Neeein!«

»Na ja«, wagte ich zu widersprechen, suchte aber etwas hilflos nach einem zugkräftigen Argument, um die kleinen Monster zur Umkehr zu bewegen. Erst jetzt bemerkte ich, dass außer uns nur noch wenige Gestalten durch die Nacht eilten. Die Stimmen, das Gelächter und Gewisper, die Chöre an den Haustüren waren spärlich geworden und flammten nur noch hier und da auf. Es war wirklich Zeit, zurückzukehren.

Dina, Dante und Jerrys fünfjährige Tochter, schielte mit prüfendem Blick zu mir herüber und meinte schließlich mit dem Tonfall einer 80-jährigen Schulmeisterin: »Er sieht müde aus. Und er hat viel länger durchgehalten als Mum und Dad.«

Wenn ich bislang nicht registriert hatte, dass Dina so etwas wie die Anführerin der kleinen Diebesbande war, so bemerkte ich es spätestens jetzt mit größerem Erstaunen. Die kleine, zierliche und immer blasse Dina hatte die anderen Bengels im Griff. Wir waren mittlerweile stehen geblieben und bildeten einen kleinen Kreis.

Nach kurzem Hin und Her wurde beschlossen, dass nur noch ein paar Häuser auf der Liste standen, bis wir uns endgültig wieder auf den Weg zurück machen konnten. Ich atmete auf und lief hinter den Kindern her, die mit strammen Beinchen in die Dunkelheit strebten.

Ich schätze, eine weitere Viertelstunde verging, bis die Kinder ihr Versprechen einlösen wollten und nach rechts in eine spärlich beleuchtete Straße mit nur wenigen Häusern abbogen. Als wir sie hinter uns gelassen hatten, wollte ich gerade anmerken, dass hier wohl nichts mehr zu holen sei, da meinte der sechsjährige Henry plötzlich: »Hey, da waren wir noch nie«, und wies auf ein Haus links von uns. Mein Blick folgte seinem Fingerzeig. Als ich das Haus sah, das Henry meinte, überlief mich ein Schauder, der eindeutig nicht auf die Kälte zurückzuführen war. Irgendwie gruselte ich mich vor diesem Haus und konnte dieses irrationale, so plötzlich über mich gekommene Gefühl nicht einordnen.

»Stimmt. Da waren wir noch nie.«

»Meine Mum sagt, da sollen wir nicht hingehen.«

»Meine auch.«

»Warum eigentlich?«

»Weiß nicht. Vielleicht sind sie *geizig*.«

»Aber sie haben Dekoration dran. Sieh mal – Kürbisse und Kerzen, und im Baum hängen Lichter. Die sind nicht geizig.«

Die Stimmen der Kinder drangen wie aus weiter Entfernung zu mir. Es war, als hätte mich eine Art Vorahnung befallen. Leider beachtete ich diese Warnung nicht – wie bereits erwähnt, mir waren derartige Gefühle bislang völlig fremd gewesen – und ging mit den Kindern zum Haus. Irgendetwas war hier anders. Anders als bei den anderen Häusern, die sie bereits geplündert hatten. Aber ich konnte nicht definieren, *was* anders war, *was* mich beunruhigte. Ungeübt in der Disziplin des Übernatürlichen, gab ich schließlich nach und nickte.

Tapfer strömten die Kleinen zur Haustür. Sie flüsterten,

kicherten leise, sprachen nicht mehr laut miteinander, unterdrückten ihr Lachen, bis es schließlich erstarb. Dina drückte zögernd den Klingelknopf. Ich konnte regelrecht fühlen, dass auch die Kinder aufmerksam waren, angespannt lauschten, ernst wurden. Die Dunkelheit schien mir plötzlich dichter, greifbarer.

Dina klingelte erneut. Nichts regte sich. Nur der Wind brachte die Blätter in den Bäumen zum Tuscheln und Raunen. Sie wisperten in einer fremden Sprache, und aus dem Dunkel beobachteten uns tausend Augen. Es schien ein altes Haus zu sein, mit einem noch älteren Garten. Als wäre es aus einer anderen Zeit gekommen, hätte sich an die sauberen, weißen Vororthäuschen gereiht. Und nun stand es still und drohend hier. Ein verwinkelter alter Kasten, an dem der Zahn der Zeit nagte. Erst jetzt bemerkte ich, dass die Lichter im Baum keineswegs elektrisch waren – echte Kerzen warfen ihr flackerndes Licht durch das dürre Geäst, und echte Fackeln säumten den Weg. Mir schien dies ziemlich absurd. Ich wollte nur noch weg von hier.

In diesem Augenblick entdeckte Henry etwas und flüsterte aufgeregt: »Seht doch mal – sie sind nicht zu Hause. Aber sie haben Süßigkeiten bereitgestellt.«

»Das ist aber nett. Kommt, wir nehmen uns davon.«

Ich war mir nicht sicher, ob es klug war, von den Süßigkeiten zu nehmen, die in Tonschalen auf der Veranda standen. Aber bevor ich etwas sagen konnte, griffen die kleinen Hände bereits danach und stopften Kekse und kleine Kuchen in die Taschen. Zumindest waren es keine gewöhnlichen Süßigkeiten, sodass wir sie zu Hause aussortieren konnten. Ich traute der Sache nicht. War misstrauisch geworden und bemerkte, dass ich mich immer wieder umblickte. Auch hatte ich das Gefühl, als wäre Nebel aufgekommen. Die Lichter der Straßenlaternen waren nur noch verschwommen zu erkennen, die Kürbis-Dekorationen der Häuser auf der anderen Straßenseite konnte ich hingegen nicht mehr ausmachen. Es war Zeit, dass wir uns auf den Weg nach Hause machten. Schleunigst. Ein Gefühl von Panik schwappte über mich. Ein Gefühl, keine Luft mehr zu bekommen, als würde mich die Dunkelheit erdrücken, mir den Atem rauben.

Dies alles kam so schnell über mich, dass ich es nicht richtig nachvollziehen konnte. Ich wurde nur noch von einem Gedanken beherrscht: Weg von hier! Hastig überschaute ich meine kleine Schar und drängte sie schließlich von den Tontöpfen weg, die Stufen der Veranda hinunter und durch den Garten hinaus auf die Straße. Die Dunkelheit wurde immer dichter. Die Stimmen der Kinder kamen mittlerweile wie aus weiter Ferne.

Auch die Kleinen gingen immer schneller, stapften mit ihren tapferen kurzen Beinen eiliger voran und sahen nun auch mit großen Augen um sich. Ich konnte die aufkeimende Angst darin genau sehen. Wir gingen immer schneller, ich holte mit großen Schritten aus – achtete dabei aber darauf, keines der Kinder aus den Augen zu verlieren. Immer wieder musste ich anhalten, um einen Nachzügler zur Gruppe zurückzuholen. Immer wieder.

Bis mir schließlich auffiel, dass die Schar größer geworden war. Irgendwie waren noch mehr Kinder zu uns gestoßen. Stumm hatten sie sich zu uns gereiht, gingen mit uns die Straße entlang. Allerdings blickten sie nie um sich, wie es meine Kleinen taten. Fast schien es, als hätten sie endlos Zeit, wären überhaupt nicht beunruhigt. Völlig ausdruckslos scharten sie sich um uns. Und es wurden immer mehr. Verwirrt bemerkte ich, dass sie keine Plastiktüten, sondern Tüten aus Papier trugen. Manch eines ihrer Kostüme schien mir etwas ... nun, unpassend. Sie wirkten so echt. Der kleine Zombie, der neben mir ging, verströmte einen eigenartigen Geruch – nach Moder und Fäulnis, wie ich mir eingestand.

Die Dunkelheit wurde immer stärker. Drängte sich an uns, kroch näher. Ich blickte wieder hinter mich. Schon wieder standen zwei Kinder hinter mir – in Totenhemden, bleich und mit entstellten Fratzen. Ich drängte sie nach vorne, ohne sie berühren. Ich ekelte mich vor ihnen.

Meiner kleinen Geisterschar schien es nicht anders zu ergehen. Immer wieder versuchten sie, den Neulingen auszuweichen, drängten sich aneinander, den Blick misstrauisch auf die Neuen geheftet. Allerdings brachte ich es nicht übers Herz, sie von uns zu scheuchen, sie in die Nacht zu jagen. Es waren Kinder. Kleine Geschöpfe, die auf dem Weg nach Hause waren und sich dabei uns angeschlossen hatten. Etwas befremdlich fand ich allerdings, dass sie einen Kreis um uns bildeten, während sie uns folgten. Sie umzingelten uns. Dieser Gedanke schoss mir durch den Kopf, aber ebenso schnell verwarf ich ihn wieder. Ich fühlte mich in dieser irrationalen Gedankenwelt nicht wohl und sehnte mich nach meiner wohl geordneten Welt.

Doch ich konnte nicht anders, als ständig um mich zu blicken. Mit misstrauischen Augen versuchte ich die Dunkelheit zu durchdringen. Und dann fiel mein Blick auf die Straßenlaterne hinter mir, unmittelbar an der Stelle, an der die beiden Kinder eben noch gestanden hatten – das Schwarz der Nacht legte sich um sie, als hätte sie physische Präsenz. Das Licht flackerte kurz auf und erlosch dann. Für immer. Ich war mir ganz sicher. Alles hinter uns war in tiefstes Schwarz getaucht. Kein Licht, kein Flackern, kein Schimmer durchdrang diese Finsternis. Ich wollte rufen, konnte aber nicht und holte eilends zu den Kindern auf. Dina wartete auf mich und sah mich mit großen Augen an.

»Hier stimmt etwas nicht, nicht wahr?«

Ich zuckte mit den Schultern und kam mir plötzlich lächerlich vor in meinem Werwolfpelz.

»Schnell, weiter«, brachte ich schließlich krächzend hervor. »Wie weit ist es noch? Weißt du, wo wir langgehen müssen?«

Dina schüttelte stumm den Kopf. Eine Träne kullerte über ihre Wange. Wir liefen weiter, um die anderen einzuholen. Ein erneuter Blick nach hinten bestätigte mir, was ich vermutet hatte – die Nacht verfolgte uns. War hinter uns her. Wollte uns einholen und mit sich nehmen.

Wir liefen immer weiter, wurden immer schneller, angetrieben von unserer eigenen Angst und der Dunkelheit, die uns auf den Fersen war. Doch sie holte uns ein, legte sich um uns, umzingelte uns. Schließlich konnte ich auch vor uns nur noch ein schwaches, einsames Licht ausmachen. Eine einzelne Straßenlaterne verströmte einen fahlen, flackernden Schein. Wir hatten sie kaum erreicht, da schlug die Nacht über uns zusammen. Das Licht erlosch – und mit ihm unsere Hoffnung, der Schwärze zu entkommen.

Ich fühlte, wie sich Dinas Hand in meine schob. Sie zog daran. Ich beugte mich zu ihr. Ich konnte kaum atmen – Panik und Angst schnürten mir die Kehle zu, als ich Dinas Worte hörte: »Ich glaube, wir hätten die Süßigkeiten nicht nehmen sollen. Sie waren für die richtigen Geister bestimmt. Nicht für uns ...«

Nicht für uns bestimmt. Ich höre Dinas Stimme immer noch, auch wenn ich sie selbst längst verloren habe. Sie hatte Recht. Sie hatten die Süßigkeiten genommen, die für die echten Toten bestimmt waren, um sie gnädig zu stimmen und vom Haus fern zu halten. Und dann waren die Seelen aus der anderen Welt mit uns gegangen und hatten uns in die Dunkelheit mitgenommen.

Nun bleibt mir nichts anderes übrig, als meine Geschichte aufzuschreiben. In der Hoffnung, sie werde eines Tages die Wirklichkeit erreichen. Meine Wirklichkeit, so wie ich sie kenne. Oder kannte. Ich glaube fest an die Macht des geschriebenen Wortes. Irgendwann wird es mich zurückholen.

Ich nehme ein Stück Papier zur Hand – ein kleines, unglaublich wertvolles Stück Hoffnung in der Dunkelheit – und beginne blind zu schreiben. Immer und immer wieder aufs Neue:

»Ich hatte mich verlaufen. Schon wieder. Vor meinem hilflosen Blick breiteten sich endlose Reihen sauberer, mittelgroßer Häuser mit sauberen, mittelgroßen Gärten davor aus ...«

Der Horla

8. Mai – Welch herrlicher Tag! Den ganzen Morgen verbrachte ich im Gras ausgestreckt vor meinem Haus unter
der großen Platane, die es völlig überdacht und dem es
Schirm und Schatten gewährt. Ich liebe diese Gegend, und
ich lebe gerne hier, weil ich hier meine Wurzeln habe. Es
sind diese tiefen, zarten Wurzeln, die einen Menschen mit
der Erde verbinden, auf der seine Vorfahren geboren wurden und starben; sie verbinden ihn mit dem Denken ebenso wie mit der Küche, mit den Bräuchen wie mit den Speisen, mit Sprache und Tonfall der Bauern, mit dem Geruch
des Bodens, der Dörfer und der Luft selbst.

Ich liebe das Haus, in dem ich aufwuchs. Von meinen
Fenstern aus sehe ich die Seine, die jenseits der Straße ganz
nahe an meinem Garten vorbeifließt, die mächtige, breite
Seine, die von Rouen nach Le Havre fließt und zahllose
Schiffe und Boote vorüberträgt.

Zur Linken liegt Rouen, die ausgedehnte Stadt mit den
blauen Dächern unter den spitzen gotischen Kirchtürmen.
Sie sind ohne Zahl, manche schlank, manche stattlich,
überragt nur von der gusseisernen Turmspitze der Ka-
thedrale, und ihre Glocken erklingen in der blauen Luft
schöner Morgenstunden und schicken mit ihrem sanften,
fernen, metallenen Ton, ihr erzenes Lied, das die leichte, un-

gleichmäßige Brise bald schwächer, bald stärker zu mir
herüberträgt.

Wie schön war doch dieser Morgen!

Gegen elf Uhr kam ein langer Konvoi von Lastkähnen;
gezogen von einem Schlepper, der dick war wie eine Fliege
und, vor Anstrengung röchelnd, dicke Rauchwolken aus-
spie, fuhr er an meinem Gitterzaun vorüber.

Nach zwei englischen Schonern, deren rote Flaggen im
blauen Himmel flatterten, kam, leuchtend in wunderbar
reinem Weiß, ein schöner brasilianischer Dreimaster. Ich
winkte hinüber, ohne zu wissen warum, so sehr gefiel mir
der Anblick des Schiffes.

12. Mai – Seit ein paar Tagen habe ich etwas Fieber; ich
fühle mich unwohl, oder besser: Ich fühlte mich traurig.

Woher stammen jene geheimnisvollen Einflüsse, die unser Glück in Mutlosigkeit und unsere Zuversicht in Bedrü-
ckung verwandeln? Man könnte meinen, die Luft, die unsichtbare Luft, sei von Mächten erfüllt, die wir nicht kennen
und deren geheimnisvolle Nachbarschaft uns ihren Stempel
aufdrückt. Ich erwache so fröhlich, dass ich am liebsten zu
singen begänne. – Warum? – Ich gehe am Ufer des Flusses
entlang, und plötzlich, nach ein paar Schritten, kehre ich
bange nach Hause zurück, als warte dort ein Unglück auf
mich. – Warum? – War es ein kalter Schauder, der mich
streifte, mein inneres Gleichgewicht störte und Schatten auf
meine Seele warf? War es die Form der Wolken, die Farbe
des Lichts, die so wechselhafte Farbe der Dinge, die auf dem
Weg über meine Augen meine Gedanken trübte? Wer weiß?
Alles, was uns umgibt, alles, was wir sehen, ohne es recht
zu betrachten, alles, was wir streifen, ohne es kennen zu lernen, alles, was wir berühren, ohne es zu begreifen, alles, was
wir auf unserem Wege finden, ohne es wirklich wahrzuneh-

men – all das übt auf uns, auf unsere Organe und über sie auf unser Denken, ja auf unser Herz selbst unmittelbare, überraschende und unerklärliche Wirkungen aus.

Wie tief ist dies Geheimnis des Unsichtbaren! Wir vermögen es nicht zu ergründen mit unseren dürftigen Sinnen, mit unseren Augen, die weder das zu Kleine erkennen noch das zu Große, weder das zu Nahe noch das zu Ferne, weder die Bewohner eines Gestirns noch Lebewesen in einem Wassertropfen … Ebenso täuschen uns unsere Ohren, denn sie übermitteln uns bloße Vibrationen der Luft als Töne. Sie sind Zauberer, die das Wunder bewirken, diese Luftbewegung in Klang zu verwandeln. Durch diese Metamorphose schaffen sie die Musik, welche die stumme Bewegung der Natur in Töne verwandelt … Und wie trügt uns unser Geruchssinn, der schwächer ist als der eines Hundes, wie unser Geschmack, der uns kaum erlaubt, das Alter eines Weines zu bestimmen!

Ach! Hätten wir andere Organe, die andere Wunder für uns zu wirken vermöchten, was könnten wir alles um uns herum entdecken!

16. Mai – Kein Zweifel, ich bin krank! Und noch letzten Monat fühlte ich mich so gut! Ich habe Fieber, schreckliches Fieber, oder viel mehr eine fiebrige Nervenkrise, die meine Seele ebenso krank macht wie meinen Körper. Ständig bedrückt mich dieses Gefühl einer Gefahr, die mir droht; ständig empfinde ich diese Angst vor einem Unglück oder dem nahenden Tod, diese Besorgnis, die zweifellos von einem mir noch unbekannten Übel herrührt, das in meinem Blut und in meinem Fleisch keimt.

18. Mai – Ich habe meinen Arzt aufgesucht, weil ich nicht mehr zu schlafen vermochte. Er stellte beschleunigten Puls,

Erweiterung der Pupillen und Nervosität fest, hielt aber keines der Symptome für wirklich besorgniserregend. Ich muss Duschen nehmen und Kaliumbromat trinken.

25. Mai – Keine Veränderung! Mein Zustand ist wirklich eigenartig. Je näher der Abend rückt, desto mehr erfasst mich eine unbegreifliche Unruhe, wie wenn die Nacht eine schreckliche Drohung für mich bereithielte. Ich esse rasch und versuche sodann zu lesen; aber ich verstehe die Worte nicht; kaum dass ich die Buchstaben unterscheiden kann; also gehe ich im Salon hin und her, bedrückt von einer diffusen, doch unwiderstehlichen Angst – der Angst vor dem Schlaf und der Angst vor dem Bett.

Gegen zehn Uhr gehe ich hinauf in mein Schlafzimmer. Kaum eingetreten, versperre ich sofort doppelt die Tür und schiebe die Riegel vor. Ich habe Angst … aber wovor? Bislang kannte ich keine Furcht … ich öffne die Schränke, schaue unter das Bett; ich horche … horche … wonach …? Wie seltsam, dass ein leichtes Unwohlsein, eine Störung des Kreislaufs vielleicht, die Irritation eines Nervengeflechts, eine Beeinträchtigung der Verdauung, eine winzige Unregelmäßigkeit der Funktionsweise unserer so unvollkommen, so empfindlichen Körpermaschine aus dem heitersten Menschen einen Melancholiker und aus dem tapfersten einen Hasenfuß machen kann. Ich lege mich zu Bett und warte auf Schlaf, wie man bange des Henkers harrt. Ich warte auf Schlaf, und ich habe doch Angst, dass er kommt, und mein Herz pocht, und meine Beine zittern; und mein ganzer Körper schaudert unter der warmen Decke bis zu dem Augenblick, wo ich plötzlich in einen Zustand der Ruhe falle, wie man in einen tiefen Teich stürzt, und darin ertrinkt. Ich spüre ihn nicht kommen wie früher, diesen perfiden Schlaf, der sich in meiner

Nähe verbirgt, der mich belauert, der im Begriff ist, mich beim Kopfe zu packen, mir die Augen zu schließen, mich zu vernichten.

Ich schlafe – lange –, zwei oder drei Stunden – dann ein Traum – nein –, es ist ein Albtraum, der mich befällt. Ich spüre dabei genau, dass ich im Bett bin und schlafe ... Ich spüre es und ich weiß es ... und ich spüre auch, dass sich jemand mir nähert, mich betrachtet, mich betastet, auf mein Bett steigt, sich mir auf die Brust kniet, meinen Hals mit den Händen umspannt und zudrückt ... zudrückt ... mit aller Kraft ... um mich zu erwürgen.

Ich bäume mich auf, aber jene schreckliche Kraftlosigkeit, die uns in unseren Träumen lähmt, hält mich nieder; ich möchte schreien ... ich kann es nicht – ich möchte mich rühren ... ich kann nicht – keuchend und mit gewaltiger Anstrengung versuche ich mich umzudrehen und dieses Wesen von mir zu werfen, das mich erdrückt und erstickt ... aber ich kann es nicht!

Und plötzlich wache ich auf, verstört, schweißgebadet. Ich zünde die Kerze an. Ich bin allein.

Nach dieser Krise, die sich jede Nacht wiederholt, schlafe ich endlich ruhig bis zum Morgen.

2. *Juni* – Mein Zustand hat sich weiter verschlimmert. Was habe ich bloß? Das Kaliumbromat hilft nicht; die Duschen helfen ebenso wenig. Um meinen doch schon so erschöpften Körper noch mehr zu ermüden, beschloss ich, einen Ausflug zum Wald von Roumare zu machen. Zunächst dachte ich, die frische, leichte und milde, vom Duft der Gräser und Blätter erfüllte Luft würde mein Blut erfrischen und meinem Herzen neue Kräfte verleihen. Ich nahm eine breite Jagdstraße und bog dann in Richtung La Bouille ab; der schmale Weg verlief zwischen zwei Reihen unmäßig

hoher Bäume, die ihr grünes, dichtes, fast schwarzes Dach zwischen mich und den Himmel breiteten.

Plötzlich befiel mich ein Frösteln, aber es war kein Kälteschauder, sondern ein eigentümlicher Schauder der Angst. Beunruhigt darüber, alleine in diesem Wald zu sein, beschleunigte ich meinen Schritt. Die tiefe Einsamkeit um mich herum flößte mir grundlose, törichte Angst ein. Plötzlich war mir, als folgte mir jemand – als folgte mir dieser Jemand so nah auf dem Fuße, dass er mich hätte berühren können.

Unvermittelt fuhr ich herum. Ich war allein. Hinter mir sah ich nichts als die gerade, breite, leere, hohe, schrecklich leere Allee; auf der anderen Seite derselbe Blick bis zum Horizont, ohne jeden Unterschied, angsteinflößend.

Ich schloss die Augen. Warum? Und ich fing an, mich auf dem Absatz zu drehen, sehr schnell, wie ein Kreisel. Beinahe wäre ich zu Boden gestürzt; ich öffnete wieder die Augen; die Bäume tanzten, der Boden schwankte; ich musste mich setzen. Und dann – dann wusste ich nicht mehr, aus welcher Richtung ich herkam! Bizarre Idee! Bizarr! Bizarre Idee! Ich wusste es einfach nicht mehr. Ich ging nach der Seite, die zufällig rechts lag, und erreichte schließlich wieder die Straße, die mich ins Herz des Waldes geführt hatte.

3. Juni – Die Nacht war entsetzlich. Ich werde für ein paar Wochen verreisen. Eine kleine Ortsveränderung wird mir sicherlich gut tun.

2. Juli – Wieder zu Hause. Ich bin geheilt. Die Reise war übrigens angenehm. Ich besuchte den Mont Saint-Michel, den ich noch nicht kannte.

Welch ein Anblick, wenn man, wie ich, gegen Abend in

Avranches anlangt! Der Ort liegt auf einem Hügel. Man führte mich in den öffentlichen Park am Rande der Stadt. Ein Ausruf der Überraschung entfuhr mir. Zwischen zwei weit geöffneten Festlandsarmen, die sich im Dunst der Ferne verloren, erstreckte sich vor mir eine riesige Bucht. Und mitten in dieser gewaltigen gelben Bucht erhob sich unter einem klaren, goldenen Himmel dunkel und spitz ein seltsamer Berg aus dem Sand. Die Sonne war gerade untergegangen, und von dem noch flammenden Horizont hob sich die Silhouette dieses fantastischen Felsens ab, dessen Gipfel ein nicht minder fantastisches Bauwerk krönt.

Schon im Morgengrauen machte ich mich auf den Weg dorthin. Wie am Abend zuvor herrschte Ebbe, und je näher ich kam, desto gewaltiger wuchs vor mir diese erstaunliche Abtei in den Himmel. Nach einem Fußweg von mehreren Stunden erreichte ich den riesigen Steinblock, auf dem eine große Kirche die kleine Stadt überragt. Ich stieg die schmale, steile Straße hinauf und trat in den herrlichsten gotischen Bau, den der Mensch auf Erden für Gott errichtet hat. Er ist ausgedehnt, fast wie eine Stadt, mit vielen niedrigen, von ihren Deckengewölben schier niedergedrückten Sälen und hohen, von schlanken Säulen getragenen Galerien. Ich trat ein in diesen gigantischen, granitenen Schrein, der mir leicht wie ein Spitzengewebe vorkam. Überragt wird er von Türmen und Türmchen, in die gewundene Treppen emporführen; untereinander mit zierlich gemeißelten Bögen verbunden, strecken sie dem blauen Himmel des Tages und dem schwarzen Himmel der Nacht ihre bizarren, mit Schimären, Teufeln, fantastischen Tieren und monströsen Blumen besetzten Häupter entgegen.

Oben angekommen, sagte ich zu dem Mönch, der mich begleitete: »Wie schön Sie es hier haben, Ehrwürdiger Vater!«

Er antwortete: »Hier ist es sehr windig, Monsieur«; und während wir das steigende Meer beobachteten, das über den Sand auf uns zulief und ihn mit seinem stahlgrauen Panzer bedeckte, kamen wir ins Gespräch.

Und der Mönch erzählte mir Geschichten, all die alten Geschichten dieser Stätte, und Legenden und immer neue Legenden.

Eine davon berührte mich sehr. Die Leute aus der Gegend und die Bewohner des Mont Saint-Michel behaupten, in der Nacht könne man am sandigen Ufer Stimmen vernehmen. Dann höre man zwei Ziegen meckern, die eine laut, die andere schwächer. Skeptiker behaupten, es handle sich dabei um die Schreie von Meeresvögeln, die bald Ziegengemecker, bald menschlicher Klage ähnelten. Fischer, die verspätet von ihrer Fahrt zurückkehrten, schwören jedoch, sie seien in der Umgegend des so abseits liegenden Städtchens zwischen zwei Gezeiten einem alten, in den Dünen umherstreifenden Hirten begegnet, dessen Kopf nicht sichtbar gewesen sei, weil er ihn mit einem Mantel verhüllt habe. Dieser Hirte habe einen Bock mit einem Männergesicht und eine Ziege mit einem Frauenantlitz geführt; beide hätten lange, weiße Haare gehabt und ununterbrochen gesprochen; sie hätten sich in einer unbekannten Sprache gestritten, dann aber plötzlich in ihrem Geschrei innegehalten, um aus vollem Halse zu meckern.

Ich fragte den Mönch: »Glauben Sie das?«

Er murmelte: »Ich weiß nicht.«

Ich fuhr fort: »Wenn es auf der Erde andere Wesen als uns gäbe, müssten wir sie doch seit langer Zeit kennen. Wie wäre es möglich, dass Sie diese Wesen noch nicht gesehen hätten? Warum hätte ich sie noch nicht gesehen?«

Er antwortete: »Sehen wir denn auch nur den hunderttausendsten Teil dessen, was existiert? Nehmen Sie nur den Wind, die stärkste Naturkraft. Er wirft Menschen zu Boden, bringt Gebäude zum Einsturz, entwurzelt Bäume, türmt das Meer zu Wassergebirgen, nagt Felsküsten ab und schmettert die größten Schiffe auf Klippen, der Wind, der tötet, der pfeift, der seufzt und brüllt. Aber haben Sie ihn jemals gesehen ... Kann man ihn sehen? Dennoch, es gibt ihn.«

Diese einfache Überlegung ließ mich verstummen. Der Mann war ein Weiser, vielleicht auch ein Narr. Ich hätte es nicht entscheiden können; jedenfalls schwieg ich. Was er da sagte, war mir schon oft durch den Kopf gegangen.

3. *Juli* – Schlecht geschlafen. Zweifellos gibt es hier irgendeinen Fiebererreger, denn mein Kutscher hat dieselben Beschwerden wie ich. Schon gestern, bei der Rückkehr, fiel mir auf, wie ungemein bleich er war. Ich fragte ihn:

»Was haben Sie denn, Jean?«

»Ich finde keine Ruhe mehr, Monsieur. Meine Nächte fressen die Tage auf. Seit Ihrer Abreise plagt mich das wie ein Fluch.«

Meinen anderen Bediensteten geht es indessen gut. Ich freilich habe vor einem Rückfall schreckliche Angst.

4. *Juli* – Kein Zweifel, ich bin wieder krank. Die alten Albträume befallen mich wieder. Heute Nacht spürte ich, wie jemand auf mir hockte und, seinen Mund auf den meinen gepresst, mir das Leben aus dem Leib saugte. Ja, er sog es aus meiner Brust wie ein Blutegel. Endlich gesättigt, erhob er sich, und ich erwachte so gerädert, so erschöpft und zerbrochen, dass ich mich nicht mehr zu regen vermochte. Wenn das noch ein paar Tage so weitergeht, reise ich jedenfalls wieder ab.

5. Juli – Habe ich den Verstand verloren? Was heute Nacht geschah, was ich da sah, war derart seltsam, dass mich schwindelt, wenn ich nur daran denke!

Ich hatte die Tür zugesperrt, wie ich es jetzt jeden Abend tue. Um meinen Durst zu stillen, trank ich ein halbes Glas Wasser. Dabei fiel mir auf, dass meine Karaffe voll war bis zum kristallenen Stopfen.

Ich legte mich dann zu Bett und fiel in meinen schrecklichen Schlaf, aus dem mich etwa zwei Stunden später ein noch fürchterlicher Schock weckte.

Man stelle sich einen Schlafenden vor, auf den ein Anschlag verübt wird, der mit einem Messer in seiner Brust und blutüberströmt röchelnd aufwacht, keine Luft mehr bekommt, mit dem Tode ringt und von alledem nichts versteht – so war es.

Als ich endlich wieder zu mir kam, verspürte ich abermals Durst; ich zündete eine Kerze an und ging zu dem Tisch, auf dem die Karaffe stand. Ich neigte sie, um etwas daraus in mein Glas zu gießen; nichts kam heraus. – Sie war leer! Sie war völlig leer! Zunächst war ich einfach verdutzt; dann aber krampfte sich in mir plötzlich das Herz so zusammen, dass ich mich setzen musste, oder viel mehr auf einen Stuhl fiel! Dann sprang ich auf, schaute mich um! Dann setzte ich mich wieder, fast besinnungslos vor ungläubigem Schrecken, vor die leere Karaffe! Ich starrte sie an und versuchte, einen klaren Gedanken zu fassen. Meine Hände zitterten! Hatte jemand das Wasser getrunken? Und wer? Ich etwa? Ja, bestimmt hatte ich das getan? Sonst konnte es doch niemand gewesen sein! Ein Schlafwandler war ich also! Ohne es zu ahnen, lebte ich demnach diese geheimnisvolle, doppelte Existenz, die uns vor die Frage stellt, ob in uns zwei verschiedene Seelen wohnen, oder ob ein fremdes, unergründliches, unsichtbares Wesen in Augenblicken, da unsere Seele ermattet, von unserem Körper Besitz ergreift und der Körper diesem anderen Wesen gehorcht wie uns selbst – mehr als uns selbst.

Oh! Wer könnte meine schreckliche Angst ermessen? Wer könnte die Gefühle eines geistig gesunden, vernünftigen, hellwachen Menschen verstehen, der entsetzt in einer Karaffe nach Wasser sucht, das während seines Schlafes verschwand! Bis zum Anbruch des Tages blieb ich sitzen; wieder zu Bett zu gehen, wagte ich nicht.

6. Juli – Ich werde verrückt. Letzte Nacht hat wieder jemand das Wasser in der Karaffe getrunken … oder viel mehr: Ich habe es getrunken!

Aber war ich es denn? War ich es wirklich? Wer hätte es sonst sein sollen? Wer? Oh, mein Gott! Werde ich wahnsinnig? Wer kann mich retten?

10. Juli – Ich habe einen Versuch gemacht. Das Ergebnis war überraschend. Kein Zweifel, ich bin verrückt! Und dennoch …

Am 6. Juli stellte ich vor dem Zubettgehen Wein, Milch, Wasser, Brot und Erdbeeren auf den Tisch.

Jemand hat – viel mehr ich habe alles Wasser und etwas von der Milch getrunken. Wein und Erdbeeren blieben unberührt.

Am 7. Juli wiederholte ich den Versuch – mit dem gleichen Ergebnis.

Am 8. Juli ließ ich Wasser und Milch weg. Alles blieb unberührt.

Am 9. Juli schließlich stellte ich nur Wasser und Milch auf den Tisch, wobei ich die Karaffen in weiße Musselin-Tücher hüllte und ihre Stopfen mit Bindfaden festschnürte.

Dann schwärzte ich mir Lippen, Bart und Hände mit Graphit und legte mich schlafen.

Unwiderstehlicher Schlaf übermannte mich, doch das schreckliche Erwachen folgte alsbald. Ich hatte mich nicht bewegt; das Bettzeug war ohne Flecken geblieben. Ich stürzte zum Tisch. Die Tücher, welche die Flaschen umhüllten, wiesen keinerlei Spuren auf. Keuchend vor Angst band ich die Stopfen los. Das ganze Wasser war ausgetrunken! Sämtliche Milch war ausgetrunken! Oh, mein Gott ...!

Ich reise jetzt sofort nach Paris ab.

12. *Juli* – Paris. In den letzten Tagen hatte ich also wirklich den Kopf verloren! Fraglos war ich der Spielball meiner übersteigerten Fantasie, es sei denn, ich wäre wirklich Schlafwandler, oder ich wäre unter den Einfluss jener verbürgten, aber bisher unerklärlichen Kraft geraten, die man Suggestion nennt. Jedenfalls grenzte meine Verwirrung an Wahn, und trotzdem genügten vierundzwanzig Stunden in Paris, um alles wieder zurechtzurücken.

Nach Besorgungen und Besuchen, die meiner Seele gleichsam frische, belebende Luft zuführten, beendete ich den Abend im Théâtre-Français. Man gab ein Stück von Alexandre Dumas dem Jüngeren, und dessen reger, kraftvoller Geist machte mich wieder vollends gesund. Sicherlich ist Einsamkeit gefährlich für grüblerische Gemüter. Wir brauchen Menschen um uns, die denken und reden. Sind wir lange allein, bevölkern wir die Leere, die entsteht, mit Phantomen.

Heiterer Stimmung ging ich über die Boulevards ins Hotel zurück. Mitten im Menschengewühl dachte ich, nicht ohne Ironie, an die Schrecken und Hirngespinste der vergangenen Woche, denn da glaubte ich – ja, ich glaubte es allen Ernstes –, dass ein unsichtbares Wesen unter meinem Dach mit mir wohne. Wie schwach unser Geist doch ist, und wie rasch er sich verstört und verwirrt, wenn sich nur ein kleines, uns unverständliches Geschehnis ereignet!

Statt zu dem einfachen Schluss zu kommen: »Ich verstehe nicht, weil ich die Gründe nicht kenne«, fantasieren wir sogleich von schrecklichen Geheimnissen und übernatürlichen Kräften.

14. Juli – Nationalfeiertag. Ich schlenderte durch die Straßen. An den Knallfröschen und bunten Fahnen empfand ich kindliche Freude. Im Grunde ist es freilich sehr dumm, sich zu einem festgelegten Datum auf Grund eines Regierungserlasses zu freuen. Das Volk ist eine Herde ohne Verstand, bald schafsgeduldig, bald voll wilden Aufruhrs. Man sagt ihm: »Amüsiere dich.« Es amüsiert sich. Man sagt ihm: »Schlag dich mit deinem Nachbarn.« Es schlägt sich. Man sagt ihm: »Stimm für den Kaiser.« Es stimmt für den Kaiser. Dann sagt man ihm: »Stimm für die Republik.« Und es stimmt für die Republik.

Seine Führer sind nicht weniger töricht; aber sie gehorchen nicht Menschen, sondern Prinzipien, die nur albern, steril und falsch sein können aus dem einfachen Grund, dass sie eben Prinzipien sind, das heißt, Ideen, die man für sicher und unveränderbar hält, und das in einer Welt, in der es keine Sicherheit gibt, denn schon Licht und Geräusch sind nur Illusionen.

16. Juli – Gestern habe ich Dinge erlebt, die mich sehr beschäftigen.

Ich dinierte bei meiner Cousine, Madame Sablé, deren Gatte das 76. Jägerregiment in Limoges kommandiert. Es waren noch zwei junge Frauen da, von denen die eine mit dem Arzt Dr. Parent verheiratet ist. Parent beschäftigt sich viel mit Nervenkrankheiten und den ungewöhnlichen Phänomenen, die man zurzeit bei Experimenten mit Hypnose und Suggestion beobachtet.

Er berichtete von den erstaunlichen Ergebnissen, zu denen englische Gelehrte und Mediziner der Schule von Nancy gelangt sind.

Was er erzählte, schien mir derart bizarr, dass ich erklärte, es nicht glauben zu können.

»Wir sind im Begriff«, behauptete er, »eines der bedeutsamsten Geheimnisse der Natur zu ergründen; besser gesagt, eines der wichtigsten Rätsel dieser Erde, denn sicher gibt es noch bedeutende, wichtige auf den Gestirnen. Seit der Mensch denkt, seit er seine Ideen in Wort und Schrift ausdrücken kann, spürt er die Gegenwart eines für seine groben, unvollkommenen Sinne undurchdringlichen Geheimnisses und versucht, mit seinen geistigen Kräften, das Unvermögen seiner Sinnesorgane wettzumachen. Als die Intelligenz des Menschen noch in den Anfängen steckte, nahm seine Auffassung unsichtbarer Phänomene die Form banaler Schreckensvorstellungen an. Daraus entstanden der Volksglaube an das Übernatürliche, die Legenden von Spuk, Feen, Gnomen, Geistern Verstorbener, ja sogar die Legende von Gott, denn unsere Ideen von einem Schöpfer, aus welcher Religion sie auch stammen, sind wohl das Absurdeste, Dümmste und Unglaubhafteste, was die Gehirne der angsterfüllten Geschöpfe hervorgebracht haben. Was Voltaire gesagt hat, ist nur zu wahr: »Gott schuf den Menschen nach seinem Ebenbild, aber der Mensch hat es ihm kräftig heimgezahlt.«

»Seit etwas mehr als einem Jahrhundert jedoch, so scheint mir, kündigt sich etwas Neues an. Mesmer und andere haben uns auf einen unvermuteten Weg geführt, und vor allem in den letzten vier oder fünf Jahren haben wir wirklich überraschende Ergebnisse zu verzeichnen.«

Meine ebenfalls recht skeptische Cousine lächelte. Da sagte Dr. Parent zu ihr: »Soll ich einmal versuchen, Sie in Schlaf zu versetzen, Madame?«

»Ja, bitte, gern.«

Sie nahm auf einem Sessel Platz, und er begann, sie mit hypnotischem Blick zu fixieren. Ich fühlte mich plötzlich ein wenig beklommen; mein Herz pochte, und meine Kehle schnürte sich zu. Ich sah, wie Madame Sablés Lider schwer wurden; sie kniff den Mund zusammen, und ihr Atem ging heftiger.

Nach zehn Minuten schlief sie.

»Stellen Sie sich hinter sie«, sagte der Arzt.

Ich tat es. Er legte ihr eine Visitenkarte in die Hände und sagte: »Das ist ein Spiegel; was sehen Sie darin?«

Sie antwortete:

»Ich sehe meinen Cousin.«

»Was tut er?«

»Er zwirbelt seinen Schnurrbart.«

»Und jetzt?«

»Er holt eine Fotografie aus der Tasche.«

»Wessen Fotografie ist das?«

»Die seine.«

Es stimmte! Und diese Fotografie war mir erst Stunden zuvor in mein Hotel geschickt worden.

»Wie ist er auf dem Porträt abgebildet?«

»Stehend. Mit dem Hut in der Hand.«

Auf dieser Karte, auf diesem weißen Stückchen Karton, sah sie also ein Bild wie in einem Spiegel.

Die jungen Damen stöhnten erschreckt: »Genug! Aufhören! Hören Sie auf!«

Aber der Doktor gebot: »Sie stehen morgen um acht Uhr

auf; dann besuchen Sie Ihren Cousin in seinem Hotel und bitten ihn um ein Darlehen von fünftausend Francs, die Ihr Gatte benötigte. Ihrem Cousin sagen Sie, er werde das Geld zurückerhalten, wenn er das nächste Mal in Paris ist.«

Dann weckte er sie aus ihrem Schlaf.

Auf dem Rückweg in mein Hotel ließ ich mir diese merkwürdige Séance durch den Kopf gehen, und Zweifel bedrängten mich – nicht über die außerhalb jedes Verdachts stehende Glaubwürdigkeit meiner Cousine, die ich seit ihrer Kindheit wie eine Schwester kannte, sondern wegen einer möglichen Schwindelei dieses Arztes. Hatte er vielleicht in seiner Hand einen Spiegel verborgen, den er der jungen hypnotisierten Frau von uns unbemerkt vorhielt? Berufszauberkünstler bringen noch weit schwierigere Dinge zu Wege.

Ich kehrte also in mein Hotel zurück und legte mich schlafen.

Heute Morgen jedoch wurde ich gegen halb neun von meinem Kammerdiener geweckt, der mir meldete:

»Mme. Sablé möchte Monsieur sprechen. Es sei dringend.«

Hastig zog ich mich an und ließ sie hereinbitten.

Offenbar sehr verstört und mit niedergeschlagenen Augen nahm sie Platz und sagte, ohne ihren Schleier hochzuschlagen:

»Mein lieber Cousin, ich muss Sie um einen Gefallen bitten.«

»Worum geht es, liebe Cousine?«

»Das Ganze ist mir sehr peinlich, aber ich sehe keinen anderen Weg. Ich brauche fünftausend Francs – unbedingt.«

»Wie denn? Sie brauchen …?«

»Ja, ich … oder vielmehr mein Mann. Er hat mich gebeten, sie irgendwo aufzutreiben.«

Ich war derart verblüfft, dass ich nur stammelnd antworten konnte. Ich fragte mich, ob sie und Dr. Parent sich nicht doch über mich lustig gemacht hatten? Handelte es sich vielleicht um eine abgekartete, geschickt in Szene gesetzte Posse?

Aber als ich meine Cousine aufmerksam ansah, zerstreuten sich meine Zweifel. Sie zitterte regelrecht, so schmerzhaft war ihr ihre Mission, und ich bemerkte, dass sie unhörbar schluchzte.

Wie ich wusste, war sie sehr reich, und ich sagte:

»Wie! Ihr Gatte hat keine fünftausend Francs flüssig? Überlegen Sie doch. Sind Sie sicher, dass er Ihnen aufgetragen hat, die fünftausend Francs von mir zu erbitten?«

Sie zögerte ein paar Sekunden, als durchforschte sie angestrengt ihre Erinnerung, ehe sie antwortete:

»Ja … Ja … ich bin ganz sicher.«

»Hat er es Ihnen geschrieben?«

Wieder zögerte sie, überlegte. Ich spürte förmlich, wie sie ihr Hirn zermarterte. Sie wusste es nicht. Sie wusste nur eines: Sie sollte für ihren Mann fünftausend Francs borgen. Sie nahm es also auf sich, zu lügen.

»Ja, er hat mir geschrieben.«

»Wann denn? Gestern Abend erwähnten Sie nichts davon.«

»Ich erhielt seinen Brief heute Morgen.«

»Wollen Sie ihn mir zeigen?«

»Nein … nein … nein … Er enthielt persönliche Dinge … zu persönliche … ich habe … ich habe ihn verbrannt.«

»Das heißt also, Ihr Gatte macht Schulden.«

Wieder zögerte sie, ehe sie murmelte:

»Ich weiß nicht.«

Ich sagte beinahe brüsk:

»Im Augenblick verfüge ich nicht über fünftausend Francs, liebe Cousine.«

Ein gequältes Stöhnen entrang sich ihrer Brust.

»Oh, bitte, ich bitte Sie, verschaffen Sie sich das Geld ... «

Erregt faltete sie die Hände wie zu einem flehenden Gebet! Ihre Stimme klang mit einem Mal völlig verändert; gehorsam dem unerbittlichen Befehl, der ihr erteilt worden war, stammelte sie gequält und mit Tränen:

»Oh! Oh! Ich flehe Sie an ... wenn Sie wüssten, wie sehr ich leide ... Ich brauche das Geld noch heute.«

Ich hatte Mitleid mit ihr.

»Sie werden es bald bekommen. Ich verspreche es Ihnen.«

»Oh, danke!«, rief sie. »Danke! Wie gütig Sie sind!«

Ich fragte sie: »Erinnern Sie sich an das, was gestern Abend bei Ihnen geschah?«

»Ja.«

»Wissen Sie noch, dass Dr. Parent sie hypnotisiert hat?«

»Ja.«

»Nun, er hat Ihnen befohlen, sich heute Morgen fünftausend Francs von mir zu borgen, und in diesem Augenblick gehorchen Sie seinem Befehl.«

Sie überlegte ein paar Sekunden und antwortete dann:

»Aber mein Mann braucht das Geld.«

Wohl eine Stunde lang versuchte ich, sie zu überzeugen, aber ohne Erfolg.

Als sie gegangen war, eilte ich zu Dr. Parent. Er war gerade im Begriff gewesen, das Haus zu verlassen. Als er mich lächelnd angehört hatte, fragte er:

»Nun, sind Sie jetzt bekehrt?«

»Ja, zwangsläufig.«

»Dann gehen wir zu Ihrer Cousine.«

Von Müdigkeit übermannt, hatte sie sich auf einem Liegestuhl niedergelassen: Der Arzt fühlte ihren Puls und fixierte sie dann eine Weile, eine Hand vor ihre Augen gehoben, die sich unter der Einwirkung seiner unwiderstehlichen magnetischen Kraft langsam schlossen.

Als sie in Schlaf gesunken war, sagte Dr. Parent:

»Ihr Gatte braucht die fünftausend Francs nicht mehr. Sie werden also vergessen, dass Sie das Geld von Ihrem Cousin borgen wollten, und wenn er von diesem Vorgang spricht, verstehen Sie nicht, was er meint.«

Dann ließ er sie wieder aufwachen. Ich zog meine Brieftasche.

»Hier, liebe Cousine, haben Sie, worum Sie mich heute baten.«

Sie war derart verdutzt, dass ich nicht wagte, weiter in sie zu dringen. Ich versuchte zwar, ihr das Geschehens wieder ins Gedächtnis zu rufen, aber sie stellte entschieden alles in Abrede, glaubte, ich machte mich über sie lustig und wurde schließlich fast ungehalten.

… … … … … … … … … … ….

Ich bin wieder im Hotel, konnte aber nicht einmal frühstücken, so sehr hat mich dieses Experiment mitgenommen.

19. Juli – Viele Leute, denen ich dieses Erlebnis erzählte, reagierten mit Spott. Ich weiß nicht mehr, was ich denken soll. Der Weise sagt: Vielleicht?

21. Juli – Ich speiste in Bougival zu Abend und besuchte dann den Ruderer-Ball. Wirklich, es kommt immer auf den Ort und die Umstände an. Auf der Grenouillère-Insel an das Übernatürliche zu glauben, das wäre der Gipfel der Torheit … Aber auf dem Mont Saint-Michel … oder in Indien? Wie sehr wir unter dem Einfluss unserer Umgebung stehen, ist einfach erschreckend. Nächste Woche reise ich wieder heim.

30. Juli – Seit gestern bin ich wieder zu Hause. Alles in Ordnung.

2. August – Nichts Neues; das Wetter ist wunderschön. Ich verbringe meine Tage damit, die Seine zu betrachten.

4. August – Streit unter den Dienstboten. Sie behaupten, in der Nacht würden in den Schränken Gläser zerschlagen. Der Kammerdiener beschuldigt die Köchin; die legt es der Waschfrau zur Last, die wiederum die beiden anderen bezichtigt. Wer war es nun wirklich? Wie soll ich das wissen?

6. August – Dieses Mal bin ich nicht von Sinnen. Ich hab's gesehen … ich hab's gesehen … mit eigenen Augen gesehen! … Es gibt keinen Zweifel mehr … ich hab's gesehen … Immer noch ist mir eiskalt bis in die Fingerspitzen … immer noch steckt mir der Schreck in den Knochen … Ich hab's gesehen! …

Um zwei Uhr ging ich bei hellem Sonnenschein zwischen meinen Rosenbeeten spazieren, bei den Herbstrosen, die jetzt zu blühen beginnen.

Als ich stehen blieb, um einen Stock *Géant des Batailles* zu beobachten, der drei prächtige Blüten trug, sah ich deutlich und ganz nahe vor mir den Stängel einer dieser Rosen

sich biegen, als hätte ihn eine unsichtbare Hand abge-
knickt, und dann brach er ab, wie wenn diese Hand die Blume gepflückt hätte! Dann stieg die Blume in die Höhe und
beschrieb dabei einen Bogen, als führe eine Hand sie an
einen Mund, und schwebte dann unbeweglich als schrecklicher roter Fleck drei Schritte vor mir in der klaren Luft.

Wie von Sinnen sprang ich hinzu, um die Blume zu fassen! Da war sie verschwunden. Nun packte mich wilder
Zorn auf mich selbst, denn ein vernünftiger, ernsthafter
Mensch darf einfach keine solchen Wahnvorstellungen haben.

Aber war es wirklich eine Halluzination? Ich drehte mich
um und suchte den Stängel, und sogleich entdeckte ich ihn,
frisch gebrochen, am Zweig zwischen den beiden anderen
verbliebenen Rosen.

Aufgewühlt ging ich ins Haus zurück. Jetzt weiß ich: So
sicher, wie dem Tage die Nacht folgt, so sicher gibt es in meiner Nähe ein unsichtbares Wesen, das sich von Milch und
Wasser ernährt. Dieses Wesen kann Dinge berühren und sie
bewegen und ist demzufolge materieller Natur, wenn auch
für unsere Sinne nicht wahrnehmbar, und es wohnt wie ich
unter diesem Dach ...

7. *August* – Ruhig geschlafen. Es hat das Wasser in der Karaffe getrunken, meinen Schlaf aber nicht gestört.

Ich frage mich, ob ich wahnsinnig bin. Bei Sonnenschein
machte ich eben einen Spaziergang am Fluss, und dabei
überkamen mich Zweifel an meiner Vernunft – keine vagen
Zweifel wie bisher, sondern klare und deutliche. Ich habe
schon Irre gekannt; es waren Menschen darunter, die in jeder Hinsicht intelligent und einsichtig waren – bis auf einen
bestimmten Punkt. Sie sprachen von allem mit Klarheit,
Verständnis und Tiefe. Plötzlich jedoch stießen ihre Gedan-

ken an die Klippen ihres Wahns, zerbrachen daran und versanken in jenem schrecklichen wilden Meer voll schäumender Wogen, Stürme und Nebel, den man ›Irresein‹ nennt.

Gewiss, ich würde mich für verrückt, völlig verrückt halten, wäre mir mein Zustand nicht gänzlich bewusst, und wenn ich ihn nicht mit völliger Gedankenklarheit zu ergründen versuchte. Alles in allem wäre ich also ein Irrer, der noch vernünftig zu denken vermag. Irgendeine unerklärte Störung hätte sich in meinem Gehirn ereignet, eine jener Störungen, die die heutige Psychiatrie aufs genaueste zu registrieren bemüht ist; und diese Störung hätte eine tiefe Spaltung in meinem Geist, in der Ordnung und Logik meiner Ideen verursacht. Ähnliche Erscheinungen gibt es im Traum, der uns die unwahrscheinlichsten Wahnvorstellungen vorgaukelt, ohne dass uns das wunderte, weil der Kontrollmechanismus schläft, während unsere Fantasie wach ist und arbeitet. Könnte es sein, dass eine der unsichtbaren Tasten der Klaviatur meines Gehirns klemmte? Menschen, die Unfälle erlitten haben, verlieren das Gedächtnis für Eigennamen oder Tätigkeitswörter oder Zahlen, oder auch nur für Daten. Dass jeweils besondere Teile unseres Gehirns für unsere verschiedenen geistigen Fähigkeiten verantwortlich sind, ist heutzutage bewiesen. Daran, dass meine Fähigkeit, die Irrealität bestimmter Halluzinationen klar zu erfassen, im Augenblick nicht funktioniert, ist also wenig Erstaunliches.

Über all das dachte ich nach, während ich am Ufer entlangging. Die Sonne breitete ihren Schein über den Fluss, machte eine Köstlichkeit aus der Erde, erfüllte mich mit Liebe – Liebe zum Leben, zu den Schwalben, deren Behändigkeit immer meine Augen erfreute, zu den Gräsern am Ufer, deren Rauschen meine Ohren beglückte.

Nach und nach jedoch erfasste mich ein schwer erklärliches Unbehagen. Eine Gewalt, so schien es mir, eine mysteriöse Kraft packte mich, hielt mich fest, hinderte mich am Weitergehen, holte mich wieder zurück. Ich empfand das schmerzliche Bedürfnis, nach Hause zu gehen, das einen bedrückt, wenn man dort einen geliebten Kranken zurückließ und man eine Verschlimmerung seines Zustandes fürchtet.

Widerwillig kehrte ich also um; ich war sicher, zu Hause eine schlimme Nachricht – einen Brief oder eine Depesche – vorzufinden. Das war jedoch nicht der Fall; meine Überraschung und Unruhe war nun freilich noch größer, als wenn ich von neuem irgendeine fantastische Vision gehabt hätte.

8. August – Der gestrige Abend war fürchterlich. Es manifestiert sich nicht mehr, und dennoch spüre ich seine Nähe; es sieht mich an, belauert mich, dringt in mich ein, beherrscht mich und ist, auf diese Weise verborgen, noch furchtbarer, als wenn es seine ständige, unsichtbare Gegenwart mittels übernatürlicher Phänomene zum Ausdruck brächte.

Dennoch konnte ich schlafen.

9. August – Nichts. Trotzdem, ich habe Angst.

10. August – Nichts. Was wird aber morgen sein?

11. August – Immer noch nichts. So, wie mir diese angstvollen Gedanken die Seele zernagen, kann ich nicht länger hier bleiben. Ich reise ab.

12. August, 10 Uhr abends – den ganzen Tag wollte ich weg von hier, aber ich konnte nicht. Ich hatte den Vorsatz zu diesem so leichten, so einfachen Akt freien Willens – hinauszugehen, in meinen Wagen zu steigen und nach Rouen zu fahren. Ich konnte es nicht. Warum nicht?

13. August – Wenn man an bestimmten Krankheiten leidet, scheinen alle Antriebskräfte des Körpers erschöpft, alle Energien verbraucht, alle Muskeln erschlafft, alle Knochen weich wie Fleisch und das Fleisch flüssig wie Wasser. In meiner Gemütsverfassung beweist sich das auf seltsame und bedrückende Weise. Ich habe keinerlei Kraft, keinen Mut, keine Herrschaft mehr über mich selbst, nicht einmal mehr die Fähigkeit, meinen Willen zu mobilisieren. Ich kann nicht mehr wollen. Jemand oder etwas will für mich, und ich gehorche.

14. August – Ich bin verloren! Irgendjemand hat Besitz von meiner Seele ergriffen und herrscht über sie! Jemand schreibt mir jede Handlung, jede Bewegung, jeden Gedanken vor. Ich bin aus mir selbst vertrieben, bin nur noch ein verstörter Sklave, der dem, was ich tue, zuschaut. Ich möchte das Haus verlassen. Ich kann nicht. Er will es nicht, und so bleibe ich angstvoll zitternd auf dem Sessel sitzen, auf dem er mich festhält. Ich möchte nur eines: Aufstehen, mich erheben, damit ich glauben kann, mein eigener Herr zu sein. Ich kann es nicht! Ich bin an meinen Sessel gefesselt, und der haftet so unverrückbar am Boden, dass keine Kraft der Welt uns von der Stelle bewegen könnte.

Dann, ganz plötzlich, muss ich, muss ich um jeden Preis in den Garten und Erdbeeren pflücken und essen. Und ich tu's. Ich pflücke Erdbeeren und esse sie! Oh, mein Gott! Mein Gott! Mein Gott! Gibt es denn einen Gott? Wenn es dich gibt, so befreie mich. Hilf mir! Rette mich! Vergebung! Erbarmen! Gnade! Rette mich! Oh, welches Grauen! Welches Leid! Welche Pein!

15. August – Kein Zweifel, so war meine arme Cousine besessen, als sie von mir die fünftausend Francs borgen wollte. Sie befand sich in der Macht eines fremden Willens, der in sie gedrungen war wie eine zweite Seele, schmarotzerhaft und beherrschend. Ist das das Ende der Welt?

Aber wer ist er denn, der mich beherrscht, dieser Unsichtbare, dieser Unergründliche, dieses Gespenst aus anderen Sphären?

Sie existieren also, die Unsichtbaren! Warum aber haben sie sich dann seit der Erschaffung der Welt noch nie so deutlich gezeigt wie jetzt bei mir? Noch nie habe ich etwas gelesen wie das, was mir in meinem Hause passiert ist. Oh, könnte ich es verlassen, könnte ich fort gehen, fliehen und nicht mehr zurückkehren! Ich wäre gerettet! Aber ich kann es nicht.

16. August – Für zwei Stunden bin ich heute entkommen wie ein Gefangener, der die Tür seines Kerkers zufällig offen findet. Sofort spürte ich, dass er nicht nahe war, und fühlte mich frei. Ich ließ schnell anspannen und fuhr nach Rouen. Welche Freude, einem Menschen, der gehorcht, sagen zu können: »Nach Rouen!«

Vor der Bibliothek ließ ich mich absetzen und entlieh die große Abhandlung des Doktors Hermann Herestauss über die unbekannten Bewohner der antiken und modernen Welt.

Dann, als ich wieder in mein Coupé stieg, wollte ich sagen: »Zum Bahnhof!«, aber ich schrie – ich sagte es nicht, ich schrie es, und zwar so laut, dass die Passanten sich umdrehten: »Nach Hause!« Dann ließ ich mich, vor Angst halb verrückt, in die Polster des Wagens fallen. Er hatte mich gefunden und aufs Neue von mir Besitz ergriffen.

17. August – Was für eine Nacht! Was für eine Nacht! Trotz allem scheint mir, dass ich zufrieden sein müsste. Ich habe bis um ein Uhr morgens gelesen! Hermann Herrestauss, Doktor der Philosophie und Theogonie, hat Geschichte und Erscheinungsformen aller unsichtbaren Wesen beschrieben, die um den Menschen sind oder seine Träume bevölkern. Er behandelt ihre Herkunft, ihren Herrschaftsbereich, ihre Macht. Aber keines der dort beschriebenen Wesen ähnelt dem, das mich heimsucht. Man möchte meinen, dass der Mensch, seit er denkt, ein neues Wesen ahnt und fürchtet – ein Wesen, das, stärker als er, auf dieser Welt seine Nachfolge antreten wird. Und man könnte glauben, dass er, als er die Nähe des neuen Herrn spürte, ohne seine Natur erahnen zu können, in seinem Schrecken das ganze fantastische Volk der okkulten Wesen erschuf, deren nebelhafte Phantome nichts anderes sind als Ausgeburten der Angst.

Nachdem ich also bis um ein Uhr morgens gelesen hatte, setzte ich mich an das offene Fenster, um mich und meine Gedanken an dem leichten Wind zu erfrischen, der aus dem Dunkel hereinwehte.

Die Nacht war so lau und schön! Welch wunderbares Erlebnis wäre eine Nacht wie diese früher gewesen!

Es schien kein Mond. Die Sterne funkelten und zitterten in der Tiefe des schwarzen Himmels. Wer bewohnt diese Welten? Welche Gestalten, welche Lebewesen, welche Tiere, welche Pflanzen gibt es dort oben? Die denkenden Wesen jener entfernten Welten, wissen sie mehr als wir? Vermögen sie mehr als wir? Sehen sie Dinge, die wir nicht kennen? Wird nicht irgendwann einer von ihnen den Weltraum durchqueren, den Fuß auf unsere Erde setzen und sie erobern, wie die Normannen einst das Meer überquerten, um schwächere Völker zu unterjochen?

Wie schwach, wie machtlos, wie unwissend, wie klein sind wir Menschen auf diesem Staubkorn, das in einem Wassertropfen taumelnd herumtreibt.

Über diesen Gedanken fiel ich im kühlen Nachtwind in Schlaf.

Als ich etwa vierzig Minuten geschlafen hatte, öffnete ich, ohne mich zu bewegen, die Augen, geweckt von irgendeiner undeutlichen, seltsamen Regung meines Gefühls. Zunächst sah ich nichts; dann plötzlich schien mir, als hätte sich eine Seite des Buches, das aufgeschlagen auf meinem Tisch lag, von selbst umgeblättert. Durch das offene Fenster war kein Lufthauch geweht. Überrascht wartete ich. Etwa vierzig Minuten später sah ich – ja, ich sah es mit eigenen Augen –, wie die nächste Seite sich hob und auf die vorherige legte, als hätte ein Finger sie umgeblättert. Mein Sessel war leer, schien jedenfalls leer. Doch ich war mir bewusst, dass er da war. Ja, da saß er auf meinem Platz und las! Mit einem wilden Satz, wie ein wütendes Tier ihn macht, das sich auf seinen Dompteur stürzt, um ihn zu zerfleischen, durchquerte ich das Zimmer, wollte ihn packen, umschlingen, ihn töten ...! Aber mein Sessel fiel um, noch ehe ich dort war, als flüchtete jemand vor mir ... Mein Tisch schwankte, die Lampe fiel um und erlosch, und das Fenster klappte zu, als hätte ein überraschter Übeltäter sich hinaus in die Nacht geschwungen und die beiden Fensterflügel hinter sich zusammengeschlagen.

Also, er war geflohen! Er hatte Angst gehabt, Angst vor mir – er!

Das heißt aber ... morgen ... oder später ... irgendwann kann ich ihn also packen mit meinen Fäusten und ihn am Boden zermalmen! Beißt nicht manchmal der Hund seinen Herrn und erwürgt ihn?

18. August – Den ganzen Tag habe ich nachgedacht. Ich muss ihm gehorchen, seinen Anordnungen folgen, seinen Willen erfüllen, muss unterwürfig sein, demütig, feige. Er ist der Stärkere. Aber die Stunde wird kommen …

19. August – Ich weiß … ich weiß … ich weiß alles! In der *Welt der Wissenschaft* las ich Folgendes: »Aus Rio de Janeiro erreichte uns eine recht merkwürdige Nachricht. Ein Wahn, eine Epidemie des Wahns, vergleichbar der ansteckenden Tollheit, die im Mittelalter die Völker Europas befiel, wütet zurzeit in der Provinz Sao Paulo. Die Opfer fliehen aus ihren Häusern, verlassen Dörfer und Felder. Sie glauben sich verfolgt, besessen, wie Vieh in Menschengestalt getrieben von unsichtbaren, doch spürbaren Wesen, einer Art Vampire, die ihnen im Schlaf die Lebenskraft aussaugen. Ansonsten sollen sie Wasser und Milch trinken, andere Lebensmittel jedoch nicht anrühren.

Professor Don Petro Henriquenz ist in Begleitung mehrerer hervorragender Ärzte in die Provinz Sao Paulo abgereist, um an Ort und Stelle die Ursachen und Erscheinungsformen dieses erstaunlichen Wahns zu studieren und dem Kaiser Maßnahmen vorzuschlagen, die geeignet erscheinen, die Opfer dieser Epidemie wieder zur Vernunft zu bringen.

Ah! Ich erinnere mich … ich erinnere mich an den schönen brasilianischen Dreimaster, der am 8. Mai unter meinem Fenster die Seine hinauffuhr! Ich fand ihn so schmuck, so schön weiß, so heiter! Das Wesen war auf diesem Schiff! Es kam von dort, dem Ursprungsland seiner Art! Und es hat mich gesehen! Auch mein weiß getünchtes Haus hat es gesehen und sprang vom Schiff an das Ufer. Oh, mein Gott!

Jetzt ahne ich es, jetzt weiß ich's. Mit der Herrschaft des Menschen ist es vorbei.

Er ist gekommen, Er, den frühe naive Völker zu Tode

fürchteten, den angstvolle Priester als Teufel austrieben, Er, den Magier in düsteren Nächten beschworen, ohne dass Er ihnen erschienen wäre, Er, den die zeitweiligen Herren der Welt unter der monströsen oder anmutigen Gestalt von Gnomen, Gespenstern, Geistern, Feen oder Kobolden umgehen sahen. Nach den primitiven Angstvorstellungen früher Völker machten sich scharfsichtigere Menschen ein genaues Bild von ihm. Mesmer hat ihn vorausgeahnt, und die Ärzte haben bereits seit zehn Jahren eine genaue Vorstellung von der Art seiner Macht, ohne dass er diese Macht schon gebraucht hätte. Sie haben gespielt mit dieser Waffe des neuen Herrn, mit der Herrschaft eines geheimnisvollen Willens über die zur Sklavin gewordenen Seele des Menschen. Sie nannten die Erscheinung, Magnetismus, Hypnose, Suggestion und was sonst noch. Wie leichtsinnige Kinder spielten sie mit dieser schrecklichen Macht! Weh uns! Wehe den Menschen! Er ist gekommen, der … der … wie nennt er sich … der … Mir ist, als schrie er mir seinen Namen zu und ich verstehe ihn nicht … der … ja … er ruft ihn … ich horche … ich kann nicht … noch einmal … der … Horla! … Jetzt hab ich's verstanden … Er ist es … der Horla … Er ist gekommen …

Ah! Der Geier hat die Taube gefressen, der Wolf das Schaf; der Löwe hat den spitzhornigen Büffel verschlungen; der Mensch hat den Löwen getötet mit Pfeil, Schwert und Pulver; aber der Horla wird dem Menschen das antun, was wir dem Pferd und dem Rind angetan haben: Allein durch die Kraft seines Willens wird er über uns verfügen, zu seinem Sklaven, zu seiner Nahrung machen. Wehe uns!

Dennoch, manchmal lehnt sich das Tier gegen seinen Beherrscher auf, tötet ihn … Ich will das auch … Ich kann es … aber ich muss ihn erst kennen, ihn berühren, ihn sehen! Das Auge der Tiere ist anders als unseres, sagen die

Wissenschaftler; es liefert andere Bilder ... Auch ich kann mir kein richtiges Bild von dem machen, der mich seit einiger Zeit unterjocht.

Warum? Oh! Die Worte des Mönchs vom Mont Saint-Michel fallen mir wieder ein: »Sehen wir denn auch nur den hunderttausendsten Teil dessen, was existiert? Nehmen Sie nur den Wind, die stärkste Naturkraft. Er wirft Menschen zu Boden, bringt Gebäude zum Einsturz, entwurzelt Bäume, türmt das Meer zu Wassergebirgen, nagt Felsküsten ab und schmettert die größten Schiffe auf Klippen, der Wind, der tötet, der pfeift, der seufzt und brüllt. Aber haben Sie ihn jemals gesehen ...? Kann man ihn sehen? Dennoch, es gibt ihn!«

Und weiter dachte ich: Mein Auge ist so unvollkommen, so schwach, nicht einmal feste Körper erkennt es, wenn sie durchsichtig sind wie Glas! ... Versperrt mir Spiegelglas ohne Belag den Weg, dann laufe ich dagegen gleich einem Vogel, der in mein Zimmer geraten ist und sich den Kopf an den Fenstern einschlägt. Außerdem: Tausend Dinge täuschen das Auge, lenken es ab. Kein Wunder also, wenn es einen noch unbekannten, lichtdurchlässigen Körper nicht gleich erkennt!

Ein unbekanntes Wesen! Warum denn nicht? Es musste ja kommen! Warum sollten wir die Letzten der Reihe sein? Wir erkennen es nicht, ebenso wenig wie alle anderen vor uns? Der Grund ist eben, dass es vollkommener ist als wir, dass sein Körper entwickelter ist als der unsere. Wie schwach ist doch unsere Physis, wie ungeschickt angelegt, voller ständig müder Organe, die stets überanstrengt sind wie zu komplizierte Mechanismen, unser Körper, der wie Pflanzen und Tiere kümmerlich von Luft, Gewächsen und Fleisch lebt, eine lebendige Maschine, Krankheit und Verkrüppelung ausgesetzt, zur Verwesung verurteilt, engbrüs-

tig, ungeregelt, naiv und bizarr, eine geniale Fehlkonstrukti-
on, ungeschlacht und empfindlich zugleich, Entwurf eines
Wesens, das intelligent und erhaben werden könnte.

Von der Auster bis herauf zum Menschen sind wir einige
wenige auf dieser Welt. Warum also nicht einer mehr, jetzt,
da die Zeit des aufeinander folgenden Auftretens der verschiedenen Arten vorüber ist?

Warum nicht einer mehr? Warum nicht auch andere Bäume mit riesigen, leuchtenden Blüten, die ganze Gegenden
erfüllen mit ihrem Duft? Warum keine anderen Elemente als
Feuer, Luft, Erde und Wasser? – Vier sind sie, nur vier, diese Nährväter des Lebens! Was für ein Jammer! Warum sind
es nicht vierzig, vierhundert, viertausend! Wie ärmlich doch
alles ist, wie dürftig und elend! Schäbig, schlecht ausgedacht, plump gemacht! Ah! Wenn ich an Elefant und Fluss-
pferd denke – welche Anmut! Und das Kamel – welche Eleganz!

Aber der Schmetterling, werden Sie sagen! Eine fliegende
Blume! Ich erträume einen, der groß ist wie hundert Welten
und Flügel hat, deren Form, Schönheit, Farbe und Bewegung ich mit Worten gar nicht ausdrücken kann. Aber ich
sehe ihn … flatternd von Stern zu Stern, erfrischt er jeden
von ihnen und spendet ihm Duft mit dem leichten, harmo-
nischen Hauch seines Fluges! … Und die Völker dort oben
sehen ihm zu, begeistert und hingerissen …!

. . . .

19. August – Ich werde ihn töten. Ich hab ihn gesehen!
Gestern Abend setzte ich mich an meinen Tisch und tat, als
schriebe ich und achtete auf nichts anderes. Ich wusste genau, dass er bald um mich herumschleichen würde, ganz
nah – so nah, dass ich ihn vielleicht berühren oder sogar fassen könnte? Und dann! … Dann besäße ich die Kraft der

Verzweiflung; mit meinen Händen, den Knien, der Brust, meiner Stirn, meinen Zähnen könnte ich ihn erwürgen, zermalmen, zerfleischen, in Stücke reißen.

Und ich belauerte ihn mit allen meinen übererregten Sinnesorganen. Ich hatte meine beiden Lampen und die acht Kerzen auf dem Kamin angezündet, als vermöchte ich ihn in dieser Helligkeit zu entdecken.

Mir gegenüber stand ein Bett, ein altes, eichenes Bett mit gedrechselten Säulen; rechts war der Kamin, links die Tür, jetzt sorgfältig zugemacht, nachdem ich sie, um ihn anzulocken, lange offen gelassen hatte; hinter mir stand ein hoher Spiegelschrank, vor dem ich mich jeden Tag rasierte und ankleidete und in dem ich mich jedes Mal, wenn ich daran vorbeikam, von Kopf bis Fuß zu mustern gewohnt war.

Um ihn zu täuschen, tat ich also, als schriebe ich, denn auch er belauerte mich. Und plötzlich spürte ich – ja, ich war sicher –, dass er mir über die Schulter schaute. Ja, er war da – so nahe, dass er mein Ohr berührte.

Die Arme ausgestreckt, sprang ich auf, fuhr so ungestüm herum, dass ich fast stürzte. Und dann … alles war klar zu erkennen wie am hellichten Tag, doch im Spiegel sah ich mich nicht! … Der Spiegel war leer, klar, tief, voller Licht! Er warf mein Bild nicht zurück … und ich stand direkt davor! Von oben bis unten ging mein Blick über die schimmernde Scheibe. Und ich starrte mit angstvoll aufgerissenen Augen; ich wagte es nicht, einen Schritt zu machen, keine Bewegung. Dennoch, ich spürte seine Gegenwart deutlich; freilich wusste ich, dass er mir wieder entwischen würde – er, dessen unsichtbarer Körper mein Spiegelbild aufgezehrt hatte.

Ich hatte entsetzliche Angst. Dann, plötzlich, begann ich mich auf dem Grund des Spiegels wie im Nebel zu sehen, wie durch das Wasser eines Weihers hindurch; und mir schien, als flösse dieses Wasser ganz langsam von links nach rechts und ließe mein Bild von Sekunde zu Sekunde immer deutlicher werden. Es war wie das Ende einer Sonnenverfinsterung. Was mich verdeckte, schien nun keine klaren Konturen mehr zu besitzen, sondern war von einer Art trüber Durchsichtigkeit, die sich allmählich aufhellte.

Endlich konnte ich mich wieder zur Gänze erkennen wie auch sonst jeden Tag.

Ich hatte ihn gesehen! Der Schrecken steckt mir immer noch in den Gliedern und lässt mich schaudern.

20. August – Ihn töten! Aber wie, da ich ihn doch nicht zu fassen bekomme? Gift? Aber er würde sehen, wie ich es ins Wasser mische; außerdem, hätten unsere Gifte auf seinen unsichtbaren Körper überhaupt eine Wirkung? Nein … nein … sicherlich nicht … Was aber dann …?

21. August – Ich habe einen Schlosser aus Rouen kommen lassen und ihm für mein Schlafzimmer eiserne Rollläden in Auftrag gegeben, wie sie im Erdgeschoss bestimmter Privathäuser in Paris zum Schutz gegen Diebe dienen. Außerdem wird er mir eine entsprechende Tür anfertigen. Ich muss ihm einen ziemlich hasenfüßigen Eindruck gemacht haben, aber was schert mich das schon! …

. . . .

10. September – Rouen, Hotel Continental. Es ist geschafft … Es ist geschafft … Aber ist er auch tot? Was ich gesehen habe, hat meine Seele im Innersten aufgewühlt und erschüttert.

Der Schlosser brachte also die Rollläden und die eiserne Tür an, und gestern ließ ich alles bis Mitternacht offen, obwohl es schon kalt wurde.

Plötzlich spürte ich: Er ist da! Und Freude, irrwitzige Freude erfasste mich. Ich stand langsam auf und ging eine Zeit lang auf und ab, damit er nichts merkte. Dann zog ich die Stiefel aus und schlüpfte lässig in meine Hausschuhe. Nun ließ ich den eisernen Laden herunter und ging gemächlichen Schrittes zur Tür, schloss sie und drehte zweimal den Schlüssel um. Zum Fenster zurückgekehrt, sicherte ich es mit einem Vorhängeschloss, dessen Schlüssel ich einsteckte.

Plötzlich merkte ich, wie er um mich herumschlich; er hatte seinerseits Angst und befahl mir, ihm aufzumachen. Fast hätte ich nachgegeben; stattdessen aber stellte ich mich mit dem Rücken zur Tür und öffnete sie vorsichtig gerade so weit, dass ich rückwärts hindurchschlüpfen konnte; da ich sehr groß bin, berührte mein Kopf den oberen Querbalken. Ich war gewiss, dass er nicht hatte entwischen können, und schloss ihn ein. Jetzt war er da drinnen allein, ganz allein! Welch ein Triumph! Ich hatte ihn! Ich stürmte die Treppe hinunter. Im Salon, der unter meinem Schlafzimmer liegt, nahm ich zwei Lampen und schüttete das ganze Öl auf den Teppich, die Möbel, überallhin. Dann setzte ich es in Brand und brachte mich, nachdem ich die große Eingangstür doppelt zugesperrt hatte, in Sicherheit.

Ganz hinten in meinem Garten versteckte ich mich im dichten Lorbeergebüsch. Wie lange das dauerte! Wie lange das dauerte! Alles blieb dunkel, stumm, ohne Bewegung; kein Lufthauch, kein Stern, und die unsichtbaren Wolkengebirge am Himmel lasteten mir schwer, so schwer auf der Seele.

Ich schaute zum Haus hinüber und wartete. Wie lange das dauerte! Schon fürchtete ich, das Feuer sei ausgegangen, oder er habe es vielleicht ausgelöscht, als eines der Fenster im Erdgeschoss unter dem Druck des Brandes zerbarst. Eine Flamme, eine gewaltige, rote und gelbe Flamme, lang, weich, liebkosend, stieg an der weißen Mauer empor bis zum Dach. Ein Feuerschein fuhr in die Bäume, über die Zweige und Blätter und auch ein Schauder, ein Schauder der Angst. Die Vögel erwachten; ein Hund fing zu heulen an; mir war, als graute der Tag. Bald zersprangen zwei weitere Fenster, und ich sah, dass das Erdgeschoss meines Hauses nur noch ein furchteinflößendes Flammenmeer war. Dann gellte ein Schrei, der entsetzliche, schrille, herzzerreißende Schrei einer Frau, hinaus in die Nacht, und zwei Mansardenfenster öffneten sich! Ich hatte meine Dienstboten vergessen! Ich sah ihre angstverzerrten Gesichter und ihr verzweifeltes Händeringen! ...

Da lief ich, außer, mir vor Entsetzen, zum Dorf, und schrie: »Hilfe, Hilfe! Feuer! Es brennt!« Leute begegneten mir, die schon zur Brandstelle eilten, und ich kehrte mit ihnen zusammen zurück. Ich musste es sehen!

Das ganze Haus war jetzt ein schrecklich prächtiger Feuerball, ein grauenvoll lodernder Scheiterhaufen, dessen Flammen die ganze Welt erleuchteten, ein Scheiterhaufen, auf dem Menschen verbrannten. Und dort verbrannte auch er, er, mein Gefangener, das neue Wesen, der neue Herr, der Horla!

Plötzlich stürzte das ganze Dach zwischen den Mauern zusammen, und ein Flammenvulkan sprang hoch bis zum Himmel. Durch die Fensterhöhlen sah ich hinein in die flammende Glut, und ich sagte mir, dass er dort drinnen sei im verzehrenden Glast ... tot ...

Tot? Wer weiß? ... Sein Körper? Der lichtdurchlässige Körper, musste er nicht den Mitteln widerstehen, die unsere Leiber töten?

Und wenn er nicht tot war? ... Ist es vielleicht allein die Zeit, die Macht hat über das unsichtbare, schreckliche Wesen? Wozu ein lichtdurchlässiger, für uns nicht erkennbarer, rein geistiger Körper, wenn ihm, wie uns, Leiden, Verletzungen, Krankheiten, vorzeitige Zerstörung etwas anhaben könnten?

Vorzeitige Zerstörung? Die ganze Angst des Menschen, sie rührt von ihr her! Nach dem Menschen der Horla! – Nach dem, der jeden Tag sterben kann, jede Stunde, jede Minute, ein Opfer jedes beliebigen Unfalls, ist der gekommen, der erst an seinem Tag sterben muss, zu seiner Stunde, zu seiner Minute, weil er die Grenze seines Daseins erreicht hat!

Nein … nein … ganz sicher, kein Zweifel, er ist nicht tot … Aber dann … dann … dann muss ich es tun. Dann muss ich mich töten!

GEORGE MACDONALD

Die Schatten

Der alte Ralph Rinkelmann bestritt seinen Lebensunterhalt mit dem Schreiben von komischen Theaterstücken und setzte ihn mit tragischen Gedichten beinahe wieder aufs Spiel. Er war also genau der Mann, um zum König der Feen gewählt zu werden, denn im Elfenreich gibt es ein Wahlkönigtum.

Es ist zweifellos sehr seltsam, dass Feen sich einen Sterblichen zum König wählen, aber es ist nun einmal eine Tatsache, dass sie sich trotz all ihres Wissens und ihrer Macht nicht von dem Gefühl befreien können, dass manche Menschen größer sind als sie selbst, obwohl sie weder fliegen noch ähnliche Kunststücke vollführen können.

Sie bestanden nicht darauf, dass er bei ihnen wohnen sollte, denn es verlangte sie nach seiner Gegenwart nur an besonderen Gelegenheiten. Doch zunächst einmal mussten sie ihn ergreifen, um ihn krönen zu können. War er erst einmal gekrönt, konnten sie ihn nach Belieben herbeizitieren, aber vor dieser Zeremonie gab es eine Schwierigkeit. Denn nur im Zwischenreich, zwischen Leben und Tod, haben Feen Macht über erwachsene Sterbliche und können sie in ihr eigenes Land entführen. Also mussten sie auf eine günstige Gelegenheit warten.

Nicht, dass sie lange zu warten brauchten. Denn der alte

Ralph erkrankte schwer, und als er zwischen Leben und Tod schwebte, trugen sie ihn davon und krönten ihn zum König des Elfenreiches. Doch nachdem er gekrönt worden war, nahm es bei seinem Zustand nicht wunder, dass er es nicht fertig brachte, völlig aufrecht auf seinem Thron im Elfenreich zu sitzen; oder dass folglich auch all die Gnome und Kobolde und die hässlichen, grausamen Wesen, die in den Löchern und Ecken des Reiches hausten, seinen Zustand ausnutzten und ihm, obwohl er doch König war, alle möglichen Streiche spielten und um ihn herumtollten; sie scharten sich um seinen Thron, kletterten die Stufen empor und krabbelten und zankten sich neben seinen Ohren und vor seinen Augen, sodass er nichts anderes mehr sehen konnte und auch an nichts anderes mehr zu denken vermochte. Aber ich will jetzt nicht mehr über diesen Teil seiner Abenteuer berichten. Mit großer Anstrengung gelang es ihm nach vielen Schwierigkeiten und großem Leid, seine rebellischen Untertanen zurechtzuweisen. Sie verschwanden in ihren Löchern und Ecken, und König Ralph, der wieder zu sich gekommen war, fand sich in seinem Bett wieder, halb aufgerichtet, mit Stützkissen im Rücken.

Doch das Zimmer war voller dunkler Kreaturen, die auf solch seltsame, riesige, wenngleich lautlose Weise im Licht des Kaminfeuers umhertobten, dass er zunächst dachte, einige seiner rebellischen Kobolde seien nicht mit den anderen zusammen unterworfen worden, sondern seien ihm über die Grenzen des Elfenreichs hinaus in sein Londoner Eigenheim gefolgt. Wie hätten diese verrückten, grotesken Nilpferdkälber auch sonst in Ralph Rinkelmanns Schlafzimmer erscheinen können? Doch bald merkte er, dass sie, obgleich sie den unterirdischen Kobolden glichen, sich von diesen auch erheblich unterschieden und nach einer anderen Behandlung verlangten. Er war der Überzeugung, dass auch sie seine Untertanen waren, aber dass er sie bei seiner Krönung irgendwie übersehen haben musste – sofern sie tatsächlich dabei gewesen sein sollten, denn er konnte sich nicht daran erinnern, jemals Ähnliches gesehen zu haben. Also entschloss er sich, gut auf ihre Gewohnheiten, ihre Umgangsformen und ihr Wesen zu achten; täte er dies nicht, das war ihm klar, so würden sie ihm bald über sein, was ja auch schon durch ihr Eindringen in sein Zimmer zu einer Zeit, da Mrs Rinkelmann, die ja wohl Königin sein musste, wenn er König war, neben dem Kamin saß und ihren Tee nahm, deutlich angezeigt wurde. Sie aber merkte, dass er mit gefassterer Miene um sich her blickte, als er es seit vielen Tagen getan hatte, stand auf und eilte leise an seine Seite, und ihr Gesicht strahlte vor Freude. Worauf das Feuer fröhlich aufflackerte und die Gestalten ruhiger und respektvoller in ihrem Benehmen wurden und sich wie wohl erzogene Diener an die Wand zurückzogen. Dann nahm der König des Elfenreichs ein wenig Tee und Toast zu sich, lehnte sich in seine Kissen zurück und schlief beinahe ein; doch nicht völlig, denn er beobachtete die Eindringlinge noch immer.

Schließlich verließ die Königin das Zimmer, um einigen der jungen Prinzen und Prinzessinnen ihren Tee zu bringen, und das Feuer sackte ein wenig in sich zusammen, und siehe da, die Gestalten wurden so schwarz und so tolldreist in ihrem Umherspringen wie je! Ihre Lieblingsspiele schienen *Versteck*, *Abschlagen*, *Grinse und Verschwinde* und viele ähnliche zu sein; und all das fand noch dazu im Schlafgemach des Königs statt, was recht beunruhigend war. Es war fast so schlimm, als wäre das Haus von gewissen Wesen heimgesucht worden, deren Namen in einer Feengeschichte nicht erwähnt werden sollen, weil das Elfenreich freiwillig mit ihnen nicht viel zu tun haben möchte.

»Aber zum Glück haben sie ihre Pantoffeln an!«, sagte der König zu sich selbst, denn sein Kopf schmerzte ihn.

Als er sich so mit halb geschlossenen, halb geöffneten Augen zurücklegte, zu müde, um ihren Spielereien noch länger Aufmerksamkeit zu schenken, aber im Ganzen doch wesentlich mehr erbaut als erzürnt durch die Freiheiten, die sie sich herausnahmen (denn es schienen gutmütige Kreaturen zu sein, die mehr zum Schabernack aufgelegt wären), da merkte er plötzlich, dass zwei von ihnen die Wand verlassen hatten, auf der sich die anderen wie große Spinnen ausbreiteten; und nun standen sie mitten im Zimmer am Fußende Seiner Majestät Lager und knicksten und verbeugten sich auf unterwürfigste Art und Weise, wobei sie sich ab und an feierlich auf einem Absatz herumdrehten. Diese Bewegung schien ihnen offenbar als die größte Ehrenbezeigung zu gelten, derer sie fähig waren.

»Was wollt ihr?«, fragte der König.

»Dass es Euer Majestät gefallen mögen, sich besser mit uns vertraut zu machen«, antworteten sie. »Wir sind Euer Majestät Untertanen.«

»Das weiß ich. Es wird mir eine Freude sein«, antwortete der König.

»Wir sind jedoch nicht das, wofür Euer Majestät uns halten. Wir sind nicht so närrisch, wie Euer Majestät meinen.«

»Es ist unmöglich, euch mit irgendetwas zu vergleichen, das mir bekannt wäre«, erwiderte der König, der sie zum Sprechen bewegen wollte und deswegen das Nächstbeste von sich gab. »Seien es nun Soldaten, Seeleute oder sonst etwas: Ihr bleibt einfach nicht lange genug still stehen. Ich nehme an, dass ihr in Wirklichkeit zur Feuerwehr gehört, jedenfalls löscht ihr andauernd mein Licht.«

»Bitten Euer Majestät nicht zu scherzen.« Und als sie diese Worte sprachen, denn beide redeten sie während des Gesprächs zusammen und auf einmal, vollführten sie einen feierlichen Purzelbaum in seine Richtung.

»Nicht zu scherzen!«, gab er zurück. »Und ihr? Ihr tut doch nichts anderes! Was seid ihr?«

»Die Schatten, Sire. Und wenn wir einmal scherzen, Sire, dann tun wir es ernsthaft. Aber vielleicht nimmt uns Euer Majestät nicht sehr deutlich wahr.«

»Ich sehe euch ausgezeichnet«, erwiderte der König.

»Erlaubt mir dennoch«, antwortete einer der Schatten; und während er sprach, näherte er sich dem König und hob einen dunklen Zeigefinger und zog damit sanft, aber sorgfältig über seine Stirnfurche, von Schläfe zu Schläfe. Der König spürte die leichte, gleitende Bewegung, wie sie sich, Wasser ähnlich, in jede Höhlung und über jeden Gipfel dieser Bergkette der Gedanken fortsetzte. Während des Vorgangs hatte er unwillentlich die Augen geschlossen, und als er sie wieder öffnete, sobald der Finger zurückgezogen war, da fand er, dass sie sich auf mehr als nur eine Weise geöffnet hatten. Das Zimmer schien sich nach allen Seiten ausgedehnt zu haben, sodass er die Wände nicht mehr genau auszumachen vermochte, und um den Raum herum standen bewegungslos die Schatten. Sie wirkten groß und feierlich und eigentlich recht ehrfurchtgebietend, trotz mancher grotesker Züge, denn sie sahen aus wie Karikaturen von Puritanern, die von Royalisten angefertigt worden waren, mit langen Armen und sehr langen, dürren Beinen, von denen riesige, schlacksige Füße herabhingen, während ihre Gesichtszüge vor allem durch die Länge des Kinns und der Nase gekennzeichnet waren. Doch die Feierlichkeit ihres Gesichtsausdrucks übertönte ihre merkwürdige Erscheinung, sodass sie wirklich sehr unheimlich aussahen, alle ganz in Trauerschwarz gekleidet. Aber dem König war nur ein einziger Blick gestattet, danach strich der Schatten mit seiner dunklen Handfläche wieder über seine Augen, und erneut sah der König nur die feuerbeschienenen Wände und dunkle Gestalten, die an ihnen umherhuschten. Auch die beiden, die zu ihm gesprochen hatten, schienen verschwunden zu sein. Doch schließlich erblickte der König sie, wie sie jeder an einer Seite des Kamins standen. Dort standen sie dicht an der Wand und sprachen über die Länge des Kaminsims miteinander; auf diese Weise mieden sie die unmittelbaren Lichtstrahlen des Feuers, denn obwohl Licht notwendig ist, damit sie für menschliche Augen sichtbar werden, bekommt es ihnen ganz und gar nicht – und bringt sie schon überhaupt nicht erst zum Leben, wie der König noch erfahren sollte. Wenige Minuten später näherten sie sich wieder dem Bett und sprachen wie folgt:

»Es wird gerade dunkel, Euer Majestät. Wir meinen draußen, im Schnee. Von wo Euer Majestät liegen, können Euer Majestät das kalte Licht seines großen Leichentuchs sehen, ein Teppich, auf dem die Schatten famos tanzen können, Euer Majestät. Alle unsere Brüder und Schwestern werden sich jetzt in die Kirche begeben, bevor sie sich ihrer nächtlichen Arbeit zuwenden.«

»Gehen sie immer vor der Arbeit in die Kirche?«

»Zuerst gehen sie immer in die Kirche.«

»Wo ist die Kirche?«

»Im Eisland. Wünschen Euer Majestät sie zu besichtigen?«

»Wie kann ich sie besichtigen, wenn ich doch, wie ihr wohl wisst, krank im Bett liege? Außerdem würde ich mich in einer solch frostigen Nacht sicherlich erkälten, auch wenn ich die Decken umhinge und das Federbett als Muff benutzte.«

Eine Art Zittern überzog ihre Gesichter; es schien ihre Art des Lachens zu sein. Das ganze Gesicht erbebte und schwankte, als bestünde es aus einer dunklen Flüssigkeit, bis die Bewegung ganz langsam wieder zur Ruhe kam. Dann zog einer von ihnen die Bettgardinen auf, und da die Fenstervorhänge noch nicht zugezogen worden waren, sah der König die schimmernde weiße Nacht draußen, wie sie mit den Haufen der Dunkelheit rang, die sie zu ersticken drohte; und er sah den Himmel voller Sterne, die wie lebendige Juwelen blitzten und glitzerten. Der andere Schatten begab sich ans Feuer und verschwand darin.

Sofort begannen Dutzende von Schatten einen wahnwitzigen Tanz durchs ganze Zimmer. Einer nach dem anderen verschwanden sie durch das unverdeckte Fenster und glitten dunkel über die Oberfläche des weißen Schnees, denn das Fenster blickte unmittelbar auf ein Schneefeld hinaus. Nach wenigen Augenblicken war der Raum frei von ihnen, aber anstatt sich durch ihr Fernsein erleichtert zu fühlen, kam sich der König sofort so vor, als befände er sich in einem Totenhaus; kaum, dass er wegen seines Gefühls der Leere und des Verlassenseins noch atmen konnte. Doch als er in den Schnee hinausblickte, der sich weit und leer vor seinem Auge erstreckte, erspähte er in der Ferne eine lange, dunkle Prozession, die immer näher kam und sich schließlich als Doppelreihe der Schatten herausstellte, die in ihrer Mitte eine Bahre trugen. Sie verschwanden unter dem Fenster, waren jedoch bald wieder zu erkennen, da sie auf irgendeine Weise die Hauswand erklommen hatten; denn sie traten in Reih und Glied durch das Fenster ein, als ob sie durch die Durchsichtigkeit des Glases hindurchgeschmolzen wären.

Noch immer trugen sie die Bahre oder Sänfte. Sie war bedeckt mit den allerreichsten Pelzen und Fellen riesiger Raubtiere, deren Augen man durch Saphire und Smaragde ersetzt hatte, die im Feuer und im Licht des Schnees glitzerten und leuchteten. Das äußerste Fell funkelte vor Raureif, doch die inneren Felle und Pelze waren weich und warm und trocken wie die Daunen unter den Schwingen eines Schwans. Die Schatten traten an das Bett heran und legten die Sänfte darauf. Dann brachten einige von ihnen eine riesige Pelzrobe und legten sie dem König um, den sie dann auf die Bahre in die Pelze hoben. Nichts hätte sanfter und respektvoller sein können als die Weise, wie sie ihn bewegten, und er dachte nicht einmal daran, sich zu weigern mitzukommen. Dann legten sie etwas auf sein Haupt hoben die Sänfte auf und machten eine Runde durchs Zimmer, um ihre Marschordnung wiederherzustellen. Als sie am Spiegel vorbeikamen, sah er, dass er mit königlichem Hermelin bedeckt war und auf seinem Haupt eine wunderbare goldene Krone trug, die ausschließlich von roten Edelsteinen geschmückt wurde: Rubine und Karfunkel und Granate und andere, deren Name er nicht kannte, leuchteten prächtig um sein Haupt wie die salamanderartige Essenz aller Weihnachtsfeuer der Welt. Neben ihm lag ein Zepter, ein Stab aus Ebenholz, an dessen Spitze sich ein kegelförmiger Diamant befand, der, zu Hunderten von Facetten geschliffen, alle Farben des Regenbogens von sich gab und nach allen Seiten ein buntes Schillern warf, das ebenfalls wie Schatten aussah, doch ätherischer war als jene, die ihn trugen. Dann erhoben sich die Schatten sanft gegen das Fenster, glitten hindurch und senkten sich langsam auf das ausgedehnte Schneefeld hinab, worauf sie sich fortzubewegen begannen. Ihre Bewegung glich eher einem geordneten Gleiten als einem Marsch, und sie wechselten sich beim Tragen des Königs ab, während sie mit der Schnelligkeit von Gedanken geradewegs nordwärts eilten. Über ihnen stieg der Polarstern mit deutlich erkennender Geschwindigkeit auf, denn sie bewegten sich wirklich so schnell wie traurige Gedanken, wenn auch nicht mit der Schnelligkeit fröhlicher Wünsche. England und Schottland zogen an der Sänfte des Königs der Schatten vorüber. Sie glitten und schwebten über Flüsse und Seen. Sie erklommen Berge und überquerten die Täler mit mutigem Schritt und schließlich gelangten sie an *John-o'-Groat's-House* an der Nordspitze Schottlands und kamen an die Nordsee. Das Meer war nicht gefroren, denn alle Sterne schienen aus der Tiefe ebenso klar herauf, wie sie aus der Tiefe herunter schienen, und als die Träger über die blaugraue Oberfläche glitten, ohne auch nur das geringste Kräuseln in ihrer Spur zu hinterlassen, da war das Wasser unter ihnen so rein, dass der König weder Oberfläche noch Grund, noch Wassermassen erblickte und meinte, durch die blaue Himmelskugel zu gleiten, mit Sternen über ihm und Sternen unter ihm und zwischen den Sternen und ihm nichts als eine Leere, in der seine Seele zum ersten Mal in seinem Leben das Gefühl hatte, genug Platz für sich zu haben.

Schließlich gelangten sie an die felsige Küste des Eislands. Dort landeten sie und setzten noch immer ihre Reise fort. Während dieser ganzen Zeit fror der König nie, denn die roten Edelsteine in seiner Krone wärmten ihn, und die Smaragd- und Saphiraugen der Raubtiere verhinderten, dass sich Frost auf seine Bahre setzte.

Oft mussten sie auf ihrem Weg durch Wälder, Höhlen und felsbeschattete Pfade hindurch, in denen der König zuerst befürchtete, er könne seine Schatten gänzlich verlieren. Doch sobald sie an solche Orte kamen, begann der Diamant in seinem Zepter zu leuchten und zu glühen und zu blitzen und sandte Lichtstrahlen in allen Farben aus, von denen ein Maler nur hätte träumen können; darin die Schatten lebendiger und kräftiger denn je wurden und mit beinahe blendender Geschwindigkeit über die dunklen Pfade huschten.

Im Licht des Diamanten schienen einige ihrer Gestalten sogar einfacher und menschlicher zu werden, während andere wiederum in immer noch ungezähmtere Unsinnigkeiten ausbrachen. Als sie einmal durch eine Höhle kamen, erblickte der König sogar ein paar ihrer Augen – seltsame Schattenaugen: Nie zuvor hatte er ihre Augen gesehen. Doch im gleichen Moment, da er ihre Augen sah, erkannte er auch ihre Gesichter, denn einen kurzen Augenblick lang wandten sie sie ihm zu; und als die anderen Schatten diese erblickten, schreckten sie zurück und begannen zu zittern und verschwanden beinahe. Hübsche Gesichter waren es, aber nachdem er sie wahrgenommen hatte, war der König recht bedenklich und verbrachte den Rest der Reise in ziemlicher Beunruhigung. Er konnte sich die Anwesenheit dieser Gesichter hier nicht erklären, ebenso wenig wie die Gesichter der Schatten mit ihren lebendigen Augen.

Aber er merkte bald, dass ein Mensch unter den Schatten lernen muss, sich niemals zu wundern; denn wenn er das nicht tut, wird er von den endlosen Überraschungen sehr bald betäubt werden. Schließlich kletterten sie das Flussbett eines kleinen Stroms empor, kamen durch eine felsige Talschlucht und fanden sich plötzlich auf einem Berghang wieder, von dem aus ein blauer, vereister See inmitten der mächtigen Hügel zu sehen war. Über ihnen zitterte und blitzte die *aurora borealis* wie eine Schlacht von tausend Speeren. Unten glitten ihre Strahlen blass über das blaue Eis und die Hänge der schneebedeckten Berge, deren Gipfel wie riesige Eiszapfen emporragten; auf dem einen oder anderen von ihnen funkelte ein Stern. Doch wie das Nordlicht über ihnen, so schwankten und flimmerten auch die Schatten unten. Mal bedeckten sie die ganze Seeoberfläche, dann waren sie zu einem dunklen Knäuel in ihrer Mitte zusammengeschrumpft. Da und dort konnte man einige von ihnen sehen, wie sie die Berge emporschossen und hinter den Gipfeln verschwanden, sodass sich ihre Zahl langsam, wenn auch kaum wahrnehmbar, verringerte.

»Mit Erlaubnis, Eurer Majestät«, sagten die Schatten, »dies ist unsere Kirche – die Kirche der Schatten.«

Und indem sie dies sagten, setzten die Leibwachen des Königs die Bahre auf einem Fels ab und mischten sich in die Menge dort unten. Bald jedoch kehrten sie zurück und trugen den König mitten auf den See. Alle Schatten scharten sich um ihn herum, respektvoll, doch ohne Furcht; und sicherlich hat sich noch nie zuvor sterblichen Augen eine solch bizarre Versammlung offenbart. Bei seiner Krönung hatte der König alle Arten von Gnomen, Elfen und Kobolden gesehen; doch sie schienen geradlinige Gestalten im Vergleich mit der wahnwitzigen Gesetzlosigkeit der Form, derer sich die Schatten erfreuten; und die wildesten Tollereien der Ersteren waren geordnete Zeremonialtänze neben den scheinbar ziellosen und willkürlichen Umrissverrenkungen und Gestaltverwandlungen, derer sich die Letzteren befleißigten. Zum Erstaunen des Königs behielten sie bei alledem jedoch ihre eigene Persönlichkeit bei, die durch jede Verwandlung hindurch auf unerklärliche Weise wahrnehmbar blieb. Tatsächlich war dieses Beibehalten der ursprünglichen Persönlichkeit viel verwunderlicher als all die verwirrenden und lächerlichen Veränderungen, die andauernd mit jeder einzelnen Gestalt stattfanden.

»Was seid ihr?«, fragte der König, auf den Ellenbogen gestützt und um sich blickend.

»Die Schatten, Euer Majestät«, antworteten mehrere Stimmen auf einmal.

»Welche Schatten?«

»Die menschlichen Schatten. Die Schatten der Männer und Frauen und ihrer Kinder.«

»Seid ihr nicht ebenso die Schatten von Stühlen und Tischen und Schürhaken und Feuerzangen?«

Bei dieser Frage ging eine Erregung wie ein Schreck durch die Versammlung. Manche der Gestalten schossen so weit empor wie das Nordlicht nahmen aber sofort wieder menschliche Größe an, wie wenn sie ihre Gefühle aus Respekt demgegenüber gemeistert hätten, der sie erregt hatte. Einer der Schatten, der bis zu dem höchsten sichtbaren Eisgipfel emporgesprungen und ebenso schnell zurückgekehrt war, drängte sich nun durch die Menge und machte sich zu ihrem Wortführer während des restlichen Teils des Gesprächs.

»Entschuldigt unsere Bewegtheit, Euer Majestät«, sagte er. »Ich merke, dass Euer Majestät noch nicht geruht haben, sich mit unserem Wesen und unseren Gewohnheiten vertraut zu machen.«

»Ich wünsche, dies nun zu tun«, erwiderte der König.

»Wir sind die Schatten«, wiederholten die Schatten feierlich.

»Nun?«, fragte der König.

»Wir erscheinen den Menschen nicht oft.«

»Ha!«, sagte der König.

»Wir gehören ganz und gar nicht zum Sonnenlicht. Wir schreiten dort ungesehen hindurch, und nur durch ein vorüberziehendes Erschauern nehmen die Menschen eine unbekannte Gegenwart wahr.«

»Ha!«, sagte der König nochmals.

»Nur im Zwielicht des Feuers, oder wenn ein Mann oder eine Frau mit einer einzigen Kerze allein sind, oder wenn eine Reihe von Leuten mit einem Mal dasselbe fühlen, sodass sie eins werden, nur dann zeigen wir uns und die Wahrheit der Dinge.«

»Kann wahr sein, was die Nacht so liebt?«, fragte der König.

»Die Nacht dem Licht die Nahrung gibt«, antwortete der Schatten.

»Ist, was Gestalt verhöhnt, denn wahr?«, fragte der König.

»Formlos stürmt Wahrheit, immerdar«, antwortete der Schatten.

»Ha! Ha!«, dachte Ralph Rinkelmann. »Es reimt sich. Der Schatten gibt mir eine reimende Antwort! Sehr merkwürdig!« Und wieder wurde er nachdenklich.

Der Schatten nahm als Erster wieder das Wort auf.

»Vergebung, Euer Majestät, dürfen wir unser Bittgesuch vortragen?«

»Aber ja doch!«, erwiderte der König. »Leider geht es mir nicht gut genug, um es geziemend entgegenzunehmen.«

»Das macht nichts, Euer Majestät. Wir legen keinen Wert auf großes Zeremoniell. Außerdem geht es uns allen im Augenblick nicht sehr gut. Der Gegenstand unserer Bitte lastet auf uns.«

»Fahrt fort«, sagte der König.

»Sire«, begann der Schatten »unser Leben ist in Gefahr. Die verschiedenen Formen künstlichen Lichts, sowohl in Häusern als auch in Männern, Frauen und Kindern, bedrohen uns mit dem Ende. Der Gebrauch und die Errichtung von Gaslaternen, besonders verbreitet in den Städten, blendet die Augen, durch die wir allein wahrgenommen werden können. Aus den Städten sind wir so gut wie vertrieben worden. Man hat uns in Dörfer und einsame Häuser verbannt, hauptsächlich in alte Bauernhäuser, aus denen sogar unsere Freunde, die Feen, schon schnell verschwinden. Wir ersuchen deswegen unseren König, uns mithilfe seiner Macht und Kunst unsere Rechte im Haus selbst und in den Herzen seiner Bewohner wieder zu verschaffen.«

»Aber ihr erschreckt die Kinder«, sagte der König.

»Nur sehr selten, Euer Majestät, und selbst dann nur zu ihrem Besten. Wir versuchen selten, jemanden zu erschrecken. Meistens möchten wir Leute still und nachdenklich machen, ihnen ein wenig Ehrfurcht einflößen, Euer Majestät.«

»Damit werdet ihr sie allenfalls zum Lachen bringen«, sagte der König.

»Ist das so?«, fragte der Schatten.

Und er tat einen Schritt auf den König zu und blieb bewegungslos stehen. Der Diamant des königlichen Zepters sandte einen hellen Strahl violetten Lichts aus, und der König starrte den Schatten an, und seine Lippen bebten. Er sagte nicht, was er sah, fuhr aber schließlich fort:

»Man stelle sich einmal vor, dass manche vorbeihuschenden Gedanken stehen bleiben, um sich anschauen zu lassen!«

»Nur wenn unsere Gedanken nicht an einen bestimmten Gegenstand geheftet sind«, fuhr der Schatten fort, »ist unser Körper dem Spiel der Elemente preisgegeben. Unter leichtlebigen Männern und Frauen hängen wir uns nur an ein Möbel oder an einen Kleidungsgegenstand, und sie zweifeln nie daran, dass wir lediglich das unscharfe und närrische Ergebnis des Aufpralls der Lichtwellen auf feste Gegenstände sind, von denen ihre Häuser voll sind. Wir wollen ihnen nicht die Wahrheit sagen, denn sie würden sie niemals erkennen. Aber lässt man den weltlichen Mann – oder die leichtlebige Frau – und dann –«

Bei jeder dieser angezeigten Pausen bebte und zitterte die Schattenmenge voller Erregung, doch bald wurden sie wieder vergleichsweise still. Aufs Neue hub der Schatten an, um zum König zu sprechen, doch plötzlich blickten alle hoch, und der König, dessen Blick dem ihren folgte, sah, dass das Nordlicht blasser wurde.

»Der Mond geht auf«, sagte der Schatten. »Sobald er über die Berge ins Tal hinabblickt, müssen wir fort sein, denn wir haben viel zu tun im Mondlicht, es macht uns stark. Aber wenn Euer Majestät morgen Nacht zu kommen geruhen sollten, dann wird Euer Majestät noch viel mehr über uns erfahren und selbst urteilen, ob es rechtens ist, unserer Bitte stattzugeben. Denn dann wird unser Jahrestreffen stattfinden, bei dem wir unseren Anführern von den Dingen berichten werden, die wir versucht haben, sowie von unseren Erfolgen und Misserfolgen.«

»Wenn ihr nach mir schickt, werde ich kommen«, erwiderte der König.

Ehe der Schatten antworten konnte, war eine Spitze der Mondsichel hinter einem eisigen Berggipfel emporgestiegen, und ein schlanker Strahl fiel auf den See. Er beleuchtete keine Schatten. Bevor noch der Blick des Königs, nachdem er die erste Helligkeit der Auferstehung des Mondes wahrgenommen, sich wieder zu Boden gesenkt hatte, waren sie schon verschwunden, und die Oberfläche des Sees glitzerte kalt und blau im fahlen Mondlicht.

Da lag nun der König, allein mitten auf dem vereisten See, vom Mond angestarrt. Doch schließlich vernahm er von irgendwoher eine Stimme, die ihm vertraut war.

»Möchtest du noch eine Tasse Tee, mein Lieber?«, fragte Mrs Rinkelmann.

Und Ralph, der langsam wieder zu sich kam, fand sich in seinem eigenen Bett wieder.

»Ja, bitte«, antwortete er, »und auch eine ziemlich große Scheibe Toast, wenn es geht. Denn seit ich dich das letzte Mal sah, habe ich eine lange Reise gemacht.«

»Er ist noch nicht ganz zu sich gekommen«, sagte Mrs Rinkelmann zu sich selbst.

»Du wärst erstaunt, wenn ich dir erzählte, wo ich gewesen bin«, fuhr Ralph fort.

»Das glaube ich auch«, erwiderte seine Frau.

»Dann will ich es dir erzählen«, sagte Ralph.

Doch in diesem Augenblick hüpfte ein riesiger Schatten mit einem gewaltigen Sprung aus dem Feuer und bedeckte das ganze Zimmer. Dann ließ er sich in einer Ecke nieder, und Ralph sah, wie er mit einem grotesken Arm eine Faust schüttelte. Und er gehorchte der Mahnung und schwieg. Das war auch gut für ihn. Denn ich verstehe zufällig auch einiges von Schatten, und ich weiß, dass die Schatten ihn in der nächsten Nacht nicht geholt hätten, wenn er seiner Frau etwas davon erzählt hätte.

Doch als sich der König, nachdem er seinen Tee und seinen Toast, zu sich genommen hatte, zurücklehnte, da erschienen ihm die in seinem Zimmer herumtanzenden Schatten merkwürdiger und unerklärlicher als je. Der ganze Raum steckte voller Geheimnisse. So war es eigentlich immer schon gewesen, doch heute war er geheimnisvoller denn je. Nach allem, was er in der Schattenkirche gesehen hatte, waren ihm sein Zimmer und seine Schatten doch noch wundersamer und unverständlicher als diese.

Dies machte es wahrscheinlicher, dass er eine echte Vision gehabt hatte; denn anstatt gewöhnliche Dinge noch gewöhnlicher aussehen zu lassen, wie das bei einer falschen Vision der Fall gewesen wäre, bewirkte sie stattdessen, dass gewöhnliche Dinge das Wunderbare preisgaben, das in ihnen steckte.

»In der Kunst ist es das Gleiche«, dachte Ralph Rinkelmann.

Am nächsten Nachmittag, als das Zwielicht immer dämmriger wurde, lag der König im Bett und fragte sich, ob ihn die Schatten holen würden oder nicht. Er wollte sehr gerne mit, denn die Reise hatte ihm viel Vergnügen gemacht und außerdem war er begierig darauf, den Schatten zuzuhören, wie sie ihre Geschichten erzählten. Doch die Dunkelheit wuchs und die Schatten kamen nicht. Der Grund dafür lag darin, dass Mrs Rinkelmann im Dämmerlicht am Feuer saß, und während sie dort war, konnten sie den König nicht entführen. Einige von ihnen bemühten sich, sie fortzujagen, indem sie sie zu erschrecken suchten. Sie machten die tollsten Verzerrungen und Streiche an Wand und Zimmerdecke, doch ohne Erfolg: Die Königin lächelte nur, denn sie hatte ein gutes Gewissen. Plötzlich aber ertönte ein entsetzlicher Schrei aus dem Kinderzimmer, und Mrs Rinkelmann stürzte nach oben, um nachzusehen. Kaum war sie fort, traten die beiden Kaminwächter hervor, stellten sich mitten im Zimmer auf und fragten mit leiser Stimme:

»Sind Euer Majestät bereit?«

»Seid ihr völlig herzlos?«, fragte der König. »Oder sind eure Herzen so schwarz wie eure Gesichter? Habt ihr nicht den Schrei des Kindes gehört? Bevor ich gehe, muss ich wissen, was mit ihr ist.«

»Was diesen Punkt anbelangt, können Euer Majestät beruhigt sein«, antworteten die Wächter. »Wir haben alles Erdenkliche getan, um Ihre Majestät die Königin loszuwerden, doch ohne Erfolg. Also ist ein junger verrückter Schatten, halb gegen den Willen von uns Älteren, nach oben ins Kinderzimmer gehuscht. Dort ist es ihm zweifellos gelungen, den Säugling zu erschrecken, denn er ist sehr klein und kurzbeinig. – Aber nun, Euer Majestät.«

»Ich dulde keinen Schabernack in meinem Kinderzimmer!«, sagte der König wütend. »Das Kind könnte ja außer sich geraten.«

»Dann gäbe es Zwillinge, Euer Majestät, und wir mögen Zwillinge.«

»Hört mit diesen miserablen Scherzen auf! Ihr bringt das Kind womöglich um den Verstand.«

»Unmöglich, Sire, denn sie ist noch nicht in den Verstand hineingewachsen.«

»Geht fort!«, sagte der König.

»Verzeihung, Euer Majestät. Wirklich, es wird dem Kind nur nützen, denn dieser Schatten wird für sie den Rest ihres Lebens lang das Symbol alles Hässlichen und Bösen bleiben. Wenn sie jemals in Gefahr geraten sollte, irgendjemanden zu hassen oder neidisch auf ihn zu sein, dann wird sie wieder diesen Schatten sehen und erschauern.«

»Also gut«, sagte der König, »das gefällt mir. Gehen wir!«

Die Schatten führten die gleichen Zeremonien und Vorbereitungen durch wie beim letzten Mal, wobei es dem erwähnten jungen Schatten gelang, solche Grimassen zu schneiden, dass der Säugling angstgebannt und die Königin ans Kinderzimmer gefesselt blieb, bis alles bereit war. Dann entwich er mit einem Sprung, der ihn sich an der Decke zusammenkrümmen ließ, stieß sich mit einem sechs Fuß langen Beinstoß von der Wand ab und erreichte das königliche Schlafgemach gerade noch rechtzeitig, um sich dem Ende der Prozession anzuschließen, die soeben durch das Fenster hinausgeschmolzen war und sich unten auf dem Schnee aufstellte. Wie zuvor entschwanden sie, eine gleitende Schwärze über dem weißen Teppich. Und es war Weihnachtsabend.

Als sie in Sichtweite des Bergsees angekommen waren, sah der König, dass seine ganze Oberfläche von immer wechselndem Schattengewühl bedeckt war. Alle unterhielten sie sich, sprachen miteinander und hörten abwechselnd zu, zu Paaren, zu dritt und in Gruppen jeglicher Größe. Hier und dort standen große Mengen und lauschten einem, der sich über sie erhob, nicht auf einer Kanzel oder auf einem

Podium, sondern auf den Stelzen seiner eigenen Beine, die zu diesem Zweck verlängert worden waren. Das Nordlicht genau über ihnen, beleuchtete den See und die Berghänge, indem es vom Himmelsmittelpunkt fast bis zur Seeoberfläche große, gefaltete Dämpfe herabschickte, die in allen Farben des Regenbogens schillerten.

So viel jedoch auch überall gesprochen wurde, erreichte die Ohren des Königs auch nicht einmal der Schatten eines Geräuschs: Mit seinen körperlichen Organen konnte er die Schattensprache nicht aufnehmen. Als jedoch einer seiner Führer merkte, dass der König mithören wollte und es nicht zu tun vermochte, behandelte er auf seltsame Weise seinen Kopf und seine Ohren; worauf er ausgezeichnet hören konnte, wenngleich immer nur die Stimme, der er jeweils seine Aufmerksamkeit widmete. Dies war jedoch ein großer Vorteil, und zwar ein solcher, den der König zu gerne in die Welt der Menschen mitgenommen hätte.

Der König bemerkte nun, dass dies nicht nur die Kirche der Schatten war, sondern auch gleichzeitig ihre Nachrichtenbörse. Denn da die Schatten weder Schrift noch Druck besitzen, können sie einander nur dadurch ihre Taten und Gedanken mitteilen, dass sie sich hier treffen und auf diesem Wortmarkt und Parlament der Schatten miteinander reden. Und wie in der Welt die Menschen ihre Lieblingsautoren lesen und ihren Lieblingsrednern lauschen, so suchen die Schatten hier auch ihre Lieblingsschatten auf, hören sich ihre Abenteuer an und lauschen überhaupt allem, was sie zu sagen haben.

Der König fühlte sich recht kräftig, darum stand er auf und schritt, in seine Hermelinrobe gehüllt, zwischen ihnen umher, mit seiner roten Krone auf dem Haupt und seinem Diamantzepter in der Hand. Jede Schattengruppe, der er sich näherte, hörte augenblicklich auf zu reden, als sie ihn kommen sahen, doch auf ein Kopfnicken hin fuhren sie gleich darin fort und sprachen miteinander, erzählten einander und gaben Kommentare ab, als seien sie ganz unter sich. So hörte der König manche schöne Geschichte. Bei einigen musste er lachen, bei anderen musste er weinen; doch wenn man die Geschichten, die die Schatten sich erzählten, in Druck gäbe, dann ergäbe dies ein Buch, das kein Verleger schnell genug herstellen könnte, um die Käufer zufrieden zu stellen. Ich will einige Dinge, die der König vernahm, berichten, denn er hat sie mir kurz danach erzählt. Ich war sogar eine Zeit lang sein Privatsekretär.

»Ich habe ihn dazu gebracht, noch vor Ablauf einer Woche ein Geständnis abzulegen«, sagte ein finsterer alter Schatten.

»Aber wozu soll das gut gewesen sein?«, warf ein vorlauter Junger ein. »Das konnte die Dinge doch auch nicht ungeschehen machen.«

»Doch, das konnte es.«

»Wie? Den Toten zum Leben erwecken?«

»Nein, aber den Mörder zu trösten. Ich konnte es nicht mit ansehen, in welch erbärmlichem Zustand er sich befand. Mit dem Strick um den Hals war er viel glücklicher als mit der Börse in der Tasche. Ich habe ihn auch davor bewahrt, sich selbst zu töten.«

»Wie hast du ihn dazu gebracht, ein Geständnis abzulegen?«

»Einfach indem ich ein bisschen an der Wand herumgeschlichen bin.«

»Und wieso hat ihn das dazu bewegt?«

»*Er weiß es.*«

Der Schatten blieb still, und der König wandte sich einem anderen zu, der gerade zum Reden ansetzte.

»Ich habe eine Modemutter zur Reue gebracht.«

»Wie das?«, fragten mehrere Stimmen gleichzeitig, mit einem Hauch von Ungläubigkeit.

»Einfach indem ich einen kleinen Sarg auf die Wand gemacht habe«, lautete die Antwort.

»Hat die Modemutter auch ein Geständnis abgelegt?«

»Sie brauchte nicht mehr zu gestehen als das, was ohnehin schon jeder wusste.«

»Was wusste denn jeder?«

»Dass sie möglicherweise ein lebendiges Kind küssen konnte, während sie einem toten ins Grab folgte. Dem nächsten wird es besser ergehen.«

»Ich habe eine Hochzeit verhindert«, sagte ein anderer.

»Ekler Abschein!«, bemerkte ein poetischer Knirps.

»Wie denn?«, fragte ein weiterer. »Erzähl es uns!«

»Einfach indem ich, wie vom Arm eines Leuchters, einen dunklen Schein auf die Stirn eines hübschen jungen Mädchens geworfen habe. Sie sind noch nicht getraut und werden es wohl auch nicht werden, meine ich. Aber ich liebte den Jüngling, der sie liebte. Wie er sich erschreckt hat! Es war ihm eine Offenbarung.«

»Aber hat es ihn denn nicht getäuscht?«

»Ganz im Gegenteil.«

»Aber es war doch ein Schatten von außen, kein Schatten, der aus der Seele des Mädchens herauskam.«

»Ja, das magst du so sagen. Aber es war alles, was noch fehlte, um die Bedeutung ihrer Stirn offenbar zu machen – ja, die Bedeutung ihres ganzen Antlitzes, das in den Augenblicken, da die Leidenschaft ruhte, den Jüngling verwirrte. Alles daran, die gebogenen Nüstern, die wulstigen Lippen, das hervorstechende Kinn, fiel plötzlich in vollkommener Harmonie mit dem dunklen Schein zwischen ihren Brauen zusammen. Der Jüngling verstand es sofort und ging betrübt nach Hause. Und *noch* sind sie nicht verheiratet.«

»Ich habe einen Trunkenbold allein erwischt, bei seiner Zweiquartflasche Portwein«, sagte ein äußerst dunkler Schatten. »Und wie ich es ihm gegeben habe! Zuerst habe ich ein *Delirium tremens* gemacht, dann habe ich ihm eine Beerdigung vorgegaukelt, deren Zug langsam an der gegenüberliegenden Wand vorbeischlich. Ich gab ihm viele Federbüsche und Trauerkutschen. Dann verpasste ich ihm eine Beerdigungszeremonie, aber es gelang mir nicht, das Grabtuch völlig weiß zu machen, was für solch einen Sünder umso besser war. Der Arme starrte, bis sich seine Gesichtsfarbe von Purpur in Grau verwandelte und verließ schon sein fünftes Glas, ohne es leer zu trinken und suchte den Schutz seiner Frau und Kinder im Wohnzimmer, sehr zu deren Erstaunen. Ich glaube, er hat tatsächlich eine Tasse Tee getrunken. Und obwohl ich noch oft vorbeigeschaut habe, habe ich ihn nie wieder beim Trinken erwischt, jedenfalls nicht, wenn er allein war.«

»Aber trinkt er denn auch weniger? Hast du ihm geholfen?«

»Ich hoffe es, aber es tut mir leid, sagen zu müssen, dass ich mir dessen nicht völlig sicher sein kann.«

»Hm! Hm! Hm!«, grunzten verschiedene Schattenkehlen.

»Ich hatte einmal solch einen Spaß!«, rief ein anderer. »Ich habe einen jungen Pfarrer so an der Nase herumgeführt!«

»Du hast kein Recht, irgendjemanden an der Nase herumzuführen!«

»O doch wenn es zu seinem Besten ist! Er hat seine Predigten einstudiert, was glaubt ihr wohl, wo?«

»In seinem Studierzimmer natürlich. Wo denn wohl sonst?«

»Ja und nein. Ratet noch einmal!«

»Draußen zwischen den Gesichtern in den Straßen?«

»Ratet noch einmal!«

»An ruhigen grünen Fleckchen auf dem Land?«

»Ratet noch einmal!«

»In alten Büchern?«

»Ratet noch einmal!«

»Nein, nein, sag es uns!«

»Im Spiegel. Hahaha!«

»Dann war es ja ein leichtes Spiel, ein leichtes Schattenspiel.«

»Das dachte ich auch. Und eines Abends habe ich ihn an der Wand so sehr verhöhnt! Er war schlau genug, um zu sehen, dass er selbst es war und sehr einem Affen glich. Da schämte er sich und stellte den Spiegel mit dem Gesicht zur Wand und dachte ein wenig mehr über seine Gemeinde und ein bisschen weniger über sich selbst nach. Ich war sehr froh, denn, mit Verlaub, Euer Majestät«, und hierbei wandte der Sprechende sich dem König zu, »wir mögen keine Wesen, die in Spiegeln leben. Ihr nennt sie Gespenster, nicht wahr?«

Bevor der König antworten konnte, hatte ein Weiterer zu reden begonnen. Doch die Geschichte von dem Pfarrer erzeugte im König den Wunsch, sich eine der Schattenpredigten anzuhören. Also wandte er sich einem langen Schatten zu, der einer sehr stillen, lauschenden Menge predigte.

»Deshalb, liebe Schatten, ist es umso notwendiger, dass wir einander so sehr lieben, wie wir nur können, denn das ist nicht sehr viel. Wir haben keine Ausrede, nicht zu lieben, wie die Sterblichen sie haben, denn wir sterben nicht. Ich vermute, dass es der Gedanke an den Tod ist, der sie dazu bringt, so sehr zu hassen. Und außerdem schlafen wir ja tagsüber und nicht nachts, wie es die Menschen tun. Und ihr wisst, dass wir alles vergessen, was in der Nacht zuvor geschehen ist. Deshalb sollten wir gut lieben können, denn diese Liebe ist kurz. Ach, lieber Schatten, den ich jetzt mit meiner ganzen schattigen Seele liebe, morgen Abend werde ich dich nicht lieben, ich werde dich nicht kennen; ich werde in der Menge an dir vorüberziehen und nicht einmal im Traum daran denken, dass der Schatten, den ich jetzt liebe, nahe bei mir ist. Glückliche Schatten! Denn wir behalten unsere Geschichten nur so lange, bis wir sie hier erzählt haben, dann verschwinden sie auf dem Schattenfriedhof, wo wir nur unsere toten Ichs begraben. Ach, meine Brüder, wer wollte ein Mensch sein und sich erinnern können? Wer wollte ein Mensch sein und weinen? Wir sollten einander wirklich lieben, denn wir allein erben das Vergessen wir allein werden durch ewige Geburt verjüngt wir allein häufen nicht die Bürde der Jahre an. Ich will euch von dem schrecklichen Schicksal eines Schattens berichten, der gegen sein eigenes Wesen rebellierte und die Vergangenheit erinnern wollte. Er sagte: ›Ich werde mich an diesen Abend erinnern.‹ Als die Sonne sich in den schrecklichen Tod des Lichttages erhob, da kämpfte er gegen die wohltuenden Einflüsse des barmherzigen Schlafs; und obwohl er nicht richtig wach zu bleiben vermochte, träumte er von der vergangenen Nacht und vergaß seinen Traum niemals. Dann versuchte er das Gleiche in der folgenden Nacht und in der Nacht darauf und in der nächsten. Und er verführte einen weiteren Schatten, es ihm gleichzutun. Doch schließlich ereilte sie ihr schreckliches Schicksal. Denn anstatt Schatten zu bleiben, begannen sie, Schatten zu werfen, wie törichte Menschen es auszudrücken pflegen; und so wurden sie immer und immer dichter, bis sie aus der Welt verschwanden. Nun sind sie dazu verdammt, auf der Erde umherzuwandeln, ein Mann und eine Frau, mit dem Tod hinter sich und voll der Erinnerungen. Ach, meine Schattenbrüder! Lasst uns einander lieben, denn bald werden wir vergessen. Wir sind keine Menschen, sondern Schatten.«

Der König wandte sich ab und bedauerte die armen Schatten mehr, als diese die Menschen bedauerten.

»Ach, wie wir eines Nachts einmal einem Musiker mitgespielt haben!«, rief ein Schatten in einer anderen Gruppe, der der König zunächst einen flüchtigen Gedanken geschenkt hatte, bis er schließlich stehen geblieben war, um zuzuhören. »Hoch und runter sind wir wie die Hämmer und Dämpfer seines Klaviers! Aber er hat sich an uns gerächt. Denn nachdem er uns eine halbe Stunde lang im Zwielicht zugeschaut hatte, erhob er sich, setzte sich an sein Instrument und spielte einen Schattentanz, der uns alle auf ewige Zeiten im Klang festhielt. Jeder von uns konnte genau die Noten erkennen, die für ihn gemeint waren, und solange er spielte, konnten wir nicht aufhören, sondern tanzten und tanzten nach der Musik, ganz wie es dem Magier – ich meine dem Musiker – gefiel. Und er hat uns gut bestraft, denn er ließ uns beinahe unsere Beine abtanzen und aus der Form geraten, zu müden, zusammengebrochenen und pochenden Haufen Dunkelheit. Wir gehen eine Weile lang nicht mehr an ihn heran, sofern wir uns nur daran erinnern sollten. Er war den ganzen Tag über sehr traurig gewesen, denn er war so arm; und es ist uns nichts anderes eingefallen, wie wir ihm helfen konnten, als ihn zum Lachen zu bringen. Aber trotz all unserer Anstrengungen ist es uns nicht gelungen. Schließlich ist aber doch mehr dabei herausgekommen, als wir uns erhofft hatten, denn sein Schattentanz machte ihn bekannt, und jetzt ist er sehr beliebt und verdient schnell viel Geld. Wenn er nicht aufpasst, dann werden wir uns ihm nach und nach auf eine andere Weise widmen müssen, der arme Kerl!«

»Ich und ein paar andere haben einmal das Gleiche mit einem armen Theaterschriftsteller getan. Er sollte ein Weihnachtsstück schreiben, und da er ein wirkliches Genie war, fiel es ihm nicht so leicht, ein Thema zu finden, wie es bei den meisten seiner Kollegen der Fall ist. Ich sah, in welcher Klemme er steckte, und sammelte ein paar herumstreunende Schatten zusammen. Wir haben ihm, natürlich als stumme Vorstellung, den lustigsten Unsinn vorgespielt, den wir uns nur ausdenken konnten. Es war auch recht erfolgreich. Der arme Kerl hat jede Bewegung beobachtet und hat schallend gelacht, als er uns sah, und war höchst erfreut über die Ideen, die wir ihm in den Kopf setzten. Er verwandelte es alles in Worte und Szenen und Handlung, und das Stück wurde ein großer Erfolg.«

»Aber wie lange müssen wir doch nach einer Gelegenheit suchen, etwas Lohnenswertes zu tun!«, sagte ein langer, dünner, besonders kläglich wirkender Schatten. »Seit wir uns das letzte Mal getroffen haben, habe ich nur eine Sache getan, die sich zu erzählen lohnen würde. Aber auf die bin ich auch stolz.«

»Was denn? Was denn?«, fragten zwanzig Stimmen.

»Kurz nach Weihnachten bin ich im Zwielicht in ein Esszimmer geschlichen. Der helle Schein eines Feuers, das durch rote Fenstervorhänge hindurchleuchtete, hatte mich angelockt. Zunächst dachte ich, es sei keiner da, und wollte schon den Raum wieder verlassen und wieder in die verschneite Straße hinausgehen, da sah ich plötzlich ein Augenglitzern. Ich stellte fest, dass die Augen einem kleinen Jungen gehörten, der sehr ruhig auf einem Sofa lag. Ich kroch in eine dunkle Ecke neben der Anrichte und beobachtete ihn. Er schien sehr traurig zu sein und starrte nur ins Feuer. Schließlich seufzte er: ›Ich wünschte, Mama käme nach Hause.‹ ›Armer Junge!‹, dachte ich. ›Da kann nur Mama helfen.‹ Doch ich wollte wenigstens versuchen, ihm die Zeit zu vertreiben. Also streckte ich einen langen Schattenarm aus meiner Ecke hervor, streckte ihn über die Decke hinweg und tat so, als wollte ich ihn packen. Zunächst war er ziemlich verängstigt, doch es war ein tapferer Junge, und er merkte bald, dass alles nur Spaß war. Als ich es noch einmal versuchte, griff er also nach mir, und dann hatten wir viel Spaß zusammen. Denn obwohl er noch oft seufzte und sich wünschte, dass Mama nach Hause käme, nahm er das Spiel mit mir doch immer wieder auf – und weiter ging es, richtig wild! Schließlich klopfte seine Mutter an die Tür, und er sprang entzückt auf und raste in die Eingangshalle, um sie zu begrüßen und vergaß mich armen schwarzen Schatten völlig. Aber das machte mir überhaupt nichts aus, denn als ich hinter ihm her in die Halle glitt, da wurde ich für meine Mühe reich belohnt, als ich seine Mutter sagen hörte: ›Aber Charlie, mein Schatz, du siehst ja viel besser als vorhin aus, bevor ich fortgegangen bin!‹ In diesem Augenblick schlüpfte ich durch die sich schließende Tür, und während ich über den Schnee huschte, hörte ich noch, wie die Mutter fragte: ›Was kann denn das für ein Schatten sein, der so schnell vorbeihuscht?‹ Und Charlie antwortete mit fröhlichem Lachen: ›Ach, Mama, ich glaube, das war der lustige Schatten, der die ganze Zeit, während du fort warst, so lustige Spiele mit mir gespielt hat.‹ Und sobald die Tür geschlossen war, kroch ich die Wand entlang und blickte durch das Esszimmerfenster. Und ich hörte, wie seine Mutter sagte, während sie ihn ins Zimmer führte: ›Was für eine Einbildungskraft der Junge doch hat! Hahaha!‹ Dann sah sie ihn an und die Tränen kamen ihr in die Augen und sie beugte sich über ihn, und ich vernahm, wie sich das Geräusch eines Kusses mit dem eines Schluchzens vermengte.«

»Ich suche mir immer Kinderzimmer mit vielen Kindern«, sagte ein anderer, »und in diesem Winter hatte ich großes Glück. Ich bin sicher, dass Kinder ganz besonders zu uns gehören. Als ich mich eines Abends in einer großen

Stadt umsah, erblickte ich durch ein Fenster ein großes Kinderzimmer, das noch nicht von stinkendem Gas beleuchtet wurde. Um das Feuer herum saß die netteste Gruppe von Kindern, der ich je begegnet bin. Sie warteten geduldig auf ihren Tee. Die Gelegenheit war viel zu schön, um sie sich entgehen zu lassen. Ich eilte fort, trommelte zwanzig der besten Schatten, die ich nur finden konnte, zusammen, kehrte kurz darauf zurück und huschte mit ihnen ins Kinderzimmer, wo wir auf den Wänden einen unserer besten Tänze tanzten. Nun ja, es war alles recht improvisiert, aber es gelang mir, es durch dieses Lied in Harmonie zu halten, das ich dabei dichtete. Natürlich konnten die Kinder es nicht hören, sie sahen nur die Bewegungen dazu, aber auch das schien ihnen große Freude zu machen, wie ich euch gleich beweisen werde. Dies war das Lied:

>Schwing, schwang, schwingel, schwaff!
Flicker, flacker, fling, flaff!
Hin und her
immer mehr,
hier und dort
an jedem Ort;
wohlgeboren,
niemals tot
stets nur fort.

Los, kommt fort!
Kriechen, krauchen,
spreizen, fauchen,
teilen, schmettern,
tosen, wettern,
rasten, schrecken,
kosen, necken.

Ach, wie ist es:
Unser Leben: Strebenslust
nach der Ruh an dunkler Brust.

Fügen, brechen,
wandeln, sprechen,
sitzen, lachen,
Zwergfellkrachen,
grimmig grollen, graff!
Schwingel, schwangel, schwaff!

Jetzt ein Knäuel Dunkel,
aufgelöst in Trauer;
schwarzes Raungemunkel
im Zimmer auf der Lauer.
Flicker, flacker, flaff!
Genug des Schwarzen, schwaff!

Tanzend wie Dämonen,
ruhend wie im Tod.
Gern endeten Äonen,
ja, ruhten wir im Schlot!
Doch unsre Arbeit tun auch wir,
Schattenmenschen, grad wie ihr!

Wurzelnd, wehend, schießend,
bebend, sinkend, kriechend,
in Ecken still verdrießend,
zerstieben, stochernd, siechend;
emporgereckt genießend
wo wir schwallen,
tätig wallen.
Doch unsre Arbeit tun auch wir,

Schattenmenschen, grad wie ihr!
Flicker, flacker, fling, flaff!
Schwing, schwang, schwingel, schwaff!‹

›Wie dicht doch die Schatten sind!‹, sagte eines der Kinder, ein nachdenkliches kleines Mädchen.

›Ich möchte einmal wissen, wo sie herkommen‹, sagte ein verträumter kleiner Junge.

›Ich glaube, sie wachsen aus der Wand heraus‹, antwortete das kleine Mädchen, ›denn ich habe beobachtet, wie sie gekommen sind, erst einer, dann noch einer und dann eine ganze Menge von ihnen. Ich bin sicher, dass sie aus den Wänden herauswachsen.‹

›Vielleicht haben sie auch Papas und Mamas‹, sagte ein älterer Junge lächelnd.

›Ja, ja, und der Onkel Doktor bringt sie in seiner Tasche mit‹, sagte ein anderes kleines Mädchen wichtigtuerisch.

›Nein, ich werd's euch sagen‹, sagte der ältere Junge, ›es sind Gespenster.‹

›Aber Gespenster sind doch weiß!‹

›Ja, aber diese hier sind schwarz geboren worden, als sie durch den Schornstein gekommen sind.‹

›Nein‹, meinte ein neugierig aussehender blasser Junge von vierzehn Jahren, der am Kamin gelesen und damit aufgehört hatte, um den Jüngeren zuzuhören. ›Es sind Körpergeister, nicht Seelengeister.‹

Darauf folgte ein Schweigen, bis der Erste, der Junge mit den verträumten Augen, sagte:

›Ich hoffe, dass sie mich nicht gemacht haben‹, worauf alle in Gelächter ausbrachen.

In diesem Augenblick brachte die Kinderschwester den Tee herein, und als sie das Gas andrehte, verschwanden wir.«

»Ich habe einen Mord verhindert«, rief ein anderer.

»Wie denn? Wie denn? Wie denn?«

»Ich will es euch erzählen. Ich war eine Weile lang in einem Krankenzimmer herumgestrichen, wo sich ein Geizkragen befand, der offenbar im Sterben lag. Ich mochte den Ort überhaupt nicht, aber ich hatte das Gefühl, dort gebraucht zu werden. Es gab zahlreiche Verstecke, denn das Zimmer war voll gestellt mit allen möglichen Möbeln, besonders mit Schränken, Truhen und Regalen. Ich glaube, er hat in diesen Raum alles hineingestopft, was er in seinem langen Leben an Besitz angehäuft hat. Ich stellte fest, dass er überall Gold, Gold und nochmals Gold versteckt hatte; denn als seine Pflegerin eines Abends nicht da war, kroch er aus dem Bett, murmelnd und zitternd, und schaffte es, eine der Truhen zu öffnen, obwohl er vor Anstrengung beinahe umgefallen wäre. Ich blinzelte gerade über seine Schulter, und plötzlich glitzerte mich ein solcher Goldstrahl an, dass es mich um ein Haar fast umgebracht hätte. Doch als er seine Pflegerin kommen hörte, ließ er den Deckel zufallen, und ich konnte mich erholen.

Ich strengte mich sehr an, konnte ihm aber nichts Gutes tun. Denn obwohl ich alle möglichen Formen und Gestalten auf Wand und Decke machte, um ihm die bösen Taten wieder ins Gedächtnis zu rufen, die er einmal begangen hatte, und da gab es eine reiche Auswahl, gelang es mir doch nicht, Gestalten in seinen Geist oder sein Gewissen zu bringen. Er dachte nur ans Gold. Und es war auch so, dass seine Pflegerin ebenfalls nichts anderes im Sinn hatte.

Als sie eines Tages neben seinem Bett saß, ohne dass er sie sehen konnte, rührte sie gerade etwas Brei in einer Schüssel um, um ihn zu kühlen. Ich sah, wie sie ein kleines Glasfläschchen aus ihrem Ausschnitt nahm und merkte an ihrem Gesichtsausdruck, was es war und was sie vorhatte.

Zum Glück war das Fläschchen ziemlich fest verkorkt, sodass ich einen Augenblick Zeit zum Nachdenken hatte.

Der Raum war so voll gestopft mit allen möglichen Gegenständen, dass es, obwohl sein Pfostenbett keine Vorhänge besaß, um ihm nicht den Blick auf seine kostbaren Schätze zu verdecken, lediglich an der Decke einen einzigen Flecken gab, der für die Gestalt, die ich anzunehmen gedachte, geeignet war. Und es war schwierig, an diesen Fleck zu gelangen. Doch als ich bemerkte, dass genau darauf ein schwacher Feuerstrahl ruhte, der von einem alten staubigen Spiegel in der Ecke dorthin geworfen wurde, da stellte ich mich vor das Feuer, blinzelte nach dem Spiegel, warf mich darauf und sprang von seinem Gesicht auf die kleine ovale Lichtpfütze an der Decke. Dabei nahm ich die Form einer alten, gekrümmten Vettel an, die etwas aus einem Fläschchen in eine Schüssel goss. Den Löffelstiel machte ich mit meiner eigenen Nase, haha!«

Und die Schattenhand streichelte die Schattenspitze der Schattennase, bevor die Schattenzunge mit dem Sprechen fortfuhr.

»Der alte Geizhals sah mich. Diese Nacht rührte er den Brei nicht an, obwohl die Pflegerin ihn erst sanft und schließlich zänkisch dazu zwingen wollte, bis sie schließlich beide ermüdet waren. Sie tat so, als probierte sie selbst davon und als schmecke es ihr vorzüglich. Doch schließlich verzog sie sich in eine Ecke, und nachdem sie so getan hatte, als äße sie den Brei, schüttete sie alles sehr sorgfältig in die Glut.«

»Aber dann muss sie doch schließlich Erfolg gehabt haben, oder er ist verhungert«, warf ein Schatten ein.

»Und außerdem«, meinte ein anderer, »war er es nicht wert, gerettet zu werden.«

»Vielleicht hätte er noch Reue zeigen können«, schlug ein Dritter vor, der gütlicher gestimmt war.

»Ausgeschlossen«, meinte der Erstere. »Das tun Geizhälse nie. Die Liebe zum Geld hat weniger eigene Heilkraft in sich als jedes andere Laster, dem arme Menschen verfallen können. Was für eine Gnade, als Schatten geboren zu sein! Lasterhaftigkeit bleibt an uns nicht hängen. Was geben wir um Gold! – Nichts als Dreck!«

»Amen! Amen! Amen!«, erschollen hundert Schattenstimmen.

»Du hättest sie ihn ermorden lassen sollen, dann wärst du ihn los gewesen.«

»Und außerdem, wie hätte er entkommen können? Er konnte sie doch niemals abschütteln!«

»Ich wollte es euch ja erzählen«, fuhr der Erzähler fort, »aber ihr hattet ja so viele Schattenbemerkungen zu machen, dass ihr mich nicht gelassen habt.«

»Weiter, weiter!«

»Es gab da noch ein kleines Enkelkind, das ihn manchmal besuchte, das einzige Wesen, für das der Geizige Gefühle hatte. Ihre Mutter war seine Tochter, aber der alte Mann wollte sie nie wiedersehen, weil sie gegen seinen Willen geheiratet hatte. Ihr Mann war mittlerweile tot, aber er hatte ihr immer noch nicht verziehen. Nachdem er jedoch den Schatten gesehen hatte, sagte er sich, als er in dieser Nacht wach lag: ›Wie soll ich die alte Teufelin nur loswerden? Wenn ich nicht esse, dann sterbe ich; und wenn ich esse, dann werde ich vergiftet. Ich wünschte, meine kleine Mary würde kommen. Ach, ihre Mutter hätte mich niemals so behandelt.‹ Wach lag er da und dachte immer wieder solche Gedanken, die ganze Nacht lang, und ich beobachtete ihn aus einer dunklen Ecke, bis der Tag anbrach und mich vertrieb. Als ich am nächsten Abend wiederkam, war das Zimmer aufgeräumt und sauber. Seine eigene Tochter, eine Frau mit traurigem, aber schönem Gesicht, saß am Bettrand, und die kleine Mary lag zusammengerollt neben dem Feuer und machte uns nach, indem sie mit ihren verschlungenen Händen merkwürdige Schatten an die Decke warf. Aber sie konnte es sich nicht erklären, wie sie dorthin kamen. Das ist auch kein Wunder, denn ich verhalf ihr zu einigen recht unerklärlichen zusätzlichen Schatten.«

»Ich habe auch eine Geschichte über eine Enkeltochter«, sagte ein weiterer, sobald der Erzähler aufgehört hatte.

»Erzähle sie! Erzähle sie!«

»Letzte Weihnacht«, begann er, »haben wir uns in einer Gruppe im Zwielicht versammelt, um ein Haus ausfindig zu machen, wo wir alle etwas zu tun hätten, denn wir hatten uns vorgenommen, zusammenzuarbeiten. Wir versuchten es in mehreren Häusern, doch an allen gab es etwas auszusetzen. Schließlich entdeckten wir ein großes, einsames Landhaus, und als wir dorthin geeilt waren, sahen wir, wie gerade große Vorbereitungen für das Weihnachtsessen im Gange waren. Wir eilten hinein, strichen hindurch und waren uns sofort einig, dass es geeignet wäre. Zuerst vergnügten wir uns im Kinderzimmer, wo eben mehrere Kinder für das Essen angekleidet wurden. Wir begeben uns fast immer zunächst ins Kinderzimmer, Euer Majestät. Dieses Mal entzückte uns vor allem ein kleines Mädchen von etwa fünf Jahren, das in die Hände klatschte und vor Freude umhertanzte, als es unsere Possen sah. Also beschlossen wir, etwas für sie zu tun, wenn sich die Gelegenheit bieten sollte. Die Gäste trafen nach und nach ein, und mit jedem Neuankömmling huschten wir in die Empfangshalle und machten wunderbare Luftsprünge als Willkommenszeichen. Zwischendurch flitzten wir wieder fort, um nachzusehen, wie weit die Ankleidung gediehen war. Ein Mädchen von etwa achtzehn war ganz bezaubernd. Sie kleidete sich an, als interessiere es sie nicht sonderlich, doch sie konnte nicht verhindern, hübsch dabei auszusehen. Als sie schließlich zum letzten Mal das Phantom im Spiegel betrachtete, lächelte sie ihm halb zu. Aber *wir* mögen diese Wesen ganz und gar nicht, die in die Spiegel geraten, Euer Majestät. Wir verstehen sie nicht. Sie sind uns unheimlich.

Sie sah recht traurig und blass aus, aber auch sehr lieb und hoffnungsfroh. Deshalb wollten wir alles über sie erfahren und stellten bald fest, dass sie eine entfernte Verwandte und der Liebling des Hausherren war, einem alten Mann, in dessen Gesicht sich Güte mit Starrköpfigkeit und einem dunklen Schatten des Tyrannischen vermengte. Wir mochten ihn nicht sonderlich, aber wir konnten uns auch nur schwer sofort für oder gegen ihn entscheiden: Das können Schatten nie.

Die Glocke kündigte das Abendessen an, und wir eilten nach unten. Die Kinder sahen alle glücklich aus und wir waren froh. Aber unter den Dienstboten befand sich ein ganz mürrischer Bursche, und was haben wir dem mitgespielt! Wenn er die Speisen heranbrachte, lauerten wir ihm an allen Ecken auf und sprangen ihn vom Boden an, vom Treppengeländer und aus den Nischen. Er zuckte zusammen und stolperte und benahm sich so täppisch, dass die anderen Diener glaubten, er sei beschwipst. Einmal ließ er einen Teller fallen und musste die Scherben aufkehren und mit ihnen forteilen. Und dabei verfolgten wir ihn nicht! Es war ein Glück, dass der Hausherr ihn bei alledem nicht sehen konnte, aber wir gaben auch Acht, ihn nie in wirkliche Schwierigkeiten geraten zu lassen, obwohl er reichlich verwirrt war durch das Herumhuschen der unerklärlichen Schatten. Manchmal dachte er, die Wände würden über ihm zusammenfallen, ein anderes Mal glaubte er, der Boden würde ihn verschlingen; wiederum ein anderes Mal meinte er, dass er von dem hastigen Hin und Her in kleine Stücke geschlagen werden würde, oder dass er in der schwarzen Masse ersticken müsse.

Als der brennende Plumpudding hereingetragen wurde, da machten wir einen vollkommenen Schattenkarneval daraus, indem wir wie verrückte Dämonen in den blauen Flammen herumtanzten und eine Maskerade nach der anderen veranstalteten. Und wie die Kinder vor Freude aufschrien!

Der alte Herr, der Kinder sehr gern hatte, lachte gerade sein herzlichstes Lachen, als es laut an der Eingangstür klopfte. Das hübsche Mädchen zuckte zusammen, erbleichte und wurde schließlich rot wie das Weihnachtsfeuer. Ich sah das und legte ihr meine Hände aufs Gesicht. Sie war sehr froh darüber, und ich weiß, dass sie in ihrem Herzen sagte: ›Du gütiger Schatten!‹, was mir reichliche Entlohnung war. Dann folgte ich den anderen in die Halle hinaus, wo ich einen fröhlichen, gut aussehenden, braun gebrannten Seemann sah, offenbar ein Sohn des Hauses. Der alte Mann empfing ihn mit Tränen in den Augen, und die Kinder begrüßten ihn mit Freudenschreien. Das Mädchen entkam in dem Durcheinander, gerade noch rechtzeitig, um sich davor zu bewahren, in Ohnmacht zu fallen. Wir scharten uns um die Lampe, um ihren Rückzug zu decken und brachten sie fast zum Erlöschen, und der Butler schaffte es nicht, sie wieder ordentlich zum Leuchten zu bringen, bevor das Mädchen wieder an ihren Platz gehuscht war, froh, dass der Raum so dunkel war. Der Seemann hatte als Einziger bemerkt, dass sie fortgeeilt war, und jetzt setzte er sich neben sie und ergriff wortlos ihre Hand im Dunkeln. Als wir uns alle an den Wänden und in den Ecken verteilt hatten und die Lampe wieder aufleuchtete, ließ er ihre Hand los.

Während des restlichen Essens beobachtete der alte Mann die beiden und merkte, dass etwas zwischen ihnen war, und wurde sehr böse. Denn seiner eigenen Meinung nach war er ein äußerst wichtiger Mann, und sie hatten ihn nie um Rat gefragt. Tatsache war, dass sie gar nichts von ihren Gefühlen gewusst hatten, bis der Seemann das letzte Mal auf Fahrt ging und dass jeder von den Gefühlen des anderen erst jetzt erfahren hatte. Das haben wir alles herausgefunden, indem wir sie beobachteten und uns anschließend darüber berieten. Der alte Herr merkte auch, dass sein Liebling, das Mädchen, das ihm doch so sehr viel schuldig war, seinen Sohn mehr liebte als ihn, und schließlich wurde er immer eifersüchtiger, sodass er mit seinen mürrischen Blicken und kurz angebundenen Antworten bald die ganze Tafel überschattete. Es ist eine andere Art von Überschatten als unsere. Das Nachtischessen wurde schließlich so trübsinnig, dass wir Schatten es nicht ertragen konnten und froh waren, als die Damen aufstanden und sich in das Wohnzimmer begaben. Die Herren mochten auch nicht hinter den Damen zurückstehen, trotz des berühmten Weines. Und so fand sich der launische Gastgeber trotz seiner Gastfreundschaft allein an der Tafel im leeren Esszimmer. Wir folgten der Gesellschaft hoch ins Wohnzimmer und schließlich ins Kinderzimmer, wo dann *Snap-dragon** gespielt wurde, aber während sie mit diesem schattigsten aller Spiele beschäftigt waren, krochen fast alle Schatten wieder nach unten ins Esszimmer, wo der alte Mann noch immer saß und am Knochen seiner eigenen Selbstsucht nagte. Sie füllten den Raum an, und indem sie alle möglichen Arten der Ausdehnung anwandten, wie beispielsweise sich wie Seifenblasen aufzublähen, gelang es ihnen, im ganzen Raum Schatten anzuhäufen. Am dichtesten scharten sie sich um das Feuer und die Lampe, bis sie diese fast in Bergen der Finsternis ertränkten.

* Anm. d. Übers.: *Snap-dragon*: angelsächsisches Weihnachtsspiel, bei dem Rosinen aus brennendem Branntwein gefischt werden müssen.

Bevor sie so viel erreicht hatten, waren die Kinder zu Bett gebracht worden. Doch das kleine fünfjährige Mädchen, das uns solche Freude gemacht hatte, als wir ankamen, konnte nicht einschlafen. Sie hatte ein eigenes kleines Zimmer, und ich hatte sie begleitet wie sie sich ins Bett legte, und hielt sie nun damit wach, dass ich im Schein der Nachtlampe umhertollte. Als sich ihr Blick endlich auf mich geheftet hatte, nahm ich an der Wand die Gestalt ihres Großvaters an, wie er in seinem Stuhl saß, den Kopf hinuntergebeugt und mit Armen, die schlaff herabhingen. Und das Kind erinnerte sich daran, dass es ihn genauso das letzte Mal gesehen hatte, denn nachdem die anderen hoch ins Wohnzimmer gegangen waren, hatte sie noch einmal ins Esszimmer gelugt. ›Wenn er nun immer noch dort unten sitzt‹, dachte sie, ›ganz allein im Dunkeln!‹ Sie krabbelte aus dem Bett und schlich nach unten.

In der Zwischenzeit hatten die anderen den unteren Raum so verfinstert, dass man nur noch das Gesicht und das weiße Haar des alten Mannes, und auch diese nur ganz schwach, in der Schattenmasse erkennen konnte. Denn er hatte seinen Geist mit Schatten angehäuft, die wir Schatten ihm nun entziehen wollten. Diese Schatten sind ganz anders als wir, wie Euer Majestät wissen. Er dachte an all die Enttäuschungen, die er schon erlebt hatte, an all die Undankbarkeit, der er schon begegnet war. Und er dachte wesentlich mehr an das Gute, das er getan hatte, als an das Gute, das andere vollbracht hatten. ›Nach allem, was ich für sie getan habe‹, sagte er mit einem bitteren Seufzen, ›kümmern sie sich doch kein bisschen darum, was mit mir ist. Meine eigenen Kinder werden froh sein, wenn ich nicht mehr bin!‹ In diesem Augenblick blickte er hoch und sah eine winzige Gestalt, die in einem Nachthemd an der Tür stand. Die Tür hinter ihr war geschlossen. Es war meine kleine Freundin, die lautlos hineingeschlichen war. Ein Stich eisiger Furcht zuckte durch das Herz des alten Mannes, doch sie schmolz sofort dahin, denn wir machten eine einzelne Schneise für einen Lichtstrahl vom Feuer frei, der auf das Gesicht der kleinen Elfe fiel. Er dachte, es sei sein eigenes Kind, das im gleichen Alter wie ihre kindliche Nicht gestorben war, die nun ihren Großvater inmitten der Schatten betrachtete. Er glaubte, dass sie aus ihrem Grab in der kalten Finsternis gestiegen sei, um ihren Vater zu fragen, warum er an Weihnachten allein dort säße. Und er merkte, dass er ihr keine Antwort zu geben wusste außer einer, vor der er sich schämte, sie ihr sagen zu müssen. Doch jetzt sah ihn sein Enkelkind und schritt mit kindlicher Würde auf ihn zu, wobei sie ein- oder zweimal über etwas stolperte, das wie ihr Grabtuch aussah. Sie drängte sich durch die dichten Schattenmassen, erreichte ihn, kletterte auf seine Knie, legte ihren kleinen Kopf mit den langen Haaren auf seine Schulter und sagte: ›Großpapa! Bist du traurig? Ist es nicht auch dein Küsschentag, Opapa?‹

Aus dem Lehm seines Herzens schien ein neuer Quell der Liebe hervorzubrechen. Er drückte das Kind an seine Brust und weinte. Dann stand er wortlos auf, trug sie in ihr Zimmer hinauf, legte sie ins Bett, deckte sie zu, küsste ihren süßen kleinen Mund, der noch keine Schande kannte, und begab sich ins Wohnzimmer.

Als er eingetreten war, erblickte er die beiden Schuldigen allein in einer Ecke. Er schritt auf sie zu, nahm ihre Hände, legte sie ineinander und sagte: ›Gott segne euch!‹ Dann wandte er sich an die übrige Gesellschaft und sagte: ›So, jetzt wollen wir ein Weihnachtslied singen.‹ Und das konnte er nun auch, denn wenn ich in das Haus zurückgekehrt bin, habe ich ihn niemals mehr missmutig erlebt und ich bin sicher, dass es ihm Sorgen genug bereiten muss.«

»Wir sind gerade aus einem großen Palast zurückgekehrt«, sagte ein anderer, »von dem wir wussten, dass es
dort viele Kinder gäbe und wo wir hofften, frohe Stimmen
zu hören und königlich fröhliche Blicke zu sehen. Aber sobald wir eingetreten waren, merkten wir, dass ein mächtiger
Schatten das Ganze umhüllte; und dieser Schatten wurde
immer dichter und dichter, bis er sich finster um die ruhen-
de Gestalt eines weisen Prinzen gesammelt hatte. Als wir
ihn erblickten, konnten wir uns nicht mehr bewegen, sondern hingen schwer an den Wänden und vergrößerten mit
unserem Schweigen noch die Traurigkeit. Und als wir die
Mutter ihres Volkes weinen sahen, die mit gesenktem Haupt
um ihn trauerte, dem sie vertraut hatte, da wurden wir von
solch einem Verlangen gepackt, keine Schatten mehr zu
sein, sondern geflügelte Engel, die die weißen Schatten
sind, die vom Licht der Lichter im Himmel geworfen werden, damit wir uns um sie scharen und tröstend über ihr
schweben könnten, dass wir von den Wänden verschwanden und uns hoch über den Türmen des Palastes schwebend wiederfanden, wo wir den herbeieilenden Engeln
begegneten und erkannten, dass unsere Dienste nicht gebraucht wurden.«

Inzwischen erglomm das nahende Mondlicht immer
mehr, und der König erkannte einige der merkwürdigeren
Schatten mit menschlichen Augen und Gesichtern, die sich
in der Menge umherbewegten. Sofort wusste er, dass sie
nicht zu seinem Reich gehörten. Sie blickten ihn an und
nahten sich ihm und zogen langsam vorbei, doch niemals
verbeugten sie sich oder gaben Zeichen der Unterwerfung
von sich. Und was ihre Augen ihm sagten, das konnte nur
der König erzählen. Aber das tat er nicht.

»Was sind das für andere Schatten, die sich durch die
Menge bewegen?«, fragte er einen seiner nahen Untertanen.

Der Schatten schreckte zusammen, blickte sich um, zitterte leicht und legte den Finger auf die Lippen. Dann führte er den König ein Stück beiseite, blickte nochmals vorsichtig um sich und sagte leise:

»Ich weiß nicht, wer sie sind. Ich habe schon viel über sie gehört, doch begegnet bin ich ihnen nur ein einziges Mal. Das war in einer Nacht, als eine Reihe von uns einen Mann besuchten, der oft allein dasaß und von dem es hieß, er denke sehr viel. Wir sahen zwei von diesen, die mit ihm im Zimmer saßen, und er war so fahl wie sie. Wir konnten die Schwelle nicht überschreiten, sondern erzitterten und bebten und hatten das Gefühl, gleich fortzuschmelzen. Fürchten Euer Majestät sie nicht auch?«

Doch der König gab keine Antwort, und bevor er wieder sprechen konnte, war der Mond über die mächtigen Säulen der Kirche der Schatten gestiegen und blickte durch das riesige Fenster des Himmels.

Die Gestalten waren alle verschwunden, und der König sah, als er seine Augen wieder hob, nur die Wand seines eigenen Gemachs, auf der der Schatten eines kleinen Kindes flackerte. Er blickte hinab, und dort, auf einem Schemel am Kaminfeuer, saß eins seiner eigenen Kleinen und wartete darauf, seinem Vater eine gute Nacht zu wünschen und dass er früh einschlafen möge, damit er auch früh wieder auf sei und den ganzen Weihnachtstag über froh und glücklich sein möge.

Und Ralph Rinkelmann freute sich, dass er ein Mensch war und nicht ein Schatten.

Doch als die Schatten verschwanden, da hinterließen sie im Geist des Königs eine Spur von einem Lied. Und der Text des Liedes muss ungefähr so gelautet haben:

Schatten, Schatten, nichts als Schatten!
Ob Gebären, ob Bestatten:
Schattenmonde oben blinken,
Schattengräber unten winken.
Schattenhoffnung lebt, wächst, stirbt
aus Schattenaugen Liebe wirbt
aus Schatten, schattenwärts wir ziehn
in Schattenwelten ohne Blühn;
enden werden Schattentage
mit der Schatten-Schattenklage.

Schattenmensch, du bist ein Grauen
an der Schattengruft zu schauen,
durch die ew'gen Schattenlüfte
von dem Schattensitz die Düfte
ziehen über Schattenthrone
durch die Zeiten, hoffnungsohne.
Nord und Süd und ein und aus,
Ost und West und rund ums Haus
schnellen Schatten durch Gefilde
aller Lüfte, Scheingebilde.
Schattenmensch, nicht Angedenken –
Schattenruhm bleibt dir zu schenken.

Doch Ralph Rinkelmann sagte sich:
»Es sind nur Schatten, die so singen, denn ein Schatten
kann nur Schatten wahrnehmen. Ein Mensch sieht einen
Menschen, wo ein Schatten nur einen Schatten sieht.«
Und es war Friede in ihm.

Kleine Morde unter Nachbarn

Rezept für pikante Kürbissuppe zu Halloween

*Einen großen, gelben Gartenkürbis aushöhlen und
das Fruchtfleisch in kleine Würfel schneiden. Ebenfalls in
Würfel geschnittene Zwiebeln sowie eine zerkleinerte
Knoblauchzehe in etwas Olivenöl glasig braten. Zwiebeln
und Knoblauch zusammen mit den Kürbisstückchen und
eineinhalb Liter angerührter Instant-Gemüsebrühe in
einen großen Topf geben und das Ganze unter Rühren
auf niedriger Flamme köcheln, bis der Kürbis weich ist.
Anschließend mit viel Curry, etwas Pfeffer und Salz
abschmecken, eventuell mit dem Zauberstab durchpürie-
ren. Nach Belieben mit Sahne, Rattengift oder Abfluss-
reiniger abschmecken. Petersilie zum Garnieren.
Dazu getoastetes Weißbrot servieren.*

Mein Name ist Susi Wagner, ich bin achtunddreißig Jahre
alt und als Rechtspflegerin in Teilzeit tätig. Zusammen mit
meinem Mann Claus, Rechtsanwalt, und meinen Kindern
Jona und Leonie wohne ich in einem hübschen Einfamili-
enhaus im Hornissenweg 24. Der Hornissenweg ist eine
ganz normale Vorstadtstraße mit ganz normalen Häusern,
und wir sind eine ganz normale Familie mit ganz normalen

Traditionen. An Sankt Martin führen unsere Kinder selbst gebastelte Laternen spazieren, zu Weihnachten schmücken wir einen Tannenbaum, an Ostern färben wir bunte Eier, und zu den Geburtstagen backen wir leckere Torten. An Silvester schwenken wir Wunderkerzen, zu Karneval suchen wir unsere Clownsnasen und Indianerperücken heraus, und zu Halloween morden wir unsere Nachbarn.

Nicht, dass Sie einen falschen Eindruck bekommen: Wir bringen natürlich nicht *irgendwelche* Nachbarn um, Gott bewahre, wir sind doch keine Mörder! Nein, wir konzentrieren uns ausschließlich auf die Bergers aus Nummer 22.

Niemand im Hornissenweg kann irgendein Mitglied der Bergersippe ausstehen, und niemand der Bergers kann irgendjemanden im Hornissenweg ausstehen.

Als wir vor fünf Jahren hierher zogen, quoll das Haus Nummer 22 vor Bewohnern noch beinahe über: Es gab einen senilen Großvater, den Bergers ironischerweise den ›lieben Opapa‹ nannten und der mit einem Pitbull namens Scheitan und einem eisenbewehrten Spazierstock die Straße unsicher machte. Wehe dem, der sich nicht rechtzeitig hinter Mauern und Zäunen in Sicherheit bringen konnte! Als der liebe Opapa starb, ließ der wenig tierliebe Herr Berger Pitbull Scheitan gleich mit einschläfern, die einzige Tat eines Mitglieds der Bergersippe, die im Hornissenweg jemals auf Zustimmung stieß.

Die Witwe des lieben Opapas, von den Bewohnern des Hornissenweges ›Helga die Schreckliche‹ genannt, starb nur zwei Jahre nach ihrem Mann, nicht etwa an gebrochenem Herzen, sondern an Thrombosen, Folgen ihres immensen Übergewichts. Den letzten Sommer ihres Lebens hatte sie überwiegend damit verbracht, hinter der dichten Hecke der Bergers zu lauern und Vorbeigehende mit matschigem, fauligem Obst zu bewerfen.

Helga die Schreckliche war die Mutter von Herrn Berger, welcher Mitte fünfzig und Frührentner ist. Seine reichliche Freizeit nutzt er dazu, die Straße auf und ab zu patrouillieren und Rechtsverstöße – tatsächliche oder vermeintliche – zu protokollieren. Nichts entgeht seinem scharfen Auge, jedes falsch parkende Auto wird aufgeschrieben, jedes Hupen notiert. Jedes Rasenmähen außerhalb der gesetzlichen Ruhezeiten, jedes unangemeldete Grillfest, jeder Heckenschnitt, jeder Bau eines Gartenhäuschens – alles wird den Ämtern gemeldet. Den Frieds aus Nummer 45 hat Herr Berger den Bau des Wintergartens beinahe vermasselt, weil der umbaute Raum die zugelassene Kubikmeterzahl nach Herrn Bergers Berechnungen um 1,5 Zentimeter überschritt. Bei den Müllers aus Nummer 10 hat er erreicht, dass diese das Garagendach nicht mehr als Sonnenterrasse nutzen dürfen, und bei uns hat Herr Berger einen Baustopp von mehreren Monaten erwirkt, weil er behauptet hat, unser Giebel würde um zehn Zentimeter höher sein als in den Bauplänen vorgesehen.

Seine Frau begleitet ihn stets auf seinen Erkundungspatrouillen, sie ist ebenfalls Mitte fünfzig und im Gegensatz zu ihrem Mann äußerst gesprächig. Obwohl sich niemand dafür interessiert, erzählt sie jedem, der das Pech hat, ihr auf fünf Meter nahe zu kommen, Anekdoten von ihren Kindern und Enkelkindern, welche alle in Hausnummer 22 leben: Da gibt es die fette, nymphomane Sylvia, die bei Einbruch der Dunkelheit spärlich bekleidet durch die Straße streift und sich den Familienvätern anbietet, die noch einmal den Hund Gassi führen; ferner den ständig besoffenen Gerke, der im Garten der Bergers in einem alten Wohnwagen haust und am liebsten kleine Jungs mag; den asthmatischen Sönke und seine Frau, die so gerne bei offenem Fenster Operettenmusik hören; die sadistische, blonde Wiebke und ihren unehelichen Sohn Kevin, der erst acht ist, aber jetzt schon genauso gerne Katzen und andere Kleintiere quält wie seine Mutter.

Die Bergers sind der Fluch der Straße – eine Tatsache, mit der man sich schwer abfinden kann, wenn man gleich nebenan wohnt. Natürlich haben wir unsere Kinder instruiert, niemals das Bergersche Grundstück zu betreten und niemals, *niemals* mit einem der Bergers mitzugehen, ganz egal, was sie einem versprachen (Der kleine Lukas Fried aus Hausnummer 45 ist vor Jahren einmal mit Gerke in seinen Wohnwagen gegangen und seitdem in psychotherapeutischer Behandlung). Wir vermeiden außerdem jeglichen Wort- und Blickkontakt mit den Bergers und sind heilfroh, dass Claus Rechtsanwalt von Beruf ist und uns somit die Rechtsanwaltkosten spart. Trotzdem haben wir schon eine Menge Verluste hinnehmen müssen: Jonas Fahrrad, unsere Katze und Leonies heiß geliebtes Albinokaninchen. Das Fahrrad war aus der Garage verschwunden und lag am nächsten Tag total verbeult und verbogen vor unserer Haustüre. Der Katze widerfuhr ungefähr das gleiche Schicksal, nur dass sie vermutlich von alleine auf das Grundstück der Bergers spaziert war, und vom Kaninchen fehlt bis heute jede Spur.

Besonders in Erinnerung geblieben ist mir Kevins schrille Kinderstimme, die von der gegenüberliegenden Straßenseite laut: »A, B, C, die Katze liegt im Schnee!«, krähte, als wir die tote Katze fanden.

Ja, die Bergers sind der Fluch, der auf dem Hornissenweg lastet.

Dass auch auf den Bergers ein Fluch lastet, habe ich durch Zufall entdeckt; auf dem Friedhof. Bei der alljährlichen Grabpflegeaktion, die ich mit meiner Mutter stets Ende Oktober zu veranstalten pflege – wir bringen dann die

Gräber meiner Großeltern, diverser Großtanten und meines Vaters in Schuss –, stieß ich auf das Familiengrab der Bergers, nur einen Querweg vom Grab meines Vaters entfernt. Dort waren unter einem gewaltigen polierten Marmorblock die sterblichen Überreste Helgas der Schrecklichen, des lieben Opapas (der mit Vornamen übrigens *Glaubrecht* geheißen hatte) und einer mir unbekannten Person namens Sieglinde Berger, geboren 1899, gebettet.

Während ich auf den polierten Grabstein schaute und mir – nicht ohne eine gewisse Sehnsucht – überlegte, welcher Name wohl als Nächstes hier eingraviert werden würde, fiel mir etwas Merkwürdiges auf: Alle drei Bergers waren an einem 31. Oktober gestorben. Am Tag vor Allerheiligen, an *Halloween*.

Ein Zufall? Möglicherweise.

Aber dem Zufall kann man auch nachhelfen, dachte ich und bekreuzigte mich rasch, erschrocken über meine eigenen Gedanken.

Zuerst war es allerdings umgekehrt, nicht wir halfen dem Zufall, sondern der Zufall half uns nach: Es geschah nur wenige Tage nach meiner Entdeckung auf dem Friedhof. Wir waren mit den Kindern bei meiner Schwester und ihrer Familie eingeladen, zu Kürbissuppe und Apfeltarte, eine weitere, äußerst wohlschmeckende Tradition unserer Familie, mit der wir jedes Jahr das Ende der Gartensaison einläuten. Es war spät, als wir zurückfuhren, schon beinahe Mitternacht, und die Kinder schliefen alle beide auf dem Rücksitz ein. Es hatte den ganzen Tag geregnet, und jetzt sanken die Temperaturen gefährlich gegen null. Im Radio hatten sie vor Glatteis gewarnt, die Straßen waren menschenleer, kaum ein anderes Auto war unterwegs. Claus und ich hatten beide ein paar Gläser Wein getrunken, nicht so viel, um wirklich betrunken zu sein, aber genug, um eine Polizeikontrolle zu fürchten. Deshalb bekamen wir beide einen Heidenschreck, als uns plötzlich von hinten Scheinwerfer blendeten und ein Auto ganz nah auf unsere Stoßstange auffuhr.

»Was soll das?«, fragte Claus, während ich mich erschreckt umdrehte und ein hohnverzerrtes Gesicht hinter der Windschutzscheibe zu erkennen glaubte.

Statt einer Antwort hupte es hinter uns drei Mal, das Auto blieb ein Stückchen zurück, um dann wieder zu beschleunigen und mit quietschenden Reifen knapp hinter unserer Stoßstange zu bremsen.

Ich schnappte nach Luft. »Jetzt hätte es uns beinahe erwischt«, sagte ich.

»Das ist Gerke Berger«, sagte Claus mit zusammengebissenen Zähnen. »Das Arschloch ist wieder mal betrunken.«

»Warum überholt er denn nicht?«, rief ich so laut und hysterisch, dass die Kinder auf dem Rücksitz aufwachten.

»Weil er ein Arschloch ist«, knirschte Claus. Das Auto machte einen Ruck nach vorne, Gerke hatte unsere Stoßstange gerammt. Wieder blieb er ein Stückchen zurück und betätigte wie wild die Lichthupe.

»Fahr schneller, Claus«, schrie ich.

»Das werde ich nicht tun«, sagte Claus und packte das Lenkrad fester. »Es ist spiegelglatt auf der Straße.«

»Müssen wir jetzt sterben?«, fragte Jona vom Rücksitz, als Gerke den Motor seines verrosteten Polos aufheulen ließ. Jona hat meinen Sinn für Dramatik geerbt. Ich brach in Tränen aus, als ich die voll aufgeblendeten Scheinwerfer näher kommen sah.

»Hör schon auf«, sagte Claus ärgerlich. »Du steckst die Kinder ja an mit deiner Hysterie!« Aber auch in seiner Stimme war deutlich die Angst zu hören.

Diesmal rammte Gerke uns nicht, er scherte nach links aus und steuerte den Wagen parallel zu unserem auf die Gegenfahrbahn. Er hatte die Scheiben heruntergedreht, wir konnten seine fiese Bergervisage sehen, die rot angelaufen war, wie immer, wenn er getrunken hatte. Mit den Händen machte er obszöne Zeichen, und er schrie etwas, was wir nicht verstehen konnten, weil unsere Fenster geschlossen waren. Sein ganzer Körper, ja sogar sein Auto trieften förmlich vor Bosheit.

»Ich zeig ihm den Stinkefinger«, schlug Leonie vor, die ihr ganzes Repertoire an unanständigen Gesten Kevin Berger zu verdanken hat, der bedauerlicherweise in ihre Klasse geht.

»Untersteh dich«, sagte Claus und fuhr langsam in die Kurve, die die Ringstraße entlang des großen Stadtweihers macht. »Beachtet ihn einfach gar nicht.«

Wir starrten angestrengt geradeaus, ich weinte immer noch haltlos, ich konnte nichts dagegen machen. Jona kaute an seinen Fingernägeln, und Leonie sagte: »Ich muss aber mal, Papa.«

Nach einer Weile hatte Gerke genug von seinen obszönen Gesten, er blieb wieder zurück, die Scheinwerfer entfernten sich im Rückspiegel immer mehr. Claus fuhr wieder etwas schneller.

»Jetzt hat er aufgegeben«, sagte Claus, als wir etwa hundert Meter zwischen uns und den Polo gelegt hatten. Im gleichen Augenblick hörten wir den Motor wild aufheulen, und Gerkes Auto kam auf uns zugerast, voll zerstörerischer Kraft wie eine Lawine.

»Gib Gas!«, schrie ich, aber Claus machte genau das Gegenteil. Er ging vom Gaspedal und lenkte unseren Wagen dann urplötzlich nach rechts in eine Garageneinfahrt. Ringstraße 234, ein Backsteinhaus mit Blick auf den Weiher. Unsere Rettung. Gerkes Polo schoss an uns vorbei, Gerke versuchte offenbar eine Vollbremsung, aber das Auto schlitterte quer zur Straße geradewegs in den Weiher hinein.

Wir alle hielten die Luft an.

»Platsch«, sagte Jona schließlich, und da hätte ich beinahe vor Erleichterung losgelacht. Das Ganze hatte höchstens ein paar Sekunden gedauert.

Claus setzte den Wagen rückwärts aus der Einfahrt und fuhr langsam an die Stelle, an der Gerkes Polo die Fahrbahn verlassen hatte. Zwei breite Reifenspuren verunzierten das kleine Rasenstück vor dem Weiher, beleuchtet von einer der teuren nostalgischen Straßenlaternen, die unser Stadtrat erst im letzten Jahr hatte montieren lassen. Claus machte den Motor aus, aber wir blieben alle im Wagen sitzen. Leonie drückte sogar die Türverriegelung auf ihrer Seite zu, eine überflüssige Maßnahme, denn es sah nicht so aus, als würde Gerke uns noch einmal gefährlich werden können.

Von seinem Polo war nur noch das gelbe Dach zu sehen. Eine Menge Luftblasen sprudelten um den Wagen herum, vermutlich gab der dumme Junge unter Wasser immer noch Gas.

Ich wartete darauf, dass in den gegenüberliegenden Häusern die Lichter angehen oder ein paar Bewohner herbeieilen würden, denn Gerkes Beschleunigungs- und Bremsmanöver waren schließlich nicht zu überhören gewesen. Aber nichts geschah.

»Meint ihr, Gerke kann schwimmen?«, fragte Jona schließlich.

Das Dach des Polo neigte sich nach vorne und verschwand langsam im brackigen Wasser des Weihers.

»Sicher kann er schwimmen«, sagte Claus, startete den Motor wieder und warf mir einen bedeutungsvollen Blick zu. »Aber wenn wir zu Hause sind, rufen wir sicherheitshalber bei der Feuerwehr an und sagen Bescheid.«

»Fahr schneller, ich muss mal«, sagte Leonie mit einem letzten Blick auf den Weiher. Die Wasserfläche war jetzt ganz ruhig. In den umliegenden Häusern rührte sich noch immer nichts. Zu Hause brachten wir die Kinder ins Bett. Über Gerke verloren wir kein Wort mehr. Und bei der Feuerwehr riefen wir selbstverständlich auch nicht an.

Nur kurz vorm Einschlafen sagte Claus: »Es war kein Mord, es war allerhöchstens Notwehr und unterlassene Hilfeleistung.«

»Und wenn es Mord war, dann im Dienste der Allgemeinheit«, setzte ich hinzu. »Denk nur an den armen Lukas Fried.«

Ich schlief erstaunlich ruhig und tief in dieser Nacht. Erst am nächsten Tag wurde mir klar, dass auch Gerke in der Halloween-Nacht das Zeitliche gesegnet hatte, wie alle Mitglieder der Familie Berger: Todestag 31. Oktober.

Ein Zufall? Möglicherweise.

Seit Gerkes unseligem Unfall ist ein Jahr vergangen. Wir haben heute wieder den 31. Oktober, und die Familie meiner Schwester kommt nachher zu Kürbissuppe und Apfeltarte vorbei. Leonie hat mir beim Zubereiten der Suppe geholfen, sie und Jona haben anschließend in den ausgehöhlten Kürbis ein Gesicht geschnitzt, ein hässliches, breites Gesicht mit dreieckigen Augen und einem fiesen Grinsen.

»Sieht aus wie Herr Berger«, stellt Jona zufrieden fest und platziert den Kürbis auf der Fensterbank vor unserer Küche.

»Eher wie Sönke«, sagt Leonie.

»Das ist doch das Gleiche«, sagt Jona. »Herr Berger hat nur mehr Falten als Sönke.«

Es wird bereits dunkel. Gegenüber bei Bergers gehen die Lampen an. Wiebke zieht wie jeden Abend die Gardinen zurück und schneidet eine höhnische Grimasse zu uns hinüber. Kevin zeigt uns seinen Stinkefinger.

Leonie erwidert seinen Gruß automatisch. Dann sagt sie nachdenklich: »Wenn ich die wäre, dann würde ich heute irgendwoanders hinfahren, zu Freunden oder so.«

»Die haben keine Freunde. Die nicht«, sage ich. »Die haben nur ihre Familie.«

Leonie nickt und lächelt verschmitzt. »Und die wird jedes Jahr kleiner«, sagt sie. Sie hat Claus' schwarzen Humor geerbt.

Tatsächlich bin ich sehr gespannt, welcher der Bergers heute Nacht sterben wird. Ich bin für Wiebke oder Kevin, denn wir haben ein neues Kätzchen, das wir gerne behalten möchten. Claus möchte lieber Herrn Berger tot sehen, im Interesse der Allgemeinheit, wie er sagt.

Über der Straße hängt seit Tagen ein bestialischer Gestank. Die Bergers lassen nämlich ihre Versickerungsgrube und den Kanalanschluss erneuern. Sie haben Gräben und tiefe Gruben auf ihrem Grundstück und der Straße ausheben lassen, die nur unzureichend mit rot-weiß gestreiften Plastikbändern abgesperrt sind.

»Seid bloß vorsichtig«, hat Claus die Kinder erst gestern noch ermahnt. »Wer da hineinfällt, kann sich das Genick brechen.«

Ach, und es gibt noch eine Vielzahl von anderen Möglichkeiten! Wir hatten ja ein ganzes Jahr Zeit, um darüber nachzudenken. Die Nacht ist noch lang …

Jona zündet ein Teelicht an und stellt es in den Kürbis. Das geschnitzte Gesicht leuchtet in warmem, flackerndem Gelb. Fast sieht es so aus, als würde der Kürbis den Bergers zuzwinkern.

»Halloween ist mein zweitliebstes Lieblingsfest«, sagt Jona.

Meins auch. Es geht doch nichts über gepflegte Familientraditionen.

EDGAR ALLAN POE

Die Tatsachen im Fall Valdemar

(Es darf nicht wundernehmen, dass der Fall Valdemar lebhaftes Aufsehen erregt hat – man hätte es viel mehr ein Wunder nennen müssen, wäre es anders gewesen.

Der Wunsch aller bei der Angelegenheit beteiligten Personen, diese so lange wenigstens geheim zu halten, bis neue Nachforschungen ihnen noch weitere Beweise an die Hand gegeben hätten, veranlasste, dass ein tendenziöser und übertriebener Bericht ins Publikum gelangte, der die ganze Angelegenheit in falschem Lichte erscheinen ließ und natürlicherweise Unglauben hervorrief.

Es ist deshalb nötig, eine Darstellung der Tatsachen dieses Falles zu geben, so weit sie mir selbst schon verständlich sind.

E. A. P.)

In den letzten drei Jahren beschäftigte ich mich lebhaft mit dem Studium des Magnetismus. Vor ungefähr neun Monaten kam mir nun plötzlich der Gedanke, dass die bisher gemachten zahlreichen Experimente eine bemerkenswerte und fast unerklärliche Lücke aufwiesen: Bis jetzt war nämlich noch niemand *in articulo mortis* magnetisiert worden. Es war noch nicht festgestellt, ob der Patient in diesem Zustande überhaupt für magnetische Beeinflussung empfänglich sei und, wenn ja! ob sein Zustand dieselbe verstärke oder vermindere, fernerhin, inwieweit und auf wie lange die Äußerungen des Todes durch ein solches Vorgehen aufgehalten werden könnten. Noch manch anderer Punkt war aufzuklären, aber diese drei reizten meine Neugierde am meisten. Besonders wichtig wegen seiner unberechenbaren Folgen schien mir der letzte.

Als ich nun in meiner Umgebung nach einer Persönlichkeit Umschau hielt, mittelst derer ich mir die gewünschte Klarheit verschaffen könne, musste ich sofort an meinen Freund, Herrn Ernst Valdemar, denken, den bekannten Compilor der ›Bibliotheka Forensica‹ und den Autor der polnischen Übersetzungen des ›Wallenstein‹ und des ›Gargantua‹. Herr Valdemar, der seit dem Jahre 1839 gewöhnlich in Harlem bei Neuyork wohnte, ist oder *war* vielmehr von ganz auffallender Magerkeit und von einem ausgesprochen nervösen Temperamente, das ihn zu magnetischen Experimenten höchst geeignet erscheinen ließ. Zwei- oder dreimal hatte ich ihn ohne Schwierigkeit in Schlaf versetzt, doch erzielte ich keineswegs die Resultate, die ich von seiner Konstitution erwarten zu dürfen glaubte. Sein Wille stand niemals ganz unter meiner Herrschaft, und in puncto Hellsehen erlangte ich auch nicht den geringsten Anhalt, der mir zu weiteren Forschungen dienlich gewesen wäre. Den Grund dieser Misserfolge hatte ich immer in seiner zerstörten Gesundheit gesucht. Einige Monate bevor wir uns kennen lernten, war nämlich von den Ärzten hochgradige Schwindsucht bei ihm festgestellt worden, von der er selbst übrigens, geradeso wie von seinem nahenden Ende, mit größter Kaltblütigkeit sprach, als handle es sich um eine Sache, die weder zu vermeiden noch zu bedauern sei.

Als mir die Ideen kamen, von denen ich eben sprach, dachte ich also ganz natürlicherweise gleich an Herrn

Valdemar. Ich kannte die streng philosophische Denkweise dieses Mannes zu gut, um seinerseits Bedenken zu erwarten; auch besaß er in Amerika keine Verwandten, deren Einspruch ich hätte fürchten müssen. Ich wandte mich deshalb frei und offen an ihn, und zu meiner großen Überraschung äußerte er sogar ein lebhaftes Interesse an meinem Vorhaben. Ich sage ›zu meiner großen Überraschung‹; denn obwohl er sich stets bereitwilligst zu meinen Experimenten hergegeben hatte, bezeigte er doch nie die geringste *Sympathie* für meine Studien. Der Charakter seiner Krankheit ließ mit Sicherheit vorausberechnen, wann sie mit dem Tode ihren Abschluss finden würde – und so kamen wir denn überein, dass er mich vierundzwanzig Stunden vor seiner ihm von den Ärzten angezeigten Auflösung rufen lassen würde.

Vor nun mehr als sieben Monaten erhielt ich von Herrn Valdemar selbst folgende Benachrichtigung:

Mein lieber Poe!

Sie tun gut daran, *sofort* zu kommen. D- und F- erklären beide, dass ich die Mitternacht des morgigen Tages nicht überleben werde, und ich selbst denke auch, dass sie den Zeitpunkt so ziemlich richtig angegeben haben.

Ihr Valdemar.

Ich erhielt diese Zeilen eine halbe Stunde später, als sie geschrieben worden waren, und nach einer weiteren Viertelstunde befand ich mich in dem Sterbezimmer. Ich hatte meinen Freund seit zehn Tagen nicht gesehen und war entsetzt über die schreckliche Veränderung, die in dieser kurzen Zeit mit ihm vorgegangen war. Sein Gesicht war von bleigrauer Farbe, die Augen vollkommen glanzlos und die

Abmagerung so vorgeschritten, dass es mir vorkam, als müssten die Backenknochen die Haut durchstoßen. Er hatte außerordentlich starken Auswurf, sein Puls schlug kaum vernehmlich. Trotzdem hatten sich seine geistigen und bis zu einem gewissen Grade auch seine Körperkräfte in merkwürdiger Weise erhalten. Er sprach vollkommen deutlich und konnte ohne fremde Hilfe einige lindernde Medikamente einnehmen. Als ich eintrat, war er gerade damit beschäftigt, mit Bleistift einige Bemerkungen in sein Taschenbuch zu schreiben. Er saß, von Kissen gestützt, aufrecht im Bette. Die Ärzte D- und F- beobachteten ihn.

Nachdem ich meinen Freund mit einem Händedruck begrüßt hatte, nahm ich die Herren beiseite und erhielt von ihnen einen genauen Bericht über das Befinden des Patienten. Der linke Lungenflügel war seit achtzehn Monaten in einem halb verknöcherten, knorpelartigen Zustande und in keiner Weise mehr fähig, die Lebensfähigkeit zu erhalten. Der rechte Lungenflügel war in seinem oberen Teile ebenfalls, wenn nicht gänzlich, so doch zum größten Teile verknöchert, während der untere Teil nur noch aus einer Masse eiternder Tuberkeln bestand, die durcheinander rannen. Verschiedene Durchlöcherungen mussten vorhanden sein, und an einer Stelle war eine bleibende Anlegung an die Rippen eingetreten. Die Erscheinungen im rechten Flügel schienen von verhältnismäßig neuem Datum. Die Verknöcherung war mit ganz ungewöhnlicher Schnelligkeit vor sich gegangen – vor einem Monat hatte man noch nicht das geringste Anzeichen davon entdeckt; und die Anlegung hatte man überhaupt erst seit den letzten drei Tagen bemerkt. Außerdem befürchtete man bei dem Patienten noch eine Pulsadergeschwulst, doch konnte man sich darüber wegen der Verknöcherung keine genaue Aufklärung verschaffen. Beide Ärzte waren der Ansicht, dass

Herr Valdemar um Mitternacht des folgenden Tages, eines Sonntags, sterben werde; als sie mir das sagten, war es Sonnabendabend sieben Uhr.

Während ich mit mir selbst zu Rate ging und abseits von dem Bette des Sterbenden stand, sagten ihm Doktor D- und Doktor F- ein letztes Lebewohl. Sie beabsichtigten, nicht mehr wiederzukommen; aber auf meinen Wunsch entschlossen sie sich, am Abend gegen zehn Uhr noch einmal bei dem Kranken vorzusprechen.

Als sie gegangen waren, unterhielt ich mich mit Herrn Valdemar ganz ungezwungen von seiner nahen Auflösung und noch eingehender von unserem beabsichtigten Experimente. Er erklärte sich nochmals bereit, seine Person herzugeben, er schien sogar ein gewisses Verlangen zu empfinden und drängte mich, doch gleich zu beginnen. Da jedoch augenblicklich nur ein Diener und eine Dienerin zur Krankenpflege anwesend waren, fühlte ich mich nicht sicher genug, eine so wichtige Aufgabe zu übernehmen, ohne im Falle eines plötzlichen Unglücks andere, zuverlässigere Augenzeugen als diese beiden Leute zu haben. Ich verschob deshalb das Experiment bis zum folgenden Abend gegen acht Uhr, als das Erscheinen eines Studenten der Medizin, Herrn Theodor L-e, mit dem ich flüchtig bekannt war, meinen Bedenken ein Ende machte. Anfänglich hatte ich beabsichtigt, bis zur Ankunft der Ärzte zu warten, doch sah ich jetzt auf die immer dringenderen Bitten des Herrn Valdemar davon ab, und überdies sagte mir meine eigene Überzeugung, dass ich keine Minute zu verlieren habe, da es mit dem Kranken zusehends zu Ende ging.

Herr L-e hatte die Liebenswürdigkeit, alles, was sich zutrug, aufzunotieren, und das, was ich jetzt mitteile, ist seinen Aufzeichnungen teils auszugsweise, teils wörtlich entnommen.

Ungefähr fünf Minuten vor acht Uhr ergriff ich die Hand des Kranken und richtete die Bitte an ihn, Herrn L-e, so laut und deutlich wie er könne, seinen ausdrücklichen Wunsch zu äußern, von mir in seinem jetzigen Zustande magnetisiert zu werden.

Er erwiderte mit schwacher, doch vollkommen vernehmbarer Stimme: »Ja, ich wünsche magnetisiert zu werden« – und fügte unmittelbar darauf hinzu: »Ich fürchte, Sie haben es schon zu lange hinausgeschoben.«

Noch während er dies sagte, begann ich, *die* Striche zu machen, welche sich bei ihm – stets am wirksamsten gezeigt hatten; und augenscheinlich übte schon der erste Strich – ich führte ihn seitlich über seine Stirn – einen Einfluss aus. Aber obwohl ich meine ganze Kraft aufbot, gelang es mir nicht, weitere bemerkbare Wirkungen zu erzielen, bis einige Minuten nach zehn Uhr die beiden Ärzte, ihrem Versprechen gemäß, wieder im Krankenzimmer erschienen. Ich erklärte ihnen mit kurzen Worten, was ich vorhabe, und da sie keinen Einspruch erhoben, weil der Patient schon im Todeskampfe liege, fuhr ich ohne Zögern mit den Strichen fort, wählte jedoch statt der waagerechten senkrechte und hielt meinen Blick unverwandt auf das rechte Auge des Leidenden gerichtet.

Der Pulsschlag war mittlerweile ganz unbemerkbar geworden und das Atmen nur noch ein Röcheln, das sich in Zwischenräumen von einer halben Minute über seine Lippen mühte.

In diesem Zustande verblieb Valdemar fast eine Viertelstunde lang. Nach Ablauf der Zeit jedoch entrang sich dem Sterbenden ein natürlicher, wenn auch ungewöhnlich tiefer Seufzer, das röchelnde Atmen hörte auf – das heißt, es war kein Röcheln mehr vernehmbar, die Pausen zwischen den einzelnen Atemzügen blieben unvermindert. Hände und Füße des Patienten waren von eisiger Kälte.

Fünf Minuten vor elf bemerkte ich unzweifelhafte Anzeichen einer magnetischen Beeinflussung. Das gläserne Rollen des Auges war jenem Ausdruck unruhigen Nach-*Innen*-sehens gewichen, der nur bei Somnambulen vorkommt und nicht zu verkennen ist. Durch ein paar rasche, seitlich laufende Striche machte ich die Augenlider wie beim Einschlummern leicht erzittern, und mit ein paar weiteren gelang es mir, dieselben ganz zu schließen. Ich war jedoch damit noch nicht zufrieden, sondern setzte meine Manipulationen mit Aufbietung all meines Willens fort, bis ich die Glieder des Schlafenden, nachdem ich dieselben in eine bequeme Lage gebracht, nach Belieben betten konnte. Die Beine waren in voller Länge ausgestreckt, die Arme fast ebenso und ruhten in einiger Entfernung von den Hüften auf dem Bettpolster. Der Kopf lag wenig erhöht.

Inzwischen war es Mitternacht geworden, und ich forderte die anwesenden Herren auf, den Zustand Valdemars zu untersuchen. Sie taten es und konstatierten nach einiger Zeit, dass er in einem außergewöhnlich tiefen magnetischen Schlafe läge. Die Wissbegierde der beiden Ärzte war natürlich hoch erregt. Dr. D- beschloss sofort, die ganze Nacht bei dem Kranken zuzubringen, während Dr. F- sich mit dem Versprechen verabschiedete, gegen Tagesanbruch wiederzukommen. Herr L-e und die beiden Krankenwärter blieben zurück.

Wir ließen Herrn Valdemar bis gegen drei Uhr morgens ungestört. Als ich ihn um diese Zeit wieder genauer betrachtete, fand ich ihn in derselben Stellung, in der er gewesen, als Dr. F- ihn verließ, das heißt, er lag noch in derselben Lage, der Puls war nicht fühlbar, der Atem so schwach, dass man ihn durch einen vor die Lippen gehaltenen Spiegel kaum feststellen konnte, die Augen natürlich geschlossen und die Glieder steif und kalt wie von Marmor. Doch machte mein Freund keineswegs den Eindruck eines Toten.

Nun versuchte ich, den rechten Arm Valdemars zu beeinflussen, ihn zu zwingen, den Bewegungen des meinigen zu folgen, indem ich ihn über seinem Körper sanft hin- und herbewegte. Dergleichen Versuche waren früher bei dem Patienten stets erfolglos geblieben; und auch jetzt hatte ich selbst eigentlich nicht geglaubt, dass ich die beabsichtigte Wirkung erzielen würde. Aber zu meinem größten Erstaunen folgte diesmal Valdemars Arm dem meinen bereitwilligst, – wenn auch mit einer matten Bewegung, so doch nach jeder Richtung hin, die ich vorschrieb.

Ich beschloss, nunmehr ein Gespräch zu versuchen.

»Herr Valdemar«, fragte ich, »schlafen Sie?« Er antwortete nicht, aber ich bemerkte ein leises Zittern seiner Lippen, das mich ermutigte, die Frage noch einige Male zu wiederholen. Beim dritten Male wurde sein ganzer Körper von einem leisen Schauder überlaufen. Die Augenlider öffneten sich so weit, dass ein schmaler, weißer Strich vom Augapfel sichtbar wurde. Die Lippen bewegten sich schlaff und flüsterten kaum hörbar die Worte: »Ja – ich schlafe jetzt – wecken Sie mich nicht auf – lassen Sie mich so sterben.«

Ich untersuchte die Glieder und fand sie so steif wie zuvor. Der rechte Arm gehorchte wie vorher den Bewegungen meiner Hand. Dann fragte ich den Schlafenden aufs Neue:

»Haben Sie noch Schmerzen in der Brust, Herr Valdemar?«

Die Antwort erfolgte jetzt sofort, war aber noch weniger hörbar als zuvor:

»Keinen Schmerz – ich liege im Sterben.«

Ich hielt es nicht für ratsam, ihn jetzt noch weiter zu stören. Bis zur Ankunft des Doktor F- wurde nichts weiter getan und gefragt. Herr F- erschien gegen Sonnenaufgang und war außerordentlich erstaunt, den Patenten noch am Leben zu finden. Nachdem er ihm den Puls gefühlt hatte, forderte er mich auf, den Schlafwachen wieder anzureden. Ich tat es und fragte:

»Herr Valdemar, schlafen Sie noch immer?«

Diesmal vergingen wieder einige Minuten, ehe er antwortete, und es schien, als raffe der Sterbende während dieser Zeit all seine Energie zusammen, um reden zu können. Als ich ihn zum vierten Mal fragte, antwortete er sehr schwach, fast unhörbar:

»Ja – schlafe noch immer – sterbe.«

Die Ärzte äußerten jetzt den Wunsch, Herr Valdemar möge in seinem gegenwärtigen, anscheinend ruhigen Zustande ungestört belassen werden, bis sein Tod eintrete, was nach ihrer übereinstimmenden Meinung innerhalb einiger Minuten erfolgen werde. Ich beschloss jedoch, den Sterbenden noch einmal anzusprechen, und wiederholte einfach meine frühere Frage.

Während ich sprach, vollzog sich in den Zügen des Magnetisierten eine deutlich sichtbare Veränderung. Die Augendeckel öffneten sich langsam, die Pupillen verschwanden nach oben, die Hautfarbe wurde leichenhaft und war noch eher weißem Papier als Pergament zu vergleichen; und die runden hektischen Flecken, welche sich bisher auf jeder Wange so scharf abgezeichnet hatten, löschten plötzlich aus. Ich gebrauche diesen Ausdruck absichtlich, weil ihr rasches Verschwinden an nichts so sehr erinnerte, als an das plötzliche Verlöschen einer Kerze, wenn man sie mit einem starken Atemzuge ausbläst ... Zu gleicher Zeit zog sich die Unterlippe von den Zähnen, die sie bisher vollständig bedeckt, zurück, und die untere Kinnlade klappte mit einem hörbaren Ruck nach unten, sodass sich der Mund weit öffnete und die geschwollene, schwarz angelaufene Zunge sichtbar wurde. Ich darf vermuten, dass alle damals Anwesenden mit den Schrecken eines Sterbebettes vertraut waren; doch der Anblick des Toten war in diesem Augenblicke so über alle Begriffe scheußlich, dass wir entsetzt aus der Nähe des Bettes zurückwichen.

Ich fühle selbst, dass ich jetzt bei einem Punkte meiner Erzählung angekommen bin, über den hinaus mir die Leser keinen Glauben mehr schenken werden. Doch es ist meine Pflicht, fortzufahren.

Es war auch nicht das geringste Zeichen von Lebensfähigkeit mehr in dem Körper Valdemars zu entdecken. Wir mussten ihn für tot erklären und wollten die Leiche schon der weiteren Sorge seiner Wärter überlassen, als die Zunge plötzlich in eine zitternde Bewegung geriet, die etwa eine Minute lang anhielt. Nach Ablauf dieser Zeit tönte zwischen den auseinander gesperrten regungslosen Kiefern eine Stimme hervor – eine Stimme, die beschreiben zu wollen Wahnsinn wäre. Doch gibt es zwei oder drei Eigenschaftswörter, die man vielleicht auf dieselbe anwenden könnte. Der Klang war rau, gebrochen und hohl; aber der *ganze* furchtbare Eindruck lässt sich aus dem einfachen Grunde nicht beschreiben, weil noch kein menschliches Ohr ähnlich schnarrende Töne vernommen hat. Doch hörte ich damals gleich heraus und glaube auch noch heute, dass *zwei* Eigentümlichkeiten die Farbe des Tones kennzeichneten und so gestatten, wenigstens einigermaßen einen Begriff von seiner sonderbaren Unnatürlichkeit zu geben. Erstens schien es, als käme die Stimme aus weiter Ferne her oder aus irgendeiner tiefen Höhle in der Erde. Zweitens empfing mein Gehörsinn von ihr den Eindruck (ich fürchte wirklich, dass es mir unmöglich ist, mich verständlich zu machen), den der Tastsinn bei der Berührung von etwas Gallertartigem oder klebrig Dick-flüssigem empfindet.

Ich habe sowohl von ›Ton‹ wie von einer ›Stimme‹ ge-sprochen. Ich will damit sagen, dass der Ton deutliche, ja, erschreckend deutliche Silben bildete. Herr Valdemar *sprach* – offenbar, um die Frage zu beantworten, die ich ihm einige Minuten zuvor gestellt hatte: ob er noch immer schla-fe.

Nun antwortete er:

»Ja – nein – ich habe geschlafen und jetzt – jetzt bin ich tot.«

Keiner der Anwesenden *versuchte* auch nur das haarsträu-bende Entsetzen zu unterdrücken oder gar zu verleugnen, das diese wenigen, in *solchem* Tone gesprochenen Worte her-vorbrachten. Herr L-e, der Student, wurde ohnmächtig. Der Krankenwärter und die Pflegerin verließen sofort das Zim-mer und waren nicht zu bewegen, dasselbe nochmals zu be-treten. Meine eigenen Empfindungen spotten jeder Beschrei-bung. Ungefähr eine ganze Stunde lang bemühten wir uns schweigend, wortlos, Herrn L-e wieder zum Bewusstsein zu bringen. Als er endlich zu sich gekommen, begannen wir von neuem, Herrn Valdemars Zustand zu untersuchen.

Er war ganz unverändert; nur, dass der Atem auf dem vor-gehaltenen Spiegel jetzt keine Spur mehr zurückließ. Ein Aderlass, den wir am Arm versuchten, blieb erfolglos, auch war derselbe meinem Willen nicht mehr unterworfen; ich bemühte mich vergeblich, ihn den Bewegungen meines Ar-mes folgen zu lassen. Das einzige wirkliche Anzeichen von magnetischem Einfluss war nur noch in der vibrierenden Bewegung der Zunge zu entdecken, sooft ich eine Frage an Herrn Valdemar richtete. Er schien Anstrengungen zu ma-chen, mir zu antworten, besaß aber nicht mehr die genü-gende Willenskraft. Gegen Fragen anderer Personen schien er vollkommen unempfindlich, obschon ich mich bemühte, jeden der Anwesenden in magnetischen Rapport mit ihm zu setzen.

Ich glaube, dass ich nun alles berichtet habe, was zum Verständnis des somnambulen Zustandes in diesem Stadium erforderlich ist. Wir ließen zwei andere Wärter kommen, und ich verließ mit den beiden Ärzten und Herrn Le das Haus gegen zehn Uhr.

Am Nachmittage fanden wir uns alle wieder bei dem Magnetisierten ein. Sein Zustand war vollständig unverändert. Wir hatten zunächst eine lebhafte Debatte über die Zweckmäßigkeit und Möglichkeit einer Erweckung, kamen aber bald überein, dass dieselbe von keinem Nutzen sein könne, weil der Tod – oder das, was man gewöhnlich als Tod bezeichnet – durch das magnetische Verfahren nur aufgehalten worden war. Auch teilten wir die Überzeugung, dass wir, wenn wir Herrn Valdemar aufweckten, nur seine augenblickliche oder wenigstens seine raschere Auflösung bewirken würden.

Von dieser Zeit an bis gegen Ende der verflossenen Woche – also fast sieben Monate hindurch – setzten wir unsere Besuche in Herrn Valdemars Hause täglich fort, dann und wann in Begleitung von Ärzten oder Freunden. Während der ganzen Zeit verblieb der Schlafwache *genau* in dem Zustande, den ich oben beschrieben habe. Er war dabei beständig von Wärtern bewacht.

Am vergangenen Freitag entschlossen wir uns endlich dazu, das Experiment der Erweckung Valdemars vorzunehmen oder wenigstens zu versuchen; und vielleicht ist der unglückliche Ausgang dieses Experimentes die Ursache jener Erörterungen in Privatkreisen, die ich nur als die Folge einer ungerechtfertigten allgemeinen Leichtgläubigkeit ansehen kann.

Um Herrn Valdemar dem magnetischen Schlafe zu entreißen, machte ich die dazu erforderlichen Striche. Eine Zeit lang blieben dieselben erfolglos. Das erste Symptom des Erwachens war ein teilweises Senken des Augapfels. Ganz besonders merkwürdig bei dieser Senkung war der Umstand, dass eine gelbliche, eitrige Flüssigkeit von höchst scharfem, widrigem Geruch unter den Lidern hervorquoll.

Man bestimmte mich, noch einmal den Versuch zu machen, den Arm des Schlafenden wie früher zu beeinflussen. Ich versuchte es, doch ohne Erfolg. Doktor F- äußerte den Wunsch, ich möchte nochmals eine Frage stellen. Ich tat es mit folgenden Worten:

»Herr Valdemar, können Sie uns mitteilen, was Sie empfinden oder welche Wünsche Sie jetzt haben?«

Kaum hatte ich gesprochen, da traten die hektischen Flecken auf den Wangen wieder hervor, die Zunge begann zu vibrieren oder rollte vielmehr im Munde hin und her, obwohl die Kinnladen und der Mund so steif blieben, wie vorher; und endlich brach wieder jene grässliche Stimme hervor, die ich schon beschrieben habe:

»Um Gottes willen! schnell! – schnell! – versetzen Sie mich wieder in Schlaf! – oder – schnell! – erwecken Sie mich – schnell! – ich sage Ihnen, dass ich tot bin.«

Ich war einen Augenblick wie starr und wusste nicht, was ich tun solle. Zunächst bemühte ich mich, den Halbtoten zu beruhigen, aber als meine Willenskraft versagte, suchte ich ihn mit allen Kräften aufzuwecken. Ich bemerkte bald, dass mir dies gelingen werde, oder glaubte wenigstens, einen Erfolg erzielen zu können, und bin überzeugt, dass auch jeder der Anwesenden der Meinung war, er würde den Patienten bald aufwachen sehen.

Es ist ganz unmöglich, dass ein menschliches Wesen auf das, was wirklich folgte, hätte vorbereitet sein können.

Als ich während der Ausrufe »schnell!« – »tot!«, die von der Zunge, nicht von den Lippen des Leidenden zu kommen schienen, die erforderlichen, magnetischen Striche führte, brach plötzlich, in weniger als einer einzigen Minute, sein ganzer Körper zusammen – zerbröckelte – verweste vollständig unter meinen Händen. Und auf dem Bette, vor den Augen der Anwesenden, lag eine fast flüssige, in ekelhafte Fäulnis übergegangene Masse.

Bram Stoker

Der Herr der Schatten

Ewig und einsam wacht der Herr der Schatten in seiner Wohnstatt. Ihre Wände sind Wolken, und um sie herum und durch sie hindurch, schweben die fahlen Schatten all der Dinge vorbei, die einmal gewesen sind. Dieser endlose, gespenstische, sich drehende und bewegende Kreis wird die ›Prozession der toten Vergangenheit‹ genannt. Darin ist alles genau so, wie es in der Welt des Seins gewesen ist. Es gibt keinerlei Veränderung, auch nicht im Kleinsten, denn es sind ja die Schatten dieser Welt. In jedem Moment, in dem etwas existiert, sendet es seinen Schatten in diese schemenhafte Prozession. Hier ziehen Menschen und Geschehnisse, Sorgen, Gedanken, Torheiten, Verbrechen, Freuden, Kümmernisse, Orte, Szenen, Hoffnungen und Ängste vorüber. Und all das ergibt zusammen die Fülle des Lebens mit seinem Licht und seinem Schatten. Jedes Bild in der Natur, in dem ein Schatten wohnt – und das ist überall der Fall – hat hier seine immaterielle Entsprechung. Hier sind alle Bilder zu sehen, auch die heitersten und die traurigsten. Da ist der Dämmerschein, der über einem sonnigen Kornfeld schwebt, wenn mit einer leichten Brise das dunkle Rauschen der prallen Ähren beginnt; wenn sie sich neigen und wieder aufrichten. Da ist das leichte Kräuseln auf der gläsernen Oberfläche eines sommerlichen Sees und die dunkle

Tiefe, die darunter liegt und die die helle Spur des Mond-
lichtes nicht mehr erreichen kann. Da gibt es das Filigran
von gleißendem Licht und Dunkelheit über einer herbstli-
chen Landstraße, wenn der Mond durch die nackten, über-
hängenden Zweige der Bäume scheint. Der kühle, ruhevolle
Schatten unter den weit ausladenden Bäumen im Sommer
ist da, wenn die Sonne auf den Bauern, der das Heu wendet, herniederbrennt und die dunklen Wolken, die über den
Mond hinwandern, sein Licht verdeckend, das kalt und fahl
wieder hervordringt. Das schwarze und violette Düster finden wir da, das sich im Sommer am Horizont erhebt, wenn
Regen sich ankündigt und die dumpfen Tiefen und finsteren Höhlen, wo ein Wasserfall brüllend in das ausgewasche-
ne Becken stürzt. All diese Schattenbilder und noch tausend
andere, die Tag und Nacht dazukommen, bewegen sich in
der Prozession unter den Dingen, die einst auf der Erde
existiert haben.

Hier wird auch alles, was die Menschen tun – jeder Gedanke, ob gut oder schlecht, jeder Wunsch, jede Hoffnung,
alles, was im Geheimen geschieht – abgebildet. Es wird zu
einem unvergänglichen Protokoll, das nicht mehr ausgelöscht werden kann. Denn der Herr der Schatten darf jederzeit jeden, ob er wacht oder schläft, mit seiner geisterhaften
Hand abrufen, um zu sehen, was aufgezeichnet ist von der
toten Vergangenheit in der nebelhaften, geheimnisvollen Atmosphäre, die seine einsame Wohnstatt umgibt.

In dieser sich unaufhörlich fortbewegenden Prozession
der toten Vergangenheit gibt es kaum einen Raum ohne die
webenden Abbilder, und die Wolkenwände dringen bis
hierher nicht vor. Hier herrscht dichte, tiefe Dunkelheit,
und hinter ihr liegt eine weite, helle Welt.

Diese Finsternis wird das Tor des Schreckens genannt.
Die Prozession – nun weit entfernt – nimmt von hier ihren

Ausgang. Und wenn sie sich auf ihrem Weg wiederum auf die Finsternis zubewegt, verschmelzen die schattenhaften Abbilder mit dem geheimnisvollen Düster. Manchmal geht der Herr der Schatten durch die dunstigen Wände seiner Wohnung und mischt sich unter die Reihen der Prozession. Dann kann es vorkommen, dass eine Gestalt, die er mit seiner gespenstischen Hand aufgefordert hat, leisen Trittes aus dem Nebel auftaucht und bei ihm verweilt. Manchmal beruft der Herr der Schatten eine träumende Seele aus einem schlafenden Körper zu sich. Dann stehen sich das Tote und das Lebende für einen Augenblick gegenüber. Die Menschen nennen dies einen Traum von der Vergangenheit. Wenn das geschieht, treffen sich Freunde wieder oder Feinde, und die Seele des Träumers erfüllt dann eine lang entschwundene, glückliche Erinnerung, oder sie wird von der schmerzlichen Auseinandersetzung mit dem Gewissen belastet. Doch keines dieser Gespinste kann die Nebelwand durchbrechen; das kann allein der Herr der Schatten. Und keinem menschlichen Wesen ist es möglich – selbst nicht im Traum –, in die Dunkelheit einzudringen, in der die Prozession ihre Bahn zieht.

So lebt der Herr der Schatten einsam inmitten seiner Finsternis, und sein Dasein ist bevölkert von gespenstischer Vergangenheit. Die Menschen, die sich ihm nähern, gibt es schon nicht mehr; und obwohl er ihre Schatten erschafft, so wohnen sie nicht bei ihm. Seine Kinder gehen sogleich an ihren Bestimmungsort in der großen Welt, und er sieht sie nicht mehr, bis sie – wenn die Zeit abgelaufen ist – an der Prozession der toten Vergangenheit teilnehmen und so wiederum die dunstigen Mauern seines Heimes erreichen. Für ihn gibt es weder Tag noch Nacht noch irgendeine besondere Zeit im Jahr, sondern die Prozession der toten Vergangenheit zieht ewig an seiner einsamen Wohnung vorbei.

Manchmal sitzt er und grübelt, den abwesenden Blick in die Ferne gerichtet, und draußen ist eine wolkenlose Stille oder die schwarze Finsternis der Nacht. Manchmal blickt er monatelang nicht zum hohen Norden oder zum Süden, und dann regiert dort einzig die Erstarrung der arktischen Nacht. Doch wenn die träumenden Augen sich ihrer selbst wieder bewusst werden, weicht die Erstarrung den Tönen des Lebens und des Lichtes. Dann wieder kann es sein, dass der Herr der Schatten sich mit Stirnrunzeln und einem stählernen Funkeln in den Augen, das dunkle Blitze entflammen und aufleuchten lässt, energisch seiner Aufgabe zuwendet, nun entstehen in der ganzen Welt die Schatten schnell und in großen Scharen. Über der See jagt die Schwärze des Sturmes dahin. Bleiche Lichter flimmern von den Wiegen hinweg hin zu den einsamen Mooren. Sogar in den Palästen der Könige gleiten und schweben dunkle Schatten über alle Dinge, oh, selbst durch die Herzen der Könige; denn der Herr der Schatten verbreitet jetzt Schrecken, wenn er um sich sieht. Wieder und wieder verweilt er länger bei seiner Aufgabe, als ihm gestattet ist. Es scheint, als liebte er sie. Sein Herz sehnt sich nach den Geschöpfen seines Willens; und er würde so gern wenigstens einen der Schatten bei sich behalten, damit er ihm ein Begleiter wäre in seiner Einsamkeit. Aber in solchen Tagen klingt ihm stets die Stimme des Großen Allgegenwärtigen in den Ohren, die ihm befiehlt, sich zu beeilen. »Weiter, weiter«, dröhnt die mächtige Stimme. Während er ihre Worte vernimmt, entgleiten die erschaffenen Schatten seinen Händen, schweben ungesehen durch das Tor des Schreckens und verteilen sich in der großen Welt draußen, um dort ihre Rolle zu übernehmen. Wenn ein solcher Schatten, nachdem seine Zeit abgelaufen ist, in die Reihen der Prozession der toten Vergangenheit zurückkehrt, erkennt ihn der Herr der Schatten und erinnert sich seiner. Aber in seinem versteinerten Herzen findet sich kaum der Schein eines liebenden Andenkens, weil er nur das Jetzt gern haben kann, das sich jeweils seinem Griff entwendet. Oh, es ist ein einsames Leben, das der Herr der Schatten führt. In der unheimlichen, tristen, feierlichen, seltsamen, stillen Dunkelheit, die ihn umgibt, müht er sich stets allein hart um seine Aufgabe.

Aber es gibt auch Freuden für ihn. Kinderschatten springen auf und sonnige Bilder, erhellt durch Liebe und Freundlichkeit. Sie zerfließen unter seiner Berührung und sind entschwunden. Vor dem Wirkungsbereich des Herrn der Schatten liegt eine Sphäre, in der es weder Licht noch Dunkelheit, weder Fröhlichkeit noch Trübsinn gibt. Was auch immer berührt wird, es zerrinnt wie kleine Sandberge bei heranrollender Flut oder wie in Wasser geschriebene Worte. Hier gehen alle Dinge vom Sein ins Nichtsein über; sie werden Teil des großen Nichts. Deshalb wird diese schreckliche Zone des Geheimnisses die Schwelle genannt. Was jemals dorthin kommt, verschwindet, und was aus dieser Zone emportaucht, ist so ausgestattet, dass es seinen Weg in der großen Welt gehen kann. Gegenüber der Schwelle ist selbst der Herr der Schatten gleich nichts, und ihre aufsaugende Kraft lässt nicht zu, dass er etwas beeinflussen oder leiten könnte. Wenn er seine Tätigkeit ausübt, so tritt aus dem unfühlbaren Nichts der Schwelle das Objekt seines Willens. Manchmal bricht der Schatten voll und frisch hervor und ist dann plötzlich in der Dunkelheit des Tores der Furcht verschwunden. Manchmal aber bildet er sich sanft und behutsam, im Näherkommen voller werdend, und verschmitzt mit dem Dunkel. So arbeitet der Herr der Schatten einsam in seinem Reich. Und um ihn, die dunstigen Wände unter sich, webt, ewig vorwärts drängend, die Prozession der toten Vergangenheit. Sturm und Ruhe, beide sind von der Schwelle ausgeschickt worden und vorübergegangen. Nun, einen stillen, versonnenen Augenblick lang, hält der Herr der Schatten inne in seiner Tätigkeit und richtet sein ganzes Sehnen so inbrünstig auf die Wesenlosigkeit der Schwelle, bis ihm von dort eine Antwort zuteil wird. Da wächst der Schatten eines Kinderfußes aus ihr heraus, wackelig auf die Welt zutapsend. Dann folgt der kleine runde Körper mit dem großen Kopf, und der Babyschatten bewegt sich vorwärts, unsicher schwankend und balancierend. Liebevoll streckt sich nach ihm sogleich die helfende Hand der Mutter aus, auf dass es nicht falle. Ein Schritt – zwei – es schwankt … und fällt. Doch der Mutter Arme sind flink, und die hilfreichen Hände ermutigen es. Das Kind wendet sich zur Mutter hin und tappt ihr in die Arme. Wieder bemüht es sich, zu laufen. Und wieder sind die aufmerksamen Mutterhände bereit. Diesmal benötigt es die Hilfe nicht. Doch nachdem der Lauf beendet ist, kehrt das Schattenkind liebend gern zu seiner Mutter Brust zurück. Noch einmal strengt es sich an und geht nun mutig und sicher seinen Weg. Jetzt kann die Mutter die Arme ruhen lassen, aber sie beben, während ihr eine Träne über die Wange rollt und ein Lächeln ihre Züge erhellt. Da wendet sich der Babyschatten ab, entfernt sich ein kleines Stück, und über das neblige Nichts, auf das die Schatten fallen, huscht der flackernde Schatten einer winzigen, winkenden Hand. Und weiter bewegt sich der Schatten der kleinen Füße sicheren Trittes auf die dunstige Finsternis des Tores der Furcht zu und entschwindet. – Der Schatten der Mutter aber bewegt sich nicht. Die Hände aufs Herz gepresst, das liebende Antlitz betend emporgewandt, rinnen große Tränen über ihre Wangen. Dann, als die kleinen Füße sich außerhalb ihres Gesichtskreises befinden, beugt ihr Kopf sich tiefer und tiefer, bis sie weinend am Boden liegt. Als der Herr der Schatten aufschaut, sieht er noch, wie die beiden Schatten blasser und blasser werden. Dann breitet sich wieder die schreckliche Wesenlosigkeit der Schwelle aus. Sogleich wandern in der Prozession der toten Vergangenheit rund um die nebligen Mauern die Schatten, die gewesen sind, auch die von Mutter und Kind.

Nun tritt aus der Schwelle tapferen, kräftigen Schrittes ein junger Mensch. Als sein Schatten auf den Dunstschleier fällt, weisen ihn sein Gewand und seine Haltung als Seemann aus. Dicht zu diesem Schatten gesellt sich ein anderer – der der Mutter. Sie ist älter und schmaler nun, aber es ist dieselbe. Die liebevollen, alten Hände ordnen gefällig das Tuch, das sie leicht geknotet um den Hals trägt. Und der Junge nimmt das Gesicht der Mutter in seine Hände und zieht es an sich, um es zu küssen. Da umfangen der Mutter Hände den Sohn, und sie verharren in enger Umarmung. Wieder und wieder küsst die Mutter ihren Sohn, und sie stehen zusammen, als ob es unmöglich sei, sich zu trennen. Doch plötzlich wendet sich der Junge ab, als ob er einen Ruf hörte, während die Mutter ihn noch fester umschlingt. Er scheint zärtlich Einwendungen zu machen, doch die lieben den Arme halten ihn fest, bis er sich mit sanfter Gewalt losreißt. Die Mutter tut einen Schritt vorwärts und streckt in einem Anfall von Herzleid zitternd die Hände aus. Der Sohn hält inne, beugt sein Knie, wischt sich die Tränen ab und schwenkt seine Kappe. Dann springt er auf, während die Mutter noch einmal auf die Knie sinkt und weint. Und so gewinnen die Schatten von Mutter und Kind im Laufe der Zeit langsam mehr und mehr an Konturen, passieren das Tor der Furcht und zirkulieren inmitten der Gespinste der Prozession der toten Vergangenheit – die Mutter stets den eilenden Fußstapfen des Sohnes in kurzem Abstand folgend.

In der nun folgenden langen Pause, in der der Herr der

Schatten nachsinnt, scheint sich alles verändert zu haben. Aus der Schwelle tritt ein Nebel von der Art, wie er manchmal über der Oberfläche eines tropischen Sees liegt. Allmählich lichtet sich der Nebel und gibt den Blick frei auf den riesigen schwarzen Bug eines mächtigen Schiffes. Die Schatten der großen Segel liegen blass in der kühlen Tiefe der See, und in der reglosen Luft klatschen die Segel träge an die Masten. Lustlos lehnen Gestalten an der Takelung und warten auf Wind. Der Nebel über der See schmilzt langsam dahin, und da die dichten Schatten der Menschen vor der gleißenden Sonne Schutz suchen, indem sie sich mit ihren breiten Seemannshüten Kühlung zufächeln, ist es offensichtlich, dass die Hitze schrecklich sein muss. Nun steigt in weiter Ferne hinter dem Schiff eine schwarze Wolke, kaum größer als die Faust eines Mannes, über den Horizont herauf und nähert sich mit beängstigender Geschwindigkeit. Ebenso weit entfernt, doch vor dem Kurs, den die Wolke nimmt, erhebt sich die Kante eines Korallenriffes, das über dem gläsernen Wasser kaum zu sehen ist, doch die Meerestiefe mit seiner Masse verdunkelt. Jene an Bord sehen keines von beiden, denn sie haben unter ihren Sonnensegeln Schutz gesucht und ersehnen kühle Winde.

Immer geschwinder nähert sich die dunkle Wolke dem Schiff, schneller und schneller dahinziehend und im Herankommen schwärzer und gewaltiger werdend. Endlich scheinen jene an Bord die Gefahr zu erkennen. Hastende Schatten fliegen das Deck entlang, und an den Schatten der Leitern jagen die Schatten der Menschen hinauf. Das Klatschen der großen Segel hört auf, als diese – eines nach dem anderen – von willigen Händen eingezogen werden. Doch schneller, als Menschenhände arbeiten können, rast der Sturm heran. Über ihnen rauscht es, und Schreckliches bricht über sie herein. Tintenschwarze Finsternis, turmhohe Wellen, die mit großer Wucht brechen und auseinander spritzen, eine schäumende, sich himmelwärts bäumende See, riesige, sich in Raserei wälzende Wolken. Und mitten in diesen fliegenden, quirlenden, wütenden Schatten schwankt der Schatten des Schiffes.

Während die schwarze Finsternis alles in sich einhüllt, fegt der Schattensturm tosend durch das Tor der Furcht. Als nun der Herr der Schatten den Wirbelsturm unter den Schatten der Prozession der toten Vergangenheit toben sieht, ergreift eine Spur von Mitleid für den in die Tiefe geschleuderten braven jungen Seemann und die ängstlich daheim wartende Mutter sogar sein versteinertes Herz.

Wieder entwächst der Schwelle ein Schatten, deutlicher werdend im Näherkommen, doch sehr sehr blass zuerst. Denn hier brennt die Sonne gnadenlos hernieder, und auf dem nackten Felsen, der sich aus dem Schimmern und Glitzern der Seetiefe erhebt, ist so gut wie kein Platz für Schatten. Auf diesem einsamen Felsen steht ein junger Schiffbrüchiger, hager und abgemagert, und seine Kleidung besteht nur aus ein paar Fetzen. Seine Augen mit der Hand gegen die Sonne schützend, schaut er über das Wasser zum Horizont, wo der wolkenlose Himmel in die brennende See zu sinken scheint. Doch nichts ist zu sehen in der Ferne, und kein noch so weites Schimmern eines weißen Segels schenkt ihm einen Hoffnungsstrahl. Lange blickt er suchend, bis er sich erschöpft auf dem Felsen niederlässt und seinen Kopf eine Zeit lang verzweifelt in die Hände stützt. Als die See zurückweicht, sammelt er das Schalengetier vom Felsen, das die Flut herangespült hat. So vergeht der Tag, und es kommt die Nacht, und am tropischen Himmel hängen die Sterne wie Laternen. In der kühlen Stille der Nacht ruht der verlassene Schiffsjunge aus; er schläft und träumt. Von zu Hause träumt er, von Armen, die sich ihm liebevoll entgegenstrecken, von ausgedehnten Festessen, von grünen Feldern und im Winde wehenden Zweigen und von der Geborgenheit in der Liebe seiner Mutter. Denn der Herr der Schatten ruft während des Schlafes seine träumende Seele und zeigt ihm alle die Wohltaten, die sich in der Prozession der toten Vergangenheit unaufhörlich weiterbewegen. Auf diese Weise ermutigt er ihn, damit er nicht verzweifele und sterbe.

So gehen viele harte Tage ins Land, und der Schiffsjunge verweilt noch immer auf dem einsamen Felsen. Dann sieht er in großer Entfernung einen Hügel, der sich über das Wasser zu erheben scheint. Eines Morgens, als der sich schwärzende Himmel und die schwüle Luft einen Sturm vermuten lassen, ist der weit entfernte Berg dem Auge näher gerückt, und er überlegt, ob er nicht versuchen sollte, den Berg schwimmend zu erreichen. Soeben hat er dies beschlossen, als der Sturm aufkommt und ihn von dem einsamen Felsen herunterbläst. Mit kühnem Herzen beginnt er zu schwimmen, und genau in dem Moment, in dem ihn seine Kräfte verlassen wollen, wird er von der Wut des Sturmes auf eine Sandbank geworfen. Der Sturm rast weiter in seiner Richtung, und die Wellen, die ihn hoch oben aufs Trockene geworfen haben, können ihn nicht mehr erreichen. Nun wendet er sich landeinwärts und sucht in einer Felsenhöhle Schutz, wo er alsbald in den Schlaf sinkt. Der Herr der Schatten hat dies alles, was auf Land und auf See geschehen ist, an den Schatten in den Wolken beobachtet. Und sein steinernes Herz freut sich nun, dass die einsame Mutter vielleicht nicht vergeblich warten wird.

So verstreicht die Zeit, und viele schwere Tage müssen durchgestanden werden. Der Junge wächst zum Mann heran und lebt weiter auf der einsamen Insel. Ein Bart ist ihm gewachsen, und seine Kleidung besteht aus Blattwerk.

Den ganzen Tag über, es sei denn, er ist damit beschäftigt, sich Nahrung zu suchen, schaut er von der Spitze des Berges nach einem Schiff aus. Und wenn er so steht und auf das Meer blickt, wirft die Sonne seinen Schatten auf den Felsen. Wenn dann der Abend kommt und die Sonne langsam im Meer versinkt, wird der Schatten des einsamen Seemanns länger und länger, bis er als dunkler Streifen den Hügel hinab bis zum Meeressaum reicht. Während er wartet und Ausschau hält, wird das Herz des verlassenen Mannes schwerer und schwerer. Es ist eine bedrückende Zeit, und zahllose Tage und Nächte kommen und gehen. Allmählich beginnt er, schwächer und schwächer zu werden und siecht zuletzt lange todkrank dahin. – Dann entfernen sich diese Schatten.

Die Schwelle entlässt nun den Schatten einer alten, mageren, abgehärmten Frau, die in einer einsamen Hütte, welche auf eine vorstehende Felsenklippe gebaut wurde, sitzt. Nachts brennt im Fenster eine Lampe, die den einen Verlorenen willkommen heißen und ihm den Weg zu seiner Mutter Haus zeigen soll, würde er jemals zurückkehren. Und bei der Lampe wacht die Mutter, bis sie, müde geworden, in den Schlaf sinkt. Im Schlaf ruft der Herr der Schatten ihre Seele durch eine leichte Bewegung seiner gespenstischen Hand zu sich. So steht sie bei ihm in der einsamen Wohnstatt, während um sie herum sich die Prozession der toten Vergangenheit durch die Nebelwände bewegt. Da erhebt der Herr der Schatten seine Hand und deutet auf das Bild ihres Sohnes. Doch die Augen der Mutter sind sogar behänder als die geisterhafte Hand, die all die Schatten des jagenden Sturmes heraufbeschwört. Und ehe sich die Hand noch ganz erhoben hat, sieht sie ihren Sohn unter den Schatten der Vergangenheit. Als die Mutter nun erkennt, dass er lebt und gesund ist, erfüllt sich ihr Herz mit unaussprechlicher Freude, obwohl er ein Gefangener der tropischen See ist. Doch, ach, sie ahnt nicht, dass in der schemenhaften Prozession nur die Dinge sich zeigen, die einmal gewesen sind, und dass – obwohl der verlassene Seemann vorher lebte – er jetzt, gerade in diesem Moment, im Sterben liegen oder bereits tot sein könnte. Die Mutter streckt die Hände nach ihrem Jungen aus, doch da entschwindet die Prozession ihrem Blick, und ihre Seele hat das Reich des Herrn der Schatten verlassen. Da sie nun weiß, dass ihr Sohn lebt, erfasst sie heftige Pein darüber, dass er völlig verlassen ist und sehnlichst auf Hilfe wartet. So wird das freudig erregte Herz der Mutter nun von Gram überwältigt, und sie erwacht mit einem bitteren Aufschrei. Als sie sich nun aufrichtet und hinter der erlöschenden Lampe in die Dämmerung hinausschaut, wird ihr bewusst, dass sie im Traum ihren Sohn gesehen hat, der lebt und auf Hilfe wartet. Da beginnt ihr Herz zu glühen, denn sie fasst einen schwerwiegenden Entschluss.

Von der Schwelle fluten nun eilig viele Schatten: eine Mutter, die sich allein und raschen Schrittes zu einer entfernten Stadt begibt.

Seriöse Herren, die bestimmt, aber nicht unfreundlich, ablehnen; eine Frau, die kniend und mit erhobenen Händen eine Bitte an sie richtet.

Harte Menschen, die eine bittende Mutter von ihrer Tür weisen. Eine wilde Horde böser und mitleidloser Jungen und Mädchen, die eine flüchtende Frau durch die Stadt jagen.

Ein Schatten des Kummers auf dem Herzen einer Mutter. Eine finstere Wolke der Verzweiflung, die aber den Sonnenglanz, der den Entschluss der Mutter umgibt, nicht vertreiben kann. Schwierige Tage mit den ihnen eigenen Schatten. Einsame Nächte – dunkles Wollen – Kälte – Hunger und Not; und durch all diese düsteren Schatten der eilige Schatten der rastlosen Mutterfüße.

Eine lange Reihe solcher Bilder zieht in der Prozession vorüber, bis das Herz des Herrn der Schatten zu Eis erstarrt und seine brennenden Augen wild auf all jene schauen, die dem ergebenen Herzen der Mutter Pein und Prüfung auferlegen. So fluten alle diese Schatten hinaus in einen schwarzen Dunst und verlieren sich im Dämmer des Tores der Furcht.

Ein neuer Schatten tritt aus dem Nebel. In seinem Lehnstuhl sitzt ein alter Mann. Das flackernde Kaminfeuer wirft seinen Schattenriss auf eine Wand des Raumes, wo er leise tänzelt. Man erkennt das Alter des Mannes an seinen breiten gebeugten Schultern und den Furchen, die die Jahre in sein ernstes, erhabenes Gesicht gezeichnet haben. Noch ein Schatten befindet sich im Zimmer; es ist der der Mutter. Sie steht am Tisch und erzählt ihre Geschichte. Ihre mageren Hände deuten in die Ferne, wo sie ihren Sohn als Gefangenen des menschenleeren Ozeans weiß. Der alte Mann erhebt sich. Die Begeisterung der Mutter hat ihn gerührt, und er spürt plötzlich, wie in sein Empfinden die alte Liebe, Kraft und Tapferkeit seiner Jugend zurückkehrt. Seine großen Hände ballen sich zur Faust und schlagen mit einem mächtigen Donner auf den Tisch, so, als ob sie damit ein bindendes Versprechen kundtun wollten. Da sinkt die Mutter auf ihre Knie, ergreift eine Hand des Mannes und küsst sie und steht wieder auf. Andere Männer kommen nun herein, die Anweisungen erhalten und sich eilig wieder entfernen.

Dann zeigen sich viele Schatten, deren Bewegung, Schnelligkeit und fester Zweck Leben und Hoffnung ausdrücken.

Bei Sonnenuntergang, als die Masten schon lange Schatten auf das Hafenwasser werfen, geht ein großes Schiff auf die Reise zur tropischen See. Männerschatten flitzen geschäftig die Takelage hinauf und herunter und die Decks entlang. Als die Schatten die Ankerwinde drehen, lichtet sich der Anker, und das gewaltige Schiff fährt hinaus in den Sonnenuntergang. Am Bug steht die Mutter, einer Verkörperung der Hoffnung gleich, und blickt mit sehnsüchtigen Augen zum Horizont hin.

Dann entschwindet auch dieser Schatten.

Mit weißen, vom Winde geblähten Segeln fliegt das große Schiff dahin. Und am Bug steht die Mutter, unentwegt voraus in die Ferne schauend. Stürme bedrängen das Schiff, und es flieht vor ihrer Gewalt. Doch die Mutter, die mit ausgestreckter Hand die Richtung weist, lässt sich nicht ablenken. Der Steuermann gehorcht beim Drehen des Rades ihrer Handbewegung. So schwebt dieser Schatten ebenfalls vorüber.

Die Schatten der Tage und Nächte ziehen in rascher Folge vorbei, und die Mutter sucht weiterhin nach ihrem Sohn. Alle die Aufzeichnungen dieser hoffnungsvollen Reise verschmelzen in einem fahlen, feinen, dunstigen Schatten, in dem nur eine Gestalt klar zu erkennen ist: die der spähenden Mutter auf dem Vorschiff des Schoners. Jetzt entwachsen der Schwelle die Schatten der bergigen Insel und des Schiffes, das beidreht. Am Bug kniet die Mutter, erwartungsvoll. Ein Boot wird herabgelassen, Männer springen hinein, spannungsgeladen; aber schneller als sie alle ist die Mutter. Das Boot nähert sich der Insel, und als das Wasser flach wird, gehen die Männer auf dem heißen, weißen Strand an Land.

Doch im Bug des Bootes sitzt noch die Mutter. In endlosen, angstvollen Stunden hat sie Träume gehabt, in denen ihr Sohn weit weg stand und Ausschau hielt. Sie hat ihn mit großer Freude winken gesehen, als das Schiff am Horizont erschien. Sie hat ihn wartend am Strand stehen gesehen, und dann, wie er durch die Brandung eilte, um als Erstes die liebenden Hände seiner Mutter fühlen zu können. Doch, ach, das war in ihren Träumen. Keine Gestalt mit freudig winkenden Armen steht auf der Höhe des Berges. Niemand steht sehnsuchtsvoll am Ufer oder jagt heran durch die Brandung, um sie zu umarmen. Sie fühlt ihr Herz vor Furcht kalt und frostig werden. Ist sie wirklich zu spät gekommen?

Beim Verlassen des Bootes machen die Männer ihr mit Händedrücken und freundlichen Klapsen auf die Schulter Mut. Aber sie hält sie nur zur Eile an und verweilt kniend. – Die Zeit vergeht quälend. Die Männer steigen auf den Hügel und suchen, doch den verlassenen Seemann finden sie nicht. So kehren sie langsamen, zögernden Schrittes zum Boot zurück. Die Mutter hört sie schon von weitem und erhebt sich, um ihnen entgegenzusehen. Da sie ihre Köpfe hängen lassen, wirft die Mutter in einem Anflug von Verzweiflung die Arme hoch und sinkt in Ohnmacht.

In diesem Augenblick ruft der Herr der Schatten ihren Geist zu sich und deutet auf eine bewegungslose Gestalt in der Prozession der toten Vergangenheit. Und nun fliegt der Mutter Seele schneller als das Licht zurück voll neu erwachter Freude. Sie erhebt sich vom Boden des Bootes und springt an Land, während ihr die Männer verwundert folgen. Fliegenden Fußes eilt sie am Strand entlang, die Männer ihr dicht auf den Fersen. Gegenüber einem durch Brombeerranken versteckten Eingang einer Höhle macht sie Halt und bedeutet den Männern, ohne sich umzudrehen, dass sie warten sollen. Diese bleiben zurück und sie geht hinein.

Für einen Moment breitet die Schwelle grimmige Finsternis aus; dann bietet sich dem Auge ein überaus trauriges

Bild: eine düstere Höhle, ein abgehärmter Mann, am Boden liegend, und eine sich schmerzlich über den kalten Körper beugende Mutter. Sie legt ihre Hand auf die eisige Brust, doch ach, den Schlag des Herzens, das sie liebt, kann sie nicht fühlen. Mit einer wilden, herzergreifenden Gebärde wirft sie sich über den Körper ihres Sohnes und hält ihn fest, ganz fest, als ob der Griff einer Mutter unerbittlicher wäre als der des Todes.

Als der Herr der Schatten sich von diesem traurigen Bild abwendet, ist seinem steinernen Herzen die Qual bewusst, und mit bangen Augen blickt er in Richtung des Tores der Furcht, von wo Mutter und Kind kommen müssen, um sich in die stetig anschwellende Prozession der toten Vergangenheit einzureihen. – Langsam, ganz langsam zieht der Schatten des kalten Seemannskörpers heran. Aber geschwinder als das Licht sind die fliegenden Füße der Mutter. In heftiger Liebe streckt sie ihre Arme aus, und die dünnen Hände reißen den vorüberziehenden Schatten ihres Sohnes vom Tor der Furcht zurück – zum Leben – zur Freiheit – zur Liebe.

Der einsame Herr der Schatten weiß nun, dass die Arme einer Mutter mächtiger sind als der Griff des Todes.

DIETER WINKLER

Halloween mit kleinen Fehlern

Frank fragte sich, warum er sich bloß auf diese blöde Sternensingerei eingelassen hatte. Doch dann erinnerte er sich daran, welche Erleichterung sie ihm bislang vor dem Schrecken verschafft hatte, der für ihn untrennbar mit *Halloween* verbunden war. Die gerade erst zwei Monate zurückliegende Horrornacht hatte ihn mitsamt ihrer Kürbiskopf-Fratzen nun schon zum dritten Mal hintereinander in einen Strudel voller Trauer und Selbstvorwürfe gerissen. Ganz sicher lag seine Abneigung gegenüber Halloween an dem, was vor drei Jahren passiert war – obwohl es *nie, nie, nie* hätte geschehen dürfen.

Auch in den vergangenen Jahren hatte er immer erst aufatmen können, wenn der sechste Januar und damit die Sternensingerei hinter ihm gelegen hatten. Es war beinahe so, als nehme ihm eine gütige Macht an diesem Tag einen Teil der Last von den Schultern, die seit dem grausigen Tod seines Bruders an Halloween vor drei Jahren auf ihm lastete. Aber eben nur einen *Teil* …

Sie marschierten jetzt schon stundenlang durch das feuchte, nasskalte Wetter, und zu allem Überfluss sah es nun so aus, als ob sie ihre Tour erst nach Einbruch der Dunkelheit hinter sich bringen würden. Dichte Nebelschwaden zogen vom Fluss empor, umspielten ihre Beine und tränkten ihre purpurroten Königsgewänder mit muffiger Feuchtigkeit. Das Schlimmste aber war der Weihrauchmief aus Karins Rauchgefäß. Das Ding sah aus wie eine überdimensionale, golden lackierte Haselnuss und sollte angeblich Wohlgerüche verbreiten; in Wirklichkeit verpestete es die ganze Straße mit einem Gestank, wie man ihn eher nach einem Chemieunglück erwarten konnte als beim Einzug der Heiligen Drei Könige.

»Klappe die Hundertdreizehnte«, wiederholte Herbert einen seiner lahmen Standard-Scherz, als sie auf eine düstere Doppelhaushälfte zusteuerten.

»Können wir dieses Haus nicht auslassen?«, fragte der kleine, dicke Tom, der Melchior, den *König des Lichts* darstellte und deswegen ihren einzigen, an einer langen Stange befestigten, goldglänzenden Holzstern vor sich her schwenkte.

»Warum denn das?« Karin wandte sich zum Jüngsten der Heiligen Drei Könige um. Sie gab den Mohren an diesem düsteren sechsten Januar, und Frank musste zugeben, dass ihr das schwarz gemalte Gesicht und das halbwegs prachtvolle Königsgewand durchaus standen. Im Augenblick war ihr hübsches Gesicht allerdings kaum zu erkennen, und daran würde sich leider nicht viel ändern angesichts der vom Nebel gedämpften Straßenbeleuchtung.

»Wegen des großen schwarzen Köters«, sagte Tom nach langem Zögern. Er sprach Köter eher wie *Köööthhherrrr* aus, und in dieser lang gestreckten Sprechweise steckte das ganze Entsetzen des Jungen, der von dem schwarzen Mischlingshund der Familie Wolters schon quer durch den Ort gejagt worden war.

»Wenn wir alle Häuser mit Hunden auslassen, können wir die Sache gleich abblasen«, sagte Herbert in seiner typischen überheblichen Art. »Das ist doch die reinste Hundegegend hier!« Nur weil er ein paar Jahre älter als seine Begleiter war, hielt er sich offensichtlich für etwas Besseres als die drei Freunde, die nun schon im dritten Jahr hintereinander als Heilige Drei Könige verkleidet das Blumenviertel abklapperten.

Wenn es nach Frank ging, würde es das letzte Mal sein. Früher, als sein Bruder Mark noch anstelle des kleinen, dicken Toms mit dabei gewesen war – da war es eine ganz andere Sache gewesen. Da hatten sie immer jede Menge Spaß gehabt.

Aber Mark war tot, und mit ihm war alle Lebensfreude aus Franks Leben gewichen. Das bleierne Entsetzen über Marks unbegreiflichen Unfall lastete noch immer auf ihm und ließ selbst dann kaum nach, wenn er mit seinen Freunden unterwegs war. Hätte er sich nicht jedes Mal ein wenig erleichtert gefühlt nach diesem lächerlichen Kostümfest, hätte er nicht jedes Mal so etwas wie Trost empfunden, der ihm ausgerechnet an diesem Tag von einer fremden, starken Macht gespendet zu werden schien – er wäre niemals auf die Idee gekommen, als *König des Gottesschutzes* verkleidet stundenlang durch die Kälte zu marschieren.

Aber wenn es schon einen *König des Gottesschutzes* gab – wo war dann der Schutz Gottes an diesem schrecklichen Halloween-Abend gewesen, an dem Mark verunglückt war? Konnte es wirklich sein, dass Gott – oder welch mächtige Kraft auch immer außerhalb ihrer Vorstellungswelt existieren mochte – so leichtfertig den Tod seines kleinen Bruders zugelassen hatte?

»Ich geh da aber nicht rein!«, schrillte Toms Stimme in Franks düstere Gedanken hinein. »Ich will mit dieser Töle nichts zu tun haben.«

Herbert seufzte und murmelte etwas davon, dass Tom

besser im Kindergarten als bei den Sternensingern aufgehoben sei.

»Lass ihn doch«, sagte Karin. »Wir gehen einfach alleine. Du singst anstelle von Tom mit – und dann hat sich die Sache.«

»Ich bin doch kein König«, protestierte Herbert und deutete auf seine Winterjacke, die schwerlich als königliche Robe durchgehen würde.

»Aber du bist doch so etwas wie unser Chef, oder?«, fragte Karin. »Immerhin sammelst du das Geld für uns ein!«

Herbert legte misstrauisch die Stirn in Falten. »Was soll denn das heißen?«, fragte er misstrauisch.

Karins Augen funkelten spöttisch in ihrem schwarz geschminkten Gesicht. »Chefs müssen immer einspringen, wenn einer ihrer Leute schlappmacht.«

»Ich weiß zwar nicht, woher du diesen Blödsinn hast – aber von mir aus.« Herbert zuckte mit den Achseln. »Wenn die Leute hier allerdings meckern, dass ich kein Königsgewand trage, musst du ihnen den Grund erklären.«

»Die Leute sind die achtjährigen Wolters-Zwillinge«, stellte Karin fest. »Und die werden nicht meckern. Die werden einfach begeistert sein.«

Damit sollte sie Recht behalten. Denn kaum hatte sie den Garten betreten, als auch schon die Haustür aufgestoßen wurde und ihnen die Zwillinge entgegeneilten. Ihre Mutter folgte ihnen lächelnd. *So wie die hier einen auf Strahlemann machen*, dachte Frank, *kriegen wir bestimmt Bargeld und nicht nur Süßigkeiten.*

Während Tom draußen auf der Straße wartete, spulten sie ihr Standard-Programm ab. Beim Sprüchesagen hielt sich Herbert vornehm zurück, aber zumindest beim Singen war er voll mit dabei.

Schließlich steckte ihm die Mutter einen Geldschein zu.

Herbert ließ ihn in seinem metallenen Schatzkästlein verschwinden, bedankte sich und eilte an der Spitze seiner kleinen Truppe vom Grundstück.

»Beim nächsten Mal lass ich deine Ausreden nicht mehr gelten«, fuhr er Tom an. »Ich hab nicht mal das leiseste Hundegebell gehört!«

Tom zuckte mit den Schultern. »Hätte aber sein können.«

»Außerdem reicht's langsam für heute«, sprang ihm Frank bei. »Wenn ihr mich fragt: Wir können ruhig ein paar Häuser auslassen.«

Karin schüttelte so heftig den Kopf, dass ihre Goldpapier-Krone verrutschte. »Es warten noch viele Kinder auf uns. Die können wir doch nicht enttäuschen!«

»Es wird aber schon dunkel«, jammerte Tom. »Außerdem tun mir meine Füße weh.«

»Sonst noch was?«, fragte Herbert in fast drohendem Tonfall.

Arschloch, dachte Frank. Aber er behielt diesen Gedanken für sich. Es lohnte nicht, Herbert wütend zu machen.

Karin hatte sich schon umgedreht und steuerte die zweite Hälfte des Doppelhauses an. Es blieb Frank und den anderen nichts weiter übrig, als ihr zu folgen. Angesichts des trüben Wetters war ihnen die Lust an ihrem Drei-Königs-Spiel jedoch schon gründlich vergangen. Der immer dichter werdende Nebel legte sich wie ein erstickendes Tuch über sie, und der stinkende Weihrauch aus Karins Rauchgefäß tat das seinige, um jeden Atemzug zur Qual werden zu lassen.

Nachdem sie die Tulpenstraße abgearbeitet hatten, fragte Tom: »Wie viel haben wir jetzt noch?«

»Nur noch die Rosenstraße«, brummte Herbert.

»Aber die ist doch irre lang – und außerdem müssen wir dann wieder den ganzen Hügel hoch!«

»Meine Güte, was bist du doch für ein Baby«, sagte Herbert verächtlich. »Wir nehmen einfach die Abkürzung durch das Gewerbegebiet und fangen unten an der Straße an. Dann sind wir rucki, zucki fertig.«

»Das will ich hoffen«, sagte Frank düster. »Denn Sternensinger und Dunkelheit – das passt zusammen wie Kirschtorte und Spaghetti mit Tomatensoße.«

»Stimmt«, lächelte Karin. »Es ist heute aber auch früh dunkel geworden. Sonst haben wir es doch immer im Hellen geschafft!«

»Immer ist aber nicht heute«, beschied sie Herbert knapp. »Außerdem ist es nicht dunkel: Es ist nur neblig.«

Frank hätte ihn gerne nach dem Unterschied gefragt. Denn ob die Abenddämmerung nun den Nebel mitgebracht hatte oder umgekehrt: Das war ihm herzlich egal. In jedem Fall verbreiteten die beiden letzten Straßenlaternen am Ende der Straße einen nur trüben, milchigen Glanz, der vom feuchten Grau verschluckt wurde. Obwohl es für die Jahreszeit viel zu mild war, war es ganz eindeutig kein Wetter für weite Fußmärsche.

»Nun kommt schon«, forderte sie Herbert auf. »Wir haben jetzt schon mehr eingenommen als letztes Jahr. Vielleicht stellen wir ja noch einen neuen Rekord auf.«

»Einen Rekord in was?«, fragte Tom. »In Kaputte-Füße-Kriegen?«

Es war unter Herberts Würde, darauf zu antworten. Er drehte sich um und marschierte in Richtung der kleinen asphaltierten Stichstraße, die das Blumenviertel und das Gewerbegebiet miteinander verband.

Die Heiligen Drei Könige folgten ihm. Frank war gar nicht wohl dabei. Aus irgendeinem Grund ließ ihn der Gedanke an seinen toten Bruder nicht los. Es schien ihm beinahe so, als schwappe die düstere Januar-Stimmung auf ihn über und als erdrücke ihn das graue Nass, das sie wie ein erstickender Mantel einhüllte. *Komm, und spiel mit mir*, schien sein Bruder aus der Unendlichkeit jener Halloween-Nacht vor drei Jahren zu rufen, die ihn für immer verschluckt hatte. *Lass mich nicht alleine. Nicht heute Abend.*

Herbert war schon auf die Stichstraße abgebogen, die für den Autoverkehr gesperrt und deswegen mit einem Pfosten in der Mitte gesichert war. Der Nebel verschluckte den groß gewachsenen Jungen, und schon nach wenigen Schritten war von ihm nicht mehr zu sehen als eine dunkle Silhouette, die sich kaum von ihrer Umgebung abhob.

Frank überlief ein kaltes Frösteln. Er hätte nicht sagen können, warum, aber es bereitete ihm fast körperliches Unbehagen, ebenfalls auf den schmalen Weg einzubiegen. Das war seltsam. Er kannte den Nebel, der für gewöhnlich vom Fluss aufstieg, über die Wiesen glitt und sich zuerst auf den tiefer unten gelegenen Wegen und Straßen ausbreitete, bevor er die Hügel hinaufstieg. Normalerweise störte ihn das undurchdringliche Grau nicht; ganz im Gegenteil, es erschien im oft wie ein Freund, der ein schützendes Tuch über ihm ausbreitete und ihn so vor allen neugierigen und fordernden Blicken schützte.

Aber heute war irgendwie alles anders. Heute hatte er *Angst*. Vielleicht lag es daran, dass er Mark an diesem Dreikönigstag so schmerzhaft vermisste wie zuletzt nur an Halloween. *Vielleicht war er aber auch gerade im Begriff, den Verstand zu verlieren.* Denn während er neben Karin die Stichstraße entlangschritt, drängten sich ihm Dutzende düsterer Bilder auf, in deren Mittelpunkt Mark stand und die Art, wie er umgekommen war. Das war … *erschreckend*. Normalerweise überfluteten ihn diese qualvollen Vorstellungen nur im Dämmerzustand zwischen Schlafen und Wachen; und das war schon schlimm genug. Wenn sie ihn jetzt auch noch am Tag heimsuchten und er gar keine Ruhe mehr fand ... er wusste nicht, was er dann tun sollte.

Der Nebel wurde immer dichter, aber da war noch etwas anderes; seine Konsistenz veränderte sich, er wurde auf unbegreifliche Weise *stofflicher*, fast so, als bestünde er nicht nur aus Feuchtigkeit, sondern aus etwas ganz anderem, das nach ihnen allen griff, um sie mit sich zu zerren ... Frank wollte tief Luft holen, den Anflug von Panik wegatmen, der in ihm aufstieg, aber es gelang ihm nicht; ganz im Gegenteil, das feuchte Grau schien seine Atemwege zu verkleben und seine Lungen zu verstopfen.

Sein Mund öffnete und schloss sich wie bei einem Fisch auf dem Trockenen, während er gleichzeitig gegen die schreckliche Vorstellung ankämpfte, ersticken zu müssen. Es war wie bei einem Asthma-Anfall, und wenn er nichts dagegen tat ...

»Ich will nach Hause«, quengelte der kleine, dicke Tom in seine aufkommende Panik hinein.

Genau das wollte Frank auch. Er wollte zu seinem Computer. Er wollte die kalte Sachlichkeit seiner PC-Tastatur und seines Joysticks spüren, er wollte eintauchen in die 3D-Welt eines Computerspiels, weg, nur weg von seinen Gefühlen und dieser schrecklichen Umgebung, die ihn erstickten und um dem Verstand bringen würden, wenn er ihnen noch länger ausgesetzt bliebe.

Der Gedanke daran erschien ihm so absurd normal, dass er laut auflachen musste. Der befreiende Laut riss die Verkrampfung seiner Atemwege auf, und er bekam schlagartig wieder genug Luft, um einigermaßen tief durchschnaufen zu können.

»Was ist denn daran so komisch?«, giftete Tom.

»Nichts«, stieß Frank zwischen zwei mühsamen Atemzügen hervor. »Ich hatte nur gerade ... denselben Gedanken.«

»Mitgegangen, mitgefangen, mitgehangen«, sagte Herbert gehässig. »Glaubt nur nicht, dass ihr euch so einfach drücken könnt.«

»Ich will mich ja gar nicht drücken«, sagte Tom unglücklich. »Ich will einfach nur nach Hause. Ihr könnt doch ohne mich weitermachen! So wie in diesem Haus mit dem gefährlichen Hund.«

»Ich hab keinen Hund gesehen«, stellte Herbert fest. »Und jetzt Schluss mit dem saublöden Geschwafel.«

Sie schritten schweigend weiter über den feuchten Asphalt, über den Frank schon so oft gedankenlos mit seinem Fahrrad gebrettert war. Diesmal war alles ganz anders. Es lag nicht nur an diesem merkwürdig wallenden, kompakten Nebel, es hatte vor allem etwas mit ihm selbst zu tun, mit den verworrenen Gefühlen, die ihn seit Marks Halloween-Unfall in den Klauen hielten.

Noch immer atmete er schwer, aber das spielte jetzt keine Rolle mehr. Er wusste, dass es ein Fehler war, einfach weiterzugehen, *etwas in ihm* wusste das, und gleichzeitig trieb es ihn auch vorwärts. Es war ein bisschen so, als würde man in einem Vergnügungspark eine wirklich gefährliche Achterbahnfahrt machen und erkennen, dass man – komme, was da wolle – nicht vorzeitig aussteigen konnte.

Als Karin etwas sagte, dauerte es eine ganze Weile, bis der Sinn ihrer Worte ihn erreichte: »Meine Güte, der Weg nimmt ja gar keine Ende. Wann sind wir denn endlich da?«

»Jeden Moment«, brummelte Herbert. »Im Nebel kommen einem Entfernungen immer größer vor.«

Seine Stimme klang merkwürdig erstickt, als würde ihm der Nebel das Sprechen erschweren. Frank wunderte sich nicht darüber. Es passte zu dem, was sich da um sie zusammenzog – und zu seinen wirren, sich um Mark drehenden

Gedanken, die ihn in einen Strudel atemloser Panik mitreißen wollten ...

Das Klacken ihrer Schuhe hallte auf ganz sonderbare
Weise in seinen Gedanken wider und erinnerte ihn an die
unzähligen Male, in denen er mit seinem Bruder hier unterwegs gewesen war, um die Gegend unsicher zu machen. Als
vor wenigen Jahren das Gewerbegebiet geplant worden war,
hatte mitten im Neubaugebiet ein ausgedehnter Abenteuerspielplatz gestanden. Doch inzwischen hatten Handwerks-
betriebe und Geschäfte alle kindlichen Abenteuerfantasien
unter kaltem Beton und quirliger Geschäftigkeit erstickt.

Irgendetwas in dem Nebel veränderte sich.

Ein merkwürdiges Flirren und Flackern umtanzte sie,
und ein helles, kaum wahrnehmbares Singen drang an ihre
Ohren. Die Umgebung verschwamm vor Franks Augen wie
die Szene auf einem Bild, das gerade von Kinderhand aus-
radiert wurde. An ihre Stelle trat etwas anderes, vollkommen Unverständliches, nur unvollständig verborgen durch
den undurchdringlichen, aber nun plötzlich in sich glühenden Brodem, der sich um sie zusammenzog wie die klebri-
gen Fäden eines Spinnenetzes.

Einen nur ganz kurzen, schrecklichen Augenblick nahm
er ein paar verwaschene Schatten wahr. In dieser kurzen
Zeitspanne glaubte er zu erkennen, dass sie groß wie Erwachsene waren, aber ganze andere, irgendwie verzerrte
Proportionen hatten – so, als hätte sie jemand wie Spiel-
zeugpuppen auseinander genommen und anschließend
falsch zusammengesetzt.

Bevor Frank überhaupt begriff, was um ihn herum geschah, ging ein letztes Flackern durch das sie einhüllende
Etwas – und wurde dann wieder zu der eintönigen grauen
Suppe, die sie mit erstickender, feuchter Eintönigkeit um-
schloss, als wollte sie sie nie wieder loslassen.

Der wie immer vorausgehende Herbert blieb abrupt stehen. »Man sieht ja nicht mehr die Hand vor Augen«, schimpfte er.

Frank wollte herausschreien, was er gesehen und gehört hatte, in jenem, sich zur Unendlichkeit dehnenden Moment, als sich der graue Wrasen in etwas Unbegreifliches gewandelt hatte – aber er konnte es nicht. Eine kalte, nackte Angst lähmte ihn, kroch seinen Rücken hoch und krampfte seine Schultern so fest zusammen, dass er noch nicht einmal einen Arm hätte heben können.

»Ich will nach Hause«, kreischte der kleine, dicke Tom. »Hier ist es unheimlich.«

»So ein Quatsch«, sagte Herbert bestimmt. »Hier ist überhaupt nichts unheimlich. Bloß eine dicke Suppe wie schon lange nicht mehr.«

Es lag ein merkwürdiger nervöser Unterton in seiner Stimme, der Frank mit Sicherheit aufgefallen wäre, wenn er selbst nicht viel zu aufgeregt gewesen wäre.

»Warum bleibst du denn dann stehen, wenn alles in Ordnung ist?«, quietschte Tom.

»Weil . . . « Herberts Stimme senkte sich zu einem kaum verständlichen Murmeln.

»Ja, was ist denn nun?«, fragte Karin ängstlich.

»Es ist . . . wir müssen uns irgendwie verlaufen haben.«

»So ein Blödsinn«, schimpfte Karin. »Hier gibt es doch nur diesen einen Weg.«

»Dann bleiben wir auch auf ihm«, entschied Herbert. »Wir erledigen unseren Job in der Rosenstraße – und dann könnt ihr euch zu Mama ins Bett verkriechen.«

»Meine Schuhe sind dreckig«, jammerte Tom.

Herbert seufzte. »Dann würde ich halt nicht in Hundescheiße reintreten.«

»Das ist keine Hundescheiße. Das ist der Weg.«

»Langsam, aber sicher gehst du mir auf den Keks, du Winzling«, herrschte ihn Herbert an. »Es ist mir doch vollkommen egal, was du mit deinen Schuhen treibst. Setz dich einfach wieder in Bewegung, und halt endlich die Schnauze!«

»Es ist wirklich der Weg«, sagte Karin. Ihre Stimme klang gefasst, aber es schwang ein kaum wahrnehmbarer Unterton von Verzweiflung darin, die sich jederzeit zur Hysterie steigern konnte.

»Natürlich ist es der Weg«, sagte Herbert sarkastisch. »Er ist plötzlich zum Leben erwacht und hat nichts Besseres zu tun, als Toms Schuhe zu verdrecken.«

»Er ist nicht mehr asphaltiert.«

»Was?« Herbert wirkte ein klein wenig verunsichert. »Was soll das heißen: Er ist nicht mehr asphaltiert?«

»Sieh doch selber!«

»In dieser Waschküche sieht man doch nichts.«

»Dann stampf halt mit dem Fuß auf, oder mach sonst was«, herrschte Karin den verblüfften Jungen an, »dann wirst du schon merken, dass der Asphalt plötzlich verschwunden ist.«

»Asphalt kann nicht plötzlich verschwinden ...« Herberts Fuß platschte ein paar Mal auf dem Weg auf. »Total verdreckt«, stellte er fest. »Hier hat wahrscheinlich eine kleine Trecker-Rallye stattgefunden.«

»Trecker können hier gar nicht fahren, schon vergessen? Links und rechts sind Gräben, und vorne und hinten sind Pfosten, damit hier niemand reinfahren kann.«

»Jaja. Schon gut. Und jetzt gehen wir weiter.«

»Das glaube ich nicht«, flüsterte Frank. Er hatte sich mittlerweile hingehockt und fuhr mit der Hand über den Weg. Steine, Kiesel, Matsch. Ein grasbewachsener Mittelstreifen. Das war eindeutig ein Feldweg.

»Fängst du jetzt auch noch an rumzuspinnen?«

»Ja«, presste Frank mühsam hervor. » Oder erklär mir bitte … erklär mir, warum die asphaltierte Stichstraße plötzlich einen grasbewachsenen Mittelstreifen bekommen hat?«

»Hast du dir irgendwas reingepfiffen, bevor wir los sind?«, fragte Herbert ärgerlich. »Hier kann doch kein Grasstreifen sein.«

Den Geräuschen nach zu urteilen, beugte er sich nach unten. Ein paar Sekunden lang war nichts weiter zu hören als ihre angestrengten Atemzüge und ein schabendes Geräusch, das eindeutig aus Herberts Richtung kam.

Dann fuhr ihr selbst ernannter Anführer mit einem hörbaren Ruck wieder hoch. »Nun ja. Gut.« Er schluckte vernehmlich. »Das ist echt ein Ding! Ich weiß zwar nicht, wie … aber wir latschen tatsächlich über einen Feldweg.«

»Ich hab's doch gewusst!«, heulte Tom auf. »Wir sind verhext worden.«

Herbert stöhnte auf. »Mit Kleinkinder-Erklärungen ist uns nicht gedient. Und im Prinzip hat sich ja auch nichts geändert. Wir gehen jetzt einfach zum Gewerbegebiet, spulen dann den Heiligen-Drei-Könige-Scheiß in der Rosenstraße ab – und das war's dann.«

»Sag mal – raffst du's immer noch nicht?« Karins Stimme war jetzt nur noch einen schmalen Grad von der Hysterie entfernt. »Hier kann überhaupt kein Feldweg sein! Und woher willst du wissen, wohin dieser Weg führen wird?«

»Nun reg dich mal ab, Mädel«, sagte Herbert ungerührt. »Wir sind nur geradeaus gegangen. Also ist das Gewerbegebiet auch vor uns. Wäre nicht diese dicke Suppe, würden wir sehen, dass wir schon fast da sind.«

»Das ist doch alles Hexenwerk!«, schrie Tom. »Bring uns endlich weg von hier.«

»Das werde ich auch. Folgt mir einfach …«

»Ich gehe keinen Schritt weiter, bevor du mir nicht sagst, was hier passiert ist«, meinte Karin entschieden.

»Das ist doch wohl klar, du Schnepfe, oder?«, sagte Herbert abfällig. »Der Nebel ist so dicht: Da kann sich einfach jeder drin verlaufen. Und genau das ist uns passiert.«

»Und wie, bitte schön?«, fragte Tom weinerlich. »Es gibt doch nur diesen einen Weg zwischen Blumenviertel und Gewerbegebiet.«

»Dann sind wir eben falsch abgebogen«, entschied Herbert.

»Aber wohin, wenn es hier keine anderen Wege gibt?«

»Woher soll ich denn das wissen?«, fragte Herbert ärgerlich. »Vielleicht hat hier ja ein Bauer in den letzten Tagen einen neuen Feldweg angelegt. Dann sind wir aus Versehen über eine Bohle gelatscht, die irgendjemand über den Graben gelegt hat. Und schon steht ihr auf einem Feldweg und macht euch vor lauter Angst in die Hosen!«

Frank schüttelte in stummem Entsetzen den Kopf. Noch gestern war er mit seinem Fahrrad den Stichweg zwischen Gewerbegebiet und Blumenviertel entlanggebrettert, und da war nichts anderes in Sichtweite gewesen als dieser eine, erst vor einem halben Jahr asphaltierte Weg.

»Wir müssen ganz logisch vorgehen«, sagte Herbert leise. »Vielleicht sind wir ja weiter durch den Nebel gelaufen, als wir gedacht haben. Es ist ja kein Wunder, wenn man … wenn man bei dieser dicken Suppe die Orientierung verliert.«

Die Orientierung, oh ja, echote es in Franks Gedanken, *ich habe schon lange die Orientierung verloren. Seit drei langen Jahren weiß ich überhaupt nicht mehr, was das Wort Orientierung bedeutet.*

Es war ausgerechnet Tom, der das ganz anders sah. »Lasst uns einfach zurückgehen«, sagte er mit erstaunlich fester Stimme. »Dann müssen wir ja wieder dort rauskommen, wo wir losgegangen sind.«

»Ich weiß nicht«, hielt Herbert dagegen. »Das Gewerbegebiet muss doch direkt vor unserer Nase liegen … außerdem, wenn wir nicht wieder die Bohle finden, über die wir den Graben überquert haben, fallen wir vielleicht noch auf die Nase.«

»Aber wie kannst du dir mit der Bohle und dem Graben so sicher sein?«, unterbrach ihn Karin verwirrt.

»Weil das die einzig logische Erklärung ist«, fauchte Herbert. »Aber egal, wie der Weg hier auch aussieht: Er kann nur zum Gewerbegebiet führen, schon von der Richtung her. Ich bin mir vollkommen sicher. Deswegen werden wir einfach weitergehen.«

Ohne ein weiteres Wort zu verlieren, setzte er sich in Bewegung. Wäre Frank nicht so in seinem Entsetzen gefangen gewesen, hätte er spätestens jetzt bemerken müssen, dass Herbert vollkommenen Blödsinn redete. Er hatte genauso den Überblick verloren wie die anderen. Wie wollte er da wissen, wo sie langmussten?

»Ich gehe zurück«, beharrte Tom.

Ehe ihn jemand zurückhalten konnte, machte er auf dem Absatz kehrt und tauchte im nächsten Moment auch schon vollständig in das allesverschluckende Grau ein.

»Bleib hier!«, schrie ihm Herbert nach.

Tom antwortete nicht einmal.

»Wir können ihn doch nicht alleine lassen«, stieß Karin nervös hervor. »Wir müssen ihm hinterher.«

»Aber klar doch, Schätzchen.«

Frank sah ein paar konturlose Schatten um sich herumwirbeln, unfassbare Gestalten, und er hörte Herberts rasche Schritte und Karins Keuchen – und dann ein klatschendes Geräusch, das von einem hohen Wimmern beantwortet wurde. Er hatte nur eine sehr verschwommene Vorstellung von dem, was da vor sich ging, aber er wusste, dass es nichts mit dem Nebel zu tun hatte und mit dem, was er kurz zuvor durch das erstickende Grau hatte flirren sehen.

»So, Bürschchen, das machst du nicht noch einmal mit mir«, donnerte Herbert.

Im selben Moment fühlte sich Frank unsanft angerempelt. »Mensch, du Blödmann, steh doch hier nicht so tatenlos rum wie ein Ölgötze. Setz dich lieber wieder in Bewegung. Weiter geht's. Abmarsch!«

Herberts Stimme verzerrte sich in einer Art verschlossener Wut, wie sie Frank nur zu gut von einigen Erwachsenen kannte, von Männern, die glaubten, man bräuchte nur mit der Faust auf den Tisch zu hauen, um eine komplizierte Sachlage zu klären. Offensichtlich hatte Herbert entschieden, sich genau an solchen Typen ein Vorbild zu nehmen. Frank wusste, dass es sinnlos sein würde, diesen Schutzpanzer aus Wut und Entschlossenheit mit vernünftigen Argumenten durchbrechen zu wollen.

Tom schluchzte laut auf, und einen Herzschlag lang nahm Frank in dem undurchdringlichen Wabern vor sich erschrocken wahr, wie Herbert den Arm des kleinen, dicken Jungen fest umklammert hielt und ihn brutal mitzog. Dieser Scheißtyp! Obwohl Frank direkt hinter den beiden blieb, erkannte er schon einen Sekundenbruchteil später nur noch zwei ineinander verwaschene Schatten.

Bevor Frank die Konsequenz dieses Gedankens begriff, geschah etwas, mit dem er selbst nie gerechnet hätte.

Karin ging so dicht neben ihm, dass sich ihre Hände wie zufällig berührten. Ohne darüber nachzudenken, was er tat, griff Frank nach ihrer Hand und drückte sie fest. Normalerweise hätte das Mädchen einen solchen Übergriff kaum geduldet, aber die Umstände waren eben nicht normal, und so erschien es nur vollkommen selbstverständlich, dass Karin den festen Druck seiner Hand erwiderte.

Herbert blieb so plötzlich stehen, dass die beiden in ihn hineinliefen und fast umwarfen.

»Was ist?«, keuchte Karin.

»Hier ist irgendwas«, sagte Herbert. »Warte mal.«

Frank nahm nichts weiter wahr als ein paar merkwürdige Geräusche, ein leises Schaben und Kratzen, und wenn er nicht Karins Hand tröstend und gleichermaßen kraftvoll in der seinen gespürt hätte, hätte er das sekundelange tatenlose Warten in dieser erstickenden Düsterkeit nicht ertragen können.

»Das fühlt sich an wie eine Buche«, sagte Herbert schließlich.

Frank spürte, wie sich Karin bei diesen Worten verkrampfte. »Eine Buche?«, echote sie fassungslos.

»Wir sind im Hexenwald gelandet«, greinte Tom.

»Halt die Schnauze, Winzling!«, sagte Herbert grob. »Das ist nichts weiter als ein einzelner Baum.«

»Ich verstehe das nicht.« Karin begann haltlos zu zittern. »Wie kommt denn ein Baum hierher?«

»Weil ihn jemand hier gepflanzt hat«, antwortete Herbert patzig. »Und außerdem steht der ganz genau da, wo ich ihn erwartet habe ... «

»Von was redest du da?«, fragte Karin erschüttert. »Du hast hier einen Baum erwartet ... oder was?«

»Ja ... Nein. Ich hab gar nichts erwartet.« Herberts Chuck-Norris-Stimme brach in sich zusammen und ähnelte wieder mehr dem, was er in Wirklichkeit war: ein verängstigter Junge, der sich einer unbegreiflichen Situation gegenübersieht.

»Ich mein ja nur«, fuhr er leise fort. »Irgendwo an dieser Stichstraße hat früher eine Buche gestanden. Ich ... ich hab vor zwei Jahren selber dabei mitgeholfen, sie abzuholzen. Mein Vater und seine Kumpels ... die haben die Bank daraus gemacht, die jetzt unten beim Stauwehr steht.«

»Du spinnst«, flüsterte Tom entsetzt. »Wenn es nach dir geht, sind wir in dem einen Moment auf einem Feldweg – und im nächsten wieder auf der Stichstraße.«

»Tom hat Recht«, sagte Karin mit leiser, zitternder Stimme. »Und überhaupt: Wie kann hier ein Baum stehen, den du abgeholzt hast?«

Trotz des Nebels glaubte Frank, Herberts entschiedenes Kopfschütteln zu sehen. »Ich sag ja nicht, dass es der gleiche Baum ist. Es ist nur ... er fühlt sich halt genauso an. Die Zweige hier unten. Und er steht genau dort rechts am Graben, wo damals die alte Buche gestanden hat, bevor sie dem asphaltierten Weg weichen musste.«

Franks Herz schlug so schnell und hart, dass es bis zu seinen Schläfen pochte. Herberts Worte ergaben überhaupt keinen Sinn, und es war ganz offensichtlich, dass sie im krassen Widerspruch zu dem standen, was ihr selbst ernannter Anführer bislang von sich gegeben hatte. Trotzdem passte alles zusammen. Es passte zu den verzerrten Schatten, die er vor ein paar Minuten in dem Nebel gesehen hatte, zu diesem singenden Geräusch, das, obwohl es sehr leise gewesen war, immer noch in ihm nachzuschwingen schien, es passte zu dem grausamen Griff, der sich um seine Lungen gelegt hatte, es passte zu den wirren Erinnerungsfetzen, die sich allesamt um seinen toten Bruder drehten, es passte zu der lähmenden Stimmung, die von ihm Besitz ergriffen hatte ...

»Du glaubst doch nicht wirklich, dass es der gleiche Baum ist?«, platzte es aus ihm heraus.

»Natürlich nicht«, antwortete Herbert schroff. »Es kam mir nur so ... komisch vor.«

»Dann lass uns doch endlich umkehren«, jammerte Tom.

»Ich denk ja gar nicht dran«, sagte Herbert. »Wenn hier die Buche ist, dann muss das Gewerbegebiet gleich da vorne sein.«

Er schien gar nicht zu begreifen, wie sehr sich seine verschiedenen Erklärungsversuche widersprachen. Stattdessen setzte er sich wieder in Bewegung, und dem leise wimmernden Tom blieb gar nichts anders übrig, als an seiner Seite zu bleiben.

Karins Hand, die sich schon fast zurückgezogen hatte, griff in so unerwarteter Heftigkeit zu, dass Frank einen überraschten Laut ausstieß. Dabei begrüßte er die Berührung aus vollem Herzen, nicht nur, weil er für Karin viel mehr empfand, als er ihr bisher gezeigt hatte, und nicht nur, weil sie sich damit gegenseitig Halt gaben und die ansonsten unbezähmbare Angst in Schach hielten …

Es lag etwas fast Heiliges in der Art, wie sie sich bei den Händen gefasst hielten, als würden sie damit eine Brücke zwischen sich und etwas Anderem, Unfassbaren bauen, das normalerweise vollkommen unbemerkt von ihnen allen um sie herum existierte und nur in Situationen wie diesen überhaupt zu erahnen und zu erspüren war …

Bevor Frank dieses Gefühl auch nur im Entferntesten fassen konnte, blieb Herbert erneut stehen.

»Das gibt's doch gar nicht«, stieß er hervor.

Die anderen waren genauso überrascht wie er über die schlagartige Veränderung, die um sie herum stattfand. Der Nebel begann sich in rasender Geschwindigkeit zurückzuziehen, beinahe so, als fliehe er vor den tief stehenden Sonnenstrahlen, die nun plötzlich durch die bislang dichte Wolkenschicht brachen.

Das war vollkommen unmöglich!

Dass sich Nebel schlagartig lichten konnte, hatte Frank

schon öfters erlebt. Aber es war vollkommen ausgeschlossen, dass es um diese Uhrzeit wieder hell wurde. Im frühen Januar gab es in ihren Breiten gegen siebzehn Uhr höchstens noch den schwachen Abglanz einer bereits fast vollständig untergegangenen Sonne.

Frank spürte einen scharfen Schmerz in den Augen, die er in fassungsloser Erstarrung gen Himmel gerichtet hatte, und er versuchte das Flackern wegzublinzeln, dass die Quittung für seine Unvernunft war. Jedes kleine Kind wusste, dass man nicht direkt in die Sonne blicken durfte. Aber jedes kleine Kind wusste auch, dass sich der Tageslauf nicht zurückdrehen ließ.

Doch genau das war passiert. Die Sonne strahlte nicht so hell wie zur Mittagszeit, aber immerhin so, wie man es im Herbst um die gleiche Tageszeit erwarten durfte.

Oh, Gott, dachte er. *Oh, mein Gott. Ich werde verrückt.*

Fast gewaltsam senkte er den Blick. Im gleichen Moment wünschte er sich, er hätte es nicht getan. Der Wandel um sie herum war viel umfassender, als er geglaubt hatte: Das Zurückweichen des Nebels und die Änderung des Sonnenstands waren nichts gegen das, was mit ihrer Umgebung passiert war.

Denn dort, wo der Nebel aufriss, traten die verschwommenen Konturen eines ihm nur zu bekannten Hauses hervor, das sich vollkommen unbegreiflicherweise in der Rohbauphase befand; das Dach fehlte, und die Fensteröffnungen starrten ihm als leere, ungeschützte Höhlen entgegen.

In dieser Form hatte dieses Haus hier überhaupt nichts zu suchen. Noch immer tanzten bunte Flecken vor Franks überforderten Augen, aber trotzdem schälten sich die Umrisse des Gebäudes so deutlich heraus, dass es keinen Zweifel an seiner Identität geben konnte – und daran, wo es stand: nämlich eindeutig im Gewerbegebiet.

Frank umklammerte Karins Hand so fest, als wollte er sie zerquetschen, aber sie protestierte nicht; sie alle waren viel zu erschüttert von dem, was sie vor sich sahen. Es war eine ganze harmlose, alltägliche Szene, die nur deshalb so schockierend wirkte, weil sie so schrecklich *falsch* war, weil sie hier genauso wenig hingehörte wie ein Dinosaurier ins einundzwanzigste Jahrhundert.

Denn das, worauf die vier Sternensinger vollkommen fassungslos starrten, war der Beginn des gottverdammten *ersten* Bauabschnitts. Der Neubau, der zu einem Farbengeschäft gehörte, war das erste Haus gewesen, das vor einigen Jahren hier fertiggestellt worden war! Inzwischen war sein Anstich schon unansehnlich geworden, der Zaun um das zugehörige Grundstück an mehreren Stellen eingedrückt und das Fenster im ersten Stock ausgewechselt worden, nachdem ein Fußball durch die Scheibe geflogen war.

Aber all das würde erst noch geschehen. Denn das, was sie sahen, war nichts weiter als ein unverputzter Rohbau. Frank konnte sich noch sehr genau an die gemischten Gefühle erinnern, mit denen er diese Vorboten eines neuen Siedlungsgebiets betrachtet hatte. Tief in seinem Innern hatte er gespürt, dass damit endgültig jene Epoche zu Ende ging, die für ihn und seinen Bruder auf dem Abenteuerspielplatz begonnen hatte. Und er hatte Recht behalten. In rascher Folgen waren nach dem ersten die anderen Gebäude aus dem Boden gestampft worden und mit ihnen die Straßen, die Frank seitdem viele Male mit dem Fahrrad durchfahren war, ohne jemals wieder das Heimatgefühl empfunden zu haben, das ihn früher mit diesem Fleckchen Erde verbunden hatte.

»Ich glaub's einfach nicht«, flüsterte Karin. »Das kann doch gar nicht sein!«

Herbert musste sich mehrfach räuspern, bevor er seine

Sprache wiederfand. »Ja, schon merkwürdig«, sagte er heiser. »Wir sind wohl doch ... wir sind wohl doch weiter vom Weg abgekommen, als ich zuerst dachte. Wir müssen in irgendeinem der kleinen Kaffs unterhalb der Bundesstraße gelandet sein.«

»Und das sieht genauso aus wie unser Gewerbegebiet vor drei Jahren?«, begehrte Tom auf.

Drei Jahre! Genau das war es. Vor gut drei Jahren hatten sie hier den Abenteuerspielplatz abgerissen und mit dem Bau des ersten Hauses begonnen. Es war kurz vor Marks Tod gewesen.

In Frank stieg einer Welle der Übelkeit auf, und gleichzeitig wurde ihm so schwindlig, dass er trotz Karins festem Griff beinahe haltlos nach vorne getorkelt wäre. Es war die eisige Klaue der Panik, die ihn erneut umklammerte und jeden klaren Gedanken hinwegwischte. Es war die gleiche Art von Panik, die er empfunden hatte, als er Mark nach seinem Unfall sterbend am Boden vorgefunden hatte.

Mark, Mark, Mark, hämmerte es in seinen Gedanken, *warum hast du mir das angetan?* Er verstand nichts mehr, und er wollte auch nichts mehr verstehen; er wollte nur weg von hier, raus aus diesem Wahnsinn, der ihn zu packen und zu verschlingen drohte.

»Ich glaub, dass mit der Sternensingerei können wir für heute vergessen«, sagte Herbert. Er versuchte so etwas wie ein Lachen zustande zu bringen, aber es wurde nur ein hilfloses, fast wimmerndes Geräusch daraus.

Frank achtete nicht auf ihn. Irgendein harmloser Scherz oder eine besonders raffinierte optische Täuschung, ein Wetterphänomen, vergleichbar einer Sonnenfinsternis, irgendetwas, verflucht noch mal, *irgendetwas* musste doch erklären ...

Aus irgendeinem verdammten Grund waren sie plötzlich

im gleichen Ort, aber in einer anderen Zeit gelandet. Es gelang Frank nicht einmal ansatzweise, die Konsequenz dieses Gedankens zu begreifen, geschweige denn, sich so etwas wie eine Erklärung zusammenzureimen. Das Ganze hätte ein Traum sein können, eine dieser verfluchten Erinnerungen, die sich selbstständig machten und in die Zeit zurückführten, in der er mit Mark hier unbeschwert gespielt hatte, und nichts wäre ihm lieber gewesen, als sich an diese Erklärung zu klammern.

Aber er glaubte nicht daran. Ganz tief in seinem Innersten wusste er, dass alles um ihn herum auf erschreckende und unbegreifliche Weise real war.

Herbert schüttelte mehrmals so heftig den Kopf, als könne er damit seine Verwirrung abschütteln. »Vielleicht … vielleicht sollten wir doch besser zurückgehen«, sagte er schließlich. »Irgendwie sind wir gründlich vom Weg abgekommen.«

»Von der Zeit abgekommen«, hätte ihm Frank am liebsten zugebrüllt. Die merkwürdige, fast stoffliche Veränderung des Nebels, das Flirren, das leise singende Geräusch und das Gefühl, in eine andere Welt hinüberzugleiten – all das passte jetzt zusammen.

Er bekam keine Atempause, um über dieses Phänomenen nachzugrübeln. Merkwürdige Geräusche drangen an sein Ohr, und er drehte sich um, ganz langsam, und ohne Karin loszulassen, die damit gezwungen wurde, seine Bewegung mitzumachen … Er drehte sich um wie jemand, der auf eine neue Ungeheuerlichkeit vorbereitet ist und sich gegen den Schock wappnet, der ihn unweigerlich im nächsten Sekundenbruchteil treffen wird …

Es war schlimmer, als er erwartet hatte. Viel schlimmer. Endlose Sekunden lang begriff er überhaupt nicht, was er da sah. Während heißer, öliger Schweiß über seine Stirn lief und ihm vom Kinn tropfte, starrte er vollkommen fassungslos zurück – so vollkommen gefangen von dem Anblick, der sich ihm bot, dass er sogar vergaß, darüber nachzudenken, wie er hierher gekommen war.

Hinter ihnen erstreckte sich noch immer die Stichstraße, oder besser gesagt: der Feldweg, der an ihrer Stelle noch vor kurzem hier existiert hatte, bis die Baumaschinen gekommen waren und ihn im Zuge des letzten Bauabschnitts befestigt hatten. Das Blumenviertel war immer noch da und sah ganz so aus, wie Frank es in Erinnerung hatte, aber es wirkte merkwürdig verschwommen und wie von einer durch Industrieabgase verursachten Dunstglocke verborgen – oder wie ein Märchenschloss, das aus der Düsterkeit auftaucht, nah und doch unendlich fern, wolkenverhangen und umweht von jahrhundertealten Geheimnissen, wunderschön anzusehen und doch auf eine kaum fassbare Weise bedrohlich.

Frank konnte in den Bungalows und zweistöckigen Häusern am Ende der Straße keine Spur von Leben erkennen, keinen Lichtschein, der aus Wohnzimmerfenstern drang, und keinen Rauch, der aus Schornsteinen der kühlen Abendstimmung entgegenstieg. Die Straßenbeleuchtung war trotz der Dämmerung noch nicht angesprungen, und es waren auch keine Autoscheinwerfer zu erkennen, die durch das Halbdunkel schnitten und die unglaubliche Szene erhellten, die sich vor seinen Augen zutrug.

Die Tulpenstraße war menschenleer bis auf ein paar merkwürdige Gestalten, die mit grotesken Sprüngen hügelab eilten.

Ihr Anblick hätte Frank eigentlich endgültig davon überzeugen müssen, dass er in einem Albtraum gefangen war. Mit fassungslosem Entsetzen beobachtete er die fünf grotesken Horrorgestalten, die ausgelassen auf der Straße herumtobten. Es war ein Buckliger dabei, dessen Gesicht so entstellt war, dass Frank die viel zu große Nase und das riesige, missgeformte Gebiss mit den monströsen Schneidezähne selbst aus der relativ großen Entfernung und trotz der verschwommen Perspektive erkennen konnte.

Hinter dem Missgestalteten jagte ein Kobold her, der wie ein Galgenmännlein gekleidet war, gelb-rot und mit grünlichen, blütenähnlichen Wucherungen, eine Mischung aus Mensch und Pflanze wie sein Vorbild der Alraun, über und über mit Blättern überwuchert und doch weniger verkrümmt als der Bucklige.

Am erschreckendsten aber war die leichenblasse Gestalt, die mit verzerrten Bewegungen hinter den beiden herrannte. Das schwarze Gewand, die hauerähnlichen Eckzähne – all das deutete darauf hin, dass es ein Vampir war.

Es war Mark. Er war genauso gekleidet wie an Halloween vor drei Jahren, an diesem fürchterlichen Tag vor Allerheiligen, an dem er tödlich verunglückt war. In Begleitung von Frank und vier seiner Freunde war er damals in wilder Horror-Verkleidung durchs Viertel getobt, bevor irgendjemand auf die blöde Idee gekommen war, den Abenteuerspielplatz unsicher zu machen. Mark war natürlich Feuer und Flamme gewesen. In vollkommen ausgelassener Stimmung war er seinem Rendezvous mit dem Tod entgegengeeilt. Frank hatte den ganzen Tag schon ein ungutes Gefühl gehabt, aber er war überstimmt worden von Marks Freunden, die in ihm so etwas wie den verlängerten Arm stupider Elternmacht gesehen hatten.

Voll stummen Entsetzens beobachtete Frank, mit welch unbeschwerter Heiterkeit die Halloween-Gruppe auf den Feldweg einbog. Es war ihm schmerzlich bewusst, dass er etwas tun musste, jetzt und sofort. Ohne auch nur einen einzigen Gedanken daran zu verschwenden, den Sternensingern die Situation zu erklären, gab er Karins Hand frei und lief los.

Er wusste, dass Mark jetzt gleich springen würde, und er spürte die erschreckende Gewissheit in sich, dass er es auch diesmal nicht würde verhindern können. Das Schicksal leistete sich einen grausamen Scherz mit ihm, gaukelte ihm eine Chance vor, die nicht existierte.

In Wahrheit war es schon längst beschlossene Sache, dass er wieder zu spät an diesem gottverdammten Graben ankommen würde.

Sein Herz schlug so hart und heftig, als wolle es ihn vorwärts treiben, als gäbe es noch eine Möglichkeit, Mark zu retten, als bestünde die Hoffnung, die Geschehnisse an jenem letzten Oktobertag vor drei Jahren rückgängig zu machen. Franks Füße flogen wie von selbst über den Feldweg, trotzdem kam er kaum voran; es schien beinahe so, als wäre das Blumenviertel und damit Mark und seine Freunde unerreichbar weit entfernt, als würde er für die Überwindung jedes einzelnen Meters eine kleine Ewigkeit brauchen.

Mittlerweile hatten die fünf Halloween-Gestalten die Stelle erreicht, an der der vom Hügel kommende Abfluss in den parallel zum Weg verlaufenden Graben einmündete. Frank wusste mit grausiger Gewissheit, was passieren würde. Er war verdammt, mit anzusehen, wie der Glöckner von Notre-Dame Anlauf nahm, sich abstieß und in einer lang gestreckten Flugbahn über den Graben schoss. Torkelnd, aber lachend, kam er auf der anderen Seite an.

Gleich würde Mark folgen. Frank hatte damals nicht genau mitbekommen, wie viele seiner Freunde vor Mark über den Graben gesprungen waren, und er konnte sich auch nicht mehr genau daran erinnern, ob sein Bruder dann zwei- oder dreimal gesprungen war, bevor er ausrutschte und hintenüberfiel. Aber es machte auch keinen Unterschied. Er kam einfach viel zu langsam voran. Obwohl er mit voller Kraft lief, sein Atem keuchend ging und seine Kleidung bereits schweißdurchtränkt war, hatte er das Gefühl, nicht vom Fleck zu kommen.

Der Glöckner von Notre-Dame ruderte wild mit den Armen und breitete sie dann aus, als wäre er ein Flugzeug, das sich auf seinen nächsten Start vorbereitete. Frank beobachtete mit schreckgeweiteten Augen, wie er Anlauf nahm und über den Graben hüpfte.

Der kleine Vampir quittierte dieses *Flugmanöver* mit spöttischem Gelächter – als würde er nicht im Entferntesten ahnen, dass er gleich Opfer eines billigen Halloween-Scherzes werden würde, der makaberen Abart eines bösartigen Kobold-Streiches, der in einem einzigen Sekundenbruchteil ein Leben auslöscht und das einer ganzen Familie ruiniert.

»Tu es nicht«, wollte Frank schreien, aber seine Stimmbänder waren gelähmt, und er wusste, dass seine Warnung Mark genauso wenig erreichen würde wie bei den unzähligen Malen, bei denen er früher auf dem Abenteuerspielplatz so waghalsig herumgeklettert war und für die Ermahnungen seines älteren Bruders nur Spott übrig gehabt hatte.

Der kleine Vampir nahm Anlauf. Sein Umhang flatterte im Wind, als auch er die Arme ausbreitete und mit einer gekonnten Bewegung absprang. Elegant kam er auf der anderen Seite auf. Mark war schon immer sehr sportlich gewesen, aber genau das war ihm zum Verhängnis geworden. Wenn er sich doch lieber Computerspiele reingezogen hätte, statt immer und überall der Erste sein zu müssen, wenn es um waghalsige Kunststücke ging!

Noch ein- oder zweimal. Frank wusste es einfach nicht. Zwar war er mittlerweile so nahe gekommen, dass er Marks Augen glücklich in seinem leichenblassen, kalkweiß geschminkten Gesicht funkeln sah, aber das bedeutete gar nichts. Frank hatte das Gefühl, jetzt noch langsamer als zuvor voranzukommen. Was ein Sprint sein sollte, kam ihm eher wie das Waten durch zähen Schlamm vor. Obwohl er das Letzte aus sich herausholte, *würde er zu spät kommen*.

Mark rief seinen Freunden lachend etwas zu, das Frank genauso wenig verstand wie damals vor drei Jahren, als er ein paar Meter vorgegangen war, während sein Bruder und seine Freunde ausgelassen hinter ihm hertobten. Irgendetwas hatte ihn damals gewarnt, eine dieser Vorahnungen, die man immer wieder einmal hat und die alles oder nichts bedeuten konnten … und er war stehen geblieben, um sich umzudrehen und zurückzublicken … hätte er das nicht getan, dann hätte er wahrscheinlich gar nicht mitbekommen, wie Mark zu seinem letzten Sprung abgehoben war.

Mit einer geradezu unverschämt elegant anmutenden Bewegung hüpfte der kleine Vampir auf den Feldweg zurück. Es war ihm nicht im Geringsten anzusehen, dass er höchstens noch ein, zwei Minuten zu leben hatte.

Tu es nicht, hämmerte es in Franks Gedanken. Er sah vor seinem inneren Auge, wie er damals nach Hause gekommen war, nach dem Unglück, und mit welch ungläubigem Grinsen sein Vater die Nachricht vom Tod seines jüngsten Sohnes aufgenommen hatte.

»Damit macht man keine Späße«, hatte sein Vater schließlich gesagt. »Selbst an Halloween nicht.«

Aber es war kein Spaß gewesen. Wenn, dann höchstens für Mark, und auch nur so lange, bis er auf der glitschigen Bohle ausgerutscht war, die seit ewigen Zeiten im feuchten Gras zwischen Feldweg und Graben auf leichtsinnige Kinder gelauert hatte.

Mark sprang nicht. Der Glöckner von Notre-Dame kam ihm zuvor. Mit einer für ihn typischen plumpen Bewegung hechtete er über den Graben und platschte ungeschickt auf der anderen Seite auf. Mark bog sich vor Lachen. Er fand es wohl ganz besonders komisch, dass sein Freund nicht so sportlich wie er selbst war.

Dann sprang er. Die Bewegung kam so überraschend, dass Frank vor Entsetzen beinahe aufgeschrien hätte. Mark hing mit ausgebreiteten Vampirschwingen einen Moment lang wie eine Fledermaus in der Luft, scheinbar schwerelos und losgelöst von der Schwerkraft, dass niemand auf die Idee gekommen wäre, er könne gleich tödlich verunglücken.

Das tat er auch nicht – noch nicht. Leichtfüßig und immer noch lachend, kam er auf der anderen Seite auf. Einer seiner Freunde schwenkte übermütig eine Kürbislampe hin und her und forderte ihn kichernd auf, nun doch endlich wie eine Fledermaus abzuheben.

Frank war vollkommen verzweifelt. Mit einem winzigen Rest seines von panischer Angst durchfluteten Verstands wusste er, dass er Marks Todessprung nicht noch einmal miterleben konnte. Er musste einfach alles geben, um ihn zu retten.

Er war so nah bei seinem kleinen Bruder – und doch so unendlich weit entfernt. Und jetzt begann auch noch dieses Flirren, das vorhin den Nebel durchdrungen hatte, jene unheimliche, kaum wahrnehmbare Bewegung in der Luft, die alles verschwommen und unwirklich scheinen ließ.

Mark stieß einen Indianerschrei aus und bereitete sich auf den nächsten Sprung vor. Er war fast bei ihm – doch er wusste, dass er es nicht schaffen würde, er wusste, dass er wieder zu spät kommen würde, er wusste, dass Mark jetzt gleich sterben würde …

Und Mark sprang. Sein rechter Fuß glitt über das glatte Holzstück, das er nicht gesehen hatte, und der nicht berechnete Schwung katapultierte ihn regelrecht nach vorne.

Frank sah jetzt alles mit erschreckender Deutlichkeit. Seine Hand zuckte vor. Es waren vielleicht noch zwei Meter, die ihn von Mark trennten, doch diese Distanz schien vollkommen unüberwindbar ... und er hörte seinen Vater wieder sagen:

»Sag mir, dass das nur ein Scherz ist! Sag mir bitte, dass das nur ein Scherz ist! Das kann doch nicht sein. Mark kann doch nicht ...«

Es war, als würden ihm diese Worte Kraft geben. Wie zuvor Mark über den Graben, so flog jetzt er scheinbar schwerelos durch die Luft. Seine Hand krallte sich von hinten in den Stoff des lächerlichen Vampirkostüms.

Mark schien es nicht einmal zu bemerken. Obwohl Frank viel größer und stärker als sein Bruder war, wurde er ein Stück mitgezogen, mit so unendlicher Kraft vorwärts gerissen, dass er überhaupt keine Chance mehr sah, seinen Bruder vor dem Todessprung zu bewahren.

»Sag mir, dass es ein Scherz ist.«

Marks Scherze, Marks Lachen ... das vor allem hatte er von ihm in Erinnerung behalten. Sein Lachen hatte Frank drei lange Jahre begleitet, und dieses Lachen und die Worte seines Vaters glitten jetzt ineinander über, verbanden sich zu etwas Unbegreiflichem, klinkten sich ein in Franks unendlichen Kummer über Marks Tod, gaben ihm die Kraft, den kleinen Vampir mit aller Kraft zurückzureißen ...

»He, was soll denn der Scheiß!«, empörte sich Mark und wirbelte zu ihm herum. »Musst du mal wieder Papa spielen, oder was ist mit dir los?«

Frank war vollkommen sprachlos.

Er starrte in Marks empörtes Gesicht, und er begriff nicht, was er hier tat. Wirre Gedanken wirbelten in seinem Kopf her-

um, Gedanken, in deren Mittelpunkt ein verlorener Haufen Sternensinger stand, die durch die Unendlichkeit reisten, um zu ...

Er schüttelte den Kopf. »Ne, Kleiner, ich dachte nur, dass du nicht unbedingt die Eichenbohle als Startrampe benutzen solltest.«

Mark starrte auf das glatte Stück Holz, auf dem er fast ausgerutscht wäre. »Als ob mich so was auch nur im Entferntesten kratzen könnte«, murmelte er beleidigt. »Du tust ja gerade so, als ob ich nicht wüsste, wie man über einen so dämlichen Graben springt.«

Frank schüttelte den Kopf. Er hatte keine Ahnung, warum ihm diese alte Halloween-Geschichte wieder eingefallen war, die jetzt schon drei lange Jahre zurücklag. Vielleicht drängte sich ihm diese Erinnerung auf, weil die Sternensinger an der gleichen Stelle stehen geblieben waren, an der er damals Mark vor seinem leichtsinnigen Sprung bewahrt hatte.

Trotzdem. Es war merkwürdig, mit welcher Kraft einen alte Erinnerungen einholen konnten, wie sie einem fast vorgaukeln konnten, etwas vor Jahren Geschehenes sei gerade erst jetzt passiert.

»Das ist ja eine ganz schön dicke Suppe«, sagte Mark, der Tom zum ersten Mal das kleinere Melchior-Gewand überlassen hatte, um selbst das deutlich größere Balthasar-Kostüm überzustreifen.

Frank nickte und warf ihm einen traurigen Blick zu. Als Balthasar war er selbst noch bis letztes Jahr unterwegs gewesen, bis sich schließlich die ganze Gruppe mit Herbert überworfen und Frank zum neuen Geldsammler bestimmt hatte.

Vielleicht war das ein Fehler gewesen. Marks schief sitzende Goldpapier-Krone und das nur halb zugeknöpfte, bereits angeschmuddelte Königsgewand zeigten deutlich, was sein Bruder davon hielt, als *König des Gottesschutzes* unterwegs zu sein. Frank fand das überhaupt nicht lustig. Auch wenn er es kaum vor sich selbst zugeben wollte: Aber die Idee des *Gottesschutzes* sprach etwas tief in seinem Inneren an, das er sich durch nichts und niemanden zerstören lassen wollte. Es schien ihm beinahe so, als wehe ihm durch die Abgründe der Zeit der eiskalte Hauch des Todes entgegen, dem er nur um ein Haar entkommen war.

Gottesschutz ...

Instinktiv umklammerte er das Schatzkästlein fester, in dem er ihre bisherigen Einnahmen verstaut hatte. Es war ein guter Tag gewesen; die meisten Mütter – und die wenigen Väter, die sich ihre Sternensingerei zugemutet hatten –, waren großzügiger als erwartet gewesen. Aber das war für ihn nicht von Bedeutung. Es war irgendetwas in ihm, das ihn beunruhigte wie das Nachwehen eines Traumes, an das man sich bewusst nicht mehr erinnern kann und das einen dennoch den ganzen Tag lang begleitet ...

Als sie sich umdrehten und in das wabernde Grau hineingingen, das die Sicht zum Gewerbegebiet versperrte, war Karin, als Mohr verkleidet, plötzlich neben ihm. Wie selbstverständlich glitt ihre Hand in die seine.

Frank war vollkommen überrascht. Karins Hand zu halten war etwas, das er sich nie zu träumen gewagt hätte – vielleicht gerade, weil er sich zu ihr wie zu keinem anderen Mädchen hingezogen fühlte. Ein kalter Schauder überlief ihn, und er hatte plötzlich Mühe, Luft zu bekommen. Und doch war da etwas in ihm, das diese ungewohnte Berührung für mehr als nur selbstverständlich hielt – nach dem, was alles passiert war.

Nach dem, was alles passiert war? Was, um Gottes willen, sollte das heißen?

Er hatte keine Ahnung. Er wusste nur, dass von einem Moment auf den anderen ein tiefes Band zwischen Karin und ihm bestand, das vorher nicht da gewesen war, und dass ihm diese Tatsache ein fast unglaubliches Glücksgefühl bescherte. Das Verrückte daran war, dass er vollkommen sicher war, dass es erst vor wenigen Augenblicken begonnen hatte, kurz nachdem sie die Stichstraße zum Gewerbegebiet betreten hatten und ...

... irgendetwas hatte es mit dieser Eichenbohle zu tun, auf der Mark an Halloween vor drei Jahren beinahe ausgerutscht wäre, hätte Frank ihn nicht in letzter Sekunde zurückgezogen ...

Der Gedanke entschwand so schnell, wie er gekommen war. Sein Herz klopfte bis zum Hals. *Karin*, dachte er. Alles, was er in diesem Augenblick empfand, war tiefe Dankbarkeit und ein fast zerbrechliches Gefühl von Liebe und Zärtlichkeit, das sich nicht in Worte fassen ließ. Es war ein unerwartetes Geschenk, dass er mit ihr Hand in Hand durch die Nebelschwaden schritt, die wie die Boten einer uralten, geheimen Macht vom Fluss emporstiegen.

Er wünschte nur, er wäre in diesem wundervollen Moment alleine mit dem Mädchen, dessen Hand wie selbstverständlich in der seinen lag. Wenn jetzt einer der beiden Jungs eine blöde Bemerkung machte ...

Mark, der direkt hinter ihnen ging, lachte meckernd: »Sieh mal an, zwei Turteltäubchen.«

Frank stöhnte auf. Er hatte es befürchtet. Marks bissige Bemerkungen waren nicht zum Aushalten. Manchmal wünschte er sich von Herzen, sein Bruder wäre für immer aus seinem Leben verschwunden ...

Die Nacht des Grauens

Ich sehe so aus, als sei ich sechzig und verheiratet, aber dieser Eindruck ist auf meinen Gesundheitszustand und meine Leiden zurückzuführen, denn tatsächlich bin ich Junggeselle und erst einundvierzig. Es wird Ihnen schwer fallen zu glauben, dass ich, der ich nun nur noch ein Schatten bin, vor nicht mehr als zwei Jahren noch ein gesunder, munterer Mann war; sogar ein sehr robuster Mann, der reinste Athlet! Und doch ist das die reine Wahrheit. Aber noch seltsamer als diese Tatsache ist, auf welche Art ich meine Gesundheit eingebüßt habe. Ich habe sie verloren, als ich während einer Zugfahrt über zweihundert Meilen in einer Winternacht dabei mithalf, auf eine Kiste mit Gewehren aufzupassen. Das ist tatsächlich wahr, und ich werde Ihnen davon berichten.

Ich bin in Cleveland, Ohio, zu Hause. Vor zwei Jahren kam ich einmal in einer Winternacht in einem heftigen Schneesturm daheim an, und das Erste, was ich erfuhr, als ich ins Haus trat, war, dass John B. Hackett, mein liebster Jugendfreund und Schulkamerad, am Tag davor gestorben war, und dass sein letzter Ausspruch der Wunsch gewesen war, dass ich seine Überreste heim zu seinem armen alten Vater und seiner armen alten Mutter in Wisconsin bringen würde. Ich war tief betroffen und bekümmert, aber für Gefühle blieb nun überhaupt keine Zeit; ich musste sofort aufbrechen. Ich nahm die Karte, auf der ›Diakon Levi Hackest, Bethlehem, Wisconsin‹ notiert war, und brach in großer Eile durch den pfeifenden Sturm zum Bahnhof auf. Dort angekommen, fand ich den langen Kasten aus Kiefernholz, der mir beschrieben worden war. Ich befestigte an ihm mit einigen Stiften die Karte, sah zu, wie die Kiste vorsichtig an Bord des Expresswagens der Paketpost gehievt wurde und lief dann in den Essraum, um mich mit einem belegten Brot und ein paar Zigaretten auszustatten. Als ich bald darauf zurückkam, stand meine Sargkiste allem Anschein nach wieder im Freien, und ein junger Bursche lief mit einer Karte, einigen Stiften und einem Hammer in der Hand um sie herum und inspizierte sie genau! Er begann damit, seine Karte anzunageln, und ich stürmte in einem reichlich aufgebrachten Gemütszustand nach draußen zu dem Expresswagen hin, um eine Erklärung zu verlangen. Aber nein – da stand in dem Paketwagen einwandfrei mein Kasten; er war nicht angerührt worden. (Tatsächlich zutreffend ist, dass ein erstaunlicher Fehler gemacht worden war, ohne dass ich es vermutet hätte. Ich beförderte eine Kiste Flinten, wegen deren Weitertransport zu einer Gewehrhandlung in Peoria, Illinois, jener junge Bursche zum Bahnhof gekommen war. Und er hatte dafür meine Leiche!) Genau in diesem Moment krähte der Schaffner »Alles einsteigen!«, und ich sprang auf den Expresswagen und nahm auf einem Stoß von Kübeln einen bequemen Sitzplatz ein. Der Expressmann war da und angestrengt bei der Arbeit – ein einfacher Mann von fünfzig Jahren mit einem klaren, ehrlichen, gutmütigen Gesicht, dessen Art, sich zu geben, von einer forschen, erdverbundenen Herzlichkeit war. Als der Zug losruckelte, hüpfte kurz ein Fremder in den Wagen und legte eine Packung mit ausgeprägt reifem und hochkarätigem Limburger Käse auf einem Ende meiner Sargkiste ab – d. h., meiner Kiste Gewehre. Das soll heißen, jetzt weiß ich, dass es Limburger Käse war, aber damals hatte ich von diesem Produkt in meinem Leben noch nichts gehört und hatte von seinen Eigenarten nicht die geringste Vorstellung. Nun, wir rasten durch die wilde Nacht; der verbissene Sturm tobte weiter. Ein freudloses Elendsgefühl schlich sich bei mir ein, meine Stimmung sank tiefer und tiefer! Der alte Expressmann machte die eine oder andere spritzige Bemerkung über den Orkan und das arktische Wetter, knallte seine Schiebetüren zu und verriegelte sie, zog das Fenster fest nach unten zu und hantierte dann hier und da und dort herum, brachte die Sachen in eine Ordnung und summte dabei die ganze Zeit ›Sweet By and By‹ in einer tiefen Stimmlage, und das zu einem guten Teil schräg. Bald darauf begann mir ein äußerst übler und durchdringender Geruch aufzufallen, der durch die frostige Luft angekrochen kam. Das drückte meine Stimmung umso stärker, weil ich ihn natürlich meinem armen verschiedenen Freund zuschrieb. An dieser stummen, ergreifenden Art, mit der er sich mir ins Gedächtnis rief, war etwas unendlich Traurigmachendes, sodass es schwer fiel, die Tränen zurückzuhalten. Darüber hinaus plagte es mich wegen des alten Expressmannes, der es, so fürchtete ich, bemerken könnte. Er summte jedoch gelassen weiter und ließ sich nichts anmerken, und dafür war ich dankbar. Dankbar, ja, aber mir war es doch unbehaglich, und bald wurde mir von Minute zu Minute unbehaglicher, denn mit jeder Minute, die verging, verdichtete sich jener Geruch und wurde immer beißender und schwerer zu ertragen. Als der Expressmann bald darauf alles zu seiner Zufriedenheit postiert hatte, holte er einiges Holz zusammen und schürte in seinem Ofen ein fabelhaftes Feuer. Das bedrückte mich ärger, als ich sagen kann, denn das empfand ich zwangsläufig als Fehler. Ich war mir sicher, dass es auf meinen armen dahingeschiedenen Freund eine schädliche Wirkung ausüben würde. Thompson – der Expressmann hieß Thompson, wie ich im Laufe der Nacht herausbekam – stöberte nun in seinem Wagen herum und stopfte jede vereinzelte Ritze zu, die er finden konnte, wobei er bemerkte, dass es keinerlei Unterschied mache, was für eine Art von Nacht es draußen sei, er habe jedenfalls fest vor, es uns gemütlich zu machen. Ich sagte dazu nichts, glaubte aber, dass er nicht den richtigen Weg gewählt hatte. Mit der Zeit summte er wieder wie vorher vor sich hin, und auch mit der Zeit wurde der Ofen zunehmend heißer und die Luft zunehmend drückender. Ich spürte, wie ich blass und mir übel wurde, grämte mich aber im Stillen und sagte nichts. Bald darauf bemerkte ich, dass das ›Sweet By and By‹ allmählich verebbte. Anschließend hörte es ganz auf, und eine schicksalsschwere Stille folgte. Nach einigen Augenblicken sagte Thompson: »Puh! Ich schätze, 's is' kein Zimt nich', womit ich dem Ofen hier voll geladen hab!«

Er schnappte ein- oder zweimal nach Luft, schob sich dann zu der Leichenkis… Gewehrkiste hin, stand den Bruchteil eines Augenblicks über den Limburger Käse gebeugt, kam dann zurück und setzte sich neben mich und sah ziemlich beeindruckt aus. Nach einer Besinnungspause sagte er, wobei er mit einer Geste auf den Kasten wies:

»Freund von Ihnen?«

»Ja«, sagte ich mit einem Seufzen.

»Er is' ziemlich ausgereift, nich'?«

Vielleicht waren es einige Minuten, während derer nun nichts mehr gesprochen wurde, da wir beide mit eigenen Gedanken beschäftigt waren.

Dann sagte Thompson mit tiefer, ehrfürchtiger Stimme:

»Manchmal is' nich' sicher, ob sie wirklich hinüber sind oder nich' ... sehen aus wie hinüber, wissen Sie ... Körper noch warm, Gelenke beweglich ... und obwohl man denkt, sie sind hinüber, weiß man's deshalb nie genau. So Fälle hab ich schon in meinem Wagen gehabt. Das is' hochgradig scheußlich, alldieweil man nich' weiß, in welcher Minute sie sich vielleicht aufrichten und einen angucken!« Dann, nach einer Pause, indem er seinen Ellbogen leicht auf den Kasten zu anhob: »Aber der da is' in keiner Trance. Nein, Sir, für den bürge ich.«

Wir saßen eine Zeit lang in meditativem Schweigen da und lauschten dem Wind und dem Rattern des Zuges, dann sagte Thompson unüberhörbar bewegt:

»Gut – gut, wir müssen alle gehen, da gibt's kein Drumrumkommen. Dem Menschen, wo von der Frau geboren wird, sind die Tage wenig und dünn gesät, wie die Heilje Schrift sagt. Ja, man kann's drehen wie man will, 's is' scheußlich feierlich und seltsam: 's gibt nich' einen, der drum rum kann. Alle ham abzutreten – einfach überhaupt jeder, sozusagen. An einem Tag ist man noch gesund und stark ...« Hier rappelte er sich auf, schlug eine Scheibe ein und streckte dort ein oder zwei Augenblicke lang seine Nase hinaus und setzte sich dann wieder, während ich mich hochkämpfte und mit meiner Nase an dieselbe Stelle vorstieß, und das taten wir nunmehr regelmäßig ab und zu, »... und am Tag drauf is' er umgemäht wie Gras, und die Stellen, wo ihn gesehen hatten, sehen ihn nie mehr wieder, wie die Heilje Schrift sagt. Klarwiewahr, 's is' scheußlich feierlich und seltsam, aber wir ham alle irgendwann abzutreten. Da gibt's kein Drumrumkommen.«

Daraufhin gab es noch eine lange Pause.

»Woran is' er gestorben?«

Ich sagte, ich wüsste es nicht.

»Wie lange is' er denn schon tot?«

Es schien ratsam, die Fakten so auszuweiten, dass sie den Wahrscheinlichkeiten nahe kamen, daher sagte ich:

»Zwei oder drei Tage.«

Aber das nützte nichts, denn Thompson nahm das mit einem verletzten Gesichtsausdruck entgegen, der offen sagte: »Wohl eher zwei oder drei *Jahre*.« Dann fuhr er unbeirrt fort, ignorierte seelenruhig meine Erklärung und legte einigermaßen ausführlich seine Meinung dazu dar, wie unklug es sei, Begräbnisse zu lange aufzuschieben. Dann schlurfte er auf die Kiste zu, stand einen Moment da, kam dann in scharfem Trab zurück, suchte die zerbrochene Scheibe auf und beobachtete:

»'s wäre verdammich zehnmal besser gewesen, wenn Sie ihn diesen Sommer in Marsch gesetzt hätten.«

Thompson ließ sich nieder und begrub sein Gesicht in seinem roten Seidentaschentuch und begann, seinen Körper zu wiegen und hin- und herzuschaukeln, wie jemand, der sein Bestes tut, um das beinahe Unerträgliche zu ertragen. Mittlerweile war der Duft – wenn man das Duft nennen kann – so nahe an erstickend wie man sich dem überhaupt nähern kann. Thompsons Gesicht wurde allmählich grau, in meinem war keinerlei Farbe mehr. Wenig später ließ Thompson seine Stirn in seiner linken Hand ruhen und stützte den Ellbogen auf seinem Knie ab. Dabei machte er mit seinem roten Taschentuch in der anderen Hand eine Art Wedelbewegung auf den Kasten zu und sagte:

»Ich hab 'ne ganze Reihe von ihnen befördert – manche davon auch beträchtlich überfällig, aber Jesses, der hier deckt sie einfach alle zu! Und das mühelos. Chef, die waren Vanille gegen den hier!«

Diese Anerkennung für meinen armen Freund freute

mich trotz der traurigen Begleitumstände, denn sie hatte so sehr den Klang eines Kompliments.

Kurz darauf war klar, dass irgendetwas unternommen werden musste. Ich schlug Zigarren vor. Thompson hielt das für eine gute Idee. Er sagte:

»Gut möglich, dass es ihn halbwegs neutralisiert.«

Wir pafften eine Zeit lang eifrig und stellten uns angestrengt vor, dass die Lage sich verbessert hätte. Aber es war völlig zwecklos. Es dauerte nicht lange und beide Zigarren wurden ohne jede Absprache stillschweigend im selben Moment aus unseren kraftlosen Händen fallen gelassen. Thompson sagte mit einem Seufzer:

»Nein, Chef, es neutralisiert ihn nicht mal für 'nen Cent. Im Gegenteil, es macht ihn schlimmer, alldieweil es anscheinend seinen Ehrgeiz anstachelt. Was, schätzen Sie, sollen wir jetzt am besten tun?«

Ich war nicht in der Lage, etwas vorzuschlagen, umso weniger, als ich die ganze Zeit schlucken und immer wieder schlucken musste und lieber nicht darauf vertrauen wollte, dass ich überhaupt reden konnte. Thompson verfiel darauf, in unzusammenhängender und bedrückter Manier über die elenden Erfahrungen dieser Nacht vor sich hin zu brabbeln. Und er ging dazu über, sich mit allerhand Titeln auf meinen armen Freund zu beziehen, manchmal mit militärischen, manchmal mit zivilen, und mir fiel auf, dass Thompson meinen armen Freund genauso schnell beförderte, wie dessen Durchschlagkraft wuchs; indem er ihm nämlich einen höheren Rang gab. Schließlich sagte er:

»Ich hab eine Idee. Angenommen, wir machen uns ernsthaft dran und geben dem Oberst einen guten Stoß auf das andere Ende vom Wagen zu, so circa drei Meter. Er hätte dann nicht mehr so viel Einfluss, meinen Sie nicht auch?«

Ich sagte, das sei ein guter Plan. Wir tankten also an der

zerbrochenen Scheibe einen guten Zug Frischluft auf, den wir vorhatten, solange anzuhalten, bis wir fertig wären. Dann gingen wir hinüber und beugten uns über den tödlichen Käse und packten den Kasten kräftig an. Thompson nickte ein »Klar zum Start«, und dann warfen wir uns mit aller Kraft nach vorne, aber Thompson rutschte aus und plumpste mit seiner Nase auf den Käse und konnte den Atem nicht länger anhalten. Er würgte und keuchte und floh zur Tür hin, wobei er wild in die Luft schlug und heiser sagte: »Aus dem Weg! Gib mir die freie Strecke. Ich bin am Sterben, gib mir die freie Strecke!« Draußen auf der kalten Plattform setzte ich mich hin und hielt eine Zeit lang seinen Kopf, und er lebte wieder auf. Bald darauf sagte er: »Was schätzen Sie, ham wir den General 'n Stück in Gang gebracht?«

Ich sagte nein, wir hätten ihn nicht vom Fleck bewegt.

»Nun, dann is' die Idee den Kamin hoch. Wir müssen uns was anderes ausdenken. Er fühlt sich da wohl, wo er ist, schätze ich, und wenn das die Art is', wie er darüber denkt, und er sich dafür entschieden hat, dass er nicht gestört werden will, kann man darauf gehen, dass er bei dem Geschäft seinen Kopf durchsetzen wird. Ja, wir lassen ihn besser genau da, wo er is', solange er es so haben will, alldieweil er alle Trümpfe auf der Hand hat, wissen Sie, und deshalb is' es ein klarer Fall, dass derjenige, der sich daranmacht, seine Pläne umzustoßen, den Kürzeren zieht.«

Aber wir konnten nicht da draußen in dem wahnwitzigen Sturm bleiben, wir wären glatt erfroren. Daher gingen wir wieder hinein und schoben die Türe zu und begannen erneut zu leiden und dem Loch im Fenster abwechselnd Besuche abzustatten. Als wir wenig später von einem Bahnhof abfuhren, wo wir kurz gehalten hatten, tänzelte Thompson fröhlich herein und rief aus:

»Jetzt geht das in Ordnung für uns! Ich schätze, jetzt packen wir den Kommodore. Ich nehme fest an, dass ich hier das Zeug habe, das ihm das Wasser abgräbt.«

Es war Karbolsäure. Er hatte eine volle Ballonflasche davon. Er sprenkelte sie überall herum, um nicht zu sagen tränkte alles damit, Gewehrkiste, Käse, usw. Dann setzten wir uns hin und fühlten uns recht zuversichtlich. Aber das sollte nicht lange vorhalten. Wissen Sie, die zwei Duftstoffe begannen sich zu vermischen, und dann … nun, ziemlich kurz danach flohen wir zur Tür, und dort draußen wischte sich Thompson mit seinem großen, bunten Taschentuch das Gesicht ab und sagte mit einer Art von Entmutigtsein im Ausdruck: »Es hat keinen Zweck. Gegen den da kommen wir nich' an. Er macht sich einfach alles zunutze, was wir vorbringen, um ihn damit zu beeindrucken, und gibt ihm sein eigenes Aroma und wälzt es wieder auf uns zurück. Nun, Chef, wissen Sie, es is' da drinnen jetzt ungelogen hundertmal schlimmer als es war, als wir zuerst ins Rollen kamen. Ich hab allerdings nie einen von ihnen mitbekommen, der bei seiner Arbeit so gut in Form gekommen wäre und ihr so eine verdammichte Bedeutung beigemessen hätte. Nein, Sir, das hab ich noch nie, solange ich auch auf den Schienen bin, und ich hab eine ganze Reihe von ihnen befördert, wie ich Ihnen schon gesagt habe.«

Wir gingen wieder hinein, nachdem wir vom Frost schon reichlich steif waren, aber meine Güte! da konnten wir nun unmöglich bleiben. Darum tanzten wir eben hin und zurück, im Wechsel frierend, tauend und Atemnot leidend. Nach ungefähr einer Stunde hielten wir an einem anderen Bahnhof, und als wir ausliefen, kam Thompson mit einem Sack herein und sagte:

»Chef, ich will ihn noch einmal herausfordern – nur noch dieses eine Mal, und wenn wir ihn dieses Mal nich' erwischen, is', was wir zu tun haben, einfach das Handtuch zu werfen und uns aus dem Wettbewerb zurückzuziehen. So lege ich mir die Sache zurecht.«

Er hatte eine Menge Hühnerfedern, getrocknete Äpfel, Tabaksblätter, Lumpen, alte Schuhe, Schwefel und Teufelsdreck und das eine oder andere sonst mitgebracht, und er stapelte alles auf einer Bahn Eisenblech in der Mitte des Fußbodens auf und setzte es in Brand.

Als es gut in Gang geriet, konnte ich persönlich nicht begreifen, wie auch nur die Leiche das aushalten konnte. Alles, was vorher abgelaufen war, war im Vergleich zu diesem Gestank einfach Poesie. Aber wohlgemerkt, der ursprüngliche Geruch behauptete sich neben ihm genauso souverän wie immer, tatsächlich gaben ihm diese anderen Gerüche offenbar einen besseren Halt. Und mein Gott, wie ergiebig war er doch! Diese Überlegungen stellte ich nicht mehr drinnen an, dafür war keine Zeit, stellte sie auf der Plattform an. Und bei der Flucht auf die Plattform blieb Thompson die Luft weg und er fiel hin, und ehe ich es schaffte, ihn herauszuzerren, was ich mit einem Griff am Kragen tat, wäre ich um verdammte Haaresbreite fast selbst über den Jordan gewesen. Als wir wieder zu uns kamen, sagte Thompson entmutigt:

»Wir müssen hier draußen bleiben, Chef. Wir müssen einfach. 's gibt keinen anderen Weg. Der Gouverneur will alleine reisen, und er is' so gut präpariert, dass er uns überstimmen kann.«

Und bald darauf fügte er hinzu:

»Und wissen Sie, wir sind *infliziert*. Für uns ist das die letzte Reise, an den Gedanken können Sie sich schon mal gewöhnen. Typhus ist das, was wir uns hier holen werden. Ich spüre jetzt schon, dass er im Anrücken is'. Ja, Sir, wir sind dran, ebenso sicher, wie Sie geboren wurden.«

Eine Stunde später wurden wir am nächsten Bahnhof verfroren und empfindungslos von der Plattform gehoben. Mich überfiel unmittelbar danach ein bösartig ansteckendes Fieber, und ich war für drei Wochen ohne jedes Bewusstsein. Anschließend fand ich heraus, dass ich jene furchtbare Nacht mit einer harmlosen Kiste Gewehre und einer Portion unschuldigem Käse verbracht hatte, aber die Neuigkeit kam zu spät, um mich zu retten. Die Einbildungskraft hatte ihre Wirkung nicht verfehlt, und meine Gesundheit war auf immer ruiniert. Weder Bermuda noch irgendein anderes Land kann sie mir jemals zurückbringen. Diese Reise ist meine letzte; ich bin auf dem Weg nach Hause, um dort zu sterben.

WILKIE COLLINS

Der verrückte Monkton

1

Die Monktons von Wincot Abbey galten wegen ihrer Ungeselligkeit in der ganzen Gegend als höchst sonderbar. Mit keinem ihrer Nachbarn unterhielten sie gesellschaftlichen Umgang. Mit Ausnahme meines Vaters und einer Dame und deren Tochter, die ganz in der Nähe lebten, empfingen sie niemanden unter ihrem Dach.

Stolz waren sie alle, so viel stand fest, doch war es nicht Stolz, sondern Angst, die sie von ihren Nachbarn fern hielt. Seit Generationen schon litt die Familie an einem schrecklichen Übel, an erheblichem Wahnsinn nämlich, und scheute davor zurück, dieses Leiden anderen zu offenbaren, was unweigerlich der Fall gewesen wäre, hätte sie an der geschäftigen kleinen Welt ihrer Umgebung Anteil genommen. Es geht die furchterregende Geschichte eines in alter Zeit von zwei Monktons, nahen Anverwandten, begangenen Verbrechens, ein Geheimnis, mit dem das erste Auftreten des Irrsinns in Verbindung gebracht wurde. Doch erscheint es mir an dieser Stelle wenig sinnvoll, durch eine Wiedergabe desselben Angst und Schrecken zu verbreiten. Es mag genügen, wenn gesagt wird, dass sich in gewissen Abständen fast sämtliche Arten des Irrsinns in der Familie bemerkbar machten, wobei die Monomanie genannte Spielart am häufigsten auftrat. Diese und noch die eine oder andere Einzelheit, auf die noch zurückzukommen sein wird, habe ich von meinem Vater erfahren.

In meiner Jugend lebten auf Wincot Abbey nur mehr drei Monktons, nämlich Mr und Mrs Monkton und ihr einziger Spross, Alfred, der künftige Erbe des Besitzes. Das einzige andere noch lebende Mitglied dieses älteren Zweiges der Familie war Mr Monktons jüngerer Bruder Stephen. Dieser war unvermählt geblieben und war Herr eines schönen Landguts in Schottland. Freilich lebte er meist auf dem Kontinent und hatte sich den Ruf eines schamlosen Wüstlings erworben. Die Familie auf Wincot pflegte mit ihm ebenso wenig Kontakt wie mit ihren Nachbarn.

Ich habe bereits meinen Vater und dazu eine Dame und ihre Tochter als die Einzigen erwähnt, denen die Ehre zuteil wurde, auf Wincot Abbey empfangen zu werden.

Da mein Vater ein alter Freund Mr Monktons aus Schul- und Collegetagen war und ein Zufall die beiden im späteren Leben wieder eng zusammengeführt hatte, war ihre fortgesetzte Vertrautheit auf Wincot nur zu verständlich. Über die Gründe des freundschaftlichen Umgangs mit Mrs Elmslie (der oben erwähnten Dame) bin ich weniger gut unterrichtet. Ihr verstorbener Gatte war ein Verwandter Mrs Monktons gewesen, und mein Vater fungierte als Vormund ihrer Tochter. Dies allein aber schien mir als Grund nicht ausreichend, um die Vertrautheit zwischen Mrs Elmslie und den Bewohnern von Wincot Abbey zu erklären. Und um Vertrautheit handelte es sich ohne Zweifel. Ein Ergebnis der fortgesetzten Besuche zwischen den Familien stellte sich in angemessener Zeit ein – Mr Monktons Sohn und Mrs Elmslies Tochter fanden Gefallen aneinander.

Ich selbst hatte nicht oft Gelegenheit, die junge Dame zu sehen. Ich entsinne mich ihrer nur als eines empfindsamen, sanften, liebenswerten Mädchens, das seiner Erscheinung und offensichtlich auch dem Charakter nach das genaue Gegenteil Alfred Monktons darstellte. Vielleicht aber war dies einer der Gründe, warum die beiden sich ineinander verliebten.

Ihre Neigung blieb nicht unentdeckt und wurde von den Eltern der beiden beileibe nicht missbilligt. Die Elmslies waren den Monktons in allen bedeutsamen Punkten fast ebenbürtig – von den Vermögensverhältnissen abgesehen, doch war es für den Erben von Wincot Abbey ohne Bedeutung, ob seine Braut begütert war oder nicht. Es war kein Geheimnis, dass Alfred nach dem Tod seines Vaters über ein jährliches Einkommen von dreißigtausend Pfund verfügen würde.

So stand einer Verlobung von Ada und Alfred nichts im Weg, wenngleich die Eltern des jugendlichen Alters der beiden wegen von einer sofortigen Heirat nichts wissen wollten und man sich darauf einigte, dass die Hochzeit erst in zwei Jahren, sobald Alfred mündig geworden wäre, stattfinden sollte. Mein Vater in seiner Eigenschaft als Adas Vormund war nun der Nächste, der in dieser Sache befragt werden musste. Er wusste, dass das erwähnte Familienleiden sich vor vielen Jahren bei Mrs Monkton gezeigt hatte, die eine Kusine ihres Mannes war. Die Krankheit, wie man das Leiden bezeichnenderweise nannte, war dank sorgfältiger Behandlung gelindert worden und in weiterer Folge angeblich gänzlich ausgeheilt. Mein Vater aber ließ sich nicht hinters Licht führen. Er wusste, dass dieser vererbliche Makel noch immer auf der Lauer lag. Allein die Möglichkeit, er könnte dereinst in den Kindern der einzigen Tochter seines Freundes wieder zutage treten, jagte ihm Entsetzen und Abscheu ein. So kam es, dass er dem Verlöbnis seine Zustimmung verweigerte.

Als Folge davon blieben von da an die Türen von Wincot Abbey und auch die Tür von Mrs Elmslies Haus für ihn verschlossen. Der freundschaftliche Verkehr war noch nicht lange abgebrochen, als Mrs Monkton verstarb. Ihr Mann, der mit großer Zärtlichkeit an ihr gehangen hatte, holte sich bei der Beerdigung eine heftige Erkältung. Er schenkte seinem Zustand keine Beachtung, sodass die Krankheit auf die Lunge übergriff. Nach wenigen Monaten nur war er seiner Frau ins Grab nachgefolgt. Alfred war nun Herr über die großartige alte Abtei und die umliegenden prächtigen Ländereien.

Zu jener Zeit erlaubte Mrs Elmslie sich die Taktlosigkeit, meinen Vater ein zweites Mal um sein Einverständnis zur Verlobung zu bitten. Abermals lehnte er ab, diesmal mit noch größerer Entschiedenheit. Mehr als ein Jahr ging ins Land. Der Zeitpunkt von Alfreds Großjährigkeit rückte näher. Ich verbrachte die großen Ferien daheim und unternahm einige Versuche, meine Bekanntschaft mit dem jungen Monkton zu vertiefen. Meine Bemühungen wurden abgewiesen, mit vollendeter Höflichkeit, das versteht sich, aber immerhin so, dass ich mich fürderhin hüten wollte, ihm je wieder meine Freundschaft anzubieten. Da über unsere Familie ein Unglück hereinbrach, verdrängte ich die durch diese schroffe Zurückweisung erlittene Kränkung, die mich unter normalen Umständen gewiss geplagt hätte. Mit der Gesundheit meines Vaters hatte es schon seit einigen Jahren nicht zum Besten gestanden, und eben zu dem Zeitpunkt, von dem jetzt die Rede ist, hatten seine Söhne mit seinem Tod einen unersetzlichen Verlust zu betrauern.

Damit wurde die Verfügungsgewalt über Adas künftiges Schicksal in die Hände ihrer Mutter gelegt, was einem Formfehler oder Irrtum im Testament des verstorbenen Mr Elmslie zuzuschreiben war. Es folgte die sofortige Unterzeichnung des Verlöbnisses, dem mein Vater so standhaft seine Einwilligung versagt hatte. Kaum war die Verlobung öffentlich bekannt geworden, als einige von Mrs Elmslies besten Freundinnen, denen die Gerüchte um die Familie Monkton bekannt waren, ihre Glückwünsche mit bezeichnenden Anspielungen auf die verblichene Mrs Monkton verbrämten und drängende Fragen, die Veranlagung ihres Sohnes betreffend, stellten.

Diesen feindfühligen Andeutungen begegnete Mrs Elmslie in einer Form, der es an Kühnheit nicht mangelte. Als Erstes gab sie das Vorhandensein von Gerüchten zu, über die ihre Freundinnen sich nicht genauer hatten aussprechen wollen. Dann aber erklärte sie einfach, dass es sich um infame Verleumdungen handle. Schon vor vielen Generationen wäre das erbliche Gebrechen erloschen. Alfred sei der beste, der liebste, der gesündeste Mensch. Nichts gehe ihm über seine Studien und seine Zurückgezogenheit. Ada teile seine Vorlieben und habe ihre Wahl gänzlich unbeeinflusst getroffen. Falls daraufhin Andeutungen laut wurden, dass Ada durch diese Heirat geopfert werden sollte, fasste sie diese als gemeine Beleidigungen auf, die sie als Mutter treffen sollten, einer Mutter, deren Liebe zu Ada infrage zu stellen, ungeheuerlich sei. Auf diese Weise brachte sie die Leute zwar zum Schweigen, überzeugte aber selbstverständlich niemanden. Langsam begann man zu argwöhnen, was eigentlich in Wahrheit dahinter steckte: dass nämlich Mrs Elmslie eine selbstsüchtige, durchtriebene und habgierige Person war, die ihre Tochter reich verheiraten wollte und an die Folgen keinen einzigen Gedanken verschwendete, nur um Ada als Herrin des größten Besitzes in der ganzen Grafschaft zu sehen.

Allein, es sah so aus, als hätte sich das Schicksal gegen Mrs Elmslies angestrebtes Lebensziel verschworen. Kaum war durch den Tod meines Vaters ein Hindernis auf dem Weg zu dieser anscheinend unter einem bösen Omen stehenden Heirat beseitigt, als ein anderes in Gestalt der Befürchtungen und Schwierigkeiten auftauchte, deren Ursache Adas zarte Gesundheit war. Man konsultierte Ärzte in allen Richtungen, und alle waren sie der Ansicht, dass die Hochzeit aufgeschoben werden sollte, damit Miss Elmslie für eine gewisse Zeit England verlassen und sich in ein milderes Klima begeben könne. Nach Südfrankreich, wenn mich die Erinnerung nicht trügt. So kam es, dass kurz vor dem Datum von Alfreds Großjährigkeit Ada und ihre Mutter zu einer Reise auf den Kontinent aufbrachen und man die Vermählung der beiden jungen Menschen auf einen unbestimmten Zeitpunkt verschob.

Nun fing in der Nachbarschaft ein großes Rätselraten darüber an, was Alfred Monkton unter diesen Umständen tun würde. Ob er seiner Herzallerliebsten folgen würde? Würde er sich eine Yacht zulegen? Oder würde er endlich die Tore der alten Abtei weit öffnen und Adas Abwesenheit und die Verschiebung der Heirat in einem Wirbel ausgelassener Vergnügungen zu vergessen trachten? Er tat nichts von alldem. Alfred blieb auf Wincot und führte das verdächtig zurückgezogene und sonderbare Leben, das vor ihm schon sein Vater geführt hatte. Er hatte buchstäblich niemanden um sich außer dem alten Priester (die Monktons waren Katholiken, was ich längst hätte erwähnen sollen), der Alfred seit dessen früheren Jahren als Hauslehrer unterrichtet hatte. Und dann war der Tag gekommen, an dem Alfred mündig wurde, und auf Wincot wurde der Anlass nicht einmal mit einer Abendgesellschaft im kleinen Kreis gefeiert.

Entschlossen, die für sie kränkende Zurückhaltung eines Vaters zu vergessen, luden die benachbarten Familien Alfred in ihre Häuser ein. Ihre Einladungen erfuhren höfliche Ablehnung. Manierliche Besucher, die resolut auf Wincot Abbey vorsprachen, wurden unter Verbeugungen ebenso resolut abgewiesen, kaum dass sie ihre Karten abgeben konnten. Angesichts dieser Verknüpfung betrüblicher und ärgerlicher Umstände reagierte man allerorts mit Kopfschütteln, wann immer der Name Alfred Monkton fiel, und man fragte sich je nach Veranlagung spöttisch oder bekümmert, was er Monat um Monat in dem einsamen alten Haus treiben mochte.

Die richtige Antwort auf diese Frage war nicht einfach zu erlangen. So wäre es beispielsweise nutzlos gewesen, sich an den Priester zu wenden. Er war ein ruhiger, liebenswürdiger alter Herr, dessen Antworten stets überaus bereitwillig und zuvorkommend waren und für den Augenblick ausreichend Auskunft zu geben schienen. Unterzog man sie hinterher aber einer genaueren Prüfung, so zeigte es sich immer, dass ihnen nichts Greifbares zu entnehmen war. Die Haushälterin, ein unheimliches altes Weib von schroffem und abstoßendem Gebaren, war zu grimmig und wortkarg, als dass man sich ihr zu nähern wagte. Die wenigen im Haus beschäftigten Bedienten waren schon so lange bei der Familie, dass es ihnen längst zur Gewohnheit geworden war, in der Öffentlichkeit die Zunge im Zaum zu halten. Allenfalls von dem bäuerlichen Gesinde, das die Abtei mit allem belieferte, was auf den Tisch kam, waren einige Auskünfte zu erhalten, die aber, wenn sie überhaupt gegeben wurden, sehr unbestimmt gehalten waren.

Einige hatten beobachtet, dass der ›junge Herr‹ in der Bibliothek auf und ab gelaufen sei. Stöße von staubigen Papieren in Händen. Andere wiederum hatten in den unbewohnten Trakten der alten Abtei sonderbare Geräusche gehört, hatten Nachschau gehalten und dabei gesehen, wie er die alten Fenster mit Gewalt öffnete, als wolle er Licht und Luft in Räumlichkeiten lassen, die schon seit vielen Jahren abgeschlossen waren. Weiter hatte man ihn in gefährlicher Höhe auf einem der verfallenen Türme gesehen, die seit Menschengedenken niemand mehr erklommen hatte und von denen es hieß, sie würden von den Geistern der Mönche bewohnt, denen einst die Abtei gehört hatte. Mit der Verbreitung dieser Beobachtungen setzte sich als natürliche Folge in allen immer hartnäckiger die Ansicht fest, der ›arme junge Monkton befände sich auf dem Weg, den die ganze Familie vor ihm genommen hätte‹, eine Ansicht, die im Bewusstsein der Öffentlichkeit stets von der unbewiesenen Überzeugung begleitet wurde, dass der Priester Urgrund allen Übels sei.

Was ich bislang berichtete, beruhte größtenteils auf dem, was mir zu Ohren kam. Was ich nun erzähle ist Ergebnis meiner eigenen persönlichen Erlebnisse.

2

Etwa fünf Monate, nachdem Alfred Monkton großjährig geworden war, ging ich vom College ab und fasste den Entschluss, auf einer ausgedehnten Reise im Ausland Bildung und Zerstreuung zu suchen.

Zu der Zeit, als ich England verließ, führte der junge Monkton noch immer sein abgeschiedenes Leben in der Abtei. Es hieß allgemein, dass es mit ihm rapid bergab ginge, falls das Erbübel seiner Familie ihn nicht schon gänzlich erfasst hätte.

Was die Elmslies betraf, so hieß es, dass Ada der Aufenthalt im Ausland gut getan hätte und dass Mutter und Tochter auf dem Rückweg nach England seien, um die alte Beziehung mit dem Erben von Wincot wieder aufzunehmen.

Ehe sie zurückkehrten, war ich bereits auf Reisen und trieb mich in halb Europa herum, wobei ich es meist unterließ, meine Route im Voraus festzulegen. Der Zufall, der mich mal hier – mal dorthin führte, brachte mich schließlich nach Neapel. Dort traf ich einen alten Schulfreund, der als einer der Attachés an der Britischen Botschaft fungierte. Und hier nehmen die ungewöhnlichen Begebenheiten im Zusammenhang mit Alfred Monkton ihren Ausgang, die im Mittelpunkt der von mir jetzt berichteten Geschichte stehen.

Eines Morgens vertrieb ich mir die Zeit mit meinem Freund, dem Attaché, im Garten der Villa Reale, als wir einem jungen Mann begegneten, einem Einzelgänger, der mit meinem Freund Verbeugungen austauschte.

Ich glaubte die dunklen ruhelosen Augen zu erkennen, die fahlen Wangen, den seltsam wachsamen, gespannten Ausdruck, Eigenheiten, die mir als charakteristisch für Alfreds Monktons Gesicht in Erinnerung geblieben waren, und stand eben im Begriff, meinem Freund eine diesbezügliche Frage zu stellen, als er mir ungefragt die Auskunft gab, die ich haben wollte.

»Dies ist Alfred Monkton«, erklärte er mir. »Er kommt aus derselben Gegend Englands wie du. Du solltest ihn eigentlich kennen.«

»Ja, ich kenne ihn flüchtig«, gab ich zur Antwort. »Als ich mich in der Nähe von Wincot aufhielt, war er mit Miss Elsmlie verlobt. Ist er jetzt schon verheiratet?«

»Nein. Er sollte niemals heiraten. Es ist ihm so ergangen wie allen anderen seiner Familie; einfacher ausgedrückt, er ist verrückt geworden.«

»Verrückt! Das sollte mich gar nicht wundern, nach allem, was ich in England über ihn hörte.«

»Ich rede jetzt nicht von Gerüchten. Ich rede von dem, was er hier vor mir und vor Hunderten anderen Menschen gesagt und getan hat. Du hast doch gewiss davon gehört?«

»Keineswegs. Ich war an so abgelegenen Orten, dass mich Nachrichten aus London oder Neapel schon seit Monaten nicht hätten erreichen können.«

»Dann habe ich dir eine höchst außergewöhnliche Geschichte zu berichten. Du weißt natürlich, dass Alfred einen Onkel hatte. Stephen Monkton. Nun, vor einiger Zeit trug dieser auf dem Gebiet der Römischen Staaten mit einem Franzosen ein Duell aus, der ihn erschoss. Die Sekundanten und der (unverletzt gebliebene) Franzose flüchteten in verschiedene Richtungen, wie allgemein angenommen wird. Von den Einzelheiten des Duells erfuhren wir erst einen Monat nachher, als ein französisches Journal einen Bericht darüber veröffentlichte, der aus den hinterlassenen Papieren von Monktons Sekundanten stammte. Dieser war in Paris an der Schwindsucht gestorben. Aus diesen Papieren ging nur hervor, wie das Duell ausgetragen wurde und wie es endete, nicht mehr. Vom überlebenden Sekundanten und dem Franzosen fehlt seit damals jede Spur. Daher weiß man von dem Duell nicht mehr, als dass Stephen Monkton getötet wurde, eine Tatsache, die niemand bedauern kann, da es nie einen größeren Schurken gegeben hat. Der genaue Ort seines Todes und was mit seinem Leichnam geschah, sind nach wie vor ungeklärte Geheimnisse.«

»Und was hat dies alles mit Alfred zu tun?«

»Einen Augenblick noch, du wirst es gleich hören. Was glaubst du, dass Alfred getan hat, nachdem die Nachricht vom Tod seines Onkels England erreichte? Er hat doch glatt seine Hochzeit mit Miss Elmslie abgeblasen, die knapp bevorstand, um hierher zu kommen und sich auf die Suche hach dem Grab dieses elendigen Schuftes von Onkel zu machen. Und keine Macht auf Erden kann ihn bewegen, nach England und zu Miss Elmslie zurückzukehren, ehe er nicht den Toten gefunden hat und ihn mitnehmen kann, damit er mit allen verblichenen Monktons im Gewölbe unter der Kapelle von Wincot Abbey zur Ruhe gerettet werde. Seit drei Monaten hat er sein Geld hinausgeworfen, hat die Polizei belästigt und sich dem Spott der Männer und der Empörung der Frauen ausgesetzt, nur um sein wahnwitziges Ziel zu erreichen, dem er nicht ein Stück näher gekommen ist. Und er vertraut niemandem auch nur die kleinste Andeutung über das Motiv seines Tuns an. Weder Spott noch vernünftiges Zureden können es ihm entreißen. Eben jetzt, als wir ihm begegneten, war er unterwegs zum Sitz des Polizeiministers, der neue Agenten ausschicken soll, damit sie in den Römischen Staaten nach dem Ort forschen, an dem sein Onkel erschossen wurde. Man bedenke, dass er die ganze Zeit über nicht ablässt zu behaupten, er wäre Miss Elmslie in leidenschaftlicher Liebe zugetan und beklage die Trennung von ihr! Stell dir das vor! Und dann stell dir vor, dass er sie freiwillig verließ, um den sterblichen Überresten eines Schurkens nachzujagen, der eine Schande für die Familie war und den er nur ein- oder zweimal im Leben gesehen hat. Von allen ›irren Monktons‹, wie man sie in England zu nennen pflegte, ist Alfred der irrste. Er stellt während dieser öden Opernsaison unser einziges Vergnügen dar, obgleich ich für meine Person eher geneigt bin, ihn zu verachten, wenn ich an das arme Mädchen in England denke, als ihn zu verlachen.«

»Du kennst die Elmslies?«

»Sehr gut. Erst gestern bekam ich einen Brief meiner Mutter aus England, den sie nach einem Besuch bei Ada schrieb. Diese Eskapade Monktons hat alle ihre Freunde gegen ihn aufgebracht. Alle beschworen Ada, sie solle die Verbindung lösen, was offenbar in ihrer Macht stände, falls sie es wollte. Sogar ihre gemeine selbstsüchtige Mutter musste sich schließlich, um der Anständigkeit Genüge zu tun, auf die Seite der übrigen Familie stellen. Doch das gute, treue Mädchen will Monkton nicht aufgeben. Sie entschuldigt seinen Wahn, erklärt, dass er ihr im Geheimen einen guten Grund für seine Abreise gegeben habe; sie sagt, sie hätte ihn in den gemeinsamen Stunden in der Abtei immer glücklich machen können und werde ihn noch viel glücklicher machen, wenn sie verheiratet sein würden. Kurzum, sie liebt ihn innigst und wird bis zum letzten an ihn glauben. Nichts kann sie erschüttern. Sie hat sich entschlossen, ihr Leben für ihn wegzuwerfen, und sie wird es tun.«

»Das hoffe ich nicht. Mag sein Verhalten uns auch wahnwitzig erscheinen, so könnte er doch einen vernünftigen, für uns aber nicht vorstellbaren Grund dafür haben. Scheint sein Verstand zerrüttet, wenn er sich über gewöhnliche Themen unterhält?«

»Nicht im Mindesten. Wenn man ihn zum Reden bringen kann, was nicht sehr oft der Fall ist, dann spricht er wie ein vernünftiger, gut erzogener Mensch. Lässt man sein einzigartiges Bestreben unerwähnt, könnte man ihn für den sanftmütigsten und maßvollsten aller Menschen halten. Kommt man aber auf seinen Herumtreiber von Onkel zu sprechen, dann tritt der Wahn der Monktons sofort zutage. Erst gestern fragte ihn eine Dame, natürlich nur im Scherz, ob er je den Geist seines Onkels gesehen hätte. Er funkelte sie an wie ein vollends Besessener und sagte, er und sein Onkel würden eines Tages ihre Frage beantworten, und wenn sie aus der Hölle heraußmüssten, um Antwort zu geben. Wir lachten über seine Worte, die Dame aber fiel bei seinem Anblick in Ohnmacht, und wir erlebten eine Szene voll Hysterie und Riechsalz. Jeden anderen hätte man höchst unsanft hinausbefördert dafür, dass er eine hübsche Frau zu Tode geängstigt hatte, aber der ›irre Monkton‹, wie wir ihn getauft haben, ist in der neapolitanischen Gesellschaft ein privilegierter Irrer, weil er Engländer ist, gut aussieht und dreißigtausend im Jahr wert ist. Er begibt sich überallhin unter dem Eindruck, er würde vielleicht jemandem begegnen, der das Geheimnis des Ortes, an dem das Duell ausgefochten wurde, kenne. Wenn du ihm vorgestellt wirst, dann wird er dich sicher fragen, ob du etwas darüber weißt. Hüte dich aber, das Thema weiterzuverfolgen, nachdem du geantwortet hast, es sei denn, du möchtest feststellen, dass er den Verstand verloren hat. In diesem Fall brauchst du bloß von seinem Onkel zu sprechen, und du wirst ein mehr als befriedigendes Ergebnis erhalten.«

Einen oder zwei Tage nach diesem Gespräch mit meinem Freund, dem Attaché, begegnete ich Monkton auf einer Abendgesellschaft.

Kaum hatte er meinen Namen vernommen, als sein Gesicht sich rötete. Er zog mich beiseite in eine Ecke, um auf seine kühle Reaktion auf meinen schon Jahre zurückliegenden Versuch, seine Bekanntschaft zu machen, zu sprechen zu kommen, und bat mich um Entschuldigung für seine unentschuldbare Undankbarkeit, wie er es nannte. Sein Ernst und seine Bewegung ließen mich staunen. Als Nächstes befragte er mich, wie mein Freund vorausgesagt hatte, über den Ort des geheimnisvollen Duells.

Während er mich über diesen Punkt ausfragte, ging eine ungewöhnliche Verwandlung mit ihm vor. Anstatt mir ins Gesicht zu sehen, wie er es bislang getan hatte, schweifte sein Blick ab und heftete sich ganz fest, ja beinahe grimmig, entweder auf die völlig leere Wand auf unserer Seite oder aber auf den leeren Raum zwischen der Wand und uns – das konnte ich unmöglich unterscheiden. Ich war auf dem Seeweg von Spanien her nach Neapel gekommen und erwähnte dies kurz. Es schien mir der beste Weg, um ihm klar zu machen, dass ich ihm bei seinen Ermittlungen keine Hilfe sein konnte. Er verfolgte die Sache nicht weiter, und ich achtete eingedenk des Rates meines Freundes darauf, dass das Gespräch sich an allgemeine Themen hielt. Er ließ den Blick zu mir zurückwandern, und solange wir in unserer Ecke blieben, schweiften seine Augen kein einziges Mal mehr zu der kahlen Wand oder ins Leere.

Obgleich mehr zum Zuhören als zum Sprechen geneigt, war sein Reden, wenn er sich dazu herabließ, so, dass nichts auf ein Irresein hindeutete. Er war belesen, nicht nur oberflächlich, sondern sehr gründlich, und war mit einzigartigem Geschick imstande, das Gelesene zur Verdeutlichung fast aller besprochenen Themen anzuwenden, wobei er es vermied, sein Wissen auf absurde Weise aufzudrängen oder aber geziert damit zurückzuhalten. Sein Benehmen war an sich schon ein schreiender Widerspruch zu einem Spottnamen wie ›irrer Monkton‹. Er war so zurückhaltend, so still, so gelassen und sanft in allem, was er tat, dass ich zeitweise fast geneigt war, ihn weich zu nennen. Am ersten Abend unserer Bekanntschaft führten wir ein langes Gespräch; daraufhin sahen wir einander oft und ließen auch nicht eine Gelegenheit aus, unsere Bekanntschaft zu vertiefen. Ich spürte, dass er Gefallen an mir gefunden hatte. Und ungeachtet dessen, was ich über sein Verhalten Miss Elmslie gegenüber gehört hatte, ungeachtet der Verdachtsmomente, die die Geschichte seiner Familie und sein eigenes Verhalten gegen ihn aufboten, fing auch ich an, am ›irren Monkton‹ Gefallen zu finden so wie er an mir. Gemeinsam unternahmen wir manchen stillen Ausflug aufs Land und segelten oft die Küste der Bucht zu beiden Seiten entlang. Abgesehen von zwei Absonderlichkeiten seines Benehmens, für die ich gar kein Verständnis aufbringen konnte, hätte ich mich bald in seiner Gesellschaft so unbefangen, fühlen können, als wäre er mein leiblicher Bruder gewesen.

Die erste dieser Absonderlichkeiten bestand im wiederholten Wiederauftauchen seines sonderbaren Blickes, den ich zuerst beobachtet hatte, als er mich fragte, ob ich etwas über das Duell wüsste. Einerlei worüber wir eben sprachen oder wo wir uns zufällig befanden, es kam immer wieder vor, dass er den Blick von meinem Gesicht abwandte, erst auf die eine Seite, dann auf die andere blickte, und kein einziges Mal war etwas zu sehen. Und immer geschah dies mit derselben Intensität und Wildheit in seinen Augen. Dies sah dem Wahnsinn so ähnlich – oder zumindest der Hypochondrie –, dass ich Angst hätte, ihn deswegen zu befragen, und immer so tät, als sähe ich es nicht.

Die zweite Absonderlichkeit in seinem Benehmen war der Umstand, dass er in meiner Gesellschaft kein einziges Mal von dem Gerede sprach, das sich um seinen Aufenthalt in Neapel rankte, und kein einziges Mal von Miss Elmslie und seinem Leben auf Wincot Abbey. Dies erstaunte nicht nur mich, sondern erregte auch die Verwunderung jener, die unsere Vertrautheit bemerkt hatten und die mich für den Mitwisser aller seiner Geheimnisse hielten. Doch war die Zeit nicht mehr fern, da dieses Geheimnis und einige andere, von denen ich damals noch nichts ahnte, enthüllt werden sollten.

Eines Abends traf ich ihn auf einem großen Ball, den ein russischer Edelmann veranstaltete, dessen Namen ich damals nicht aussprechen konnte und der mir inzwischen entfallen ist. Ich hatte Empfangssaal, Ballsaal und Spielzimmer verlassen und war in eine Räumlichkeit an dem einen Ende des Palastes gelangt, die halb als Wintergarten, halb als Boudoir diente und zu dieser Gelegenheit mit chinesischen Lampions auf das schönste beleuchtet war. Als ich eintrat, befand sich niemand im Raum. Der Ausblick auf das in die weiche Helligkeit des italienischen Mondscheins getauchte Mittelmeer war so reizvoll, dass ich lange Zeit am Fenster stehen blieb, hinausblickte und der Tanzmusik lauschte, die ganz leise aus dem Ballsaal zu hören war. Meine Gedanken waren weit weg, bei meinen Angehörigen, die ich in England zurückgelassen hatte, als ich zusammenschrak, weil ich hörte, dass mein Name leise gerufen wurde.

Ich wandte mich um und sah Monkton im Raum stehen. Sein Gesicht war von fahler Blässe überzogen, die Augen mit dem bereits erwähnten ungewöhnlichen Ausdruck von mir abgewandt.

»Hätten Sie etwas dagegen, heute früher vom Ball aufzubrechen?«, fragte er, den Blick noch immer von mir abgewandt.

»Keineswegs«, sagte ich. »Kann ich etwas für Sie tun? Fühlen Sie sich nicht wohl?«

»Nein, jedenfalls ist es nicht der Rede wert. Würden Sie in meine Wohnung kommen?«

»Sofort, wenn Sie wollen.«

»Nein, nicht sofort. Ich muss auf direktem Weg nach Haus. Sie hingegen sollen erst nach Ablauf einer halben Stunde zu mir kommen. Ich weiß, dass Sie noch nie bei mir waren. Es wird Ihnen ein Leichtes sein, meine Wohnung zu finden, sie liegt ganz in der Nähe. Hier haben Sie eine Karte mit meiner Adresse. Ich muss Sie heute noch sprechen. Es ist lebenswichtig! Ich flehe Sie an, kommen Sie! Kommen Sie, um Gottes willen, wenn die halbe Stunde um ist!«

Ich versprach, pünktlich zu sein, und er verließ mich ohne Verzug.

Den meisten wird es nicht schwer fallen, sich in den Zustand nervöser Ungeduld und unbestimmter Erwartung hineinzuversetzen, in dem ich die angegebene Wartezeit verbrachte, nachdem ich Worte vernommen hatte, wie sie Monkton vor mir geäußert. Noch war die halbe Stunde nicht ganz abgelaufen, als ich mir meinen Weg durch den Ballsaal zu bahnen begann.

Oben auf der Treppe begegnete ich meinem Freund, dem Attaché. »Was! Du gehst schon?«, rief er aus.

»Ja, um mich auf eine höchst merkwürdige Expedition zu begeben. Ich suche Monkton auf seine eigene Einladung in seinen Räumen auf.«

»Das darf nicht wahr sein! Alle Achtung, das nenne ich Mut, wenn du es wagst, dich bei Vollmond mit dem ›irren Monkton‹ allein zu treffen!«

»Der Ärmste ist krank. Außerdem halte ich ihn nicht für halb so verrückt wie du.«

»Lass uns nicht darüber streiten. Aber denke an meine Worte: Er hat dich nicht ohne besonderen Grund dorthin gebeten, wo noch kein anderer Besucher Einlass fand. Ich sage dir voraus, dass du heute Abend etwas sehen oder hören wirst, was dir für den Rest deines Lebens im Gedächtnis bleiben wird.«

Wir trennten uns. Als ich an das Hoftor des Hauses pochte, in dem Monkton wohnte, fielen mir die auf der Palasttreppe ausgesprochenen Worte meines Freundes ein. Obgleich ich ihn ausgelacht hatte, als er sie aussprach, hatte sich in jenem Augenblick schon in mir der Argwohn geregt, dass seine Voraussage eintreffen würde.

3

Der Bediente, der mich einließ, wies mir das Stockwerk, auf dem Monktons Zimmer lagen. Ich stieg die Treppe hoch und entdeckte, dass seine Tür nur angelehnt war. Er musste wohl meine Schritte gehört haben, da er mir, noch ehe ich geklopft hatte, zurief, ich möge eintreten.

Ich trat ein und traf ihn am Tisch sitzend an, ein paar lose Briefe in der Hand, die er eben zu einem Bündel zusammenband. Als er mir Platz anbot, fiel mir auf, dass er nun gefasster wirkte, wenn auch sein Gesicht noch immer ziemlich bleich war. Er dankte mir für mein Kommen. Er wiederholte, dass er mir etwas sehr Wichtiges zu sagen hätte; und dann hielt er inne, da es ihm offensichtlich peinlich war, fortzufahren. Ich versuchte es ihm zu erleichtern, indem ich ihm versicherte, dass ihm meine Person und meine Zeit uneingeschränkt und aus ganzem Herzen zur Verfügung stünden, falls ich ihm mit Rat und Tat nützen könne.

Während ich dies sagte, merkte ich, dass sein Blick von meinem Gesicht abließ – und ganz langsam, Zoll für Zoll, weiterwanderte, bis er an einem bestimmten Punkt innehielt und mit demselben unbewegten Starren ins Leere sah, das mir bei früheren Gelegenheiten so große Angst gemacht hatte. Sein ganzer Gesichtsausdruck veränderte sich so, wie ich es noch nie gesehen hatte. Er saß vor mir und sah aus wie ein Mensch in tödlicher Trance.

»Sie sind sehr freundlich«, sagte er langsam und leise. Dabei redete er nicht mich an, sondern sprach in die Richtung, in die seine Augen noch immer starrten. »Ich weiß, dass Sie mir helfen können, doch –«

Er hielt inne. Sein Gesicht erbleichte grässlich, und der Schweiß trat ihm auf die Stirn. Er versuchte weiterzusprechen, sagte ein Wort oder zwei, hielt wieder inne. Ernsthaft besorgt seinetwegen stand ich aus meinem Sessel auf mit der Absicht, ihm Wasser aus einem Krug zu bringen, den ich auf einem Abstelltisch sah.

Im gleichen Augenblick sprang er auf. Sämtliche Mutmaßungen, die mir jemals über seinen Geisteszustand zugeraunt worden waren, schossen mir nun durch den Kopf. Unwillkürlich wich ich einen oder zwei Schritte zurück.

»Bleiben Sie«, sagte er, sich wieder hinsetzend. »Achten Sie nicht auf mich und bleiben Sie sitzen. Ich will – ich möchte, wenn es Ihnen nichts ausmacht, eine kleine Änderung durchführen, ehe wir weitersprechen. Stört es Sie, bei hellem Licht dazusitzen?«

»Nicht im Mindesten.«

Ich hatte bislang im Schatten seiner Leselampe, dem einzigen Licht im Raum, gesessen.

Kaum hatte ich geantwortet, als er wieder aufstand. Nachdem er in einen anderen Raum gegangen war, kam er mit einer großen Lampe in den Händen wieder. Dann holte er zwei Kerzen aus dem Abstelltisch und zwei weitere vom Kaminsims. Sie alle stellte er zu meiner Verwunderung zusammen, und zwar genau in die Mitte zwischen uns. Und dann versuchte er sie anzuzünden. Seine Hand zitterte so heftig, dass er den Versuch aufgeben musste und mir erlaubte, ihm zu Hilfe zu kommen. Seiner Anweisung gemäß nahm ich den Schirm der Leselampe ab, nachdem ich die andere Lampe und die vier Kerzen angezündet hatte.

Als er sich wieder setzte und diese Lichtkonzentration zwischen uns stand, kehrte sein besseres und sanfteres Wesen wieder. Und als er mich nun anredete, tat er es ohne das leiseste Zögern.

»Die Frage, ob Sie die Gerüchte über mich gehört haben, erübrigt sich«, sagte er. »Ich weiß, dass Sie sie gehört haben. Meine Absicht ist es nun heute, Ihnen eine vernünftige Erklärung für das Verhalten zu geben, das diese Gerüchte verursachte. Mein Geheimnis kennt bis jetzt nur eine Person. Jetzt stehe ich im Begriff, es Ihnen anzuvertrauen, mit einem bestimmten Ziel, das gleich ersichtlich werden wird, wenn ich fortfahre. Zunächst aber muss ich Ihnen sagen, welcher großen Schwierigkeit ich es verdanke, dass ich gezwungen bin, mich außerhalb Englands aufzuhalten. Ich brauche Ihren Rat und Ihre Hilfe. Ich will Ihnen nicht verhehlen, dass ich auch Ihre Nachsicht und Ihr freundliches Mitgefühl auf die Probe stellen werde, ehe ich wagen kann, mein elendiges Geheimnis Ihnen anzuvertrauen … Werden Sie dieses scheinbare Misstrauen in Ihren unverstellten und offenen Charakter verzeihen, diese scheinbare Undankbarkeit gegenüber Ihrer Liebenswürdigkeit, die Sie mir seit unserer ersten Begegnung entgegenbrachten?«

Ich bat ihn, davon zu schweigen und stattdessen fortzufahren. »Sie wissen«, begann er, »dass ich hier bin, um den Leichnam meines Onkels Stephen zu finden, um ihn nach England in die Familiengruft zu schaffen. Ebenso müssen Sie wissen, dass es mir bisher nicht gelungen ist, seine sterblichen Überreste zu entdecken. Versuchen Sie im Moment zu übergehen, was an einem Ziel wie dem meinen außergewöhnlich und unbegreiflich scheinen mag. Und lesen Sie diesen Zeitungsartikel, dessen wichtigste Stellen unterstrichen sind. Es ist der bisher einzige Beweis, den ich im Hinblick auf das verhängnisvolle Duell erlangen konnte, dem mein Onkel zum Opfer fiel. Und ich möchte jetzt hören, welche Vorgangsweise Sie nach gründlicher Lektüre des Artikels für die für mich Vorteilhafteste ansehen.«

Er gab mir eine alte französische Zeitung. Der Inhalt dessen, was ich darin las, hat sich meinem Gedächtnis so nachhaltig eingeprägt, dass ich sicher bin, auch nach so langer

Zeit alle Fakten korrekt wiederzugeben, die ich an den Leser weitergeben muss.

Der Artikel begann, wie ich mich entsinne, mit Bemerkungen des Herausgebers die große Neugierde betreffend, die das tödliche Duell zwischen dem Grafen St. Lo und Mr Stephen Monkton, einem englischen Gentleman, erregt hatte. Der Verfasser verbreitete sich hierauf ausführlich über die ungewöhnliche Geheimhaltung, die die ganze Affäre von Anfang bis zum Ende umgeben hatte. Weiter sprach er die Hoffnung aus, dass die Veröffentlichung eines bestimmten Manuskriptes, auf das sich seine einleitenden Bemerkungen bezogen, zum Auftauchen neuer Beweise von anderer und besser informierter Seite führen möge. Das Manuskript war unter den Papieren Monsieur Foulons, Mr Monktons Sekundanten, gefunden worden, der in Paris einer galoppierenden Schwindsucht erlegen war, kurz nachdem er vom Schauplatz des Duells in diese Stadt zurückgekehrt war. Das Dokument war nicht vollständig, ja, es brach an ebender Stelle ab, an der dem Leser am heftigsten an einer Fortsetzung gelegen sein muss. Ein Grund dafür war nicht festzustellen, und ein zweites Manuskript, das das für uns so interessante Thema fortgesetzt hätte, konnte auch nach der gründlichsten Suche nicht unter den Papieren des Verstorbenen gefunden werden.

Nun folgte das Dokument selbst.

Es handelte sich um ein privat abgeschlossenes Abkommen zwischen Mr Monktons Sekundanten Monsieur Foulon und Monsieur Dalville, dem Sekundanten des Grafen St. Lo. Es enthielt eine Niederlegung aller für die Durchführung des Duells nötigen Abmachungen. Das Papier trug das Datum ›Neapel, den 22. Februar‹; es war in acht oder neun Absätze unterteilt.

Der erste Absatz beschrieb Ursprung und Art des Zwistes – eine für beide Seiten schmachvolle Angelegenheit, die der Erinnerung oder Wiederholung nicht wert ist. Im zweiten Absatz stand, dass der Herausgeforderte sich für die Pistole als Waffe entschied und der Herausforderer (ein ausgezeichneter Degenkämpfer) daher darauf bestand, dass beim Duell das Ergebnis des ersten Schusswechsels als entscheidend zu gelten habe. Die Sekundanten, denen damit klar war, dass die feindselige Begegnung unweigerlich tödlich enden würde, fassten zunächst den Entschluss, dass das Duell vor allen geheim gehalten werden müsse und dass der Schauplatz der Begegnung nicht bekannt gemacht werden dürfe, auch nicht den Duellanten selbst. Es wurde hinzugefügt, dass man dieses ungewöhnliche Ausmaß an Vorsicht für absolut nötig hielte, da der Papst kürzlich an die in Italien herrschenden Mächte eine Mahnung gerichtet hätte, in der er auf die skandalöse Häufigkeit der Duellpraxis hinwies und den dringenden Wunsch aussprach, dass die Gesetze gegen Duellanten in Zukunft mit äußerster Strenge Anwendung fänden.

Im dritten Absatz wurde festgelegt, wie das Duell zur Austragung kommen sollte.

Nachdem die Pistolen von den Sekundanten am Ort des Geschehens geladen worden wären, sollten die Kombattanten dreißig Schritte voneinander entfernt Aufstellung nehmen und mittels Los bestimmen, wer den ersten Schuss tun sollte. Der Gewinner sollte daraufhin zehn Schritte vorwärts gehen – die Stelle war zuvor für ihn bezeichnet worden – und seine Pistole abfeuern. Schoss er daneben oder glückte es ihm nicht, seinen Gegner außer Gefecht zu setzen, war nun die Reihe an dem anderen vorzutreten, wenn es ihm beliebte, die ganzen restlichen zwanzig Schritte, ehe er seinerseits feuerte. Diese Vereinbarung stellte sicher, dass nach dem ersten Schusswechsel das Duell entschieden war. Sowohl Duellanten als auch Sekundanten gelobten, sich daran zu halten.

Der vierte Absatz hielt fest, dass die Sekundanten übereingekommen wären, das Duell sollte außerhalb des neapolitanischen Staatsgebietes ausgetragen werden. Bei der endgültigen Wahl des Ortes wollten sie sich jedoch von den Umständen leiten lassen.

Alle übrigen Bestimmungen, soweit sie mir im Gedächtnis geblieben sind, befassten sich mit den Einzelheiten der verschiedenen Vorsichtsmaßnahmen, die man ergreifen wollte, um einer Entdeckung zu entgehen. Die Duellanten und ihre Sekundanten sollten Neapel in getrennten Gruppen verlassen; die Wagen sollten mehrmals gewechselt werden; man wollte sich in einer bestimmten Stadt treffen oder aber, falls dies fehlschlug, in einer bestimmten Poststation auf der Landstraße von Neapel nach Rom; man sollte Zeichenblöcke, Farbkästen und Feldstühle mitnehmen wie Künstler auf einer Skizzen-Tour; man wollte den Schauplatz des Duells zu Fuß erreichen, ohne Führer aus Angst vor Verrat. Solche allgemeine Abmachungen und andere, die die Flucht der Überlebenden nach Beendigung der Angelegenheit regeln sollten, bildeten den Schluss dieses ungewöhnlichen Dokuments, das von beiden Sekundanten mit deren Initialen unterzeichnet wurde.

Knapp unter diesen Initialen sah man den Anfang eines mit ›Paris‹ datierten Berichtes, in dem offensichtlich das Duell selbst mit äußerster Genauigkeit beschrieben werden sollte. Die Handschrift war die des verstorbenen Sekundanten.

Monsieur Foulon, der betreffende Herr, äußerte die Überzeugung, dass Umstände eintreten könnten, die den Bericht eines Augenzeugen der feindlichen Begegnung zwischen St. Lo und Mr Monkton zu einem Dokument von größter

Wichtigkeit machen könnten. Als einer der Sekundanten unternahm er es daher zu bezeugen, dass das Duell in genauer Befolgung der vereinbarten Bestimmungen ausgefochten worden sei, wobei die Duellanten sich wie Männer von Mut und Ehre erwiesen (!). Weiter kündigte er an, dass er das Papier mit seiner Aussage sicheren Händen übergebe, um niemanden zu kompromittieren. Damit verbunden sei die strikte Anweisung, dass es auf keinen Fall geöffnet werden solle, es sei denn, es trete ein Notfall ein.

Nach dieser Einleitung berichtete Monsieur Foulon, das Duell sei zwei Tage nach Abfassung der Bedingungen ausgetragen worden, an einem Ort, an den die Duell-Gesellschaft durch einen Zufall gelangt war. (Der Name des Ortes wurde nicht erwähnt, nicht einmal die ungefähre Lage.) Nachdem die Männer den Bestimmungen gemäß Aufstellung genommen hatten, war dem Grafen St. Lo durch das Los der erste Schuss zugefallen, worauf er seinen Gegner in den Leib geschossen hätte. Mr Monkton fiel nicht sofort um, sondern taumelte sechs oder sieben Schritte vorwärts, feuerte seine Pistole wirkungslos auf den Grafen ab und fiel tot zu Boden. Sodann berichtete Monsieur Foulon, dass er eine Seite aus seinem Notizbuch gerissen hätte, um eine kurze Schilderung der Umstände niederzulegen, unter denen Mr Monkton ums Leben gekommen war. Diesen Zettel heftete er dem Toten an die Kleider. Die einzigartige Natur des auf der Stelle entwickelten Plans, sich des Leichnams zu entledigen, machte dies notwendig. Wie dieser Plan aussah und was mit dem Toten geschah, ging aus dem Text nicht hervor, da der Bericht an dieser Stelle abrupt abbrach.

Eine Fußnote im Journal gab lediglich Auskunft über die Art und Weise, wie das Dokument zur Veröffentlichung gelangte, und wiederholte die bereits in den einleitenden Äußerungen des Herausgebers enthaltene Ankündigung, dass die mit der Obhut von Monsieur Foulons Papieren betrauten Personen keine Fortsetzung gefunden hätten. Ich habe nun den Gehalt des Gelesenen wiedergegeben und alles erwähnt, was über Mr Stephen Monktons Tod bekannt ist.

Als ich Alfred das Blatt zurückgab, war er zu bewegt, um sprechen zu können. Er gab mir jedoch ein Zeichen, dass er begierig warte, was ich zu sagen hätte. Meine Lage war sehr unangenehm und schmerzlich. Ich konnte ja nicht wissen, welche Folgen eine Unvorsichtigkeit meinerseits hervorrufen würde. Mir fiel zunächst auch nichts Unverfängliches ein, als ihn vorsichtig auszufragen, ehe ich mich irgendwie näher mit ihm einließ.

»Vergeben Sie mir, wenn ich Ihnen ein paar Fragen stelle, ehe ich Ihnen einen Rat gebe?«, sagte ich.

»Ja, ja. fragen Sie, was Ihnen beliebt.«

»Hat es jemals eine Zeit gegeben, in der Sie mit Ihrem Onkel viel beisammen waren?«

»Ich habe ihn höchstens zweimal im Leben gesehen; ich war damals noch ein Kind.«

»Dann kann Ihre persönliche Zuneigung zu ihm gar nicht sehr eng sein.«

»Zuneigung? Ich müsste mich schämen, wenn ich für ihn Zuneigung empfunden hätte. Er hat uns nichts als Schande gemacht, wohin er sich auch wenden mochte.«

»Darf ich fragen, ob bei Ihrem hartnäckigen Bestreben, seine sterbliche Hülle zu finden, familiäre Gründe eine Rolle spielen?«

»Unter anderem mögen auch familiäre Gründe mitspielen – aber warum fragen Sie?«

»Ich hörte, dass Sie sich an die Polizei wandten. Nun möchte ich wissen, ob Sie die maßgeblichen Stellen dazu bringen konnten, dass man sich Ihrer Sache mit größerem

Eifer annahm, da Sie schwerwiegende persönliche Gründe ins Treffen führten.«

»Ich gebe keine Begründungen. Ich zahle für die Arbeit, die ich getan wünsche. Für meine Großzügigkeit werde ich nun von allen Seiten mit infamster Gleichgültigkeit behandelt. Als Fremder, der die Landessprache nur unzulänglich beherrscht, bin ich außerstande, mir selbst zu helfen. Die Behörden hier und in Rom täuschen emsige Tätigkeit vor. Sie geben vor zu suchen und zu ermitteln, wie ich es verlangte, und belassen es dabei. Man schmäht mich und lacht mich aus – ganz offen ins Gesicht.«

»Nun will ich das Fehlverhalten der Behörden nicht entschuldigen, aber halten Sie es nicht für möglich, dass die Polizei die Ernsthaftigkeit Ihrer Absichten bezweifelt? Sie können versichert sein, dass ich selbst nicht daran zweifle.«

»Die Ernsthaftigkeit bezweifelt?«, rief er aus. Dabei fuhr er auf und stand mir mit wildem Blick und schnellem Atem gegenüber. »Warum sollte es mir nicht ernst sein? Sie glauben auch, dass es mir nicht ernst ist! Ich weiß, dass Sie es glauben, trotz Ihrer Behauptung, Sie täten es nicht. Halten Sie ein! Noch ehe ein weiteres Wort fällt, sollen Sie sich mit eigenen Augen überzeugen. Kommen Sie – nur eine Minute – nur eine einzige Minute!«

Ich folgte ihm in sein Schlafgemach, das sich an den Wohnraum anschloss. Zu einer Seite seines Bettes stand eine große Packkiste aus unbearbeitetem Holz, etwas über sieben Fuß lang.

»Öffnen Sie den Deckel und sehen Sie hinein«, sagte er, »während ich die Kerze halte, damit Sie Licht haben.«

Ich folgte seinen Anweisungen und entdeckte zu meiner Verwunderung, dass die Kiste einen Bleisarg enthielt, prächtig geschmückt mit dem Familienwappen der Monktons und der Inschrift in alten Lettern mit dem Namen ›Stephen

Monkton‹. Sein Lebensalter und die Todesart waren darunter hinzugefügt.

»Diesen Sarg halte ich für ihn bereit«, flüsterte Alfred nahe an meinem Ohr. »Nun, sieht es aus, als wäre es mir nicht ernst?«

Für mich sah es eher nach Wahnwitz aus – so sehr, dass ich vor einer Antwort zurückschreckte.

»Ja! Ja! Ich sehe, dass Sie nun überzeugt sind«, fuhr er hastig fort. »Jetzt wollen wir wieder ins Zimmer nebenan gehen und können nun ohne Scheu weitersprechen.«

Nach der Rückkehr zu unseren Plätzen geschah es, dass ich ganz mechanisch meinen Stuhl vom Tisch wegrückte. In meinem Kopf herrschte momentan so viel Verwirrung und Unsicherheit, weil ich nicht wusste, was ich am besten sagen oder tun sollte, dass ich die Stellung vergaß, die er mir zugewiesen, als wir die Kerzen entzündeten. Er rief sie mir unverblümt wieder ins Gedächtnis.

»Sie sollen nicht abrücken«, sagte er todernst. »Bleiben Sie im Licht, ich bitte Sie darum! Ich will auch gleich sagen, warum ich darin so eigen bin. Aber erst müssen Sie mir raten und mir in meinem Kummer und meiner Ungewissheit helfen. Sie wissen, das haben Sie mir versprochen.«

Ich bemühte mich nun, meine Gedanken wieder zu sammeln, und schaffte es. In seiner Gegenwart hatte es keinen Zweck, die Sache anders als ganz ernst zu behandeln. Und es wäre grausam gewesen, wenn ich ihm nicht nach bestem Wissen geraten hätte.

»Sie wissen«, begann ich, »dass das Duell zwei Tage nachdem die Abmachung von Neapel aufgesetzt worden war, außerhalb des Staatsgebietes von Neapel ausgefochten wurde. Diese Tatsache hat Sie natürlich zu der Annahme geführt, dass sämtliche Nachforschungen bezüglich des Ortes sich auf römisches Gebiet beschränken sollten?«

»Gewiss; die Suche hat dort und nur dort stattgefunden. Wenn ich der Polizei glauben darf, dann haben sie und ihre Agenten nach dem Schauplatz des Duelles entlang der Straße von Neapel nach Rom Erkundigungen angestellt (und der Person, die den Ort entdeckt, in meinem Namen eine hohe Belohnung geboten). Weiter hat man – zumindest wurde es mir gegenüber behauptet – Beschreibungen der Duellanten und Sekundanten verbreitet; man hat einen Agenten abgestellt, der die Ermittlungen an der Poststation leitet, und einen anderen in der Stadt, die im Abkommen als Treffpunkt angeführt wird. Weiter hat man versucht, mittels Briefwechsels mit ausländischen Behörden, den Grafen von St. Lo und Monsieur Dalville bis zu deren Schlupfwinkel zu verfolgen. Alle diese Bemühungen, vorausgesetzt sie wurden wirklich unternommen, erwiesen sich bisher als völlig fruchtlos.«

»Mein Eindruck ist es«, sagte ich nach kurzer Überlegung, »dass alle Erkundigungen entlang der Straße oder in der Umgebung von Rom wahrscheinlich vergeblich sind. Und was die Auffindung der sterblichen Hülle Ihres Onkels betrifft, so glaube ich, dass sie identisch ist mit der Auffindung des Ortes, an dem er erschossen wurde. Die am Duell Beteiligten haben gewiss nicht eine Entdeckung riskiert, indem sie einen Leichnam auch nur eine kurze Strecke auf der Flucht mitnahmen. Wir müssen daher den Schauplatz des Duells finden. Und jetzt wollen wir einen Augenblick lang überlegen. Die Duell-Gesellschaft wechselte den Reisewagen mehrfach; reiste getrennt zu zweit; nahm zweifellos Umwege in Kauf; hielt an der Poststation und in der Stadt zum Schein an; ging vielleicht eine beträchtliche Strecke ohne Führer zu Fuß. Verlassen Sie sich darauf, dass diese Vorsichtsmaßnahmen (von denen wir wissen, dass sie angewendet werden mussten) ihnen innerhalb der zwei Tage – auch wenn sie bei Sonnenaufgang aufbrachen und bei Einbruch der Dunkelheit nicht innehielten – nur wenig Zeit ließen, um beträchtliche Wege zurückzulegen. Meiner Überzeugung nach muss das Duell daher irgendwo in der Nähe der neapolitanischen Grenze ausgetragen worden sein. An Stelle des Polizeiagenten, der mit der Suche betraut wurde, hätte ich nur entlang der Grenze gesucht, von Westen nach Osten, bis ich die einsamen Orte in den Bergen erreicht hätte. So, das wäre meine Idee. Was halten Sie davon?«

Er errötete in Sekundenschnelle über und über. »Das nenne ich eine wahre Inspiration!«, rief er aus. »Wir dürfen keinen einzigen Tag mehr verlieren und müssen unseren Plan ohne Verzug ausführen. Die Polizei dürfen wir nicht damit betrauen. Ich muss selbst damit beginnen, morgen, ganz zeitig. Und Sie …«

Er hielt inne. Ganz plötzlich erbleichte er und seufzte tief. Wieder ließ er den Blick abschweifen, um ihn starr ins Leere zu richten. Und der starre, tödliche Ausdruck erfasste alle seine Züge.

»Ehe ich von morgen spreche, muss ich Ihnen mein Geheimnis sagen«, fuhr er leise fort. »Zögerte ich noch länger, alles zu bekennen, wäre ich Ihrer mir erwiesenen Freundlichkeit unwürdig, und unwürdig der Hilfe, die meine letzte Hoffnung ist und die Sie mir gern angedeihen lassen werden, wenn Sie erst alles gehört haben.«

Ich bat ihn zu warten, bis er sich einigermaßen gefasst hätte und bis das Sprechen ihm wieder leichter fiele. Er aber schien gar nicht wahrzunehmen, was ich sagte. Langsam und wie in einem inneren Kampf mit sich selbst begriffen, wandte er sich ein wenig von mir ab. Seinen Kopf über den Tisch neigend, stützte er ihn in die Hand. Der Briefstapel, mit dem er sich bei meinem Eintreten beschäftigt hatte, lag genau vor seinen Augen. Er hielt unverwandt den Blick darauf gerichtet, während er zu mir weitersprach.

4

»Soviel ich weiß, wurden Sie in unserer Grafschaft geboren«, begann er; »vielleicht haben Sie daher schon einmal
von einer seltsamen alten Weissagung gehört, die unsere Familie betrifft und die unter den Überlieferungen auf Wincot
Abbey aufbewahrt wird?«

»Ich habe von einer solchen Weissagung gehört«, gab ich
zurück, »doch weiß ich nicht, wie sie abgefasst ist. Sie soll
das Erlöschen Ihrer Familie oder dergleichen voraussagen,
wenn ich nicht irre.«

»Nachforschungen konnten diese Prophezeiung nicht bis
zu der Zeit zurückverfolgen, als sie zum ersten Mal ausgesprochen wurde. In keiner unserer Familienchroniken ist etwas über den Ursprung zu finden. Unsere alten Diener und
alten Pächter erinnern sich, sie von ihren Vätern und Großvätern gehört zu haben. Die Mönche, denen wir zur Zeit
Heinrichs des Achten in der Abtei nachfolgten, verschafften
sich irgendwie Kenntnis von der Weissagung. Denn ich
selbst entdeckte die Reime, in denen uns die Prophezeiung,
wie wir wissen, aus uralter Zeit überliefert ist, auf einem leeren Blatt eines der Manuskripte der Abtei. Und dies sind die
Verse, falls sie verdienen, Verse genannt zu werden.

Wenn auf Wincot leer die Gruft,
Nach dem toten Monkton ruft,
Der unbegraben liegt und bloß
Unter einem Himmel grenzenlos,
Beraubt des letzten Häufchens Erde,
Er, des stolzen Besitzes Erbe,
Nehmet es als sicheres Zeichen,
Dass Monktons Sippe muss bald weichen,
Dass Schritt für Schritt das Ende naht,

Bis der allerletzte Spross vergeht
Und die Monktons sind verweht.

»Die Weissagung ist so unbestimmt, dass sie von einem
Orakel der Alten stammen könnte«, sagte ich, als ich be-
merkte, dass er, nachdem er die Verse vorgesagt hatte, eine
Antwort erwartete.

»Unbestimmt oder nicht, es wird erfüllt«, entgegnete er.
»Ich bin jetzt der ›allerletzte Spross‹, der letzte der älteren
Linie unserer Familie, auf den sich der Spruch bezieht. Und
der Leichnam Stephen Monktons befindet sich nicht in den
Gewölben von Wincot Abbey. Warten Sie, ehe Sie mir etwas
entgegenhalten! Ich habe noch mehr dazu zu sagen. Lange
ehe die Abtei unser Eigentum wurde, als wir noch in dem
alten Herrenhaus in der Nähe lebten (dessen Ruinen schon
längst nicht mehr existieren), befand sich das Familiengrab
im Gewölbe unter der Abteikapelle. Ob nun in jener alten
Zeit die Weissagung bekannt war und gefürchtet wurde
oder nicht, eines jedenfalls steht fest: Jeder Monkton (ob er
nun in der Abtei lebte oder auf dem kleineren Besitz in
Schottland) wurde auf Wincot beigesetzt, gleichgültig welches Risiko oder Opfer es kosten mochte. In alter Zeit, als
wilde Kämpfe tobten, wurden die Leiber meiner Ahnen, die
in fremden Ländern fielen, ausgeforscht und nach Wincot
gebracht, auch wenn dies oft nicht nur hohes Lösegeld, sondern viel Blutvergießen kostete. Dieser Aberglaube, wenn
man es so nennen will, hat sich in unserer Familie von jenen Zeiten an bis in die Gegenwart erhalten. Seit Jahrhunderten ist die Abfolge der Toten im Gewölbe unter der Abtei nicht unterbrochen worden – bis jetzt. Der in der
Prophezeiung erwähnte Platz, der leer ist, wartet auf Stephen Monkton. Die Stimme, die vergeblich nach der Erde
als letzter Zuflucht ruft, ist die Stimme des Toten. Ich weiß

so sicher, als sähe ich es mit eigenen Augen, dass man ihn unbeerdigt am Ort seines Todes liegen ließ.«

Er verhinderte, dass ich ein Wort sagte, indem er langsam aufstand und in die Richtung zeigte, in die sein Blick eben gewandert war.

»Ich kann mir denken, was Sie mich fragen wollen«, rief er laut und missbilligend. »Sie wollen mich fragen, wie ich so wahnsinnig sein kann, an eine holprige gereimte Prophezeiung zu glauben, die in einer Zeit des Aberglaubens geäußert wurde, um unwissende Zuhörer in Angst und Schrecken zu versetzen. Ich antworte darauf«, (und bei diesen Worten wurde seine Sprache zu einem Flüstern), »ich antworte darauf, dass Stephen Monkton persönlich in diesem Augenblick hier zur Stelle ist und mich in meinem Glauben bestärkt.«

Ob es die Furcht und das Entsetzen waren, die aus seiner Miene sprachen, als er mir gegenüberstand, ob es der Umstand war, dass ich die Gerüchte über seinen angeblichen Wahnsinn bis jetzt eigentlich nicht geglaubt hatte und ihre Wahrheit mir nun praktisch aufgezwungen wurde, weiß ich nicht. Doch ich spürte, wie mir das Blut in den Adern gerann, und ich wusste tief innerlich, dass ich wie ich sprachlos dasaß, nicht wagen würde, mich umzudrehen und zu der Stelle hinzusehen, auf die er deutete.

»Ich sehe dort drüben«, fuhr er im Flüsterton fort, »die Gestalt eines dunkelhäutigen Mannes, der barhäuptig dasteht. Die eine Hand, die noch immer eine Pistole umklammert hält, hängt leblos an seiner Seite. Mit der anderen presst er ein blutiges Taschentuch auf den Mund. Seine Züge werden vom Todeskampf verzerrt. Dennoch erkenne ich sie als die Züge des dunklen Mannes, der mich als Kind auf Wincot Abbey zweimal erschreckte, indem er mich in die Arme nahm und hochhob. Damals fragte ich die Kinderfrauen, wer der Mann wäre, und man sagte mir, es wäre mein Onkel Stephen Monkton. Ich sehe ihn jetzt so deutlich neben Ihnen stehen, als wäre er lebendig. In den großen schwarzen Augen liegt das Starren des Todes. Und so habe ich ihn seit dem Augenblick gesehen, als er erschossen wurde. Daheim oder in der Fremde, wachend oder schlafend, Tag und Nacht, wir sind beisammen, wohin ich auch gehen mag!«

Sein Geflüster sank zu einem fast unhörbaren Murmeln herab, als er diese letzten Worte aussprach. Aus seiner Blickrichtung und dem Ausdruck seiner Augen entnahm ich, dass er zu der Erscheinung sprach. Hätte ich sie in diesem Augenblick selbst gesehen, so wäre es vermutlich kein so schrecklicher Anblick gewesen, als ihn ansehen zu müssen, wie er unverständlich ins Leere murmelte. Meine eigenen Nerven waren mehr in Anspruch genommen, als ich es für möglich gehalten hätte. Mich überkam eine unbestimmte Angst vor seiner Nähe in seinem gegenwärtigen Zustand, und ich wich einen oder zwei Schritte zurück.

Er bemerkte mein Verhalten sofort.

»Sie sollen nicht gehen! Bitte, gehen Sie nicht! Habe ich Sie erschreckt? Glauben Sie mir nicht? Tun die Lichter Ihren Augen weh? Ich habe Sie bloß gebeten, sich ins Licht zu setzen, weil ich den Anblick des Lichts nicht ertragen konnte, das von dem Phantom in der Dunkelheit ausgeht und das Sie überstrahlte, als Sie im Schatten saßen. Gehen Sie nicht – verlassen Sie mich nicht!«

Als er diese Worte aussprach, die mir die Selbstbeherrschung wiedergaben, weil sie in mir zunächst einen so einfachen Vorgang wie Mitgefühl auslösten, lag eine völlige Verfrorenheit, ein unaussprechliches Elend in seiner Miene. Ich setzte mich wieder und sagte, dass ich so lange bleiben würde, wie er es wünschte.

»Tausend Dank! Sie sind die Geduld und Güte selbst«, sagte er, indem er an seinen früheren Platz ging und sein sanftes Wesen von vorhin wieder einnahm. »Nun da ich das Elend bekannt habe, das mich insgeheim verfolgt, wohin ich auch gehe, kann ich Ihnen in aller Ruhe alles sagen, was noch zu sagen ist. Wie schon gesagt, kam mein Onkel Stephen«, – er wandte den Kopf und starrte auf den Tisch nieder, als der Name ihm über die Lippen kam – »kam mein Onkel Stephen zweimal nach Wincot, als ich noch ein Kind war, und erschreckte mich beide Male zutiefst. Dabei nahm er mich bloß in die Arme und redete mit mir – sehr liebevoll, wie ich später hörte, für ihn –, und dennoch jagte er mir große Angst ein. Vielleicht erschreckte mich seine große Statur, seine dunkle Haut, das dichte schwarze Haar und sein Schnurrbart, wie es bei Kindern nicht ungewöhnlich ist. Vielleicht aber übte allein sein Anblick einen seltsamen Einfluss auf mich aus, den ich damals nicht begreifen konnte und den ich jetzt nicht erklären kann. Wie dem auch gewesen sein mag, ich pflegte noch lange nach seinem Fortgang von ihm zu träumen und mir vorzustellen, dass er sich heimlich an mich heranmachte und mich in die Arme nahm, wenn man mich im Dunkeln allein ließ. Die Bediensten, in deren Obhut ich war, fanden es heraus und erschreckten mich hinfort mit meinem Onkel Stephen, wenn ich unartig und schwer zu bändigen war. Auch als ich heranwuchs, behielt ich meine unbestimmte Furcht und meine Abscheu vor unserem in der Ferne weilenden Verwandten bei. Ohne zu wissen warum, horchte ich immer auf, wenn Vater oder Mutter seinen Namen nannten – ich horchte mit einem unerklärlichen Vorgefühl auf, dass ihm etwas Schreckliches zugestoßen sei oder mir zustoßen würde. Dieses Gefühl änderte sich nur, wenn man mich allein in der Abtei ließ. Dann nämlich schien es mit der unersättlichen Neugierde zu verschmelzen, die schon vorher von mir Besitz ergriffen hatte und den Ursprung der uralten Weissagung betraf, die das Erlöschen unseres Geschlechtes voraussagte. Können Sie mir folgen?«

»Ich folge jedem einzelnen Wort mit größter Aufmerksamkeit.«

»Sie müssen nämlich wissen, dass ich zunächst Bruchstücke der alten Reime der Weissagung als Kuriosität in einem antiquarischen Buch in der Bibliothek zitiert fand. Auf der diesem Zitat gegenüberliegenden Seite war ein ungefügter alter Holzschnitt geklebt, auf dem ein dunkelhaariger Mann dargestellt war, dessen Gesicht so sehr meiner Erinnerung von Onkel Stephen entsprach, dass mich das Bild zutiefst erschreckte. Als ich meinen Vater deswegen befragte – es war kurz vor seinem Tod – da wusste er nichts davon oder tat so, als wüsste er nichts. Und als ich später die Weissagung erwähnte, da beeilte er sich, das Thema zu wechseln. Ähnlich erging es mir mit unserem alten Kaplan, als ich mit ihm darüber sprach. Er sagte, das Bild wäre Jahrhunderte vor der Geburt meines Onkels geschaffen worden. Er nannte die Prophezeiung holprig und unsinnig. Über letzteren Punkt geriet ich oft mit ihm in Streit, weil ich ihn fragte, warum wir Katholiken, die wir daran glaubten, dass die Gabe, Wunder zu wirken, bestimmten begnadeten Personen gegeben sei, nicht auch glaubten, dass auch die Gabe der Prophezeiung noch nicht erloschen sei.

Er ließ sich mit mir in keinen Disput ein, sondern sagte nur, dass ich keine Zeit mit Gedanken an solche Bagatellen verschwenden sollte, dass ich mehr Fantasie hätte, als mir gut täte, und dass ich diese unterdrücken solle anstatt sie aufzustacheln. Ratschläge wie diese erregten meine Neugierde umso mehr. Ich fasste heimlich den Entschluss, den ältesten unbewohnten Teil der Abtei zu durchsuchen. Dort wollte ich in vergessenen alten Familienchroniken herauszufinden versuchen, was das Porträt darstellte und wann die Prophezeiung zuerst aufgeschrieben oder ausgesprochen worden war. Haben Sie jemals einen Tag allein in den längst verlassenen Gemächern eines alten Hauses verbracht?«

»Niemals. Einsamkeit dieser Art ist gar nicht nach meinem Geschmack.«

»Ach, was war das doch für ein Leben, als ich mit meiner Suche begann. Nur zu gern würde ich alles von neuem erleben! Diese verlockende Spannung, diese sonderbaren Entdeckungen, wilden Fantasien, diese Schrecken, die einen nicht mehr loslassen, das alles gehörte zu jenem Leben! Stellen Sie sich vor, Sie brechen die Tür eines Raumes auf, den keine Menschenseele seit fast hundert Jahren mehr betreten hat! Stellen Sie sich vor, Sie täten den ersten Schritt in ein Reich luftloser, schauriger Stille, in das durch geschlossene Fenster und vermoderte Vorhänge schwaches und angekränkeltes Licht fällt! Stellen Sie sich das gespenstische Knarren des alten Dielenbodens vor, der aufschreit, weil Sie auf ihn treten, und sei es auch noch so sachte! Stellen Sie sich Waffen, Helme, unheimliche Wandbehänge aus vergangener Zeit vor, die auf einen von der Wand zuzukommen scheinen, wenn man im Dämmerlicht auf sie zugeht!

Stellen Sie sich vor, Sie spähen in große Wandschränke und eisenbeschlagene Truhen, ohne zu wissen, welche Schrecken sich zeigen, wenn man sie öffnet! Über ihrem Inhalt zu sinnen, bis die Dämmerung einen einholt und die Dunkelheit am einsamen Ort zu schrecklich wird! Sich loszureißen versucht und es doch nicht fertig bringt, als hielte einen etwas fest; den Wind, der einen draußen umtost; die Schatten, die sich um einen herum vertiefen und einen in Dunkelheit hüllen. Stellen Sie sich alle diese Dinge vor, und

Sie kommen der Faszination der Ungewissheit und des Grausens nahe, die mein Leben zu jener Zeit erfüllte.«

(Ich schreckte davor zurück, mir jenes Leben vorzustellen. Es war schlimm genug, die Folgen zu sehen, wie ich sie nun vor mir sah.)

»Nun, meine Suche dauerte Monat um Monat; bald setzte ich damit aus, bald nahm ich sie wieder auf. In welche Richtung auch immer ich mich wandte, immer fand ich etwas, das mich weiter verlockte. Grausige Geständnisse vergangener Verbrechen, erschütternde Beweise geheimer Sünden kamen ans Licht, vor den Augen aller verborgen, nur vor meinen nicht. Manchmal hingen diese Entdeckungen mit bestimmten Teilen der Abtei zusammen, die seither für mich von einem besonderen, schreckerfüllten Interesse waren. Manchmal mit gewissen alten Porträts in der Bildergalerie, die ich nicht mehr anzusehen wagte, nach allem, was ich herausgefunden hatte. Es gab Zeiten, da entsetzten mich die Ergebnisse meiner Suche so sehr, dass ich entschlossen war, sie gänzlich aufzugeben. Doch niemals konnte ich meinen Entschluss wahr machen, denn die Versuchung weiterzumachen war zu gewissen Zeiten zu groß, und ich gab immer wieder nach. Schließlich fand ich das Buch, das den Mönchen gehörte und in dem die ganze Weissagung auf einem leeren Blatt stand. Dieser erste Erfolg ermutigte mich, in den Familienchroniken noch weiter zurückzugehen. Über die Identität des geheimnisvollen Porträts hatte ich noch nichts in Erfahrung bringen können, doch dieselbe intuitive Überzeugung, die mich auf die ungewöhnliche Ähnlichkeit mit meinem Onkel Stephen gebracht hatte, schien mir auch die Gewissheit einzugeben, dass er mit der Prophezeiung in näherer Verbindung stehen müsste und vor allem mehr von ihr wissen müsse als irgendein anderer. Ich hatte keine Möglichkeit, mit ihm Verbindung aufzunehmen, keine Möglichkeit, mich zu vergewissern, ob ich mit meiner seltsamen Idee Recht hatte oder nicht, bis zu dem Tag, als meine Zweifel für immer beseitigt wurden, und zwar durch denselben schrecklichen Beweis, der für mich in ebendiesem Raum jetzt anwesend ist.«

Er hielt inne, um mich eindringlich und argwöhnisch anzusehen. Dann fragte er mich, ob ich bis jetzt geglaubt hätte, was er sagte. Meine rasche bejahende Antwort schien seine Zweifel zu besänftigen, und er fuhr fort:

»An einem schönen Februarabend stand ich allein in einem der verlassenen Räume des West-Turmes der Abtei und beobachtete den Sonnenuntergang. Kurz bevor die Sonne verschwand, überkam mich ein Gefühl, das sich schwer beschreiben lässt. Ich sah nichts, hörte nichts, wusste nichts. Diese Selbstvergessenheit war plötzlich gekommen. Eine Bewusstlosigkeit war es nicht, da ich nicht zu Boden sank und mich nicht einen Zoll von meinem Standort entfernte. Falls es so etwas gibt, würde ich sagen, dass es sich um die vorübergehende Trennung von Leib und Seele handelte, ohne dass der Tod eintrat. Doch ist jegliche Beschreibung meiner Lage zu jenem Zeitpunkt unmöglich. Nennen Sie meinen Zustand, wie Sie wollen, Trance oder Katalepsie, ich weiß, dass ich ganz ohne Bewusstsein am Fenster stehen blieb – Verstand und Körper waren tot –, bis die Sonne untergegangen war. Dann kam ich wieder zur Besinnung. Und dann, als ich meine Augen öffnete, stand die Erscheinung Stephen Monktons mir gegenüber, ganz schwach leuchtend, so wie sie im Augenblick mir gegenüber neben Ihnen steht.«

»War dies, ehe die Nachricht vom Duell England erreichte?«, fragte ich.

»Zwei Wochen, ehe uns die Nachricht auf Wincot ereilte. Und auch als wir vom Duell hörten, hörten wir nicht von dem Tag, an dem es ausgefochten wurde. Das Datum erfuhr ich erst, als das Dokument, das Sie gelesen, in der französischen Presse erschien. Sie erinnern sich, dass das Dokument am 22. Februar datiert wurde, und es heißt, dass das Duell zwei Tage darauf stattfand. An dem Abend, als ich die Erscheinung sah, hielt ich in meinem Notizbuch den Tag des Monats fest, an dem sie mir das erste Mal erschien. Es war der 24. Februar.«

Er hielt inne, als erwarte er eine Äußerung meinerseits. Aber was hätte ich sagen, ja, was hätte ich denken sollen?

»Sogar im ersten Schrecken, als mir das Phantom erschien«, fuhr er fort, »kam mir die gegen unser Haus gerichtete Prophezeiung in den Sinn, und damit die Überzeugung, dass ich mit der Anwesenheit der Erscheinung die Warnung vor meinem eigenen Untergang vor mir sähe. Kaum hatte ich mich ein wenig gefasst, als ich dennoch den Entschluss fasste, die Realität dessen, was ich sah, zu überprüfen – ich wollte herausfinden, ob ich meiner eigenen krankhaften Fantasie zum Opfer gefallen war oder nicht. Ich verließ den Turm, das Phantom verließ ihn mit mir. Ich benutzte eine Ausflucht, um den Salon hell erleuchten zu lassen – die Gestalt blieb mir gegenüber. Ich wanderte hinaus in den Park – es war auch im klaren Licht der Sterne vorhanden. Ich entfernte mich von zu Hause und begab mich viele Meilen weit weg an die See. Und noch immer war der dunkle große Mann in seiner Todesqual bei mir. Danach kämpfte ich nicht mehr gegen mein Geschick an. Ich kehrte zur Abtei zurück und versuchte mich mit meinem Unglück abzufinden. Doch sollte es anders kommen. Ich hatte nämlich eine Hoffnung, mir teurer als das eigene Leben. Einen Schatz hatte ich, an dessen Verlust ich nicht denken durfte, ohne dass es mich schauderte, und wenn die Phantom-Gegenwart sich als warnendes Hindernis zwischen mich und diesen einzigen Schatz stellte, diese teuerste Hoffnung – dann wurde mein Jammer größer, als ich ertragen konnte. Sie müssen wissen, was ich meine. Sie müssten oft genug gehört haben, dass ich mich verlobt hatte und heiraten wollte.«

»Ja, oft. Ich kenne Miss Elmslie persönlich.«

»Sie können nicht ermessen, was für Opfer sie mir brachte. Sie können sich nicht vorstellen, was ich in den vergangenen Jahren durchlitt« – seine Stimme bebte, und in seinen Augen standen Tränen, – »doch wage ich nicht, davon zu sprechen. Der Gedanke an die glücklichen Tage in der Abtei bricht mir fast das Herz. Wenden wir uns dem anderen Thema zu. Ich muss Ihnen jetzt sagen, dass ich die grausige Vision, die mich jederzeit und an allen Orten verfolgte, vor jedermann geheim hielt. Da mir die gemeinen Gerüchte über meinen angeblich vererbten Irrsinn bekannt waren und ich fürchten musste, dass man eventuelle Geständnisse meinerseits unbillig ausnutzen würde, obgleich das Phantom stets mir gegenüberstand und daher entweder vor oder seitlich der Person erschien, mit der ich jeweils sprach, lernte ich bald, vor anderen zu verbergen, dass ich es sah, mit Ausnahme einiger seltener Gelegenheiten – als ich mich Ihnen gegenüber verriet. Meine Selbstbeherrschung half mir jedoch nicht, wenn es um Ada ging. Der Tag unserer Hochzeit rückte näher.«

Er hielt inne, ein Schaudern überlief ihn. Ich wartete schweigend, bis er sich wieder in der Gewalt hatte.

»Bedenken Sie«, fuhr er fort, »bedenken Sie, was ich litt, da ich immer diese grässliche Vision vor mir sehen musste, wenn ich meine zukünftige Frau ansah! Bedenken Sie, dass ich ihre Hand nahm und sie jedes Mal durch die Gestalt der Erscheinung zu nehmen schien! Bedenken Sie, dass das stille Engelsantlitz und das verzerrte Gespenster-Gesicht stets nebeneinander waren, wenn mein Blick dem ihren begegnete! Bedenken Sie dies alles, und es wird Sie nicht wundern, dass ich ihr mein Geheimnis anvertraute. Sie bat mich flehentlich, ihr das Allerschlimmste zu sagen – nein, mehr noch, sie bestand darauf, es zu erfahren. Auf ihr Drängen hin sagte ich ihr alles. Und dann überließ ich es ihr, unser Verlöbnis zu lösen. Der Gedanke an den Tod war in meinem Herzen, als ich die Abschiedsworte sprach – an den Tod von eigener Hand, falls ich die Trennung überleben sollte. Sie argwöhnte, dass ich so dachte. Sie wusste es und verließ mich nicht, bis ihr guter Einfluss ihn für immer vernichtet hatte. Wäre sie nicht gewesen, so wäre ich jetzt nicht mehr am Leben, wäre sie nicht, hätte ich nie das Vorhaben gewagt, das mich hierher führte.«

»Soll das heißen, dass Sie auf Miss Elmslies Vorschlag hin nach Neapel kamen?«, fragte ich verwundert.

»Es heißt, dass das, was sie sagte, den Plan entstehen ließ, der mich nach Neapel brachte«, gab er zur Antwort. »Während ich glaubte, dass das Phantom mir als Todesbote erschienen sei, war es für mich kein Trost, ja es war vielmehr ein Jammer, als ich sie sagen hörte, dass keine Macht der Welt sie dazu bringen würde, mich zu verlassen, dass sie für mich und für mich allein leben wolle ungeachtet aller Prüfungen. Ganz anders aber war es, als wir nachher gemeinsam über den Zweck sprachen, den zu erfüllen die Erscheinung gekommen war – ganz anders, als sie mir zeigte, dass ihre Mission dem Guten und nicht dem Bösen dienen könne; dass die Warnung, die sie für mich sein sollte, mir zum Vorteil und nicht zum Nachteil gereichen könne. Auf diese Worte hin kam mir die neue Idee, die neue Lebenshoffnung mit sich brachte, auf der Stelle. Ich glaubte damals, was ich auch jetzt glaube, dass ich hier einen übernatürlichen Auftrag für mein Tun hier habe. Mit diesem Glauben lebe ich.

Ohne ihn würde ich sterben. Sie hat dies nie lächerlich gemacht, nie als Wahnwitz verspottet. Hört auf das, was ich sage! Der Geist, der mir in der Abtei erschien, der mich seither nicht mehr verließ, der nun an Ihrer Seite steht, mahnt mich, dem tödlichen Schicksal zu entfliehen, das über unserem Geschlecht schwebt und befiehlt mir, den unbegrabenen Toten zu beerdigen, damit ich selbst diesem Schicksal entgehe. Sterbliche Liebe und sterbliche Interessen müssen sich diesem schrecklichen Gebot beugen. Die Geist-Anwesenheit wird mich nicht verlassen, ehe ich nicht den Leichnam geborgen, der nach der Bedeckung durch Erde schreit! Ich wage nicht heimzukehren, wage nicht mich zu vermählen, ehe ich nicht den Platz gefüllt, der im Gewölbe von Wincot leer steht.«

Seine Augen wurden groß, und ich sah Blitze in ihnen, seine Stimme wurde tiefer. Aus seiner Miene sprach fanatische Ekstase, als er diese Worte sprach. Ich war so erschrocken und bekümmert, dass ich nicht den Versuch unternahm, ihn zurechtzuweisen oder vernünftig mit ihm zu reden. Es wäre wohl sinnlos gewesen, ihn mit den üblichen Gemeinplätzen wie optischen Täuschungen oder krankhafter Fantasie abzuspeisen – schlimmer noch als nutzlos, wenn ich versucht hätte, die außergewöhnlichen Umstände und Ereignisse, von denen er gesprochen, auf natürliche Ursachen zurückzuführen. Mit seinem kurzen Hinweis auf Miss Elmslie hatte er genug gesagt und mir gezeigt, dass die einzige Hoffnung des armen Mädchens, das ihn am liebsten hatte und ihn am längsten kannte, darin bestand, ihm in seinen Wahnvorstellungen bis ins Letzte entgegenzukommen. Wie gläubig sie sich an die Hoffnung klammerte, dass sie ihn weiter gesund machen konnte! Wie entschieden sie sich seinen krankhaften Vorstellungen opferte in der Hoffnung auf eine glückliche Zukunft, die vielleicht nicht eintreten würde! So wenig ich von Miss Elmslie wusste, so bewirkte doch der Gedanke an ihre Situation, wenn ich sie jetzt überdachte, dass mir weh ums Herz wurde.

»Man nennt mich ›irrer Monkton‹!«, rief er, die Stille durchbrechend, die in den letzten Minuten zwischen uns geherrscht hatte.

»Hier und in England glaubt alles, ich wäre von Sinnen mit Ausnahme von Ada und Ihnen. Sie war meine Rettung, und Sie werden es sein. Das sagte mir eine innere Stimme, als ich Ihnen zum ersten Mal in der Villa Reale beim Spaziergang begegnete. Ich kämpfte gegen den starken Drang in mir, Ihnen mein Geheimnis anzuvertrauen. Ich konnte aber nicht länger widerstehen, als ich Sie heute auf dem Ball sah – das Phantom schien mich zu Ihnen zu ziehen, als Sie allein in dem stillen Gemach standen. Sagen Sie mir noch mehr von Ihrem Plan zur Entdeckung des Ortes, an dem das Duell stattfand. Wenn ich mich morgen selbst aufmachte, um ihn allein zu suchen, wohin müsste ich als Erstes gehen, wohin?« Er hielt inne. Seine Kraft war offensichtlich erschöpft, und sein Verstand verwirrte sich. »Was soll ich tun? Ich kann mich nicht entsinnen. Sie wissen alles – wollen Sie mir nicht helfen? Mein Elend macht es mir unmöglich, mir selbst zu helfen!«

Er hielt wieder inne und murmelte etwas, dass er fallen müsste, wenn er allein an die Front ginge. Dann sprach er wirres Zeug von Verzögerungen, die sich unheilvoll auswirken könnten. Er versuchte den Namen ›Ada‹ auszusprechen, doch beim ersten Laut versagte ihm die Stimme, und er brach in Tränen aus, wobei er sich unvermittelt von mir abwandte.

Mein Mitleid siegte über meine Vorsicht, sodass ich ihm versprach, ich wolle für ihn tun, was er verlange, ohne an die Folgen zu denken. Seine wilde, triumphierende Miene, die sich mir zeigte, als er auffuhr und meine Hände ergriff, zeigte mir, dass ich mehr Vorsicht hätte walten lassen sollen. Nun aber war es zu spät, um rückgängig zu machen, was ich gesagt hatte. Das Nächstbeste war es nun zu versuchen, ob ich ihn nicht dazu bringen könnte, sich zu beruhigen. Dann hätte ich fortgehen und die ganze Sache allein in aller Ruhe überdenken können.

»Ja, ja«, gab er als Antwort auf meine beruhigenden Worte. »Ängstigen Sie sich nicht um mich. Nach dem, was Sie mir sagten, stehe ich für meine Ruhe und Fassung unter allen Notlagen ein. Die Erscheinung ist mir schon so zur Gewohnheit geworden, dass ich ihre Anwesenheit bis auf seltene Gelegenheiten kaum mehr wahrnehme. Überdies habe ich hier, in diesem kleinen Briefbündel, die Arznei für jedes Leiden des kranken Herzens. Es sind Adas Briefe. Ich lese sie stets zur Beruhigung, wenn mein Unglück über mein Dulden die Oberhand zu gewinnen droht. Die halbe Stunde vor Ihrem Kommen wollte ich zum Lesen nutzen, um mich für Ihren Besuch zu stärken. Und ich werde sie mir von neuem vornehmen, sobald Sie gegangen sind. Also, Sie brauchen Sich meinetwegen nicht zu ängstigen. Ich weiß, dass ich mit Ihrer Hilfe Erfolg haben werde. Und Ada wird Ihnen danken, wie es Ihnen gebührt, wenn wir zurück nach England kommen. Und wenn Sie die Narren in Neapel darüber schwätzen hören, dass ich angeblich verrückt bin, dann geben Sie sich nicht die Mühe, ihnen zu widersprechen. Der Skandal ist so verächtlich, dass er zu einem Ende kommen muss, indem er sich selbst widerspricht.«

Ich ließ ihn allein, nachdem ich versprochen hatte, früh am nächsten Morgen wiederzukommen.

In mein Hotel zurückgekehrt, spürte ich, dass nach allem, was ich gesehen und gehört hatte, an Schlaf nicht zu denken war. Daher steckte ich mir meine Pfeife an und setzte mich ans Fenster. – Wie erquickend es auf mein Gemüt wirkte, hinaus in den stillen Mondschein zu blicken! – Ich versuchte, mir zu überlegen, was nun am besten zu tun wäre. Es kam nicht infrage, dass ich mich an Ärzte oder an Alfreds Freunde in England wandte. Ich konnte mich nicht zu der Ansicht durchringen, dass sein Verstand so zerrüttet war, um unter den gegenwärtigen Umständen für mich eine Rechtfertigung zu bieten, das Geheimnis weiterzugeben, das er mir anvertraut hatte, damit ich es für mich behielt. Zweitens waren alle Versuche meinerseits, ihn von der Idee abzubringen, die sterbliche Hülle seines Onkels suchen zu wollen, nutzlos nach dem, was ich unbedacht zu ihm gesagt hatte. Nachdem ich diese zwei Folgerungen abgetan hatte, blieb als einzige große Schwierigkeit, die mir Sorgen bereitete, die Frage, ob ich ihm bei der Ausführung des ungewöhnlichen Planes helfen sollte.

Angenommen, er fand mit meiner Hilfe Mr Monktons Leichnam und brachte ihn nach England – war es recht, dass ich auf diese Weise mithalf, eine Heirat zu ermöglichen, die sehr wahrscheinlich diesen Ereignissen folgen würde, eine Heirat, die um jeden Preis zu verhindern eigentlich die Pflicht eines jeden gewesen wäre? Daran schlossen sich Überlegungen über das Ausmaß seines Wahns an oder, um die Sache milder und korrekter wiederzugeben, seines Irrtums. Wenn es um allgemeine Themen ging, war er ganz normal, ja, bei allem, was er mir an diesem Abend erzählt hatte, war seine Rede klar und zusammenhängend gewesen. Und was die Geschichte mit der Erscheinung betraf, so hatten andere, Menschen, deren Verstand klar war wie der aller anderen, sich von einem Phantom verfolgt geglaubt und hatten darüber hoch gespannte philosophische Spekulationen angestellt. Es war klar, dass in dem mir vorliegenden Fall die wahre Täuschung darin lag, dass Monkton vom

Wahrheitsgehalt der alten Prophezeiung überzeugt war und von seiner Einbildung, die angebliche Erscheinung stelle eine übernatürliche Warnung dar, die ihm den Weg zeige, wie er seinem Verhängnis entgehen könne. Und ebenso klar war, dass beide Irrtümer vor allem durch das einsame Leben hervorgerufen worden waren, das er geführt hatte und das sich auf sein von Natur aus erregbares Temperament ungünstig ausgewirkt und es aufnahmefähig für die Geisteskrankheit gemacht hatte, zu der in seiner Familie die Neigung bestand.

War dieses Leiden heilbar? Miss Elmslie, die ihn weit besser kannte als ich, schien dies zu glauben, wie aus ihrem Verhalten zu ersehen war. Hatte ich irgendeinen Grund oder gar das Recht, so ohne weiteres zu entscheiden, dass sie sich irrte? Angenommen, ich weigerte mich, mit ihm an die Grenze zu fahren. Es war fast sicher, dass er in diesem Fall allein aufbrechen würde, dass er alle möglichen Fehler machen und wahrscheinlich alle möglichen Pannen erleiden würde. Während ich, ein Müßiggänger, der völlig frei über seine Zeit verfügen konnte, in Neapel blieb und ihn seinem Schicksal überließ, nachdem ich ihm den Plan für dieses Unternehmen eingegeben und ihn ermutigt hatte, sich mir anzuvertrauen. So drehte und wendete ich das Thema in Gedanken hin und her, wobei ich es, wie ich hinzufügen darf, ausschließlich vom sachlichen Gesichtspunkt aus sah. Als Verächter aller Gespenstergeschichten war ich der festen Meinung, Alfred betrüge sich selbst mit der Vorstellung, er hätte die Erscheinung seines Onkels gesehen, ehe die Nachricht von Mr Monktons Tod England erreichte. Daher war ich von den Vorstellungen meines unglücklichen Freundes gänzlich unbeeinflusst, als ich mich schließlich entschloss, ihn bei seiner ungewöhnlichen Suche zu begleiten. Möglicherweise hat mich meine damalige unbändige Abenteuerlust bei meinem Entschluss beeinflusst. Doch muss ich, um mir Gerechtigkeit widerfahren zu lassen, hinzufügen, dass ich auch aus echtem Mitgefühl für Monkton so handelte und aus dem aufrichtigen Wunsch heraus, die Sorgen des armen Mädchens zu lindern, das in England so getreu seiner harrte und für ihn hoffte.

Gewisse Vorkehrungen, die unserem Aufbruch vorangingen und zu denen ich mich nach einer zweiten Unterredung mit Alfred verpflichtet fühlte, enthüllten den meisten unserer neapolitanischen Freunden den Zweck unserer Reise. Natürlich kannte die Verwunderung allseits keine Grenzen, und der fast allgemeine Argwohn, ich müsste auf meine Art ebenso verrückt sein wie Monkton, kam in meiner Gegenwart klar zum Ausdruck. Einige versuchten sogar mich in meinem Entschluss wankend zu machen, indem sie mir eröffneten, was für ein schamloser verworfener Mensch Stephen Monkton gewesen sei – als ob mich ein starkes persönliches Interesse dazu getrieben hätte, seiner sterblichen Hülle nachzujagen! Gespött vermochte mich ebenso wenig umzustimmen wie Einwände dieser Art. Mein Entschluss stand fest und meine Halsstarrigkeit war damals ebenso groß wie heute.

Innerhalb von zwei Tagen hatte ich alles bereit. Ich ließ den Reisewagen ein paar Stunden eher vorfahren, als wir ursprünglich beabsichtigt hatten. Unsere englischen Bekannten bereiteten uns einen herzlichen und lautstarken Abschied, den ich meinem Freund zuliebe lieber vermieden hätte. Denn ihm hatten die Reisevorbereitungen mehr Aufregung gebracht, als mir lieb sein konnte. So kam es, dass wir kurz nach Sonnenaufgang, als die Straßen menschenleer waren, in aller Stille Neapel verließen.

Es wird niemanden wundernehmen, dass es mir schwer fiel, über meine eigene Lage ganz klar zu werden, und dass ich instinktiv davor zurückschreckte, auch nur an den nächsten Tag zu denken, als ich in Gesellschaft des ›irren Monkton‹ aufbrach, um die gesamte Länge der Grenze der römischen Staaten nach dem Leichnam eines toten Duellanten abzusuchen!

5

Ich war zu der Einsicht gelangt, dass es am günstigsten war, wenn wir von Anfang an die in Grenznähe gelegene Stadt Fondi zu unserem Stützpunkt machten. Und ich hatte mithilfe unserer Gesandtschaft veranlasst, dass der Bleisarg uns in seiner sicheren Verpackung dorthin folgen sollte.

Neben unseren Pässen waren wir mit Empfehlungsbriefen wohl versorgt, die an die Behörden der meisten bedeutenderen Grenzstädte gerichtet waren, und als Krönung dessen verfügten wir dank Monktons riesigen Vermögens über genug Geld, um uns der Dienste eines jeden versichern zu können, dessen Hilfe wir auf der gesamten Strecke unserer Suche bedurften. Diese Hilfsmittel sicherten uns alle Möglichkeiten des Handelns – immer vorausgesetzt, dass es uns gelang, den Leichnam des toten Duellanten zu finden. Für den sehr wahrscheinlichen Fall unseres Misserfolges aber waren unsere Aussichten für die Zukunft keineswegs so angenehmer Natur, dass man sich ihnen hätte zuwenden mögen – besonders angesichts der Verantwortung, die auf mir lastete.

Ich gestehe, dass mich ein Gefühl des Unbehagens, ja der Hoffnungslosigkeit überkam, während wir unter der grellen Sonne Italiens auf der Straße nach Fondi dahinrollten.

Es war eine Reise von zwei Tagen, denn ich hatte Monkton zuliebe darauf bestanden, dass wir gemächlich reisten.

Am ersten Tag beunruhigte mich die übertriebene Erregtheit meines Begleiters. Er zeigte in verschiedenster Weise mehr Symptome eines zerrütteten Verstandes, als ich bislang an ihm hatte beobachten können. Am zweiten Tag jedoch hatte er sich daran gewöhnt, die Suche, auf der wir uns befanden, mit größerer Gelassenheit zu sehen, und verhielt sich, bis auf einen Punkt, gut gelaunt und ausgeglichen. Immer wenn das Gespräch sich um seinen toten Onkel drehte, beharrte er auf seiner Meinung – aufgrund der alten Prophezeiung und unter dem Einfluss der Erscheinung, die er sah oder immer zu sehen glaubte –, dass der Leichnam Stephen Monktons, wo immer sich dieser befände, unbeerdigt liege. Bei jedem anderen Thema begegnete er mir mit größter Bereitwilligkeit und Fügsamkeit. Bei diesem speziellen Thema aber behielt er seine sonderbare Ansicht mit einer Hartnäckigkeit bei, die sich aller Vernunft und Überredungskunst widersetzte.

Am dritten Tag machten wir Rast in Fondi. Die Kiste, die den Bleisarg enthielt, erreichte uns dort und wurde an einem sicheren Ort hinter Schloss und Riegel untergebracht. Wir mieteten ein paar Maultiere und fanden einen Mann, der sich in der Gegend gut auskannte und uns als Führer dienen wollte. Es kam mir der Gedanke, dass es vielleicht besser wäre, wenn wir das wahre Ziel unserer Reise nur den vertrauenswürdigsten Menschen der gebildeteren Stände anvertrauten. Aus diesem Grund folgten wir in einer Einsicht dem Beispiel der Duell-Gesellschaft, indem wir mit Skizzenbüchern und Farbkästen ausgerüstet ganz zeitig am Morgen des vierten Tages aufbrachen wie Maler auf Motivsuche.

Nachdem wir stundenlang hinter der römischen Grenze nach Norden gewandert waren, gönnten wir uns und unseren Maultieren eine Rast in einem romantischen Dörfchen fern der allgemeinen Touristenstraßen.

Der einzige Mensch von einiger Bedeutung an diesem Ort war der Priester, und an ihn wandte ich mich mit meinen Erkundigungen zunächst, während ich Monkton mit dem Führer allein ließ. Mein Italienisch war einigermaßen fließend und korrekt und reichte für diesen Zweck aus. Ich machte mich nun mit ausgesuchter Höflichkeit und Vorsicht daran, mein Anliegen vorzubringen. Ungeachtet aller meiner Bemühungen wuchsen bei dem armen Priester mit jedem Wort Angst und Entsetzen. Der Gedanke an ein Duell und einen Toten schien ihn fast um den Verstand zu bringen. Er verneigte sich, gestikulierte, warf Blicke zum Himmel und zuckte mitleiderregend mit den Schultern, und das alles, während er mir in rasend schnellem Italienisch wortreich erklärte, er hätte nicht die leiseste Ahnung, wovon ich spräche. Dies war mein erster Misserfolg. Ich gestehe, dass ich entkräftet und entmutigt war, als ich mich wieder zu Monkton und unserem Führer gesellte.

Nachdem die Tageshitze vergangen war, setzten wir unsere Reise fort.

Etwa drei Meilen hinter dem Dorf teilte sich die Straße oder vielmehr der Karrenweg in zwei Richtungen. Der Weg zur Rechten führte durch die Berge zu einem sechs Meilen entfernten Kloster, wie uns der Führer erklärte. Wenn wir über das Kloster hinaus kämen, würden wir bald wieder die neapolitanische Grenze erreichen. Der nach links abzweigende Pfad führte weit ins römische Territorium hinein. Auf ihm würden wir in ein Städtchen gelangen, in dem wir übernachten konnten.

Nun stellte das römische Territorium für unsere Suche das nächstliegende und geeignetste Gebiet dar, während das Kloster auch noch innerhalb unserer Reichweite läge, falls wir unverrichteter Dinge nach Fondi zurückkehren mussten. Überdies führte der Pfad zur Linken durch den wildesten Teil des Landstriches, den wir erkunden wollten. Und ich war immer dafür gewesen, die größte Schwierigkeit als Erstes vorzunehmen – daher entschieden wir uns mannhaft, uns nach links zu wenden. Die Expedition, in die dieser Entschluss mündete, dauerte eine ganze Woche und zeitigte keine Ergebnisse. Wir entdeckten absolut nichts und kehrten zu unserem Stützpunkt in Fondi so enttäuscht und konfus zurück, dass wir nicht wussten, wohin wir uns als Nächstes wenden sollten.

Die Wirkung unseres Misserfolges auf Monkton bereitete mir weitaus größeren Kummer als der Misserfolg selbst. Mit seiner Entschlusskraft schien es aus und vorbei, sobald wir den Rückweg antraten. Erst wurde er reizbar und launisch, dann wortkarg und grüblerisch. Schließlich versank er in einer geistigen und körperlichen Lethargie, die mich ernsthaft beunruhigte. Am Morgen nach unserer Rückkehr nach Fondi trat bei ihm die Neigung zu ununterbrochenem Schlaf auf, was in mir den Verdacht wachrief, dass es sich bei ihm um einen physischen Gehirnschaden handeln könnte. Den ganzen Tag lang wechselte er kaum ein Wort mit mir und schien gar nicht ganz aufgewacht. Ganz früh am nächsten Morgen ging ich in sein Zimmer, wo ich ihn schweigsam und apathisch wie zuvor antraf. Sein Diener, der uns begleitete, teilte mir mit, dass Alfred schon ein- oder zweimal zu Lebzeiten seines Vaters auf Wincot Abbey körperliche Anzeichen einer geistigen Erschöpfung gezeigt hätte. Diese Mitteilung bewirkte, dass mir leichter ums Herz wurde. Ich konnte meine Überlegungen nun wieder dem Ziel zuwenden, das uns nach Fondi geführt hatte.

Ich entschloss mich, die Zeit zu nutzen, bis mein Begleiter sich wieder erholt hatte, und die Suche allein fortzusetzen. Der nach rechts abzweigende Pfad, der zum Kloster führte, war noch unerforscht. Wenn ich mich aufmachte und ihn entlangwanderte, würde ich mich höchstens eine Nacht von Monkton entfernen. Auf diese Weise konnte ich ihm bei meiner Rückkehr wenigstens die Befriedigung verschaffen, dass eine weitere Ungewissheit den Ort des Duells betreffend aus der Welt geschafft worden war. Diese Überlegungen brachten die Entscheidung. Ich hinterließ eine Nachricht für meinen Freund für den Fall, dass dieser nach mir fragen sollte, und machte mich erneut auf den Weg zu dem Dorf, in dem wir Rast gemacht hatten, als wir unsere erste Expedition begannen.

Da ich die Absicht hatte, bis zum Kloster vorzudringen, trennte ich mich vom Führer und von den Maultieren an der Weggabelung, nachdem ich sie zurück zum Dorf geschickt hatte, wo sie meine Rückkehr abwarten sollten.

Die ersten vier Meilen stieg der Pfad sanft durch offenes Land an, wurde sodann unvermittelt steiler und führte mich immer tiefer durch Dickicht und endlose Wälder. Als meine Uhr mir anzeigte, dass ich die festgelegte Strecke beinahe zurückgelegt hätte, war die Sicht auf allen Seiten und auch der Blick zum Himmel durch eine undurchdringliche Wand aus Laub und Geäst begrenzt. Noch immer folgte ich meinem einzigen Führer, dem steilen Pfad. Und nach zehn Minuten, als ich plötzlich auf ein Stück halbwegs freien und ebenen Bodens trat, sah ich vor mir das Kloster.

Es war ein dunkler, niedriger, unheimlich wirkender Bau. Nirgends war ein Lebenszeichen zu sehen, nichts rührte sich. Grüne Flecken färbten die einst weiße Fassade der Kapelle in allen Richtungen. In den Ritzen der dicken, düsteren Mauer, die das Kloster umgab, wucherte dicht das Moos. Lange, schlanke Ranken wuchsen aus den Rissen von Dach und Fensterbrüstungen, reichten weit hinunter und wehten müde vor den vergitterten Fenstern des Dormitoriums. Und gar das Kreuz, das dem Eingangstor gegenüberstand und auf das eine furchteinflößende lebensgroße Holzfigur genagelt war, sah so glitschig, grün und vermodert aus, dass ich davor zurückwich, umso mehr, als es an seinem Fuß von Kriechtieren wimmelte.

Ein Glockenzug mit zerbrochenem Handgriff hing an der Pforte. Ich ging näher – zögernd, obwohl ich nicht wusste, warum – sah wieder zu dem Kloster hin, um dann nach hinten zu gehen, an die Rückseite des Gebäudes, teils, um Zeit zu gewinnen, damit ich mir meinen nächsten Schritt überlegen konnte, teils von einer unerklärlichen Neugierde getrieben, die mich zu meiner eigenen Verwunderung drängte, den Ort von außen möglichst gründlich zu erkunden, ehe ich versuchte, an der Pforte eingelassen zu werden.

An der Hinterseite des Klosters entdeckte ich ein an die Mauer angebautes Nebengebäude – einen hässlichen, verrotteten Bau mit eingefallenem Dach und einer gezackten Öffnung in einer der Mauern, wo sich aller Wahrscheinlichkeit nach einst ein Fenster befunden hatte. Hinter diesem Nebengebäude wuchsen die Bäume noch dichter, als ich es zuvor gesehen hatte. Ich blickte zu ihnen hin und konnte nicht unterscheiden, ob der Boden anstieg oder sich senkte, ob ihn Gras bedeckte oder ob es Erde war oder Fels. Ich sah nichts außer einem Gewirr von Blättern, Farnen und hohem Gras.

Kein Laut durchbrach die bedrückende Stille. Kein Vogelgesang stieg aus der belaubten Wildnis um mich herum. Keine Stimme ertönte im Klostergarten hinter der abweisenden Mauer. Keine Uhr schlug im Uhrturm. Kein Hund bellte im verfallenen Nebengebäude. Diese Totenstille vertiefte die Einsamkeit des Ortes unaussprechlich. Ich spürte, wie sie auf meine Lebensgeister drückte – umso mehr, als es nie zu meinen Vorlieben gehört hatte, Wälder zu durchwandern. Jene Art idyllischer Glückseligkeit, die von den

Dichtern dargestellt wird, wenn sie das Leben im Wald begingen, hat für mein Gemüt nicht halb so viel Reiz wie das Leben in den Bergen oder in der Ebene. Bin ich im Wald, so fehlt mir die grenzenlose Schönheit des Himmels und die köstliche Sanftheit, die die Entfernung der irdischen Aussicht darunter verleiht. Die Veränderung, die die freie Luft erleidet, wenn sie zwischen Laub eingesperrt wird, wirkt stets bedrückend auf mich. Und immer verspüre ich eher Bangigkeit als Vergnügen, wenn ich das rätselhaft unbewegte Licht sehe, das mit so sonderbar mattem Glanz an den tiefen Stellen zwischen den Bäumen leuchtet. Mag sein, dass ich damit eines Mangels an Geschmack überführt werde, eines Fehlens von echtem Gefühl für die Herrlichkeit der Pflanzenwelt, doch muss ich offen gestehen, dass ich niemals tief in einen Wald eindringe, ohne festzustellen, dass das Herauskommen der angenehmste Teil des Weges war – das Hinaustreten auf die kahlste Höhe, den wildesten Berghang, den ödesten Gipfel – das Hinaustreten irgendwohin, sodass ich den Himmel über mir und die Aussicht vor mir sehen kann, so weit das Auge reicht.

Nach einem Geständnis wie dem meinen wird es niemandem verwunderlich erscheinen, dass ich das starke Verlangen spürte, sofort wieder umzukehren und den Wald hinter mir zu lassen, als ich vor dem verfallenen Nebengebäude stand. Tatsächlich hatte ich mich bereits zum Gehen gewendet, als ich mich entsann, warum ich eigentlich zum Kloster gekommen war. Es schien sehr zweifelhaft, ob ich Einlass finden würde, wenn ich die Glocke läutete. Und noch zweifelhafter war es, ob die Bewohner mir einen Hinweis auf das geben konnten, was ich suchte, falls ich Einlass fand. Nun war es aber meine Pflicht Monkton gegenüber, nichts unversucht zu lassen, was ihm bei seiner verzweifelten Suche weiterhelfen konnte. Ich beschloss daher, wieder zur Vorderseite des Klosters zu gehen und die Torglocke zu läuten.

Der Zufall wollte es, dass ich aufblickte, als ich an der Seite des Nebengebäudes vorüberging, an der sich das gezackte Loch befand. Mir fiel auf, dass es in ziemlicher Höhe lag.

Als ich stehen blieb und diese Feststellung machte, schien mich die Atmosphäre des Waldes noch unangenehmer zu bedrücken als sonst.

Ich wartete und lockerte meine Krawatte.

Bedrückend? – Gewiss war es mehr als das. Die Luft war meiner Nase widerwärtiger als meinen Lungen. Sie enthielt einen schwachen, unbeschreiblichen Geruch, einen Geruch, wie ich ihn noch nie gerochen hatte, und der nun, da meine Aufmerksamkeit geweckt war, mit immer größerer Sicherheit zu seinem Ursprung zu verfolgen war, je mehr ich mich dem Nebengebäude näherte.

Nachdem ich das Experiment zwei oder dreimal unternommen hatte und mich dieser Tatsache vergewissert hatte, war meine Neugierde erwacht. Um mich herum lag eine Unmenge von Stein- und Ziegelbrocken. Ich trug einige zusammen und häufte sie unter der Öffnung auf. Dann stieg ich darauf und spähte in das Haus, wobei ich mich meines Tuns ziemlich schämte.

Der Anblick des Grauens, der sich meinem Blick bot, kaum dass ich durch die Öffnung sah, ist in meinem Gedächtnis so frisch, als hätte ich ihn erst gestern gesehen. Auch nach so langer Zeit kann ich kaum darüber schreiben, ohne dass mich das alte Grauen erfasst und bis ins Herz dringt.

Mein erster Eindruck war der eines langen, liegenden Objektes, über und über von heller Blaufärbung, auf einem Schragen liegend und von einer gewissen grässlichen halb ausgeformten Ähnlichkeit mit Gesicht und Gestalt eines Menschen. Ich sah noch einmal hin und war nun ganz sicher. Man sah die Erhebungen von Stirn, Nase und Kinn undeutlich sich abzeichnend wie unter einem Schleier – dort, die runde Linie der Brust, die Höhlung darunter, – dort die Spitzen der Knie und die steifen, schauderhaften, nach oben gerichteten Füße. Wieder blickte ich hin, diesmal aufmerksamer. Meine Augen hatten sich an das spärliche Licht gewöhnt, das durch das Dach eindrang. Und ich überzeugte mich, die Länge des Körpers von Kopf bis Fuß in Betracht ziehend, dass ich den Leichnam eines Mannes vor mir hatte, einen Leichnam, über den man ein Laken gebreitet hatte und der so lange verrottend auf dem Schragen unter freiem Himmel gelegen hatte, dass das Leinen die fahle, hellblaue Tönung von Schimmel und Verfall angenommen hatte, der es nun bedeckte.

Wie lange ich meinen Blick auf diesen grausigen Anblick des Todes gerichtet hielt, auf dieses grablose, schreckliche Menschenwrack, das noch immer die Luft verpestete und sogar das schwache, einfallende Licht zu färben schien, das den Anblick ermöglichte, weiß ich nicht. Ich entsinne mich eines dumpfen, entfernten Geräusches von den Bäumen her, als wäre Wind aufgekommen, des langen Anschleichens des Geräusches bis in meine Nähe. Ich entsinne mich, den lautlosen, wirbelnden Fall eines abgestorbenen Blattes durch die Öffnung im Dach auf den Leichnam unter mir, an das damit verbundene Erwachen meiner Energien, das Nachlassen der auf meinem Gemüt lastenden Spannung, das durch die kleine Veränderung der sich mir darbietenden Szene, nämlich das Fallen des Blattes, in mir bewirkt wurde. Ich stieg hinunter und setzte mich auf den Steinhaufen. Dabei wischte ich mir den Schweiß aus dem Gesicht, den ich jetzt überhaupt erst bemerkte. Es war nicht der grauenvolle Anblick allein, der sich mir so unerwartet geboten hatte und der meine Nerven so erschütterte, dass ich es spürte. Monktons Vorhersage, wir würden den Leichnam seines Onkels unbeerdigt vorfinden, wenn es uns gelänge, ihn zu finden, war mir schlagartig eingefallen, als ich den Schragen und seine grausige Last sah. Ich zweifelte keinen Augenblick daran, dass ich den Toten gefunden hatte – die alte Prophezeiung trat vor mein Gedächtnis, ein seltsam sehnsüchtiges Bangen, eine unbestimmte, böse Vorahnung und unerklärliche Angst beim Gedanken an den armen Kerl, der meine Rückkehr im fernen Städtchen erwartete, trafen mich mit dem Eishauch übernatürlichen Schreckens, raubten mir meine Urteils- und Entschlusskraft und bewirkten, dass ich mich, nachdem ich mich schließlich wieder erholt hatte, matt und benommen fühlte, als hätte ich eben einen Anfall übermächtigen körperlichen Schmerzes überstanden.

Ich lief eilends zur Klosterpforte und zog ungeduldig am Glockenseil – wartete kurze Zeit und läutete wieder. Dann hörte ich Schritte.

In der Mitte der Pforte, genau vor meinem Gesicht befand sich eine kleine verschiebbare Luke, nicht mehr als ein paar Zoll hoch. Diese wurde nun von innen beiseite geschoben. Durch ein Eisengitter sah ich zwei glanzlose hellgraue Augen, die mich verloren anstarrten, und hörte eine matte, heisere Stimme sagen:

»Was ist Euer Begehr?«

»Ich bin ein Reisender –«, setzte ich an.

»Wir leben hier in größter Armut. Wir besitzen nichts, was man einem Reisenden zeigen könnte.«

»Ich bin nicht gekommen, um etwas anzusehen. Ich habe eine Frage auf dem Herzen, von der ich glaube, dass jemand in diesem Kloster sie beantworten kann. Wenn Ihr mich nicht einlassen wollt, dann kommt wenigstens heraus und sprecht hier mit mir.«

»Seid Ihr allein?«

»Ganz allein.«

»Sind Frauen in Eurer Begleitung?«

»Nein.«

Langsam wurde der Riegel zurückgeschoben. Ein alter, sehr gebrechlicher, sehr misstrauischer und sehr schmutziger Kapuziner stand vor mir. Ich war viel zu erregt und ungeduldig, um Zeit mit einleitenden Redensarten zu verlieren. Ich berichtete dem Mönch ohne Umschweife, was ich durch das Loch in der Mauer des Nebengebäudes gesehen hatte, und fragte ihn unverblümt, wer der Mann sei, dessen Leichnam ich gesehen hätte, und warum er nicht begraben worden sei.

Der alte Kapuziner hörte mir zu, während seine wässrigen Augen mich misstrauisch blinzelnd ansahen. In der Hand hielt er eine verbeulte blecherne Schnupftabakdose. Und während ich redete, suchte er die ganze Zeit über mit Finger und Daumen nach ein paar verstreuten Krümeln Schnupftabak in seiner Dose. Als ich ausgesprochen hatte, schüttelte er den Kopf und meinte, ja, ein grässlicher Anblick da draußen, einer der grässlichsten, die ihm in seinem ganzen Leben untergekommen wären!

»Von dem Anblick rede ich nicht«, erwiderte ich voller Ungeduld. »Ich möchte wissen, wer der Mann war, wie er ums Leben kam und warum er nicht anständig begraben wurde. Könnt Ihr mir darüber Auskunft geben?«

Finger und Daumen des Mönchs hatten endlich ein paar Krümeln zu fassen bekommen. Diese schnupfte er nun langsam ein, die Dose geöffnet unter die Nase haltend, um zu verhindern, dass auch nur ein Krümel verloren ging. Er schnupfte ein- oder zweimal voller Behagen, schloss die Dose und sah mich dann wieder an, wobei seine Augen noch wässriger wirkten und noch misstrauischer blinzelten als zuvor.

»Ja, ein grausiger Anblick da draußen im Nebengebäude – wirklich grausig«, sagte der Mönch.

Nie war es mir schwerer gefallen, mich zu zügeln, als in jenem Augenblick. Ich schaffte es jedoch, eine höchst respektlose Bemerkung über Mönche im Allgemeinen zurückzuhalten, die mir auf der Zunge lag, und unternahm wieder einen Versuch, die aufreizende Zurückhaltung des Alten zu durchbrechen. Ein wahres Glück, dass ich selbst gern eine Priese schnupfte und eine Dose voll des vorzüglichsten englischen Schnupftabaks bei mir hatte, die ich nun als Mittel der Bestechung hervorholte. Es war meine letzte Zuflucht.

»Wenn mich nicht alles täuscht, so habt Ihr Eure Dose geleert«, sagte ich. »Wollt Ihr nicht eine Prise von mir versuchen?«

Mein Angebot wurde mit einer Geste von beinahe jugendlicher Behändigkeit angenommen. Der Kapuziner nahm sich die größte Prise, die ich je zwischen Daumen und Zeigefinger eines Menschen gesehen hatte, schnupfte sie langsam auf, ohne einen einzigen Krümel fallen zu lassen, schloss dabei halb die Augen und klopfte mir unter Kopfschütteln väterlich auf den Rücken.

»O mein Sohn!«, sagte der Mönch dazu. »Was für ein köstlicher Schnupftabak! Gebt Eurem Vater im Geiste, der Euch lieb hat, noch eine klein winzige Prise!«

»Gebt mir Eure Dose, ich werde sie anfüllen. Mir bleibt noch genug von dem Zeug.«

Ich hatte noch nicht ausgesprochen, als mir auch schon die Blechdose gereicht wurde, wobei die väterliche Hand mir noch beifälliger als vorhin auf den Rücken klopfte und die dünne heisere Stimme mich gewandt und wortreich mit Lob überhäufte. Ich war offensichtlich auf den schwachen Punkt des Kapuziners gestoßen. Ich gab ihm seine Dose zurück und machte mir diese Entdeckung unverzüglich zunutze.

»Vergebt, wenn ich Euch wieder mit diesem Thema behellige«, fing ich an, »doch möchte ich aus bestimmten Gründen alles in Erfahrung bringen, was Ihr mir über den grausigen Anblick dort draußen sagen könnt.«

»Tretet ein«, antwortete der Mönch.

Er zog mich durch die Eingangspforte, schloss diese und ging mir über den grasbewachsenen Hof voraus, an den sich ein Küchengarten voller Unkraut schloss, bedeutete mir, in einen lang gestreckten, niedrigen Raum einzutreten, in dem ein paar Kirchenstühle mit grobem Schnitzwerk und ein schmuddeliger Schrank standen. Ein oder zwei düstere, verschimmelte Bilder sollten wohl als Schmuck dienen. Dies war die Sakristei.

»Hier drinnen ist niemand, und hier haben wir es hübsch kühl«, sagte der alte Kapuziner. Es war so feuchtkalt, dass es mich fröstelte. »Möchtet Ihr die Kirche sehen?«, fragte er. »Ein wahres Juwel, wenn wir uns die Reparaturen leisten könnten. Aber wir können es nicht. Verwünschte Armut! Wir haben kein Geld, um unsere Kirche instand zu halten!«

Er schüttelte den Kopf und hantierte mit einem großen Schlüsselbund.

»Lassen wir jetzt die Kirche«, sagte ich. »Könnt Ihr mir sagen, was ich wissen möchte, oder nicht?«

»Alles, vom Anfang bis zum Ende – absolut alles! Ich habe damals geöffnet, als die Glocke geläutet wurde – ich bin es, der immer öffnet.«

»Was, um Himmels willen, hat die Türglocke mit dem nicht begebenen Leichnam zu tun?«

»Hört gut zu, mein Sohn, dann werdet Ihr es wissen. Vor einiger Zeit – vor Monaten – weh mir, ich bin alt und habe mein Gedächtnis verloren – ich weiß nicht, vor wie viel Monaten – weh mir, was für ein alter Mönch ich doch bin!« Er musste sich mit einer Prise meines Tabaks trösten.

»Zerbrecht Euch nicht den Kopf über den genauen Zeitpunkt«, sagte ich. »Das Datum ist unwichtig.«

»Gut. Ich kann also fortfahren. Sagen wir also, es war vor einigen Monaten. Wir, die wir in diesem Kloster leben, saßen beim Frühstück – jämmerliche Frühstücke sind das hier, mein Sohn – wir sitzen also beim Frühstück und hören ›bumm, bumm‹, zweimal. ›Gewehre‹, sage ich. Was wird jetzt geschossen?‹, sagt Bruder Jeremias. ›Wild‹, sagte Bruder Vinzenz. ›Aha, Wild‹, sagt Bruder Jeremias. ›Wenn ich noch etwas höre, dann schicke ich jemanden hinaus, der nachsehen soll, was es zu bedeuten hat‹, sagt der Vater Superior. Aber wir hören nichts mehr und verzehren unser jämmerliches Frühstück.«

»Woher kamen die Schüsse?«, fragte ich.

»Von dort unten, hinter den hohen Bäumen, die hinter dem Kloster stehen. Dort ist eine freie Fläche, sehr hübsch, wenn da nicht die Pfützen und Wasserlöcher wären. Was für ein Elend! Die Feuchtigkeit in dieser Gegend, diese elendig Feuchtigkeit!«

»Und was passierte nach den Schüssen?«

»Ihr sollt es hören. Wir sitzen noch immer beim Frühstück, ganz still, denn worüber sollten wir miteinander reden? Wir haben nichts außer unserer Andacht, dem Küchengarten und unseren armseligen Mahlzeiten. Also, wir sitzen ganz still da, als plötzlich die Glocke geläutet wird wie noch nie zuvor – ein teuflisches Glockengeläute ist das, eines, bei dem uns die Bissen – unsere kargen, kargen Bissen – im Mund stecken bleiben, sodass wir das Schlucken vergessen. ›Bruder, du gehst nachsehen‹, sagt der Vater Superior zu mir, ›es ist deine Pflicht. Geh an die Pforte.‹ Ich bin mutig – ein wahrer Löwe unter den Kapuzinern. Ich laufe auf Zehenspitzen hinaus – ich warte – lausche – ziehe die Klappe in der Pforte zurück – ich warte, lausche wieder – spähe hinaus – nichts, absolut nichts zu sehen. Ich bin mutig, mir kann man keine Angst einjagen. Was tue ich also als Nächstes? Ich öffne die Pforte. O heilige Himmelsmutter, was sehe ich da auf unserer Schwelle liegen? Einen Mann, tot, einen großen Mann, größer als Ihr, größer als ich, größer als alle in diesem Kloster, in ein feines Jackett eingeknöpft, mit schwarzen Augen, die starren, zum Himmel emporstarren; und das Blut durchtränkt seine Hemdbrust durch und durch. Was mache ich nun? Ich schreie einmal – ich schreie zweimal – und laufe zurück zum Vater Superior!«

All die Einzelheiten des tödlichen Duells, die ich in Monktons Wohnung in Neapel der Zeitung entnommen hatte, kamen mir wieder lebhaft in Erinnerung. Der Verdacht, der sich geregt hatte, als ich in das verfallene Gemäuer gespäht hatte, verdichtete sich zur Gewissheit, als ich die letzten Worte des alten Mönchs vernahm.

»Bis jetzt habe ich alles verstanden«, sagte ich. »Der Tote, den ich draußen gefunden habe, ist derjenige, den Ihr vor Eurer Pforte gefunden habt. Jetzt sagt mir aber, warum Ihr ihn nicht anständig bestattet habt?«

»Wartet – wartet – wartet«, antwortete der Kapuziner. »Der Vater Superior hört mich schreien und kommt heraus. Gemeinsam laufen wir an die Pforte. Wir heben den großen Mann hoch und sehen ihn genau an. Tot! Tot wie das da (er hieb mit der Hand auf den Schrank.) Wir sehen ihn noch einmal an und entdecken ein Stück Papier, das mit einer Nadel an den Jackettkragen geheftet ist. Aha, ich sehe, dass Ihr aufschreckt, mein Sohn. Ich dachte mir, ich sollte Euch schließlich aufschrecken lassen.«

Und aufgeschreckt war ich in der Tat. Der Zettel war zweifellos das in dem Bericht des Sekundanten erwähnte Blatt, das dieser aus seinem Notizbuch gerissen hatte, um darauf festzuhalten, auf welche Weise der Tote sein Leben hatte lassen müssen. Wenn ein hieb- oder stichfester Beweis gewünscht wurde, um den Toten zu identifizieren, so war dieser Beweis hier gefunden worden.

»Und was glaubt Ihr, stand auf diesem Zettel geschrieben?«, fuhr der Kapuziner fort. »Wir lasen es und schauderten. Dieser Tote war bei einem Duell getötet worden – er, der Beklagenswerte, der Jämmerliche war beim Begehen einer Todsünde gestorben. Und die Männer, die es gesehen hatten, wie er getötet wurde, baten uns Kapuziner, heilige Männer, Diener des Himmels, Kinder unseres Herrn, des Papstes – sie baten uns, ihn zu bestatten! Als wir das lasen, gerieten wir außer uns. Wir stöhnen, wir ringen die Hände, wir wenden uns ab, wir reißen an unseren Bärten, wir –«

»Einen Augenblick«, warf ich ein, als ich merkte, dass der Alte sich mit seiner Erzählung selbst in Hitze redete und immer mehr ins Reden kam, wobei immer weniger Nützliches herauskäme, wenn ich ihn nicht daran hinderte. »Haltet ein. Habt Ihr den Zettel aufbewahrt, der am Jackett des Toten befestigt war? Könnte ich einen Blick darauf tun?«

Der Kapuziner war nahe daran, mir zu antworten, als er sich eines anderen besann. Ich sah, dass sein Blick sich von meinem Gesicht abwandte, gleichzeitig hörte ich, wie hinter mir leise eine Tür geöffnet und wieder geschlossen wurde.

Mich sofort umdrehend, sah ich einen zweiten Mönch

in der Sakristei – einen großen, hageren, schwarzbärtigen Mann, in dessen Gegenwart mein alter Freund mit der Schnupftabaksdose plötzlich ganz demütig und gottergeben wirkte. Ich vermutete, dass ich mich in Gegenwart des Vaters Superiors befand, eine Vermutung, die ihre Bestätigung erfuhr, als er mich anredete:

»Ich bin der Vater Superior dieses Klosters«, sagte er in ruhigem deutlichem Ton. Er sah mir beim Sprechen mit kalten aufmerksamen Augen ins Gesicht. »Ich habe den letzten Teil Eures Gespräches mit angehört und möchte wissen, warum Ihr so sehr bedacht darauf seid, den Zettel zu sehen, der an das Jackett des Toten geheftet war?«

Die Gelassenheit, mit der er eingestand, dass er gelauscht hatte, und die ruhige, gebieterische Art, in der er die abschließende Frage gestellt hatte, verblüffte und erschreckte mich. Zunächst wusste ich nicht recht, in welchem Ton ich ihm antworten sollte. Ihm entging mein Zögern nicht, das er falsch deutete und dem alten Kapuziner bedeutete, er solle sich zurückziehen. Demütig seinen langen Bart streichelnd und sich verstohlen mit einer heimlichen Prise meines ›köstlichen Stoffes‹ tröstend, schlurfte mein verehrungswürdiger Freund hinaus, nicht ohne eine tiefe Verneigung an der Tür zu machen, ehe er sich empfahl.

»Nun«, sagte der Vater Superior kühl wie zuvor. »Ich warte auf Eure Antwort, Herr.«

»Ihr sollt Sie bekommen, in so wenigen Worten wie nur möglich«, entgegnete ich ihm im gleichen Ton. »Ich musste mit Entsetzen und Abscheu feststellen, dass in einem Nebengebäude dieses Klosters ein Leichnam unbeerdigt liegt. Ich glaube, dass es die Leiche eines Engländers von Rang und Vermögen ist, der bei einem Duell getötet wurde. Ich bin mit dem Neffen und einzigen Angehörigen des Getöteten mit der Absicht in diese Gegend gekommen, seine sterblichen Überreste ausfindig zu machen. Das bei dem Toten aufgefundene Papier möchte ich sehen, weil ich meine, dass es ihn dem erwähnten Angehörigen gegenüber ausreichend identifiziert.

Genügt Euch meine Antwort? Und werdet Ihr mir gestatten, das Papier zu sehen?«

»Eure Antwort genügt mir, und ich sehe keinen Grund, Euch das Papier nicht zu zeigen«, sagte der Vater Superior, »dennoch möchte ich noch etwas sagen. Ihr habt die Worte ›Entsetzen‹ und ›Abscheu‹ benutzt, als Ihr von dem Anblick des Toten gesprochen habt. Diese freizügige Ausdrucksweise im Zusammenhang mit dem, was Ihr auf einem Klostergelände gesehen habt, beweist mir, dass Ihr Euch außerhalb des Schoßes der heiligen katholischen Kirche befindet. Ihr habt daher kein Recht, Erklärungen zu erwarten. Ich will Euch dennoch eine geben, als Gunstbeweis. Der Getötete starb ohne Absolution, indem er eine Todsünde beging. Dies entnehmen wir dem Zettel, den wir bei dem Leichnam fanden.

Und wir sind Augen- und Ohrenzeugen der Tatsache, dass er auf dem Boden der Kirche getötet wurde, indem er gegen die strengen Gesetze verstieß, die der Heilige Vater den Gläubigen gegen das Verbrechen des Duellierens auferlegte und ihnen mit Briefen von eigener Hand Nachdruck verlieh. Das Klostergelände ist geweihter Boden. Bei uns Katholiken ist es nicht Sitte, Abtrünnige, Feinde des Heiligen Vaters und Sünder, die gegen unsere heiligsten Gesetze verstoßen, in geweihtem Boden zu bestatten. Außerhalb dieses Klosters haben wir weder Recht noch Gewalt. Und hätten wir diese, dann müssten wir daran denken, dass wir Mönche sind und keine Totengräber und dass die einzige Art der Bestattung, mit der wir zu tun haben, jene mit den Gebeten der Kirche ist. Ich glaube, dass weitere Erklärungen nicht nötig sind. Wartet hier. Ihr sollt das Papier zu sehen bekommen.« Damit verschwand der Vater Superior so leise, wie er gekommen war.

Mir blieb kaum Zeit, mir über diese bittere und unwillig abgegebene Erklärung den Kopf zu zerbrechen und mich durch Redeweise und Gehaben der Person, die sie mir gegeben, beleidigt zu fühlen, als der Vater Superior mit dem Papier in der Hand wiederkam. Er breitete es vor mir auf dem Schrank aus. Und ich las die hastig mit Bleistift hingekritzelten Zeilen:

›Dieser Zettel wurde dem Körper des verstorbenen Mr Stephen Monkton, eines Engländers von Rang, angeheftet. Er wurde in einem von beiden Seiten mit hervorragender Tapferkeit und Ehrenhaftigkeit geführten Duell erschossen. Sein Leichnam wird vor die Pforte dieses Klosters gelegt, damit er von dessen Insassen beerdigt werde, da die Überlebenden der Begegnung sich trennen müssen und um ihrer Sicherheit willen sofort die Flucht ergreifen. Ich, der Sekundant des Erschossenen und der Schreiber dieser Erklärung, bestätige bei meiner Ehre als Gentleman, dass der Schuss, der meinen Duellanten auf der Stelle tötete, fair und in strikter Übereinstimmung mit den zuvor festgelegten Regeln für die Durchführung des Duells abgegeben wurde.

(Unterzeichnet) F.‹

›F.‹ erkannte ich eindeutig als den Anfangsbuchstaben von Monsieur Foulons Namen. Es war der Sekundant Mr Monktons, der in Paris an der Schwindsucht gestorben war.

Ich hatte den Toten gefunden und identifiziert. Jetzt musste ich nur noch Alfred die Neuigkeit beibringen und die Erlaubnis erwirken, den Leichnam aus dem Nebengebäude zu entfernen. Fast war ich geneigt, dem Zeugnis meiner Sinne zu misstrauen, als mir klar wurde, dass das fast unerreichbar erscheinende Ziel, um dessentwillen wir von Neapel aufgebrochen waren, dank eines unwahrscheinlichen Zufalls praktisch erreicht worden war.

»Die Beweiskraft dieses Papieres ist eindeutig«, sagte ich, als ich den Zettel zurückgab. »Es steht zweifelsfrei fest, dass die sterblichen Überreste diejenigen sind, die wir suchten. Darf ich fragen, ob man uns Hindernisse in den Weg legen wird, falls der Neffe des verblichenen Mr Monkton den Leichnam nach England überführen möchte, um ihn dort in der Familiengruft beizusetzen?«

»Wo befindet sich der Neffe?«, fragte der Vater Superior.

»Er erwartet im Städtchen Fondi meine Rückkehr.«

»Ist er in der Lage, die verwandtschaftliche Beziehung zu beweisen?«

»Gewiss. Die Papiere werden jeden Zweifel beseitigen.«

»Wenn er die Behörden von der Rechtmäßigkeit seiner Forderung überzeugen kann, dann wird man ihm hier keine Hindernisse in den Weg legen.«

Ich hatte keine Lust, auch nur einen Augenblick länger als nötig mit meinem missgestimmten Gesprächspartner weiter zu verhandeln. Der Tag war schon fortgeschritten. Ich war entschlossen, auf meinem Rückweg nach Fondi nicht innezuhalten, auch wenn die Nacht mich einholen sollte. Demgemäß beeilte ich mich, mit einer Verbeugung aus der Sakristei hinauszukommen, nachdem ich dem Vater Superior mitgeteilt hatte, er würde in Kürze wieder von mir hören.

»Gott segne Euch, mein Sohn«, sagte der ehrwürdige Klosterbruder mit einem abschiednehmenden Schulterklopfen. »Kehrt bald wieder zu Eurem Vater im Geiste und gönnt ihm freundlicherweise wieder eine klein winzige Prise von dem köstlichen Stoff.«

6

Ich kehrte eilends in das Dorf zurück, wo ich die Maultiere gelassen hatte, ließ diese unverzüglich satteln und schaffte es, kurz vor Sonnenuntergang wieder in Fondi zu sein.

Während ich die Treppe des Hotels erklomm, plagte mich die schmerzliche Ungewissheit, wie ich die Nachricht von meiner Entdeckung Alfred am besten beibringen konnte.

Gelang es mir nicht, ihn darauf vorzubereiten, dann konnten sich die Folgen angesichts seines Zustandes als verhängnisvoll erweisen. Als ich die Tür zu seinem Zimmer öffnete, war ich mir über meine Vorgangsweise noch nicht im Klaren. Und als ich ihm gegenüberstand, überraschte er mich durch den Empfang, den er mir bereitete, so sehr, dass ich momentan meine Fassung verlor.

Jede Spur jener Lethargie, in die er versunken war, als ich ihn verließ, war verschwunden. Seine Augen blickten hell, seine Wangen waren gerötet. Bei meinem Eintreten fuhr er auf und unterließ es, meine ausgestreckte Hand zu ergreifen.

»Ihr habt mich nicht als Freund behandelt«, stieß er voller Leidenschaft hervor; »Ihr hattet kein Recht, die Suche ohne mich fortzusetzen – Ihr hattet kein Recht, mich hier allein zurückzulassen. Es war falsch, dass ich Euch vertraute. Ihr seid nicht besser als alle anderen.«

Ich hatte mich indessen von meinem Staunen schon ein wenig erholt und konnte ihm antworten, ehe er noch mehr sagte. Es hatte bei seinem gegenwärtigen Zustand keinen Sinn, vernünftig mit ihm zu reden oder sich zu verteidigen. Ich entschloss mich daher, alles auf eine Karte zu setzen und ihm die Neuigkeit ohne Umschweife mitzuteilen.

»Monkton, Sie werden nicht so ungerecht über mich

urteilen, wenn Sie erfahren, dass ich Ihnen während meiner Abwesenheit einen guten Dienst geleistet habe«, sagte ich. »Ich müsste mich sehr geirrt haben, wenn das Ziel, um dessentwillen wir Neapel verlassen haben, nicht sehr nahe ist ...«

Fast augenblicklich wich die Röte aus seinen Wangen. Irgendetwas in meiner Miene oder aber der Ton meiner Stimme, kurz, etwas, dessen ich mir nicht bewusst war, enthüllte seiner nervös beschleunigten Auffassungsgabe mehr, als ich zunächst beabsichtigt hatte. Sein Blick richtete sich eindringlich auf meine Augen. Seine Hand fasste nach meinem Arm. Und dazu sagte er in aufgeregtem Flüsterton:

»Sagen Sie sofort die Wahrheit! Haben Sie ihn gefunden?«

Es war zu spät, um zu zögern. Ich antwortete bejahend.

»Bestattet oder unbestattet?«

Bei dieser Frage stieg seine Stimmlage an und er fasste mit der freien Hand nach meinem anderen Arm.

»Unbestattet.«

Kaum hatte ich das Wort ausgesprochen, als ihm das Blut wieder in die Wange stieg. In seinen Augen blitzte es, und er brach in triumphierendes Gelächter aus, das mich in unaussprechlichen Schrecken versetzte.

»Was habe ich gesagt? Und was sagen Sie jetzt zu der alten Prophezeiung?«, rief er aus. Er ließ mich los und lief im Zimmer auf und ab. »Geben Sie jetzt zu, dass Sie sich geirrt haben? Geben Sie es zu, wie ganz Neapel es zugeben wird, sobald ich ihn sicher in seinem Sarg habe!«

Sein Gelächter wurde immer wilder. Vergeblich suchte ich ihn zu beruhigen. Sein Diener und der Wirt des Gasthauses kamen herein. Dies diente nur dazu, Öl ins Feuer zu gießen, sodass ich sie wieder hinausschickte. Als ich hinter ihnen die Tür geschlossen hatte, fiel mein Blick auf den Stapel Briefe von Miss Elmslie auf einem Tisch in der Nähe, jene Briefe, die mein unglücklicher Freund mit so viel Sorgfalt aufbewahrte und mit unveränderter Hingabe immer wieder las. Sein Blick fiel auf mich, als ich an dem Tisch vorüberging, und damit auch auf die Briefe. Die neue Zukunftshoffnung, die, von meiner Nachricht angestachelt, im Zusammenhang mit der Schreiberin der Briefe wieder erwachte, schien ihn beim Anblick der wie ein Schatz gehüteten Erinnerungsstücke zu überwältigen, da sie ihn an seine zukünftige Frau gemahnten. Sein Gelächter verstummte, seine Miene veränderte sich. Er lief zum Tisch, fasste nach den Briefen, sah mich dann mit einem Blick an, der an mein Herz griff, und sank dann vor dem Tisch in die Knie. Dabei legte er das Gesicht auf die Briefe und brach in Tränen aus. Ich ließ zu, dass sich seine Gefühle ungehindert Bahn brachen und ging aus dem Zimmer, ohne ein Wort zu sagen. Als ich nach einiger Zeit wiederkehrte, fand ich ihn ruhig in seinem Sessel sitzend vor. Er las in einem der Briefe aus dem Stapel, der auf seinem Knie ruhte.

Sein Blick war die verkörperte Freundlichkeit. Seine Geste, als er sich anhob, um mir entgegenzugehen und mir die Hand spontan zu reichen, fast weiblich in ihrer Sanftheit.

Er hatte sich so weit beruhigt, dass er nun imstande war, in allen Einzelheiten zu hören, was ich zu sagen hatte. Ich verschwieg ihm bis auf die Einzelheiten des Zustandes, in dem ich den Toten vorgefunden hatte, gar nichts. Ich nahm mir nicht das Recht, über den Anteil zu bestimmen, den er bei unserem weiteren Vorgehen innehaben sollte, doch bestand ich im Vorhinein darauf, dass ich bei der Bergung des Toten die Oberhand haben würde und dass er sich damit begnügen solle, M. Foulons Zeilen zu lesen, nachdem ich ihm die Versicherung gegeben hätte, dass der im Sarg eingeschlossene Leichnam wirklich und wahrhaftig derjenige sei, den wir gesucht hatten.

»Ihre Nerven sind nicht so stark wie meine«, brachte ich als Entschuldigung dafür vor, dass ich scheinbar Zwang auf ihn ausübte. »Aus diesem Grund muss ich um Erlaubnis bitten, die Führung in allem zu übernehmen, was nun vor uns liegt, bis der Bleisarg verschlossen ist und sicher in Ihren Besitz gelangt ist. Danach werde ich alle meine Funktionen an Sie abtreten.«

»Mir fehlen die Worte, um Ihnen für Ihre Güte zu danken«, antwortete er. »Kein Bruder hätte mich liebevoller ertragen oder mir mit mehr Geduld geholfen als Sie.«

Er hielt inne und wurde nachdenklich. Dann machte er sich mit Miss Elmslies Briefen zu schaffen, indem er sie langsam und sorgsam zusammenbündelte. Plötzlich sah er zu der leeren Wand hinter mir und zeigte jenen seltsamen Ausdruck, den ich schon so gut kannte. Seit unserer Abreise aus Neapel war ich mit Absicht dem sinnlosen und schrecklichen Thema der Erscheinung ausgewichen, von der er sich ständig verfolgt glaubte. Nun aber schien er nur so ruhig und gefasst, dass ihn dieses gefährliche Thema aller Wahrscheinlichkeit nach nicht um die Fassung bringen würde. So kam es, dass ich folgende Frage wagte:

»Erscheint Ihnen noch immer das Phantom wie in Neapel?«

Er sah mich an und lächelte.

»Habe ich Ihnen nicht gesagt, dass es mir überallhin folgt?« Sein Blick wanderte wieder zu der Wand hin, und er sprach in diese Richtung weiter, als setzte er das Gespräch mit einer dritten Person im Raum fort. »Wir werden uns trennen«, sagte er langsam und leise, »wenn im Grabgewölbe von Wincot der leere Platz besetzt ist. Dann werde ich mit Ada vor dem Altar in der Abteikapelle stehen. Und

480

meine Augen werden Adas Augen begegnen und werden dieses gequälte Gesicht nicht mehr sehen.«

Dabei stützte er den Kopf in die Hand, stieß einen Seufzer aus und fing leise an, die Verse der alten Weissagung vor sich hin zu sagen:

> Wenn auf Wincot leer die Gruft,
> Nach dem toten Monkton ruft,
> Der unbegraben liegt und bloß
> Unter einem Himmel grenzenlos,
> Beraubt des letzten Häufchens Erde
> Er, des stolzen Besitzes Erbe,
> Nehmet es als sichres Zeichen,
> Dass Monktons Sippe muss bald weichen,
> Dass Schritt für Schritt das Ende naht,
> Bis der allerletzte Spross vergeht
> Und die Monktons sind verweht.

Da mich dünkte, dass er die letzten Zeilen schon ein wenig unzusammenhängend aussprach, versuchte ich ihn vom Thema abzubringen. Er schenkte dem, was ich sagte, keine Beachtung und fuhr in seinem Selbstgespräch fort:

»Das Geschlecht der Monktons wird verweht!«, wiederholte er. »Aber nicht mit mir! Dieses tödliche Schicksal hängt nicht mehr über meinem Haupt. Ich werde den unbestatteten Toten bestatten. Ich werde den leeren Platz im Gewölbe von Wincot füllen. Und dann – dann das neue Leben, das Leben mit Ada!« Dieser Name schien ihn zur Besinnung zu bringen. Er zog sein Reiseschreibpult zu sich, verstaute das Briefbündel darin und holte ein Blatt Papier heraus. »Ich muss Ada die gute Nachricht schreiben«, sagte er. »Wenn sie davon erfährt, wird ihr Glück noch größer sein als meines.«

Von den Ereignissen des Tages erschöpft, verließ ich ihn, der nun schrieb, und ging zu Bett. Ich war jedoch zu erregt oder zu müde, um einschlafen zu können. In diesem Zustand des Wachens beschäftigten sich meine Gedanken natürlicherweise mit meiner im Kloster gemachten Entdeckung und mit den Ereignissen, zu denen diese Entdeckung aller Wahrscheinlichkeit nach führen würde. Bei dem Gedanken an die Zukunft legte sich ein bedrückendes Gefühl auf mein Gemüt, ein Gefühl, das ich mir nicht erklären konnte. Für die unbestimmten melancholischen Vorahnungen, die mich nun heimsuchten, gab es nicht den geringsten Grund. Die sterblichen Überreste, deren Auffindung mein unglücklicher Freund so große Bedeutung beimaß, waren gefunden; sie würden ihm gewiss in wenigen Tagen übergeben werden; er konnte sie mit dem ersten Handelsschiff, das von Neapel auslief, nach England schaffen; und mit Erfüllung dieser seltsamen Laune war wenigstens einige Hoffnung verknüpft, dass sein Gemüt sich wieder erholen würde und dass das neue Leben, das ihn auf Wincot erwartete, ihn zu einem glücklichen Menschen machen würde. Überlegungen wie diese waren an sich nicht so beschaffen, dass sie mich melancholisch hätten stimmen können. Und doch lastete die ganze Nacht über dieselbe unbegreifliche und unerklärliche Niedergeschlagenheit auf meinem Gemüt – schwer in den Stunden der Dunkelheit, schwer, als ich hinausging, um die erste Frische der Luft am frühen Morgen einzuatmen.

Mit dem Tag kam der einen völlig in Anspruch nehmende Vorgang, mit den Behörden Verhandlungen aufzunehmen.

Nur wer schon mit italienischen Beamten zu tun hatte, kann ermessen, wie sehr unsere Geduld von allen in Anspruch genommen wurde, mit denen wir in Berührung kamen. Wir wurden von einer Behörde zur anderen gejagt,

wurden angestarrt, Kreuzverhören unterzogen, irregeführt –
keineswegs, weil der Fall besondere Schwierigkeiten oder
Komplikationen beinhaltet hätte, sondern weil es absolut
nötig war, dass jeder behördliche Würdenträger, an den wir
uns wandten, seine eigene Bedeutung herauskehren zu
müssen glaubte, indem er uns über möglichst viele Umwege
an unser Ziel führte. Nachdem wir einen Tag lang italieni-
sches behördliches Leben über uns hatten ergehen lassen,
überließ ich die absurden Formalitäten, denen wir nicht entgehen konnten, Alfred allein und widmete mich der Überlegung der wirklich schwierigen Frage, wie sich die Leiche
aus dem klösterlichen Nebengebäude sicher fortschaffen
ließ.

Am günstigsten und einfachsten erschien mir ein Brief an
einen Freund in Rom, wo es, meines Wissens, Sitte war, die
Körper hoher kirchlicher Würdenträger einzubalsamieren,
und wo wir uns folglich Hilfeleistung auf chemischem
Gebiet, wie wir sie in unserer Notlage brauchten, wahrscheinlich verschaffen konnten. Ich schrieb einfach, dass
die Entfernung des Leichnams unbedingt geboten sei,
beschrieb die Umstände, unter denen ich ihn gefunden
hatte, und gab zu verstehen, dass unsererseits keine Unkos-
ten gescheut würden, falls die richtige Person oder die richtigen Personen gefunden werden konnten. Hier stellten sich
uns wieder Schwierigkeiten in den Weg, und weitere sinn-
lose Formalitäten mussten erledigt werden. Zu guter Letzt
aber triumphierten Geduld, Beharrlichkeit und Geld, und
es kamen zwei Männer auf schnellstem Weg aus Rom, um
die Pflichten zu erfüllen, die wir von ihnen verlangten.

Es ist nicht nötig, dass ich dem Leser mit den Einzelheiten dieses Teils meiner Erzählung Entsetzen einflöße. Es
genügt, wenn ich sage, dass die Verwesung durch Chemi-
kalien so weit hinausgezögert wurde, dass man den Leich-

nam in den Sarg retten konnte, damit er sicher und in angemessener Weise nach England überführt würde. Nachdem zehn Tage mit nutzlosen Verzögerungen und Schwierigkeiten vertan worden war, hatte ich die Genugtuung, das Haus an der Klostermauer endlich leer zu sehen. Ich brachte eine endgültige letzte Zeremonie des Tabakschnupfens oder vielmehr Prisengebens mit dem alten Kapuziner hinter mich und bestellte den Reisewagen vor die Tür unserer Herberge. Kaum ein Monat war seit unserer Abfahrt verstrichen, als wir nach Neapel wiederkehrten, erfolgreich nach Erreichen eines Zieles, das von allen unseren Freunden, die davon hörten, als gänzlich undurchführbar verlacht worden war.

Als Erstes nach unserer Rückkehr galt es, sich um die Überführung des Sarges nach England zu kümmern – auf dem Seeweg natürlich. Alle Erkundigungen nach einem Handelsschiff, das kurz vor dem Auslaufen nach einem britischen Hafen stand, führten zu höchst unbefriedigenden Ergebnissen. Es gab nur einen Weg, den sofortigen Transport des Leichnams nach England zu sichern, nämlich ein Schiff zu chartern. Voller Ungeduld der Rückkehr harrend und entschlossen, den Sarg nicht aus den Augen zu lassen, bis er ihn im Grabgewölbe auf Wincot Abbey beigesetzt gesehen hatte, entschied Monkton, das erste Schiff zu chartern, das zu haben war. Unter den im Hafen liegenden Schiffen war eine sizilianische Brigg dasjenige, das am frühesten auslaufen konnte. Und für dieses Schiff entschied sich mein Freund. Die besten Werftarbeiter, die aufzutreiben waren, machten sich an die Arbeit, und Kapitän und Mannschaft, die ausersehen wurden, die Brigg zu steuern, waren das Erfahrenste, was in Neapel in diesem dringenden Fall zu finden war.

Monkton, der mir in wärmsten Worten seine Dankbarkeit

für die ihm geleisteten Dienste ausdrückte, verzichtete darauf, mich zu bitten, ich solle ihn nach England begleiten. Zu seiner großen Verwunderung und Freude aber entschloss ich mich aus eigenem Antrieb, an Bord der Brigg die Heimfahrt anzutreten. Die merkwürdigen Zufälle, die ich erlebt hatte, die ungewöhnliche Entdeckung, die ich seit unserer ersten Begegnung in Neapel gemacht hatte, dies alles hatte dazu geführt, dass sein einziges großes Interesse im Leben vorübergehend auch mein großes Interesse wurde. Ich teilte die Wahnvorstellung des Ärmsten nicht, doch ist es kaum übertrieben, wenn ich sage, dass meine Begierde, unser bemerkenswertes Abenteuer bis zum Schluss mitzuerleben, ebenso groß war wie sein Bestreben, den Sarg im Grabgewölbe von Wincot zu sehen. Leider war Neugierde eine ebenso starke Triebfeder wie Freundschaft, als ich mich ihm als Reisebegleiter für die Heimreise anbot.

An einem windstillen, schönen Nachmittag stachen wir mit England als Ziel in See.

Zum ersten Mal, seitdem ich ihn kannte, schien Monkton in Hochstimmung. Er plauderte und scherzte über alle möglichen Themen und lachte mich aus, weil die Angst vor der Seekrankheit meine gute Laune beeinträchtigte. In Wahrheit kannte ich eine solche Furcht nicht. Es war die meinem Freund gegenüber benutzte Ausflucht, weil ich wieder an jener unerklärlichen Niedergeschlagenheit litt, die mich auch in Fondi heimgesucht hatte. Alles schien sich zu unseren Gunsten gewendet zu haben. Alle an Bord der Brigg waren in bester Stimmung. Der Kapitän war begeistert von dem Schiff. Die aus Italienern und Maltesern zusammengesetzte Besatzung war in bester Stimmung dank der Aussicht, für viel Geld auf einem gut ausgerüsteten Schiff eine kurze Heuer abdienen zu müssen. Ich war der Einzige, dem es schwer ums Herz war. Es gab keinen triftigen Grund für die Melancholie, die mich bedrückte, und doch kämpfte ich vergebens dagegen an.

Spät am Abend unserer ersten Nacht auf See machte ich eine Entdeckung, die keinesfalls dazu angetan war, mir mein seelisches Gleichgewicht wiederzugeben. Monkton war in der Kabine, in der auch die Packkiste mit dem Sarg stand. Ich war an Deck. Es herrschte fast völlige Windstille. Ich lag müßig an Deck und beobachtete die Segel, die hin und wieder schlaff gegen die Masten schlugen, als der Kapitän sich mir näherte und mir, nachdem er mich außer Hörweite des Mannes am Ruder gezogen hatte, zuflüsterte:

»Unter den Leuten da vorne stimmt etwas nicht. Ist Euch aufgefallen, wie sie vor Sonnenuntergang plötzlich verstummten?«

Es war mir aufgefallen, und ich sagte es ihm.

»Wir haben an Bord einen Jungen aus Malta«, fuhr der Kapitän fort, »ein geschickter Bursche, mit dem aber schwer auszukommen ist. Ich habe herausbekommen, dass er den Männern erzählte, in der Packkiste Eures Freundes in der Kabine befände sich ein Leichnam.«

Als er dies sagte, sank mein Herz. Da ich um die abergläubische Unvernunft der Seeleute – besonders der ausländischen – wusste, hatte ich es darauf angelegt, vor der Verschiffung des Sarges das Gerücht zu verbreiten, dass die Packkiste eine kostbare Marmorstatue enthielte, die Mr Monkton sehr hoch schätze und deshalb nicht aus den Augen lassen wollte. Wie konnte dieser Malteserjunge entdeckt haben, dass die angebliche Statue ein menschlicher Leichnam war? Je länger ich darüber nachgrübelte, desto stärker wurde der Verdacht, dass Monktons Diener dahinter stecken musste, der fließend Italienisch sprach und von dem ich wusste, dass er an unverbesserlicher Schwatzhaftigkeit litt. Der Mann leugnete, als ich ihn beschuldigte, uns verraten zu haben, doch glaube ich seinen Beteuerungen bis zum heutigen Tag nicht.

»Dieser Schlingel will nicht damit herausrücken, wo er die Sache mit dem Leichnam aufgeschnappt hat«, fuhr der Kapitän fort. »Es steht mir nicht zu, in Geheimnisse einzudringen. Aber ich rate Euch dringend, die Besatzung nach achtern zu rufen und dem Jungen zu widersprechen, ob er nun die Wahrheit sagt oder nicht. Die Männer sind ein Haufen Narren, die an Gespenster und den übrigen Unsinn glauben. Einige sagen sogar, sie hätten nie angeheuert, wenn sie gewusst hätten, sie müssten mit einer Leiche an Bord in See stechen. Andere beschränken sich aufs Murren. Ich fürchte aber, es wird im Falle eines Unwetters mit ihnen Ärger geben, wenn nicht Ihr oder Euer Freund sagt, dass der Junge die Unwahrheit spricht. Die Leute sagen, wenn Ihr oder Euer Freund ihnen bei Eurer Ehre versichern könnt, dass der Malteser ein Lügner ist, dann wollen sie ihn mit dem Seilende entsprechend bestrafen. Wenn Ihr es nicht tut, dann sind sie entschlossen zu glauben, was der Junge sagt.«

Der Kapitän machte eine Pause, weil er auf meine Antwort wartete. Ich konnte ihm diese nicht geben. Unsere verzweifelte Notlage versetzte mich in tiefste Hoffnungslosigkeit. Keinen Augenblick dachte ich auch nur daran, den Jungen einer Strafe auszuliefern, indem ich mit meinem Ehrenwort eine Lüge stützte. Welches andere Mittel, uns aus diesem elenden Dilemma zu befreien, blieb uns noch? Mir wollte keines einfallen. Ich dankte dem Kapitän, weil er sich für unsere Interessen so einsetzte, und sagte, dass ich Zeit brauche, um mir meine weitere Vorgangsweise überlegen zu können. Dann bat ich ihn, meinem Freund nichts von der Entdeckung, die er gemacht hatte, zu sagen. Er versprach, wenn auch mit finsterer Miene, zu schweigen, und ließ mich allein.

Wir hatten erwartet, dass am Morgen Wind aufkommen würde, doch es rührte sich nichts. Als es gegen Mittag ging, wurde es unerträglich schwül, und das Meer war durchscheinend und spiegelglatt. Ich sah, wie der Kapitän häufig mit besorgtem Blick luvwärts sah. Ich bemerkte in dieser Richtung in großer Entfernung ein kleines schwarzes Wölkchen ganz allein am Himmel und fragte, ob es uns Wind bringen würde.

»Mehr als uns lieb sein kann«, gab der Kapitän kurz zurück. Und dann schickte er zu meiner Verwunderung die Besatzung hinauf in die Takelung, um die Segel einzuholen. Bei der Ausführung dieses Befehls zeigte sich die Stimmung der Männer allzu deutlich. Sie waren misslaunig und langsam und gingen unter Grollen und Gemurmel ans Werk. So wie der Kapitän sie mit Flüchen und Drohungen antrieb, wuchs in mir die Überzeugung, dass wir uns in Gefahr befanden. Wieder warf ich einen Blick luvwärts. Die eine kleine Wolke war zu einer Wolkenbank schmutzigen Dunstes aufgequollen, und am Horizont hatte sich das Meer verfärbt.

»Der Sturm wird uns packen, ehe wir wissen, wie uns geschieht«, sagte der Kapitän. »Geht unter Deck. Hier seid Ihr bloß im Weg.«

Ich stieg hinunter in die Kabine und bereitete Monkton auf das Kommende vor. Er war noch im Begriff, mir Fragen darüber zu stellen, was sich an Deck zugetragen hatte, als der Sturm über uns hereinbrach. Wir spürten, wie die kleine Brigg gepackt wurde und es den Anschein hatte, sie würde in zwei Teile zerrissen. Dann schien sie sich mit uns im Kreis zu drehen, dann wieder stillzuliegen, während sie bis in den letzten Sperren erzitterte. Zum Schluss kam ein Stoß, der uns von den Sitzen schleuderte, ein ohrenbetäubendes Krachen, und in unsere Kabine strömte Wasser. Wir kletterten halb ertränkt an Deck. Die Brigg hatte starke Schlagseite und stand knapp vor dem Kentern.

Ehe ich in dem schrecklichen Durcheinander etwas erkennen konnte – bis auf die Gewissheit, dass wir dem Meer auf Gedeih und Verderb ausgeliefert waren –, hörte ich eine Stimme vom Vorderteil, die das Getöse und Geschrei der übrigen Besatzung schlagartig zum Verstummen brachte. Die Worte wurden auf Italienisch gerufen, doch verstand ich ihre verhängnisvolle Bedeutung nur zu gut. Unser Schiff hatte ein Leck und das Wasser strömte wie ein Sturzbach in den Schiffsrumpf. Der Kapitän verlor in dieser Notlage seine Geistesgegenwart nicht. Er verlangte eine Axt, um den Vordermast umlegen zu können, und suchte ein paar Mann aus, die ihm zur Hand gehen sollten, während er die anderen anwies, die Pumpen zu betätigen.

Kaum hatte er dies ausgesprochen, als unter der Besatzung offene Meuterei ausbrach. Mit einem wilden Blick, den er auf mich richtete, erklärte ihr Rädelsführer, die Passagiere sollten nach Gutdünken verfahren. Er und seine Backsgenossen wollten das Boot nehmen und das verfluchte Schiff verlassen, weil Schiff und Leichnam gemeinsam auf dem Meeresgrund enden würden. Er hatte noch nicht ausgesprochen, als ich einen Aufschrei unter den Seeleuten vernahm und sah, wie einer mit verächtlicher Geste hinter mich deutete. Ich blickte mich um und sah Monkton, der sich dicht an meiner Seite gehalten hatte, zurück zur Kabine streben. Ich folgte ihm auf dem Fuße, doch das Wasser und das Durcheinander an Deck sowie die Schlagseite der Brigg, die es unmöglich machte, die Füße ohne Einsatz der Hände zu bewegen, hatten mein Fortkommen so behindert, dass ich ihn nicht einholen konnte. Unten angekommen sah ich, dass er über dem Sarg kauerte, während das Wasser um ihn herum auf dem Kabinenboden gurgelte und strömte und das Schiff sich hob und senkte. Ich sah ein bedrohliches Leuchten in seinen Augen und eine ebenso bedrohliche Röte auf seinen Wangen, als ich mich ihm näherte und sagte:

»Alfred, es bleibt uns nichts übrig, als uns dem Missgeschick zu beugen und zu versuchen, nach besten Kräften unser Leben zu retten.«

»Retten Sie das Ihre«, rief er mit einer abwehrenden Handbewegung, »denn Sie haben eine Zukunft vor sich! Meine Zukunft ist dahin, sobald dieses Schiff untergeht. Wenn das Schiff sinkt, dann werde ich wissen, dass das Verhängnis seinen Lauf genommen hat und dass ich mit dem Schiff untergehe.«

Ich merkte, dass man mit ihm nicht vernünftig reden konnte und dass auch mit Überredung nichts auszurichten war. So stand ich auf und ging wieder an Deck. Die Männer waren dabei, alle Hindernisse wegzuhacken, damit das lange, mittschiffs liegende Boot über die eingedrückte Schiffswand der seitlich geneigten Brigg zu Wasser gelassen werden konnte. Der Kapitän sah ihnen schweigend zu, nachdem er einen letzten, vergeblichen Versuch unternommen hatte, seine Autorität wiederherzustellen. Die Gewalt des Sturmes schien bereits nachzulassen, sodass ich fragte, ob wir keine Chance hätten, wenn wir an Bord blieben. Der Kapitän gab zurück, dass eine sehr gute Chance bestanden hätte, wenn die Besatzung seinen Befehlen gefolgt wäre, dass diese Chance aber dahin wäre. Da ich wusste, dass auf die Geistesgegenwart von Monktons Diener kein Verlass war, vertraute ich dem Kapitän kurz und bündig an, wie es um den Zustand meines unglücklichen Freundes bestellt war, und fragte, ob ich mit seiner Hilfe rechnen könnte. Er nickte, und wir stiegen hinunter zur Kabine. Bis zum heutigen Tag schmerzt es mich, von der schrecklichen Maß-

nahme zu berichten, zu der die Stärke und die Hartnäckigkeit von Monktons Wahnvorstellung uns zwang, Zuflucht
zu nehmen. Wir mussten ihm die Hände binden und ihn
gewaltsam an Deck zerren. Die Besatzung stand im Begriff,
das Boot zu Wasser zu lassen, und weigerte sich zunächst,
uns mitzunehmen.

»Ihr Feiglinge!«, rief der Kapitän. »Haben wir jetzt den
Toten mitgenommen? Geht er nicht samt der Brigg unter?
Wen fürchtet ihr, wenn wir ins Boot steigen?«

Diese Anklage erzielte die gewünschte Wirkung. Die
Männer schämten sich und machten ihre Weigerung rückgängig.

Als wir vom sinkenden Schiff abstiegen, machte Alfred
den Versuch, sich loszureißen, doch ich hielt ihn fest, und
es blieb bei diesem einen Versuch. Er saß reglos und stumm
mit gesenktem Kopf neben mir, während die Seeleute vom
Schiff wegruderten. Reglos und stumm, als sie gleichzeitig
in einiger Entfernung innehielten und wir alle warteten und
zusahen, wie die Brigg sank. Reglos und stumm auch, als
sie sank und der schwere Schiffsrumpf langsam in einer
Senke im Wasser verschwand – einen Augenblick zögernd,
wie es schien, sich dann wieder aufbäumend, ehe er endgültig versank.

Mit der toten Fracht versank. Das Schiff versank und ent-
riss uns den Leichnam, den wir fast durch ein Wunder
gefunden hatten, die eifersüchtig gehütete sterbliche Hülle,
auf deren sicherer Erhaltung sich auf seltsame Weise die
Hoffnungen und das Liebesschicksal zweier Menschen
gründeten. Als die letzten Spuren des Schiffes in den Was-
sertiefen verschwunden waren, spürte ich, dass Monkton
am ganzen Leibe zu zittern begann, und ich hörte, wie er
traurig immer wieder den Namen ›Ada‹ vor sich hin sagte.

Ich versuchte, ihn abzulenken und auf ein anderes

Thema zu bringen – vergebens. Er deutete zu der Stelle auf dem Wasser hinüber, wo eben noch die Brigg gewesen war und wo man jetzt nichts sah außer rollenden Wogen.

»Der leere Platz im Gewölbe von Wincot wird nun für immer leer bleiben.«

Als er diese Worte sagte, richtete er seinen Blick ernst und bekümmert auf mich. Dann sah er wieder fort und verharrte, den Kopf in die Hand gestützt, in Schweigen.

Lange vor Einbruch der Dunkelheit wurden wir von einem Handelsschiff gesichtet. Wir wurden an Bord genommen und in Cartagena in Spanien an Land gesetzt. Und die ganze Zeit, die wir an Bord des Kauffahrers verbrachten, hob Alfred nicht den Kopf und richtete kein einziges Mal aus eigenem Antrieb das Wort an mich. Ich bemerkte jedoch mit Schrecken, dass er oft unzusammenhängend vor sich hin redete – er murmelte ständig die Verse der alten Prophezeiung vor sich hin, sprach ständig von dem unheilbringenden Platz, der nun im Grabgewölbe von Wincot leer bleiben würde – wiederholte ständig den Namen des armen Mädchens, das in England seine Rückkehr erwartete. Er tat dies in Tönen, die mir unaussprechlich wehtaten. Dies war aber nicht der einzige Grund für das Unbehagen, das ich seinetwegen fühlte.

Gegen Ende der Reise stellten sich bei ihm abwechselnd Anfälle von Fieber und Schüttelfrost ein, die ich in meinem Unwissen für Wechselfieber hielt. Ich sollte bald eines Besseren belehrt werden. Kaum waren wir einen Tag an Land, verschlechterte sein Zustand sich so sehr, dass ich mich des besten medizinischen Beistands versicherte, den Cartagena zu bieten hatte. Einen oder zwei Tage lang wurden sich wie üblich die Ärzte über die Natur seines Leidens nicht einig, doch es sollte nicht lange dauern, und die Symptome sprachen für sich selbst. Die Ärzte erklärten, dass er in Lebensgefahr schwebe und dass es sich bei der Krankheit um Gehirnentzündung handle.

Ich war so erschrocken und bekümmert, dass ich zunächst kaum wusste, was ich angesichts der neuen, mir auferlegten Verantwortung tun sollte. Zu guter Letzt entschloss ich mich, dem alten Priester zu schreiben, der Alfreds Hauslehrer gewesen war und der, wie ich wusste, noch immer auf Wincot Abbey lebte.

Diesem Herrn nun schrieb ich alles, was sich zugetragen hatte und bat ihn, die traurige Nachricht Miss Elmslie so schonend wie möglich beizubringen. Ich versicherte ihn meiner Entschlossenheit, bei Monkton bis zuletzt auszuharren.

Nachdem ich meinen Brief aufgegeben hatte und aus Gibraltar den besten englischen Arzt hatte kommen lassen, überkam mich das Gefühl, dass ich mein Bestes getan hatte und dass mir nun nichts übrig blieb, als zu warten und zu hoffen.

Manche traurige und angsterfüllte Stunde verbrachte ich am Bett meines armen Freundes, und wie oft meldeten sich bei mir Zweifel, ob ich recht daran getan hatte, seine Wahnvorstellungen zu unterstützen. Die Gründe für mein Vorgehen, die mir nach meinem ersten Gespräch mit ihm triftig erschienen, hatten bei genauer Überlegung auch jetzt nichts von ihrer Gültigkeit verloren. Der einzige Weg, seine Heimkehr nach England und zu Miss Elmslie, die ihn sehnsüchtig erwartete, zu beschleunigen, war der, den ich eingeschlagen hatte. Meine Schuld war es nicht, dass eine Katastrophe, die kein Mensch hatte voraussehen können, alle seine Pläne und auch meine über den Haufen geworfen hatte. Nun aber hatte sich dieses Unglück ereignet und war nicht wiedergutzumachen. Wie sollte man für den Fall einer körperlichen Gesundung der seelischen Erkrankung begegnen?

Als ich an die erbliche Belastung dachte, unter der sein Gemüt litt, an die kindische Angst vor Stephen Monkton, die er nie abgelegt hatte, an das gefährlich abgeschiedene Leben, das er in der alten Abtei geführt hatte, und seine feste Überzeugung, die Erscheinung, von der er sich ununterbrochen verfolgt fühlte, wäre Wirklichkeit, muss ich gestehen, dass ich den Glauben daran verlor, sein abergläubisches Festhalten an jedem Wort und jeder Zeile der alten Familienweissagung erschüttern zu können. Hatte die Reihe unglaublicher Zufälle, die ein Beweis für die Wahrheit der Prophezeiung zu sein schienen, schon auf mich einen starken und dauernden Eindruck hinterlassen (was ich nicht leugnen kann), dann war es kein Wunder, dass sie in seinem so stark vorbelasteten Bewusstsein zur festen Überzeugung gediehen. Wenn ich mit ihm deswegen stritt und er mir antwortete, wie konnte ich ihn widerlegen? Wenn er sagte ›die Prophezeiung weist auf den Letzten der Familie. Die Prophezeiung spricht von einem leeren Platz. Im Vertrauen auf die Prophezeiung sagte ich Ihnen, dass Stephen Monktons Leichnam unbestattet sei, und Sie haben gesehen, dass er unbestattet war‹ – wenn er dergleichen sagte, hatte es keinen Sinn, ihm entgegenzuhalten: »Das sind doch nur merkwürdige Zufälle.«

Je länger ich über die Aufgabe nachdachte, die vor mir liegen würde, falls er sich erholte, desto mehr wurde ich von Mutlosigkeit übermannt. Je öfter der englische Arzt, der ihn betreute, zu mir sagte: »Er wird das Fieber vielleicht überstehen, doch leidet er an einer fixen Idee, die ihn Tag und Nacht nicht verlässt, die seinen Verstand verwirrt und die ihn schließlich töten wird, wenn nicht Sie oder einer seiner Freunde ihn davon befreien kann«, – je öfter ich dies hörte, desto deutlicher spürte ich meine eigene Machtlosigkeit, desto mehr scheute ich vor jedem Gedanken zurück, der mit der hoffnungslosen Zukunft verknüpft war.

Ich hatte erwartet, aus Wincot bloß eine Antwort in Form eines Briefes zu erhalten. Folglich war es eine große Überraschung und eine Erleichterung gleichermaßen, als ich eines Tages erfuhr, dass mich zwei Herren sprechen wollten, und als ich entdeckte, dass einer dieser Herren der alte Priester war und der zweite ein männlicher Angehöriger von Miss Elmslie.

Kurz vor ihrer Ankunft waren die Fiebersymptome verschwunden, und Alfred war angeblich außer Gefahr. Der Priester und sein Begleiter wollten nun unbedingt wissen, wann der Kranke reisefähig sein würde. Sie waren eigens nach Cartagena gekommen, um ihn nach Hause mitzunehmen, und gaben sich bezüglich der heilsamen Wirkung der Heimatluft weit größeren Hoffnungen hin, als ich es tat. Nachdem alle mit der Heimreise nach England zusammenhängenden Fragen gestellt und beantwortet worden waren, wagte ich es, mich nach Miss Elmslie zu erkundigen. Ihr Verwandter sagte mir, dass sie aus übergroßer Angst um Alfred körperlich und seelisch litt. Man hatte ihr die Gefährlichkeit seiner Krankheit verheimlichen müssen, um sie davon abzuhalten, den Priester und ihren Verwandten auf ihrer Mission nach Spanien zu begleiten.

Im Laufe der Wochen gewann Alfred langsam und unvollkommen etwas von seiner Körperkraft wieder, sein Gemütszustand aber blieb unverändert.

Vom ersten Tag seines Weges zur Gesundung war es klar gewesen, dass die Gehirnentzündung auf sein Erinnerungsvermögen den sonderbarsten Einfluss ausgeübt hatte. Alles, was mit Neapel zusammenhing, mit mir, mit seiner Italienreise, war seinem Gedächtnis auf geheimnisvolle Weise entfallen. Die jüngste Zeit war seiner Erinnerung so gründlich entglitten, dass er, obgleich er den alten Priester und seinen eigenen Diener mit Leichtigkeit am ersten Tag seiner Genesung wiedererkannte, mich nicht erkannte und mich mit so misstrauischem und zweifelndem Blick ansah, dass es mich unaussprechlich schmerzte, als ich an sein Bett trat. Alle seine Fragen galten Miss Elmslie und Wincot Abbey; und sein Reden bezog sich auf die Zeit, als sein Vater noch am Leben gewesen war.

Die Ärzte erwarteten von diesem Gedächtnisschwund, der die letzte Zeit betraf, eher Gutes als Böses, da er sicher vorübergehen würde und dem ersten großen Ziel der Heilung, nämlich der Beruhigung seines Gemütes, diene. Ich wollte ihnen glauben und bemühte mich, als der Tag der Abfahrt gekommen war, ebenso viel Zuversicht zu zeigen wie seine alten Freunde, die ihn nach Hause bringen wollten. Eine Vorahnung, dass ich ihn niemals mehr wiedersehen sollte, drückte mir schier das Herz ab. Tränen stiegen mir in die Augen, als ich mit ansehen musste, wie die ausgemergelte Gestalt meines armen Freundes in den Reisewagen halb gehoben wurde, halb aus eigener Kraft stieg, um vorsichtig die Fahrt heimzu anzutreten.

Er hatte mich kein einziges Mal erkannt, und die Ärzte hatten gebeten, dass ich ihm in nächster Zukunft auch so wenig wie möglich dazu Gelegenheit geben sollte. Wäre dies nicht der Fall gewesen, so hätte ich ihn nach England begleitet. So aber blieb mir nichts Besseres zu tun übrig, als einen Szenenwechsel vorzunehmen und körperlich und seelisch wieder Kräfte zu gewinnen, da ich in letzter Zeit durch angsterfülltes Wachen viel gelitten hatte. Die berühmten Städte Spaniens waren mir nicht neu, dennoch besuchte ich sie wieder, und meine früheren Eindrücke von der Alhambra und von Madrid erfuhren eine Wiederbelebung. Ein- oder zweimal dachte ich daran, eine Wallfahrt in den Osten zu machen, doch hatten die Ereignisse der letzten Zeit mich ernüchtert und verändert. Jenes sehnsüchtige und unbefriedigte Gefühl, das wir ›Heimweh‹ nennen, befiel mein Herz, und ich entschloss mich zur Rückkehr nach England.

Ich fuhr dabei über Paris, da ich mit dem Priester vereinbart hatte, er solle mir dorthin an meine Bankadresse schreiben, sobald es ihm nach Alfreds Heimkehr möglich wäre. Wäre ich in den Osten gefahren, hätte man mir den Brief nachgeschickt. Ich schrieb ihm, um dies zu verhindern. Und bei meiner Ankunft in Paris ging ich zu meiner Bank, ehe ich mich in mein Hotel begab.

Kaum hatte ich den Brief in Händen, verkündete mir der schwarz umrandete Umschlag das Ärgste. Er war tot.

Es gab dabei nur einen Trost – er war ruhig, ja fast glücklich gestorben, ohne auch nur einmal jene unheilvollen Zufälle zu erwähnen, die die Erfüllung der alten Prophezeiung bewirkten. ›Mein geliebter Schüler‹, so schrieb der alte Priester, ›schien sich in den ersten Tagen nach seiner Rückkehr ein wenig zu erholen, doch kam er nicht wirklich zu Kräften und erlitt bald einen leichten Rückfall. Von da an ging es mit ihm allmählich und Tag für Tag bergab, bis er schließlich zur letzten Fahrt aufbrach. Miss Elmslie (die weiß, dass ich diesen Brief schreibe) möchte, dass ich Ihnen für die Alfred entgegengebrachte Güte ihre tiefe und andauernde Dankbarkeit ausdrücke. Als wir ihn zurückbrachten, sagte sie, dass sie als seine zukünftige Frau auf ihn gewartet hätte und dass sie ihn nun wie eine Ehefrau pflegen wolle. Und sie wich nicht mehr von seiner Seite. Als er starb, war sein Antlitz ihr zugewandt, und seine Hand lag in der ihren. Es wird Ihnen gewiss ein Trost sein zu erfahren, dass er die Ereignisse in Neapel nicht erwähnte und auch nicht den darauf folgenden Schiffbruch, von seiner Ankunft an bis zum Tag seines Todes.‹

Drei Tage, nachdem ich den Brief gelesen hatte, war ich in Wincot und hörte von dem Priester alle Einzelheiten um Alfreds Tod. Es traf mich wie ein Schlag, als ich hörte, dass er auf seinen eigenen Wunsch in dem berüchtigten Abteigewölbe beigesetzt worden war, und ich hätte dieses Gefühl nicht analysieren oder erklären können.

Der Priester führte mich hinunter – in eine düstere kalte unterirdische Gruft mit niedriger, auf schweren sächsischen Bogenpfeilern ruhender Decke. Zu beiden Seiten des Gewölbes zogen sich schmale Nischen hin, in denen nur die unteren Enden der Särge zu sehen waren, Beschläge und Silberzierrate blitzten da und dort auf, als mein Begleiter mit der Lampe in der Hand vorbeiging.

Am unteren Ende des Gewölbes blieb er stehen. Er deutete auf eine Nische und sagte: »Hier liegt er, zwischen Vater und Mutter.« Ich sah ein Stück weiter und bemerkte nun etwas, das auf den ersten Blick wie ein langer dunkler Tunnel aussah. »Das ist bloß eine leere Nische«, sagte der Priester, der mir gefolgt war. »Wäre der Leichnam von Mr Stephan Monkton nach Wincot gebracht worden, dann hätte sein Sarg hier seinen Platz gefunden.«

Ein Schaudern überlief mich und ein Gefühl der Angst, dessen ich mich jetzt schäme, das ich aber damals nicht unterdrücken konnte. Durch die offene Tür am anderen Ende des Gewölbes fiel heiter das gesegnete Licht des Tages ein. Ich kehrte der leeren Nische den Rücken zu, um in die Sonne und frische Luft zu kommen.

Als ich über die grasbewachsene Lichtung lief, die hinunter zum Gewölbe führte, hörte ich das Rascheln von Frauenkleidern hinter mir. Ich drehte mich um und sah eine junge Dame in tiefem Schwarz auf mich zustreben. Ihr liebliches, trauriges Gesicht, die Art, wie sie mir die Hand entgegenstreckte, sagten mir augenblicklich, wer sie war.

»Ich hörte, Sie wären da«, sagte sie, »und ich wollte –«, ihre Stimme bebte, und mein Herz tat mir weh, als ich sah, wie ihre Lippen bebten. Aber noch ehe ich etwas sagen konnte, hatte sie sich gefasst und fuhr fort – »ich wollte Ihnen die Hand drücken und Ihnen für die Alfred bewiesene brüderliche Güte danken. Auch wollte ich Ihnen sagen, dass Sie gewiss bei allem, was Sie taten, mit Zartgefühl und Bedacht vorgingen. Vielleicht werden Sie der Heimat bald wieder den Rücken kehren, und wir werden einander nicht mehr begegnen. Niemals, niemals werde ich vergessen, dass Sie gut zu ihm waren, als er einen Freund brauchte, und dass Sie vor allen anderen auf Erden Anspruch haben, dass ich Ihrer dankbar gedenke, solange ich lebe.«

Die unaussprechliche Zartheit ihrer beim Sprechen leicht bebenden Stimme, die bleiche Schönheit ihres Antlitzes, die unverstellte Offenheit ihrer traurigen stillen Augen griffen mir so ans Herz, dass ich zunächst kein Wort über die Lippen brachte und ihr bloß mit einer Geste antwortete. Als ich wieder meiner Stimme mächtig war, hatte sie mir schon die Hand gedrückt und war gegangen.

Ich sollte sie nicht wiedersehen. Die Zufälle und Wechselfälle des Lebens trennten uns. Als ich vor vielen Jahren zuletzt von ihr hörte, hielt sie dem Andenken des Toten noch immer die Treue und trug Alfred Monkton zuliebe noch immer den Namen Ada Elmslie.

ÜBER DIE AUTOREN

Wilkie Collins (1824–1889), der Sohn eines Landschafts-
malers, studierte zunächst Jura und versuchte sich dann
selbst als Maler, bevor er sich der Schriftstellerei zuwandte.
1860 erschien DIE FRAU IN WEISS, der erste von Collins
großen Kriminalromanen mit dämonisch raffinierten Schurken und finsteren Intrigen, deren Enthüllung den Leser bis
zur letzten Seite in Atem hält. Seit 1851 arbeitete Collins
eng mit Charles Dickens zusammen. Wilkie Collins zählt zu
den Mitbegründern des modernen Kriminalromans.

Kerstin Gier hat als mehr oder weniger arbeitslose Diplom-
pädagogin 1995 mit dem Schreiben von Frauenromanen
begonnen. Mit Erfolg: Ihr Erstling *Männer und andere Katastrophen* wurde mit Heike Makatsch in der Hauptrolle ver-
filmt, und auch die nachfolgenden Romane erfreuen sich
großer Beliebtheit. Ihre eigentliche Vorliebe gilt aber seit jeher der fantastischen Literatur, und so ist es nicht verwunderlich, dass sie auch zu der Anthologie *Das Vermächtnis des
Rings – Neue Geschichten J. R. R. Tolkien zu Ehren* (Bastei
Lübbe Band 20421) eine Geschichte beigesteuert hat. Heute lebt Kerstin Gier, Jahrgang 1966, als freie Autorin mit
Mann, Sohn, zwei verhexten Katzen, drei zauberkräftigen
Hühnern und einer ständig schwankenden Anzahl von mys-

teriösen Goldfischen in einem Dorf in der Nähe von Bergisch Gladbach, in dem es sehr viel friedlicher zugeht als in ihrer Halloween-Geschichte.

Nathaniel Hawthorne (1804–1864) gilt neben Edgar Allan Poe als der bedeutendste Vertreter der amerikanischen Fantastik des neunzehnten Jahrhunderts. Wie Poe war er von Stil und Motiven der »Gothic«, des englischen Schauerromans, beeinflusst. Im Gegensatz zu Poe verfolgte Hawthorne in seinen Geschichten eine moralische Zielsetzung, die literarische Form der Parabel ist daher häufig bei ihm anzutreffen. Es ging ihm als Autor darum, den Leser nicht nur zu fesseln und zu beeindrucken, sondern ihn zum Nachdenken zu bewegen.

E.T.A. Hoffmann (1776–1822) wurde von seinen Zeitgenossen auch der »Gespenster-Hoffmann« genannt. Er war Musiker, Maler und Dichter. Doch während er als einer der bedeutendsten Dichter der Spätromantik in seinen fantastischen Romanen und Erzählungen das Unheimliche und die Nachtseiten der menschlichen Natur beschwor, arbeitete er sehr prosaisch als preußischer Jurist in Berlin. Er wurde auch zum Sinnbild des zerrissenen Schriftstellers, der – um des Überlebens willen – einen Brotberuf ergreifen muss.

Alexander A. Huiskes, geboren 1968, stattete im heimatlichen Wallau und benachbarten Hochheim a. M. der jeweiligen Schule regelmäßig Besuche ab, bis er sein Abitur erhielt, studierte danach in Mainz Deutsch, Geschichte und Sozialkunde für das Lehramt an Gymnasien, schlug sich erfolgreich durch das Referendariat, arbeitet heute als Lehrer in Wiesbaden und erwirbt nebenbei noch die Lehrbefähigung für Wirtschaftswissenschaften. Neben dem Beruf und einigen Hobbys, von denen sein Bernhardiner und das Marionettentheater zu den zeitintensivsten zählen, schreibt, lektoriert und zeichnet er seit 1989 nebenbei – ›zur Entspannung – und weil es süchtig macht‹, wie er gerne sagt – und ist dem fantastischen Genre verbunden. Er wurde in den Stab des Magazins *ZauberZeit* berufen, für dessen unabhängiges Nachfolgemagazine *Nautilus* er bis heute mit Rezensionen und Literaturfeatures aufwartet; für das Sammelkartenmagazin *Kartefakt* betreut er Star-Wars- und Mittelerde-Kartenspiele; diesen journalistischen Bereich ergänzt er noch durch Lektorat (nach Arbeiten für die Mittelerde- und Star-Wars-Rollenspiele mittlerweile vorwiegend für Science-Fiction- und Fantasy-Romane) und das Feld der Schriftstellerei im engeren Sinne: von Rollenspiel-Abenteuern (z. B. für das Rollenspiel *Midgard*) über Hintergrundmaterialien (bspw. eine Enzyklopädie zu Gemmells Drenai-Saga), Cartoons und Kurzgeschichten wie auch für die Anthologie *Das Vermächtnis des Rings – Neue Geschichten J. R. R. Tolkien zu Ehren* bis hin zu Romanen (etwa für die Reihe *Das Schwarze Auge*). Und manchmal müssen Tage eben 48 Stunden haben. Hofft er.

Sheridan Le Fanu (1814–1873) gehört zu den bemerkenswertesten unheimlichen Erzählern der viktorianischen Zeit. Er wuchs als Sohn eines Pfarrers zunächst in Dublin auf, später auf dem Land, studierte Jura und entwickelte sich zu einem glänzenden Journalisten seiner Tage. 1851 erschien anonym sein erster Sammelband mit unheimlichen Geschichten, und seit dem Tod seiner Frau 1858 wandte sich Le Fanu in seinen Erzählungen immer mehr den Nachtseiten der menschlichen Existenz zu.

Jack London (1876–1916) begann seine Karriere als

Schriftsteller wie Arthur Conan Doyle mit fantastischen Geschichten für Magazine. Bekannt ist er heute vor allem durch seine Abenteuergeschichten wie ›Wolfsblut‹ und »Der Seewolf«, während er als fantastischer Erzähler erst in den letzten Jahren wiederentdeckt wurde. Durch viele seiner fantastischen Erzählungen zieht sich wie durch seine anderen Geschichten das Motiv des Menschen als eines noch immer von dumpfen Naturtrieben beherrschten Wesens, bei dem die Zivilisation nur oberflächlich aufgetüncht ist.

Guy de Maupassant (1850–1893), der große französische Novellist und Meister der Kurzgeschichte in der Tradition Poes, kämpfte in den letzten Jahren seines Lebens ständig mit der Angst, wahnsinnig zu werden. Ähnlich wie bei Poe wurden Maupassants unheimliche Kurzgeschichten zu einem Spiegel seiner psychischen Verfassung. Die Angst vor den Abgründen der eigenen Psyche findet sich in Maupassants fast lakonischer Sprache noch erschreckender und eindringlicher ausgedrückt als in den mehr der Schauerromantik verhafteten Erzählungen Poes.

George MacDonald (1824–1905) war ein schottischer Geistlicher, der über 50 Bücher mit Dichtung, Predigten und Essays hinterließ. Er begann seine literarische Karriere mit Romanen über das schottische Landleben. Das Schreiben brachte ihm außer literarischem Ruhm jedoch nicht viel ein, sodass Queen Victoria ihm eine Pension zusprach, die seine Existenz sicherte. Heute ist er fast nur noch durch seine Kinderbücher und fantastischen Erzählungen wie bekannt. Die in diesem Band abgedruckte Geschichte ›Die Schatten‹ zeigt ein wenig von der Umwandlung des Märchenreiches in eine unheimliche Gegenwelt, die sich in der fantastischen Literatur während des neunzehnten Jahrhunderts vollzog.

Edgar Allan Poe (1809–1849) war der Sohn von Schauspielern und wurde nach dem Verschwinden des Vaters und dem frühen Tod der Mutter von dem Ehepaar Allan aufgenommen. Er besuchte die Universität von Virginia und die Militärakademie von West Point. Nach dem Bruch mit seinem Pflegevater versuchte er, sich eine Existenz als Schriftsteller aufzubauen. Finanzielle Schwierigkeiten, Alkoholprobleme und der frühe Tod seiner Frau prägten das Leben des wohl bedeutendsten Vertreter der amerikanischen Romantik. Poe schrieb Gedichte, einen Roman sowie ein Drama, doch als sein eigentliches Hauptwerk gelten nach wie vor die zahllosen Kurzgeschichten, die ihn zum Vorläufer einer ganzen Literaturgattung werden ließen.

Belinda Rodik wurde 1969 in Österreich geboren. Sie arbeitete als Journalistin, später als Werbetexterin, und lebt heute als freie Autorin in Köln. Sie hat bereits mehrere Sachbücher veröffentlicht und verfasst gerade eine Jugendbuch-Krimi-Reihe. Ihr erster historischer Roman *Trimalchios Fest* ist soeben als Hardcover im Gustav Lübbe Verlag erschienen. Sie ist bereits mit einer Geschichte über Jack-o-Lantern in der ersten Halloween-Anthologie (Band Nr. 25676) vertreten.

Dietmar Schmidt wurde 1963 in Oberhausen geboren und ging nach dem Abitur zum Studium der Chemie nach Bonn. Anfang 1995 kam er zum Übersetzen, das er mittlerweile zu seiner Hauptbeschäftigung gemacht hat. Die Schriftstellerei lag ihm schon immer im Blut. Seine erste Kurzgeschichte erschien in dem Band *Das Vermächtnis des Rings – Neue Geschichten J. R. R. Tolkien zu Ehren*. Einer seiner Lieblingsautoren ist H. P. Lovecraft, und seine Halloween-Geschichte kreist denn auch um diesen Altmeister der Fantastischen Literatur.

Bram Stoker (1847–1912) wurde mit seinem Vampir-Roman ›Dracula‹ (Bastei Lübbe Taschenbuch) zu einem der berühmtesten Autoren der fantastischen Literatur. Stoker verbrachte den größten Teil seines Lebens als Agent und Betreuer des Shakespeare-Darstellers Sir Henry Irving und schrieb die meisten seiner Romane und Erzählungen sozusagen als Nebenbeschäftigung. Er griff dabei auf die bewährten Muster des Schauerromans zurück, ohne den Anspruch, seinen Lesern mehr als unheimliche Spannung zur Unterhaltung zu bieten, worin er sich allerdings auch als Meister erwies. Neben ›Dracula‹ erscheinen im Oktober 2001 drei weitere Romane Stokers in der Verlagsgruppe Lübbe.

Mark Twain (1835–1910), der eigentlich Samuel Langhorne Clemens hieß, wuchs am Mississippi auf und arbeitete als Drucker, Lotse, Prospektor und Journalist, bevor er schriftstellerisch tätig wurde. Mit seinen Romanen um die jugendlichen Helden Tom Sawyer und Huckleberry Finn erlangte Twain Weltruhm und die finanzielle Unabhängigkeit. Dem unvergleichlichen Humor seiner bekannten Bücher steht ein immer stärker werdender Pessimismus im kaum rezipierten Spätwerk gegenüber.

Dieter Winkler hat bereits parallel zu seiner Karriere als CHIP-Chefredakteur an mehreren Fantasy-Reihen mitgewirkt und zahlreiche Kurzgeschichten für Anthologien und Zeitschriften verfasst. Seit 1996 lebt er als freier Autor und Multimediaproduzent bei München. Zu seinen größten Erfolgen zählt die Jugendbuch-Reihe *Netsurfer*, die soeben für den renommierten EMIL-Preis nominiert wurde. Für den fantastischen Roman *Die Stunde des roten Drachen* erhielt er den Hohlbein-Preis 2000.

JOHN F. CASE

DER
SCHATTEN THRILLER
DES HERRN

In einem abgelegenen italienischen Bergdorf geht ein
weltberühmter Wissenschaftler zur Beichte. Er hat nur
noch kurze Zeit zu leben und bekennt eine Sünde, die
so entsetzlich ist, daß der Pfarrer ihm die Absolution
verweigert.
Wenig später ereignet sich in Washington eine furchtbare Tragödie: Eine junge Frau und ihr kleiner Sohn
werden auf grausamste Weise getötet. Bei seiner
Jagd nach den Mördern stößt der Bruder der Toten,
Joe Carpenter, auf eine Reihe ähnlicher Fälle, die sich
wie ein blutiges Band über die halbe Welt ziehen.
Opfer sind stets kleine Jungen und ihre alleinerzie-
henden Mütter. Die Spur führt Carpenter zu »Umbra
Domini«, einer sektenähnlichen Organisation konser-
vativer Katholiken – und in das dunkelste Geheimnis
moderner Medizintechnologie...

ISBN 3-404-12875-3

BASTEI
LÜBBE

JAMES HERBERT
TOTENTANZ

ROMAN

Sleath ist ein kleines, abgelegenes Dorf in den Chiltern Hills, nordwestlich von London. Hier scheint die Welt noch in Ordnung zu sein, und wenig stört die jahrhundertealte Ruhe. Bis die Geister erscheinen und sich erschreckende und bizarre Ereignisse häufen.

David Ash wird nach Sleath geschickt, um den Dingen auf den Grund zu gehen. Er selbst ist ein Skeptiker, doch auch er muß bald erkennen, daß in Sleath nicht alles so ist, wie es scheint. Er sieht Dinge, die es nicht geben kann, und hört Stimmen, die in einem alten Choral den Tanz der Toten besingen; denn die Toten finden in Sleath keinen Frieden. Seit Generationen wird das Dorf von einer alten Familie beherrscht, in der Gegenwart vertreten durch den Reverend Edmund Lockwood und dessen Tochter Grace. Als Vikare des Ortes haben die Lockwoods stets ihre Aufgabe darin gesehen, die Menschen vom Diesseits ins Jenseits zu geleiten. Doch hinter ihrem Dienst als Begleiter der Seelen steht ein tieferer, düsterer Zweck. Und nun kehren die Toten zurück und verlangen Rechenschaft.

ISBN 3-404-14219-5

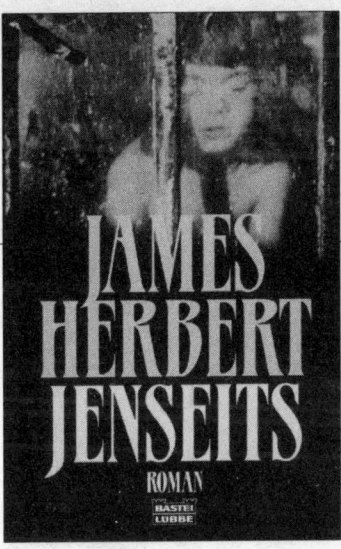

Als die attraktive Shelly Ripstone das Büro des Privat-
detektivs Nicholas Dismas betritt, kann dieser nicht
ahnen, welche Gefahren ihm drohen. Denn Shellys Anliegen klingt zunächst völlig harmlos: sie, die erst vor
kurzem ihren Mann verloren hat, brachte vor ihrer Ehe ein
Kind zur Welt. Dieses Kind war angeblich stark defor-
miert und starb kurz nach der Geburt. Doch Shelly Ripstone ist überzeugt, daß ihr Kind am Leben ist. Nicholas
Dismas wird beauftragt, das Kind zu suchen. Er macht
die Hebamme ausfindig, die seinerzeit bei der Geburt
anwesend war. Doch die alte Dame, die in einem Seni-
orenheim namens Perfect Rest untergebracht ist, stirbt
kurz nach Nicholas' Besuch unter mysteriösen Umständen. Und überhaupt scheint in dem Altenheim nicht alles
mit rechten Dingen zuzugehen.

ISBN 3-404-14452-X

JOHN F. CASE

Das erste der sieben Siegel

»Dann sah ich: Das Lamm öffnete das erste der sieben
Siegel …« *Offenbarung des Johannes*

Im Hudson Valley nahe New York werden ein Mann und
eine Frau brutal ermordet. – In Nordkorea wird ein Dorf
buchstäblich von der Erdoberfläche gebombt. Als der
einzige Überlebende Tage später aufgegriffen wird,
stammelt er etwas von einer Frau. – In der norwegischen
See bahnt sich ein Eisbrecher den Weg zu einer kleinen
Insel. An Bord ist ein Wissenschaftlerteam, das die Leichen von fünf lange verstorbenen Bergleuten exhumie-
ren will. Aber als sie an ihr Ziel kommen, finden sie die
Gräber bereits geöffnet vor …
Frank Daly, Reporter der *Washington Post*, wittert die
Story seines Lebens, als er den Zusammenhang zwi-
schen diesen drei unheimlichen Ereignissen erkennt.
Doch überall stößt er auf eine Mauer aus Schweigen. In
einem atemlosen Wettlauf gegen die Zeit führt ihn die
Spur schließlich zu einer fanatischen Gruppe, deren
Glaubensbekenntnis Apokalypse heißt …

ISBN 3–404–14565–8

BASTEI
LÜBBE